Palabras que nunca te dije

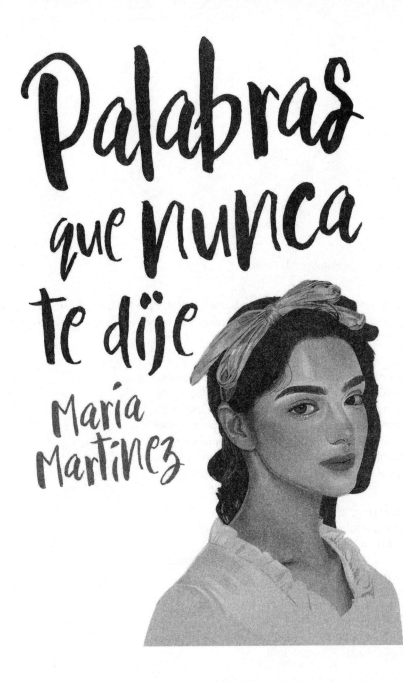

Palabras que nunca te dije

María Martínez

TITANIA

Argentina • Chile • Colombia • España
Estados Unidos • México • Perú • Uruguay

2.ª edición Noviembre 2021

ISBN: 978-84-17421-43-4
E-ISBN: 978-84-16715-89-3
Depósito legal: B-16.507-2021

Fotocomposición: Ediciones Urano, S.A.U.
Impreso por Romanyà Valls, S.A. – Verdaguer, 1 – 08786 Capellades (Barcelona)

Impreso en España – *Printed in Spain*

Para Cristina Más.

*Porque ella fue la primera en creer en
Jayden y el hombre maravilloso que sería.
Gracias por ser mi amiga y no dejarme sola
en un mundo cada vez más grande.*

1

Sara giró la cabeza sobre la almohada y miró el despertador. Faltaban tres minutos para las seis de la mañana. Cerró los ojos y resopló. Era un hecho: odiaba los lunes. No tenía ningún motivo especial para hacerlo. En realidad, era un día como cualquier otro: un martes, un jueves, un domingo... Sus días eran tan parecidos que solía confundirse y le costaba recordar la fecha. Pero los lunes tenían algo que la deprimía.

Bostezó. Estaba exhausta y ya había perdido la cuenta de las noches que llevaba sin dormir. Daniel continuaba teniendo pesadillas y apenas conciliaba el sueño por culpa de una película de terror que había visto unas semanas antes.

Su marido dormía profundamente al otro lado de la cama. Su pecho subía y bajaba al ritmo que marcaban sus ronquidos: dos inhalaciones cortas y una larga. Lo miró con fastidio. No entendía cómo podía caer en la cama como un tronco y no enterarse de nada.

No recordaba cuándo fue la última vez que Colin se había levantado en su lugar para consolar a Daniel, darle agua o vigilar su sueño si estaba enfermo y la fiebre no le bajaba. Quizá no lo recordaba porque nunca lo había hecho, ni siquiera en esas contadas ocasiones en las que era ella la que enfermaba. En esos casos, Colin se limitaba a dormir en otro cuarto y a permanecer alejado para no contagiarse, alegando que no podía permitirse el lujo de faltar al trabajo.

Colin siempre era el primero en llegar a su oficina y el último en abandonarla. Incluso acudía algunos fines de semana con el pretexto de complacer a sus jefes y asegurarse de que conseguiría un ascenso cuando estos eligieran al nuevo equipo directivo. Sara sabía que él llevaba muchos años luchando por ese ascenso y trataba de ser paciente y comprensiva. Creía firmemente que, cuando por fin lo lograra, las cosas mejorarían entre ellos. Colin se relajaría, pasaría más tiempo con ella y el niño y podrían arreglar sus problemas. Era lo que más deseaba.

El despertador comenzó a sonar y ella se levantó tras apagarlo. Se cubrió los brazos desnudos con una rebeca y se dirigió a la cocina mientras se recogía la larga melena castaña en una coleta. Puso a calentar la cafetera y rellenó el depósito de agua bajo el grifo. Arrugó los labios con una mueca de fastidio al ver que las cápsulas de *latte macchiato* se habían acabado. Después buscó el café soluble, que guardaba para emergencias, y calentó un poco de leche en el microondas. Le puso dos cucharadas colmadas, añadió azúcar y un poco de vainilla en polvo. No era lo mismo, pero se parecía bastante, y lo importante a esas horas era la doble dosis de cafeína que necesitaba para ponerse en marcha.

Tomó la taza caliente y se dirigió al salón, a su pequeño rincón junto a la ventana, y se sentó en la butaca de segunda mano que meses atrás había comprado en un mercadillo cerca de Notting Hill. Era perfecta por su tamaño y tan cómoda que se había convertido en su lugar favorito de la casa. Subió las piernas al asiento, acomodándose mientras acunaba la bebida entre sus manos. Siempre se levantaba temprano para poder disfrutar de ese ratito de tranquilidad antes de despertar a Daniel.

Cogió el libro que Christina le había regalado en Navidad y continuó leyendo por donde lo había dejado el día anterior. Era una lectura preciosa. Le encantaba el argumento, los personajes, el lugar donde se ambientaba. Lo cierto era que siempre acababa enamorándose como una idiota de las novelas con una bonita historia de amor. Pero esta poseía algo especial, y es que tenía como protagonista al hombre perfecto. Atractivo y muy masculino, divertido, inteligente, impulsivo... Muy apasionado y seguro de sí mismo, menos cuando mostraba su lado sensible y vulnerable, dejando entrever que, quizá, no fuese tan seguro. Un hombre capaz de dar espacio, de recorrer cinco kilómetros a pie para conseguirte un trozo de tarta, de los que se pasan toda una tarde en la cocina para prepararte una cena maravillosa. Un hombre que, posiblemente, no fuera tan perfecto si se lo comparaba con otros, pero que para Sara lo era cuando decía cosas como aquella:

«...si mañana se acaba el mundo, yo moriré feliz solo por haberte conocido.»

Se llevó la mano a sus labios temblorosos y parpadeó para alejar las lágrimas. El corazón le latía con fuerza y se sintió estúpida por ese atisbo de celos que estaba sintiendo hacia la protagonista. Estúpida por las mariposas que le recorrían el estómago cada vez que leía un «Te quiero», como si ella fuese la destinataria de ese sentimiento. Por Dios, estaba muerta de envidia por una escena de amor entre una pareja de... ¡ficción! Cerró el libro y se quedó mirando la pared llena de fotografías. Las de su boda, por llamarla de algún modo, habían desaparecido tras el ficus al igual que otras muchas cosas.

—Sara, ¿has planchado mi camisa azul? No la encuentro —preguntó Colin desde el pasillo.

Sara se secó con la manga de la rebeca una lágrima solitaria que se deslizaba por su mejilla.

—Está en el armario. Y, por favor, no grites. No quiero que Daniel se despierte.

—¡Mamá!

—Estupendo —refunfuñó para sí misma mientras dejaba el libro a un lado y se ponía de pie—. Media hora para desayunar tranquila, leer un poco... Tampoco pido mucho.

Ayudó a Daniel a vestirse y lo acompañó al baño. Mientras le aplastaba con el peine el remolino que se le formaba en la coronilla, oyó a su marido contestando al teléfono. Tras unos segundos, Colin apareció en la puerta.

—Necesito que prepares mi ropa de golf. He quedado con Clayton para jugar unos hoyos esta tarde.

—Pero si es lunes.

—¿Y?

—Que le prometiste a Daniel que esta tarde irías con él a comprar su bici nueva.

Colin vaciló un segundo, como si no supiera de qué le estaba hablando.

—¿En serio?

—Sí, se lo prometiste. No hace ni dos días —repuso Sara.

Él bufó con las manos en las caderas y alzó la vista al techo.

—Pues lo siento, pero no voy a poder. —Miró a su hijo a través del reflejo del espejo—. Lo siento, Dani, pero lo de esta tarde es importante. Clayton y yo debemos planificar una nueva campaña y...

—No pasa nada —susurró el niño.

—¿Seguro?

Daniel asintió con una leve sonrisa, pero Sara notó la tensión de su cuerpo. Apretó los párpados un segundo y respiró hondo. Estaba cansada, triste y de muy mal humor para conformarse, como hacía siempre, y permanecer callada.

—Dani, cariño, ¿por qué no vas y pones la tele un rato?

Se inclinó y lo besó en el pelo. En cuanto el niño salió del baño, miró a Colin con una expresión acusadora y le apuntó con el peine.

—¿De verdad lo vas a dejar plantado?

—¿Y qué quieres que haga?

—Que por una vez, al menos una vez, cumplas una de tus promesas. Se había ilusionado con la idea.

—Ya lo llevaré otro día. Lo de esta tarde es importante.

—¡Vas a jugar al golf! ¿Eso es más importante que tu hijo?

Colin se puso a la defensiva y se cruzó de brazos.

—No solo voy a jugar al golf. Se trata de despejarnos un rato y probar a encontrar nuevas ideas para la campaña que tenemos entre manos. Es un cliente muy importante y no podemos perderlo. Sigue siendo trabajo.

—Podrías llevarte a Daniel contigo. Estaríais unas horas juntos. El niño se muere por pasar algo de tiempo con su padre.

—No puede venir conmigo, es demasiado pequeño.

—No es pequeño. Tiene diez años.

—Otro día, prometido.

—Tus promesas no valen nada —explotó Sara con rencor.

La expresión de Colin se volvió fría.

—¿Te gusta esta casa y el colegio de Daniel? ¿Te gusta que el niño tenga un médico privado, dentista...? Todo eso no lo pagan mis promesas, sino mi trabajo. ¡Joder, deberías darme las gracias por poder vivir como vives, en lugar de quejarte todo el tiempo!

A Sara empezó a hervirle la sangre, pero soltó el aire que estaba conteniendo y se obligó a serenarse.

—Solo te he pedido que pases un rato con el niño. Te necesita, Colin. Eres su padre.

—Exacto, soy su padre, no su amigo. Y mi trabajo pagará algún día su educación, la universidad... No lo hará la puñetera bici. —Entornó los ojos—. ¿O vas a ocuparte tú? ¿Sabes cuántas camisas tendrías que doblar en esa tienda en la que trabajabas para poder pagar solo la matrícula de un año en Oxford?

Ella guardó silencio, sintiendo cada palabra como un golpe en el estómago.

—Madura de una vez, Sara. No tienes ni idea de cómo son las cosas ahí fuera. Gracias a mí nunca has tenido que preocuparte por nada, pero parece que no es suficiente. Y luego siempre es culpa mía —replicó, ofendido. Dio media vuelta y se alejó por el pasillo.

Sara lo siguió, maldiciéndose por su arrebato. Hacía mucho tiempo que se había prometido a sí misma que no iba a discutir con él. Se recordaba constantemente que debía ser más comprensiva y aceptar a Colin tal como era. Que esa era la vida que había elegido después de todo y que no tenía ningún derecho a quejarse. Lo lograba durante un mes, dos..., pero al final explotaba y acababa sintiéndose como la bruja del cuento.

Eran dos personas muy diferentes, de eso no había duda, y no solo por la diferencia de edad que existía entre ellos: Sara estaba a punto de cumplir los treinta, dieciséis menos que él. Eran opuestos en todo. Ella era sensible y emocional. Él era frío y distante. Sara creía que la felicidad dependía de las personas y los sentimientos; y la de Colin iba en consonancia con su éxito laboral.

—Colin.

—Tengo que irme —masculló.

—Colin, por favor... —insistió Sara.

Su marido se detuvo y, muy despacio, se dio la vuelta.

—Lo siento. No he dormido. Estoy cansada... —se justificó—. No pretendía ser desagradable, ni enfadarme. Es solo que... Llevamos once años juntos y no recuerdo cuándo fue la última vez que nosotros...

El teléfono móvil de Colin empezó a sonar. Lo sacó de su bolsillo y respondió mientras se le dibujaba una sonrisa en la cara.

—¿Qué pasa, hombre? ¿Viste el partido?... Fue un penalti claro...

Desapareció en su despacho y unos segundos más tarde la puerta principal se cerró con un leve portazo. Sara se quedó en medio del pasillo, con la vista clavada en sus pies descalzos y respirando hondo para no echarse a llorar. Ya debería haberse acostumbrado a quedarse con la palabra en la boca cada vez que sonaba su teléfono. No importaba cuán trascendente fuera la conversación que estuvieran manteniendo, aquel maldito aparato tenía prioridad absoluta.

Se pasó las manos por el pelo y regresó al salón.

—¿Quieres desayunar? —le preguntó a Daniel.

El niño asintió con la cabeza, sin despegar los ojos de la pantalla del televisor. Sara fue a la cocina y calentó una taza de leche, le añadió cacao y la puso en una bandeja junto con un trozo de bizcocho y unos cereales. Regresó a la sala y dejó la bandeja en la mesa. Durante un rato observó a su hijo comer. Después ordenó un poco la habitación y recogió los juguetes que poblaban cada centímetro del suelo. Sin darse cuenta acabó frente a la ventana y se quedó mirando la calle, ensimismada.

Vivían en un piso antiguo en el barrio de Covent Garden, en una calle cercana a la plaza central. Era una zona preciosa de la ciudad, en la que se respiraba un ambiente joven y bohemio. Podías encontrar músicos callejeros en cada esquina, pintores y actores que aprovechaban las plazas para exhibir su arte y ganar algunas libras.

A Sara le encantaba vivir en aquel barrio y adoraba su casa, en la que había invertido tanto tiempo y trabajo que en cada rincón se podía apreciar el amor y la dedicación que había volcado en ella. A lo largo de los años, cuidarla había ocupado gran parte de su tiempo. Mientras pintaba paredes, restauraba muebles o cosía nuevas cortinas, sentía que era útil y que aportaba algo a su hogar. Cuando se le acababan las tareas, se dedicaba a cocinar nuevas recetas con las que conseguir algún cumplido de su marido. Cumplidos que nunca recibía.

Necesitaba un trabajo ahora que Daniel había crecido y no demandaba tanta atención. Pero ¿quién iba a contratar a una madre que había abandonado sus estudios al acabar el instituto y cuya única experiencia laboral se reducía a doblar camisas en una boutique masculina? Además, cada vez que sacaba el tema, Colin se mostraba completamente en contra. No dejaba de repetirle la suerte que tenía de poder estar en casa y cuidar de Daniel, de que los tres pudieran vivir con su sueldo y que ella no necesitara trabajar.

«Vamos, Sara, piensa un poco. Dudo que consigas algo mejor que un puesto de cajera en un supermercado, y lo que ganes apenas cubrirá el sueldo de la persona que tendremos que contratar para que se encargue de la casa y del niño. ¿De verdad merece la pena? Además, ya sabes que paso mucho tiempo fuera por mi trabajo. Si tú también sales, apenas nos veremos. No lo entiendo, en serio, hablamos de todo esto al principio y te pareció bien. ¡Ojalá yo pudiera estar en tu lugar! Todo el día en casa sin hacer nada.»

«Sin hacer nada.» Esas palabras se le habían clavado en el alma y volvían a ella cada vez que se paraba a pensar en los años que llevaban juntos. Colin nunca la había valorado. En cierto modo, se sentía engañada por él. La había convencido de que su lugar estaba en casa, y luego había usado esa misma idea para hacerla sentir como un mueble sin valor.

Se arrepentía tanto del estúpido acuerdo al que habían llegado cuando comenzaron a vivir juntos.

Colin era director creativo en una importante agencia de publicidad. Pasaba mucho tiempo en su oficina, y los viajes fuera de la ciudad eran muy frecuentes. Por eso le había pedido que no trabajara. Era el único modo de pasar juntos todo el tiempo libre del que pudieran disponer, y Sara aceptó con la misma rapidez que accedía a todo cuanto él le pedía. En aquel momento su petición hasta le había parecido romántica.

Ahora ese pacto se había convertido en su prisión. Dependía económicamente de él y esa dependencia había acabado marcando muchos aspectos de su vida, hasta tal punto que, a menudo, empezaba a dudar de que tuviera realmente vida. A lo largo de los años, el papel de madre y esposa se había impuesto en su día a día; la mujer se quedó atrás en algún momento que no lograba recordar. Una mujer incompleta que, pese a su juventud, no creía posible que lograra desarrollarse y conocerse a sí misma. Sin contar con la inseguridad que había arraigado en su interior y la conformidad con un futuro que se asemejaba al de un moribundo sin esperanza. Esos pensamientos la deprimían hasta tal extremo que solo tenía ganas de cerrar los ojos y no abrirlos durante mucho, mucho tiempo.

Y a todo eso debía sumarle que para su marido era completamente invisible desde hacía mucho. A veces tenía serias dudas sobre sus sentimientos hacia ella. Y otras veces se convencía a sí misma de que todos aquellos problemas solo estaban en su cabeza. Después de todo, puede que estuviera siendo egoísta al sentirse insatisfecha. Estaba cansada de oír que el enamoramiento y la pasión en una pareja solo duraba unos pocos meses, y que esos sentimientos solo eran un efecto, una reacción química de nuestro cuerpo. Lo importante era la relación que se consolidaba después de esa atracción inicial.

No debería sentirse tan vacía porque su marido ya no se comportara como un adolescente enamorado. Aunque tampoco recordaba que lo hubiese hecho alguna vez. Colin era un buen hombre. Sus amigos lo adoraban, sus compañeros de trabajo lo admiraban, recurrían a él para todo. Era consecuente y cumplidor con sus responsabilidades. Por eso trabajaba tanto y su tiempo libre era muy escaso, porque quería que Daniel y ella pudieran tener de todo. Si fuese más comprensiva, podría aceptar que él era así y vivir con ello, del mismo modo que aprendió a vivir con... lo que pasó.

«Todo el mundo comete errores», pensó. Pero unos dolían más que otros.

2

Como cada viernes, Sara llamó a su madre por teléfono. Hacía seis años que la mujer había regresado a España y apenas se habían visto desde entonces. Unos pocos días en verano y otros pocos durante la Navidad.

Toda su familia materna era española. Generaciones y generaciones de Martell habían nacido y vivido en Granada, incluida ella. Muchos años atrás, por un guiño del destino, su madre había conocido a Philip, un joven escocés estudiante de Historia que viajaba por el sur recorriendo los paisajes que una vez formaron al-Ándalus. Se enamoraron y él lo abandonó todo para estar con ella. No tardaron mucho en convertirse en padres de un par de mellizos: Sara y Luis.

Cuando Sara tenía siete años, los cuatro se trasladaron a Enfield, un municipio de Londres, donde las posibilidades de trabajo eran mucho mayores que en España.

—Daniel parece muy contento —dijo su madre después de hablar con el niño.

—Tenía muchas ganas de que acabara el colegio. Este curso ha sido un poco difícil para él. —Se apoyó contra la pared e hizo rodar con la punta del pie una pelota de goma—. ¿Qué tal está Luis?

—Ha roto con Laura —respondió su madre con tristeza.

—¿Por qué? Me caía bien.

—Sí, a mí también. Es una buena chica, pero tu hermano dice que no es la adecuada. Que las mariposas han desaparecido. Ya sabes cómo es.

Sara sonrió. Por supuesto que sabía cómo era su hermano. Luis y ella eran tan parecidos que la gente los tomaba por gemelos en lugar de mellizos, y no solo por su aspecto. Él era un romántico impenitente que creía en el karma y en el destino, al igual que ella había creído durante un tiempo.

—¿Cómo está Colin?

—Bueno... —Sara suspiró—. Muy ocupado. Tiene una nueva campaña entre manos y ya sabes cómo es. Pero está bien.

—Me alegro por él. Y ¿tú cómo estás?

—Bien.

—¿De verdad? No lo parece.

Sara guardó silencio. No quería preocuparla con sus problemas ni que se sintiera mal por encontrarse tan lejos. A su madre le había costado un gran esfuerzo regresar a España, pero Enfield había dejado de ser su hogar después de que su marido muriera tras una larga enfermedad.

Volver a Granada le había devuelto algo de alegría, aunque se sentía culpable por haber dejado sola a Sara, sin más familia que la que ella misma había creado, ya que Colin era hijo único y sus padres hacía años que se habían instalado en un pueblecito de la Riviera italiana para disfrutar de su jubilación.

—Estoy bien, de verdad. Además, Christina ha regresado de Nueva York y nos veremos esta tarde.

—¡Eso es fantástico!

—Sí. La he echado de menos.

—Es una buena chica y te quiere mucho. —Su madre hizo una pausa y carraspeó—. ¿Le gustó a Colin el maletín que le compraste por vuestro aniversario?

—Sí, le encantó.

—No me has dicho qué te regaló él.

Sara apretó los párpados muy fuerte y se pasó una mano por la mejilla, que deslizó despacio hasta su cuello. Otro aniversario de boda consecutivo que Colin había olvidado. Como en todos los anteriores, ella había organizado una cena y le había comprado un bonito regalo. Después había fingido con una enorme sonrisa que su descuido no tenía importancia, mientras Colin atendía una llamada tras otra, entre disculpa y disculpa, y la cena se enfriaba en los platos.

Una hora más tarde, se había despertado hecha un ovillo en su butaca. La mesa seguía puesta, las velas encendidas y Colin se había encerrado en su despacho. Continuaba al teléfono, mientras de fondo sonaba la introducción de *Breaking Bad*. Ni siquiera veía la televisión en la sala. El despacho se había convertido en un apartamento en el que hacía casi toda su vida en casa.

—¿Sara? —insistió su madre al ver que no contestaba.

—Unas... unas flores preciosas, mamá.

Se produjo un tenso silencio.

—No se acordó, ¿verdad?

Sara le dio una patada a la pelota y se acercó a la ventana. Apoyó la frente en el cristal y maldijo en silencio.

—Llegó tarde, su teléfono no dejaba de sonar y tuvo que encerrarse en su estudio para atender asuntos del trabajo. Cuando me acosté seguía allí. Ya sabes cómo es, lo primero es lo primero, y tenemos muchos gastos...

—Claro, es normal, no pasa nada. A tu padre también se le olvidó alguna vez.

Sara inspiró hondo y comenzó a juguetear con un hilo suelto de su blusa.

—Papá nunca se olvidó de vuestro aniversario. No tienes que decir esas cosas para que me sienta mejor. No estoy disgustada, en serio.

Era mentira. Se sentía muy dolida a pesar de que, a esas alturas, ya debería haberse acostumbrado a sus descuidos. Su aniversario de boda no era la única fecha que se había borrado de la agenda de Colin; algo similar ocurría con su cumpleaños. Y los abandonos continuaban extrapolándose a otras áreas de su vida. Estaba perdiendo la costumbre de llamar a casa cuando se encontraba de viaje, siempre era ella la que acababa llamándole a él, preocupada por la falta de noticias. «Ya sabes cómo son estos viajes», solía decir cuando le recriminaba su dejadez. Se preguntó cuánto tiempo tardaría su marido en darse cuenta de que ella ya no estaba si un día desaparecía sin más. Suponía que dependería de la cantidad de camisas planchadas en el armario. Cinco camisas, cinco días.

Se hizo un largo silencio en el que Sara se moría por saber qué le estaba pasando a su madre por la cabeza. La mujer habló tras un profundo suspiro.

—Sé que no estás disgustada, hija. Siempre has sido una persona muy comprensiva. Colin es un buen hombre y tenéis una buena vida. Eso es lo realmente importante, ¿verdad? El conjunto y no los pequeños detalles —comentó con tono despreocupado.

Sara asintió sin darse cuenta de que su madre no podía verla. Tenía un nudo en la garganta tan apretado que le dolía al respirar.

—Claro. Los pequeños detalles están sobrevalorados —respondió con el mismo tono y cambió de tema.

Sara había quedado con Christina en Neal's Yard, un bar situado en un pintoresco patio con el mismo nombre, que se encontraba entre Shorts Garden y Monmouth Street. Le encantaba ir allí porque cada vez que penetraba en aquel rincón tenía la sensación de abandonar un mundo donde todo era gris para caer dentro de un arcoíris de sentidos. Y no solo por el colorido de las fachadas, las ventanas y las puertas, de los toldos de los comercios y la decoración de las terrazas. La gente que iba hasta allí era especial y a ella le gustaba observarla e imaginar cómo serían sus vidas.

Christina la esperaba sentada a una de las mesas en la terraza del bar. Se puso de pie en cuanto la vio y salió a su encuentro con una enorme sonrisa en los labios.

Sara había conocido a Christina cuando solo era una niña, durante su primer día de colegio en Enfield. Desde entonces nunca habían perdido el contacto, ni siquiera cuando Christina se fue a vivir a Oxford para estudiar en la universidad. Hacían todo lo posible para verse y pasar algún tiempo juntas. Se conocían la una a la otra mejor que nadie y compartían hasta sus secretos más íntimos; también los vergonzosos, y la aceptación de esos en particular era lo que había consolidado su amistad.

No siempre estaban de acuerdo y eran muy distintas. Christina era una rubia exuberante, alta y con un aspecto de mujer fría que intimidaba si no la conocías; impulsiva, segura de sí misma y muy independiente. Sara era todo lo contrario, una preciosa muñeca de grandes ojos marrones y melena de color chocolate. Era inteligente y divertida, caía bien a todo el mundo. Pero bajo la superficie se escondía una persona llena de inseguridades, complaciente hasta olvidarse de sus propias necesidades y preocupada en exceso por todo. Siempre alterada, siempre triste, cada vez más solitaria.

—¡Hola, Sara! —exclamó Christina, apretujándola entre sus brazos—. Te he echado de menos. —Dio un paso atrás para observarla de arriba abajo—. Mírate, siempre estás estupenda.

Después se inclinó hasta quedar a la altura de Daniel, que la miraba con adoración.

—¿Cómo está mi chico favorito?

—Muy bien, tía Chris. ¿Me has traído algo de Nueva York?

—¡Daniel! —lo reprendió Sara.

—Eh, deja al niño —replicó Christina—. Tiene confianza conmigo para eso y mucho más. —Miró a Daniel y le guiñó un ojo—. Tengo un regalo para ti que te va a encantar. Y a tu madre también le he comprado una cosita.

—No tenías que... —empezó a protestar Sara.

—Siempre me dices lo mismo y yo siempre acabo comprándote algo. ¿Te das cuenta de lo inútil que es esta conversación?

Sara puso los ojos en blanco y le dedicó una sonrisa.

Se sentaron a la mesa y el camarero las atendió enseguida. Con una cerveza bien fría entre las manos, Christina le contó con todo lujo de detalles cada una de sus peripecias durante las dos últimas semanas. Incluido el chispeante encuentro que había tenido con un joven pintor, al que había conocido durante la inauguración de una galería de arte.

A Christina le gustaba divertirse y los hombres guapos formaban parte de sus distracciones. No podía evitarlo. Se derretía por los chicos jóvenes, atléticos y bien dotados. Su agenda de amantes estaba repleta de universitarios que compartían sus mismos intereses: buen sexo y ningún compromiso. En cuanto intuía que esas premisas comenzaban a cambiar, desaparecía y nunca volvía a llamar al tipo en cuestión.

Sara siempre acababa preguntándose si sería capaz de llevar ese estilo de vida. Infinidad de amantes y relaciones sin amor basadas solo en el sexo. Ella solo había tenido esa intimidad con dos hombres y había estado enamorada de ambos. El primero había sido Liam Bale, un vecino dos años mayor que ella. Habían salido juntos durante tres meses antes de que decidiera entregarle su virginidad como regalo de cumpleaños. La experiencia había sido un desastre en todos los sentidos y, después de esa primera vez, la dejó sin darle ninguna explicación. Aún se avergonzaba por haber sido tan ingenua e idiota. El segundo y último había sido Colin, y su relación íntima era... complicada.

—Estoy agotada, en serio, si tengo que coger otro avión en los próximos días, dimito —dijo Christina con un suspiro al tiempo que apoyaba los codos en la mesa y la barbilla entre las manos—. ¿Y tú qué te cuentas?

Sara se encogió de hombros.

—No mucho. Mi vida social se reduce a ir al mercado y llevar a Daniel al parque. Ya lo sabes.

—Cariño, necesitas vivir un poco más. ¿Por qué no te apuntas a ese curso de decoración que querías hacer? Se te da bien y deberías intentarlo.

—Lo estuve mirando, pero es imposible que pueda asistir. Las clases acaban muy tarde y no llegaría a tiempo de preparar la cena para Daniel. Ni siquiera para acostarle.

Christina resopló, y le echó un vistazo al hijo de su amiga, que jugaba al otro lado del patio.

—Pues que lo haga Colin. Sale del trabajo a las seis y el curso es los martes y jueves de siete a nueve. ¿Vas a decirme que no puede encargarse de su propio hijo durante un par de horas?

Sara suspiró y miró de reojo a una pareja que se hacía arrumacos en un banco cercano. La chica estaba sentada a horcajadas sobre él y se susurraban palabras entre beso y beso. No pudo evitar fijarse con más detenimiento en ellos. Él era un tipo grande y fornido, y estrechaba a la chica entre sus brazos. La miraba de un modo tan intenso que era imposible no darse cuenta de que debía de ser el eje sobre el que giraba su mundo.

Sara sintió frío y un pellizco de ansiedad en el corazón. Se preguntó si alguna vez sentiría lo que esa chica estaba viviendo en ese momento. Un hombre que la mirara de ese modo, unos brazos estrechándola de esa forma tan visceral, unos labios bebiéndosela con esa vehemencia. Apartó la mirada y la clavó en su amiga.

—Si con encargarse te refieres a que se encierre en su despacho, sin acordarse de que en casa hay un niño al que vigilar y que come algo más que refrescos y palomitas... Pues sí, podría.

Christina se pasó las manos por la cara sin importarle que pudiera estropear su perfecto maquillaje. Lanzó una mirada a la pareja que Sara no dejaba de observar y suspiró.

—Sara, tienes que aprender a relajarte. Tu hijo ya tiene diez años, es un hombrecito capaz de cuidarse solo durante un rato. Tienes que confiar un poco más en él. Y no pasa nada porque un par de veces a la semana cene palomitas. No va a darle ninguna apoplejía ni nada de eso.

Sara sonrió. Sabía que su amiga tenía razón. No tenía por qué pasar nada. Solo debía inscribirse en ese curso y distraerse durante un par de horas, dos tardes a la semana. Saldría sola, conocería gente y haría algo que le gustaba. Podía hacerlo. O eso quería creer, porque al final nunca daba el gran paso y permanecía al otro lado del muro invisible que ella misma había levantado. Su imposibilidad para decidir y actuar se había convertido en un problema muy serio. Se estaba volviendo una inválida anímica.

—Vale, puede que lo intente en septiembre —dijo Sara sin estar muy convencida—. Ahora pensemos en las vacaciones. Vendrás con nosotros a Granada, ¿verdad?

—¡Por supuesto! Ya sabes que adoro a tu madre y que me encanta como cocina. Pero solo podré quedarme unos días. Tengo que ir a Tullia y puede que deba quedarme allí hasta finales de agosto. ¡Adiós a mi crucero por las islas griegas! —resopló con amargura.

—¿Y eso?

—Las reformas del *château* se están retrasando y no sé por qué. Pero si no avanzan, no podré abrir el hotel en septiembre. —Alzó las manos, exasperada—. ¿A qué... a qué padre se le pasa por la cabeza dejar como última voluntad que invierta su pequeña fortuna en esa vieja casa para intentar convertirla en un hotel? En serio, creo que lo hizo a propósito para fastidiarme porque sabía que no me negaría a algo así. Mi abuela decía que no se debe jugar con la última voluntad de un difunto o este te perseguirá hasta verla cumplida.

Sara ya estaba acostumbrada a los comentarios místicos de su amiga, pero no dejaba de ser curioso que alguien como Christina creyera en fantasmas y maldiciones. Todo se lo debía a sus orígenes armenios. Sus abuelos habían emigrado a Francia buscando nuevas oportunidades. Allí nació su padre, Hakab, cerca de Marsella, donde años más tarde se casó con una inglesa, licenciada en Política, con la que acabó manteniendo una extraña relación a distancia. Christina fue el fruto de esa unión y en ella habitaban dos formas de vida completamente opuestas que chocaban entre sí casi todo el tiempo.

—¿Y tú la creías?

—Mi abuela veía cosas, Sara. No hay que tomarse a broma esos temas. Y por ese mismo motivo voy a convertirme en la propietaria de un hotel en un pueblo de apenas dos mil habitantes, que ni siquiera aparece en los mapas. ¡Madre mía, debo de estar loca, como una cabra!

Sara se echó a reír.

—No sé, para mí no es tan terrible. Me gusta la idea y parece una buena inversión.

Christina entrecerró los ojos, que eran del mismo tono que el acero, aunque no tan fríos. En ellos se podía ver lo preocupada que estaba con todo aquel asunto.

—Eso espero. He invertido casi todo lo que me dejó en ese lugar. No podré ocuparme de su gestión en persona y necesitaré un gerente que se haga cargo. Si no da beneficios, no podré mantenerlo. No con mi sueldo —admitió en voz baja.

Sara alargó la mano sobre la mesa y asió la de Christina. Le dio un ligero apretón en el que volcó todo su afecto y confianza en ella.

—No te agobies, ¿vale? Va a salir bien. ¿Te haces una idea de cuánta gente elige la Provenza para sus vacaciones? Es una zona preciosa y romántica. Estoy segura de que habrá lista de espera para alojarse en tu *château*.

Christina le devolvió el apretón y una sonrisa le iluminó la cara.

—¿Qué sería de mí sin ti? —Miró de reojo a un camarero que servía pizzas en la terraza de un restaurante cercano—. Yo debería estar buscando al hombre perfecto para mí, y no comiéndome la cabeza con todos estos problemas.

—El hombre perfecto no existe.

—Por supuesto que no, por eso he dicho el hombre perfecto para mí. Ya sabes, metro noventa, cuerpo de nadador, la cara de Gerard Butler y que haga el amor como un ángel.

—Lo ángeles no tienen sexo —señaló Sara con una risita.

—Y un cuerno. Adrian Mitchell es un claro ejemplo de que sí y sabe cómo usarlo. Dios, con él sentaría la cabeza. Quiero a Adrian Mitchell en mi vida.

—Es el personaje de una novela. No es real. El hombre perfecto para ti... —Entrecomilló con los dedos las palabras— Al menos debería ser de verdad, ¿no crees?

Christina se llevó la mano al pecho, ofendida.

—¡Ya, como que el tuyo lo es!

—¿El mío? —inquirió Sara desconcertada. Se había perdido por completo.

Christina entornó los ojos con malicia y empezó a hurgar en su bolso. Sacó su cartera y la abrió. En pocos segundos la mesa estaba llena de tarjetas, billetes, monedas, tickets de compra...

—¡Aquí está! —exclamó mientras desdoblaba un trozo de papel de color amarillo.

Sara se llevó la mano a la boca, sin dar crédito a lo que estaba viendo. Sus ojos, abiertos como platos, iban del rostro de su amiga al papel y de vuelta a su amiga.

—No puedo creer que conserves eso después de tanto tiempo —susurró emocionada. Muchos años atrás, cuando solo eran unas adolescentes que empezaban a interesarse por los chicos, escribieron una lista en la que cada una describía a su hombre perfecto.

—Por supuesto que lo conservo. Esto es como un testamento, una cápsula del tiempo. —Extendió el papel sobre la mesa y lo alisó con la mano—. El hombre perfecto de Sara —anunció, y pasó a enumerar todos los puntos de la lista—: Alto, guapo, deportista, con un cuerpo atractivo, amable, con sentido del humor... Sin miedo a demostrar sus sentimientos, que no le importe hacer el ridículo, que sepa cocinar... —Alzó la mirada hacia Sara y arqueó una ceja. Su amiga se ruborizó—. Muy real, ¡eh! Espera, que esto solo es el principio. Que sepa bailar, que tenga un grupo de rock y, a ser posible, que sea el vocalista. Generoso, fiel, sincero y que esté bien dotado. Vamos, que cargue bien, muy bien.

Sara soltó un gritito de vergüenza y le arrancó el papel de las manos.

—Yo nunca dije eso. —Repasó la lista y se puso colorada.

—Indicaste claramente que debía ser una maravilla en la cama, hasta el punto de volverte loca y lograr que te desmayaras —le recordó Christina, fingiendo abanicarse, y empezó a partirse de risa.

—Tenía dieciséis años —susurró Sara, como si eso lo explicara todo.

Las carcajadas de Christina aumentaron de volumen. Miró al cielo.

—Eros, Cupido, o como diablos te llames. Llevas un retraso de catorce años, ya va siendo hora de que nos pongas en tu lista de prioridades.

Sara bajó la cabeza, fingiendo que no se había dado cuenta de que todas las caras se habían vuelto hacia ellas.

—Estás loca —comentó mientras le devolvía el papel.

Christina hizo un gesto negativo con la mano.

—Quédatelo tú y pégalo en la puerta de la nevera. Con un poco de suerte, un día de estos aparece en tu vida esa maravilla.

Esa misma noche, Daniel se durmió temprano. Sara aprovechó ese preciado tiempo extra para prepararse un baño, dispuesta a sumergirse en agua caliente hasta que su piel se arrugara como una pasa. Mientras llenaba la bañera, descorchó una botella de vino tinto y encendió unas velas aromáticas. El baño se transformó en un escenario irreal. La luz vacilante de las llamas se reflejaba en los azulejos blancos y una ligera nube de vapor, con olor a canela, se extendió cubriendo las paredes.

Se quitó la ropa, sin prisa, mientras observaba cada uno de sus movimientos en el espejo. Hacía mucho tiempo que no se detenía a mirarse. Le había crecido el pelo y ahora le llegaba hasta media espalda. Una melena castaña que en los últimos años tenía una tendencia preocupante a rizarse y encresparse. Sus ojos marrones ya no brillaban, un velo mate y nostálgico los cubría.

Había perdido peso y sus pechos, más pequeños que unos años atrás, comenzaban a rendirse a la ley de la gravedad. Aun así, continuaban siendo bonitos. Los cubrió con sus manos y los sostuvo notando su peso, la redondez de su forma. Muy despacio, bajó las manos siguiendo el contorno de su vientre y sus caderas. No tenía la figura perfecta de las modelos de las revistas, pero estaba bastante bien y siempre se había sentido a gusto con su cuerpo y su desnudez.

No era su aspecto lo que fallaba en ella.

Se recogió el pelo en un moño y se deslizó dentro de la bañera. Suspiró y disfrutó de la sensación de que cada músculo de su cuerpo se aflojara poco a poco hasta convertirse en un trozo de mantequilla, derritiéndose por el calor. Tomó la copa de vino y se bebió la mitad de un solo trago. Se secó las manos y alcanzó el libro, que había dejado sobre el taburete. Sonrió con cierta melancolía. Siempre se había conformado con muy poco: vino, velas y una lectura. No era un mal plan para un viernes por la noche.

Pasó la siguiente página con un nudo en la garganta. Notaba la falta de aire en sus pulmones e inspiró hondo. Releyó el mismo párrafo una vez, y luego otra. Tragó saliva y volvió a inspirar hondo mientras su piel se erizaba con un festival de escalofríos. La escena era sutil, apenas insinuada, un encuentro inesperado cargado de tensión y sensualidad. La leyó de nuevo, consciente de su pulso acelerado y del calor entre sus piernas.

Al principio, que su cuerpo despertara de esa forma a unas sensaciones tan íntimas e intensas, hacía que se sintiera incómoda. Mimarse y liberarse de la tensión acababa provocando en ella una tristeza impregnada de culpabilidad. No estaba haciendo nada malo y, aun así, cuando su cuerpo se relajaba tras la rápida escalada, se sentía como si estuviera cometiendo un delito con la premeditación y la alevosía de un delincuente peligroso. Y se avergonzaba por ello.

Más tarde, quizá por la madurez que dan los años, o porque simplemente abrió los ojos y vio más allá del velo inocente tras el que se escondía, se dio cuenta de que estaba viva por más que intentara ignorarlo. No podía sentirse culpable por comer cuando tenía hambre, por dormir cuando estaba cansada, por quererse un poco cuando su cuerpo le reclamaba atención. Al menos, durante un rato, podía fantasear y dejar de sentir esa frustración constante.

La puerta del baño se abrió de golpe y Colin entró, cerrando a continuación con el pie. Sus ojos volaron hasta la bañera y se abrieron de golpe.

—Ah, hola. No sabía que estabas aquí. Imaginé que ya estarías durmiendo.

Sara sonrió, mientras el corazón le latía con fuerza contra las costillas. ¿Se habría dado cuenta su marido de lo que estaba haciendo bajo el agua?

—Daniel se durmió temprano y he aprovechado para darme un baño.

—Estupendo —respondió él sin más.

Se dirigió a la ducha y abrió el grifo. Mientras el agua caía, empezó a desnudarse. Sara se lo quedó mirando. Aún continuaba alterada; el susto y la vergüenza por si había sido descubierta no habían aplacado su necesidad. Su marido era un hombre apuesto. Siempre había lucido un espeso cabello castaño —ahora salpicado con algunas canas y unas leves entradas que trataba de disimular llevándolo un poco más largo—, y tenía unos preciosos ojos azules, ligeramente rasgados hacia abajo. Pasaba tantas horas sentado que su cuerpo ya no era el mismo de diez años atrás, pero continuaba siendo atractivo.

—¿Vas a ducharte? —inquirió, ruborizada hasta las orejas. La pregunta era absurda, pero no se le ocurría otra forma de entablar conversación. Colin asintió sin mirarla—. Aquí hay sitio para los dos y el agua aún está caliente. ¿No te apetece que pasemos un rato juntos? Hace mucho que no estamos solos.

La seductora invitación salió de su boca sin que pudiera evitar que le temblara la voz. Apoyó los brazos en el borde y se elevó un poco, de modo que sus pechos emergieron entre la espuma. Colin la miró de soslayo y su cara no mostró ninguna emoción. Empezó a negar con la cabeza mientras se quitaba los calzoncillos y se dirigía a la ducha con el cuerpo tan inexpresivo como su rostro.

—Mejor no. Estoy cansado y no me encuentro bien. Creo que estoy incubando algo. Disfruta de tu baño —murmuró.

Sara volvió a sumergirse en el agua, de repente demasiado fría, y se quedó mirando el techo con un nudo de ansiedad estrujándole el estómago. Salió de la bañera, incapaz de permanecer quieta. Se sentía fatal. No se molestó en secarse, ni en vestirse, y cubierta de espuma agarró la copa de vino y abandonó el baño.

Se sentía tan estúpida que la vergüenza amenazaba con provocarle un ataque de nervios. No sabía qué le había llevado a insinuarse, aunque lo hubiera hecho de un modo tan discreto. Hacía mucho que Colin no mostraba ningún interés en estar con ella; y ella había dejado de esperar.

A Sara le costaba entender cómo habían llegado a esa situación. Quizá la culpa solo fuese suya por no haber sabido mantener su atención. Había llegado a la conclusión de que quizá su falta de iniciativa había sido uno de los motivos que había provocado el aburrimiento de su marido. Ella nunca había sido capaz de dar el primer paso. No sabía muy bien por qué, pero siempre se bloqueaba, por mucho que lo deseara. Cuando se excitaba y quería hacer el amor, lo buscaba haciendo que Colin se fijara en ella: cambiaba su pijama por un conjunto de ropa interior sexy, o se acostaba completamente desnuda con un repentino golpe de calor... Y funcionaba. Colin acababa entre sus piernas y, una vez allí, ella se sentía bien por estar junto a él, por tenerle de ese modo.

Pero, poco a poco, las cosas habían ido cambiando entre ellos. Él comenzó a distanciarse y dejó de fijarse en las pistas de Sara. Ella, lejos de armarse de valor y cambiar de estrategia, se volvió más insegura. Las noches se convirtieron en horas de insomnio y frustración sexual, de tristeza por no ser capaz de superar aquella extraña parálisis que le entraba cada vez que pensaba en acercarse a él. Lo que para otras mujeres parecía tan fácil y natural, para ella era como saltar al vacío sin paracaídas. ¡No tenía valor para hacerlo!

El tiempo fue pasando y su relación se complicó cada vez más. Ella no lo buscaba, aunque se muriera por hacerlo; y él no parecía necesitarla. La intimidad fue la primera pérdida, después la siguieron otras más importantes como la confianza y la seguridad.

Podría parecer que atribuía demasiada importancia al sexo, pero siempre había pensado que era el reflejo perfecto del estado de una relación. Una pareja joven y sana que no hace el amor durante meses tiene un problema. Además, ¿quién no se sentiría bien en los brazos de la persona que ama, mientras la colma de besos y caricias, mientras sus cuerpos se acoplan durante el baile más íntimo y apasionado que existe?

Quizá Colin había acabado por darse cuenta de que él era el único que llegaba a la cima.

3

El sábado amaneció con un cielo brillante y despejado. Sara abrió las ventanas y dejó que el aire refrescara la casa. Después se dirigió a la cocina a preparar la primera cafetera del día.

Colin apareció tras ella. Con el teléfono apenas sujeto entre el hombro y su oreja, empezó a prepararse uno de sus batidos vitamínicos. Mientras lo agitaba enérgicamente con una cucharilla, escuchaba muy concentrado la voz al otro lado del aparato. Respondía con monosílabos y, de vez en cuando, en su boca se dibujaba una leve sonrisa.

Sara se sirvió una taza de café y se sentó a la mesa sin dejar de observarlo, intrigada por la conversación. Colin comenzó a rebuscar en los armarios. Sus cejas se unieron con un gesto de disgusto y la búsqueda se convirtió en algo compulsivo. Ella se puso de pie y fue hasta el lavavajillas, lo abrió y sacó una jarra de metal con tapa de plástico. Él se la arrebató de la mano, con una mirada elocuente que era una clara reprimenda: «Ese no es su sitio, Sara. Ya sabes que quiero que estas cosas se laven a mano».

Sara soltó un suspiro ahogado, agarró su taza y salió de la cocina. El humor de su marido era tan variable como el tiempo. Su carácter meticuloso se había convertido en un problema para ella, sobre todo porque no era adivina y él debía de creer lo contrario, teniendo en cuenta cómo se enfadaba si la camisa azul no se encontraba junto a los pantalones grises, o si la camisa gris no estaba planchada para combinarla ese día con el traje negro.

Se acomodó en su butaca y, entre sorbos de delicioso café, comenzó a leer. Perdió la noción del tiempo sin darse cuenta. Tenía una facilidad extraordinaria para perderse en otras vidas. Cuando levantó los ojos, Daniel estaba en el sofá, jugando con su consola y comiendo chocolate.

—¡Eh! ¿A eso lo llamas tú desayuno?

Se puso de pie y dejó a un lado la taza y el libro. Daniel le dedicó una sonrisa traviesa, que mostró unos dientes manchados de cacao. Le quitó la chocolatina y la consola de las manos y tiró de él hasta ponerlo de pie. Le dio un beso en la frente y lo empujó hacia la cocina mientras él se hacía el remolón.

—¿Quieres tostadas? —le preguntó.

—¿Cereales? —replicó el niño con un inocente parpadeo.

Ella puso los ojos en blanco. Preparó un bol con leche y le añadió una generosa ración de cereales recubiertos de chocolate. Lo colocó frente a su hijo.

—Voy a darme una ducha. Cuando salga, espero que te lo hayas comido todo.

Daniel movió la cabeza y se metió una cuchara rebosante en la boca. Ella se lo quedó mirando unos segundos. Sabía que era una madre demasiado protectora y asustadiza. Casi nunca se separaba de él. Dejarlo a cargo de otra persona, que asistiera al cumpleaños de uno de sus amigos o a una excursión del colegio, le suponia una tortura. Se imaginaba mil y un accidentes posibles. Sabía que su comportamiento era exagerado e irracional, pero no podía evitarlo. Era madre y la exageración de todos los miedos y las obsesiones más absurdas iban implícitas en el rol. Daniel era lo único que tenía en el mundo, lo único realmente suyo, y la persona por la que se sacrificaría sin importarle el precio. De hecho, ya lo estaba pagando al continuar dentro de aquel matrimonio.

Christina le había preguntado muchas veces por qué aguantaba. Ella sabía la respuesta a esa pregunta, estaba dentro de su cabeza, pero no era capaz de transformarla en palabras, solo en emociones.

Colin salió de su despacho y se cruzó con Sara en el pasillo. Aún continuaba en pijama y apuraba el batido de su vaso.

—Ah, iba a buscarte —dijo al verla—. Esta noche vendrán unas personas a cenar a casa. Nueve en total.

Los ojos se le abrieron como platos.

—¿Quiénes? —preguntó, y sus cejas comenzaron a unirse con una expresión de enfado.

—Compañeros de trabajo: Randy, Fedrik y Natasha, Clayton, Wade, Jeroen... y sus acompañantes —explicó, pasando por su lado de regreso a la cocina.

Sara lo siguió, más molesta a cada segundo que pasaba.

—¿Nueve? ¿Esta noche? —repitió sintiéndose idiota. En su mente aparecieron montones de recuerdos de cenas pasadas y su corazón se aceleró—. ¿Has organizado una cena sin consultarlo conmigo primero?

Colin se detuvo y se dio la vuelta.

—Ha surgido así, ¿vale? Es importante. Además, nos vendrá bien relacionarnos con más gente...

—¡Colin, no puedes organizar una cena para nueve personas sin consultarme primero! —explotó.

Él resopló bastante irritado y la miró con inquina. Su mandíbula se tensó.

—Siempre estás igual. Nunca quieres que venga nadie a casa. Te molesta que intente quedar con amigos y con esa actitud empezamos a quedarnos solos. Ya nadie nos visita, ni nos llaman para salir. Nunca quieres hacer nada... —Extendió ambas manos, impotente—. ¡Estoy harto!

—¿Cómo puedes decir eso? —Sara intentó mantener la voz serena, pero no pudo. Llevaba tanto tiempo alterada que la mecha de su paciencia era demasiado corta y estallaba por nada—. Esta casa siempre ha estado llena de gente: amigos, compañeros de trabajo, familia... Comidas, cenas, hasta semanas enteras como si esto fuese un hotel. ¿Ya se te ha olvidado el tiempo que Josh y Lance han pasado en esta casa? Si prácticamente vivían aquí.

—¿Y cuánto hace de eso? —replicó él a la defensiva—. Hace mucho que no hacemos nada con nadie.

—¿Y quién tiene la culpa?

Colin resopló y su mirada se encendió.

—¿Me estás acusando a mí? Eres tú la que no quiere tener amigos, la que no quiere que nadie nos visite. Y de salir mejor ni hablamos...

Sara lo miró de hito en hito, sin entender cómo podía él tergiversar la realidad de ese modo.

—¿Amigos? Son tus amigos, no los míos. Nunca te ha interesado conocer a mis amigos.

—Pero... ¿tienes alguno? —se mofó Colin, y añadió con desdén—: Porque yo solo conozco a esa loca, Christina.

—Tenía amigos, Colin, pero a ti nunca te interesaron. Y al final...

—Hippies y vagos —la cortó él—. Esa gente no te convenía. Si fueses más espabilada, te darías cuenta de que mis amigos son un buen espejo en el que mirarte. Ni siquiera lo has intentado en todos estos años.

—Eso es injusto. Nunca... nunca has hecho nada para que me sienta integrada. Prácticamente te olvidas de que existo cuando estamos con otras personas. Tú mejor que nadie sabes por qué no quiero cenas, ni salidas, ni nada.

—Venga ya. ¿No irás a salirme otra vez con eso? —rezongó Colin en tono burlón.

—¡¿Con eso?! —exclamó Sara—. Acabé hasta las narices de invitar a gente a casa porque lo único que hacía era trabajar como una mula. Limpiaba, cocinaba, servía y atendía a un niño pequeño, mientras tú te comportabas como un invitado más. Nunca me echaste una mano. Nunca me ayudabas a nada. Al contrario, exigías y pedías, y actuabas conmigo como si en lugar de tu esposa fuese un servicio de catering cualquiera al que habías contratado. —Se dobló hacia delante como si le hubieran dado un puñetazo en el estómago. Estaba gritando, histérica—. Y esos amigos de los que hablas. Nunca he tenido una conversación de verdad con ninguno de ellos, y no porque no lo haya intentado. Es imposible hablar con alguien cuando tú estás en la misma habitación. Parece algo personal cómo te inmiscuyes, interrumpes y boicoteas cada intento. Sin contar con esa desagradable manía de dejarme en evidencia y bromear a mi costa. ¿Te sigues avergonzando de mí?

—Pero ¿qué dices? ¿De dónde sacas ese disparate?

—De tu actitud. Siempre alabando lo listas que son las esposas de tus compañeros, los idiomas que hablan, lo mucho que ganan, las enormes casas impolutas y perfectas que mantienen sin romperse una uña... Y a mí solo me criticas.

—Joder, Sara, distorsionas la realidad —repuso Colin, mirándola como si estuviera loca—. Pero si ese es el problema, no te preocupes. Les hablaré a todos de lo estupenda que eres cuando no pierdes el juicio, y te ayudaré con la casa y la jodida cena.

—No dará tiempo. Apenas faltan unas horas.

—Prepara cualquier cosa, lo que sea. Ya se te ocurrirá algo. No puedo echarme atrás esta noche. Lo siento —dijo él, zanjando la conversación. Sacó dinero de la cartera y se lo entregó—. Con eso tendrás suficiente.

Sara volvió a mirar el reloj. Ya eran las seis y media de la tarde y el día se le había escapado sin darse cuenta. Entre hacer la compra, limpiar la casa y preparar la cena, las horas habían pasado como un suspiro. La salsa aún borboteaba en la cazuela; el pollo terminaba de hacerse en el horno; el fregadero estaba hasta arriba de platos sucios y el lavavajillas lleno, y ella se había quedado sin tiempo para ducharse y arreglarse un poco.

Inclinó la cabeza y se olió la ropa. Apestaba a frito, al igual que su pelo. Bajó el fuego de la cazuela y se dirigió a su alcoba para cambiarse. Daniel jugaba en el salón, junto a la mesa. Sus figuras de acción ocupaban el borde de las sillas y había usado las servilletas como tiendas de campaña. No solo eso, sino que dos cajas de juguetes habían abandonado misteriosamente su habitación y ahora estaban esparcidas por el suelo.

—Daniel, ¿qué estás haciendo? Me prometiste que ibas a portarte bien —le recriminó.

—Es que me aburro y en la tele no hay nada.

—Pues juega en tu habitación —le sugirió ella con la voz demasiado aguda por los nervios—. Mira que desastre, y los amigos de tu padre están a punto de llegar. Quiero que recojas todo eso ahora mismo, ¿está claro? —masculló mientras volvía a doblar las servilletas. Resopló al ver una mancha enorme en una de ellas y sacó otra limpia del aparador.

Daniel se dejó caer en el sofá con las piernas colgando por el reposabrazos.

—Estoy cansado, ¿por qué no lo recoges tú?

—¿Acaso he organizado yo todo este desastre? Lo vas a recoger con las mismas ganas que lo has sacado. ¡Ya! —gritó al comprobar que no se movía del sofá.

—¿Queréis dejar de gritar? Siempre estáis igual. ¿No podéis hablar como personas normales? —se quejó Colin al entrar en la sala.

Acababa de ducharse y se había vestido con unos pantalones de lino beis y una camisa blanca. Iba perfectamente afeitado y peinado. Sara lo miró de arriba abajo, a punto de perder los nervios. Llevaba todo el día encerrado en su despacho, pegado al teléfono y al ordenador.

—¿Que no grite? ¿Has visto cómo está todo esto? —El labio inferior le temblaba de una forma visible—. Dijiste que me ibas a ayudar y no has movido un solo dedo.

—Tenía que terminar ese informe —se justificó él. Se encogió de hombros, quitándole importancia—. Vale, dime qué hago.

Sara se pasó una mano por la frente y después por el pelo. Se ahogaba entre tanta frustración.

—Hay que recoger la cocina. Está hasta arriba. Rellenar las tartaletas, aliñar la ensalada y poner a enfriar el vino —le explicó mientras enfilaba el pasillo hacia el dormitorio.

—Acabo de vestirme. No puedo hacer esas cosas con esta ropa —protestó Colin—. Además, a ti se te da mejor que a mí. Seguro que estropeo algo.

Sara se detuvo. Sentía que se le saltaban las lágrimas y que el estómago se le crispaba por las náuseas. Tenía dos opciones: terminar de perder los nervios o guardar silencio y tragárselo todo como hacía casi siempre. Optó por la segunda, la más fácil, la más amarga.

Sacó del armario un vestido de color azul noche y se lo puso sin mirarse ni una sola vez en el espejo. Unos zapatos planos de color negro completaron su atuendo. Entró al baño a toda prisa. Tendría que hacerse una coleta con la que disimular el desastre que era su pelo. Se quedó inmóvil en medio de la estancia. La encimera del mueble del lavabo estaba repleta de cosas: espuma de afeitar y una maquinilla, desodorante, crema hidratante... Había ropa en el suelo, la alfombrilla colgaba de la mampara de la ducha, cuyo plato rebosaba de espuma de jabón. Estaba hecho un desastre. Todo el día esforzándose por su estúpida cena para nada.

Alzó la vista y se encontró con su propia mirada en el espejo, inexpresiva y fría. Nada que ver con la rabia que sentía en su interior. Desvió la mirada y trató de respirar de forma normal. Se estaba ahogando en tristeza. Emitió un trémulo suspiro. Solo quería meterse en la cama y dormir.

No quería que todas aquellas personas vinieran a casa. No quería hablar con nadie ni poner buena cara. No quería pasarse la noche sirviendo platos, bebidas, limpiando y recogiendo. No quería volver a sentirse desplazada ni insignificante por no tener un trabajo del que hablar, un viaje que contar, una decena de anécdotas que compartir y un millón de chistes privados que no podía entender.

Las lágrimas rodaron por sus mejillas mientras limpiaba con una toalla el espejo y el lavabo y guardaba toda la ropa en el cesto de la colada.

El timbre de la puerta sonó. Se secó la cara. Después inspiró hondo varias veces al tiempo que se cepillaba el pelo. Compuso la mejor de sus sonrisas y se preparó para interpretar su papel, algo que se le daba de maravilla. La esposa perfecta, la anfitriona ideal. El truco estaba en no dejar que nadie la viera de un modo que no fuera alegre y encantador, aunque por dentro su corazón estuviera hecho trizas.

Poco a poco, fueron llegando los invitados.

—¡Sara, estás preciosa! —exclamó Randy nada más cruzar la puerta. Se dieron un rápido abrazo. Una pelirroja de grandes pechos sonreía colgada de su brazo—. Sara, te presento a Mindy. Mindy acaba de llegar desde Austria para hacer unas prácticas en el Museo Británico. Se ha instalado en mi edificio y últimamente me he convertido en su guía turístico personal —aclaró con un tonito confidencial y una sonrisa maliciosa.

Sara saludó a Mindy con un ligero apretón de manos.

—Un placer conocerte, Mindy. ¿Por qué no pasáis al salón? Han llegado casi todos y Colin está sirviendo el vino —les sugirió mientras los acompañaba.

Regresó a la cocina y terminó de fregar los últimos utensilios. Sin tiempo para respirar, comenzó a servir los entrantes y los llevó hasta la mesa.

—¡Sara, esto tiene una pinta estupenda! —la alabó Fedrik, tomando una tosta con tomate, queso de cabra y pasas—. ¡Está de muerte! —dijo con la boca llena—. Tienes... tienes que darnos la receta.

Sara le agradeció el cumplido con una sonrisa sincera. Fedrik era un hombre encantador. Él y Natasha, su esposa, fueron los primeros amigos de Colin a los que conoció cuando se instaló con él en Londres. Eran una pareja divertida y natural. Le caían bien.

Colin soltó una breve y queda carcajada. Sara levantó los ojos para mirarlo. Todos los invitados se concentraban a su alrededor, escuchando absortos los detalles de la última campaña que había diseñado para una emergente cadena de gimnasios. Él causaba ese efecto en los demás. Mostraba una plenitud y una seguridad que apabullaba. Era inteligente, competitivo e insaciable en el trabajo, incluso agresivo en su forma de ver el mundo. Conseguía que creyeras que no existía nadie más brillante e inspirador. Ella también lo había sentido al principio, hasta que descubrió que en la intimidad era alguien completamente distinto.

Colin apuró de un trago el vino de su copa y giró la cabeza, buscándola con la mirada.

—Cariño, ¿te importaría traer otra botella de tinto? —le pidió, esbozando su sonrisa perfecta, esa que usaba para encandilar a sus clientes.

Sara tuvo que hacer malabarismos con la bandeja repleta de copas sucias que acababa de recoger. Le sostuvo la mirada un largo segundo. «¿No puedes ir tú, cariño?», pensó enfadada.

—¡Claro! —respondió con una sonrisa estática en la cara.

Regresó a la cocina y sacó el vino de la nevera. Un ligero olor a quemado llegó hasta su nariz.

—Mierda.

La salsa se estaba pegando y se apresuró a apartarla del fuego. La cambió de recipiente y la probó. Resopló con disgusto. Iba a ser imposible enmascarar el sabor.

—Mami. —Daniel entró en la cocina arrastrando los pies—. No encuentro mi cómic de los Vengadores.

—Ahora no, cielo.

—Pero es que lo quiero. Me aburro —se quejó el niño.

—¿Por qué no vas y le pides a papá que te ayude a buscarlo? —sugirió con toda la paciencia que logró reunir.

Le echó un vistazo a las tartaletas. Debía servirlas ya. El hojaldre empezaba a humedecerse y perdía toda la gracia si no estaba crujiente. La alarma del horno comenzó a sonar con un pitido insistente.

—Papá me ha dicho que venga a pedírtelo a ti —contestó Daniel—. ¡Mamá, búscalo! —insistió.

Sara se quedó inmóvil un segundo. Apretó muy fuerte los párpados y respiró hondo. Como si no tuviera ya bastante. ¿Ni siquiera podía ocuparse de su propio hijo un instante? Lo sabía, sabía que pasaría exactamente lo que estaba pasando. Ella se encargaría de todo mientras él se comportaba como un invitado más. Exigiría, pediría y la agobiaría hasta el último momento. Ella haría todo lo posible para que la velada fuese perfecta, aunque todo ese esfuerzo supusiera no poder sentarse ni un segundo y mucho menos cenar o charlar con alguien tranquilamente.

«A esto se reduce tu existencia en esta casa: empleada del hogar. Ya deberías tenerlo asumido», pensó con acritud.

—Sara, ¿y ese vino? —gritó Colin desde el salón.

—Lo siento, tesoro, pero ahora mismo no puedo buscar tu cómic —se disculpó con su hijo.

Agarró la botella y la descorchó en un santiamén. Después sirvió las tartaletas y regresó a la sala con paso rápido. Se acercó al grupo y con una enorme sonrisa fue rellenando las copas.

—Ese divorcio le va a salir por un pico —decía Randy.

—Hoy en día divorciarse no es un buen negocio. ¡Que me lo digan a mí! —exclamó Clayton—. Mi ex se quedó con todo y a mí solo me dejó una sentencia que me obliga a pagar hasta las facturas de sus operaciones de estética.

—¡Pobrecito! —ronroneó Colin con tono burlón.

—No todos tenemos tu suerte —replicó Clayton—. Si yo tuviera a alguien como Sara, no querría divorciarme jamás. Es encantadora e irresistible.

Sara levantó la vista hacia él y se ruborizó. Sabía que estaba siendo cortés, siempre lo había sido con ella. No era tonta y notaba la atención masculina que suscitaba. Desde que era una adolescente, a su paso se habían girado muchas cabezas y aún podía sentir ese interés en las miradas que encontraba sobre ella. Clayton en ese momento tenía la suya perdida en su escote.

—Si Sara y yo nos divorciáramos, lo único que recibiría sería su correspondiente cincuenta por ciento de las deudas: hipoteca, facturas... Mal negocio, ¿verdad, cariño? —contestó Colin mientras estiraba el brazo para que ella rellenara su copa.

Ella le dedicó una sonrisa que solo un idiota no habría sabido interpretar como: «¿De verdad tenías que decir eso?» Respiro hondo, se tragó su orgullo y continuó sirviendo el vino, mientras la pelirroja insistía en que ella jamás se casaría sin un buen contrato prematrimonial que cuidara de sus intereses. Hablaba como si su cuerpo de reloj de arena justificara todos los posibles. «¿Quieres disfrutarlo? Págalo.» Randy miró a su acompañante con un gesto de espanto mal disimulado. Se llevó la copa a los labios y bebió hasta apurarla.

—Cielo, estas tartaletas están fantásticas —dijo Natasha desde el sillón.

Sara le dio las gracias con una sonrisa.

—Siento no poder echarte una mano —se disculpó la mujer, señalando con un gesto la venda que lucía en el tobillo.

—No te preocupes, lo tengo todo controlado —susurró mientras le guiñaba un ojo.

—Pues sí que están buenas —dijo Clayton, tragándose una de un solo bocado. Con la boca llena se giró hacia ella y alzó las cejas con un gesto elocuente—. Dime que tienes una hermana gemela. Si no tendré que secuestrarte.

Sara se echó a reír.

—Si queréis probar unas tartaletas buenas de verdad, tenéis que ir los jueves al mercado de Borough. Dios, se te hace la boca agua —replicó Colin.

Se puso rígida y tragó saliva.

—No lo dudo, pero estoy segura de que estas no tienen nada que envidiarles. Me reitero, Sara, están deliciosas —intervino Natasha mientras dedicaba a Colin una mirada de advertencia.

—Pruébalas antes de asegurar eso —sugirió Colin con cierto desdén—. Además, si lo dices por el ego de Sara, no te preocupes. Ella es muy consciente de sus limitaciones.

Sara estuvo a punto de ahogarse con su propio aire. Miró a su marido perpleja, sin dar crédito a sus palabras. Él le devolvió la mirada tan tranquilo, como si en lugar de haberla dejado a la altura del betún, hubiera dicho que el sol salía por el este y se ponía por el oeste. No lograba entenderlo. Una parte de ella quería creer que no lo había dicho con malicia, pero otra empezaba a estar harta de aquel desprecio constante con el que la trataba y que después él se empeñaba en negar. Tuvo que hacer un esfuerzo para no dejar la botella allí mismo y encerrarse en su habitación. No quería quedar mal ante todos aquellos invitados, aunque también empezaba a estar cansada de la prepotencia que estos exhibían.

En ese momento sonó el timbre de la puerta. Repicó de nuevo, casi con insistencia, y Colin no hizo ademán de moverse. Sara dejó la botella en la mesa y se dirigió al vestíbulo. Abrió la puerta y notó cómo la vida abandonaba su cuerpo. El aire se le atascó en los pulmones y se quedó mirando a las dos personas que había al otro lado del umbral. En concreto, a la mujer que acompañaba a Jeroen, el único invitado que quedaba por llegar.

El shock debió de reflejarse en su cara, porque Jeroen se inclinó sobre ella y le preguntó si se encontraba bien. Sara continuó inmóvil, mientras una sola pregunta se repetía en su cerebro:

«¿Qué demonios hace ella aquí?»

A partir de ese instante, la noche transcurrió bajo una extraña bruma de incomodidad que le embotó la cabeza. El pasado regresó, golpeándola en el estómago, y todos sus miedos e inseguridades brotaron sin control explotando en su interior.

Debían de ser cerca de las tres de la madrugada cuando terminó de recoger los restos de la cena. Puso en marcha el lavavajillas y se dirigió al baño, apagando las luces a su paso. Temblaba, y no de frío; el aire era tan cálido como una noche de verano en el sur de España. Si cerraba los ojos, podía sentir el olor del jazmín y de los geranios del patio de su madre. Temblaba porque notaba que los cimientos de su mente se resquebrajaban sin remedio. Sentía como si algo indefinido o hace tiempo olvidado emergiese de su interior, como una voz luchando por ser escuchada.

Se dio una ducha y envuelta en el albornoz entró en su dormitorio. Colin hablaba por teléfono con Clayton. Ella se puso el pijama a toda prisa, dándole la espalda para proteger su desnudez. La rabia la consumía, incapaz de controlar sus sentimientos. Su tenacidad para mantenerlos enterrados se había convertido en humo arrastrado por el viento.

«Esto es demasiado. ¿Cómo ha podido?», pensó. Solo que no lo había pensado, sino que lo había dicho en voz alta y clara.

—¿Qué? —replicó Colin, alejando el teléfono de su boca.

Ella se dio la vuelta y lo miró.

—¿Cómo has podido? —le espetó.

Colin parpadeó y una expresión de fastidio cruzó por sus ojos.

—Eh... Clayton, hablamos mañana, ¿de acuerdo?

Colgó y se la quedó mirando. Ella no estaba dispuesta a dejarlo correr.

—¿Cómo has podido invitarla a esta casa? Y no me salgas con que no sabes de qué te estoy hablando.

Colin se pasó una mano por el pelo y suspiró.

—No empieces a sacar las cosas de quicio...

—¡Que no saque las cosas de quicio! Esa mujer ha estado en mi casa, sentada a mi mesa y le he servido la cena. He tenido que oíros bromear, reír, hablar de todas esas cosas estupendas que tenéis en común... ¿Te haces una idea de cómo me siento?

—Sale con Jeroen desde hace unos meses. No podía invitarlo a él y a ella no.

—¡Me da igual con quién salga! —Elevó el tono hasta que su voz rebotó por toda la habitación—. ¿Te importa más lo que pueda pensar un compañero de trabajo que herirme a mí?

—No hace falta que grites, ni que te pongas tan melodramática. Escucha, no tienes motivos para estar así. —Colin se puso de pie y se paseó por la habitación sin mirarla—. No puedo creer que estemos teniendo esta conversación, no después de tanto tiempo. Por Dios, Sara, creía que este tema ya estaba olvidado.

—¿Cómo quieres que olvide que te estuviste acostando con ella durante casi un año? En esta misma casa, en esta cama —gimió, señalando las sábanas.

No los había visto con sus propios ojos, pero suponía que habrían estado allí. Apartó la vista, más enfadada y dolida que antes.

—Te lo vuelvo a repetir. Entre Anika y yo nunca hubo nada. Solo fueron imaginaciones tuyas. Viste cosas que no existían.

—Os vieron salir de aquí juntos, en más de una ocasión, a primera hora de la mañana. Y yo en España, preocupada por ti porque no habías podido acompañarnos de vacaciones, otra vez.

Colin resopló hastiado.

—Ya te lo expliqué. No tenía dónde quedarse, su casa se había inundado...

—Pero ¿cómo puedes ser tan hipócrita?

Se encogió con un escalofrío. Se le llenaron los ojos de lágrimas y todo el dolor de aquellos días regresó con la misma intensidad. Con un ataque de ira abrió las puertas del armario. Empezó a sacar ropa del altillo y la tiró al suelo sin ningún cuidado, hasta que dejó a la vista una caja decorada a rayas azules y blancas. La abrió y volcó el contenido sobre la cama. Decenas de imágenes en su cabeza se solaparon sobre la superficie de algodón blanco.

—¿Qué es todo eso? —preguntó Colin sin osar acercarse.

Sara tuvo que parar y respirar. Cerró los ojos un momento. Su marido siempre se mostraba tan tranquilo y sereno, tan lógico, que a ella al final le entraban dudas sobre su propia cordura y acababa preguntándose si él tendría razón, si solo serían cosas suyas y en realidad era una paranoica. Abrió los ojos y miró toda aquella basura esparcida sobre la cama. No era una paranoica desquiciada. Nunca habían sido imaginaciones suyas y lo sabía. Él se había estado acostando con otra y tenía las pruebas allí mismo.

—No he conseguido tirarlo. Lo he intentado muchas veces, pero no he podido —confesó avergonzada. Se cruzó de brazos en un gesto de autoprotección. Había sufrido tanto por todo aquello: la dejadez, los silencios, la falta de entrega..., por la traición.

Colin tragó saliva. Sabía lo que era, se le notaba en la cara. Se llevó una mano al pecho y se masajeó el esternón.

—¿Vas a decirme otra vez que no pasó nada? —insistió Sara. Señaló la cama—. ¿Me he imaginado esas facturas de teléfono, los mensajes, los extractos con cargos de hoteles, los tickets de compra de regalos que yo nunca he recibido?

Habían discutido tanto por todo aquello, pero no había servido de mucho. Colin nunca dio su brazo a torcer. Se negó a admitir las evidencias y, con la maestría del que se gana la vida convenciendo a la gente de que debe comprar todo aquello que no necesita, trató de convencerla a ella de que estaba loca. Justificó su estrecha relación con Anika alegando que tenían una amistad cómplice sin maldad alguna, basada únicamente en el perfecto equipo que formaban a la hora de diseñar las campañas publicitarias. Como si fueran los mismísimos Steve Jobs y Steve Wozniak de Apple. Y acabó conduciendo el problema hasta ella. La acusó de ser una histérica que se pasaba el día pendiente del niño y de la casa, de haber confiado más en los rumores malintencionados de sus conocidos que en él.

Sara no cayó en su juego perverso. Si sus entonces amigas no le hubieran facilitado las pistas, ella nunca habría mirado en su cartera, ni en su correo; tampoco las facturas telefónicas ni habría escuchado tras la puerta. Porque nunca se le había pasado por la cabeza que Colin pudiera engañarla. ¿Por qué iba a hacerlo? Era inteligente, guapa, mucho más joven que él, y lo adoraba.

—Ya lo hablamos en su día —empezó a decir él—. Estaban fuera de contexto. Hay que tener mucha imaginación para ver en esas conversaciones algo más que...

Sara no quería oír las viejas excusas. Se acercó a la cama y hundió la mano en el montón de morbosos recuerdos. Sacó una tira de paquetitos plateados y se la lanzó a la cara. Los condones chocaron contra el pecho de Colin y cayeron al suelo. De repente se dio cuenta de lo enfermizo que podía parecer que hubiera guardado todo aquello durante años. Pero no le importó, estaba demasiado dolida.

—¿Eso también lo saqué de contexto? Estaban en tu escritorio, bajo llave, y conmigo no te hacían falta. —Empezaba a sonar histérica de verdad—. ¿Con quién los usabas sino con ella? ¿Acaso hubo otras?

Colin ni siquiera los miró. Hizo como si no estuvieran allí y no supiera lo que implicaban. Para ella eran su prueba, la más importante, la más significativa. Pensar en ello aún le dolía como una herida abierta. Imaginar a Colin y a Anika juntos, en una cama, enredados mientras sus cuerpos chocaban el uno contra el otro... No soportaba la idea.

—Sara, por favor, no sigas. Han pasado cuatro años y seguimos aquí, juntos. ¿De verdad quieres que volvamos a revivir todo esto? —imploró Colin con un suspiro de frustración.

—No he sido yo quien la ha invitado a casa —sollozó—. Casi había conseguido olvidarme de ella. Ni... ni siquiera sabía que continuabas viéndola.

Él se agachó y recogió los condones. Los puso dentro de la caja y continuó guardando todo su contenido esparcido sobre la cama. Ella le observó mientras la tapaba y la tiraba a una papelera junto al escritorio.

—¿Por qué sigues conmigo si no me quieres? —preguntó de repente ella, con voz serena—. ¿Es por Daniel? ¿Por el dinero de la pensión? ¿Te da miedo quedarte solo y no tener quien te planche las camisas? —preguntó con tono mordaz.

Los ojos de Colin se clavaron en los de ella. Extendió ambas manos, impotente y cansado.

—Eso no es cierto.

—¿Sabes cuándo fue la última vez que me diste un beso? Hace siete semanas, cuando te fuiste de viaje a Dublín, y me lo diste en la mejilla —musitó Sara. Colin miraba la pared por encima de ella—. ¿Y recuerdas cuándo fue la última vez que hicimos el amor? Hace cuatro años, en Nochevieja. Ni siquiera se podría decir que lo hicimos. Fue...

—No todo en la vida de un matrimonio se reduce al sexo —la cortó él. Su mirada esquiva vagaba por la habitación sin fijarse en nada en concreto—. Hay otras cosas —lo dijo como si en realidad tratara de convencerse a sí mismo y no a ella.

Sara se quedó pensando un segundo y añadió con un suspiro entrecortado:

—No recuerdo cuándo fue la última vez que me abrazaste.

—Nunca te he dicho que no me abraces —repuso Colin—. Yo podría decir lo mismo de ti. Quizá yo me sienta igual y esté esperando a que seas tú quien se acerque a mí.

—Si me quisieras...

—Yo te quiero —la atajó él.

—Pero no estás enamorado de mí —susurró Sara.

Lo dijo convencida, con la seguridad que le daba haber oído esas palabras de sus labios durante una discusión. La misma noche que lo esperó despierta hasta bien entrada la madrugada, sentada a oscuras en el sofá y con los preservativos que acababa de encontrar firmemente apretados en su mano. Colin pronunció esas palabras sin un ápice de duda. No vaciló cuando le dijo que ya no sentía esa pasión por ella, que en algún momento había empezado a verla como madre y no como mujer. Nadie está preparado para oír algo así de la persona que se ha comprometido a amarte durante toda su vida.

—¿Y tú, Sara, estás enamorada de mí? —preguntó él sin ninguna emoción.

La pregunta la pilló desprevenida y se quedó en silencio. Bajó la vista, evidentemente contrariada.

«Antes sí, ahora... No lo sé», pensó.

Tras un largo e incómodo minuto, Colin apagó la lámpara del techo y destapó la cama. A continuación se tumbó, colocándose de lado de modo que le daría la espalda cuando ella se acostara a su lado. No era nada nuevo. Hacía mucho que dormían de ese modo.

—Estás cansada, nerviosa y enfadada. Deberías dormir. Mañana verás las cosas con más tranquilidad y te darás cuenta de que no es para tanto —dijo con el tono reposado y tajante que siempre empleaba cuando quería dar por zanjada una cuestión. Alargó el brazo y apagó la luz de la mesita, y la habitación quedó sumida en la oscuridad.

4

—Daniel, no puedes llevarte todo esto —protestó Sara mientras contemplaba la maleta abierta sobre la cama del niño. Estaba repleta de juguetes, cómics y videojuegos.

Daniel apareció en el cuarto arrastrando los pies. Masticaba un trozo de regaliz con desgana.

—En casa de la abuela me aburro. Necesito mis cosas —dijo con una mueca de fastidio.

—No vas a aburrirte. Saldremos por ahí. Iremos al cine, incluso a la playa —sugirió tratando de animarlo—. Además, esta vez estará el tío Luis. Con él te lo pasas bien.

Daniel la miró de reojo y una tímida sonrisa se dibujó en sus labios. Sara sabía que Daniel adoraba a su tío. Cuando estaban juntos se pasaba todo el tiempo siguiéndolo por la casa e imitando todos sus gestos. Entonces añadió:

—Mira, haremos una cosa. Llévate los videojuegos y un par de juguetes, y allí compraremos algunos libros y cómics. El tío Luis conoce una librería donde tienen unas colecciones estupendas.

Él consideró su propuesta durante un largo segundo. Al final se encogió de hombros y se limitó a gruñir. Ella suspiró mientras salía del cuarto. La falta de entusiasmo que Daniel mostraba la mayor parte del tiempo le resultaba exasperante. A veces creía que había perdido la capacidad para manifestar emociones que no fueran el aburrimiento y su mal humor. Cuando era más pequeño se pasaba el día a su alrededor, llamando su atención, parloteando a todas horas. Pero, sin saber cómo, dejó de hacer todas esas cosas y se volvió más callado, distante, y su modo de responderle a veces le hacía enfadar.

Esperaba que los días que iban a pasar en Granada suavizaran un poco su actitud. En realidad, esperaba que la influencia de Luis devolviera algo de alegría al niño. Su hermano siempre había sabido manejarlo.

Miró su reloj. Colin se retrasaba. Recorrió la casa, asegurándose de que todo estaba en orden. La nevera desconectada, el gas cerrado... Buscó el juego de llaves que le dejaría a su vecina, la señora Rossi, para que pudiera entrar a regar las plantas durante el tiempo que estarían fuera.

La cerradura de la puerta sonó con un ligero chasquido.

—¡Hola! —saludó Colin.

El rostro de Sara se iluminó con una sonrisa. Corrió por el pasillo a su encuentro y se topó con él en el vestíbulo.

—¡Hola! —exclamó—. Me tenías preocupada. Empezaba a pensar que no llegarías a tiempo.

Se fijó en que ese día no se había vestido con uno de sus habituales trajes, sino con un tejano y una camisa sport que le sentaban de maravilla. Su sonrisa se ensanchó y en un impulso le pasó una mano por el pelo. Probablemente había elegido el atuendo pensando en el viaje, para no perder tiempo cambiándose de ropa. Él la miró, sorprendido por la caricia, y le devolvió la sonrisa.

Sara le quitó el maletín de las manos con un gesto apremiante. Volvió a mirar su reloj. En una hora debían estar en el aeropuerto.

—Lo tengo todo preparado. Solo necesito saber qué chaqueta quieres llevarte. Mi madre dice que por las noches refresca bastante... ¿Te parece bien la azul? —Se dirigió hacia su dormitorio.

—Sara... —empezó a decir Colin.

—Quizá no quepa en la maleta. No importa, puedo llevarla yo en...

—Sara, yo tengo que quedarme. No podré ir con vosotros.

Ella se quedó inmóvil en medio del pasillo. Muy despacio se dio la vuelta. Su respiración se aceleró al ritmo de su corazón.

—¿No vienes con nosotros? ¡Pero si son tus vacaciones de verano! Hace meses que compramos los billetes. Me dijiste que lo tenías todo arreglado. —Poco a poco fue elevando el tono de voz—. Le prometiste a Daniel que este año pasarías las vacaciones con él, que... que las pasaríamos los tres juntos. Le prometiste que le enseñarías a montar en bici...

—Puedes hacerlo tú.

—¡Ya sé que puedo hacerlo yo! —le espetó enfadada—. Pero no es esa la cuestión, sino que siempre soy yo, y estaría bien que de vez en cuando fueses tú el que ejerciera de padre. Por Dios, Colin, son tres semanas, nada más. Coge solo dos. Haz un esfuerzo por esta vez.

Él cerró los ojos y respiró hondo antes de abrirlos. La miró y se pasó una mano por la cara mientras apoyaba la espalda contra la pared del pasillo. Movió la cabeza de un lado a otro.

—Lo he intentado, de verdad. Pero tenemos un cliente muy importante que quiere lanzar una campaña promocional para el próximo mes. Es mucho dinero el que nos jugamos, y también una oportunidad para mí. Voy a convertirme en socio, tengo que sacrificarme un poco.

Sara se plantó delante de él, buscando su mirada. Una parte de ella se había hecho ilusiones con aquellas vacaciones. Creía que lejos de Londres, del trabajo y de la rutina, podrían recuperar algo de tiempo perdido. Pensó que el cambio de aires ayudaría a que su relación mejorara. Había planeado salidas en familia y algunas escapadas nocturnas por la ciudad para ellos dos solos. Granada era preciosa durante la noche, con infinidad de locales donde tomar una copa y pasarlo bien. Su carácter romántico la había llevado a imaginar que, quizá, las cosas podían cambiar en un escenario diferente. Que bajo una luz distinta volvería a mirarla como lo hacía al principio.

—Es a nosotros a quienes sacrificas —murmuró, dolida. Quería pensar que se trataba de una broma, que le estaba tomando el pelo, pero por su expresión supo que iba muy en serio—. ¿No puede encargarse otro? Al menos por esta vez. Colin, piénsalo un poco. Nos vendrá bien salir de aquí y pasar algún tiempo juntos.

—¿En casa de tu madre? —rezongó él con desgana.

—Hace medio año que no la veo. Podrías esforzarte un poco, por mí —susurró mientras se miraba los pies.

Colin resopló y alzó las manos exasperado, como si aquella conversación fuese un castigo injusto que no merecía.

—¿Esforzarme un poco? ¿Y por qué crees que me quedo aquí, trabajando? ¿Porque me gusta? Joder, Sara, las facturas no se pagan solas, ni tampoco esta casa, ni los billetes para ir de vacaciones. Si ir a casa de tu madre se le puede llamar vacaciones. Si no trabajo quién va a mantenerte, ¿eh? ¿Quién va a pagar todo lo que compras? ¿Crees que el dinero de tu tarjeta aparece ahí por arte de magia? Pues no lo hace. Lo pongo yo, dejándome los cuernos cada día. Es lo único que hago, trabajar. Y para colmo te enfadas. ¡Estoy harto!

Sara lo observó mientras recorría el pasillo hacia su despacho. Se quedó inmóvil, sintiendo cómo las lágrimas se arremolinaban bajo sus pestañas. A pesar de todos los años que llevaban casados, nunca se había sentido cómoda gastando dinero, y mucho menos en ella misma. Nunca había sentido que le perteneciera y miraba cada libra que gastaba. Que él le hablara de eso modo, como si se pasara el día de tienda en tienda derrochando en caprichos, hacía que se sintiera humillada.

Llenó los pulmones de aire y con cada inspiración dio un paso tras otro hasta que se plantó en la puerta. No se despidió de Colin, ni él se molestó en salir de su despacho.

Media hora después, descendía de un taxi frente a la entrada principal del aeropuerto. Con Daniel de su mano y una enorme maleta en la otra, se dirigió al mostrador de facturación. Christina ya estaba en la cola y levantó una mano a modo de saludo en cuanto los vio. La enorme sonrisa que lucía en su cara se borró de inmediato.

—¿Colin no viene? —preguntó.

—No —respondió Sara, sin intención de dar más detalles.

Christina la miró durante un largo segundo. Suspiró y se dio la vuelta, esperando su turno. Sara le agradeció que no dijera nada, aunque no necesitaba ser adivina para saber lo que su amiga estaba pensando en ese momento. Se conocían demasiado bien. Habían hablado, incluso discutido sobre ese tema muchas veces y sabía cuál era su postura. Pero alguien como Christina jamás podría entender cómo se sentía, por qué aguantaba todo lo que aguantaba. Apretó la mano de Daniel y le dedicó una sonrisa.

—Lo vamos a pasar muy bien —le susurró.

El avión aterrizó en el aeropuerto de Málaga a las seis y media de la tarde, casi tres horas después. Mientras esperaba junto a la cinta transportadora, inspiró hondo para deshacerse de esa losa de enfado y tristeza que la aplastaba.

—¿Sabes? Creo que en el fondo esto es lo mejor que te podía pasar —dijo Christina a su lado.

Sara la miró de reojo, sin entender muy bien de qué estaba hablando.

—Me refiero a que hayas venido sola —aclaró su amiga, y añadió—: La única persona con la que te relacionas, sin contarme a mí, es tu marido. Necesitas desintoxicarte de Colin y olvidarte por unos días de tu matrimonio.

—¿Desintoxicarme? —se extrañó Sara.

—Sí. ¿Nunca has oído hablar de la gente tóxica?

—Claro que sí.

—Bueno, pues tu marido es un claro ejemplo de persona tóxica. Para ti es como veneno... o ácido... o radiactividad.

Sara puso los ojos en blanco y lanzó una rápida mirada a Daniel. El niño estaba distraído y no les prestaba atención.

—Nunca te ha caído bien —le hizo notar Sara.

—En eso te equivocas —replicó Christina—. En realidad no es que no me caiga bien, es que no lo soporto. Es un cretino que te está utilizando, que te ha engañado y que no tiene ni idea de la suerte que tuvo el día que te conoció. Solo se preocupa de sí mismo y te dio la espalda ya hace mucho. Sí, creo que dejarte sola durante estas semanas es el mejor regalo que te ha hecho en mucho tiempo. —Cogió su maleta de la cinta y se encaminó a la puerta de salida.

Sara se la quedó mirando y, por un momento, desapareció el ligero frunce entre sus cejas. Las palabras de Christina eran como una pastilla amarga difícil de tragar, porque tenía razón, y ella lo sabía mejor que nadie. Pero era una debilucha que se había acostumbrado a aguantar sin quejarse y que se sentía incapaz de cambiar el rumbo de su vida.

Entonces vio a Luis antes de que él la viera a ella. Miraba al torrente de pasajeros con cara de despiste y al final sus ojos acabaron posándose en su rostro. Una sonrisa le iluminó la cara mientras alzaba la mano. Él se había empeñado en cambiar su turno en el trabajo para poder ir a recogerles al aeropuerto y después llevarles a casa. Se había negado rotundamente a que cogieran un autobús hasta Granada.

—¡Hola, hermanita! —le susurró al oído mientras la abrazaba.

Sara se emocionó al tener a su hermano entre los brazos. Lo estrechó con fuerza y se tragó el nudo que le apretaba la garganta.

—Dios, ¿cómo consigues estar cada día más feo? —le dijo sin dejar de sonreír.

Luis soltó una carcajada y miró a Christina.

—¿Tú también piensas que estoy más feo?

Ella le dedicó un mohín coqueto y su mirada se estrechó mientras lo miraba de arriba abajo. Le echó un rápido vistazo a su trasero y alzó las cejas contenta.

—En este momento me estoy replanteando seriamente mi postura ante la monogamia —respondió Christina.

Luis la abrazó.

—Hola, mujer de hielo —dijo después de que Christina le diera un casto beso en los labios.

Sara se quedó mirando a su hermano. El sol había oscurecido su piel y eso hacía que sus ojos color miel resaltaran, brillantes y despiertos. Se había dejado crecer el pelo y unas greñas castañas le enmarcaban el rostro dándole un aire descuidado muy atractivo. Pensó que era guapo a rabiar, y no lo creía porque fuese su hermano, sino porque era apuesto de un modo imposible de ignorar. Alto y esbelto, con una sonrisa amplia y contagiosa que dibujaba hoyuelos a ambos lados de su boca, era el tipo de hombre que podía hacer suspirar a cualquier chica.

Lo observó embobada mientras saludaba a Daniel y recordó lo felices que habían sido cuando eran pequeños. En esa época pasaban mucho tiempo juntos, incluso compartían habitación porque sus padres no podían permitirse una casa con más de dos dormitorios; pero nunca les importó. Nunca les había resultado incómodo compartir esa intimidad, y lo hicieron hasta que sus padres consideraron que ya no era correcto y acondicionaron para él la vieja buhardilla, donde guardaban todos los trastos. Aun así, la costumbre de estar juntos hacía que se buscaran en plena noche aunque fuera solo para hablar de cualquier cosa y saber que el otro estaba allí. ¡Cuánto lo echaba de menos!

Se había prometido a sí misma que no iba a llorar. Pero incumplió su promesa en cuanto se encontró frente a frente con su madre. Su cara se contrajo con un puchero y se lanzó a sus brazos con el rostro cubierto de lágrimas. Se abrazó a su cuello y no la soltó durante un buen rato, sin dejar de besarla por todo el rostro.

Siempre había sido una persona cariñosa, necesitada de contacto físico. Tocaba y necesitaba que la tocaran, como una flor necesita el sol para no marchitarse. No se había dado cuenta hasta ese momento de lo mucho que añoraba que alguien la estrujara entre sus brazos.

Era casi medianoche cuando Sara salió al patio de la casa buscando un poco de aire fresco. Giró la copa de vino entre sus manos y se entretuvo contemplando aquel espacio que tantos recuerdos le traía de su niñez. Olía a jazmín y madreselva, y a la humedad de la fuente encastrada en una de las paredes, de la que colgaban lebrillos y jarras de cerámica. Era una preciosidad que te entraba por los ojos gracias a todos los colores que cubrían hasta el último rincón. Se vio a sí misma, con apenas cuatro años, tumbada en aquel mismo suelo y con los pies en la fría pared para aliviar el calor del verano, mientras su madre regaba las plantas y su padre leía en voz alta novelas de aventuras. Había sido tan feliz durante su infancia.

La risa histérica de Christina la sacó de sus pensamientos. Ella y Luis llevaban un buen rato conversando en la cocina. Podía verlos a través de la ventana, compartiendo confidencias y flirteos. Llevaban así los últimos tres días y ya se había resignado a su papel de *sujetavelas*.

—¿Por qué no salimos un rato? —preguntó Christina mientras tiraba de Luis para que se pusiera de pie—. Vayamos a tomar una copa y a bailar. En serio, necesito una copa. Cada vez que pienso que tendré que pasar mis vacaciones en ese pueblucho, me deprimo.

—Por mí estupendo. Podríamos ir a Elvira o Plaza Nueva. Hay un ambiente increíble —propuso Luis.

Christina salió al patio.

—¿Qué dices, Sara? ¿Te apuntas? Hace siglos que no salimos de copas.

Ella se encogió de hombros. No le parecía el mejor de los planes y estaba cansada. Además, su hijo podía necesitarla.

—Creo que paso. No quiero dejar a Daniel solo.

—El niño duerme desde hace rato y mamá está con él —le hizo notar Luis—. Vamos, no seas aguafiestas y sal un rato con nosotros.

—No sé... —dudó.

No logró recordar la última vez que había salido de copas una noche. Debían de haber pasado siglos o al menos así lo sentía ella, y lo cierto era que no terminaba de verse a sí misma en un pub, con una copa en la mano y rodeada de gente joven.

Gente joven...

Se quedó muda ante su propio pensamiento, como si ella fuese una persona de cien años. Aún no había cumplido los treinta y ya sentía que su vida estaba en algún punto cerca del ocaso. Algo se rebeló en su interior. Miró la casa, pensando. Era cierto que Daniel dormía desde hacía rato y que su madre se encontraba en el mismo cuarto con él, para que Christina y ella pudieran ocupar la única habitación libre de la casa. No tenía por qué pasarle nada.

—Solo vamos al centro, no a Australia —resopló Luis.

—Vale —aceptó al fin.

Después de visitar un par de bares atestados de universitarios, acabaron dirigiéndose a Hannigan & Sons, una taberna irlandesa en la zona más alternativa de Granada. El interior estaba decorado como cualquier local de su estilo: mucha madera, tonos oscuros y poca iluminación. La música era ensordecedora y había que vociferar para poder conversar, si se le podía llamar así a los gritos y a los gestos que hacían con las manos para poder entenderse.

Christina y Sara lograron encontrar un espacio libre en una mesa, mientras Luis se abría paso entre la multitud para alcanzar la barra. Al poco regresó con tres pintas de cerveza y unos chupitos. Sara olisqueó la bebida, que tenía un ligero aroma a regaliz.

—¿Qué es?

—Drambuie —respondió Luis—. Es whisky con miel y especias. Está bueno. Pruébalo.

Sara dio un sorbito. Sus ojos se abrieron como platos y sonrió. Estaba delicioso. Luis le devolvió la sonrisa mientras cogía otro vasito y se lo bebía de un solo trago, después golpeó la mesa con fuerza.

—Hazlo así. Vamos.

Sin vacilar, Sara se bebió el whisky de un trago y golpeó la mesa con el vaso. Su cara se transformó con un sinfín de muecas. Le ardía la garganta y le lloraban los ojos.

El grito que lanzó su hermano le arrancó una carcajada.

—Sí. Esta es mi chica. Otro.

Durante un par de horas logró evadirse de todo. El alcohol le embotó la mente, la música le aflojó el cuerpo y el coqueteo de un par de tipos, que intentaron ligar con ella, le plantaron una sonrisa en la cara y un extraño sentimiento de euforia. Se sintió bien, mejor que bien. Se sintió viva. Bebió, bailó y continuó bebiendo, despojándose poco a poco de una espesa capa de apatía.

Cuando regresaron a casa era bastante tarde. Sara subió en silencio al segundo piso, se quitó los zapatos y primero fue de puntillas a la habitación de su madre. Abrió solo un poco la puerta y, gracias a la luz que entraba por la ventana, pudo distinguir la cabeza de Daniel descansando sobre la almohada. Verlo dormido de esa forma tan apacible aligeró un poco la inquietud que siempre sentía por él.

Después entró en su habitación y se desnudó, sintiendo que la cabeza le daba vueltas. Christina se había quedado dormida sin siquiera quitarse los zapatos. Así que se los quitó y la cubrió con una colcha ligera antes de tumbarse a su lado y quedarse frita.

A la mañana siguiente despertó con un horrible dolor de cabeza. Mientras bajaba a la cocina, se juró que jamás volvería a probar el alcohol. Preparó café y buscó un analgésico en el armario donde su madre guardaba las medicinas.

En la segunda planta se oyó un golpe y a continuación a Christina soltando una retahíla de maldiciones. Luis entró en la cocina y sin mediar palabra se sirvió un poco de café, luego se desplomó en la silla. Los ojos le lagrimeaban por la luz que entraba a raudales a través de las ventanas. Gimió y se pasó la mano por el torso desnudo, como si se rascara.

—Estoy muerto —murmuró, apoyando la frente sobre la mesa.

Sara sonrió y le pasó la mano por el pelo despeinado.

—¿Sabes qué le pasa a Chris?

Luis se encogió de hombros.

—Por lo que he podido oír, algo ocurre en el bufete.

—¡No podéis hacerme esto! —exclamó Christina al entrar en la cocina. Sostenía el teléfono móvil con el hombro. Abrió la nevera y sacó una jarra de cristal con zumo—. Seguro que hay alguien más que pueda encargarse... ¿Bali? ¿Y a mí qué me importa que esté en Bali?... Ah, claro, a ella no le podéis hacer algo así y a mí sí... Pues espero que el cheque merezca la pena, porque esto no está incluido en mi sueldo... De acuerdo... ¡Qué remedio!... Regresaré en cuanto consiga un billete de avión. Y que conste que eso tampoco pienso pagarlo.

Christina colgó el teléfono y lo dejó en la mesa con malos modos. Se sentó al lado de Luis, con expresión abatida, y comenzó a beber zumo directamente de la jarra.

—¿Podéis creerlo? —explotó de golpe.

Luis le dirigió una fugaz mirada de soslayo y entornó los ojos como si su voz le estuviera perforando la cabeza. Sara empujó su taza de café hacia ella y su amiga la aceptó con un gruñido. Bebió un largo trago del amargo líquido y añadió:

—Se acabaron mis vacaciones. Mañana debo regresar a Londres.

—¿Qué ha pasado? —le preguntó.

Christina se levantó de la silla y abrió de nuevo la nevera. Sacó una caja de repostería y la destapó sobre la encimera. En su interior había unos bollos de melocotón recubiertos de queso mascarpone. Los había encontrado en una pequeña pastelería escondida en el laberinto de callejuelas del casco viejo. Los colocó en un plato y los llevó a la mesa.

—Maggie Kincaid, una de las socias. Parece que está preñada y que su embarazo es de riesgo, por lo que estará de baja médica durante los próximos meses y yo tendré que hacerme cargo de todos sus clientes. —Se tapó la cara con las manos y gritó—. ¿Cómo se pueden complicar tanto las cosas de un día para otro?

Sara la observó en silencio. En el fondo no terminaba de entender por qué estaba tan molesta. Sí que era una faena que tuviera que renunciar a sus tres semanas de vacaciones, pero no era la primera vez que ocurría, y el bufete siempre acababa recompensándola de forma muy generosa por todos esos sacrificios.

—Es una faena. Pero piensa que si asumes el trabajo de Maggie, puedes acelerar tu entrada como socia en el bufete. Llevas dos años soñando con esa idea —le dijo, tratando de animarla.

—Lo sé, es una gran oportunidad. —Arrugó la frente, apesadumbrada—. Te juro que no creo en esas cosas, pero cualquiera diría que el muñeco de vudú ha funcionado.

Luis se quedó inmóvil, con un trozo de bollo colgando de su boca. Miró a Christina atónito y se inclinó sobre la mesa, de repente muy despierto.

—¿Le hiciste vudú a tu jefa? —le preguntó pasmado.

—Pero ¿qué dices? ¿En qué cabeza cabe que hiciera algo así? —lo reprendió Sara. Un destello de duda asomó a sus ojos. También se inclinó sobre la mesa—. No lo hiciste, ¿verdad?

Christina esbozó una sonrisa despreocupada.

—¡No! —Una sombra de arrepentimiento le cruzó la cara—. Bueno, sí...

—¿Qué? —saltaron los dos hermanos al mismo tiempo.

—No empecéis a flipar, ¿vale? Fue el mes pasado, cuando tuve que ir a Puerto Príncipe con Carla para firmar un contrato con ese escritor... —Chasqueó los dedos un par de veces, mientras se mordía el labio, pensando—. Ahora no recuerdo el nombre...

—¿A quién le importa el nombre? —la urgió Luis.

Christina lo fulminó con la mirada.

—Tomamos unas copas en un local. Estaba decorado con toda esa parafernalia: muñecos, cruces, velas, símbolos... Ya sabéis, para impresionar a los turistas. Bebimos más de la cuenta y acabamos bromeando con el camarero. Sacó un muñequito y nosotras... Solo fue un juego, nada más. —Contempló los dos rostros que la miraban casi sin respirar—. ¡Vamos, parecéis niños! ¿De verdad creéis en esas cosas? —comentó a punto de echarse a reír.

—Tú crees en fantasmas —le recordó Sara. Le dio un bocado a un bollo y notó que el suave sabor del melocotón combinaba perfectamente con el del queso. Se relamió sin ningún disimulo.

—Yo creo en el más allá. Es muy diferente. —Parecía tan incómoda con la acusación que casi resultaba gracioso.

—Lo que tú digas —replicó Sara con los ojos en blanco y la boca llena.

Luis se pasó una mano por el pelo y se repantigó en la silla con los brazos cruzados sobre el pecho.

—Entonces, ¿dónde cojones está el problema?

Christina resopló y alzó las cejas.

—¡El *château*! —exclamó—. Como muy tarde, debería estar funcionando a finales de septiembre. Pero las reformas no avanzan y no sé por qué. Necesitaba estas semanas para ir hasta allí, supervisarlo todo y ponerlo a punto. He invertido en ese agujero todo el dinero que mi padre me dejó, sin contar que le hice una promesa justo antes de morir. No sé si os dais cuenta de lo importante que es todo esto para mí.

Sara sostuvo su mirada angustiada. Había hablado muchas veces con Christina sobre la muerte de su padre, acontecida apenas un año atrás, y de lo mucho que el hombre deseaba que el *château* acabara convertido en un hotel, en un pequeño oasis donde la gente pudiera ir a descansar. Aunque se habría conformado con que estuviera habitado para que no acabara convertido en un caserón decrépito y abandonado.

Una insuficiencia cardíaca había truncado ese sueño, pero, lejos de rendirse, su último deseo había sido que su hija terminara lo que él había empezado. Ella también había perdido a su padre, así que podía entender la difícil situación en la que se encontraba su amiga.

—Pídele a alguien que se encargue del *château* en tu lugar —sugirió Luis mientras se servía un poco más de café.

Christina puso los ojos en blanco y curvó la boca con un gesto mordaz.

—No conozco a nadie en quien confíe hasta ese punto. Es algo demasiado personal y...

Se quedó callada con los ojos clavados en Luis. Él le sostuvo la mirada y, de pronto, pegó un respingo y empezó a mover las manos ante su cara.

—¡Oh, no, ni de coña! Ni siquiera lo pienses. No. No —repitió con más énfasis.

—No puedes decir que no sin oír primero mi propuesta —replicó Christina.

—Sí que puedo. Contempla cómo lo hago. —La miró fijamente a los ojos y añadió muy despacio—: ¡No!

Christina unió sus manos, suplicante, mientras le ponía ojitos.

—Te pagaría.

Luis soltó una risita mordaz.

—Por supuesto que sí. Yo no trabajo gratis, ni siquiera por ti. Pero no se trata de eso, Chris. Por primera vez en dos años tengo un trabajo que me gusta y por el que me pagan bien. No puedo largarme tres semanas.

Sara observaba el tira y afloja sin pestañear. Conocía a su hermano. Si decía que no, era un no inamovible. Sabía que no pondría en riesgo su trabajo porque necesitaba hasta el último céntimo para mantener la casa.

—¿Y si pides unas vacaciones por adelantado? —insistió Christina.

—Solo llevo seis meses en la empresa. ¿De verdad crees que puedo pedir vacaciones? Me darían la patada antes de cerrar la boca. Lo siento, pero conmigo no cuentes. —Luis se levantó y comenzó a recoger la mesa—. Pídeselo a Sara.

—¿Qué? —saltó ella.

Luis dejó las tazas en el fregadero y apoyó la cadera en la encimera. Se encogió de hombros.

—La decoración, la madera, la pintura... Todas esas cosas se te dan bien. Eres capaz de supervisar unas reformas sin ningún problema —repuso él.

Sara se quedó de piedra. La mirada esperanzada de Christina sobre ella terminó de provocarle un ataque de pánico.

—¡Es una idea fantástica! —exclamó Christina, y su voz adquirió un tono lastimero—. Cielo, tienes que hacerlo por mí. No tengo a nadie más y tú sabes lo importante que es todo esto.

Sara parpadeó varias veces, aturdida.

—¿Yo? ¿A Tullia? ¿Tres semanas? —Era incapaz de seguir sus propios pensamientos. Se puso de pie—. ¡No!

—¿Por qué? —preguntó su amiga.

—Eso, ¿por qué? —intervino Luis. Con los brazos cruzados sobre el pecho y una sonrisita socarrona pintada en la cara.

—¿Qué os tiene tan entretenidos? —preguntó su madre al entrar en la cocina, arrastrando tras ella un carrito de la compra.

Había ido al mercado con Daniel, y el niño apareció tras ella, cargando con una bolsa de fruta que colocó sobre la mesa antes de dejarse caer en una silla. Tenía la cara colorada y brillante, y Sara se acercó para tomarle la temperatura con su mano.

Él se la apartó con un gruñido.

—Estoy bien —masculló.

—A Christina le ha surgido un problema en el trabajo y debe regresar a Londres. Le ha pedido a Sara que le eche una mano con el *château*, pero ella no quiere —explicó Luis.

Sara resopló.

—No es que no quiera, es que no puedo.

—¿Por qué no puedes? —le preguntó su madre.

—Bueno, porque... Porque... —Alzó las manos exasperada—. No se trata de un fin de semana, mamá. Es mucho tiempo el que tendría que estar allí y yo quiero pasar ese tiempo contigo. ¡Apenas nos vemos!

Su madre sonrió y le acarició la cara con una mano.

—No digas que no por mí y ve si te apetece. Llevas años sin hacer nada especial —le hizo notar—. Y Christina es tu mejor amiga, ¿no? Deberías echarle una mano.

Christina asintió varias veces, completamente de acuerdo.

—¿Lo ves? Hasta tu madre cree que debes ayudarme. Sara, por favor. No te lo estoy pidiendo, te lo estoy suplicando. Para mí es un asunto de vida o muerte. —La miró con ojos lastimeros—. Más de muerte que de vida si pensamos en mi padre.

Sara gimió, sobrepasada por el chantaje emocional.

—No puedo, lo siento. Lo que me estás pidiendo no es fácil, no solo me afecta a mí. —Se removió inquieta y apartó la mirada cuando su amiga hizo otro puchero—. También afecta a Daniel. No puedo llevármelo durante tanto tiempo a un pueblo donde no conoce a nadie. Ni siquiera sabe francés. Hasta mi francés es penoso...

—Yo no voy a ir a ninguna parte. Paso... —replicó el niño categórico.

Sara alzó las manos, como si dijera: «Ahí lo tienes, no soy yo, es que las cosas son así».

—Daniel puede quedarse con mamá y conmigo. ¿A que sí, campeón? —sugirió Luis. Su sonrisa estaba teñida de picardía.

El niño asintió con más entusiasmo del que Sara habría esperado. De hecho, casi se sintió ofendida por su reacción. Hizo una mueca, dispuesta a no dejarse convencer. Permaneció paralizada unos instantes sin saber qué hacer o decir. Todos la miraban, esperando alguna reacción por su parte, y en la cocina se produjo una extraña tensión.

—¿Sara? —susurró Christina—. Por favor. No tengo a nadie más.

Ella le sostuvo la mirada. No podía decirle que sí. No podía. La simple idea de ir hasta Tullia para pasar allí tres semanas le parecía una locura. Si era incapaz de asistir a una cena sola. ¿Y una simple sesión de cine? Ya había perdido la cuenta de las veces que había dejado plantada a Christina, porque cada vez le costaba más salir de casa. Pero una buena amiga le haría ese favor. Tampoco le estaba pidiendo nada del otro mundo... En realidad, le estaba ofreciendo las vacaciones soñadas de cualquier persona, casi un mes en La Provenza.

—Lo siento, no puedo.

5

Sara dio media vuelta y salió de la cocina. Subió a su habitación y se vistió sin fijarse mucho en lo que se ponía. Dios, necesitaba estar un rato a solas. Resopló al darse cuenta de la clase de persona en la que se estaba convirtiendo, cada vez más solitaria, más huraña. La puerta se abrió y Luis apareció en el umbral. Se acercó a ella y le tendió la mano.

—Ven.

—¿Adónde?

—¿Y qué importa adónde? Hace mucho que no pasamos un rato a solas. Vamos.

—No puedo, son más de las doce. Tengo que preparar algo para comer. Daniel está acostumbrado a almorzar a la una y...

—Mamá ya está preparando algo —le dijo en tono condescendiente.

—Pero... a Daniel no le gusta como...

Luis gruñó.

—Joder, Sara, ¿qué coño te pasa? Da un paseo conmigo. Salgamos a tomar algo los dos solos.

Ella lo miró de hito en hito, sorprendida por su arrebato.

—Yo... —empezó a decir.

Luis torció el gesto y apretó los dientes. No dijo nada, pero estiró el brazo hacia ella con la palma de la mano hacia arriba. Lentamente ella alzó la suya y cubrió sus dedos morenos.

—Vale —accedió.

Sin soltarla de la mano, Luis la condujo hasta la calle a través del patio. El sol caía inmisericorde sobre el asfalto. Luis parecía saber a donde iba y Sara se dejó guiar en silencio, mirándolo de reojo de vez en cuando. Llegaron hasta la plaza del Carmen y enfilaron una calle peatonal cubierta de toldos y sombrillas multicolores bajo los que se sucedían una terraza tras otra. La gente ocupaba las mesas y el volumen de las voces casi era ensordecedor.

Encontraron una mesa que acababa de quedar libre y se sentaron sin mediar palabra. Un camarero se les acercó y Luis pidió dos cervezas. Minutos después regresaba con la bebida y un par de platos con algo para picar.

—¿Qué te está pasando, Sara? —preguntó de repente su hermano.

—¿Qué quieres decir? No me pasa nada.

Luis se inclinó sobre la mesa y sus ojos la estudiaron sin ningún disimulo. El minucioso examen empezó a ponerla nerviosa y se echó hacia atrás en la silla poniendo distancia entre ellos.

—No consigo verte. Sé que estás ahí, en alguna parte, pero no logro verte. ¿Dónde estás, hermanita?

Sara se quedó sin palabras. Percibió verdadera preocupación en su hermano y no pudo evitar ponerse a la defensiva. Era capaz de hablar con él de cualquier cosa salvo de sí misma. Su verdad solo le pertenecía a ella. Luis jamás entendería ciertas cosas. Era dramático, impulsivo, sentimental... Y creía firmemente en los dictados del corazón por encima de cualquier otra cosa. No, de ningún modo entendería que ella...

—¿Es una pregunta con trampa? Porque, la verdad, no sé...

—¡Oh, cállate! —le espetó él.

Sorprendida por su salida de tono, se puso tensa y fijó la vista al frente. Empezó a temblar sin darse cuenta.

—¿No vas a decir nada?

—Me has dicho que me calle —respondió Sara con un tono frío y calmado.

Empezó a leer el menú garabateado sobre una pizarra junto a la puerta del establecimiento. Necesitaba centrar su atención en algo que no fuera la mirada de su hermano sobre ella. Apretó los dientes para calmar el temblor de su labio inferior. Luis nunca le había hablado de ese modo. ¿Qué le pasaba?

Él apoyó los codos en la mesa y se masajeó las mejillas.

—Cuando te he preguntado qué te pasaba, me refería a esto. —La señaló con una mano—. Si te hubiese hablado así hace unos años, me habrías mandado a la mierda. Incluso me habrías atizado por comportarme como un imbécil. Pero te falto al respeto y te quedas callada sin más. Pareces cansada, triste, siempre estás nerviosa. Tu actitud con Daniel es casi obsesiva. ¿Qué demonios te pasa, Sara? Tú no eres así.

Ella hizo girar la jarra de cerveza entre sus manos. Miró a su hermano y la tensión de sus hombros remitió y las arrugas en torno a sus ojos se suavizaron. Él no había pretendido herirla, solo estaba rascando sobre la pintura para encontrar la siguiente capa. Siempre había sido bueno en eso. Daba un pequeño tirón a la madeja, casi un tanteo, pero con la fuerza suficiente como para que esta se deshiciera por completo.

—Soy yo, Luis. Solo que con diez años más, un niño y un matrimonio. —Suspiró y miró a su hermano con cautela. Sonrió para dar más credibilidad a sus palabras, aunque ni ella misma acababa de creérselas—. Facturas, obligaciones, problemas... Es lo que le ocurre a las personas cuando crecen y maduran.

Él sacudió la cabeza y emitió un sonido a medio camino entre la burla y la pena.

—¿Cuándo te divertiste por última vez? —preguntó de repente.

—Anoche —respondió Sara, y alzó su jarra intentando relajar el ambiente. Él gruñó por lo bajo—. Vale, hace una semana. Preparé una cena en casa y vinieron unos amigos. Estuvo bien.

—Corta el rollo, estás hablando conmigo. Te conozco, aunque no lo creas. Así que, ¿cuándo fue la última vez que te divertiste de verdad?

—¿Qué importancia tiene eso?

—La tiene.

—Pues para mí no la tiene —insistió ella.

—¿Por qué no quieres ir a Tullia? Es una oportunidad alucinante. Joder, hermanita, casi un mes en Francia, en un *château* de cuento y con un montón de tiempo solo para ti. Si hasta puede que encuentres un Russell Crowe para ti solita. —Hizo una pausa y alzó una ceja en un gesto pensativo—. Era Russell Crowe el que salía en esa película, ¿no? Esa en la que un tío suyo muere y hereda un viñedo...

Sara asintió con una sonrisa. Habían visto esa película el verano anterior, en un cine al aire libre en un pueblo de la costa.

—No creo que a Colin le haga gracia que me incites a buscar un novio —bromeó con un ligero rubor en las mejillas.

—Como si le fuera a importar —masculló Luis para sí mismo. Apartó la vista y se bebió de un solo trago media cerveza.

A Sara le cambió el semblante.

—¿Por qué has dicho eso?

—No soy idiota, Sara. Que no hable de las cosas no significa que no me dé cuenta, porque me doy cuenta, ¿sabes? Eres mi hermana y te conozco mejor que nadie. No importa qué intentes ocultar. Lo sabré porque tenemos una conexión, siempre la hemos tenido.

Sara bajó la vista con un nudo en la garganta.

—Todo está bien —susurró.

—No lo está, nada está bien... ¡Tú no estás bien! Vamos, mírame —le pidió al ver que ella no alzaba la mirada. Muy despacio, Sara clavó sus ojos en los de él—. No puedo seguir callándome lo que pienso. Lo he intentado, pero es que se me retuercen las tripas cada vez que... —Respiró hondo antes de añadir—: Eres como un fantasma. Sin vida, sin autoestima, siempre triste... Llevas toda tu vida sintiéndote responsable de todo, como si no te quedara más remedio porque son las cartas que te ha tocado jugar. Primero, con la enfermedad de papá, asumiste que era tu obligación sacarnos a flote. Después lo sacrificaste todo por mí, todo. Incluso a ti misma.

Sara alzó la mano para que guardara silencio.

—Nunca me he arrepentido de eso. Ni siquiera pienses que me debes algo.

—Fui a la universidad gracias a ti, mientras tú... —Inspiró hondo y bajó la voz—. Dejaste de estudiar y te pusiste a trabajar para que yo pudiera tener un futuro. Y más tarde te casaste con Colin para dejar de ser una carga para nuestros padres. Un tío mucho mayor que tú que no sabe ni que existes.

—Nadie me obligó, hice lo que quería hacer. Dejé de estudiar por decisión propia, no por ti, ni por papá... Y no me casé con Colin para dejar de ser una carga. Estaba enamorada de él.

—¿Estabas? —preguntó Luis con tono irónico.

—Quiero a mi marido.

—Sí, tanto como él a ti —murmuró de forma malintencionada.

—No entiendo por qué estamos teniendo esta conversación.

—Porque no entiendo qué haces con él. —Luis alzó la voz—. Te está absorbiendo la vida. Te está consumiendo y te dejará seca, si no lo ha hecho ya. Solo tienes veintinueve años y tus ojos son los de una persona sin ilusiones, sin esperanzas... Tú mundo se ha estrechado de tal modo que en él solo cabes tú.

Sara resopló indignada.

—¿Que qué hago con él? Es el padre de mi hijo. He formado una familia con Colin. Tengo responsabilidades, obligaciones, un compromiso que cumplir...

—¿Y qué hay del amor?

—Quiero a mi marido, le respeto... Es un hombre educado, trabajador, muy limpio...

—¿Limpio? —Luis se echó a reír y volvió a preguntar—. ¿Y qué hay del amor?

—Hay muchas formas de amor.

—Entre un hombre y una mujer solo hay una. Mejor dicho, solo debe haber una. Puede que sea un romántico empedernido, un idealista del amor, pero sé lo que es amar a una mujer. Que el cuerpo te arda solo con mirarla, que el deseo te destroce y que el corazón se te estremezca cada vez que oyes su voz. —La miró a los ojos y apretó los labios con una expresión resignada—. Cuando una mujer me hace sentir todas esas cosas, lo último que diría de ella es que es educada, limpia y trabajadora. Nunca, nunca he visto entre vosotros esa química especial que hace que se te dibuje una sonrisa en los labios al miraros.

Se instaló un tenso silencio entre ellos y Sara observó con creciente nerviosismo que Luis luchaba por controlar su frustración. Exhaló un suspiro y se frotó las manos en los muslos mientras se echaba hacia atrás en la silla. Una pareja se besaba apasionadamente muy cerca de ella, debían de rondar los cincuenta, y lucían sendos anillos de casados. Él le acariciaba el trasero con cierto disimulo y le dijo algo al oído que provocó que ella se echara a reír con las mejillas sonrosadas. Se apartaron con reticencia el uno del otro cuando una chica mucho más joven se sentó con ellos. Sara supo de inmediato que se trataba de su hija, pues sus rasgos eran una mezcla evidente de ambos.

Se dio cuenta de que su hermano también los observaba. Carraspeó y tomó un trago de cerveza. Se quedaron en silencio un buen rato. Luis pidió la cuenta y abandonaron la terraza. Volvieron a casa sin mucha prisa, sumidos en un mutismo incómodo y tenso.

Al pasar por delante de un escaparate, Sara se miró de reojo en el cristal. Contempló su reflejo, nada de maquillaje y el pelo recogido en una coleta. La camiseta era sencilla, pero mostraba un buen escote que resaltaba su figura. Los pantalones cortos estaban viejos y desgastados, y le quedaban asombrosamente bien a pesar de que sus piernas ya no eran tan firmes. Dios, necesitaba hacer algo de ejercicio. No se dio cuenta de que se había detenido, hasta que su hermano se colocó tras ella y le sonrió a su reflejo.

—Si supieras cuántas veces me peleé por tu culpa en el instituto —le comentó.

Sara se dio la vuelta y lo miró sorprendida.

—¿Por mi culpa?

Él asintió con la cabeza.

—Los chicos se fijaban en ti. Decían que estabas buena y otras cosas no aptas para los oídos de un hermano cuatro minutos más pequeño. Incluso hubo un chico que quiso comprarme con unos videojuegos para que le dejara ir a casa y verte. Le partí la cara y me expulsaron.

—¿Te expulsaron por eso? —preguntó Sara con los ojos como platos. Nunca había sabido qué había pasado realmente aquel día entre Luis y uno de sus mejores amigos. Hasta ahora.

Él se encogió de hombros.

—¡Qué le voy a hacer! —Se puso serio y enfundó las manos en los bolsillos de su pantalón—. Debí aceptar su oferta. Era un tío majo, un poco gilipollas pero un buen tipo. ¿Quién sabe? Quizá te habría gustado, habrías salido con él y a saber si tu vida no sería ahora completamente diferente. —Hizo una pausa y suspiró—. Y yo tendría un par de juegos más en mi colección.

Los ojos de Sara no se apartaban del rostro de su hermano. Parecía tan preocupado que ella se sintió culpable.

—No estoy tan mal como crees, Luis —logró decir—. ¿De verdad piensas que mi vida es tan patética?

De sopetón, Luis la cogió por los hombros y la obligó a darse la vuelta, de modo que quedó de nuevo frente al cristal del escaparate.

—Mírate. Esa que está ahí eres tú. Dime la verdad, ¿cuánto hace que no la ves? —inquirió. Sara no pudo responder, incapaz de apartar la mirada de sí misma—. Dices que lo más importante en tu vida es tu hijo y que harías cualquier cosa por él. Pues ve a Tullia, ve por él. Tú lo necesitas y él lo necesita. Lo asfixias continuamente. Lo estás malcriando, apenas se relaciona con nadie, y lo estás convirtiendo en un inútil porque lo haces todo por él.

—Eso no es verdad —replicó enfadada—. Tiene amigos en el colegio y cuando vamos al parque juega con otros niños. No... no lo malcrío, solo intento que sea feliz. No tiene hermanos, su padre trabaja demasiado y soy la única que está con él.

—No eres objetiva. Ni siquiera sincera contigo misma.

—No es cierto.

—Lo es, y lo sabes. Daniel necesita crecer. Y tú también.

—¿Yo?

—¿Por qué te asusta tanto estar sola? ¿Qué temes perder? Cuando regreses, Daniel seguirá aquí y te habrá echado de menos. Creo que tu hijo necesita echarte de menos, Sara. Y Colin... si ni siquiera ha llamado desde que estás aquí.

Entonces sintió que se le cerraba la garganta y notó una fuerte opresión en el pecho. La calle se estrechaba sobre ella, ahogándola. Un dolor salvaje le quemaba por dentro. Echó a andar sin decir ni una palabra y con paso rápido se dirigió a la casa de su madre. Podía sentir la presencia de Luis detrás, su mirada en la espalda, pero manteniendo una distancia prudente. Era exasperante que la conociera tan bien que hasta supiera cuándo necesitaba un minuto.

Cuando irrumpió en la cocina encontró a Daniel comiendo. Sus ojos se abrieron como platos al ver cómo devoraba un filete de pescado él solito, sin ayuda de nadie para quitar las espinas. Su madre acababa de cortar un trozo a una tortilla de patatas recién hecha y se lo estaba sirviendo en el plato.

—No, mamá. No le des eso, no le gusta. Solo se come la que yo le cocino. Daniel, ¿quieres que te prepare unas crepes saladas?

—No, quiero tortilla.

—Pero... ¡si no te gusta!

—Sí que me gusta —replicó muy seguro mientras levantaba el plato hacia su abuela.

—Será mejor que te la sirva tu madre. Yo tengo que recoger la ropa del tendedero.

Salió de la cocina dejándolos solos.

Sara se sentó a la mesa mientras Daniel acercaba el plato y se servía la tortilla él mismo. Lo estudió sin parpadear. No recordaba haberlo visto comer de ese modo, a dos carrillos y sin apenas respirar. Vio un poco de piel en el pescado y tomó un tenedor para apartarla. La mano de su hijo la detuvo.

—No, puedo hacerlo yo.

—Claro. —Dejó el tenedor con un nudo en el estómago y continuó observándolo—. ¿Qué quieres que hagamos esta tarde? Podemos ir al parque o al cine.

—No puedo —dijo Daniel con la boca llena—. He conocido a un niño. Se llama Miguel, tiene una PS3 y me ha invitado a su casa a jugar... y a merendar.

—¿A su casa? ¿Dónde... dónde vive?

—La abuela lo sabe. Me va a llevar ella y luego me acompañará la madre de Miguel. ¡Es muy simpática!

—No sé si es buena idea que vayas a casa de unos desconocidos. Además, ¿qué pasa si no te gusta la merienda? Yo podría hacer tortitas de canela y chocolate. Son tus favoritas.

Daniel dejó de comer.

—No lo son. Digo que lo son para que no te pongas triste —murmuró cohibido. Bajó la mirada al plato y mordisqueo un trozo de pan—. En Londres nunca puedo jugar con amigos. Tampoco me dejas ir a sus casas. Y en el parque estás todo el tiempo diciéndome que no corra, que no salte y que no haga nada porque me puedo caer. —La miró de reojo—. Miguel me cae bien. ¿Vas a dejar que vaya a su casa?

Sara aún estaba tratando de digerir todo lo que el niño acababa de decir. Se había puesto pálida y un sudor frío le resbalaba por la espalda.

—No sé si es buena idea. ¿Y si una vez allí no te sientes a gusto? No estás acostumbrado a este ambiente. Y no me gusta que juegues en la calle...

—Mamá, tengo diez años, no soy un bebé. Sé que debo cruzar la calle con cuidado y que hay que mirar a ambos lados; y que no debo subirme a una ventana abierta; y que debo masticar despacio para no atragantarme... —Estaba elevando la voz sin darse cuenta, con un tono mordaz cargado de frustración—. También sé que no debo hablar con desconocidos y que si me pierdo debo buscar a un policía. Me sé de memoria todos los números de teléfono, incluso el de la abuela. ¡No soy un bebé, ni un idiota! —repitió alterado.

Sara inclinó la cabeza hacia delante, con los hombros temblando. Se fue apagando, sintiendo que se le cerraba el pecho. Sabía que era demasiado protectora, incluso paranoica a veces, pero oírlo de los labios de Daniel había abierto un pequeño agujero en su conciencia. Respiró hondo, concentrándose en abrir los pulmones. Luis tenía razón. Christina tenía razón. Se sentía tan sola que estaba usando a su hijo para llenar un espacio dentro de ella que él nunca podría colmar. Lo sobreprotegía porque sin él, simplemente, ella dejaría de existir. Su hijo se había convertido en su identidad.

¿Qué demonios estaba haciendo?

Miró a Daniel y trató de sonreír, aunque por dentro estaba a punto de romperse. No era capaz, pero debía hacerlo: tenía que cortar el cordón umbilical que la unía a su hijo. O aflojarlo lo suficiente para dejarlo respirar. Si lo conseguía, quizás ella también lograra sentir de nuevo el aire. Inspiró hondo, de forma entrecortada.

—Sé que no eres un bebé. Tampoco eres idiota.

Daniel la miró y su boca se contrajo con un puchero.

—Pues me tratas como si lo fuera. En el colegio se ríen de mí. Me llaman mimado y se burlan diciendo que mi madre parece mi novia.

Sara se puso pálida. Daniel nunca le había dicho nada a ese respecto.

—No lo sabía. —Suspiró y se pasó las manos por las mejillas—. Sé que soy muy protectora contigo, pero solo porque te quiero muchísimo. Eres lo único que tengo.

—Eso no es verdad. Tienes a papá, a la abuela, al tío Luis, a Christina...

—Es cierto. Intentaré relajarme un poco, ¿vale?

La carita de Daniel se iluminó.

—Entonces, ¿puedo ir a casa de Miguel?

Sara forzó una sonrisa. Los labios le temblaban reprimiendo las lágrimas. Respiró una vez, y otra, hasta que estuvo segura de que podría hablar sin que le fallara la voz.

—Claro. Es estupendo que hagas amigos nuevos.

Daniel sonrió de oreja a oreja y empezó a comer de nuevo con mucho más apetito. No dejaba de mirarlo. Las palabras del niño habían calado tan profundamente dentro de ella que no podía ignorarlas. Con él no podía esconder la cabeza como un avestruz. Se estaba haciendo mayor y empezaba a darse cuenta de los detalles. Pronto vería la realidad que ella misma se negaba a reconocer.

Necesitaba convertirse en la clase de persona que Daniel merecía, pero no tenía ni idea de cómo hacerlo. O quizá sí. Su padre decía que todos los caminos se inician con un primer paso y que ese era el más difícil de dar, por eso había que darlo sin pensar, con los ojos cerrados.

Sara miró por encima de su hombro y vio a Luis en la puerta. Por su expresión supo que había oído toda la conversación.

—No sé qué más pruebas necesitas —dijo su hermano.

Entonces cerró los ojos. Cuando los abrió, Luis ya no estaba.

—¿El tío Luis se ha enfadado contigo? —preguntó Daniel.

Sara negó con un gesto despreocupado y sonrió. Se inclinó sobre la mesa y acercó su nariz a la del niño. Se vio reflejada en el azul de su mirada y se dijo que podía hacerlo. Podía dar ese primer paso.

—Cariño, ¿qué... qué te parecería que le hiciera ese favor a la tía Chris? —soltó sin respirar.

—Bien.

—¿Seguro? Tullia se encuentra en Francia, está muy lejos y serán muchos días...

—Sé donde está Francia, mamá. —Daniel hizo una pausa y la miró a los ojos. En ese momento no parecía un niño, sino alguien mucho más mayor—. Ve si quieres. Parece algo guay, y así tú también podrás hacer amigos nuevos. No tienes que preocuparte por mí. Me gusta vivir con la abuela y con el tío Luis. Estaré bien, de verdad.

Sara lo miró orgullosa.

—Seguro que sí —musitó. Se puso de pie y le acarició la cabeza con ternura—. Voy a llamar a papá para contarle el cambio de planes, ¿vale?

—Vale.

Sara salió al patio en busca de algo de intimidad. Oyó unas risitas y ni siquiera necesitó mirar para saber de quién se trataba. Se dio la vuelta y allí estaban, Luis y Christina, pegados a la pared escuchando a escondidas. Puso los ojos en blanco.

—¡Dios mío, vas a hacerlo! —exclamó Christina. La rodeó con sus brazos y la zarandeó con fuerza—. ¡Gracias, gracias, gracias! Te debo la vida.

Sara se soltó de su abrazo y agitó el teléfono móvil ante su cara.

—Primero debo consultarlo con Colin.

Se frotó la cara mientras marcaba el número de la agencia de publicidad.

—Hola, Eli. Soy Sara. ¿Podría hablar con mi marido? —dijo cuando una vocecita chillona respondió al otro lado de la línea.

Elizabeth era la secretaria de Colin, una chica joven con el pelo corto y teñido de varios colores. A Sara le caía bien.

—¡Hola, Sara, me alegro de oírte! Ha pasado mucho tiempo. ¿Cómo estás?

—Bien, ¿y tú?

—Contando las horas, hoy comienzo mis vacaciones. ¿Y sabes una cosa? Mi chico y yo pasaremos unos días en España, en Barcelona. Colin dijo que tú ya estabas por allí, sería estupendo verte.

Sara sonrió. Se la imaginó tras su mesa, con sus enormes gafas de color rosa y esos extravagantes tocados que siempre usaba.

—Sí, sería estupendo. Pero yo estoy bastante más al sur. Además, no creo que me quede mucho por aquí. Me ha surgido algo.

—Oh, vaya. La próxima vez.

—Sí, la próxima vez. —Hizo una pausa y tomó aire—. Eli, ¿Colin está por ahí?

—Perdóname, lo siento. Hacía tanto que no hablábamos. Espera un momento, voy a pasarte con él.

—Gracias, Eli.

Sara llenó de aire sus pulmones y miró de reojo a Christina. Luis y ella no se habían movido, ni siquiera se molestaban en fingir que no estaban escuchando. Les dio la espalda y cerró los ojos mientras se frotaba la frente.

La línea hizo un ruido y se oyó una respiración al otro lado.

—Solo tengo un minuto. ¿Va todo bien? —soltó Colin sin tan siquiera un «Hola, cariño».

Ella tardó un segundo en contestar. Tres días sin hablar y lo primero que le soltaba era que solo disponía de un minuto. Sintió cómo se encendía por dentro y tuvo que hacer un esfuerzo para serenarse y hablar con normalidad.

—Sí, todo va bien. Y ¿tú qué tal? —preguntó. Creyó oír un gruñido de asentimiento y el sonido de unos dedos tecleando—. Verás, te llamo porque necesito comentarte una cosa. ¿Recuerdas que alguna vez te he contado que la familia de Christina tiene un *château* en La Provenza?

—Me suena, pero ¿qué tiene que ver eso conmigo?

—Christina lo está reformando. Iba a ir hasta allí para supervisar las obras, pero le ha surgido algo importante y me ha pedido que vaya yo en su lugar. No tiene a nadie más. —Inspiró hondo—. Tendría que quedarme allí dos o tres semanas, puede que más.

Silencio salvo el sonido de las teclas.

—¿Tú? ¿A Francia? ¿Y Daniel? —quiso saber Colin.

—Quiere quedarse con mi madre y con Luis. Iría yo sola, si a ti te parece bien, claro.

Un silencio más largo que el anterior.

—No sé, Sara, ¿cuánto va a costarme el capricho? Porque no tengo ningún problema con que vayas a ese *château* el tiempo que sea. Es asunto tuyo y tampoco tienes nada mejor que hacer. Lo que no me parece bien es que mi bolsillo sufra los problemas de tu amiga. Si va a costarme una sola libra, olvídalo, no es mi problema, y mucho menos por una mujer que me odia.

Sara se quedó de piedra. El gruñido que soltó Christina dejó bastante claro que había oído más de lo que debía. Sara se dio la vuelta y le dedicó una mirada de disculpa, pero antes de que le diera tiempo a pedir perdón por el poco tacto de Colin, ella le arrebató el teléfono de la mano.

—Escúchame bien, Colin Gibbs. Jamás aceptaría una sola libra de tu bolsillo. Y para que te quede claro, yo corro con todos los gastos que Sara pueda tener. Es más, ella cobrará por este trabajo, como una empleada más. ¿Me has entendido?

Sara logró quitarle el teléfono a Christina, que seguía gritándole al aparato roja de ira.

—Con un poco de suerte conocerá a un guapo francés al que se le ponga dura como una piedra —chilló Christina fuera de sí.

Luis la sujetaba tronchándose de risa.

—¿Colin? —susurró Sara.

—¿Me has llamado con ella presente? —preguntó enfadado. Soltó un par de palabras malsonantes—. Por qué no me sorprende... ¿Nunca piensas?

—Lo siento. No creía que pudiera oírlo, pero tú podías haberte cortado un poco...

—Colin, querido, la próxima reunión comienza en cinco minutos. Tenemos que prepararnos.

Sara se puso pálida al escuchar la voz femenina.

—¿Esa es Anika? ¿Qué hace ella en tu oficina? —inquirió con el corazón atascado en la garganta—. No me habías dicho que volvía a trabajar en la agencia.

—No te lo he dicho porque tiene que ver con mi trabajo, no contigo.

—¿Que no tiene que ver conmigo?

Colin gruñó.

—Perdona, Sara, pero no tengo tiempo para esto. Ya te llamaré yo.

Se quedó inmóvil con el teléfono apretado entre los dedos. Enfadada no se acercaba ni de lejos a cómo se sentía, aunque no tenía muy claro el motivo.

Pensó en Colin y en Anika. Podía verlos en su cabeza, juntos por los pasillos de la agencia, compartiendo un almuerzo, incluso una copa a última hora de la tarde. Para su sorpresa, no era eso lo que más la molestaba, sino darse cuenta de que, a pesar de todo lo ocurrido, lo había llamado como una niña buena y sumisa para pedirle permiso. ¿Permiso?

Se dio la vuelta. Christina la miraba compungida.

—Lo siento, Sara —replicó angustiada—. Es que es tan... ¡tan capullo!

Luis se echó a reír de nuevo.

—Supongo que ya no querrás ir a Tullia —añadió ella.

Sara tragó saliva al tiempo que algo amargo ascendía por su garganta.

—Por supuesto que voy.

6

Jayden abrió los ojos de golpe con el corazón latiendo muy deprisa. La respiración se le atascaba en la garganta, mientras las imágenes de la pesadilla se iban diluyendo en su cabeza. Se quedó mirando el techo un buen rato, con la mano reposando en su abdomen desnudo. Esos sueños iban a acabar con él, si no lo hacía antes la comida.

Llevaba siete meses viviendo en Tullia y seguía sin acostumbrarse a la gastronomía local. Se moría por volver a probar una hamburguesa de medio kilo con todo: beicon, queso, huevo, cebolla crujiente y salsa picante. En ningún sitio las preparaban como en Chaps, el mejor restaurante de todo Baltimore. También echaba de menos ver un partido de los Baltimore Ravens, su equipo favorito. El año anterior había logrado unos días de permiso, que coincidieron con la final de la Super Bowl. Los Ravens se enfrentaban a los San Francisco 49ers y ganaron por treinta y cuatro a treinta y uno. Fue uno de los mejores días de toda su vida. Casi tanto como el día que logró entrar a formar parte del DEVGRU, la puta élite de la élite de la armada estadounidense. Su verdadero hogar, su auténtica familia.

Saltó de la cama y comenzó con su rutina diaria. Se vistió con un pantalón corto y una sudadera sin mangas. Llenó su botella de agua en la cocina, tratando de no hacer ruido para no despertar a Jeanne, y salió afuera. El sol despuntaba en el cielo y los primeros rayos le calentaron la cara de forma agradable. Echó a correr, primero despacio, para calentar; a los pocos minutos volaba sobre los caminos de tierra como si se entrenara para volver a enfrentarse a la «Semana del infierno». ¡Hooya!

Cuando regresó a casa, dos horas más tarde, el sol brillaba implacable en un cielo completamente despejado y azul. Por suerte, el mistral se había levantado con fuerza, bajando un par de grados la sofocante temperatura. No le gustaba que el aire soplara de ese modo. Le ponía nervioso porque le recordaba demasiado las tormentas de arena que había vivido en el desierto. Pero el maldito viento era el responsable de esa luminosidad que hacía tan hermosa la Provenza, y debía reconocer que era espectacular.

Con los pulmones ardiendo, se tiró al suelo y continuó machacándose con dos series de flexiones y otras dos de abdominales. No había una sola parte de su cuerpo que no le quemara y estaba a punto de alcanzar el agotamiento físico total. Se desplomó de espaldas en el suelo con los brazos abiertos en cruz, resoplando, y pensó que se estaba haciendo mayor para darse esas palizas. Se quedó contemplando el emparrado y las pequeñas uvas que maduraban en las parras.

—¿Has muerto por fin?

Jayden sonrió y miró de reojo a Jeanne. La mujer lo observaba desde su escaso metro cincuenta, con el pelo canoso revoloteando por su cara de mejillas sonrosadas. Unas arrugas, que apenas dejaban determinar su avanzada edad, enmarcaban unos ojos brillantes y sinceros.

—Aún no, pero estoy en ello —respondió él con una risita.

Jeanne meneó la cabeza y pasó las manos por el delantal negro que llevaba anudado a la cintura, sacudiendo unas manchas de harina. Jayden sabía que lo llevaba como muestra del luto que aún vestía por su nieto. Unos días era una falda, otros una blusa o un pañuelo. Se le encogió el estómago y la culpa asomó su fea cara, como siempre le ocurría al pensar en Olivier.

Un maravilloso olor salió de la cocina a través de la puerta, al tiempo que la alarma del horno comenzaba a sonar.

—El bizcocho está listo —anunció Jeanne.

—¿Bizcocho? —Los ojos se le iluminaron. Estaba muerto de hambre y Jeanne hacía los mejores dulces del mundo.

—Sí, con pasas y nueces. Así que, si quieres un poco, será mejor que entres y te des una ducha. Apestas.

Él se puso en pie de un salto y abrió los brazos recuperando la sonrisa.

Ella dio un grito, como si fuera una chiquilla.

—¡Ni se te ocurra abrazarme con todo ese sudor!

Jayden le tomó el rostro entre las manos y le dio un sonoro beso en la frente. Le había cogido mucho cariño en muy poco tiempo. Jeanne era una mujer encantadora, inteligente y divertida. Encima, compartía su gusto por la música. Le encantaba el jazz, el blues, el rock... Cuando la oyó tararear *Dust in the wind* de Kansas pensó que, si él tuviera cuarenta años más, se enamoraría de ella sin poder evitarlo.

—¿Cuándo vas a casarte conmigo, Jeanne? —propuso con tono coqueto.

Ella puso los ojos en blanco y le dio un ligero empujón hacia la puerta.

—Un día de estos diré que sí y te daré un susto de muerte.

Él rió con ganas y entró a la casa.

Se duchó con agua fría para desentumecer los músculos. Una vez frente al espejo, unos ojos verdes y un poco cansados le devolvieron la mirada. Se pasó una mano por la cara decidiendo si se afeitaba o no. Cuatro días sin usar la maquinilla, ¡bah!, aún podía sumar otros dos. Se peinó con los dedos su pelo rubio, aunque lo único que logró fue que pareciera más despeinado. Acostumbrado a llevarlo mucho más largo, el corte que lucía ahora suponía todo un reto, porque se ponía de punta con vida propia. Pero debía admitir que le sentaba mucho mejor.

Con las caderas envueltas en una toalla, fue hasta su habitación. Se encontró la cama hecha y un montón de ropa planchada sobre ella. Negó con la cabeza y suspiró. Estaba allí para cuidar de Jeanne, no para que ella cuidara de él. Se vistió con un tejano desgastado, su camiseta favorita de los X-Men y una gorra negra de los Ravens que había conocido momentos mejores. Y regresó a la cocina con el estómago protestando.

—¿Qué planes tienes para hoy? —preguntó a Jeanne mientras recogían la cocina tras el desayuno.

—En la tienda se han agotado las mermeladas. Me han hecho otro pedido bastante grande, por lo que pasaré el día en la cocina. ¿Y tú?

Él se encogió de hombros.

—El señor Chavanel rompió ayer una ventana por accidente. Violette me ha pedido que la ayude a arreglarla.

Jeanne se dio la vuelta con las manos en las caderas. Su tamaño minúsculo no le restaba belleza a su porte regio y anguloso.

—¿Cuándo vas a dejar de trabajar gratis?

—No trabajo gratis —replicó indignado. Una sonrisa traviesa se dibujó en sus labios—. Cobraré en especies. Tres botellas de vino. No está mal, ¿eh?

Jeanne suspiró.

—Más que bueno, empiezo a pensar que eres tonto. Tonto de remate —le soltó sin paños calientes—. Dos días recogiendo manzanas para el viejo Sirot a cambio de una caja de membrillos...

—Tienen vitaminas.

—¿Y qué hay de las ovejas que ayudaste a esquilar a Ogier? Treinta euros y un queso por tres días de trabajo...

—El queso va bien con el vino, y mi guitarra tiene cuerdas nuevas.

Jeanne resopló. Habían tenido esa conversación un millón de veces. Desde que llegó a Tullia, siete meses atrás, Jayden no había dejado de trabajar ni un solo día. Ayudaba a todo el mundo y se conformaba con lo que pudieran darle.

—Está bien, caballero de brillante armadura. ¿A la vuelta podrías traer unos kilos de azúcar? Los necesitaré para la mermelada.

—Por otro bizcocho, lo que sea —repuso, guiñándole el ojo.

Dos horas más tarde, Jayden caminaba de vuelta al pueblo desde el viñedo de los Chavanel. Le encantaba el ambiente rural de *La France*. La vida era tranquila en los pueblos como Tullia, rodeados de cultivos, con bonitas casas provenzales y enormes jardines salpicados de castaños, cipreses, mimosas y olivos. Los campos de lavanda y de vides eran infinitos.

Cogió una brizna de hierba y la mordisqueó durante un rato, intentando distraerse y no pensar en la fecha que era. Dieciocho. Ese número estaba marcado a fuego en su cerebro. Hace diez meses, el dieciocho de septiembre, el infierno se había desatado en la tierra, concretamente al norte de Pakistán. Aquel día todo se fue a la mierda y él perdió mucho más que la sangre que manaba de los dos disparos que recibió.

Cuando se recuperó de sus heridas, dos meses después, llenó su petate con algo de ropa y un par de propósitos, y se largó a Europa con una misión muy diferente de las que había llevado a cabo. Tenía que conocerla y hacer cuanto estuviera en su mano. Se lo debía. Y quizás así, con el tiempo, dejaría de sentirse tan culpable. Pero ya habían pasado diez meses y el sentimiento seguía allí.

Iba tan ensimismado en sus pensamientos que a punto estuvo de ser arrollado por un autobús a la entrada del pueblo. Se pegó a la pared y resopló para sacudirse de encima el susto. Miró su reloj: por la hora debía de ser el que hacía el trayecto Marsella-Apt.

Saludó a unos hombres que jugaban a la petanca bajo unos árboles altos y frondosos, junto a la biblioteca, que también hacía de centro cultural, y rechazó con un gesto su invitación para unirse a ellos. La última vez lo desplumaron y no pensaba repetir.

El sol empezaba a calentar de verdad y el viento se notaba con más intensidad. Atajó por una callejuela de escaleras y salió a la plaza principal, desierta por culpa del molesto mistral. La gente mayor llevaba días comentando que hacía muchos años que no soplaba con tanta fuerza y durante tanto tiempo.

—Es raro que se levante así en verano. ¡Algo barrunta! —gritó una voz.

Entonces vio a Gaspard en la puerta de su bar. Señalaba hacia los árboles, que se sacudían de un lado a otro poniendo a prueba su resistencia.

—Mi abuela decía que cuando silbaba así había que escucharlo porque algo iba a pasar —continuó Gaspard.

Él entornó los ojos y guardó silencio. Solo oía un chirriante ulular. Nunca había sido un tipo supersticioso, pero aquella gente creía de verdad en ese tipo de cosas. Veían señales por todas partes: pájaros que volaban bajo, perros que aullaban al amanecer, lechuzas que salían en pleno día...

—¿Bueno o malo? —preguntó alzando la voz.

—Eso nunca se sabe —respondió mientras se despedía con la mano y entraba en la pequeña cafetería.

Jayden cruzó la plaza con paso rápido. Iría a comprar el azúcar que Jeanne necesitaba y regresaría a casa para echarle una mano.

Se encogió e inclinó la cabeza para protegerse de las fuertes rachas, pero su gorra salió volando hacia atrás. Se dio la vuelta, buscándola, y la vio rodando por la plaza en dirección a la fuente. Echó a correr tras ella, sintiéndose un poco estúpido.

Logró alcanzarla cuando ya estaba considerando seriamente lanzarse en plancha, aun a riesgo de perder su dignidad. Se echó a reír, mientras la sacudía contra sus tejanos para quitarle el polvo, y dio media vuelta.

Se quedó inmóvil, como si de repente alguien hubiera pulsado el botón de pausa. Al otro lado de la plaza, una mujer morena tenía problemas con un vestido camisero con falda de vuelo que ondulaba de arriba abajo dejando a la vista unas largas piernas, esbeltas y morenas, y un leve atisbo de la curva de sus caderas.

Inclinó la cabeza, como si así pudiera tener una mejor perspectiva de lo poco que quedaba oculto bajo la tela de flores. La chica no dejaba de manotear, intentando mantener a raya el vestido; y cuando creía que lo tenía controlado, y trataba de coger el equipaje tirado a sus pies, el vestido cobraba vida de nuevo empeñado en mostrar esas piernas fabulosas.

Él se frotó la nuca con una sonrisa en los labios. Se puso la gorra y cruzó la plaza con paso rápido.

—Hola —la saludó antes de detenerse a su lado—. Deja que te eche una mano con eso.

La mujer levantó la vista del suelo, sonrojada hasta las orejas. Él se agachó y recogió el equipaje del suelo: una bolsa de mano y una maleta.

—Gracias —dijo ella. El aire agitaba los mechones sueltos de su coleta y se le enganchaban en la cara. Trató de apartarlos, pero en aquella fracción de segundo el vestido volvió a rebelarse—. Esto es muy bochornoso.

Jayden se esforzaba en no mirar hacia abajo, mientras apretaba los labios para no sonreír de forma descarada. La chica había logrado asir el bajo de la falda y la estiraba apretujando la tela entre sus puños.

—No te preocupes, a mí me pasa continuamente. Todo el pueblo conoce ya mis piernas. Aunque no son tan bonitas como las tuyas —comentó, e inmediatamente se arrepintió de haberlo dicho al ver cómo ella lo miraba, evaluándole—. Perdona. Era una broma. No lo de tus piernas, claro, porque eso sí iba en serio, son muy bonitas. Me refiero a lo que he dicho antes. Aunque lo de tus piernas no tendría que haberlo mencionado. Me ha hecho parecer un acosador. —Torció el gesto—. Eso tampoco debería haberlo dicho, ¿verdad? —resopló un poco agobiado—. No soy un tío raro, te lo juro. Cualquiera de por aquí te dirá que soy completamente inofensivo. Un idiota inofensivo.

Poco a poco, la tensión de los labios de la chica desapareció y esbozó una leve sonrisa.

—Me lo tomaré como un saludo de bienvenida.

—Lo es. Y uno de los buenos. Normalmente un «¿Qué pasa?» es suficiente por aquí.

—Seguro que no están tan mal —comentó ella con un temblor en la voz que le resultó encantador—. Tus piernas. Seguro que tus piernas también son... bonitas. Y las faldas deben de quedarte muy bien —bromeó.

—De muerte —replicó él. La pilló sonriendo de un modo que le dejó bastante claro que no lo estaba tomando en serio. Echó a andar y ella lo siguió—. No eres francesa, ¿verdad?

—¿Tanto se nota?

—Lo he sabido por tus ojos, no tienen aspecto de franceses.

Ella se echó a reír y su cara se iluminó más relajada.

—Seguro que el acento no ha tenido nada que ver —repuso con cierta ironía—. Tú tampoco eres francés.

—¡No me digas! —exclamó divertido—. ¿Me delatan mis ojos?

Ella negó con un gesto tímido.

—Tus orejas.

Jayden la miró con más atención. Ella mantenía la vista en el suelo, intentando ocultar que se había ruborizado de nuevo. Se detuvo y dejó en el suelo una de las maletas.

—Por cierto, me llamo Jayden —dijo mientras le tendía la mano.

Ella también se detuvo. Muy despacio soltó su vestido y se la estrechó con un apretón firme.

—Sara.

—Encantado de conocerte, Sara —susurró sin soltar su mano, increíblemente pequeña entre la suya. Frunció el ceño y miró a su alrededor, una inusitada calma se había asentado en la plaza—. ¡Vaya, el viento ha parado!

Sara alzó la vista a los árboles y miró a su alrededor. Los ojos de Jayden se detuvieron en su cuello, esbelto y delicado. El cuello más bonito que había visto nunca.

Agarró la maleta y echó a andar de nuevo.

—¿Vacaciones? —preguntó con curiosidad.

—¿Qué? —replicó Sara.

—Si estás aquí de vacaciones —aclaró mientras tomaban una calle estrecha con el suelo adoquinado.

Ella negó sin dejar de mirar a su alrededor, como si intentara absorber hasta el último detalle: los colores azules y verdes de las contraventanas, los enrejados, los maceteros repletos de buganvillas y los enormes faroles de hierro forjado, que colgaban de las paredes y que formaban parte del alumbrado eléctrico. Él se había sentido igual de cautivado cuando llegó allí por primera vez.

—No he venido de vacaciones. Más bien por una especie de trabajo.

—¿Especie de trabajo?

—Le estoy haciendo un favor a una amiga. Tiene un *château* aquí, en Tullia. Lo está reformando y me ha pedido que le eche un vistazo. Cree que los obreros no están trabajando al ritmo que deberían.

—Ya... ¿Cómo se llama el *château*?

—Château de Lussac. ¿Lo conoces?

Jayden asintió.

—Sí, está a unos seis kilómetros de aquí. Muy cerca del viñedo de los Chavanel.

—Entonces está cerca —replicó ella con un gesto de alivio.

—Sí. En coche no son más de cinco minutos. ¿Cuánto vas a quedarte?

—Calculo que unas tres semanas. Puede que más o puede que menos, depende.

Jayden entornó los ojos y la contempló de arriba abajo. Se quedó mirando sus labios apretados y el pellejito que no dejaba de mordisquearse nerviosa.

—¿Sabes adónde vas? —preguntó, consciente de que llevaban unos minutos andando sin rumbo fijo y que ya habían recorrido un par de calles.

Sara se detuvo.

—Creo que sí. Le he preguntado al conductor del autobús y me ha dicho que debía... —Se quedó en silencio y soltó un largo suspiro—. No tengo ni idea —confesó con un mohín. Abrió el bolso que llevaba cruzado sobre el pecho y sacó un papelito—. Tengo que encontrar a Margot Ledoc.

—Leduc —la corrigió él.

Sara alzó la vista.

—¿La conoces?

—¿A Margot? Claro. Su panadería está muy cerca de aquí. Ven, vamos en dirección contraria.

Dio media vuelta y, al llegar a un cruce, bajo un arco de piedra, giró a la derecha y enfiló una calle más ancha que las anteriores. Pasaron junto a una fuente encastrada en la pared: un caño del que caía un hilo de agua que rebotaba contra la piedra de una pila con forma de concha. Unos metros más adelante, el olor a pan recién hecho les colmó el olfato.

Jayden se detuvo frente a un pequeño escaparate. En el cristal se podía leer *Boulangerie Patisserie Leduc*.

—Es aquí.

Sara sonrió y acercó la nariz al cristal. Él se la quedó mirando, mientras ella inspeccionaba el establecimiento como si estuviera reuniendo el valor para entrar. La vio inspirar hondo, y sus ojos se detuvieron más tiempo del necesario en sus pechos al tensar la tela. Los botones forzaron los ojales y se aflojaron tras una larga exhalación. Ella se movió y él alzó la vista.

—Gracias por ayudarme.

—De nada. Tengo la rara costumbre de rescatar a mujeres que están a punto de salir volando por los aires —respondió él mientras le devolvía su equipaje.

Sara sonrió, divertida.

Jayden se quitó la gorra, se pasó los dedos por el pelo y se la volvió a encasquetar en la cabeza. Algo le decía que debía darse la vuelta e irse, pero no dejaba de mirarla y, durante un rápido segundo, sus ojos se deslizaron de nuevo por sus piernas. Podría echarle la culpa de su comportamiento al estrés postraumático, aún se le iba la pinza de vez en cuando y hacía cosas raras, pero sería una excusa bastante pobre. Sara era muy guapa y se acercaba mucho al tipo de mujer que le atraía. A ese respecto, siempre tenía el radar encendido, aunque pocas veces descubría algo interesante que mereciera la pena el esfuerzo. De hecho, llevaba más de un año sin ningún tipo de relación más allá de un coqueteo y un par de sonrisas en un bar que acababan en un polvo rápido. Ahora ese radar pitaba como un detector de metales sobre un tesoro pirata.

La miró con atención. Se fijó en sus manos y no vio ningún anillo que pudiera indicar que estuviera casada o comprometida. «¿Cuántos años tendrá?», se preguntó. Físicamente aparentaba unos veintipocos, pero sus ojos y su sonrisa cansada la hacían parecer más mayor.

—Así que... unas tres semanas —comentó Jayden mientras empezaba a caminar de espaldas.

Sara asintió y se colocó un mechón de pelo detrás de la oreja.

Él tragó saliva.

—Entonces... —Se encogió de hombros y enfundó las manos en los bolsillos de sus tejanos—. Seguro que nos vemos por aquí.

Se dio la vuelta y se alejó con paso rápido, sintiendo la mirada de ella en su espalda.

1

Margot Leduc era una mujer de unos cincuenta años, encantadora, de grandes ojos marrones y una sonrisa pícara pintada de rojo. Lucía una melena negra, corta y rizada, más larga por delante que por detrás, que enmarcaba su cara con unos mechones hasta la barbilla. Era alta, con las caderas anchas y un busto muy generoso. Ese día iba vestida con unos pantalones pirata bastante ceñidos y una blusa rosa anudada bajo el ombligo. Parecía una actriz de cine de los años cincuenta; de hecho, tenía cierto aire a Sofía Loren.

A Sara le cayó bien de inmediato. Era una mujer muy simpática, de risa fácil y con un buen humor contagioso. Margot no había dejado de hablar en ningún momento. Mientras la acompañaba al *château* en su coche, le había explicado que llevaba muchos años guardando las llaves de Lussac. Incluso había tenido una copia durante el tiempo en que el padre de Christina había vivido allí tras abandonar Londres, cuando su matrimonio se rompió unos años después de que naciera su única hija.

Él la había contratado para que una vez a la semana limpiara la casa e hiciera la compra, y al final habían acabado siendo buenos amigos. Habían compartido secretos y confidencias, y muchas botellas de vino acompañadas de largas conversaciones. Durante los últimos meses de su vida, Margot y su marido casi se habían instalado en el *château* para cuidar de él.

Sara pensó que Margot tenía un gran corazón. Sabía por propia experiencia lo que suponía cuidar durante mucho tiempo de un enfermo crónico. Volcarse de ese modo con un hombre que ni siquiera pertenecía a su familia era generoso y altruista, y decía mucho sobre la clase de persona que era ella.

—Ya hemos llegado —anunció Margot mientras abandonaba la carretera y tomaba un estrecho camino de tierra, flanqueado por dos hileras de árboles.

Segundos después, se detenían entre una nube de polvo. Sara se bajó del coche con los ojos abiertos como platos. Frente a ella se alzaba una imponente casa de dos plantas, enorme y preciosa. Estaba construida en piedra, de un ligero tono amarillo que se fundía con el gris en algunos puntos de la pared. La hiedra trepaba por un lateral y cubría la esquina hasta el tejado. Enormes ventanales, con las contraventanas de madera pintadas de un azul ceniza descolorido, se sucedían a lo ancho de ambas plantas. La puerta principal era de madera maciza, con un aspecto tan antiguo como la propia casa. Las dos hojas apenas encajaban coronando tres escalones desgastados por el uso y la intemperie.

—Es precioso. No... no imaginaba que sería así. Es como un palacio —susurró.

Margot se paró a su lado y contempló el edificio.

—Sí que lo es, aunque ha conocido tiempos mejores. Fue construido a finales del siglo XVII y han pasado largas temporadas sin que nadie lo habite. Me alegré mucho cuando Hakab empezó a restaurarlo. Ven, te enseñaré el interior y te explicaré todo lo que debes saber.

Sara siguió a Margot dentro de la casa. El cambio de temperatura la sorprendió al cruzar el umbral. El aire era fresco y seco y olía a flores y madera.

—¡Madre mía! —exclamó al penetrar en el vestíbulo.

Con la boca abierta, giró sobre sí misma intentando asimilar todo lo que veía. Los techos eran increíblemente altos, con vigas de madera que habían sido restauradas hasta recuperar la capa original. Las paredes eran de cal y tenían un color blanco perla envejecido. A la derecha de la entrada, una escalera monumental ascendía hasta la segunda planta.

Casi en un estado de trance, Sara siguió a Margot por todo el *château*, incapaz de absorber mucha de la información que la mujer le estaba dando sobre su construcción, los materiales y las constantes remodelaciones.

En la planta baja había dos grandes salones y un inmenso comedor que se abría a los jardines. También una pequeña sala de estar, mucho más acogedora, a la que se accedía bajo la escalera. La cocina era imponente, con el suelo de piedra y unas alacenas antiguas que ocupaban casi toda la pared. También había una despensa, repleta de estantes y arcones de madera.

En la segunda planta se encontraban los dormitorios. Cada uno tenía su propio baño, de un tamaño casi obsceno. Una escalera de piedra conducía a un ático, con dormitorios más pequeños, y un trastero.

Los sentidos de Sara estaban al límite de su capacidad. La casa era hermosa. Una paleta de tonalidades cambiante: ocre, arena, gris, rosa... Azulejos blancos, suelos de terracota, muebles de madera lavada y chimeneas en cada estancia, que eran auténticas obras de arte. Era perfecta en todo: la luz, el color, el espacio, la proporción; incluso el sabor añejo que se paladeaba en el aire.

Salieron al exterior por la puerta trasera.

—Es precioso —musitó Sara.

Sus ojos volaron al horizonte, donde se extendía un campo de viñas y olivos. Poco a poco fue asimilando la explosión de color que había a su alrededor. El jardín estaba un poco descuidado, pero continuaba siendo una maravilla que parecía salida del catálogo de un paisajista. Las moreras y las mimosas daban sombra a la mayor parte del terreno. Los arbustos creaban rincones ocultos junto a los muros de piedra, cubiertos de hiedra y otras plantas trepadoras. Había maceteros con azaleas, rosas, verbena y plantas aromáticas. Olía de maravilla.

—Sí que lo es —dijo Margot. Señaló con un dedo—. Por esas escaleras se baja a la piscina.

—¿Hay piscina? —preguntó Sara con la ilusión e incredulidad de una niña pequeña.

Margot asintió y se dirigió a las dos columnas, flanqueadas por dos cipreses, que hacían de entrada al nivel inferior del jardín.

—¿Y el agua cubre? Quiero decir, que si es profunda —quiso saber Sara.

—Sí, es una piscina antigua y bastante grande.

—¡Qué pena! No sé nadar.

Margot la miró, como si le costara creer que fuera verdad que a su edad no supiera nadar.

—Pues no te acerques mucho hasta que soluciones ese problemilla, ¿vale?

Sara asintió y le dedicó una sonrisa. Margot se la devolvió y enlazó su brazo con el de ella mientras bajaban unas escaleras de piedra.

—Quizá podamos encontrar a alguien que te enseñe —añadió Margot casi para sí misma.

Sara iba a contestar que no era necesario, pero las palabras se le atragantaron, fascinada por el cuadro que tenía delante. La piscina se encontraba a la derecha y era enorme, rodeada de césped. Paralelo a ella se alzaba un emparrado, bajo el que había una mesa de mimbre con sillones a juego. Un poco más abajo se veía una casita con una terraza cubierta por un cañizo. A la izquierda el sonido del agua era como un remanso de paz. Varios caños salían de una pared de piedra cubierta de hiedra y vertían el agua en un pilón. Se acercó con una sonrisa en los labios. En el agua había peces.

—Y esto es todo —rió Margot al ver la cara de Sara—. No queda mucho por hacer. La mayor parte de la casa ya está arreglada salvo los dormitorios del ático y tres de los baños de la segunda planta; también falta el muro de la entrada. El jardín necesita una limpieza y una buena poda, amueblar las habitaciones, pintar... Tengo la lista en la cocina.

—Parece mucho trabajo —replicó Sara.

—No es tanto y ya debería estar terminado, pero Christina no tuvo mucha suerte a la hora de elegir al contratista. Con las prisas cogió al primero que encontró libre y... Así le ha ido. Pero ahora tú estás aquí y seguro que logramos que todo esté terminado a tiempo.

—Eso espero —suspiró ella, abrumada.

Debía reconocer que se sentía perdida, mucho más de lo que ya lo estaba. No tenía ni idea de cómo afrontar todo lo que había que hacer. Cayó en la cuenta de algo importante. Era viernes, poco más de mediodía. Miró a su alrededor y arqueó una ceja.

—Hablando de contratistas. Aquí debería haber gente trabajando, ¿no?

Margot apretó los labios e inspiró hondo por la nariz.

—Sí, pero ya sabes lo que dicen de los barcos sin patrón, que se pierden a la deriva. Tristan es el jefe de la cuadrilla. Es un buen hombre, pero siempre ha sido algo... disperso. Tendrás que ponerte dura con él o no lograrás que trabaje. Por cierto, ¿sabes conducir?

—Sí, ¿por qué?

—Bueno, Lussac no está muy lejos del pueblo, pero necesitas un coche para moverte por los alrededores, hacer la compra... El padre de Christina tenía uno, un Peugeot 5008 o algo así. —Sara hizo un gesto negativo, dándole a entender que no tenía ni idea de modelos de coches, y Margot añadió—: Uno de esos monovolúmenes. Es bastante nuevo y él apenas pudo disfrutarlo. Está en la entrada, cubierto por una lona. Las llaves están en la cocina. Ven, te diré dónde y veremos si arranca.

Sara la siguió de vuelta a la casa. No podía dejar de mirar a su alrededor con una mezcla de miedo y alegría. Estaba aterrada por lo que se esperaba de ella, asustada por lo limitada que se sentía, pero emocionada por haberse atrevido. Lo había hecho. Había dado el primer paso y estaba allí. De verdad estaba allí.

La voz de una mujer retumbó en el vestíbulo.

—Hola, ¿hay alguien? ¿Margot?

—¡Ha llegado el comité de bienvenida! —gritó otra voz femenina.

Margot sonrió mientras cerraba una de las puertas de la alacena, donde se guardaba un tarro con copias de todas las llaves de la casa. Sara la miró y por la expresión de su cara supo que la inesperada visita era de su agrado.

—Estamos en la cocina.

La casa se llenó de voces y de risas, y tres mujeres entraron en la estancia cargando con un montón de bolsas.

—¿Qué hacéis aquí? —preguntó Margot.

—¿Tú qué crees? Darle la bienvenida a la nueva vecina —respondió una mujer pelirroja, de unos cuarenta años, con una larga melena rizada y unos ojos verdes. Se acercó a Sara—. Bienvenida, querida.

La mujer la abrazó y la besó en las mejillas.

—Sara, permíteme que te presente. Ella es Fanny Leclerc —explicó Margot.

—Hola, es un placer.

—Fanny es nuestra doctora. Tiene una consulta en el pueblo.

—Si me necesitas, no dudes en llamarme, ¿de acuerdo? Estoy disponible las veinticuatro horas si se trata de una urgencia.

Sara asintió con la cabeza y sonrió.

Margot continuó con las presentaciones. Rodeó con su brazo los hombros de una mujer menuda, rubia y de ojos oscuros.

—Este ángel es Julieta Massironi. Tiene una pequeña tienda de aceites, perfumes y jabones, cerca de la panadería. También prepara remedios caseros que lo curan todo —añadió con un guiño de complicidad.

Julieta abrazó a Sara y la besó en las mejillas.

—Bienvenida a Tullia.

—Gracias.

Margot clavó sus ojos en la tercera mujer, la más joven de todas.

—Y ella es Violette Chavanel...

—Soy la lesbiana sin trabajo y con un padre medio loco. Todos los pueblos tienen una.

—¡Violette! —exclamaron sus amigas.

—¿Acaso no es cierto? Será uno de los primeros cotilleos que lleguen a sus oídos.

La chica le tendió la mano.

—Encantada de conocerte, Violette —repuso Sara. En lugar de aceptar el apretón, se acercó y le dio un beso en la mejilla.

Violette la miró sorprendida.

—Vaya, ¿no te da miedo que te contagie?

Fanny resopló, poniendo los ojos en blanco.

—No le hagas caso —le dijo a Sara—. Lleva unos días enfadada con todo el universo y ve enemigos donde no los hay. —Se giró hacia Violette con un rictus de enojo—. Vale, Marion te ha abandonado y eso duele. Pero déjalo ya, ¿de acuerdo? Haz algo útil y saca toda esa comida de las bolsas.

Violette miró a Sara.

—Lo siento. —Poco a poco sonrió y añadió—: Vivo en el viñedo Chavanel. Está a un kilómetro y medio de aquí, al otro lado del campo de olivos. Si en algún momento necesitas algo...

—Gracias —susurró Sara, y su atención se centró en las bolsas—. ¿Qué es todo eso?

Julieta se acercó a la mesa y empezó a sacar paquetes.

—Imaginamos que no habría nada para comer en la casa y hemos traído algunas cosas: leche, queso, algo de pan, unos dulces... Así podrás instalarte con calma.

Sara se ruborizó y una intensa emoción hizo brillar sus ojos. Parte de la tensión que le oprimía la garganta se diluyó bajo un agradable sentimiento de calor. Acababa de llegar, aquellas cuatro mujeres no la conocían de nada y ya estaban cuidando de ella.

Pensó en el hombre que había conocido. Él también había sido muy amable, un poco descarado, pero sin ninguna malicia. Nada que no se le pudiera perdonar a una sonrisa como la suya. Se mordió el labio y el rubor de sus mejillas se acentuó al recordar el modo en que la había mirado.

Sin apenas darse cuenta, se encontró sentada a la mesa frente a un plato de ratatouille con pollo al vino; y lo que al principio parecía una breve visita de cortesía, acabó convirtiéndose en una reunión que se alargó hasta bien entrada la tarde.

Se sintió cómoda con aquellas mujeres. Eran muy diferentes entre sí, pero encajaban como las piezas de un puzle.

Margot parecía ser el pegamento que las unía, la voz sensata. Había nacido en Tullia y llevaba toda su vida allí. Tenía una hija de diecisiete años, con la que no dejaba de discutir por culpa de un chico con el que salía, y un marido en plena crisis de madurez que había decidido superarla comportándose de nuevo como un adolescente.

Fanny resultó ser todo un personaje. Era una mujer decidida, sin complejos, y muy liberal. No había tenido ni una sola relación seria después de que su prometido la abandonara en el altar, el día de la boda, y aseguraba que jamás la tendría. Los hombres se habían convertido para ella en instrumentos de placer, en un mero entretenimiento. Le bastaba con una cara atractiva y un cuerpo hermoso y bien dotado. El sexo era algo a lo que nunca renunciaría; o eso decía.

Julieta hacía honor a su nombre, y no solo por el hecho de ser italiana. Era una mujer dulce e inocente, romántica, y estaba muy enamorada de su marido. Él la adoraba del mismo modo, y todos los días le regalaba una flor y una nota, ya fuera una palabra, una estrofa de una canción, o un poema. A Sara le pareció un gesto precioso que logró arrancarle un par de lágrimas y una punzada de envidia.

Y Violette...

Violette no estaba en su mejor momento y no se cortaba a la hora de expresarlo. Después de dos años manteniendo una relación secreta con Marion, la bibliotecaria del pueblo, esta había decidido romper con ella. Le había dicho que no estaba muy segura de su sexualidad, que creía que en realidad le interesaban los hombres y por ese motivo iba a salir con Vincent, un chico que trabajaba de camarero en Aix. Ella sabía que solo era una excusa y que todo se debía al miedo que

Marion tenía a su familia, muy religiosa y tradicional. La entendía hasta cierto punto, pero eso no había impedido que le rompiera el corazón.

Casi era la hora de la cena cuando las cuatro mujeres se despidieron de Sara.

—¿Seguro que estáis bien para conducir después de todo ese vino? —les preguntó.

Violette hizo una mueca y puso cara de borracha.

—*Sip.* —Se echó a reír.

—No te preocupes, estamos bien —dijo Margot desde su coche—. No dudes en llamarnos si necesitas cualquier cosa.

—Lo haré.

—¿Estarás bien tú sola? Puedes venir a casa a dormir. Sé que a Alcide no le importará —le sugirió Julieta.

—Estaré bien —le aseguró Sara.

—Aquí nunca pasa nada. De lo único que debe preocuparse es de los alacranes —rezongó Violette—. Sara, no quites la lavanda de las puertas y las ventanas y no entrarán.

—Vale.

—Y no olvides que has prometido ir al pueblo mañana. La fiesta de la lavanda es todo un acontecimiento y este año tendremos un grupo de folk tocando —le recordó Fanny, agitando la mano desde la ventanilla.

Sara entró en la casa cuando se alejaron los coches. Un poco incómoda por encontrarse en un lugar que no conocía, decidió explorarla de nuevo. Paseó sin prisa por cada una de las habitaciones y trató de imaginar qué aspecto tendrían cuando estuvieran llenas de muebles y hubiera cortinas en las ventanas. Margot tenía razón, no quedaba mucho por hacer, lo más duro y engorroso ya estaba terminado. Pero elegir pinturas, muebles, telas, decorar cada rincón... ¿De verdad Christina confiaba hasta ese punto en ella? Todo aquello iba a costar una fortuna.

Deshizo el equipaje en apenas diez minutos y aprovechó para llamar a casa de su madre y ver cómo estaba Daniel. Le echaba de menos de una forma casi dolorosa, y solo llevaban separados doce horas.

Después bajó a la cocina y se sirvió el vino que quedaba en la botella. Afuera había oscurecido por completo y el sonido de las cigarras había sido sustituido por el de los grillos. Con la copa en una mano y el teléfono en la otra, salió al porche. Colin continuaba sin llamarla. Seguía enfadado y no se cortaba en demostrarlo con su indiferencia. Como siempre, ella se guardó su orgullo en el rincón más apartado y lo llamó. Los tonos se sucedieron. Uno, dos, tres... Se quedó mirando la pantalla con los dientes apretados por la indignación. ¡Había rechazado la llamada!

El teléfono comenzó a sonar y con el susto derramó parte del vino en el suelo. Dejó la copa sobre la mesa y agitó la mano, empapada de caldo. Esperaba que fuese Colin, pero era Christina.

—¿Qué tal se está en ese infierno al que te he enviado?

Sara sonrió al oír el tono mordaz de su amiga.

—Esto-es-una-pasada.

Christina soltó una risotada.

—Sabía que te gustaría.

Sara se sentó en el diván de hierro forjado que había pegado a la pared y dejó escapar un largo suspiro.

—No sé si podré hacerlo, Chris. Este sitio es precioso y ponerlo a punto no va a ser fácil. Muebles, telas, pintura..., no soy la persona adecuada. Esto es trabajo para un decorador de interiores, y uno muy bueno.

—No digas tonterías. Sé que lo harás muy bien. Además, aunque quisiera, no podría permitirme contratar a nadie más. ¿Sabes lo que cobra un decorador?

De fondo se oían muchas voces, el sonido de los cubiertos y una música suave. Sara pensó que la estaba llamando desde algún bar o restaurante.

—No lo sé, pero lo imagino —respondió con mala cara.

—Lo vas a hacer muy bien. Tienes un talento natural para estas cosas.

—Si tú lo dices...

Entonces Christina empezó a acribillarla a preguntas. Quería saber todo lo que había hecho desde que bajó del avión.

—Sí, Margot es estupenda —le dijo—. Me alegro de que te haya caído bien, y sus amigas también parecen simpáticas. —Hizo una pausa—. ¡Dios, me siento celosa! ¿Puedes creerlo?

Sara se echó a reír.

—Eres mi mejor amiga y siempre lo serás —replicó con tono mimoso.

—Irás a esa fiesta de la lavanda, ¿verdad?

—No sé si me sentiré cómoda. Creo que prefiero quedarme aquí, leyendo.

—¡De eso nada! —le espetó su amiga—. Sara, tienes que salir y relacionarte con personas. Eso es algo que también se te da bien. Le gustas a la gente. Cuando alguien te conoce solo tarda unos segundos en adorarte. Escucha, el primer paso siempre es el más difícil, y tú ya lo has dado. Ir a esa fiesta es justo lo que necesitas, hazme caso.

—No sé...

—¿Qué es lo que no sabes? —Al otro lado de la línea se oyó un suspiro de frustración—. Echo de menos a esa chica friki y sin complejos que me avergonzaba en el instituto. A ella le encantaba salir y hacer locuras.

Sara sonrió y de un tirón se deshizo la coleta.

—Sí, yo también la echo de menos —dijo para sí misma y añadió—: Colin acaba de colgarme el teléfono, sigue enfadado. Si se entera de que voy a esa fiesta, se lo tomará aún peor...

—Así que eras tú la que le llamaba —musitó Christina con rabia.

—¿Qué... qué significa eso?

—Estoy en Hakkasan, ese restaurante de moda en Bruton Street. Colin también está aquí, con unos amigos. He visto cómo miraba el teléfono, y también su cara. Y parece bastante relajado.

Sara sintió cómo se le retorcían las entrañas. Su amiga no perdía ninguna ocasión para demostrarle que Colin era el mayor error de su vida.

—Y te morías por decírmelo.

Christina resopló.

—No pensaba decirte nada, cielo. Pero estoy cansada de ver cómo toda tu vida gira en torno a él, incluso a miles de kilómetros. No se lo merece. Ve a esa fiesta, Sara, y si encuentras a un chico guapo, pídele que te saque a bailar.

Se quedó sin aliento. Conocía perfectamente a su amiga y sabía lo que insinuaba entre líneas.

—Ella también está ahí, ¿verdad?

—No están solos, si es lo que te preocupa. Hay más personas con ellos.

—Da igual, está ahí. Sabe lo que significa para mí que la siga viendo y le da exactamente igual.

—Lo siento mucho, cielo.

Sara se puso de pie, alcanzó la copa de vino y la apuró de un trago.

—No te preocupes, en el fondo me alegro de saberlo. Aunque te cueste creerlo, me ayuda.

—¿Y eso qué significa? —inquirió Christina con cautela—. No estarás pensando en regresar, ¿verdad?

—No, no voy a regresar. Pero voy a averiguar cómo es una fiesta de la lavanda.

Colgó y se le saltaron las lágrimas.

8

Cuando Jayden aparcó el coche de Gaspard detrás de su casa, el reloj de la iglesia estaba dando la una de la madrugada. Quitó la llave del contacto y se quedó dentro del vehículo, disfrutando del silencio. No se acostumbraba a la tranquilidad que allí se respiraba. Tantos años conviviendo con sus compañeros, compartiendo hasta el último centímetro de espacio, día y noche, habían convertido la intimidad en un concepto bastante difuso. Las voces, los gritos, el ruido de los motores de los camiones, las hélices de los aviones y, sobre todo, los disparos, seguían resonando en su cabeza, todo tan real como el tacto de sus tejanos.

Se pellizcó el puente de la nariz y abrió la boca con un bostezo. Estaba hecho polvo. Se había levantado temprano para echarle una mano a Jeanne con el puesto de mermeladas y conservas que quería montar para el festival. Después le había pedido prestado el coche a Gaspard para ir a Marsella; su visado estaba a punto de caducar y había concertado una cita en el consulado para renovarlo. Y, como casi todos los sábados, había pasado parte de la tarde y de la noche tocando la guitarra con unos amigos en un bar en Aix-en-Provence para sacarse un dinero extra.

Se bajó del coche ordenándole a su cuerpo que se moviera, pero este parecía reacio a ponerse en marcha. Se estiró, con los brazos por encima de la cabeza, y movió el hombro derecho en círculos. Los cirujanos habían hecho un buen trabajo al remendarlo, después de que la bala lo atravesara, y la rehabilitación le había ayudado a recuperarlo por completo. Aunque, de vez en cuando, lo notaba un poco entumecido.

Colocó el brazo como si apuntara con su rifle de francotirador y sintió el peso imaginario de la culata en el hueco que formaba la articulación. Apretó los dientes y trató de ignorar ese otro peso, el que le aplastaba el corazón y le deshacía el alma. Conocía la realidad del combate, las pérdidas que ocasionaba y los sentimientos que podían provocar esas pérdidas, pero eso no significaba que no le afectaran. La última operación con su equipo lo había hecho, mucho más de lo que nunca imaginó. No sabía si algún día lograría superar la culpa que sentía.

Abrió el maletero y sacó la guitarra, a salvo dentro de la funda. Su Gibson Custom era lo más valioso que tenía, su pequeño tesoro, y no por la fortuna que le había costado. La música lo había unido a la persona más importante en su vida, su abuelo. Echaba de menos al viejo. A él podría haberle contado toda la mierda que llevaba dentro de la cabeza y, quizás, hasta le habría ayudado a intentar comprender que, en ocasiones, no se puede hacer nada para evitar el desastre.

Con la guitarra al hombro, se encaminó hacia el bar de Gaspard. Le devolvería las llaves y se iría a casa a dormir. Penetró en la plaza, donde la fiesta aún continuaba, y se detuvo un instante sorprendido por la cantidad de personas que la abarrotaban. Se movió entre las parejas que bailaban y los niños que corrían de un lado a otro, mientras un grupo de folk tocaba temas conocidos con más entrega que buen ritmo.

Jayden localizó a su amigo tras la barra, cerca de la puerta. Gaspard era un hombre que tendría más o menos su misma edad, moreno, de piel aceitunada y ojos oscuros. Estaba casado con una maestra del pueblo, a la que adoraba sin miedo a demostrarlo.

—¿Ya has vuelto? —le preguntó este con una enorme sonrisa.

Jayden asintió, acomodándose en la barra.

—Esto está hasta arriba.

—Ha venido mucha gente de fuera. Dicen que es por el reportaje que se publicó en esa revista de viajes en primavera. —Alzó la voz para que pudiera oírle—. ¿Quieres tomar algo?

Jayden negó con un gesto.

—No, gracias. Estoy cansado, me voy a casa —respondió mientras le lanzaba las llaves del coche. Gaspard las atrapó al vuelo con un poco de dificultad—. Gracias por dejármelo, tío. Me has salvado.

—De nada. Yo apenas lo uso, siempre estoy aquí metido. Si lo necesitas de nuevo, no dudes en pedírmelo. —Pasó un trapo por la barra y miró afuera para echar un vistazo a las mesas de la terraza. Sus ojos se detuvieron en un punto concreto—. ¿Te has enterado? Tenemos una cara nueva en el pueblo. Creo que se llama Sara. Todos hablan de ella y del *château* Lussac. Parece que es verdad que van a convertirlo en un hotel.

Jayden miró a su amigo e inmediatamente se echó hacia atrás para poder ver la plaza. Solo tardó un segundo en localizarla. Estaba de pie, al lado de la fuente, observando al grupo.

Su aspecto era muy diferente al del día anterior. Esa noche llevaba el pelo suelto, una larga melena que le llegaba a media espalda. Vestía un vaquero ajustado, con zapatos planos y una camisa sin mangas. Recordó su encuentro con ella y sonrió. De hecho, Sara había sido un pensamiento constante desde ese momento. Una presencia fugaz, casi velada, pero que se había instalado en su cabeza y no parecía que tuviera intención de marcharse.

Se fijó en el tipo que estaba a su lado, que debía de tener algún problema con el equilibrio, porque no dejaba de inclinarse sobre ella para hablarle al oído. Sara sonreía con una mueca estática en su cara y asentía sin parar.

—¿Quién es ese tío? ¿Está con ella?

Gaspard se apoyó en la barra y miró hacia fuera.

—No, ese tipo es el *road manager* del grupo. Es así cómo se dice, ¿no? *Road manager.*

—Sí.

—No está con ella. Aunque lo intenta; lleva toda la noche persiguiéndola.

Jayden se giró en el taburete, con la funda de la guitarra entre sus piernas, para tener una mejor perspectiva. Observó a la pareja durante unos segundos. En realidad la observaba a ella y a él lo veía porque ocupaba el mismo espacio. «Vaya piernas», pensó. Incluso ocultas bajo los tejanos merecían toda su atención.

Se le escapó una risita divertida. Era evidente que aquel tipo trataba de ligar con Sara, y también que su interés no era correspondido. Ella mantenía las distancias como podía, evitando cualquier contacto físico, y al mismo tiempo trataba de no parecer grosera. Él se preguntó por qué no se lo quitaba de encima sin más y dejaba de tomarse tantas molestias.

Se movió en el taburete, molesto, y se pasó una mano por la nuca. Le apetecía volver a hablar con ella y, de paso, deshacerse del pobre *Romeo.*

—Gaspard, ¿me guardas esto un rato? —pidió mientras señalaba la guitarra.

—Claro. Al final te quedas, ¿eh?

Jayden se limitó a guiñarle un ojo con un gesto travieso. Abandonó el bar y fue al encuentro de Sara. No apartó los ojos de ella mientras se abría camino entre la gente, y aprovechó para estudiar la escena con un poco más de atención. Su lado analítico y observador sacó unas cuantas conclusiones. El tipo era idiota, uno de esos gilipollas que se creen irresistibles para las mujeres porque están en un grupo de música. Y Sara... Ella era de esas chicas que aguantan la compostura hasta el final, incapaces de ser maleducadas aunque el tipo sea un cretino.

Llenó sus pulmones de aire y esbozó una sonrisa maliciosa. Iba a disfrutar con aquello.

—¡Aquí estás! Siento llegar tarde, nena. ¿Llevas mucho tiempo esperando? —preguntó, mientras surgía tras ella envolviéndola con su presencia.

Le rodeó los hombros con el brazo y la atrajo hacia su cuerpo. Sara dio un respingo y levantó la mirada hacia él. Tardó un segundo en reconocerlo y se ruborizó con la sorpresa reflejada en la cara. Él le guiñó un ojo y su sonrisa se ensanchó.

El tipo lo miró estupefacto, intentando averiguar qué se había perdido.

—¿Estás con él? —repuso con un ligero tono de reproche.

Sara abrió la boca para contestar, pero Jayden se le adelantó. El cretino se creía con derechos, como si el tiempo que llevaba malgastando con ella mereciera alguna recompensa, y eso lo cabreó.

—¿Qué clase de pregunta es esa? Perdona, pero ¿no estarás intentando ligar con mi novia? —Lo fulminó con la mirada y dio un paso adelante.

Los ojos del tipo se abrieron como platos y lo miró de arriba abajo, evaluándolo. El examen debió de decirle que no era buena idea meterse con él, porque dio un paso atrás.

—¿Tu... novia?

—Mi... novia.

—No, claro que no. Solo hablábamos. Estoy con el grupo.

Jayden también se tomó un par de segundos para medirlo, metido en su papel. Entornó los ojos.

—Bien. No es que yo tenga ningún problema con que los tíos quieran ligar con ella. Lo entiendo, mírala, es preciosa. Pero... —Arrugó la nariz con un gesto de rechazo—. Cada vez que veo a un idiota flirteando con mi chica, me entran ganas de darle una paliza y después atropellarlo. ¿A ti no te pasa?

Sara se agitó bajo su brazo y él supo que estaba intentando no echarse a reír. El tipo se había puesto pálido y lo miraba como si fuera un asesino en serie.

—No soy una persona violenta.

—Ya. Bueno, yo tampoco, por eso nunca he atropellado a nadie. Me parecía excesivo después de romperles las piernas, la verdad. —Se encogió de hombros y se pasó una mano por el pelo, como si le quitara importancia a sus palabras—. Además, después Sara se enfada. Dice que me paso. Aunque en el fondo creo que le gusta que me ponga posesivo, ¿a que sí, nena?

Ella lo miraba sin parpadear, con una expresión que a punto estuvo de arrancarle una carcajada y de echar por tierra toda su actuación. Le dedicó su sonrisa más inocente y sus labios acabaron imitando su gesto.

—Puede que un poco —musitó ella.

Jayden suspiró.

—Mujeres.

El tipo dio un paso atrás y miró a su alrededor.

—Bueno, ¿y de qué hablabais? —preguntó Jayden.

—Solo charlábamos, nada serio. Tengo... tengo que irme. Ha sido un placer —murmuró el tipo antes de darse la vuelta y desaparecer entre la gente.

—Creo que lo has asustado —dijo Sara.

Jayden apartó su brazo y la miró desde arriba; le sacaba unos quince centímetros. El día anterior no se había dado cuenta de que fuera tan bajita.

—De eso se trataba. No parecías a gusto con él.

Ella se ruborizó y movió la cabeza levemente para decir que tenía razón.

—Y no lo estaba. Ya no sabía cómo demostrarle que no me interesaba.

Jayden cambió el peso de un pie al otro y la escudriñó intentando hacerse una idea de cómo era.

—Un «Lárgate» suele funcionar bastante bien. Los tipos como ese no suelen captar las sutilezas —le explicó alzando una ceja.

Sara se echó a reír, más nerviosa que divertida. Nunca había sido tan directa con nadie.

—Dicho así, parece sencillo.

Jayden se encogió de hombros.

—Es sencillo.

—Quizá para otra. No estoy acostumbrada a que un hombre trate de ligar conmigo.

—Venga ya. —Levantó una mano y la señaló como diciendo: «Pero ¿tú te has visto?»—. Me lo creería si ahora dijeras que vives en una isla en medio del océano, en la que tú eres el único habitante.

Sara esbozó una leve sonrisa. Que no estuviera acostumbrada a que los hombres le entraran en un bar no significaba que no supiera reconocer un flirteo, y Jayden estaba flirteando. Por la expresión de su cara supo que dudaba bastante de sus palabras. Lo miró a los ojos y se puso seria.

—No es falsa modestia, en serio. No suelo salir mucho de casa.

Jayden le sostuvo la mirada durante un largo segundo. Ya había jugado muchas veces a ese juego con otras mujeres. La seducción tenía sus reglas, pero Sara no estaba fingiendo ser tan dulce e inocente para buscar sus halagos. Lo era de verdad. La incomodidad brillaba a su alrededor como un halo. Parecía perdida y fuera de lugar.

—Vale, entonces necesitas un par de consejos. ¿Preparada para la lección?

—¿Lección?

—Sí. Cómo deshacerte de un capullo en cinco segundos. Unas simples palabras con la cadencia de un hachazo. Prueba conmigo.

Jayden sonrió con descaro cuando los ojos de ella se abrieron como platos. Seguro que estaba pensando que había perdido un tornillo y no iba muy desencaminada.

—Venga, imagina que soy el tipo de antes. Estás hasta las narices de aguantarme y quieres perderme de vista. Dime que no te intereso y pídeme que me vaya —insistió con aire fanfarrón, acercando su rostro al de ella.

A Sara le cambió la cara. Por un instante, no supo si la actitud de Jayden le molestaba o le divertía. Él sonrió y aparecieron unos hoyuelos a ambos lados de su boca. Definitivamente, la segunda. Sintió un cosquilleo en el estómago y en su mirada brilló un atisbo de determinación.

—Vale, lo haré.

Jayden entornó los párpados y su cara adoptó una expresión maliciosa. Le sorprendió la facilidad con la que se había prestado a seguirle el juego. Los ojos de Sara continuaban clavados en él, expectantes. Se distrajo un segundo tratando de averiguar su color exacto, eran de un marrón claro, casi dorado. «Como los de un gatito», pensó.

—Espera, primero hay que ponerse en situación.

Se alejó de ella unos cuantos pasos y no pudo evitar contemplarla de arriba abajo. Ella se dio cuenta, porque se ruborizó de nuevo, pero por su actitud parecía segura de que él lo había hecho para darle credibilidad a la situación. Se acercó despacio, con aire seductor.

—Deja de sonreír así. Cada vez que lo haces, un ángel cae del cielo —musitó, observándola con tal intensidad que ella se puso aún más colorada.

Sara sabía que era una frase hecha y que formaba parte del juego, pero no pudo evitar que el corazón le golpeara las costillas con fuerza. Le temblaron las rodillas, incapaz de apartar la mirada de él. La culpa la tenía esa necesidad de atención reprimida desde hacía tantos años. Jayden la desafiaba con aquellos ojos intensos que seguían clavados en ella.

—¿Te apetece tomar algo conmigo? —le preguntó.

Sara aspiró una bocanada de aire cuando se dio cuenta de que había dejado de respirar.

Él se inclinó sobre su oído y bajó la voz.

—Se supone que tienes que darme calabazas. —Se enderezó y carraspeó. Su cara volvió a adoptar una expresión petulante y añadió—: Es evidente que yo te gusto, tú me gustas, ¿qué te parece si pasamos directamente a lo interesante?

Sara notó que sus mejillas desprendían calor. Sintió una extraña tensión mientras se miraban.

—Gracias, pero no me interesa.

—Solo una copa, algo de conversación. Te prometo que lo pasarás bien.

—No, de verdad. No me interesa.

—Diez minutos. Al menos deja que lo intente —insistió Jayden, con una actitud más pedante. «Piérdete», moduló con los labios en silencio y arqueó una ceja, alentándola.

—Te he dicho que no. Así que, lárgate —le espetó Sara.

—Vamos, solo una copa.

—¡Que te largues!

Jayden se puso muy serio y se estremeció como si hubiera recibido un bofetón en plena cara. Alzó las manos con un gesto de disculpa un poco hosco.

—Tú te lo pierdes —dijo mientras daba media vuelta y echaba a andar.

Ella se quedó de piedra.

—¿Adónde vas? —preguntó al tiempo que salía tras él. Lo agarró por el brazo, completamente desconcertada.

Él se dio la vuelta.

—Acabas de pedirme que me largue —respondió indiferente.

Sara puso los ojos en blanco.

—Me estás tomando el pelo, ¿verdad?

La mirada de Jayden bajó hasta su boca y sus pupilas se dilataron. Su mente se distrajo un instante con pensamientos inapropiados. Se preguntaba si ella reaccionaría igual de bien si su juego se convirtiera en un flirteo real. Hacía mucho que no invitaba a una mujer a salir, y las chicas con las que había compartido una copa —y en ocasiones algo más, en el pub donde tocaba con el grupo—, no contaban porque siempre habían sido ellas las que habían dado el primer paso y él simplemente se había dejado querer sin mucho interés.

—No lo sé, puede...

Sara se llevó las manos a las mejillas y le sostuvo la mirada.

—No sé si tomarte en serio o no.

—Te aconsejo que lo hagas. Estoy a punto de invitarte a tomar algo conmigo en esa terraza. Tengo pase vip para las cervezas.

Sara contuvo el aire. Jayden la abrumaba con su forma de comportarse. Parecía tan seguro de sí mismo que casi sentía envidia. Consideró su proposición mientras un peso extraño, que se parecía a la culpabilidad, se instalaba en su pecho. Estaba casada, y sola. No sería apropiado, pero ¿qué mal podía hacerle tomar una cerveza con un hombre que había sido tan amable con ella? Ninguno, porque era una situación de lo más inocente. Miró a su alrededor.

—¿Tienes otros planes? —preguntó Jayden con cautela. Coló los pulgares por las trabillas de sus tejanos.

—¡No, ningún plan! He venido con Margot y con Julieta, una de sus amigas, pero siguen bailando —indicó mientras señalaba con la barbilla el centro de la plaza.

Él también miró y vio a Margot y a Julieta con sus respectivos maridos bailando frente al escenario. Enarcó las cejas con interés y sonrió divertido con una mirada cómplice.

—¿Cerveza? —Hizo un gesto en dirección a la terraza, donde acababa de quedar una mesa libre.

—Sí —contestó Sara con timidez.

Pasó por delante de él y se abrió paso a través de la gente. Su corazón continuaba con aquella marcha desenfrenada que estaba agotando el oxigeno de su sangre. Con disimulo, miró por encima de su hombro y tuvo un breve atisbo de Jayden. Era muy alto, pero no de un modo desgarbado, y se movía con una fluidez y una seguridad que atraía las miradas sobre él. Bajo la camiseta se distinguía un torso musculado y una espalda ancha y atractiva. Estaba segura de que no había ni una pizca de grasa en toda aquella piel dorada y tensa. Sus rasgos eran fuertes y marcados, con el mentón recubierto por una barba de varios días muy sexy. Sus ojos, de un verde indefinido, transmitían una dulzura traviesa que contrastaba con la dureza angulosa de sus facciones. Sus labios... Dejó de mirar cuando él bajó la vista hacia ella y sus ojos se encontraron.

Por alguna razón desconocida, Jayden sintió un cosquilleo en el estomago cuando pilló a Sara dándole un buen repaso. Si lo encontraba atractivo, las posibilidades de que las próximas tres semanas pudieran ser algo más que interesantes aumentaban por momentos. Aprovechando que no podía verle, la contempló sin ningún disimulo. Cuanto más la miraba, más guapa le parecía. Se movía de una forma hipnótica, con un balanceo de caderas alucinante, pero tan espontaneo y natural que estaba seguro de que ella no era consciente de lo sexy que resultaba.

Se sentaron a la mesa. Uno frente al otro. Gaspard apareció cinco segundos después. Clavó sus ojos en Jayden con una sonrisa socarrona.

—¿Sigues por aquí? —preguntó como si nada.

Jayden cerró los ojos un segundo, y al abrirlos miró a Sara.

—Gaspard, te presento a Sara. Va a quedarse unos días por aquí. —Se movió en la silla para acomodar sus largas piernas—. Él es Gaspard, el dueño del bar. —Se inclinó sobre la mesa y le guiñó un ojo—. No dejes que te impresione lo feo que es, en realidad es bastante majo.

Gaspard lo fulminó con la mirada y a punto estuvo de sacudirle con la bandeja que llevaba bajo el brazo. Jayden se echó a reír sin apartar la mirada de Sara. Ella se había ruborizado y sus mejillas brillaban bajo la luz.

—Un placer conocerte, Sara —dijo Gaspard—. Si necesitas algo mientras estás por aquí, no dudes en pedirlo. Mi mujer y yo estaremos encantados de ayudarte en todo lo que podamos.

—¡Qué amable! Gracias —comentó ella.

—¿Qué quieres tomar?

—Una cerveza.

Jayden abrió la boca para hablar.

—Que sean...

—Lo siento, pero los feos no servimos a los tíos guapos como tú —rezongó Gaspard en tono mordaz, antes de darse la vuelta y volver adentro.

Jayden suspiró, consciente de que Gaspard acabaría cobrándose la broma, y se pasó ambas manos por el pelo. Apoyó los codos en la mesa, inclinándose hacia delante. Miró fijamente a Sara y estudió con atención sus rasgos. Tenía la frente alta y despejada y unos bonitos ojos ligeramente rasgados; una nariz pequeña y recta sobre una boca preciosa con forma de corazón. El pelo, largo y ondulado, enmarcaba su rostro con unos mechones despeinados, como si acabara de levantarse. Si ese era el aspecto que tenía al despertar, podía volver insomne a un hombre solo para verla abrir los ojos cada mañana.

—Compartiré mi cerveza contigo, no te preocupes —dijo Sara con una sonrisita.

Él le guiñó un ojo.

—Bueno, creo que deberíamos presentarnos como es debido —anunció él.

—Ya nos presentamos ayer.

—Lo sé, pero hoy lo haremos bien. —Carraspeó y tomó aire—. Empiezo yo. Me llamo Jayden Dixon, tengo treinta y cuatro años y, según mi abuela, soy un géminis de libro. Nací en Baltimore, Maryland. Me gusta el fútbol americano y soy fan de los Ravens, que, por cierto, ganaron la Super Bowl el año pasado. Me gustan los videojuegos, las películas de acción y la música, cualquier cosa que suene a rock. —Se echó hacia atrás en la silla—. Te toca.

Sara se recogió el pelo tras las orejas e inspiró hondo. En ese instante, Gaspard apareció y dejó dos jarras de cerveza sobre la mesa. Le guiñó un ojo a Jayden y se marchó.

Ella dio un trago. Tenía la boca seca. Clavó sus ojos en Jayden y el cosquilleo reapareció.

—Vale. Mi nombre es Sara Gibbs, tengo veintinueve años y nací en España, aunque vivo en Londres desde que era una niña. También me gusta el cine, la música y adoro leer. Me pasaría la vida leyendo novelas. ¡Ah, y me gusta el chocolate! ¡Me encanta el chocolate!

Se humedeció los labios y bebió otro sorbo. Sentía las mejillas encendidas y no era capaz de relajarse. Pero cómo iba a hacerlo si Jayden la miraba como si intentara descubrir en su cara todos los secretos del universo. Deslizó los ojos por su rostro y su cuello hasta la camiseta gris ceñida que marcaba sus pectorales. Se fijó en el símbolo de S.H.I.E.L.D que decoraba la prenda y en las placas de identificación que colgaban de una cadena. Estaban tan arañadas que no podían ser un mero complemento.

—¿Eres soldado? —preguntó con curiosidad.

Él inclinó la barbilla y miró el colgante. Solía llevar las placas ocultas bajo la ropa, pero ese día se había descuidado.

—Algo así —respondió.

—¿Y qué quiere decir eso?

Jayden apartó la vista de ella un segundo y contempló a la gente que bailaba.

—No soy un simple soldado. Pertenezco a un grupo de fuerzas especiales de la Armada —contestó con expresión seria. Podía haber mentido, debería haber mentido, pero no lo hizo. Y desde luego que su intención no era impresionarla.

Sara supuso que se refería a la Armada estadounidense; siendo de Maryland, tenía que ser esa. Se llevó el pulgar a la boca para frotarse el labio. Hacía ese gesto siempre que estaba nerviosa.

—Así que, fuerzas especiales —comentó con un leve encogimiento de hombros con el que trató de disimular que la había sorprendido.

En realidad, no costaba imaginarlo en ese trabajo. Su cuerpo parecía fuerte, firme y sólido, el resultado de mucho tiempo de entrenamiento, porque un físico así no se conseguía yendo un par de horas al gimnasio. Trató de imaginar que aspecto tendría con uniforme. ¡Madre mía!

—La verdad es que no conozco mucho el mundo militar. ¿Tu grupo de fuerzas especiales es como esos que aparecen en las películas? ¿Los Delta Force? —añadió con un tonito agudo. Una parte de ella se sentía ridícula al hacerle esa pregunta.

La cara de Jayden se contrajo con una mueca, como si le hubiera golpeado con un puño en el estómago. Se llevó una mano al pecho, dolido.

—No vuelvas a decir eso si no quieres ofenderme en lo más profundo —replicó muy serio, aunque en su voz se podía percibir la diversión.

Los ojos de Sara se abrieron como platos cuando él se levantó la manga dejando a la vista el hombro izquierdo. Sobre la piel apareció una especie de tatuaje tribal con el esqueleto de una rana en su interior. Él continuó:

—Por Dios, no blasfemes, soy un Navy SEAL. Jamás compares a un SEAL con un Delta. —Alzó las manos con un gesto de ruego—. Sería como comparar a Marvel con DC Comics. Imperdonable.

Sara estuvo a punto de echarse a reír a carcajadas. Se mordió el labio, tratando de mantener la compostura. La vehemencia infantil de Jayden contrastaba en exceso con su aspecto de tipo duro.

—Y tú eres Marvel —dijo ella echándole un vistazo a su camiseta. Jayden asintió y el símbolo de S.H.I.E.L.D se agitó al ritmo de su respiración—. Pues qué quieres que te diga. No conozco los detalles que marcan las diferencias en este caso, pero, en esencia, me sigue pareciendo lo mismo. A ver, ¿por qué son mejores los Vengadores que La liga de la justicia? Todos son superhéroes. Son justos, desinteresados, protegen a las personas, luchan por la libertad...

Jayden se estremeció, y fue una sacudida eléctrica de placer, puro y duro. Se inclinó sobre la mesa con toda su atención puesta en ella. Ni ropa interior sexy, ni palabras cargadas de lujuria. Una mujer hablando de cómics era como un afrodisíaco capaz de ponérsela dura a un eunuco. Puede que eso fuese una exageración, pero a él se la ponía como una piedra.

—Pero hay superhéroes de primera y de segunda. Los de Marvel son mejores, más listos, están más preparados. Solucionan los problemas que nadie más puede arreglar —le hizo notar Jayden.

—Creo que esa rivalidad es más un problema de orgullo que de capacidad —replicó Sara con un gesto de desdén.

Él la apuntó con un dedo acusador.

—¡De eso nada! Los de Marvel son tipos con superpoderes y máquinas muy chulas. Los de DC son unos tíos con juguetitos molones, nada más.

Sara bufó. A ella le encantaban los personajes de DC Comics. No solo eso, Batman era uno de sus favoritos; estaba enamorada de Christian Bale en ese papel. Su hermano siempre se había burlado de ella por ese motivo. Luis era otro friki de los superhéroes y los supervillanos, y el culpable de haberla convertido a ella en otro bicho raro. Y lo más sorprendente era que se estaba poniendo picajosa con la conversación.

—No creo que Superman sea un tipo corriente con juguetitos molones —le espetó con una mueca de burla—. O Aquaman.

Jayden hizo un ruidito con la garganta y sonrió de forma diabólica.

—Tenemos un Hulk —le susurró. La miró de arriba abajo y tuvo que acomodarse en la silla para aliviar la excitación que comenzaba a sentir.

Sara soltó una risita al reconocer la frase de la película.

—Batman.

—Thor.

—Flash.

—Iron Man

—La Mujer Maravilla —contestó Sara.

—Si se parece a ti, juro que me rindo —masculló Jayden. Clavó sus ojos en ella mientras su pecho subía y bajaba muy deprisa. Era una mujer increíblemente sexy.

Sara se lo quedó mirando, casi sin aliento. Cuanto más se fijaba en su cara, más guapo le parecía; y su sentido del humor y esa mirada maliciosa estaban haciendo estragos en ella. Tragó saliva y retomó el tema principal de la conversación intentando que no se notara su turbación.

—Bueno, para que me aclare con tu trabajo. Entonces debo entender que eres como Chuck Norris.

Jayden fingió una mirada asesina cargada de decepción.

—¿Sabes una cosa? No deberías decirle eso a un tío que puede acertarle a una lata con un fusil a mil quinientos metros de distancia. Y que... podría colarse en cualquier parte sin ser visto, incluida tu casa —susurró inclinado sobre la mesa, tan cerca de su cara que casi respiraban el mismo aire.

Ella se ruborizó. Tomó el vaso de cerveza y bebió hasta acabarlo.

—Vale, lo pillo. Chuck Norris sería de los Delta. Luego. Tú eres más como Channing Tatum en *G.I. Joe*.

Jayden empezó a reír con ganas y se cubrió la cara con las manos. Le encantaba Sara. Tuvo que contenerse para no saltarle encima y comérsela a besos. Joder, sonaba enfermizo, pero se moría por hacer algo así y acababa de conocerla.

—¿Te gustan las películas de acción o solo Channing Tatum?

—Las dos cosas. Pero las películas mejoran bastante si las protagoniza él —dijo con tono coqueto.

Él le sostuvo la mirada un largo segundo. Le guiñó un ojo.

—Vale, soy como Channing Tatum. Creo que incluso sería un ornitorrinco si a ti te gustaran esos bichos.

Sara trató de pasar por alto el flirteo. Inspiró para relajarse y contempló las gotas de agua que resbalaban por el vidrio. Jayden era mucho más guapo que ese actor de cine y era un soldado de verdad. Probablemente habría estado en Irak y en Afganistán. En esos lugares no había efectos especiales, ni peleas coreografiadas; las balas eran de verdad y el peligro muy real.

Sus miradas se cruzaron.

—Yo diría que él finge ser como tú.

—¿Quién, el ornitorrinco? —bromeó Jayden.

—No —respondió ella poniendo los ojos en blanco.

Apoyó los codos en la mesa y la barbilla en sus manos. El grupo había bajado la intensidad de las canciones y ahora tocaban temas lentos. El aire olía bien, a algo dulce mezclado con tierra húmeda.

Jayden también se inclinó y la observó con un brillo juguetón en los ojos.

—Lo digo en serio. Deja de sonreír así. Cada vez que lo haces un ángel cae del cielo. Te los estás cargando a todos.

Sara deslizó un dedo por el borde de la jarra sin saber dónde posar la mirada.

—¿Sabes una cosa? Se te da muy bien hacer que una chica se sienta de maravilla, atractiva.

—Cuando eres sincero, no es tan difícil. Tienes una sonrisa preciosa.

Ruborizada, intentó desviar la conversación a algo que no tuviera que ver con ella.

—¿Llevas mucho tiempo en Tullia?

Él tamborileó sobre la mesa con los dedos. Apenas había tocado su cerveza y vertió la mitad en la jarra de ella. Después dio un largo trago.

—Unos siete meses.

—¿Aquí tienes familia?

Jayden negó con un leve gesto y, sin pensar que lo hacía, cogió las placas que colgaban de su cuello y las ocultó bajo la camiseta.

—No. Toda mi familia se encuentra repartida entre Maryland, Virginia y California. Solo estoy de paso.

—¿De paso? —inquirió sorprendida.

Siete meses parecía mucho tiempo para estar solo de paso. Levantó las cejas y lo miró dubitativa, con la sensación de que había algo más que él no pensaba decirle. Lo entendía, era una desconocida a la que no tenía por qué contarle nada personal.

—Sí, de paso —repitió él sin darle mucha importancia—. Necesitaba hacer una pausa en mi vida y decidí lanzarme a la aventura. Pasé por aquí, me gustó el pueblo, la gente, y me quedé.

—¿Y ya está? ¿Te quedaste solo porque te gustó?

A Jayden no le pasó desapercibido el tono suspicaz de Sara. Estaba claro que le costaba creer que se hubiera detenido allí y hubiera decidido quedarse sin más. Como si no fuera capaz de entender que un viaje no tenía por qué tener un destino obligado.

La costumbre hizo que se fijara en ella de un modo más analítico. La evaluó estudiando los detalles, el lenguaje corporal. Crear perfiles se le daba bien, casi tanto como disparar. Su entrenamiento en la CIA le había servido para convertirse en un operador mucho más completo y eficiente, un candidato perfecto para ascender a oficial de inteligencia; y uno de los buenos. Pero en el último momento había rechazado ese ascenso y había regresado con su equipo. No podía abandonarlos.

Apartó la vista cuando notó que la estaba poniendo nerviosa al observarla sin ningún disimulo. A pesar de lo poco que la conocía, casi podía asegurar que tenía una vida rutinaria, controlada por los horarios, sin opción a improvisar; y que había sido así desde siempre.

—¿Te sorprende que una persona lo deje todo para viajar y conocer otros lugares? —le preguntó.

Ella se encogió de hombros.

—No me sorprende, pero me intriga. No lo sé exactamente. Más de una vez me he preguntado qué se necesita para hacer algo así. Ya sabes, decir hasta aquí y salir corriendo. Hay que ser muy valiente —musitó casi para sí misma.

Ni siquiera sabía por qué le había dicho todo eso, lo que pensaba de verdad en lugar de asentir y sonreír como siempre hacía.

Él soltó un suspiró. El aire sonó a través de su nariz con un deje de frustración. No estaba allí de paso, sino con un propósito, esa era la realidad. Tullia era un punto final y un principio. Un punto final para enmendar y un principio tras el que desaparecer.

—La valentía no siempre es el motor. A veces solo se trata de supervivencia, de la necesidad de volar e ir tras aquello que necesitamos —dijo él.

La miró y se pasó una mano por la mandíbula. Ese era el momento perfecto para decir una tontería que aflojara el peso de una conversación que empezaba a ser demasiado personal y cambiar de tema. No lo hizo.

—¿Nunca has tenido la necesidad de salir corriendo y dejarlo todo atrás?

«Cada día», pensó ella, pero no iba a confesárselo. Tragó saliva y lo miró a los ojos.

—¿Eso es lo que tú estás haciendo, correr?

Jayden contuvo el aire y poco a poco dibujó una sonrisa desprovista de cualquier preocupación.

—No lo sé. Últimamente evito pensar en las cosas que hago y en por qué las hago. —Sonrió con la esperanza de recuperar el ambiente juguetón del principio—. Tu amiga debe de importarte mucho; este favor que le estás haciendo es de los gordos. Seguro que podrías estar de vacaciones en cualquier otro sitio, con playa, daiquiris y mucho tiempo para leer esas novelas que te gustan.

Sara se mordisqueó el labio e hizo un ruidito inquisitivo.

—¿Me creerías si te dijera que esto es lo más excitante e improvisado que he hecho en mucho tiempo? Creo que soy yo la que le debe un favor a ella por haberme convencido.

—¿En serio? ¿Cuál era la alternativa?

—Iba a pasar estas tres semanas en España, con mi madre, después de que mi marido nos dejara tirados a mi hijo y a mí por su trabajo en el último momento —respondió con los ojos bizcos y una mueca de burla.

«Marido.» La palabra cayó como un mazazo sobre Jayden y la incomodidad se apoderó de él. La revelación se había sentido como un tiro y no tenía ni idea de por qué estaba reaccionando así, como si le hubiera mentido. Había dado por hecho que el camino estaba despejado y se había equivocado de pleno. Se pasó los nudillos por la barba. Sara era la primera mujer por la que se había sentado atraído en más de un año y lo suyo había terminado mucho antes de empezar.

—Estás casada y tienes un hijo. Sin anillo no me había dado cuenta —indicó él, y sonó a disculpa, como si el hecho de haberla invitado a una copa hubiera estado fuera de lugar, dado el caso.

Ella notó que el ambiente había cambiado entre ellos. Se miró la mano desnuda. Su anillo de boda se encontraba en el fondo de una caja, dentro de un armario en el salón de su casa. Se lo había quitado el día que descubrió que Colin la estaba engañando con Anika, y no había vuelto a ponérselo. Sonrió sin saber qué decir.

—Es un tipo con suerte. Ese trabajo debe ser la hostia para aguantar tres semanas sin verte. Aunque no creo que exista nada que pueda compensar tenerte lejos tanto tiempo —añadió él, y apuró la cerveza de un trago.

Lo miró con los ojos muy abiertos, sin estar muy segura de si lo había dicho por ser amable o porque de verdad pensaba que un hombre podría pasarlo mal por no tenerla cerca.

—Gracias —contestó, confundida.

Jayden se echó hacia atrás en la silla y apoyó las manos en los reposabrazos como si tuviera intención de levantarse.

—No es un cumplido. Es la pura verdad. Eres un encanto, ¡y te gustan los cómics y las pelis de acción! —Alzó una ceja y esbozó una sonrisa deslumbrante—. Tu marido es un hombre afortunado.

Sara no parpadeaba. Jayden parecía sincero y, por un segundo, hasta llegó a pensar que él había tenido algún tipo de interés en ella, que se había ido al garete al averiguar que estaba casada. Se sintió halagada y triste a la vez; y una parte de ella, secreta y profunda, deseó que ese interés fuese real.

Jayden se puso de pie.

—Estoy hecho polvo. Llevo despierto desde las cinco y hoy ha sido un día duro. Necesito descansar —dijo mientras se estiraba con disimulo.

Ella lo imitó y se levantó de la silla.

—Yo también debería irme.

—Vale.

Hubo un silencio incómodo.

—Iré a despedirme de Margot y Julieta —susurró ella entonces—. Gracias por la cerveza.

—De nada. Ya nos veremos.

—Claro, ya nos veremos.

Sonrió y alzó la mano a modo de despedida. Dio media vuelta y se alejó.

Jayden se la quedó mirando mientras desparecía entre los cuerpos que aún se movían al ritmo de la música.

«Eres el mayor gilipollas de todo el universo y más allá», pensó.

9

Sara pensaba que iba a sentirse muy sola en una casa tan grande, pero las horas del domingo habían volado casi sin darse cuenta. Logró hacer una lista muy detallada de todas las tareas que debía de llevar a cabo en los próximos días. Organizó los teléfonos y direcciones de las tiendas que tendría que visitar e hizo un presupuesto bastante minucioso de lo que invertiría en cada habitación. Si conseguía mantenerse dentro de los límites de aquellas cuentas, Christina no tendría que echar mano de sus ahorros y bastaría con el dinero que su padre le había dejado.

Pasó la tarde limpiando las paredes de piedra de los baños con un cepillo de alambre y, al llegar la noche, apenas tuvo fuerzas para darse una ducha y arrastrarse hasta la cama. Leyó durante un rato, mientras hacía girar entre los dedos la bochornosa lista que, de algún modo, se había convertido en un improvisado marcador.

Desdobló el papel y deslizó la punta del dedo por las palabras escritas. Sentía como si hubiera pasado un siglo desde aquella tarde de total aburrimiento en la que a Christina se le había ocurrido que sería divertido hacer una lista con las cualidades que debería tener el hombre perfecto. Christina acababa de romper con el primer chico con el que había tenido una relación seria, y ella aún arrastraba la vergüenza de haber perdido la virginidad con un cretino que la había dejado tirada al día siguiente, sin tan siquiera dirigirle la palabra.

Esa lista había sido una especie de venganza.

La colocó dentro del libro y apagó la luz. Se quedó a oscuras mirando el techo, con una sensación de vacío demasiado familiar. Poco tiempo después de aquella tarde, su padre enfermó, y haber perdido la virginidad con un idiota fue el menor de sus problemas.

Suspiró con tristeza. No le gustaban los derroteros que estaba tomando su mente. Pensar en el pasado era doloroso y deprimente para ella. Volvió a suspirar y miró el reloj digital que parpadeaba sobre la mesita. Estaba muy cansada, pero su cuerpo era reacio a dejarse acunar por los brazos de Morfeo. Se levantó de la cama, se acercó a la ventana y la abrió, buscando un soplo de brisa que la refrescara. El jardín estaba en silencio y se percibía la humedad en el ambiente.

Las hojas de los árboles se estremecieron con un suave susurro. Un rumor que se fue extendiendo y cobró fuerza. Sara cerró los ojos y sintió el roce del aire fresco en la cara. Se inclinó hacia afuera con las manos apoyadas en la repisa de la ventana, dejando que la brisa la envolviera. Era una sensación agradable e inspiró hondo, llenando los pulmones del olor dulce que desprendían las flores nocturnas del jardín.

Amparada en la oscuridad, se quitó la camiseta y se apartó el pelo del cuello. La brisa le acarició el cuerpo, erizándole la piel y los pechos. Esa pequeña contracción provocó un ligero ardor en su interior, que se extendió como un escalofrío a lo largo de su vientre. Sintió una ansiedad familiar o tal vez fuese un ansia aprendida. Reaccionaba así, con angustia, cada vez que su cuerpo tenía ese tipo de sensaciones. Era desconcertante cómo podía anhelar lo que no conocía.

No sabía lo que era un beso caliente y apasionado, ni un abrazo cargado de tensión y ardor. No lograba recordar lo que era sentir el cuerpo desnudo de un hombre sobre el suyo, notarlo muy dentro, vivo y tan hambriento como ella. No lo recordaba porque eso tampoco lo había sentido, no de verdad. No sabía qué se sentía al estar con alguien que la deseara con una necesidad visceral. Y necesitaba todas esas cosas de una forma dolorosa, cada vez mayor. Emociones, sensaciones, sangre corriendo por sus venas. Quizá por eso fantaseaba con los libros, imaginando que ella era la protagonista de cada una de esas novelas, en las que un hombre maravilloso la adoraba y la deseaba hasta acabar enamorándose perdidamente de ella.

Regresó a la cama y se tumbó de lado, abrazándose el estómago para calmar la inquietud de su interior. Se encogió hasta notar las rodillas en el pecho y cerró los ojos, imaginando que sus brazos pertenecían a otra persona y, poco a poco, se durmió.

Estaba frente al espejo del baño, secándose con una toalla después de haber salido de la ducha. Lo vio acercarse, despacio, con una sonrisita maliciosa en la cara. Se colocó tras ella y enterró la boca en la curva de su cuello mientras con sus fuertes brazos le rodeaba la cintura. La apretó contra su pecho y notó la firmeza de su estómago y sus caderas contra la espalda y el trasero. Se estremeció cuando empezó a mordisquearle el lóbulo y notó su mano acariciándole el estómago. Cerró los ojos, a punto de derretirse.

—¿Ves lo que has conseguido? Has dejado el cielo sin ángeles —susurró él con voz ronca.

Sara sonrió y miró su reflejo en el espejo. Unos ojos verdes le devolvieron la mirada. Eran preciosos y la observaban con una mezcla de afecto y deseo. Inclinó la cabeza y su aliento le acarició la oreja, al tiempo que notaba sus dedos entrelazándose con los suyos. Un cosquilleo ascendió por su brazo, como si unas patitas recorrieran su piel muy deprisa. Abrió los ojos de golpe y giró la cabeza. El grito resonó en cada rincón de la habitación. Se levantó de un bote y empezó a saltar mientras se sacudía el brazo.

El pequeño alacrán caminó por encima de la sábana. Sara se estremeció sin quitarle la vista de encima, mientras el corazón le aporreaba las costillas. Tomó aire y, con decisión, empezó a recoger la sábana como si se tratara de una red. La llevó hasta la ventana. Con alivio vio cómo el animalito caía al suelo y correteaba hasta uno de los arbustos.

—¡Dios, qué susto!

Se sentó en la cama y se pasó las manos por el rostro. Las imágenes de su sueño aún eran nítidas en su cabeza y los efectos visibles en su cuerpo. Tenía la piel de gallina y ruborizada. Era la segunda noche que soñaba con Jayden de ese modo y notó que la vergüenza comenzaba a hacer mella en ella. Se abrazó los codos tratando de ignorar que su cuerpo aún palpitaba encendido, molesto por la frustración.

Necesitaba un café. Uno bien cargado.

Se vistió con un pantalón corto de lino blanco y una camiseta de tirantes del mismo color. Bajó a la cocina, perdida en sus pensamientos, y encendió la cafetera. Mientras se calentaba el agua, fue abriendo las ventanas para ventilar las habitaciones. La luz del sol en ascenso entró a raudales y tiñó las paredes de naranja. Miró la hora en el reloj que colgaba de la pared. Eran más de las ocho y se suponía que el contratista ya debería estar allí, trabajando. Buscó su número de teléfono en la lista de datos que Christina le había proporcionado y lo marcó. Colgó mientras resoplaba enfadada. Apagado. Otra vez apagado.

A la hora de comer, su cabreo era monumental. Había perdido toda la mañana sin hacer nada salvo esperar. No podía quedarse allí y seguir aguardando a que aquel tipo, Tristan o como demonios se llamase, se dignara a aparecer. Lo más fácil hubiese sido buscar a otro capataz con más interés y ganas de trabajar, pero Christina le había adelantado casi todo el dinero acordado para la remodelación. Y ahora solo podía cruzar los dedos y esperar a que el hombre quisiera cumplir con lo que había prometido.

Incapaz de permanecer más tiempo de brazos cruzados, cogió el coche y se dirigió al pueblo. Margot le había sugerido que hablara con Sofía, la dueña de un pequeño taller de costura. Así lo hizo, y esa misma tarde eligió las telas y tomaron las medidas para las cortinas de los dormitorios.

Aprovechó lo que quedaba de día para hacer unas compras. Necesitaba llenar la nevera con algo más que fiambre y pan. Paseando por las estrechas callejuelas, encontró la pequeña tienda de Julieta. Entró a saludar y acabaron tomando café, mientras la italiana le explicaba las propiedades de cada uno de sus remedios. Tenía de todo, desde infusiones a elixires que podían aliviar una jaqueca o quitar el mal de ojo. Sara se quedó prendada de los aromas de los jabones y de los aceites, y acabó aceptando a regañadientes una cesta de productos para el baño.

Estaba a punto de anochecer cuando se despidió de Julieta y fue en busca del coche. Puso la compra en el maletero y emprendió el viaje de regreso con una enorme sonrisa pintada en la cara. Había sido agradable conversar y pasar un rato con una amiga y, sobre todo, darse cuenta de que volvía a sentirse cómoda en compañía de otras personas.

Agarró con fuerza el volante y entornó los ojos para protegerse del sol, tan bajo que incidía directamente en el parabrisas. Aminoró la velocidad al distinguir una figura que caminaba por el arcén. Era Violette. Frenó hasta detenerse a su lado y bajó la ventanilla.

—¡Hola!

Ella sonrió al reconocerla. Cruzó la carretera y se acercó al vehículo

—Hola, ¿vas a casa?

—Sí, necesitaba comprar algunas cosas —dijo con una sonrisa—. ¿Qué haces por aquí?

—Mi padre ha vuelto a escaparse —le respondió con cierto cansancio en la voz—. Me cuesta vigilarlo todo el tiempo y a veces consigue darme esquinazo. Por suerte, hoy no ha logrado ir muy lejos. —Hizo un gesto hacia el viñedo que tenía a su espalda.

Los ojos de Sara volaron hasta las vides y vio a alguien moviéndose entre las hojas.

—¿Está enfermo?

—Sufre demencia senil desde hace unos años. El proceso estaba siendo lento y apenas tenía síntomas, pero últimamente ha empeorado mucho y muy rápido.

—Lo siento, debe de ser muy duro para ti.

—No es fácil. Desde que mi madre murió, él es lo único que me queda. Verle en ese estado es duro. —Hizo una pausa y se recogió el pelo corto tras las orejas—. Oye, ¿te importaría acercarme a casa? Tengo los pies destrozados.

Sara se fijó en que solo llevaba unas chanclas.

—Claro, sube. —Al ver que Violette rodeaba el coche, añadió—: ¿Y tu padre? ¿Lo vas a dejar ahí?

—No te preocupes, no está solo. Y ahora soy la última persona a la que quiere ver. —Cerró la puerta y se puso el cinturón—. Cuando se pone agresivo me resulta muy difícil controlarlo. Gracias a Dios hay un vecino del pueblo que tiene buena mano con él. En un rato lo habrá convencido para que vuelva a casa.

Sara siguió las instrucciones que Violette le iba dando y, poco después, recorrían un camino de tierra bordeado de cipreses centenarios que conducía hasta una casa de piedra de una sola planta. La luz anaranjada de la puesta de sol teñía el paisaje haciéndolo parecer una fotografía antigua.

—¡Bienvenida al viñedo Chavanel! —exclamó Violette mientras saltaba del coche.

Sara la siguió y se tomó unos segundos para contemplar todo lo que la rodeaba. La casa estaba un poco descuidada, al igual que el jardín y el huerto que se entreveía tras un seto de arbustos y maleza. Aun así, era un lugar precioso. Inhaló con fuerza el olor a tierra húmeda y a rosas. Le gustó ese aroma tan cálido.

—¿Te quedas a cenar?

Se volvió hacia Violette, que la miraba desde la terraza de la casa, cubierta por un cañizo. Se encogió de hombros, indecisa. Por un lado quería regresar a casa, estaba cansada. Pero por el otro no le apetecía estar sola.

—Sí, suena bien. Llevo vino en el coche.

—Pero ¿qué dices? Estamos en un viñedo y... ¿quieres poner tú el vino? Anda, ven y siéntate.

Sara acompañó a Violette dentro de la casa y la ayudó poniendo la mesa en la terraza. Mientras la chica cortaba un poco de queso en la cocina, ella descorchó una botella de vino tinto y la llevó afuera con unas copas. El sol se había puesto tras la colina y ya no hacía tanto calor. Inspiró con un ruidito de placer al tiempo que levantaba los ojos hacia el camino. Hipó y la respiración se le atascó en la garganta.

—¿Violette?

—¿Sí?

—El vecino del que hablabas no será Jayden Dixon, ¿verdad?

—Sí, el mismo. ¿Lo conoces? —preguntó mientras salía afuera. Dejó un par de platos sobre la mesa y sonrió con alivio al ver a su padre del brazo de Jayden. Este había cubierto la desnudez del anciano con su propia camiseta.

—Sí. Me ayudó a encontrar a Margot el día que llegué. Fue muy amable. Violette asintió.

—Es un buen tipo. Buena gente. No sé qué haría sin él en momentos así.

Ella mantuvo la vista clavada en Jayden. Imposible no hacerlo cuando iba sin camiseta y los tejanos que vestía le marcaban unas caderas perfectas. Era un hombre muy atractivo, con la piel dorada y el pelo revuelto, como si se hubiera pasado las manos varias veces por él.

—¿Hace mucho que lo conoces? —preguntó en un susurro.

—Sí, desde que se instaló en Tullia. Iba andando por la carretera con un petate al hombro y se dio de bruces con mi padre que acababa de escaparse de la bañera. Completamente desnudo —respondió Violette con los ojos en blanco.

Sara sonrió al imaginar la escena. Violette añadió:

—Fue increíble cómo logró calmarlo y convencerlo para que regresara a casa. Entonces me dijo que iba a instalarse en Tullia y me dio su número de teléfono por si volvía a necesitarle. Me contó que estaba acostumbrado a tratar con personas con problemas, y mi padre tiene muchos.

—Vaya, no es corriente encontrar a gente tan desinteresada.

—No, y Jayden lo es, te lo aseguro. Suele ayudar a todo el mundo y nunca pide nada a cambio. En esta casa ha arreglado ventanas, goteras..., y lo que hace por mi padre es algo que jamás podré agradecerle. —Tomó aire y recompuso una enorme sonrisa—. Mira, papá, hoy tenemos visita. Es una amiga, se llama Sara.

El hombre se miró los pies descalzos.

—Oh, vaya, y yo con este aspecto.

—No pasa nada. ¿Te encuentras bien? —le preguntó Violette.

—Sí. Siento... siento lo que quiera que haya pasado. No... no lo recuerdo.

Violette tragó saliva y trató de contener la emoción. Le rodeó los hombros con el brazo y le dedicó a Jayden una sonrisa de agradecimiento.

—Solo has hecho un poco de nudismo. Vamos adentro a vestirte, ¿de acuerdo?

Sara le sonrió cuando llegaron a su lado.

—Es un placer conocerle, señor Chavanel.

—El placer es mío. Aunque siento mucho que nuestro primer encuentro haya sido de este modo. Suelo tener mejor aspecto. —Bajó la mirada hacia sus piernas desnudas. La camiseta de Jayden le tapaba las caderas y parte de los muslos huesudos—. Y llámame Frank, por favor. No soy tan mayor.

La sonrisa de Sara se hizo más amplia. Frank era un hombre encantador y, en cierto modo, le recordó a su propio padre. Su aspecto era tan desvalido como el que él había tenido durante los últimos años de su enfermedad. Sintió una punzada de nostalgia.

El señor Chavanel buscó con la mirada a Jayden.

—Gracias, muchacho.

Él sacudió la cabeza, quitándole importancia a lo que había hecho.

—Enseguida te devuelvo tu camiseta —le dijo Violette mientras conducía a su padre al interior de la casa.

—No te preocupes, no tengo prisa —respondió él con una tranquilidad que no sentía.

Encontrarse allí con Sara le estaba afectando y se había puesto nervioso como un niño. Desde la noche del sábado, se había descubierto pensando en ella en más de una ocasión. Vale, puede que hubiera pensado en ella todo el tiempo que pasaba despierto, y posiblemente dormido. No estaba seguro.

La miró de arriba abajo. Un rápido escaneo que confirmó lo que ya sabía. Era guapa a rabiar. Llevaba el pelo recogido en un moño informal que dejaba a la vista su cuello largo y esbelto. La curva de sus hombros era deliciosa, al igual que su piel. Sara se volvió hacia él y sus miradas se cruzaron.

—Hola —dijo ella.

—Nos vemos de nuevo.

Ella asintió y enfundó las manos en los bolsillos traseros de sus pantalones cortos. El rubor le cubría las mejillas y las hacía arder. Le resultaba incómodo tenerlo delante y mirarlo a los ojos después de haber soñado con él esa misma mañana. La piel se le erizó al recordar sus manos sobre ella y su boca acariciándole el cuello. Había sido un sueño tan nítido y real. Bajó la vista, avergonzada.

—Violette me ha contado lo que haces por ella y por Frank. Es increíble.

—Pareces sorprendida. ¿Tan malo parezco?

Sara se obligó a sostenerle la mirada, pero la tentación era irresistible y acabó deslizando los ojos por su torso desnudo. Contuvo la respiración al descubrir que tenía más tatuajes además del que lucía en el hombro. En el costado, a lo largo de sus costillas, llevaba una frase que no pudo leer. Bajo la clavícula vio una pequeña calavera junto a un seis en números romanos.

—No pareces malo. Impresionas un poco, nada más.

—Así que te impresiono. Vas a hacer que me ruborice.

A Sara se le escapó la risa.

—¡No en ese sentido!

—¿Qué sentido?

Jayden arqueó una ceja con expresión interrogante y traviesa. Se maldijo en silencio. Lo estaba haciendo de nuevo, tontear como un idiota. Ella estaba prohibida. Se puso serio y se pasó una mano por el cuello. Se acercó a la mesa, sirvió vino en las copas y le ofreció una. Ella la tomó y, durante un instante, sus manos se tocaron. Él fue el primero en apartarse.

Se sentó a horcajadas en una de las sillas y bebió un largo trago de vino.

—Mi abuelo sufría demencia senil, al igual que Frank —empezó a explicar—. Todas sus funciones cognitivas degeneraron muy rápido y su conducta cambió. Sufría pérdidas de memoria, su comportamiento era errático y a veces agresivo. En ocasiones resultaba muy difícil controlarlo. Era un tipo grande y fuerte.

—Algo me dice que te pareces a él.

—Sí. Lo cierto es que me parezco mucho a él, incluso más que a mi padre.

—¿Cuidabas de tu abuelo?

—No tanto como me hubiera gustado. Solo le veía durante mis permisos, que no eran muchos, pero aprendí algunas cosas. Con una persona así, lo único que puedes hacer es mantener la calma, ser paciente y no ponerte nervioso.

—¿Por eso sabes qué debes hacer con Frank?

—Sí. Frank me recuerda a mi abuelo. Cuando vuelve a ser él mismo otra vez y se da cuenta de lo que le está sucediendo, sufre mucho y necesita a alguien que le diga que está a salvo. También imagino cómo se siente Violette, así que, si puedo ayudarla, aunque solo sea un poco...

Sara se llevó la copa a los labios y miró a Jayden por encima del cristal. Era un buen hombre, dispuesto a ayudar a cualquiera que pudiera necesitarlo y sin pedir nada a cambio. Resultaba difícil encontrar personas así. Ni siquiera ella estaba segura de poder hacer lo que él hacía, por simple altruismo.

—¿Qué piensas? —preguntó él, intrigado por su silencio y sus pensamientos.

«Que eres como un superhéroe», pero no lo dijo en voz alta porque imaginó que sonaría ridículo e infantil.

La puerta se abrió y Violette salió con la camiseta de Jayden en la mano. Se la entregó.

—¿Se encuentra bien? —se interesó él mientras se ponía la ropa.

—Sí, un poco cansado. Ha preferido acostarse. —Hizo una pausa y sus ojos brillaron un momento—. Gracias, Jayden. De verdad, no sé qué habría hecho si no hubieras venido.

Él sonrió a la vez que la rodeaba con sus brazos. La apretujó con fuerza y la besó en la frente.

Violette sonreía de oreja a oreja.

—¡Qué pena que me gusten las mujeres! Serías un novio estupendo y guapísimo —soltó sin cortarse, y le dio una palmada en el trasero—. Y tienes un buen culo. ¿Dónde pongo la reclamación?

Jayden rió con ganas.

—No te pierdes nada del otro mundo. Te lo aseguro.

Miró de reojo a Sara y la pilló echándole un vistazo a su trasero. Al fin y al cabo, estaba casada, no ciega. Su ego masculino se hinchó un poco. Ella bajó la vista de inmediato y fingió que sus pies le resultaban de lo más interesantes.

—¿Te quedas a cenar con nosotras? —preguntó Violette.

Consideró la oferta. Le apetecía quedarse, y mucho, pero era demasiado consciente del efecto que Sara tenía en él.

—Prometo no meterte mano si me paso con el vino. De ella no respondo —añadió Violette en tono divertido. Estaba bromeando, siempre lo hacía cuando notaba que volvía a sumergirse en su maldita depresión.

Sara alzó la cabeza de golpe, con los ojos muy abiertos.

—¡Yo tampoco! —acertó a decir.

Su espontánea y turbada sonrisa atravesó a Jayden como un rayo a cámara lenta. No, definitivamente no se quedaba. Algo en ella lo ponía en estado de alerta y hacía que afloraran emociones que no debía sentir. Cuando la miraba solo podía pensar en lo adorable y preciosa que era.

—Me encantaría. Pero debo marcharme. Le prometí a Jeanne que esta noche regaría el huerto. Gracias de todas formas. —Se pasó los dedos por el pelo, nervioso, y miró a Violette—. Llámame si me necesitas. Pasadlo bien.

Sara lo contempló mientras se alejaba, hasta que solo fue un borrón en el camino, una sombra más engullida por la noche. Se volvió hacia Violette con un suspiro entrecortado y la descubrió observándola con curiosidad. El silencio se alargó unos segundos. Buscando una distracción, se fijó en el plato con queso que reposaba en la mesa.

—¡Eso tiene una pinta estupenda!

—Y sabe aún mejor —aseguró Violette—. Venga, siéntate.

Cuando volvió a mirar su reloj, habían pasado más de dos horas. Había refrescado, pero la sensación de frío no era molesta después de un día de mucho calor. Miró al cielo y contempló la luna menguante. Las estrellas titilaban y el aire arrastraba un intenso olor a jazmín. Estaba sonriendo, lo sabía porque notaba las mejillas tensas. Desde que había llegado a Tullia, su ánimo había mejorado mucho. A pesar de que echaba de menos a su hijo, y de que Colin y su absurdo enfado se empeñaban en ensombrecer su buen humor, podría decirse que se encontraba de maravilla, como hacía tiempo que no lo estaba.

Violette salió de la casa con otra botella de vino descorchada.

—¡Oh, no, no puedo beber ni una gota más! —gimió ella mientras colocaba la mano sobre la copa para impedir que la rellenara—. A este paso no podré conducir de vuelta a casa.

—No hace falta, puedes quedarte aquí...

El teléfono de Violette vibró sobre la mesa y ella le echó un vistazo a la pantalla. Se puso pálida y la mano le tembló mientras lo cogía y pulsaba una tecla. Tomó aire y apretó los labios con fuerza antes de dejarlo de nuevo sobre la mesa.

—Ahora sí que necesito otra copa, y no pienso bebérmela sola.

—¿Malas noticias?

Violette se desplomó en la silla.

—Un mensaje de Marion, mi ex. Quiere que le devuelva las cosas que dejó aquí y que borre todas nuestras fotos juntas. Tendrá miedo de que alguien descubra que se acostaba con una mujer —explicó con voz tensa y cargada de rencor.

—Lo siento —susurró Sara.

—No pasa nada. Acabaré superándolo. Eso espero —murmuró mientras le daba vueltas a su copa entre las manos—. La quiero mucho, ¿sabes? —Hizo una pausa y tomó aire—. Al principio entendía sus miedos, que quisiera mantener en secreto lo nuestro por su familia. Con el tiempo me di cuenta de que ese miedo no iba a desparecer y, a pesar de que para mí no era suficiente, acepté seguir con nuestra relación oculta. Solo quería estar con ella, como fuese. —Sonrió con tristeza y se encogió de hombros—. Después de dos años, un día me dijo que se había acabado, que se estaba viendo con alguien. Un hombre. Lo que más me dolió fue que me dijera que se había dado cuenta de que era una persona «normal» y no como yo. —Alzó los brazos al cielo y añadió con la voz herida y a la vez agotada—: ¡Normal! Llevaban juntos dos meses, prácticamente vivía con él y yo sin enterarme.

—Lo siento —dijo Sara—. Dios, debió de ser horrible.

—Me destrozó. ¿Y sabes qué es lo peor? Que todo lo ha hecho porque prefiere fingir ante su familia y ser infeliz el resto de su vida, a salir del armario y ser ella misma.

Sara bebió un poco de vino e intentó disimular la lástima que sentía por ella. Violette no parecía de ese tipo de personas a las que les gusta que las compadezcan. Era fuerte o al menos fingía serlo.

—No todo el mundo es igual de valiente, Violette.

—Sí —admitió la chica en voz baja—. ¿Sabes qué es lo que de verdad me cuesta superar? El...

—El sentimiento de traición —terminó de decir Sara. Lo había dicho en voz alta sin darse cuenta.

—Sí. Así es.

Sara asintió con la cabeza y paseó la mirada por el jardín. Sobre sus cabezas colgaba una bombilla que emitía una luz amarillenta y una nube de mosquitos se había reunido a su alrededor.

—A menos que aceptes tener una relación abierta, hay una promesa implícita de fidelidad. Y no me refiero solo al hecho de que tu pareja se acueste con otra persona, sino también a las mentiras, a la indiferencia, y que finja quererte cuando hace tiempo que dejó de hacerlo. No hay nada peor que ver cómo la persona a la que te has entregado rompe sus promesas.

Se puso colorada en cuanto se dio cuenta de que había hablado demasiado. Miró de reojo a su amiga, ya la consideraba así, y la pilló observándola con los ojos como platos.

—Sabía que a ti te pasaba algo —soltó de golpe Violette.

Ella parpadeó y alzó las cejas.

—¿Perdona?

—Desde la primera vez que te vi, supe que te pasaba algo. Me recuerdas a Marion. Ambas tenéis esa mirada de animalito asustado. Solo que la tuya es por otros motivos. ¿Fue tu marido? El que te engañó —aclaró sin ningún atisbo de timidez por preguntarle de una forma tan abierta algo tan íntimo.

Sara apartó la vista, incómoda. Nunca había hablado con nadie de ese tema salvo con Christina, una de las dos personas que conocían la infidelidad de Colin. La otra era su madre, pero después del suceso nunca más habían vuelto a tratar ese asunto.

—Puedes contármelo. No le diré nada a nadie —le aseguró Violette—. Además, estoy tan ebria que mañana no me acordaré de nada de lo que digas. Hablar ayuda, ¿sabes? Yo no lo creía hasta que Margot se empeñó en asumir el papel de terapeuta conmigo.

Sostuvo la mirada de Violette durante un largo instante. De repente se sintió muy pequeña y cansada.

—Sí, mi marido me fue infiel —susurró casi sin voz—. Una vez, que yo sepa. Estuvo con esa mujer casi un año.

—¿Y sigues con él?

Ella asintió con la cabeza.

—¿Por qué? —preguntó Violette—. ¿Tanto lo quieres? Porque no encuentro otro motivo para seguir al lado de una persona que te ha sido infiel. Y aun así, yo no sé si podría...

Sara apretó los párpados con fuerza y su respiración se aceleró. Cuando abrió los ojos, brillaban emocionados por una mezcla de vergüenza y dolor.

—No sigo con él por eso —respondió, sin dar crédito a que lo hubiera admitido.

—Entonces, ¿por qué?

—No creo que lo entiendas sin conocer mi historia. Y después de conocerla, tampoco pienso que logres comprenderlo.

—Inténtalo, puede que te sorprenda.

—No es fácil de explicar —susurró nerviosa.

Violette rellenó su copa y la empujó hacia ella.

—Solo déjalo salir.

Sara suspiró, tratando de calmar los temblores de sus manos y los acelerados latidos se su corazón.

—Cuando Colin, mi marido, me pidió que empezáramos una vida juntos, acepté porque estaba convencida de que le amaba con locura. Quiero que te quede claro —dijo muy seria.

—Por supuesto, te creo —le aseguró Violette.

Sara asintió con la cabeza, más para darse ánimos a sí misma que en respuesta a Violette.

—Mi padre enfermó cuando yo tenía dieciséis años —empezó a explicar—. En casa todo cambió. Pasamos de una situación económica normal a tener que mirar hasta la última libra. Yo empecé a trabajar, al tiempo que estudiaba y trataba de ayudar en casa todo lo que podía. Pero no era suficiente, ¿sabes? Mi hermano y yo acabamos el instituto, ambos queríamos ir a la universidad, pero ¿cómo íbamos a hacerlo cuando necesitábamos el dinero para comer? Así que yo renuncié a todo eso para que mi hermano no tuviera que hacerlo.

Hizo una pausa para tomar aire y sonrió con poca convicción.

—Encontré un trabajo por horas en una tienda de ropa masculina. Y con eso fuimos tirando poco a poco. Allí fue donde conocí a Colin, durante unas Navidades, cuando yo solo tenía dieciocho años. Todo sucedió muy deprisa. Colin siempre me trataba como a una princesa y, pese a la diferencia de edad, comencé a sentirme atraída por él. Se convirtió en un lugar seguro para mí, en un momento difícil de mi vida en el que me sentía demasiado frágil y asustada por todo lo que le estaba ocurriendo a mi familia. Tres meses después, estábamos viviendo juntos.

—Vaya, fuisteis en serio muy rápido —intervino Violette.

Sara se encogió de hombros.

—Sí, aunque en aquel momento yo no lo veía así. Al vivir con él dejé de ser una carga para mis padres. Incluso podía ayudarles más que cuando trabajaba, porque a Colin las cosas le iban bastante bien y no le importaba que de vez en cuando les pagara algunas facturas o les llenara la nevera. Estaba convencida de que me había tocado la lotería. —Sonrió para sí misma—. Tenía un novio atento, guapo, tan correcto y educado que era casi perfecto. Todo el mundo lo adora, ¿sabes? Incluso me pidió que no trabajara para poder pasar todo nuestro tiempo libre juntos...

Se quedó callada.

—Pero... —susurró Violette, animándola a que continuara.

Ella alzó la vista y la miró a los ojos.

—Su idea de estar juntos no se parecía mucho a la mía. Me di cuenta de que no era un hombre muy cariñoso. De hecho, solo nos tocábamos y estábamos realmente juntos cuando hacíamos el amor. Y ni siquiera esa parte podría decirse que fuera... muy intensa. —Inspiró hondo, intentando que la voz dejara de temblarle—. Lo nuestro nunca fue una locura pasional, sino algo tranquilo.

—Ya... —susurró Violette.

—Pero yo no tenía experiencia en ese sentido. Ni siquiera tuve una relación de verdad antes de él. Por lo que no podía comparar y pensaba que lo que teníamos, mejor dicho, lo que no teníamos, era lo normal en una pareja.

Sus ojos se encontraron un instante muy breve.

—¿Y qué pasó?

—Me quedé embarazada enseguida. Nos casamos de inmediato y Daniel, mi hijo, nació antes de que yo cumpliera los veinte. Colin empezó a tener más responsabilidades en el trabajo. Pasaba mucho más tiempo en la oficina y los viajes fuera de la ciudad se convirtieron en algo habitual, por lo que nos veíamos muy poco y pasábamos días enteros sin hablar. Pese a todo, las cosas entre nosotros iban bien.

—¿Y teníais intimidad? —inquirió Violette sin cortarse un pelo—. No lo pregunto por ser morbosa. Sé por propia experiencia que hacer el amor o no refleja bastante bien el estado de una relación.

Sara se aclaró la garganta.

—Muy de vez en cuando. Con un niño pequeño, la intimidad casi desaparece. Además, él trabajaba mucho y siempre solía estar cansado. Yo apenas dormía y tampoco es que...

Dejó la frase colgando y sintió dolor. No un dolor físico, sino emocional.

—Y pese a todo eso, ¿os iba bien?

Sara se quedó pensativa y sus ojos se llenaron de lágrimas.

—No, Violette, las cosas no iban bien entre nosotros, y yo en el fondo lo sabía. Descubrir que me estaba engañando no debería haberme sorprendido, pero lo hizo. Había señales por todas partes. Era como si Colin hiciera todo lo posible para no aparecer por casa, y cuando estaba allí se encerraba en su despacho. Llevaba meses sin tocarme, evitándome en la cama. Y antes de eso nuestros encuentros sexuales eran esporádicos y muy... fríos. Como si estar conmigo fuese molesto para él.

Violette se estremeció al sentir la rabia que impregnaba su voz.

—¿Cómo supiste que estaba con otra?

—Unas conocidas empezaron a hacer comentarios extraños, insinuaciones. Yo no quería creerlo, pero la sospecha empezó a obsesionarme. Así que me fijé un poco, solo un poco, y lo descubrí. Colin confiaba tanto en que yo no me enteraría, que no había sido muy cuidadoso.

—¿Quién era ella?

Sara tragó saliva.

—Una compañera de trabajo. Se llama Anika. Parece que su relación duró casi un año y, por lo que pude comprobar, fue bastante más intensa y apasionada que la nuestra. En aquel momento yo no pude soportarlo. Cogí a mi hijo y me fui a España, a casa de mi madre. Solo estuve allí tres semanas, antes de regresar de nuevo a Londres.

—Supongo que fue a buscarte, te pidió perdón y te prometió que nunca más lo haría.

Sara negó con la cabeza.

—No. No movió ni un solo dedo. No regresé por ese motivo.

Violette la miraba atónita.

—Ya habías dado el paso importante. ¿Qué te hizo regresar?

—Para mí no es fácil de explicar. —La respiración le silbaba en la garganta, entrecortada y dolorosa—. Me asusté. Empecé a darme cuenta de lo que implicaba que me separara de él. Yo jamás habría podido darle a mi hijo todo lo que Colin le proporcionaba. Me entró el pánico al pensar que Daniel quisiera vivir con su padre a cambio de juguetes y videojuegos, algo que yo jamás podría comprarle con un empleo de cajera a media jornada. Aunque no fueron esas ideas las que me forzaron a volver.

Tomó un sorbo de vino y se recogió un mechón de pelo tras la oreja. Después continuó con tono tenso:

—Casi tres semanas después, Colin me llamó. Me dijo que quería ver a Daniel y que le había comprado un billete de avión a Londres para que pasara unos días con él. Entonces me di cuenta de que ese iba a ser el futuro de mi hijo, una maleta y un puente aéreo todos los meses.

Violette se reclinó en la silla y la miró, esbozando una pequeña sonrisa.

—Muchos niños viven esa situación y son felices —le hizo notar.

Sara suspiró.

—Lo sé, pero yo no fui capaz.

—¿No pensaste en vivir en Londres por tu cuenta? Así habrías estado cerca de tu marido y tu hijo no...

No la dejó terminar.

—¿Tú crees que ahora podrías vivir en París por tus propios medios y cuidar de tu padre?

Violette lo meditó un instante.

—No. Es aquí y ya me cuesta pagar las facturas.

—Yo tampoco podía. No tenía ni una sola libra. Colin siempre ha administrado el dinero y, aún hoy, tengo que pedírselo. —Se pasó las manos por las mejillas, abochornada al reconocer hasta qué punto dependía de su marido. Tragó saliva y continuó—: En aquel momento pensé que volver era lo más sensato.

—¿Y cómo fueron las cosas entre vosotros a tu vuelta? —quiso saber Violette.

Se encogió de hombros y sonrió con tristeza.

—Colin nunca admitió que me había engañado. Le daba la vuelta al asunto, lo tergiversaba y yo quedaba como la loca histérica que imaginaba cosas. Al final, simplemente lo dejamos correr y seguimos como si nada hubiera pasado. Solo que había pasado. Estuvimos más de un año sin apenas hablarnos... Buenos días. Buenas noches. ¿Dónde está mi camisa? —Miró a Violette a los ojos—. Ahora nos llevamos más o menos bien. Aunque no hemos recuperado la intimidad como pareja, en ningún sentido. —Con el corazón encogido, añadió—: Sé que es difícil de entender. Que piensas que debería haber tenido más dignidad, haberle dejado y haber buscado un trabajo. No soy tan fría ni materialista, es que...

Violette alargó la mano y le acarició el brazo con ternura, mientras chistaba para hacerla callar.

—¡No! No pienso esas cosas. Al contrario. Te entiendo mejor de lo que crees. Eras una niña sin experiencia con una situación familiar difícil y tu marido apareció a lomos de un caballo blanco con la solución a todos tus problemas. Y le querías. Simplemente te convertiste en una mujer dependiente, y lo sigues siendo. —Suspiró y le dedicó una sonrisa comprensiva—. Para algunas personas es muy difícil desintoxicarse de una relación de ese tipo. No han conocido otra cosa y acaban asumiendo que es normal.

Sara rechazó esa idea.

—Yo sé que no es normal. Lo sé. Abrí los ojos hace mucho, pero una parte de mí aún cree que... Que todo se arreglará.

Violette resopló.

—¡Lleváis así años, Sara! ¿Y si no se arregla?

—Bueno, tampoco pasaría nada. La situación no es tan mala como crees. Estoy bien.

—Es imposible estar bien en una relación así. ¡Por Dios, Sara, debes de sentirte muy sola y frustrada! Eres demasiado joven para limitarte a sobrevivir. Las personas necesitamos sentirnos amadas y deseadas, si no, nos marchitamos.

Ella emitió un suspiro trémulo . Ya se sentía marchita, seca y vacía, pero oírlo de otra persona elevo el grado de dolor a tal intensidad que se le hizo insoportable. Su frágil risa sonó amortiguada por la mano que se llevó a los labios para no echarse a llorar.

Violette se levantó de la silla y se arrodilló a su lado.

—¿Sabes de qué acabo de darme cuenta? De que eres una mujer estupenda y mucho más fuerte de lo que piensas. Pero tienes que creértelo. —Sara la miró a los ojos y asintió—. Y también sé que eres capaz de salir adelante ocurra lo que ocurra. Aquí estás, ¿no? Sola, trabajando en ese *château*. Has dado un paso en la dirección correcta. Ahora, lo único que tienes que hacer es no detenerte.

—Es verdad —musitó ella, un poco más animada.

—Sí. Deja de subestimarte.

10

—No tienes por qué irte —discutió Jeanne. Agarró el montón de ropa que Jayden acababa de guardar en su bolsa y lo sacó sin ningún cuidado.

Él la miró un segundo y le arrebató la ropa de las manos. Volvió a guardarla en su petate, junto con el resto de sus cosas.

—Es tu familia, Jeanne, y ha venido a verte. No puedes echarla para que yo me quede. Necesitan esta habitación.

—Sí que puedo —gruñó ella—. Ni siquiera sé qué hacen aquí.

—Son tus sobrinos. Se preocupan por ti y han venido a pasar algo de tiempo contigo. Deberías ser un poco más amable con ellos —le reprochó.

Cuando Jeanne había abierto la puerta de casa esa misma mañana y se había encontrado con sus dos sobrinos, sus respectivas familias y un montón de maletas, su primer impulso había sido cerrársela en las narices. De hecho, lo había hecho. La había empujado sin más y permanecido al otro lado, respirando con dificultad y fingiendo que allí no había nadie.

Jayden sabía que Jeanne no mantenía una relación muy estrecha con los hijos de su difunta hermana. Para ella, su única familia había sido su nieto, del que se había hecho cargo cuando el niño quedó huérfano con solo catorce años. Había cuidado de él como si de una madre se tratara y lo había querido con todo su corazón. Algunas noches todavía la oía llorar. Y su dolor le destrozaba el alma.

—Inténtalo al menos —insistió.

Ella se cruzó de brazos.

—Seguro que han venido a asegurarse de que me queda poco. Están deseando que me muera para quedarse con estas tierras, lo sé. Pues ya verás la sorpresa que se van a llevar cuando lean el testamento.

Jayden se echó a reír.

—Eres un poco bruja cuando quieres.

Una sonrisita maliciosa se dibujó en el rostro de Jeanne, pero de inmediato volvió a ponerse seria.

—¿Adónde vas a ir? —quiso saber ella.

—No te preocupes por eso, ya me las arreglaré.

Se acercó a la cómoda y sacó las camisetas que guardaba en el primer cajón. Jeanne se sentó en la cama. Cerró sus cansados ojos un momento y respiró hondo antes de abrirlos.

—No quiero que te vayas. Me he acostumbrado a tenerte aquí y eres el único que de verdad sabe jugar al póquer en este pueblucho.

—Y yo que creía que solo me querías por mi atractivo —bromeó él.

—Oh, cariño, créeme, si tuviera unos cuantos años menos... —dejó la frase suspendida en el aire y alzó las cejas con un gesto elocuente.

Él soltó una carcajada. Se sentó a su lado y la abrazó con fuerza.

—Tienes mi número. Llámame si me necesitas. No andaré muy lejos.

Terminó de recoger sus cosas y se marchó sin tener muy claro a donde ir. Caminó hacia el pueblo, mientras le daba vueltas a la cabeza barajando qué opciones tenía. Se planteó alquilar una habitación en el hostal, aunque cambió de idea al recordar a la mujer que lo regentaba. El hotel tampoco era una posibilidad, muy caro. Además, no le apetecía estar solo, porque en esos momentos era incapaz de distraerse y acababa pensando demasiado en el pasado.

En el pueblo tenía amigos y sabía que cualquiera de ellos lo acogería, pero solo había una persona con la que de verdad se sentiría cómodo: Violette. Estaba seguro de que podría quedarse con ella unos días, hasta que decidiera qué hacer.

Miró la hora y se dio cuenta de que aún era temprano para ir al viñedo. Probablemente Frank estaría durmiendo su siesta, así que se dirigió a la plaza y buscó una mesa tranquila en el bar de Gaspard, donde pasar un rato. Pidió un café bien cargado y le echó un vistazo al periódico. Casi todos los titulares hacían referencia a la crisis que se había desatado por el contagio masivo del virus Ébola. Una especie de histeria colectiva se estaba apoderando de todos los países, que comenzaban a blindar sus aeropuertos.

Su atención se centró en las noticias que hablaban de Oriente Medio. Hacía unos días, unos terroristas habían asaltado la base aérea del Campamento Speicher. Él sabía que las cosas iban a ponerse muy feas en esa zona. Conocía demasiado bien lo que allí ocurría, y las noticias comenzaban a darle la razón. El ISIS estaba dispuesto a sembrar el terror y sabía cómo hacerlo. Se preguntó cuánto tiempo tardaría su país en verse envuelto en esa guerra. No mucho.

Apuró el café y se despidió de Gaspard. Eran casi las cinco de la tarde y tomó el camino hacia la propiedad de los Chavanel, con la guitarra colgando de un hombro y el petate del otro. Al doblar una esquina se dio de bruces con Sara. Sus cuerpos chocaron con tal fuerza que ella rebotó hacia atrás. Jayden apenas tuvo tiempo de alargar la mano y sujetarla por el brazo para que no cayera. Por instinto tiró hacia delante y la atrajo hacia su cuerpo.

Sara se descubrió pegada al pecho musculoso de él. Tenía la nariz aplastada contra su camiseta y olía tan bien que cerró los ojos sin darse cuenta e inspiró.

—Lo siento mucho. ¿Estás bien? —le preguntó, aún sosteniéndola entre sus brazos.

Ella se inclinó hacia atrás. Alzó la vista hacia él y su respiración se aceleró. Llevaba el pelo desaliñado bajo la gorra y se percató de que tenía unas pecas muy monas en las mejillas. Estaba para comérselo, y lo tenía tan cerca que la tibieza de su cuerpo empezaba a calentar el suyo. Le resultaba bochornoso reaccionar de ese modo cada vez que lo veía, como una adolescente saturada de hormonas.

—Sí. La culpa ha sido mía, iba mirando el teléfono móvil. ¿Te he hecho daño?

Jayden sonrió divertido. Ese cuerpecito menudo habría necesitado otros cincuenta kilos para que él lo hubiera notado. Con reticencia bajó el brazo y la soltó despacio.

—No, tranquila. —Se quedó callado durante un momento, sin saber qué decir. Se fijó en el rubor de sus mejillas y en el pulso que le latía en el cuello de un modo visible—. ¿Seguro que estás bien? Pareces alterada.

Ella sacudió la cabeza, quitándole importancia y con la intención de dejarlo correr. Pero sin darse cuenta empezó a hablar.

—Es por ese contratista, Tristan, el que se encarga de las reformas del *château*. He ido a verle para que me diga cuándo demonios piensa empezar a trabajar, porque aún no ha asomado la nariz por allí y el agua caliente ni siquiera llega a los baños.

—Ya. ¿Y qué te ha dicho?

Sara emitió un ruidito ahogado de frustración.

—¡Ni idea, si ni siquiera se ha dignado a hablar en francés! Se parecía, pero no lo era. Al final he pillado algo así como que no me agobie, que irá en cuanto pueda. Ese... ese hombre es un cretino y un aprovechado.

Jayden la miró sin parpadear. Por un lado, sentía cómo un instinto asesino se apoderaba de él y se imaginó colgando por las pelotas al tal Tristan por haberla tratado de ese modo; por otro, una sonrisa divertida se empeñaba en curvar sus labios. Estaba adorable cuando se enfadaba, con esos ojos grandes y abiertos de par en par.

—Es occitano —comentó.

—¿Qué?

—No entendías a ese tío porque te ha hablado en occitano, es la lengua provenzal de esta zona. Mucha gente de por aquí lo habla, sobre todo las personas más mayores —le aclaró.

Ella alzó una ceja.

—Me parece estupendo, pero se ha comportado como un cretino —resopló con desdén—. Ya ha cobrado por el trabajo, ¿sabes? Y no lo he visto con muchas ganas de acabarlo.

Jayden hizo un gesto afirmativo, largo y contundente.

—¿Quieres que hable con él? —se ofreció.

Sara meneó la cabeza.

—No es necesario, gracias. Y siempre podré asesinarlo si la cosa se pone fea —repuso en broma. Se fijó en todos los bultos que llevaba colgados. Su cara cambió de expresión—. ¿Te vas? —preguntó muy seria. Su voz sonó compungida y se arrepintió de inmediato.

El corazón de Jayden dio dos latidos que le sacudieron las costillas y sonrió para sus adentros al percibir su desencanto. Se le pasó por la cabeza hacer una tontería imprudente, como acercarse y pasar el dedo por sus labios para volver a dibujarle una sonrisa.

—Sí. He tenido que dejar la habitación que tenía alquilada en casa de mi amiga. Su familia ha venido a quedarse con ella una temporada y, en ese caso, ya no está bien que continuemos viviendo juntos.

—¿Tu amiga? —inquirió Sara. Así que vivía con una chica.

—Sí, se llama Jeanne. Es fantástica.

—Se nota que te gusta mucho —dijo ella con timidez.

—Si la conocieras, a ti también te gustaría.

Sara sonrió y se recogió un mechón de pelo tras la oreja.

—Entonces, ¿te marchas de Tullia? —insistió.

—No lo sé. —Se encogió de hombros—. De momento he pensado hablar con Violette a ver si puede dejarme su sofá un par de días, hasta que decida qué hacer.

Se rascó la nuca con la mano y arrugó la nariz con un gesto que a ella le pareció encantador. Sus ojos vagaron por su cuello y ascendieron por la línea de su mandíbula, cubierta por una barba de varios días, hasta sus espesas pestañas rubias. Tragó saliva al percatarse de que él era consciente de su mirada.

—Le caes muy bien, seguro que no le importa —respondió ella, soltando el aire que había estado conteniendo.

Jayden volvió a encogerse de hombros y se recolocó la funda de la guitarra, que resbalaba por su brazo por culpa del peso. A su cara asomó una sonrisa afectuosa y la miró con aire juguetón. Sabía que debía seguir su camino, pero le estaba costando un enorme esfuerzo apartarse de ella. Podría pasarse la tarde allí, de pie, hablando de cualquier cosa.

—Bueno, tengo que ponerme en marcha —anunció al fin.

—¡Claro! —exclamó ella, haciéndose a un lado. Le estaba cortando el paso—. Si... si al final decides marcharte, pasa al menos a despedirte.

—No me iría sin decirte adiós, Mujer Maravilla —le susurró él con picardía mientras se inclinaba sobre su oído.

Sara notó cómo se derretía sin remedio. Le ardían las mejillas y no era capaz de borrar la sonrisa boba que había aparecido en su cara.

—Entonces... adiós, señor Fuerzas Especiales —dijo casi sin voz, y pasó por su lado para desaparecer en el laberinto de callejuelas.

Jayden se quedó inmóvil sin apenas respirar. Miró la calle que ya debería estar recorriendo, pero en realidad no la veía. Solo podía pensar en Sara y en ese revoloteo que sentía en el estómago cada vez que ocupaban el mismo espacio. No estaba ciego y tenía experiencia suficiente para saber que entre ellos pasaba algo, aún no sabía el qué, pero estaba ocurriendo.

Inspiró hondo y se dirigió hacia el viñedo de los Chavanel. Atajó a través del campo y, al llegar a la carretera, tomó la dirección contraria a la que debería haber tomado. Ni siquiera sabía por qué había dado la vuelta. De repente, quedarse en casa de Frank y Violette ya no le parecía buena idea. No quería ser una molestia para ellos.

Miró al cielo, donde unas nubes negras lo cruzaban empujadas por un fuerte viento, arremolinándose, formando una capa compacta que no pintaba nada bien. Se caló la gorra y hundió los hombros para protegerse de las rachas, cada vez más violentas. En la distancia, se oyó un trueno que retumbó sobre los campos. Emprendió el trayecto de regreso, caminando deprisa por el borde de la carretera. Si no se apresuraba, acabaría bajo un aguacero.

Mientras avanzaba, pensó que debía hablar con Gaspard. Su amigo tenía una pequeña habitación sobre el bar. No era gran cosa, pero a él le bastaba. Inspiró hondo y apretó los labios... También podía dejar todo aquello atrás y largarse a Aix un par de meses, para no dejar colgado al grupo hasta que encontraran otro guitarrista, y después regresar a Estados Unidos. Esa idea empezaba a parecerle la más acertada. Jeanne se encontraba mucho mejor, y ahora su familia estaba con ella. Podía seguir sin él. Gruñó, enfadado consigo mismo. No podía largarse hasta que terminara lo que le había llevado hasta allí. Y a ese paso, se haría viejo en Tullia.

Inclinó la cabeza y entornó los párpados para que la arena del camino no se le metiera en los ojos. Un coche se acercaba, y no lo vio hasta que casi lo tuvo encima. El monovolumen frenó a su lado y el cristal tintado de la ventanilla del copiloto bajó.

—Hola —saludó Sara—. ¿Por qué no me has dicho que pensabas ir caminando? Te habría llevado yo.

—No te preocupes, me gusta andar.

—Con este viento no deberías. Sube. Te acercaré hasta el viñedo.

Jayden se ajustó la gorra. Sonrió, complacido ante la invitación.

—Gracias, pero he cambiado de opinión. Regreso al pueblo.

Sara se inclinó un poco más.

—¿Por qué?

—No quiero ser una molestia para ellos.

—No creo que lo seas. Violette se siente en deuda contigo.

Él se rió suavemente.

—Por eso no debo ir.

Ella hizo una mueca. Comprendía sus motivos y no dijo nada al respecto. El viento se arremolinó alrededor de Jayden y él se llevó la mano a la cabeza para que su gorra no saliera volando.

—Y ¿qué vas a hacer?

Jayden se aclaró la garganta.

—No lo sé. Ya encontraré algo y, si no, me mudaré a Aix. Allí tengo trabajo y alojamiento.

Sara forzó una sonrisa despreocupada.

—Bueno, si al final decides irte... Mucha suerte. Y si te quedas... Supongo que ya nos veremos.

Jayden le devolvió la sonrisa. Miró al cielo. El sol había desaparecido entre el manto de nubes negras y una prematura oscuridad se cernía sobre ellos. Se oyó otro trueno y el viento rugió con más fuerza agitando los árboles. Bajó la vista hacia Sara con un gesto serio.

—Deberías darte prisa, se está poniendo feo.

—¿Y tú?

—No te preocupes por mí. Atajando por el viñedo llegaré mucho antes al pueblo.

Ella asintió con la cabeza. Subió la ventanilla y se puso en marcha. Su mirada voló al retrovisor y notó un nudo en el estómago al ver cómo Jayden empequeñecía. Una idea pasó por su mente solo un segundo, tiempo suficiente para que la considerara. Frenó en seco y se quedó mirando la carretera a través del espejo, cavilando mientras su piel se estremecía con un escalofrío.

«Es una buena idea. Lo es. Yo sola no puedo con todo», se dijo.

Jayden miró por encima de su hombro y vio el coche de Sara detenido en medio de la calzada. Se paró y giró sobre sus talones. Preocupado, dio un par de pasos. De repente, el coche dio marcha atrás y regresó despacio. Se detuvo a su lado y ella bajó del vehículo, yendo a su encuentro. El viento le agitó el pelo y la camisa que vestía ondeó sobre su cuerpo, inflada como un globo.

—Puede que esto te parezca una locura, pero... ¿qué te parecería instalarte en el *château* y trabajar para mí? —le soltó sin más.

Los ojos de Jayden se abrieron como platos.

—¿Qué? —inquirió, convencido de que había oído mal.

Sara se pasó la mano por la cara para apartarse el pelo que se le había escapado de sus trenzas, con la respiración quemándole la garganta y los latidos de su corazón golpeándole el pecho. Estaba tan nerviosa que no sabía cómo era capaz de unir las palabras y que tuvieran sentido. Empezaba a arrepentirse. Acoger a un hombre al que apenas conocía, y que le aceleraba el pulso con solo mirarla, no era prudente. Además, los asesinos en serie siempre eran los más simpáticos e inofensivos, los que sabían ganarse tu confianza antes de trincharte como un pavo con un cuchillo de cocina. Solo que Jayden no parecía inofensivo en absoluto. Tragó saliva y se aclaró la garganta.

—Tú necesitas un sitio donde vivir una temporada y yo necesito ayuda en esa casa. Bueno, en realidad necesito ayuda con ese contratista. Ese hombre me pone de los nervios. Así que podríamos ayudarnos mutuamente. No puedo pagarte mucho, pero tendrás el alojamiento y la comida gratis.

Jayden la miró en silencio, intentando asimilar su oferta. Estaba sorprendido. Joder, eso era justo lo que necesitaba, un lugar tranquilo en el que alojarse y ganar algo de dinero.

Pero eso significaba compartir esa casa con Sara, durante el día... y durante la noche.

Unas tres semanas.

Solos.

Mala idea.

La miró de arriba abajo y se preguntó si sería capaz de ocupar el mismo espacio que ella e ignorar la respuesta que provocaba en él. Sara se pasó la lengua por los labios, resecos por el viento, y le entraron ganas de besarla.

Mierda.

Apartó la mirada.

No podía aceptar.

—Sara... verás...

—Sé que es un disparate. Apenas me conoces, pero te juro que soy legal. Puedes fiarte de mí... —añadió ella con un brillo de esperanza en los ojos.

Jayden sonrió de oreja a oreja y sacudió la cabeza a punto de echarse de reír. «El problema es que no sé si puedo fiarme de mí mismo», pensó. Sara no apartaba sus ojos de él. El corazón le latía con fuerza en el pecho.

Ella añadió:

—Puedes pensarlo si quieres, pero tú necesitas algo que yo tengo y yo necesito...

—Necesitas a alguien que le haga entender a ese tal Tristan que eres tú la que manda, no él.

Ella asintió de forma compulsiva.

—Sí. Es un cretino que va de listo. Tendrías que haber visto cómo me ha tratado, como si yo fuese una chiquilla tonta.

—¿Por qué crees que yo podría ayudarte con eso?

Abrió la boca como si fuera a replicar, y la cerró de nuevo. Lo miró de arriba abajo y lo señaló con un dedo tembloroso.

—Bueno, mírate, eres... grande. Y estás... ya sabes, fuerte. Estás fuerte. Y resultas..., impresionas con tu aspecto. Nadie en su sano juicio te tomaría el pelo —explicó con la voz entrecortada.

Él dejó escapar una risita y bajó la vista al suelo. Estaba a punto de comérsela. Con esas ideas en la cabeza, no podía aceptar ni de coña.

—Me lo tomaré como un cumplido —dijo en tono burlón.

—Lo es, te aseguro que lo es —replicó ella. Se acercó y lo miró a los ojos con su mejor sonrisa—. Además, Violette me dijo que se te dan muy bien las chapuzas. En esa casa hay que pintar, arreglar los jardines, colgar cortinas... ¿Qué dices, te interesa?

Jayden se animó a decir que no a cualquier precio. No iba a aceptar. No.

—Vale, me interesa. ¿Cuándo quieres que empiece?

«Sí señor, firme como una roca», se burló de sí mismo.

—¿Ahora es demasiado pronto? Porque a mí me viene bien —respondió ella sin dudar. Una racha de viento la sacudió y tuvo que apoyarse en el coche para mantenerse erguida.

—A mí también —contestó él.

Sara dio un saltito, encantada, y abrió el maletero. Jayden se acercó para guardar sus cosas, pero dudó en el último instante. La miró a los ojos.

—¿Estás segura de esto?

—Sí, segura y desesperada. Y cuando te he dicho que no puedo ofrecerte mucho, lo he dicho completamente en serio. Solo puedo pagarte una miseria, pero te daré una habitación y toda la comida que seas capaz de comer. Así no tendrás gastos.

—Parece un buen trato.

—¿Para quién? Porque tengo la sensación de que estoy aprovechándome de ti —se disculpó ella.

Él le sostuvo la mirada un largo segundo y una emoción intensa oscureció su mirada.

—Bueno, quizá me guste que te aproveches de mí —musitó sin pensar.

Sara se ruborizó.

—Estoy segura de que cambiarás de opinión en los próximos días.

Cerró la puerta del maletero en cuanto él hubo dejado sus cosas. Lo miró y sonrió de oreja a oreja, feliz.

Jayden respiró hondo. Se estaba metiendo donde no debía y la conciencia le machacaba los oídos.

—Tengo una duda —anunció él mientras entraba en el coche. Sara se puso el cinturón de seguridad y lo miró a los ojos—. Cuando te has detenido, todo ese tiempo que ha pasado antes de que dieras marcha atrás...

—¿Sí?

—¿Estabas decidiendo hasta qué punto puedo ser un psicópata o hasta qué punto tú estás loca por llevarte a casa a un tío que no conoces?

—No eres un psicópata —replicó ella con los ojos en blanco, y giró la llave en el contacto. Vaciló—. No lo eres, ¿verdad?

Jayden se limitó a sonreír con malicia mientras acomodaba la espalda contra el asiento. Ladeó la cabeza y la miró con un gesto travieso. Ella volvió a poner los ojos en blanco y le dio un golpe en el brazo. El gesto fue cariñoso, incluso íntimo, y se sorprendió de lo fácil que le resultaba comportarse así con él. Llenó sus pulmones de aire antes de contestar.

—Intentaba decidir hasta qué punto le importaría a mi marido que viva sola con otro hombre —confesó muy seria.

Jayden también se puso serio. Aguantó la respiración un momento. No esperaba esa respuesta.

—¿Cuánto crees que le importaría? —preguntó con voz ronca.

—Supongo que muy poco... —susurró con timidez, en un alarde de sinceridad que ni ella misma esperaba—. O nada. Probablemente nada mientras no le cueste una libra.

Un golpe en la cabeza lo habría mareado menos. Se quedó mirando el asfalto, mientras ella aceleraba y se ponía en marcha. Recordó lo que le había dicho unos días antes. Su marido la había dejado tirada en sus vacaciones, por trabajo; y ahora casi le había confesado que a él le importaba muy poco con quién pudiera estar y dónde.

«Ese tío debe de ser gilipollas», pensó.

Jayden no sabía cómo sentirse ni cómo debería sentirse. La miró de reojo. Se fijó en su semblante serio, en sus labios entreabiertos y en el par de botones sueltos a la altura de su pecho, que dejaban ver una piel tentadora. Su mirada descendió por sus caderas y recorrió sus piernas bronceadas por el sol. Volvió la cabeza hacia la ventanilla. Sara era una mujer por la que un hombre podría hacer muchas tonterías. Se preguntó cuántas haría él, ahora que el hecho de que tuviera un marido empezaba a importarle una mierda. Y como ella le enviara la más mínima señal...

11

Cuando Sara detuvo el coche frente al *château* Lussac, la lluvia caía como una cortina oscura y espesa. Ríos de agua serpenteaban sobre la tierra, formando grandes charcos. Un trueno estalló sobre sus cabezas y en el horizonte los relámpagos centelleaban y encendían las nubes.

—¿Sacas tus cosas del maletero mientras voy abriendo la puerta?

Jayden echó un vistazo fuera, a través de la ventanilla. El viento soplaba, doblando las ramas de los árboles en una misma dirección. La lluvia caía de lado azotando con fuerza los cristales. Negó con la cabeza.

—Está diluviando, nos calaríamos. Yo voto por salir corriendo hasta la casa y ya cogeré después mis cosas.

—Vale.

Él le guiñó un ojo mientras asía la manecilla.

—¿Lista? —Ella asintió con una sonrisa tonta asomando en su cara. Jayden gritó—: ¡Vamos!

Los dos saltaron del coche y corrieron hasta la entrada como alma que lleva el diablo. La lluvia caía fría, con fuerza por el viento que la agitaba, azotando sus cuerpos sin compasión. Sara metió la llave en la cerradura y la giró. Nada, parecía atascada. Lo intentó de nuevo, tirando con fuerza hacia ella. La lluvia se le metía en los ojos y apenas podía ver lo que hacía.

—Creo que se ha atascado —gritó.

Jayden ocupó su lugar. Pegó un tirón al tiempo que giraba la llave y la puerta se abrió. Entraron a toda prisa en el vestíbulo. Ella no paraba de dar saltitos. Soltó una risa divertida, que acabó transformándose en una carcajada mientras se sacudía como un perrito.

La miró con ojos brillantes y la repasó de arriba abajo. Tenía las trenzas caladas y los mechones sueltos pegados a la frente y al cuello.

La camisa se le había adherido al cuerpo y se le trasparentaba un sencillo sujetador de algodón. Apartó la vista y se obligó a concentrarse en otra cosa. Se quedó con la boca abierta al contemplar el vestíbulo.

—¡Vaya, este sitio es la hostia! —exclamó, impresionado por lo que veía.

—Sí, algo parecido dije yo cuando entré por primera vez.

Jayden bajó la cabeza, avergonzado. Un ligero rubor cubría sus mejillas cuando la miró a los ojos.

—Perdona, me paso el día diciendo tacos. Es lo que ocurre cuando llevas casi una década conviviendo con una veintena de tíos, a cual más animal —comentó con timidez. Se quitó la gorra mojada y se pasó una mano por el pelo. Se le quedó de punta y desordenado.

Sara tragó saliva. Cuanto más desaliñado era su aspecto, más guapo le parecía.

—No pasa nada. Estoy acostumbrada. Mi hermano podría escribir un libro solo con las palabrotas que suelta por esa bocaza que tiene.

Él sonrió. La miró durante unos segundos y volvió a dirigir la vista a la escalera que conducía a la planta superior.

—Parece buen tío.

—Lo es. Te caería bien. ¿Sabes? Creo que vosotros dos haríais buenas migas. No sé, pero os parecéis bastante. Y también es un friki obseso de los cómics y los videojuegos. Tiene una auténtica fortuna invertida en figuritas originales.

A Jayden se le escapó un sonido de admiración.

—¡Ya empieza a caerme bien! —Hizo una pausa cargada de intención—. Aunque tú más.

Sara se fijó en sus ojos alegres un momento y tuvo que apartar la mirada al sentir aquel revoloteo en el estómago que empezaba a ser familiar. Se estremeció y comenzó a tiritar de nuevo.

—Deberíamos quitarnos toda esta ropa —sugirió—. Ven, te enseñaré dónde vas a dormir. Solo hay dos habitaciones terminadas. Yo he cogido una, la otra será para ti. El agua caliente está dando problemas, así que no te aseguro que puedas ducharte bien. A veces sale condenadamente fría —explicó mientras subía la escalera. Se detuvo al ver que él no la seguía—. ¿Pasa algo?

Jayden se encogió de hombros y unas gotitas de agua se deslizaron desde su pelo hasta el cuello. La camiseta blanca se le había pegado al torso y marcaba cada contorno de su pecho y su vientre, haciendo visibles los trazos de tinta en su piel.

—Mi ropa sigue en el coche y, a no ser que no te importe que haga nudismo, debería cogerla primero.

Con mucho disimulo, Sara respiró hondo y, poco a poco, dejó escapar un hilo de aire. La imagen de un Jayden completamente desnudo había acudido a su mente en toda su gloriosa plenitud. Se ruborizó hasta las orejas. Entornó los ojos y negó con la cabeza.

—Claro. He dejado las llaves puestas.

Un trueno retumbó sobre el tejado y la lluvia golpeó con más furia las paredes, haciendo que toda la casa vibrara con el eco. La corriente eléctrica comenzó a emitir un zumbido a través de la pared y sonó un ruidoso clic.

—Han saltado los fusibles —anunció Jayden—. Pero así, mojado, no puedo tocarlos.

Afuera, un ruido ensordecedor cobró fuerza. Él se acercó a la ventana y vio cómo un montón de bolitas blancas empezaban a cubrir el suelo.

—¿Eso es granizo? —preguntó ella con los ojos como platos.

—Sí. Tenemos encima una tormenta de verano en toda regla. No creo que tarde en parar.

—Ya, pero... No puedes quedarte así, calado hasta los huesos, y tampoco puedes salir con lo que está cayendo. Venga, sube. Quítate toda esa ropa mojada —le pidió Sara.

Él se quedó un segundo con la vista clavada en la ventana. Una sonrisita curvó sus labios, al tiempo que la miraba por encima del hombro con la expresión de un zorro.

—¿Nudismo? —sugirió.

Ella también sonrió y puso los ojos en blanco. Por dentro estaba sin aire y le costaba aparentar una tranquilidad que no sentía. Jayden la desarmaba con una sola mirada y era demasiado consciente de su atractivo. Y su sonrisa..., su sonrisa despertaba en ella un cosquilleo que nunca antes había sentido.

Pensó en Colin y en lo mal que estaba que tuviera ese tipo de pensamientos sobre otro hombre. Y entonces visualizó a Anika y sintió las náuseas que siempre afloraban cuando recordaba a esa mujer. No pudo evitar imaginarlos, juntos, haciendo el amor, saliendo a cenar, riendo..., y todo ello a sus espaldas mientras se burlaban de ella considerándola la mayor idiota de todo el planeta. La pobre Sara, tan inocente y tonta, tan simple y poco interesante.

Abandonó esos pensamientos y se centró en el ahora. Miró a Jayden y su estómago volvió a alterarse con un hormigueo.

—Nada de nudismo. Las toallas del baño son lo bastante grandes para cubrirte —apuntó mientras daba media vuelta y continuaba subiendo la escalera. Oyó su risa tras ella y las mejillas se le encendieron de nuevo.

El pasillo estaba en penumbra. Accionó el interruptor de la luz, pero no se encendió. Lo intentó de nuevo.

—No te preocupes, lo arreglaré —comentó él a su espalda.

Sara asintió. Estaba tan cerca que podía sentir el calor que desprendía su cuerpo. Su proximidad le resultaba desconcertante.

—Esta es mi habitación —señaló ella al pasar junto a uno de los dormitorios—. La tuya es esa.

Se detuvo frente a la última alcoba y empujó la puerta.

Él la siguió sin apartar sus ojos de ella. Abajo se había quitado las sandalias y verla caminar descalza, completamente empapada, era mucho más interesante que cualquier otra cosa.

—¿Qué te parece?

Jayden alzó la vista y su cara se transformó por completo. La habitación era casi tan grande como el apartamento que había compartido con Lisa. Estaba decorada con molduras. De hecho, había molduras por todas partes: en el techo, en los marcos de las puertas, en las ventanas... Se quedó alucinado cuando vio el tamaño de la chimenea, todo el frontal era una auténtica obra de arte.

Giró sobre sus talones y se encontró con una cama enorme. Estiró el cuello para ver que había al otro lado de una puerta entreabierta, junto a la chimenea.

—¡Joder!, ¿eso es el baño? —preguntó con los ojos como platos.

No esperó a que Sara le contestara. Entró en la estancia y se quedó mirándola con las manos apoyadas en las caderas. La bañera era una preciosidad, con patas torneadas rematadas con la forma de una hoja. El lavabo era doble y muy antiguo, aunque la grifería era nueva. De la pared colgaba un espejo, y a cada lado había un aplique de metal con varios brazos de los que pendían lágrimas de cristal. En el centro había un enorme diván con la tapicería un poco desgastada, más grande que el camastro en el que solía dormir en la base.

—Bueno, ¿te gusta? —quiso saber ella tras él.

Jayden se dio la vuelta con una sonrisa de oreja a oreja. Alzó las cejas un par de veces y se encogió de hombros.

—Este sitio es una pasada. —De repente se estremeció y soltó un siseo—. Me estoy quedando helado —protestó mientras agarraba su camiseta desde atrás y tiraba para quitársela.

Sara lo miró aguantando la respiración y, centímetro a centímetro, contempló cómo la piel de su torso quedaba a la vista. Dio un respingo cuando la camiseta cayó al suelo y se puso colorada al ver que él ya tenía las manos en el cinturón de sus vaqueros. Se dio la vuelta, con el rostro encendido.

—Te dejaré para que te seques —susurró.

Alcanzó la puerta dos segundos después. Giró el pomo con manos temblorosas y el aire fresco del pasillo le enfrió las mejillas.

—¿Sara?

Se quedó quieta y, muy despacio, miró por encima de su hombro con miedo a encontrárselo desnudo. Algo le decía que el pudor no era un rasgo habitual en la personalidad de Jayden. Se encontró con su rostro sonriente, en el que asomaba un gesto travieso. Le brillaban los ojos; y sí, estaba desnudo. Lo sabía porque podía ver todo su costado izquierdo, la cadera y la pierna cubierta por un fino vello rubio. La posición del pomo ocultaba estratégicamente sus partes íntimas y ella lo agradeció en silencio.

—Gracias por acogerme —le dijo con voz ronca. Su sonrisa se ensanchó.

Ella le devolvió la sonrisa y bajó la vista sin saber muy bien a qué parte de él mirar para aparentar serenidad.

—Gracias a ti por querer quedarte. Ya estás viendo este sitio. Yo sola no puedo con todo.

Jayden asintió una vez.

—No te preocupes. Va a quedar de puto lujo, te lo prometo.

Sara se echó a reír. Tendría que hacer uso de su oído selectivo y filtrar todos los tacos que Jayden soltaba por esa boca. Lo miró un segundo y le dedicó un guiño antes de salir. Después fue a su habitación, notando cómo el corazón le saltaba en el pecho. Se sentía aturdida, nerviosa, extraña... ¡Viva!, de un modo que casi le dolía. ¿Qué demonios le estaba pasando? No llevaba allí ni una semana y ya le costaba reconocerse.

Al entrar en el dormitorio una corriente de aire cruzó la estancia y la ventana, que debía de estar mal cerrada, se abrió de par en par. Corrió hasta ella mientras el viento y la lluvia penetraban en el interior. Cerró los ojos cuando el agua le azotó el rostro y empujó los cristales con fuerza. El silencio se impuso en el cuarto. Afuera la tormenta continuaba desatando toda su furia, sumiendo el paisaje en una oscuridad sobrecogedora. Un prolongado y súbito rayo unió la tierra con el cielo.

Sintió un atisbo de inquietud. No le gustaban las tormentas, y mucho menos cuando se encontraba sola. Un golpe y la retahíla de maldiciones y palabrotas que le siguió, borraron cualquier rastro de miedo.

Sonrió.

No estaba sola.

Entró en el baño, notando la ropa pegajosa sobre la piel. Se la quitó con manos temblorosas y, tiritando, cogió una toalla del estante. A pesar de estar en julio, la tormenta había provocado que la temperatura descendiera mucho entre aquellos muros de piedra.

Mientras trataba de desenredar su melena oscura, la lámpara vibró con un leve zumbido. Se acercó al interruptor de la luz y lo pulsó. El baño se iluminó. Genial, volvía a haber electricidad y podría secarse el pelo.

Se vistió con unas mallas de algodón grises y una camiseta blanca. Se dejó el pelo suelto, todavía un poco húmedo, y bajó hasta la cocina. Nada más pisar el vestíbulo, el olor a café se enredó en su nariz, aturdiéndola. Descalza se acercó hasta la puerta, se asomó con timidez, y la imagen que vio la dejó sin aire en los pulmones.

Jayden estaba de espaldas a ella, colocando sobre la encimera unas verduras y una bandeja con medio pollo troceado. Una toalla alrededor de sus caderas era todo cuanto vestía. Quizá no fuese lo más apropiado para el momento y el lugar, pero a ella dejó de importarle en cuanto quedó atrapada por el enorme tatuaje que le cubría la parte superior de la espalda: un águila en vuelo que sostenía entre sus garras un tridente. Debajo había una palabra, pero desde donde se encontraba no podía leerla.

A pesar de las cicatrices que tenía en el cuerpo, y tenía unas cuantas, era un hombre increíblemente atractivo. No había un gramo de grasa en él, era puro músculo bajo una piel dorada de aspecto suave. El pelo se le rizaba en las puntas y empezaba a cubrirle la nuca. Sin ropa parecía mucho más alto; en realidad, sin ropa era más... todo. Y se movía con una seguridad que casi podía palparla.

Estaba tan ensimismada admirándolo que dio un respingo asustada cuando él le hablo.

—Tengo un poco de hambre y he pensado preparar café y algo para cenar. —Inclinó la cabeza y la miró por encima del hombro—. Espero que no te importe.

—No, claro que no. Ahora estás en tu casa.

—¿Café?

Sara asintió con una sonrisa en los labios. Se acercó y se apoyó en la encimera a una distancia prudencial.

—¿Con azúcar?

—Dos, por favor.

Jayden añadió el azúcar y le ofreció la taza. Ella la tomó con timidez y probó la bebida.

—Vaya, está muy bueno, gracias.

—El truco está en molerlo a mano. He encontrado un molinillo en la despensa y también café en grano.

La observó tomar otro sorbo y cerrar los ojos mientras se deleitaba con el sabor. Sopló la bebida caliente, arrugando los labios con un mohín. Era una monada. Alargó la mano para apartarle un mechón rebelde que parecía empeñado en meterse en el vaso. Lo hizo con delicadeza y lo deslizó con un dedo por detrás de su oreja. Los ojos de Sara se abrieron como platos y se clavaron en los suyos, pero no dijo nada.

—¿Te gusta el pollo Alfredo? —preguntó él mientras se volvía hacia la carne y la colocaba en una tabla para sazonarla.

—Creo que no lo he probado nunca. ¿Puedo ayudarte? —se ofreció.

Estaba acostumbrada a ser ella la que siempre cocinaba, y se sentía un poco incómoda dejando que él lo hiciera.

—Gracias... pero no. Hoy voy a ser tu chef. Me apetece cocinar para ti —respondió en voz baja. La miró de reojo y la vio ruborizarse y bajar la mirada un poco incómoda—. No tienes por qué tener miedo. Que yo sepa, aún no he envenenado a nadie.

Sara sonrió tras su taza de café.

—No es eso, es que nunca han cocinado para mí.

—¿Nadie? ¿En serio?

—Bueno, mi madre sí, claro está. Pero solo ella, y hasta que tuve edad suficiente para hacerlo yo. Así que no, nunca han cocinado para mí.

Se quedó pensando un momento con un gesto adorable. Jayden notó el filo del cuchillo, con el que cortaba unos tomates, raspar su dedo. Se dijo que debía dejar de mirarla y prestar más atención a lo que estaba haciendo si no quería acabar con unos cuantos puntos o un dedo menos.

—Espera —añadió ella—. ¿Cuentan los restaurantes?

Él sacudió la cabeza y, como si fuera lo más normal del mundo, le quitó la taza de las manos y se la llevó a los labios para beber un sorbo. Se la devolvió con la misma naturalidad.

—No cuentan —respondió divertido. Una sonrisa perezosa alcanzó sus ojos—. Me refiero a algo más personal. Un amigo, un novio, un marido que cocine para ti por el simple hecho de agradarte, no por obligación. Un gesto amable, o romántico, depende de quién provenga. ¿Entiendes lo que quiero decir?

Ella exhaló una larga y lenta bocanada de aire. Asintió. Por supuesto que lo entendía y darse cuenta la dejó frustrada. Torció el gesto.

—Entonces nunca. Nunca ha cocinado nadie para mí. Tú eres el primero —contestó.

Sus ojos oscuros se enfrentaron a los de él durante un instante, antes de volver a mirar los tomates que se salteaban en la sartén a fuego lento. Notó que las mejillas le ardían de vergüenza al darse cuenta de que era cierto, porque dudaba de que el pan untado con mermelada que le preparaba Daniel el Día de la madre contara.

Jayden apoyó la cadera contra la encimera y la observó, mientras el deseo de alargar la mano y borrar ese gesto de tristeza se convertía en una tentación difícil de ignorar. Ella posó sus ojos de nuevo en él y dibujó una leve sonrisa. Se la devolvió. Miró a su alrededor y una extraña sensación de paz se apoderó de él. Se sentía bien en aquella cocina, con Sara a su lado, cocinando para ella. Era perfecto y hacía mucho que no había nada perfecto en su vida.

Se dio la vuelta y descansó los codos sobre el frío mármol, de modo que acortó un poco más la distancia entre ellos. Ahora casi se tocaban.

—Creo que eres la primera mujer para la que soy el primero en algo —dijo en tono jovial.

—Vaya, eso demuestra que nunca se debe perder la esperanza —replicó ella.

Una sonrisa sincera iluminó su cara. A cada minuto que pasaba, se encontraba más relajada en su compañía. Aunque el corazón le seguía latiendo como loco.

—También eres el primer hombre al que rescato en medio de una carretera, y al que le doy trabajo. De hecho, soy jefa por primera vez...

—Bueno, tú también eres la primera para mí en algo —apuntó él con picardía. Se acercó a la sartén y comenzó a remover el pollo. Sara lo miraba con cara de póquer—. Eres la primera mujer con la que no mantengo una relación y que me ve desnudo.

—Casi desnudo —matizó ella, recordando que la puerta había evitado que viera más de lo necesario.

—Casi —repitió él entre risas—. Y hablando de desnudos. Voy a echarle un vistazo a la secadora. Necesito mi ropa. ¿Te importa vigilar la cena?

Sara negó mientras se llevaba la taza a los labios. Un suspiro lento y ahogado escapó de su boca al contemplar cómo se daba la vuelta y salía de la cocina. Tenía una espalda ancha y perfecta, y la toalla marcaba un trasero impresionante. Además, sabía cocinar y él solito había encontrado la secadora y la había puesto en marcha.

Vio su libro sobre la alacena y pensó en la lista. Jayden cumplía con muchos de los puntos y se sorprendió a sí misma fantaseando con esa idea. Torció el gesto, contrariada. No estaba bien que pensara esas cosas, así que las desterró centrándose en lo único que era real en su vida: su familia.

Aprovechó para llamar a su hijo. La conversación no fue muy diferente a otras anteriores, apenas tres minutos en los que tuvo que arrancarle las respuestas monosilábicas casi a la fuerza. Aun así, parecía feliz y relajado. Lo estaba pasando bien. Había logrado hacer amigos y, según Luis, por fin era un Boyke en toda regla: un pirata de cuidado. Sonrió orgullosa al escuchar el apellido de su padre.

—Cuida de mi hombrecito —le pidió antes de despedirse.

Colgó el teléfono con un nudo en el estómago y la sensación de que algo estaba pasando en sus vidas. Daniel y ella habían dado un paso hacia alguna parte que aún desconocía. El bucle se había roto.

12

Jayden apareció poco después, con los mismos vaqueros desgastados y la camiseta blanca que había llevado todo el día.

Sara intentó no mirarlo embobada, pero era incapaz de apartar la vista de él y se descubrió siguiendo sus movimientos. Había algo hipnótico en sus gestos, en la forma que tenía de morderse el labio inferior o de frotarse la nuca. Se reprendió mentalmente, mirarlo de ese modo no era apropiado.

Se distrajo poniendo la mesa y, cuando hubo terminado, bajó a la bodega a buscar una botella de vino. Al regresar, él ya había servido la cena y colocado los platos sobre un mantel que había encontrado en uno de los armarios. Le quitó la botella de las manos y la descorchó mientras ella se sentaba en un cómodo silencio.

Sirvió el vino en las copas y le dedicó una sonrisa antes de coger el tenedor.

—Huele de maravilla —dijo Sara, cerrando los ojos con expresión de deleite mientras acercaba la nariz al plato.

—Pues espero que sepa mucho mejor.

Aguardó a que ella cortara un trocito de pollo y se lo llevara a la boca.

—Hummm... Está... Hummm... Está buenísimo —gimoteó al tiempo que tragaba y respiraba hondo para paladear el sabor.

Jayden atacó su plato con ganas. Se miraron entre bocado y bocado. Parecía que llevaran días sin comer. Desde luego, esa era la sensación que Sara tenía. Desde que había llegado a Tullia se había alimentado a base de bocadillos, ensaladas y fruta. Un poco de salsa le bajó por la barbilla. La limpió con un dedo y después lo lamió.

Él se detuvo con el tenedor a medio camino de su boca. El gesto le había parecido tan espontáneo y sexy que no pudo evitar sonreír. Verla comer de ese modo, sin complejos, le encantó. Ella se dio cuenta de que la estaba observando y se puso roja.

—Adoro verte comer —comentó con entusiasmo.

—Quizás esté exagerando para que no te des cuenta de que me sabe a suela de zapato y no te sientas mal —replicó con un tonito mordaz.

Jayden lanzó un suspiro atribulado.

—Eso me ha dolido, y si no fuera por los cinco minutos de gemidos que llevas, te creería. Distingo perfectamente uno de verdad de uno fingido.

Sara casi se atragantó y el rubor de sus mejillas se acentuó. El asombro la dejó clavada en la silla, sin saber qué contestar a eso. Era cierto, no había parado de gemir desde el primer bocado. Con un gesto demasiado infantil, le arrojó un trozo de pan que estaba a punto de llevarse a la boca. Él lo esquivó sin apenas moverse y la recompensó con una carcajada arrogante que dibujó unos hoyuelos deliciosos en su cara.

Lo observó reírse y negó con un gesto de resignación. Trató de no quedarse prendada, pero era difícil no hacerlo cuando se sentía tan cómoda a su lado. Y pensar que le había preocupado tener que convivir durante tanto tiempo con él sintiéndose rara.

—Sé lo que estás pensando —le dijo de repente. Ella dejó de masticar—. Yo también creo que esto va a funcionar. Lo de vivir juntos.

Sara dejó de respirar, convencida de que le había leído la mente.

—Me preocupaba mucho que fuese raro —continuó él. Suspiró hondo y pasó una mano por su cabello desordenado—. Pero me siento a gusto contigo. Gracias de nuevo, de verdad. Me has salvado dejando que me quede aquí.

—Yo también me siento a gusto —susurró ella. Bajó la vista al plato, demasiado alterada. Pensó en algo que Jayden le había dicho esa misma tarde y decidió preguntar—. Y ¿no crees que tu amiga podría molestarse cuando sepa que estás aquí?

—¿Quién, Jeanne? No, al contrario. Se sentía fatal por dejar que me fuera.

—¿Es algo así como una novia? —curioseó Sara.

Jayden soltó una risita.

—No. Es algo así como una abuela. De hecho, creo que es mayor que mi abuela. Le echaba una mano a cambio de poder dormir en su casa y de la comida.

—¿Como ahora conmigo?

—Tú vas a pagarme un sueldo.

Ella emitió un ruidito ahogado.

—No creo que pueda llamarse sueldo. Te voy a pagar una miseria, no bromeaba —repuso con malestar. Se echó hacia atrás en la silla y estiró los brazos para recogerse el pelo en un moño que aseguró con un nudo.

Él dejó de masticar y la miró fijamente desde el otro lado de la mesa.

—Bueno, ya buscaré la forma de que me des algún extra. —Sus ojos destellaron con humor, pero no era eso lo que sentía. Verla recogerse el pelo y la forma en la que su camiseta se había ceñido sobre su pecho, remarcando la forma de sus senos y la evidencia de que no llevaba sujetador... Necesitaba una distracción—. Bueno, cuéntame algo sobre ti.

Ella bebió un poco de vino y se encogió de hombros.

—No hay mucho que contar. Nací en España, en Granada, y pasé allí mi infancia. Cuando yo tenía siete años, mi padre perdió su trabajo y no nos quedó más remedio que abandonarlo todo y trasladarnos a Enfield, un pueblecito al norte de Londres, donde un amigo le había conseguido un puesto de mantenimiento en un hotel.

—Vaya, debió de ser duro un cambio tan drástico siendo tan pequeña.

Sara suspiró.

—Lo cierto es que no. Me adapté enseguida, hice amigos y me gustaba mi nuevo colegio. Además, tener un hermano mellizo ayudó bastante. Lo hacíamos todo juntos y nunca tuve que enfrentarme sola a nada. Él siempre estaba a mi lado. —Hizo una pausa y sonrió para sí misma—. Y si alguien se pasaba conmigo, él le atizaba. Siempre ha sido muy protector. Es una pena que no podamos vernos mucho.

—¿Sois mellizos? —preguntó sorprendido.

Ella dijo que sí con la cabeza y terminó de tragar otro trozo de pollo. Se pasó la lengua por la comisura de los labios para limpiarse una gotita de salsa. Jayden la apuntó con su cuchillo un momento, antes de volver a clavarlo en su pollo.

—¿Es cierto todo eso de la conexión entre hermanos? Ya sabes, eso que se cuenta sobre que sentís cuando el otro está triste y esas cosas...

—No sabría qué decirte. Nunca he sentido esas cosas que se dicen, pero sí es cierto que, a veces, es como si él supiera lo que estoy pensando. Aunque creo que es porque me conoce mejor que nadie. Hemos sido inseparables durante dieciocho años y lo compartíamos todo.

—¿Cuál de los dos es el mayor?

—Yo —respondió Sara con un tonito ufano—. Nací cuatro minutos antes.

Jayden se echó a reír con ganas.

—Seguro que tu hermano ha sabido aprovecharse de tu experiencia. Ella también rió.

—¿Tú tienes hermanos? —quiso saber.

—Sí, una hermana. Se llama Niccole. Es cinco años mayor que yo. Es médico en el hospital Sinai de Baltimore —contestó, mientras bajaba la mirada y su expresión se volvía tierna. La echaba de menos. Alzó la mirada de nuevo y se acomodó en la silla—. Está casada y tiene una niña. Faith. Esa pequeñaja me tiene comiendo de su mano.

Sara se dio cuenta de que lo miraba embobada.

—¿Cuántos años tiene tu sobrina?

—Cuatro. Y ya compadezco al pobre hombre que se fije en ella.

Ella soltó una carcajada. Acercó su copa cuando él hizo ademán de volver a llenarla. Se lo agradeció con una sonrisa y bebió un sorbito.

—Así que te adaptaste a tu nueva vida —comentó él, retomando la conversación.

—Sí. Conocí a Christina, mi mejor amiga, y nos hicimos inseparables. Después de eso el tiempo pasó y era feliz... —Se quedó callada y un velo triste cubrió sus ojos—. Mi padre enfermó cuando yo tenía dieciséis años, una de esas enfermedades raras degenerativas. Murió hace seis años. Mi madre y mi hermano decidieron que continuar en Inglaterra era demasiado doloroso y regresaron a España. Yo me quedé. Yo... ya tenía una vida allí. Y eso es todo. Sigo en Londres con mis rutinas.

—Con tu marido y tu hijo —aventuró él. Sara asintió—. Háblame de tu marido. ¿Cómo le conociste?

Ella suspiró.

—Yo trabajaba en una tienda de ropa para hombre. Una de esas boutiques que hacen trajes a medida. Colin apareció un día, necesitaba unas camisas, empezamos a hablar y... Acabé compartiendo mi vida con él.

Jayden la miró fijamente mientras ella movía las verduras de su plato de un lado a otro. No había olvidado el comentario que había hecho en el coche.

—¿Cómo es? —inquirió, muerto de curiosidad. No porque le interesara saber cómo era el tal Colin, sino porque quería saber cómo era el hombre capaz de hacer que Sara se fijara en él.

Ella se encogió de hombros.

—Colin es un buen hombre. Es muy trabajador y muy lim... —se mordió la lengua para no soltar la palabra—, es muy responsable y amable.

—Trabajador, responsable y amable —repitió Jayden con las cejas arqueadas.

Si su ex se hubiera referido a él de ese modo en algún momento, lo habría traumatizado de por vida. No tenía ningún problema con esas cualidades, eran de apreciar y respetar en un hombre, pero tu mujer... Más te valía que tu mujer viera otras cosas en ti o estabas jodido. Lisa siempre decía de él que era un tipo divertido, impulsivo, con la cara de un ángel y que follaba como un demonio. Prefería esa descripción a que dijera de él que era trabajador y responsable. Quizá fuera ego masculino, pero era la verdad.

—Sí —dijo ella con entusiasmo. Un triste y fingido entusiasmo—. Y tú, ¿siempre quisiste ser soldado?

Jayden abrió mucho los ojos, simulando escandalizarse.

—¡No, ni de broma! Lo tuve muy claro desde pequeño. En mi familia ya había dos generaciones de SEAL, no era necesaria una tercera. Mi abuelo luchó en Vietnam y llegó a participar en la Guerra Fría como asesor del gobierno. Mi padre es un héroe de guerra y tiene una vitrina llena de condecoraciones. Estuvo en Mogadiscio, en Bosnia... Sigue en activo y es un pez gordo en la Armada. Como puedes ver, el listón estaba bastante alto para otro Dixon. Además, yo quería ser jugador profesional de fútbol y fichar por un equipo de la NFL. De hecho, estuve a punto de conseguirlo.

—¿En serio? ¿Qué pasó?

—Me lesioné en la universidad, una semana antes de que un par de ojeadores de los Patriots y los Giants, que me seguían la pista, fuesen a verme. Eso me hundió y desaparecí.

—¿Desapareciste?

Él resopló y se rascó la cabeza.

—Sí. Bueno... Ahora pienso en aquellos momentos y me parece una estupidez que llegara a sentirme tan mal. Pero lo hice. No sé... Sentí que mi mundo se acababa, que todo aquello por lo que había luchado se iba a la mierda en un segundo. Así que guardé unas cuantas cosas en una maleta y me largué a Las Vegas.

Ella se inclinó sobre la mesa y lo miró con atención.

—¿Por qué a Las Vegas? No sé, suena muy típico.

—Con veinte años, el cerebro frito y tu ego por los suelos, créeme, es la mejor opción ante cualquier problema.

Ella se rió bajito.

—¿Qué hiciste en Las Vegas?

—Emborracharme, dormir la mona y volver a emborracharme. Pasé así unos cuatro meses. Estuve a punto de cagarla, ¿sabes? Toqué fondo y casi no salgo de ese jodido agujero que yo mismo había cavado. Pero conocí a Crystal y ella me salvó.

—¿Crystal? —se interesó Sara.

Jayden asintió despacio, recordando a la mujer que había encarrilado su vida.

—Una noche me vi envuelto en una pelea. Unos tipos se estaban metiendo con una mujer a la salida de un casino. Yo intervine y me dieron de hostias. ¡Eran cuatro! —aclaró para justificarse. Sara sonrió por su arrebato de ego masculino—. Esa mujer era Crystal, una bailarina de striptease que casi tenía la edad de mi madre en aquel momento. Me llevó a un hospital, y después a su casa. Me acogió, logró que me contrataran como guardia de seguridad en el club donde ella trabajaba y cuidó de mí.

—Parece que se convirtió en alguien importante para ti.

Él soltó el aire con fuerza y fue un gesto cargado de añoranza.

—Es importante. Cuando he dicho que me salvó, no mentía ni exageraba. Ella logró que me reconciliara con el mundo.

—¿Cuánto tiempo estuvisteis juntos?

—Vivimos juntos unos dos años y durante ese tiempo tuvimos una relación abierta, tan abierta que no fui el único en su cama. Ni ella en la mía.

Sara frunció el ceño, inmersa por completo en la conversación.

—¿Y no te importaba?

—¡No! ¿Por qué iba a importarme? Ambos sabíamos lo que queríamos y nunca confundimos las cosas. Yo no buscaba una novia, ni nada de eso. Pero sí una amiga y Crystal lo fue, la mejor. Me enseñó muchas cosas que necesitaba aprender.

—¿Sí? ¿Cuáles?

—Me enseñó a vivir. Me ayudó a aceptar que cuando un sueño no se cumple, siempre puedes buscarte otro que te haga feliz sin sentirte fracasado. Me demostró que el destino no siempre está escrito y que soy yo quien decide el siguiente paso. —Bajó la voz y la convirtió en un susurro ronco y malicioso—. Y otras igual de importantes para un chico joven e inexperto, de las que ahora puedo presumir.

—Ah, ¿sí? —inquirió Sara, intrigada.

Él sonrió ante su inocencia.

—Sí. También me enseñó a conocer el cuerpo de una mujer y todo lo que necesita para... —Hizo una pausa y bajó las pestañas hasta ocultar sus ojos. Cuando la miró de nuevo, en ellos brillaba un asomo de traviesa sensualidad—. Para que quiera agradecérmelo el resto de su vida.

Sara estuvo a punto de atragantarse. No estaba acostumbrada a que un hombre hablara con ella de una forma tan directa sobre su vida íntima. Agarró la copa y se la llevó a la boca. Bebió con avidez, consciente de que él no le quitaba los ojos de encima, atento a su reacción. Sonrió con suficiencia y se cruzó de brazos después de empujar su plato sobre la mesa.

No iba a permitir que pensara que era una mojigata que se escandalizaba por un par de insinuaciones sexuales. Estaba a punto de cumplir treinta años, era adulta. Leía novelas en las que los hombres se expresaban de ese modo continuamente y no le arrancaban el más mínimo rubor. El problema era que esos hombres solo estaban en las páginas de las novelas y Jayden era muy real. Intentó no imaginar cuáles serían esas cosas que Crystal le había enseñado, pero no lo logró, así que trato de disimular su turbación de la mejor manera que pudo.

—Eso suena muy presuntuoso —le hizo notar con un deje de desdén.

Él le sostuvo la mirada durante un largo segundo. Ladeó la cabeza y esbozó la sonrisa más pecaminosa que ella jamás había visto.

—No voy de farol, Sara, ni trato de presumir o impresionarte. Sé cuidar de una mujer en la cama. Siempre pienso en ella antes que en mí, y puedo asegurarte que para un hombre no hay mayor placer que lograr que una mujer se olvide hasta de su propio nombre cuando se lo estás haciendo.

Sara se sorprendió, pese a su expresión risueña, de la seriedad con la que Jayden había hecho esa declaración. No estaba fardando ni comportándose como un capullo engreído. Simplemente era tan sincero y trasparente para hablar de eso como de cualquier otra cosa. En realidad, solo había dado a entender que una mujer le había enseñado lo que debía hacer y cómo para complacer a una chica en la cama; y pocos hombres tendrían el valor de admitir algo así. Al menos los que ella conocía.

—Perdona si he sido demasiado explícito o si te he incomodado —se disculpó él.

—No, tranquilo. Aprecio tu naturalidad.

Ella necesitaba cambiar de tema o el corazón se le acabaría saliendo por la boca.

—¿Y cómo... cómo acabaste en el ejército?

Jayden suspiró y se frotó las mejillas, acaloradas por el vino.

—Es una historia aburridísima, ¿de verdad quieres que te la cuente?

—No tengo nada mejor que hacer —replicó Sara.

Él se llevó la mano al pecho y fingió que lo había herido. Después entornó los ojos y se pasó los dedos por la sombra que le cubría la mandíbula. Dejó escapar un hondo suspiro.

—Volví a meterme en líos. No soy un broncas, te lo aseguro —se justificó al ver que ella cambiaba su expresión tranquila por una de cautela—. Una noche llegaron al club un par de tipos con guardaespaldas. Gente importante, políticos. Yo no tenía ni idea de quiénes eran; y tampoco me importaba, la verdad. Bebieron, tontearon con las chicas y hubo un momento en el que la fiesta se les fue de las manos. —Hizo una pausa y entrecerró los ojos como si estuviera ordenando sus pensamientos—. Mira, en ese club se podía tocar a las chicas, pero solo si ellas lo permitían. No eran prostitutas, ninguna lo era. Pero un baile privado con un poco de magreo podía darles una buena propina. ¿Entiendes?

—Y esos tipos pidieron un baile... a Crystal —aventuró Sara.

—No, Crystal habría sabido manejar la situación. Fue a una chica que apenas llevaba allí una semana. Aún no controlaba las normas, ni qué debía hacer si algún imbécil se propasaba. Yo estaba en la puerta cuando me avisaron de que había lío en uno de los reservados. Los gritos de la chica se oían desde la pista de baile. Pasé por encima de los guardaespaldas y me encontré a uno de los tipos importantes encima de ella. —Arrugó la nariz y un brillo pícaro le iluminó los ojos—. Aparté al tipo de un empujón, el escolta me empujó a mí y yo le sacudí al escolta. Entraron los otros dos y... No sé cómo pasó, pero en cuestión de segundos aquel reservado se convirtió en un campo de batalla —comentó sin dejar de sonreír, mientras movía la comida en el plato. Alzó una ceja y la miró—. Acabé en la cárcel con cargos por agresión.

—¿Tan serio fue el asunto? —inquirió Sara con los ojos como platos.

—Sí. Dos días después mi padre apareció en Las Vegas, con su uniforme plagado de insignias y estrellas, y la gorra bajo el brazo. Había logrado un acuerdo con el juez que iba a juzgarme. Si accedía a alistarme en la Marina y cumplía con el entrenamiento, más un año de servicio, se retirarían todos los cargos. Si no, un tribunal podía condenarme a dos años de cárcel, puede que tres.

Ella lo miraba boquiabierta.

—Vaya, es evidente la decisión que tomaste.

Él asintió con cierto aire de diversión.

—Sí. Ser marine me resultaba más tentador que convertirme en preso y en la novia de algún tipo grande, con mucho pelo y muy dispuesto a darme amor —replicó muy serio.

La expresión atónita de Sara le arrancó una carcajada. Ella le lanzó una servilleta e hizo un leve gesto de burla. Apartó la vista de su bonito rostro y miró por la ventana. Había oscurecido y ya no llovía. Se puso de pie, llenó de nuevo las copas y tomó una en cada mano.

—Ven, te cuento el resto afuera. Me apetece tomar el aire.

Sara lo siguió hasta el porche. Lo observó mientras él quitaba los cojines mojados del diván de hierro forjado y secaba la superficie con un paño. Después tomó asiento a su lado, cuando él le indicó con un gesto que se acercara. Le devolvió su copa e inspiró hondo. El aire olía a menta y a jazmín, a hierba fresca y a tierra húmeda. Iba descalza y el suelo estaba algo pringoso, por lo que subió los pies y se acomodó con las rodillas a la altura del pecho. Miró de reojo a Jayden, que contemplaba el jardín con una leve sonrisa. Volvió a inspirar y captó su olor natural. Pensó que nadie debería oler tan bien y sintió un revoloteo en el estómago.

—¿Qué pasó después? —preguntó.

Él se inclinó sobre ella y la empujó con el hombro. Sus ojos vidriosos sonreían, tanto como su boca. Sara bajó la vista a sus labios y los suyos se abrieron por acto reflejo.

—Cotilla —le susurró, tan cerca que le acarició el rostro con su aliento. Con un gesto cargado de confianza, apoyó el brazo sobre las rodillas de ella y se repantigó con las piernas abiertas—. Vale, lo normal hubiera sido que fuera a Orlando, al campamento de reclutas de la Marina. Pero no, eso habría sido fácil. Mi padre tenía otros planes para mí: yo tenía que ser un SEAL. Así que, tras pasar todas las pruebas de selección, me metió de cabeza en el BUD/S.

Se encogió de hombros y se pasó la lengua por el labio inferior. Sara se dio cuenta de que solía hacer ese gesto a menudo. No sabía si era por el efecto del vino, que desdibujaba su personalidad contenida, pero lo encontró increíblemente sexy.

—¿Qué es el BUD/S?

—Es el entrenamiento que hay que superar para convertirte en SEAL. —La miró de reojo—. Solo te diré que a una de las pruebas la llaman «Semana del infierno». El nombre le va que ni pintado, fue un puto infierno. El último día solo deseaba que alguien me pegara un tiro... *Bang*... para acabar con aquello. Pero lo superé y conseguí mi tridente de SEAL. ¿Sabes qué fue lo peor de aquel momento? —preguntó casi sin voz. Ella negó con la cabeza mientras sostenía la copa entre sus manos—. Darme cuenta de que me gustaba lo que hacía. Ya no era por el orgullo de demostrarle a mi padre que podía hacerlo, sino que me demostré a mí mismo que era tan condenadamente bueno en mi trabajo que dejarlo me parecía un sacrilegio a mis principios. Y lo que empezó como la salida a un problema se convirtió en mi vida. Así que seguí adelante en la Armada, dispuesto a llegar a lo más alto. Me fijé una meta y fui a por ella.

Sara lo escuchaba embobada, tan absorta que apenas era consciente de que él llevaba un rato trazando circulitos en su rodilla con el pulgar. La caricia era íntima para dos simples conocidos. Pensó en apartarse, pero no se movió. Le gustaba la sensación de proximidad, la naturalidad y sencillez del gesto.

Lo contempló de arriba abajo. Desde los pies descalzos, pasando por sus largas piernas, su estómago plano y el torso ceñido por la camiseta.

Era demasiado atractivo para ignorarlo, incluso para fingir ignorarlo. El deseo de dejar la copa a un lado y subirse en su regazo le aceleró la respiración. No debía pensar en eso, no estaba bien, pero a su mente parecía importarle un cuerno.

Jayden volvió a pasarse la lengua por los labios y la miró a los ojos. La tensión entre ellos se hizo patente. Dejó de mover el pulgar, consciente de lo cerca que estaban el uno del otro, de sus pequeños pies bajo su muslo, de que casi le había rodeado las piernas con el brazo y que ella no se había movido ni un ápice. Sentía su respiración, rápida y ahogada. La suya, queda e intensa. Un microsegundo antes de que se inclinara buscando su cara, su boca, ella rompió el silencio.

—¿Qué meta te fijaste?

Él respiró hondo para calmar su cuerpo y sonrió, como si no hubiera estado a punto de besarla.

—Entrar en la élite de la élite de la Armada estadounidense —respondió, sin estar muy seguro de si debía hablar de ello.

Desde que en 2011 su unidad matara a Bin Laden, el secreto sobre el DEVGRU había dejado de ser tan secreto. La gente sabía que existía la unidad, pero sus miembros debían permanecer ocultos por seguridad. Sentía las placas sobre la piel e, inconscientemente, las tocó con las puntas de los dedos a través de la camiseta.

—¿La conseguiste? Tu meta, quiero decir.

—Sí, cuatro años después, con veintisiete años, me presenté al «Green Team», el curso de selección y entrenamiento para el DEVGRU. Esa unidad era mi meta. Me dijeron que era demasiado pronto, que no me admitirían; pero que si por algún milagro lo lograba, todo por lo que había pasado hasta ese momento me parecería un juego de niños comparado con el trabajo que haría allí. —La miró—. ¿Sabes? Me sienta como una patada en los cojones que alguien me diga que no soy capaz de hacer algo. —Ella soltó una risita, que ahogó con su mano. Jayden se la apartó de la cara—. Tienes una risa preciosa, no la escondas.

Sara se puso colorada. Sentía su mano apresada entre la suya. Él no la soltó y ella no la apartó.

—No tengo ni idea de qué es el DEVGRU, pero suena a peligroso. ¿Lo es?

Había visto sus cicatrices, y muchas películas sobre SEAL, agentes secretos y tiradores de élite. Aún recordaba el mal cuerpo que le había dejado una película que había visto unos meses antes, basada en hechos reales, en la que un equipo de soldados sufría una emboscada. Tres de sus cuatro miembros morían a manos de los milicianos bajo el mando de un talibán afgano. De repente fue consciente de que esas cosas ocurrían de verdad, que había personas reales que participaban en esas misiones y que morían. Y Jayden era uno de ellos. Se jugaba la vida.

—Si te lo cuento, después tendré que matarte —respondió él con una mirada socarrona—. O encerrarte para siempre en una prisión federal. Pero si te decides a colaborar, podría conseguirte algún privilegio como...

—Es peligroso. Arriesgas tu vida —aseveró ella sin ninguna duda, haciendo caso omiso de la broma—. ¿Por qué lo haces?

Él suspiró y se puso serio. Dio un trago a su copa.

—Porque alguien tiene que hacerlo, y yo quiero hacerlo. Las torres, Nueva York... Hago lo que hago para que no vuelva a pasar. O lo hacía —rectificó con un gruñido.

Entrelazó sus dedos con los suyos y esbozó una sonrisa. Una leve brisa comenzó a soplar y notó cómo ella se estremecía. Deseó rodearla con sus brazos y acurrucarla contra su pecho, pero lo que hizo fue soltarla y alejarse. Se puso de pie y se estiró con los brazos por encima de la cabeza.

—Es tarde. Voy a recoger la cocina y creo que subiré a dormir. Mañana quiero levantarme temprano para organizar el trabajo que queda por hacer.

Sara lo imitó y también se puso de pie.

—No te preocupes por la cocina, ya la recojo yo.

Él la miró severo.

—De eso nada. Estás helada y pareces una zombi. Vete a la cama.

—¡Vaya, gracias por el cumplido! —rezongó ella.

Jayden sonrió de oreja a oreja y le rodeó la nuca con una mano. La obligó a darse la vuelta y la condujo de vuelta al interior, sin soltarla.

—Eres una zombi guapísima. Créeme, dejaría que me mordieras —le dijo al oído, antes de empujarla con afecto fuera de la cocina.

Sara bajó la cabeza, colorada como un tomate. Se dirigió al vestíbulo, consciente de que él seguía en la puerta, mirándola. Jayden era un conquistador nato, flirteaba con la misma naturalidad con la que respiraba; y con esa forma de ser no cesaba de desarmarla continuamente. De repente deseó que ese flirteo se debiera solo a ella, que ella fuera el motivo de su descaro y no una personalidad seductora. Quería ser el centro de su atención. Aceleró el paso, castigándose en silencio por esos pensamientos.

—Sara.

Su voz la dejó clavada en la escalera. La había seguido. Se volvió muy despacio.

—Buenas noches —dijo Jayden.

—Buenas noches.

13

A la mañana siguiente, Jayden se había levantado al amanecer. Había salido de la casa sin hacer ruido y se había dirigido al pueblo en el coche de Sara. Lo que tenía que hacer no le había llevado más de media hora y poco después estaba de vuelta.

Sonrió para sus adentros mientras bajaba del monovolumen y sacaba un par de bolsas del asiento trasero. Se tomó un momento para respirar el aire fresco de la mañana. El paisaje de esa zona era una preciosidad, muy diferente a todo lo que estaba acostumbrado. Miró su reloj: se había quedado sin tiempo para hacer sus ejercicios. Con treinta y cuatro años, mantenerse en buena forma física era una de sus prioridades. No es que fuera mayor, ni mucho menos, pero en su trabajo el cien por cien nunca era suficiente. Y aunque aún no tenía ni idea de si regresaría, no pensaba dejar de cuidarse.

Entró en la casa y aguzó el oído. Nada. Probablemente Sara seguiría durmiendo. Dejó las bolsas en la cocina y subió a su habitación para ordenarla un poco. Había salido tan rápido que ni siquiera se había entretenido en hacer la cama. Al pasar junto a la habitación de ella, se detuvo un momento. La imaginó durmiendo entre las sábanas de aquella cama tan grande. Cerró los ojos un instante y continuó por el pasillo hasta su cuarto.

Hizo la cama, recogió el baño y organizó su ropa en el armario. Después bajó a la cocina y preparó café. Mientras lo tomaba, sentado a la mesa, las cañerías empezaron a hacer ruido. Un extraño quejido recorrió la casa, seguido de un golpe seco y un pequeño grito.

Se levantó a toda prisa y subió las escaleras saltando los peldaños de tres en tres. Golpeó la puerta de la habitación con la palma de la mano.

—Sara, ¿va todo bien?

Al no recibir respuesta, entró sin más. La puerta del baño estaba entreabierta, el agua corría y una retahíla de maldiciones llegó hasta sus oídos.

—Sara, ¿estás bien? —preguntó junto a la puerta—. He oído un golpe y un grito.

Ella pegó un respingo al oír la voz masculina. Tardó un segundo en entender lo que le estaba diciendo.

—Sí, estoy... estoy bien —dijo con los dientes castañeteando por el frío—. A veces el agua tarda en calentarse, o se enfría de golpe.

Se quedó quieta, con todos sus sentidos puestos en la puerta. Él estaba allí, al otro lado, y ella desnuda. Instintivamente se cubrió con las manos.

Jayden sonrió y echó la cabeza hacia atrás con un suspiro.

—Sí, ya me he dado cuenta. Te... te dejo, ¿vale?

—Vale. Acabo enseguida —gritó Sara bajo el agua.

Al darse la vuelta, Jayden captó un retazo del espejo del baño. Estaba empañado, pero la silueta de la mujer tras el cristal de la ducha era evidente. Imaginó el agua cayendo sobre su cuerpo, deslizándose por sus curvas. Se le aceleró la respiración y salió de la habitación a toda prisa, asegurándose de hacer ruido al cerrar para que ella supiera que no se había quedado allí, mirándola como un adolescente con las hormonas descontroladas. Aunque se moría por hacerlo, por qué mentir.

Se sentó a terminar el café, con la vista clavada en una de las ventanas que daba al jardín. Al cabo de unos minutos, el corazón comenzó a latirle a un ritmo más reposado, pero la erección que tensaba sus pantalones permanecía intacta, porque no era capaz de dejar de pensar en todo lo que podría hacer con Sara en esa ducha. Cada minuto que pasaba en su compañía, más atraído se sentía por ella. Era demencial el conflicto que había entre su mente y su cuerpo.

—¡Buenos días!

Estuvo a punto de atragantarse con el café. No la había oído bajar.

—Necesito cafeína —añadió ella mientras se acercaba a la encimera y cogía una taza. Se giró hacia él con una sonrisa—. ¿Has dormido bien?

Jayden soltó un leve gruñido de asentimiento. Mientras ella se movía por la cocina, él continuó sentado con los codos en la mesa, bebiendo pequeños sorbos sin apartar la taza de sus labios. La observó en silencio, admirando las vistas. Sara se había puesto un peto corto sin mangas y se había recogido el pelo en una coleta alta, que oscilaba sobre su espalda como un péndulo diseñado para hipnotizarlo. Sonrió al verla hurgar en la bolsa que había dejado sobre la encimera.

«¡Sorpresa!», dijo para sí mismo. Había recordado que le gustaba el chocolate y había decidido pasar por la panadería de Margot y llevar algo para el desayuno. Cuando vio el pastel supo que iba a ganar un par de puntos y una preciosa sonrisa.

—¡Pastel de chocolate! —exclamó ella con los ojos muy abiertos—. ¿Has ido al pueblo?

—Ajá. Me levanté temprano y aproveché el tiempo. Margot acababa de hacerlo y no la he dejado ni envolverlo.

—Gracias —gimió, mientras se llevaba un pellizco del dulce a la boca. Volvió a gemir, cerrando los ojos un segundo—. Me encanta el chocolate.

Él se rió y estiró las piernas bajo la mesa.

—¿Seguro? Porque no lo parece.

Sara apartó la vista, un poco avergonzada. Abrió la alacena y sacó un plato, luego cortó un trozo y lo sirvió. Se lo quedó mirando, evaluando la ración. Después de pensarlo, añadió otro trocito. Estaba muerta de hambre y ya quemaría las calorías cepillando el suelo de los baños.

—¿Quieres? —le ofreció a él, agitando el cuchillo en su dirección.

—No, gracias.

—¿Y te has levantado tan temprano solo para ir a por un trozo de pastel?

Él se repantigó un poco más en la silla, sin perderse ni un solo detalle de sus movimientos. Ella estaba usando el dedo a modo de cuchara y sus mejillas se hundían mientras lo chupaba. No había nada seductor en su gesto, esa no era su intención, pero verla comer de ese modo voraz hizo que contuviera el aliento.

—Sí. Habría ido a Marte solo para ver cómo te relames.

Sara dejó de masticar y lo fulminó con la mirada.

—¡Yo no me relamo!

—Igual que un gato. Pero me gustan los gatos, sobre todo los que se relamen.

Se puso de pie, con la taza en las manos, y se acercó al fregadero. La enjuagó y la puso dentro del lavavajillas. Ladeó la cabeza y la miró, dedicándole una sonrisa amplia, sexy a rabiar.

—¿Siempre eres así? —preguntó ella.

Jayden acortó la distancia que los separaba y tomó el plato vacío que sostenía. Se inclinó para quedar a su altura.

—¿Cómo? ¿Irresistible? —susurró con picardía.

Sara se estremeció con su aliento sobre la piel. Olía a café y a él. Jayden se apartó, pero solo un poco, y quedaron separados por unos escasos centímetros. Sus ojos empezaron a recorrer todas sus facciones.

—No, tan creído —replicó. Jayden entornó los ojos e hizo un gesto juguetón con la boca. Ella soltó una risita y añadió—: Estás tan seguro de ti mismo que no podría ofenderte aunque quisiera. Si no supiera que estás de broma, empezaría a preocuparme por tanto flirteo.

—Puedo dejar de hacerlo, si te molesta. —Se puso serio y la miró fijamente, esperando una señal, solo una, y se lanzaría de cabeza sin pensar—. ¡Eh! —susurró al ver que ella se había sonrojado, cohibida. Le rozó la mejilla con el dedo.

Sara tragó saliva. Una caricia como aquella no debería tener efecto sobre ella, pero lo tenía, un efecto muy profundo. Se había quedado muda e inmóvil, intentando dominar sus sentimientos contradictorios. Quería, no, necesitaba que él continuara con aquel juego que le hacía sentirse tan bien, tan especial. Pero, por otro lado, sabía que no era lo correcto. ¡Qué pensaría él de ella si lo consentía! ¡Por Dios, estaba casada!

—Lo siento, me he pasado —repuso Jayden, incómodo ante su silencio—. Sin flirteos a partir de ahora.

Se apartó de ella justo cuando un claxon sonaba en la puerta principal.

—Ya está aquí —anunció él con una actitud más distante.

—¿Quién?

—Tu contratista.

—Mi... ¿Cómo lo sabes? —La comprensión le iluminó los ojos—. Para eso has ido al pueblo, ¿verdad?

—Para eso me contrataste. Un tipo grande y fuerte, ¿recuerdas?

Sara soltó un grito y lo abrazó antes de pensar que lo estaba haciendo. Se colgó de su cuello con una enorme sonrisa.

—¡Madre mía, gracias! Casi había perdido la esperanza de recuperar ese dinero, y ahora es mi responsabilidad —dijo nerviosa y aliviada al mismo tiempo.

Él se quedó de piedra. Su cuerpo menudo y esbelto chocó contra el suyo y lo alteró por completo. Le devolvió el abrazo, pero se retiró de inmediato, casi de forma brusca. En su frente aparecieron unas arrugas de preocupación.

—Iré a hablar con ellos —dijo mientras se daba la vuelta.

Sara percibió que algo había cambiado en él y la angustia se apoderó de ella. Instintiva e irracional.

—Jayden. —Él la miró por encima del hombro—. No me molesta el flirteo, todo lo contrario, pero tengo la sensación de que no está bien que nos comportemos con tanta confianza.

—¿Lo dices por ti o por tu marido?

—Estoy casada. Coquetear, aunque sea un juego inocente, no creo que sea apropiado. No sé..., no sé si entiendes lo que intento decir.

Él le sostuvo la mirada. Estaba agobiada y nerviosa, no dejaba de retorcerse los dedos. Y sus ojos... Sus ojos brillaban por culpa de alguna batalla interior que estaba luchando consigo misma. Se moría por saber qué estaba pasando dentro de aquella cabeza.

—Lo entiendo, Sara. He estado casado y sé muy bien qué es apropiado y qué no. Yo jamás haría nada que te hiciera sentir incómoda en ese sentido. Te respeto. Y si crees que en algún momento me he excedido, o he hecho algo con lo que te hayas sentido molesta... Puedes darme la patada cuando quieras.

Los ojos de Sara se abrieron como platos. Negó de forma compulsiva.

—¡No, no has hecho nada! —se apresuró a decir—. En ningún momento me he sentido incómoda contigo. Si hay un problema es por todo lo contrario, ¿entiendes? Y en mi situación eso no...

Se miró las zapatillas rojas que llevaba y suspiró de forma trémula.

Jayden contuvo el aliento. Lo entendía, y si aquello que vibraba entre ellos no era química, que le cayera un rayo. Se acercó a ella con decisión. Le puso una mano en el cuello y con el pulgar bajo la barbilla le alzó el rostro para que lo mirara.

—Escucha, Sara. Tú no has hecho nada malo. Nadie puede reprocharte nada, ¿de acuerdo? En ningún momento he malinterpretado tu actitud, ni que me siguieras el juego con mis gilipolleces. Tranquila.

Ella asintió. La miró a los ojos, intentando averiguar qué encerraban tras esa inseguridad palpable. Sabía que allí dentro había una historia muy larga y espinosa. Dejó de tocarla, porque la tensión entre ellos resultaba casi insoportable. Sus rasgos adquirieron una expresión resuelta.

—¡Joder! —masculló para sí mismo mientras se daba la vuelta y salía de la cocina a toda prisa.

Ella se quedó allí plantada. Se llevó una mano al cuello y trató de serenarse, pero no era capaz. Un intenso pánico se estaba apoderando de su cuerpo. Miró a su alrededor, como si aquella casa fuese la culpable de todo lo que le estaba ocurriendo. Desde que había llegado allí, todo su interior se había puesto patas arriba: su cabeza, su corazón..., y algo más profundo.

14

Los días pasaron volando y el fin de semana aterrizó de golpe. Sara se estiró bajo las sábanas y su rostro se contrajo con una mueca. No había un solo centímetro de su cuerpo que no le doliera. Para intentar recuperar todo el tiempo perdido, habían estado trabajando desde que amanecía hasta que el sol se ponía. Tristan y sus hombres cumplían con su horario bajo las órdenes de Jayden, que había asumido su papel con una rigidez casi militar.

Los resultados de tanto esfuerzo eran visibles. El muro de la propiedad estaba completamente reconstruido. La casita junto a la piscina ya tenía un tejado nuevo y el problema del agua caliente se había resuelto cambiando la caldera y un tramo de las antiguas tuberías. El jardín ya no parecía una selva. Lo habían limpiado de malas hierbas y podado los árboles y arbustos. Ahora se podía pasear por todos sus rincones. Invitaba a perderse en él.

Sara se miró las palmas de las manos, estaban rojas y le habían salido ampollas de tanto mover tierra con un rastrillo. Pero se sentía feliz y sonrió para sus adentros, orgullosa de sí misma.

Sonaron unos golpes en la puerta.

—¿Sí?

—¿Estás despierta? —preguntó Jayden desde el pasillo.

—No. Es mi subconsciente el que habla —respondió con una sonrisa adormilada.

Oyó una risita ronca que le aceleró el pulso.

—Estupendo, pues tu subconsciente y tú tenéis cinco minutos para bajar. Nos vamos.

—¿Qué? ¿Adónde? —inquirió mientras saltaba de la cama y corría hasta la puerta. La abrió y lo vio alejarse por el pasillo, mientras se ponía una camiseta de color verde—. ¿Adónde?

Él se volvió sin dejar de caminar. La miró de arriba abajo de un modo que hizo que a Sara se le encogiera el estómago.

—Bonito pijama.

Se ruborizó y le dio un ligero tirón a sus pantaloncitos estampados con corazones rojos. Con la otra mano alisó el dibujo de Hello Kitty que llevaba la camiseta.

—Es un regalo... De Christina, mi amiga —dijo con timidez.

—Cinco minutos, gatita —replicó él mientras desaparecía por la escalera.

Sara sonrió al escuchar el apelativo. En los pocos días que habían pasado desde que se instalara con ella, apenas habían tenido tiempo de hablar de nada salvo de temas relacionados con la casa. Cenaban cualquier cosa y se iban a dormir rendidos. Jayden se había mostrado como siempre, atento y simpático, pero había dejado de flirtear y mantenía las distancias físicas. Y ella se había descubierto echando de menos sus coqueteos.

Regresó a la habitación y se plantó delante del armario sin saber qué ponerse. Ni siquiera sabía a donde iban. Él no se había vestido de forma especial: unos tejanos y una camiseta. Bien, pues ella se pondría lo mismo. Sacó unos vaqueros y una camiseta blanca sin mangas. Corrió al baño y se cepilló los dientes.

El claxon del coche sonó abajo.

—Venga ya, aún no han pasado los cinco minutos —masculló.

Se lavó la cara y se arregló el pelo lo mejor que pudo. La noche anterior se había quedado frita nada más ducharse y ahora su melena era una cortina incontrolada de ondas encrespadas. De nuevo el claxon, esta vez más insistente. Desodorante, perfume y un poco de crema hidratante. Abandonó la habitación corriendo y regresó un segundo después. A la calle no se salía sin un poco de rímel, primer mandamiento. «Buena chica.» Oyó la voz de Christina en su mente y le sacó la lengua a su reflejo en el espejo.

Estaba contenta, y nerviosa.

Agarró sus gafas de sol al paso y bajó a toda prisa. Jayden la esperaba con el coche en marcha, frente a la puerta. Subió al monovolumen de un salto.

—¿Qué se quema? —le espetó gruñona.

Él se echó a reír. Soltó el volante para ajustarse la gorra y se puso en marcha. La miró por encima de sus gafas de sol.

—Se dice «Dónde está el fuego» —la corrigió.

—Es lo mismo.

Jayden frenó al llegar a la carretera. Comprobó ambos sentidos y se incorporó al tráfico en dirección contraria a Tullia.

—No, no lo es —replicó.

—Sí lo es.

—No.

—Sí —insistió ella con un tono tajante y un mohín en los labios.

Jayden la miró de reojo y se enamoró de inmediato de su carita disgustada. Hasta el punto de desear cogérsela entre las manos y estrujarle las mejillas para después comérselas a besos. Los últimos días había hecho todo lo que estaba en su mano para mantenerse alejado de ella, trabajando hasta caer rendido y evitando coincidir todo lo posible. Pero se descubría mirándola cada vez que ella no estaba pendiente de él, o pensando en la forma en la que lo miraba o le sonreía.

—Vaya, te gusta decir la última palabra.

—No es cierto.

—A mí me parece que sí.

—Pues no.

Él alzó una ceja y aceleró aprovechando una larga recta.

—Ya, seguro que son imaginaciones mías —replicó divertido.

—Exacto.

Sara pestañeó dos veces, esperando una réplica que no llegó. Se lo quedó mirando y descubrió una sonrisilla en sus labios mientras sus ojos eludían los de ella. Tenía un aspecto travieso, muy atractivo, y en ese momento se estaba tronchando de risa en silencio.

—¿Qué te hace tanta gracia? —exclamó.

—Nada.

Pasaron unos minutos sin mediar palabra. Ella se había quitado las zapatillas y subido los pies al salpicadero. Llevaba las uñas pintadas de azul y brillaban con el sol que calentaba el parabrisas. La temperatura debía de rondar los veinticinco grados y aún no eran las diez de la mañana. De repente, Jayden dijo como si tal cosa:

—¿Siempre eres así?

—¿Cómo, irresistible? —Sara repitió la respuesta que él le había dado unos días antes.

Se arrepintió de inmediato, porque esa conversación había supuesto un antes y un después entre ellos. Lo miró de reojo y comprobó que él también la estaba mirando. Jayden bajó las pestañas, ocultándole sus ojos verdes, y una sonrisa maliciosa curvó sus labios.

—No, iba a decir cabezota y quisquillosa. Pero si te hace sentir mejor, te encuentro muy irresistible. ¿He dicho irresistible? —preguntó, reprendiéndose a sí mismo de un modo muy teatral—. Quería decir indudable, increíble e indiscutiblemente irresistible. Y si en este momento abres esa boquita, habrás dicho la última palabra, con lo cual me estarás dando la razón. Y estoy seguro de que eso te fastidiaría mucho.

Entonces sonrió, disfrutando de cada palabra.

Ella lo miraba con la boca abierta. Soltó una risotada y, sin pensárselo dos veces, le dio un golpe en el hombro y le quitó la gorra. Después se la puso y se alisó la melena que sobresalía por los lados.

—Vale, te la dejo porque te queda mejor que a mí. Pero no puedes quedártela, es mi gorra de la suerte.

Sara lo miró de reojo y sus emociones, confusas y frágiles, se agitaron dentro de su cuerpo como un millón de burbujas explotando una tras otra. Se moría de ganas de atusarle el pelo que le caía por la frente. Y lo hizo. Alzó la mano y le apartó con los dedos los mechones rebeldes. Fue un gesto instintivo. Él se puso rígido un segundo y Sara retiró la mano con rapidez. Apartó la vista y la clavó en el paisaje al otro lado de la ventanilla.

El hormigueo que sentía en el estómago la estaba volviendo loca, y no era por el hambre que tenía. Lo que notaba era el cosquilleo de la felicidad, de la libertad de ser ella misma. Lo sabía porque reconocía la emoción aun después de tanto tiempo. De repente se sentía como la adolescente que una vez había sido, impulsiva, respondona y un poco voluble. Emocionalmente estaba hecha un lío, un poco trastornada, y solo llevaba allí una semana.

—¿Adónde vamos? —preguntó.

—A Aix-en-Provence.

—¿Queda muy lejos? Porque estoy muerta de hambre y necesito cafeína.

—Estaremos allí en unos veinte minutos —respondió Jayden, sin apartar la vista de la carretera—. Yo también necesito café.

Sara se recostó en el asiento y lo observó. Le gustaba la naturalidad con la que conducía, una mano grande en el volante y la otra sobre las marchas. El cuerpo relajado como el de un gato perezoso.

—¿Y qué vamos a hacer? —quiso saber.

—No sé, lo que surja. Improvisaremos.

—¿No tienes un plan? —Él negó con la cabeza—. Así que te has levantado esta mañana y has dicho: ¡Vayámonos de excursión a Aix!

—Sí, eso mismo.

—Y, ¿por qué?

—Y, ¿por qué no? Es divertido ir sin rumbo.

—Ya —dijo Sara con escepticismo—. ¿Y siempre actúas así, por impulsos?

—Suelo hacerlo, sí.

Ella torció los labios.

—¿Así de sencillo?

—Es sencillo.

—Pero y si...

De repente, Jayden frenó y detuvo el coche en el arcén. Se volvió en el asiento hacia ella y tiró de la visera de la gorra para verle la cara. Entornó los ojos con aire juguetón y estudió sus rasgos un momento. No entendía cómo unos ojos tan grandes podían caber en una cara tan redondita y menuda y no perder un ápice de armonía. Inspiró hondo.

—Vamos a poner un par de normas. La primera, deja de pensar y analizar cada paso, ¿vale? Y la segunda, déjate llevar. Sin planes. Sin reloj. Confía en mí.

Sara pareció pensarlo un segundo y finalmente respondió:

—Vale.

—¿Segura? Porque da la impresión de que es algo que te cuesta.

—No me cuesta —se justificó y ladeó la cabeza contra el asiento—. Es que nunca había hecho algo así. Subirme a un coche sin más y...

Guardó silencio sin saber muy bien cómo explicarlo.

Jayden le dio unas palmaditas en el muslo.

—Quizá sí que tenga algún plan. Pero vas a tener que fiarte de mí.

Sara esbozó una sonrisa radiante, y su corazón, por algún motivo, se contrajo cuando le apartó la mano del muslo.

Volvieron a ponerse en marcha, sumidos en un cómodo silencio. Ella lo miró de reojo, incapaz de no distraerse contemplándolo. Lucía su atuendo habitual, una sencilla camiseta y unos vaqueros desgastados que no tenían nada de especial, pero que a él le sentaban de maravilla.

Su aspecto desgreñado era delicioso. Se mordió el labio inferior y se dio de bofetadas mentalmente. Se sentía una extraña dentro de su propia cabeza.

Finalmente llegaron a su destino. Sara pegó la cara a la ventanilla y contempló las calles. Aix era una ciudad preciosa, no muy grande, pero había gente por todas partes y parecía bulliciosa y animada.

Dejaron el coche en un aparcamiento subterráneo al lado del Centro de Congresos.

—¿Lista para caminar? —le preguntó él.

Ella asintió y se estiró para desentumecer los músculos. Al salir al exterior, el sol la cegó durante un momento y se ajustó las gafas oscuras. Hacía demasiado calor para ser tan temprano y se arrepintió de haberse puesto unos pantalones largos.

Jayden la guió hasta una calle estrecha de aceras empedradas y viejos edificios de tonos ocres y amarillos. Pasaron junto a una panadería con el escaparate repleto de dulces. A ella se le fueron los ojos a un enorme bizcocho recubierto de azúcar y sus pasos se ralentizaron.

Él la instó con una mano en la espalda a que continuara caminando.

—Ya falta poco —le susurró. Se echó a reír cuando le gruñó y puso morritos.

Llegaron al final de la calle y giraron a la izquierda, hacia una gran avenida en la que se atisbaban terrazas repletas de gente y varias librerías. Sara pensó que no podía irse de allí sin recorrerlas todas. Había un mercadillo y los toldos de los puestos llegaban hasta donde alcanzaba la vista.

—Ven, allí ha quedado una mesa libre —indicó Jayden.

Ella lo siguió hasta la terraza del café *Lex deux garçons*, situado en la planta baja del hotel Gantes. Se sentaron junto a una de las ventanas, desde la que se podía ver el interior, decorado en tonos verdes, crema y dorados. Estaba nerviosa pero emocionada, con los codos apoyados en la mesa mientras el camarero les tomaba nota.

Él no le quitaba los ojos de encima. Ella no había dejado de sonreír en los últimos minutos y le gustaba verla así. Lo miraba todo con los ojos muy abiertos y una curiosidad que resultaba muy tierna. Empezó a preguntarse un sinfín de cosas sobre ella, sobre su vida. También si ella pensaría lo mismo de él, si tendría curiosidad por saber cosas de su vida. Se dijo que el tiempo que iba a pasar con ella era limitado y que no había ninguna razón para profundizar en el terreno personal.

—Es precioso —dijo Sara.

Él asintió y miró a su alrededor.

—Siempre está así, lleno de gente. En invierno la invaden los estudiantes y en verano los turistas.

—¿Conoces bien la ciudad?

—Bastante. Vengo a menudo.

—¿Nos vamos a quedar por aquí? —quiso saber ella.

Jayden se inclinó sobre la mesa.

—Haremos lo que tú quieras. Aquí hay muchas cosas que ver y conozco la ciudad lo suficiente como para ser un guía decente. Hay un par de sitios que estoy seguro que te van a encantar. —Alargó la mano y le enderezó la visera—. Te queda bien.

Ella se quitó la gorra y le echó un vistazo. Era negra y estaba un poco descolorida y deshilachada por los bordes. Llevaba la cabeza de un cuervo bordada en color azul, blanco y dorado.

—¿De verdad crees que te da suerte?

Jayden asintió.

—No solo lo creo, estoy seguro. Llevándola me han pasado cosas muy buenas. —Bajó la mirada y dobló su servilleta. Cuando la alzó de nuevo había algo intenso en ella—. La llevaba el día que te conocí y también cuando me pediste que trabajara para ti...

Sara sonrió y la asaltó la euforia y el miedo. Se sostuvieron la mirada fijamente.

—¿Qué significa la be? —preguntó ella, deslizando el dedo por la letra bordada dentro de la cabeza del cuervo.

—Baltimore.

—Tu casa.

—Sí.

—¿Es bonito aquello?

Él se pasó la mano por la barbilla y se repantigó en la silla.

—Para mí sí, es mi hogar.

—¿Y el cuervo?

—Es el logo de los Baltimore Ravens. —Sonrió al ver su expresión confusa y aclaró—: Son un equipo de fútbol americano. ¡Han ganado la Super Bowl en dos ocasiones!

—Y algo me dice que tú eres fan total de ese equipo.

—¿Tanto se nota?

Sara asintió, atrapada en sus ojos risueños. Se quedaron en silencio durante lo que pareció una eternidad, mirándose sin más. Tenía un montón de preguntas enredadas en la punta de la lengua, pero había una por encima de las demás que se moría por hacerle. Algo que Jayden solo había mencionado de pasada unos días antes. Aunque el miedo a parecer demasiado entrometida le impedía reunir el valor para abrir la boca.

Él curvó los labios con una sonrisa, pero esta vez fue un gesto algo cauteloso acompañado de una mirada llena de curiosidad.

—¿En qué piensas?

—Dijiste que habías estado casado.

A Jayden le cambió el semblante. Se puso serio. Abrió la boca para decir algo, pero la cerró y alzó la mirada hacia el camarero que acababa de detenerse junto a ellos y que empezó a dejar el desayuno sobre la mesa.

—Gracias —le dijo al hombre, y esperó a que se alejara. Entonces la miró a los ojos—. Sí, estuve casado durante cinco años. Hace tres que me divorcié.

—¿Qué pasó?

Jayden inspiró hondo.

—Que nos dimos cuenta de que «Para siempre» era demasiado tiempo en nuestro caso.

Ella juntó las cejas.

—¿Y acabasteis bien o...? —titubeó. No era de su incumbencia, pero se moría por saberlo. De repente se sintió fatal y se disculpó—: Perdona, no es asunto mío. No sé por qué te estoy interrogando.

—No pasa nada. No me importa hablar de ello —comentó mientras le ponía un poco de mantequilla a un bollo glaseado—. Continuamos siendo amigos, si te refieres a eso. No hubo malos rollos, ni broncas, tampoco acusaciones. Simplemente nos dimos cuenta de que se había acabado. Ella siguió su camino y yo el mío.

—¿Tan sencillo?

—No fue nada sencillo, Sara. Algo así nunca lo es. Aunque ya no estaba enamorado de ella, me seguía importando. Fue duro romper mi matrimonio. Cuando me casé con Lisa lo hice convencido de que era la mujer de mi vida. Darme cuenta de que no lo era fue un gran golpe para mí.

—Lo siento.

—¿Por qué te disculpas?

Ella dejó caer las manos a ambos lados del plato.

—La verdad es que no lo sé. —Se quedó callada un momento y reflexionó—. Quizá por costumbre.

—¿Te disculpas por costumbre? —inquirió él, sorprendido, aunque no en el buen sentido.

Sara movió la cabeza, quitándole importancia a su comentario.

—Háblame de ella... ¿Lisa?

—¿Por qué? —preguntó con gesto burlón.

A Sara le gustaba que sacara ese lado socarrón y un poco ganso.

—Tengo curiosidad por saber cómo es. Debe ser alguien especial para que quisieras tenerla en tu vida, aunque después no funcionara.

Él se entretuvo un segundo, observándola como si tratara de tomar una decisión importante. Al final su semblante se relajó y comenzó a hablar:

—Conocí a Lisa un par de años después de alistarme. Yo estaba en casa, durante un permiso, y un amigo me invitó a una gala benéfica en la que se iban a recaudar fondos para... —Se quedó pensando— .¡Joder, no me acuerdo! Da igual. Lisa estaba allí. Trabajaba para la empresa que había organizado el evento. Empezamos a hablar, y a quedar, y un año después nos casamos. Nos iba de maravilla, era divertida y lo pasábamos bien juntos.

Inclinó la cabeza para mirar a un niño que jugaba con un fusil de plástico. Se distrajo un momento, pensando en todos los niños que había visto con armas de verdad, niños soldado que no sabían lo que era jugar. Volvió a concentrarse en Sara y continuó hablando:

—Lisa y yo no podíamos vernos mucho. Empezaron a destinarme con frecuencia a Irak y a Afganistán, y ella decidió aceptar un trabajo en Nueva York, en una empresa mucho más importante que organizaba estrenos de cine, presentaciones de famosos, fiestas de campaña para políticos..., ese tipo de cosas.

—¡Vaya, os echaríais mucho de menos!

Él asintió con un leve gesto.

—Podíamos pasar meses separados. Pero el tiempo que lográbamos estar juntos era muy bueno y lo compensaba en parte. Exprimíamos hasta el último segundo. —Sin alzar la mirada de la mesa, comenzó a juguetear con la taza de café—. Recuerdo unas Navidades en las que organicé un lío tremendo y tuve que pedir muchos favores para viajar desde Jalalabad a casa para poder verla. Cuarenta horas de vuelo, miles de kilómetros en la bodega de un avión de carga, solo para pasar con ella dos días. No salimos de la cama en todo ese tiempo —confesó con un ligero rubor en las mejillas.

Sara bajó la vista y se entretuvo removiendo el café de su taza. En ese momento no era capaz de mirarlo a los ojos, porque estaba segura de que él se daría cuenta de que la conversación la estaba afectando.

—Debiste sorprenderla. Fue un gesto muy romántico —susurró. Le brindó una tímida sonrisa—. Pensaba que esas locuras solo pasaban en las películas.

Jayden se inclinó hacia delante con los codos apoyados en la mesa.

—¿En las películas? Estoy seguro de que hay unos cuantos tipos que han hecho más de una locura por ti.

—¿Y cuándo te diste cuenta de que tu matrimonio había dejado de funcionar? —le preguntó, ignorando su comentario de una forma deliberada.

Él se percató de que había evitado hablar de sí misma, otra vez. No tenía ningún problema a la hora de hablar de su hijo, de su madre, de su hermano, ni de Christina, su amiga y aparentemente única amiga. Pero de sí misma no solía decir mucho.

—Las cosas empezaron a cambiar entre nosotros casi sin darnos cuenta. Yo pasaba muchos meses fuera de casa y Lisa fue ascendiendo en su trabajo. Yo no era el tipo que ella necesitaba. No encajaba con sus amigos, ni en su mundo de famosos y de fiestas. Se lo dije en muchas ocasiones, pero ella le quitaba importancia. Lisa quería que nuestro matrimonio funcionara. Veía un futuro en el que yo acabaría dejando la Armada, iría con ella a Nueva York y tendríamos hijos.

—¿Tú no querías lo mismo?

A los ojos de Jayden asomó una especie de tristeza mezclada con un atisbo de culpabilidad. La miró un largo instante antes de contestar.

—En aquel momento no pensaba en tener hijos, y mucho menos en dejar la Armada. No los descartaba, pero era demasiado pronto para algo así. Los meses pasaron y nos fuimos distanciando y, sin pretenderlo, yo dejé de intentarlo. ¡Fue culpa mía! Empecé a rechazar permisos y a preferir quedarme en la base con mis compañeros esperando un reenganche en lugar de ir a casa. Lisa me quería y yo la quería, pero no era justo para ella que continuara esperándome. Yo ya no la veía como el lugar al que debía regresar.

Sara se obligó a apartar la mirada de sus labios. Había seguido su movimiento con cada palabra. Se limpió la boca con la servilleta y apartó el plato, en el que aún quedaba medio cruasán relleno de chocolate.

—Fuiste tú quien le puso fin a la relación. —Asumió el hecho de que esa responsabilidad era suya. Jayden asintió con los ojos muy abiertos, intensos y sinceros—. Y Lisa... ¿Cómo se lo tomó?

—No hubo ningún drama. Estuvo de acuerdo conmigo. —Hizo una pausa y soltó el aire por la nariz de forma violenta. Había algo atormentado en su expresión, culpa—. Pese a que en los últimos dos años apenas nos vimos y siempre estaba sola, nunca, nunca me fue infiel, y como mujer debía de sentirse muy desatendida, ¿entiendes? Merecía a alguien que le diera todo lo que yo no le estaba dando. Haber alargado nuestra situación no habría sido justo para ella.

—Siento que no saliera bien —musitó Sara. En su cabeza surgieron un millón de preguntas, pero había una que sonaba más fuerte que las demás y, sin saber muy bien por qué, se encontró anhelando conocer la respuesta—. ¿Puedo preguntarte algo muy personal? Si te ofende no tienes que contestar, incluso puedes mandarme al cuerno. Me lo habré buscado.

Jayden inclinó la cabeza y le sonrió con ternura.

—Por qué no empiezas por hacerme la pregunta y después, si acaso, ya te disculparás —le sugirió en un susurro.

Ella se ruborizó y bajó la vista hasta los posos de su café.

—¿Tú le fuiste infiel durante ese tiempo que pasasteis separados? Cuando... cuando ya te diste cuenta de que lo vuestro no funcionaba. Porque ella respetó vuestro compromiso hasta el final.

Jayden no se esperaba esa pregunta. La sonrisa desapareció de su cara, y no porque le hubiera molestado que tuviera curiosidad por algo tan personal, sino porque captó algo en ella que no era capaz de determinar. Dolor, rencor... No estaba seguro, pero lo que fuera no era bueno y hacía que se sintiera insegura.

—No. Nunca le fui infiel —respondió sin ningún asomo de duda—. Le hice una promesa y la cumplí. Nunca rompo mis promesas. ¿Qué clase de hombre sería si lo hiciera?

El corazón de Sara reaccionó al oír sus palabras. Se estaba emocionando. Lo notaba en el calor que sentía en la garganta y en el escozor de sus ojos, que parecían empeñados en ponerla en evidencia con unas estúpidas lágrimas.

15

Abandonaron el café pocos minutos después. Sara no dejaba de hacer fotografías con su teléfono móvil, encantada con el paisaje de la ciudad, con sus tejados oscuros, el carmín claro de los palacios y los comercios protegidos del sol por toldos multicolores. Durante una hora, serpentearon por un buen número de calles plagadas de rincones preciosos.

Jayden caminaba a su lado, esperando con paciencia cada vez que Sara se detenía frente a un escaparate o entraba en una de las muchas librerías que iba encontrando a su paso. Era incapaz de apartar la vista de ella. Sus ojos se veían atraídos por el contorno de sus caderas enfundadas en esos vaqueros ajustados. Fascinado, la observaba caminar unos pasos por delante de él, volviéndose continuamente para asegurarse de que la seguía entre la marea de turistas que atestaba las calles. Había merecido la pena llevarla hasta allí solo para poder verle la cara. Le costaba creer que algo tan sencillo, como pasear con un calor insoportable entre un montón de cuerpos sudorosos, pudiera hacerle tanta ilusión. Pero solo había que ver su expresión para darse cuenta de que estaba disfrutando de cada minuto.

Avanzar se hizo más difícil cuando se dieron de bruces con un mercadillo de ropa que se extendía por varias callejuelas. En uno de los puestos, un vestido rojo llamó la atención de Sara. Era muy corto, con vuelo en la falda, escote palabra de honor y un enorme lazo negro a modo de cinturón. Se acercó despacio y lo rozó con los dedos. La tela era suave y emitía un ligero frufrú.

No sabía cuánto tiempo llevaba mirándolo, cuando notó que Jayden se había detenido tras ella, tan cerca que podía sentir el roce de su ropa. Sabía que era él porque había captado su olor antes que su presencia. Ese aroma dulce y un poco almizclado que le licuaba las entrañas.

—Es muy bonito —susurró él junto a su oído.

Sara sonrió y se estremeció al notar su aliento haciéndole cosquillas en el cuello.

—¿Te gusta?

—Mucho. Tanto que prefiero no empezar a imaginarte con él.

Ella se volvió y le dio un golpe en el estómago, aunque solo logró que él se echara a reír con ganas. Volvió a contemplar el vestido. No sabía muy bien por qué, pero le gustaba mucho y sentía que lo necesitaba como si se tratara de algo vital. Quizá porque siempre había querido tener uno así, sugerente y llamativo, pero nunca se había atrevido a ponérselo.

—Cómpratelo. Estarás preciosa —le dijo.

Enganchó un mechón de su pelo con el dedo y lo acercó a su nariz, aprovechando que ella no podía verle. Olía muy bien. Después lo enrolló, dándole forma a un tirabuzón, y se lo llevó a los labios. Era como seda.

Sara podía notarlo a su espalda, jugueteando con su pelo. No se movió y contuvo el aliento. Era agradable sentirlo tan cerca, tentándola con su calidez. Sabía que no debería sentirse así, porque ese tipo de confianza no era adecuada, pero no podía evitar disfrutar de aquel gesto íntimo que nunca nadie había tenido con ella.

—No, no lo quiero —respondió al fin con un suspiro.

—¿Por qué?

—A Colin le daría un infarto si me viera con él.

Jayden sonrió para sí mismo.

—Eso es cierto. Caería fulminado, pero sería un muerto feliz —replicó.

Ella lo miró por encima del hombro. Tardó un segundo en comprender lo que él había querido decir. Se puso colorada y un millón de mariposas revolotearon en su estómago.

—Gracias. Pero no me refería a eso. —Lo miró y vio su confusión—. A Colin no le gustaría. Diría que parezco vulgar con un vestido tan llamativo. Si me pusiera algo así, lo avergonzaría.

Se obligó a apartar los ojos de él, con la sensación de que había hablado demasiado. La expresión de Jayden era una mezcla de asombro e incredulidad. Ella le dio la espalda, sintiendo su mirada en la nuca y esa tensión que no dejaba de vibrar entre ellos. Debía tener más cuidado con las cosas que decía.

—¿Te he entendido bien? ¿Has dicho que se avergonzaría de ti?

—En su trabajo la imagen es muy importante y debe cuidarla en todos los aspectos. Se preocupa por ese tipo de cosas —lo justificó ella.

—Y decide qué es apropiado y qué no lo es para ti.

Ella se encogió de hombros con timidez.

—Lo estás malinterpretando. Trabaja en publicidad, tiene un puesto de gran responsabilidad y por ese motivo debe cuidar hasta el último detalle. Sus clientes no verían bien que un hombre de negocios como él, maduro y con éxito, llevara a su lado a una chiquilla alocada en lugar de a una mujer más mayor y sofisticada.

Los ojos de Jayden la perforaron con un mosqueo apenas controlado. No era la Sara que él empezaba a conocer quien hablaba, sino una especie de muñeca con unas cuantas frases aprendidas. Pero ¡qué coño!

—¡Menudo capullo! —soltó de repente.

Sara dio un respingo y lo miró.

—¡Eh, que te he oído!

—Estupendo, así no tendré que repetirte que tu marido es un capullo.

—No le conoces para hablar de ese modo.

—No me hace falta. Nadie tiene derecho a decirte cómo debes ser o cómo debes vestir. Como si es el puto primer ministro. De donde yo vengo eso tiene un nombre.

Se había cabreado, pero cabreado de verdad. Unos tipos lo eran por naturaleza, otros se lo ganaban a pulso. No tenía muy claro en qué categoría encajaba el tal Colin, pero lo que sí sabía sin lugar a dudas es que era un gilipollas. Y después de haber llegado a esa conclusión, seguía sin entenderlo, porque hasta un gilipollas se daría cuenta de que una mujer como Sara era un premio gordo de la lotería. Joder, era preciosa, sexy y divertida, y una de las mejores personas que había conocido nunca. Así que el tío también era idiota, porque solo un idiota se avergonzaría de ver a su mujer con semejante vestido.

Alzó la mano para llamar la atención del encargado del puesto, un hombre joven, de piel oscura y sonrisa fácil, que tonteaba con una clienta.

—Eh, ¿cuánto por este? —le preguntó mientras descolgaba la percha.

—Cuarenta euros —respondió el chico, alzando cuatro dedos de su mano.

—No, Jayden —intervino Sara, tratando de empujarlo para que se apartara.

Él la ignoró por completo. Cogió su cartera del bolsillo y sacó dos billetes de veinte. Se los entregó al tipo junto con el vestido para que lo pusiera en una bolsa.

—Jayden, por favor, no puedes comprarlo —insistió ella. Notaba las mejillas ardiendo y un revoloteo por todo el cuerpo.

—Sí que puedo —replicó él. Cogió la bolsa y se la puso en las manos—. Y lo he hecho.

—Pero esto no está bien...

—Me importa una mierda si está bien o no. Quiero que lo tengas. Por favor.

—Pero...

La mirada que él le dedicó la dejó sin palabras y la obligó a rendirse. Si lo rechazaba, lo ofendería, y no quería hacerlo, así que aceptó el regalo.

—No sé cómo agradecértelo —logró decir.

De pronto, parecía que entre ellos el aire estaba cargado de electricidad. Jayden la observó de un modo muy intenso durante varios segundos. Se relajó dejando escapar el aire de sus pulmones y sonrió con aire burlón.

—¿Quieres agradecérmelo? Póntelo la próxima vez que salgamos.

Una tímida sonrisa se extendió por los labios de Sara. «La próxima vez», repitió para sí misma. El estómago le dio un vuelco al pensar en ponerse ese vestido para él. Se quitó la gorra y se la devolvió, poniéndosela ella misma mientras se alzaba de puntillas. Sin pensar en si era apropiado o no, le peinó con los dedos unos mechones de pelo que se le rizaban sobre la oreja. Él contuvo el aire, pudo notarlo. Lo miró a los ojos y lo que vio la dejó muda. Notaba que se sentía atraído por ella, pero que intentaba que no fuera así. Lo sabía porque ella sentía lo mismo.

—Vamos, queda mucho por ver —dijo él. Desesperado por poner alguna distancia entre ellos, se dio la vuelta y echó a andar.

Sara lo siguió y, de repente, caminar entre la gente resultó más complicado. Empezaron a oírse exclamaciones y las conversaciones subieron de volumen. La música de un acordeón, acompañada de un violín y un organillo, llegó hasta sus oídos. Sin saber cómo, se vio rodeada de personas vestidas con trajes coloridos, llenos de brillos, y maquillajes exagerados que destellaban bajo el sol. Parecía el desfile de un circo, y de eso se trataba.

Una mujer enfundada en un minúsculo maillot de licra, bordado con lentejuelas, le entregó un folleto. Un circo se había instalado a las afueras de la ciudad y a lo largo de la semana ofrecería varias funciones. Sara le dedicó una sonrisa y trató de apartarse cuando dos payasos se acercaron haciendo malabarismos. Los niños gritaban y los señalaban con sus caritas sonrientes.

Se puso de puntillas y estiró el cuello intentando localizar a Jayden. No lo vio por ninguna parte. Una conocida sensación de ansiedad se fue apoderando de su cuerpo. Trató de respirar más despacio y de pensar con calma. Él no podía andar muy lejos y, en cuanto se diera cuenta de que no lo seguía, volvería a por ella. Además, llevaba el teléfono encima, podía llamarlo.

Notó un empujón y un tipo se disculpó con ella. Apretó la bolsa con fuerza e intentó no agobiarse con la posibilidad de perderse; y de que se convertía en una completa inútil cuando se angustiaba.

Trató de avanzar, pero se sentía desorientada y el flujo de gente la empujaba en dirección contraria. ¡No podía creer que estuviera a punto de echarse llorar por algo así! ¿Qué demonios le pasaba? ¿Por qué se estaba asustando tanto? Solo era gente, personas que iban y venían.

—¿Me buscabas? —Un cuerpo se pegó a su espalda al tiempo que unos brazos la rodeaban para protegerla de los empujones.

El alivio que sintió fue inmediato. Cerró los ojos y su cuerpo se aflojó mientras se daba la vuelta y enterraba el rostro en el pecho de Jayden.

—No te encontraba —musitó, agarrándose a su camiseta con un puño.

Él se quedó de piedra. Durante un segundo no reaccionó, sorprendido por su momentánea y aparente pérdida de control. Dejándose llevar, la envolvió con sus brazos y la apretó contra su cuerpo.

—Eh, ¿estás bien?

—Sí. Solo me he mareado un poco. Las multitudes a veces me agobian —respondió, incapaz de apartarse y mirarlo a la cara.

Podía sentir el calor de sus dedos a través de la ropa, mientras la envolvía en un sólido abrazo que la calmó. Instintivamente, apretó su mejilla contra el suave algodón de su camiseta.

—Vale, vamos a buscar un sitio más tranquilo.

Cogió a Sara de la mano y se abrió paso entre la masa de turistas. Se cruzaron con un grupo de adolescentes que parecían estar de excursión, conducidos por un par de guías que no dejaban de dar órdenes. La soltó de la mano y le rodeó la cintura con el brazo, pegándola a su costado para protegerla con su cuerpo de los empellones. No volvió a soltarla, y ella no se apartó.

Era cerca de medianoche cuando regresaron a Tullia. Jayden detuvo el coche y aguardó en silencio con el motor encendido. Sara se había quedado dormida y la contempló durante un rato, aprovechándose del momento para poder observarla sin tener que disimular que lo hacía. Era agradable verla tan tranquila, hecha un ovillo en el asiento y con las manos unidas bajo la mejilla. Con mucho cuidado le apartó un mechón de pelo que le caía por la cara. Tenía los labios entreabiertos y deseó dibujar su forma con el dedo.

Mientras se la comía con los ojos, una sonrisa curvó su boca; lo había pasado de maravilla en su compañía. Tenía la sensación de que hacía una eternidad desde la última vez que se había sentido tan bien con una mujer, algo que complicaba una situación que ya lo era de por sí. Aunque su corazón y sus deseos le pedían que lo hiciera, no podía dejarse arrastrar por la tentación que ella era para él. No podía.

—Sara —musitó.

Ella abrió los ojos muy despacio. Somnolienta, intentó enfocar su mirada en él. Se enderezó de golpe y miró a su alrededor, intentando ver dónde se encontraba.

—¿Ya hemos llegado? —Jayden asintió con un gesto mientras detenía el motor y sacaba la llave del contacto—. ¡Dios mío, me he quedado dormida!

—Ha sido un día muy largo. Yo estoy muerto.

Juntos entraron en la casa y se dirigieron a la escalera sin encender las luces. En silencio avanzaron por el pasillo donde se encontraban sus habitaciones y se detuvieron junto a la de Sara.

—Gracias, de verdad.

—¿Por qué? —inquirió él con fingida inocencia.

Ella bajó la mirada a la caja de chocolates que llevaba en la mano, junto con el vestido. Jayden la había llevado hasta una famosa chocolatería, que parecía salida de un cuento infantil. Casi se había vuelto loca probando todos los bombones y chocolatinas que tenían para degustación.

—Por este día. Lo he pasado genial. —Alzó la mirada del suelo con timidez. No podía ver su cara con claridad en la penumbra, y lo agradeció, porque así él tampoco podría ver que se había ruborizado—. Nunca había hecho algo así, ¿sabes?

—¿Qué quieres decir?

—Hacía al menos diez años que no pasaba un día así. De un lado para otro, improvisando, sin prisas... No desde que me casé.

Él tragó saliva.

—Tienes que estar de coña.

—No. Lo digo en serio. Colin y yo nunca... Somos muy caseros. Trabaja casi todos los fines de semana, y cuando no lo hace, sus padres nos visitan en casa. Cuando te dije que no solía salir mucho, lo decía en serio.

—Pero tienes amigas, ¿no sales con ellas?

—Sí, salgo a tomar algún café con Christina cuando tiene tiempo libre. Nada más.

—Ya.

En la frente de Jayden aparecieron unas arrugas de preocupación. Empezaba a pensar que el mundo de Sara era realmente pequeño en muchos sentidos. Ahora entendía esa expresión en su cara durante todo el día, el brillo alegre y chispeante en sus ojos. Una parte de él se calentó al darse cuenta de que le había dado algo especial; otra sentía un desagradable frío al intentar imaginar cómo debía ser su vida.

Suspiró y esbozó una leve sonrisa.

—Entonces me alegro de que lo hayas pasado bien. —Fue lo único que logró decir.

Enfundó las manos en los bolsillos de sus tejanos y aspiró con fuerza para reprimir el deseo de tocarla.

—Yo también me alegro. Buenas noches, Jayden.

Entró en la habitación y nada más cerrar la puerta se apoyó contra ella con el corazón latiendo desbocado. Jayden. Era lo único que ocupaba su mente. Ese día, cada una de sus sonrisas, cada caricia de sus dedos al cogerla de la mano, había desatado un torbellino de emociones y reconoció el deseo entre ellas.

Sacó el móvil del bolsillo y miró las fotografías que había tomado. Había unas cuantas de ellos dos juntos, haciendo muecas raras con las mejillas pegadas. Sonrió, pero era una sonrisa amarga, porque nada de lo que sentía en ese momento estaba bien. Se frotó la frente y se dirigió al baño. Necesitaba dormir.

Jayden, aún inmóvil en el pasillo, exhaló el aliento que no había sido consciente de estar reteniendo. No cabía duda de que Sara le afectaba. Empezaba a resultarle imposible mantener una distancia emocional con ella; y también las manos quietas. Se dirigió a su habitación con aquella certeza dándole vueltas en la cabeza. Sabía que debía alejarse mientras pudiera, el problema era que no quería.

A la mañana siguiente, Sara se despertó con los rayos de un sol brillante rebotando en las paredes. Había olvidado cerrar las contraventanas y, sin cortinas, la luz inundaba hasta el último rincón. Se giró y ocultó la cabeza bajo la almohada. Al cabo de un rato se levantó, buscó ropa limpia en el armario y se dirigió al baño. Si hubiera estado sola, ni siquiera se habría molestado en mirarse en un espejo antes de su primera dosis de cafeína. Pero no lo estaba, compartía aquel espacio con Jayden, y pasearse en pijama, con pelos de loca, no era lo más acertado para su amor propio.

Bajó la escalera con ese revoloteo que sentía en el estómago cada vez que iba a encontrarse con su inquilino. No podía controlar sus emociones, se volvían locas con solo sentir su presencia, y esas sensaciones la confundían hasta ponerla histérica.

La casa estaba sumida en un silencio sepulcral, y afuera tampoco se oía nada salvo el canto de los pájaros. Entró en la cocina y sus ojos volaron hasta una bandeja que había sobre la mesa. El corazón se le desbocó y ni siquiera sabía por qué.

Halló una nota entre las flores silvestres de un pequeño jarrón de porcelana. La tomó con dedos temblorosos y la leyó.

Buenos días, dormilona:

Gaspard me ha llamado. Me ha pedido que me ocupe de su bar por él durante todo el día.

He cogido el coche, espero que no te importe. No regresaré hasta la noche, pero si necesitas algo no dudes en llamarme. Vendré a rescatarte.

Por si tienes alguna duda, el desayuno es para ti. La cafetera está preparada. Sí, he descubierto tu secreto: te pones muy gruñona sin café.

Pasa un buen día, y aunque sé que te resultará difícil, intenta no echarme mucho de menos.

Jayden

Sara soltó una risita incrédula. Se acercó a la bandeja y le echó un vistazo al desayuno que le había preparado: un plato de fruta perfectamente cortada en daditos, una tortilla con beicon crujiente y unos pastelitos rellenos de crema, en los que había dibujado una carita sonriente con azúcar. Rozó las flores con los dedos y se emocionó. No quería sentirse así, pero no podía evitarlo. Era el gesto más bonito que nadie había tenido con ella nunca. Se frotó el pecho, donde una cálida sensación le llenaba los pulmones.

Se sentó a la mesa y comió despacio. No quería buscarle un significado, pero no hacerlo le resultaba imposible. El día anterior había percibido en él cosas imposibles de ignorar, tan evidentes como las que ella sentía, y no tenía ni idea de cómo habían llegado a aquel punto en tan poco tiempo. Tensión, atracción, química... No sabía qué estaba ocurriendo entre ellos exactamente. Ni si iba a ocurrir. No, bajo ningún concepto ocurriría. Y para recordarse cuál era su lugar, llamó a Colin.

Él no cogió el teléfono.

Lo intentó varias veces a lo largo de la mañana, pero su marido continuaba sin responder. Llamó a Daniel y, para su sorpresa, estuvieron un buen rato hablando. Lo encontró feliz, entusiasmado con sus nuevos amigos. Con un poco de cautela, el niño le contó que se había apuntado a unas clases para aprender a hacer surf. Ella estuvo a punto de poner el grito en el cielo, pero se obligó a relajarse y a repetirle que tuviera mucho cuidado y que le hiciera caso al monitor. También le avisó de que si se ahogaba, ella lo mataría dolorosamente después. Se ganó unas cuentas risas que le encogieron el corazón. Echaba de menos a su hijo, mucho.

—¿Has hablado con papá?

Daniel guardó silencio unos segundos.

—Sí, hace unos días.

«Días», pensó Sara. ¡Mierda! Que pasara de ella le fastidiaba, pero que tuviera la misma falta de atención con su hijo la ponía furiosa.

—Ya sabes que trabaja mucho. No se lo tengas en cuenta. Bueno, ¿y de qué hablasteis? ¿Qué le parece que tenga una promesa del fútbol en casa?

Daniel soltó una risita avergonzada.

—Mamá, no soy ninguna promesa del fútbol, solo soy bueno jugando.

—Tu tío dice lo contrario. Asegura que algún día los equipos importantes se darán tortas por ti.

Más risas, y después un largo silencio.

—No le conté a papá que juego al fútbol —musitó Daniel.

—¿Por qué?

—Dijo que estaba de viaje y soltó todas esas excusas que suelta siempre para colgar pronto. Mejor, yo tampoco tenía ganas de hablar con él.

A Sara se le encogió el corazón. Sintió miedo al pensar que su hijo se estaba haciendo tan mayor como para darse cuenta de esas cosas por sí mismo.

—No digas eso, no son excusas. Papá trabaja mucho y apenas tiene tiempo. Lo hace por nosotros, Dani, para que no nos falte de nada y tengas todos esos videojuegos tan chulos.

—Tú también trabajas ahora y me llamas todos los días. Y no me gustan tanto los videojuegos —replicó con un atisbo de reproche.

Sara oyó el timbre de la puerta a través del teléfono.

—Mamá, han venido a buscarme, tengo que irme. Adiós. Te quiero.

Sara notó que se le saltaban las lágrimas. Era la primera vez en años que le decía que la quería sin que tuviera que obligarlo a escupir las palabras.

—Yo también te quiero, cariño —le dijo con voz trémula.

Colgó y tardó un rato en recomponerse.

Puso música a un volumen alto y se recogió el pelo bajo un pañuelo. Iba a aprovechar el día para pintar el artesonado de escayola de las habitaciones. Trabajar con las manos siempre le permitía alejarse de todo y relajarse. Se abstraía de tal modo que su mente se quedaba en blanco. A última hora de la tarde casi había terminado la última hornacina que decoraba la pared del pasillo.

Se dio una ducha y cenó un sándwich frío. Y con una copa de vino en la mano, contempló cómo se ponía el sol recostada en uno de los sillones junto a la piscina. Se le cerraban los ojos. Sentía una calma placentera, acrecentada por el cansancio y el alcohol. Con paso lento se dirigió a la casa, se cepilló los dientes y se metió en la cama. Se quedó dormida sin tan siquiera darse cuenta.

Se despertó de repente y se incorporó deprisa mirando la puerta del cuarto. Estaba segura de haber oído algo. A veces no podía evitar que aquella casa y sus ruidos la sobrecogieran. Madera que crujía, puertas que chirriaban... Se levantó de la cama instando a su corazón a latir más despacio, y se asomó a la ventana al tiempo que Jayden salía de la casa con algo colgando de la mano y se dirigía al jardín envuelto en oscuridad. Sintió un revoloteo en el estómago y todo su cuerpo se estremeció. La desconcertaba la rapidez con la que sus emociones mudaban cuando veía a ese hombre.

No quería admitirlo, pero lo había echado de menos durante todo el día, y era demasiado duro resistirse todo el tiempo a las cosas que sentía. Sin darle vueltas a lo que hacía y por qué lo hacía, se puso una rebeca sobre el pijama y salió descalza de la habitación. Bajó hasta el jardín y siguió el rumbo que él había tomado.

Oyó el sonido de unas cuerdas de guitarra. Notas, acordes dulces y suaves. Se acercó despacio, sin hacer ruido, con la sensación de que estaba invadiendo un momento privado y demasiado personal. Lo encontró sentado en el mismo sillón que ella había ocupado unas horas antes. Tenía una postura relajada, con la barbilla inclinada sobre la guitarra que sostenía en el regazo.

Escuchó y creyó reconocer la melodía, lenta y pegadiza. Cerró los ojos intentando que el título viniera a su mente, pero solo recordaba que era un tema de Keith Urban. A Christina la volvía loca y lo escuchaba a todas horas. Se le secó la boca cuando él empezó a cantar en un tono muy bajito. El timbre de su voz la recorrió de arriba abajo, encontrando recovecos que no sabía que tenía en su interior, y los llenó colmándolos con una sensación irresistible. De repente necesitaba acercarse, y al pasar a su lado tuvo que clavarse las uñas en la palma de la mano para no alzarla y enredar los dedos en su pelo revuelto. Él dejó de tocar y la observó mientras ella tomaba asiento a su lado y subía las piernas desnudas al sillón.

—¿Te he despertado? —preguntó.

Sara negó con un gesto y sonrió.

—No. Te he visto desde la ventana y... Bueno, quería saber si estabas bien.

Jayden hizo sonar un par de notas, sin apartar los ojos de su cara.

—Acabo de llegar, pero no tengo sueño y me apetecía tocar un rato.

—No imaginaba que se te diera tan bien —musitó con timidez—. Tienes una voz preciosa. No tenía ni idea.

—Gracias, nena —respondió Jayden, notando que se le calentaban las mejillas.

Sara no pasó por alto ese «nena». Le gustó cómo sonaba en sus labios.

—No es un cumplido, es la verdad. Podrías ganarte la vida con esto.

—Ya lo hago. Toco algunos jueves y sábados en un pub en Aix. Con un pequeño grupo. Lo pasamos bien y sacamos un poco de pasta —explicó al tiempo que seguía rasgando las cuerdas.

—Estás lleno de sorpresas —susurró, intentando borrar la sonrisilla que tenía en la cara. Lo observó, con ese revoloteo en el estómago que la dejaba sin aliento—. Gracias por el desayuno, y por las flores. Eso tampoco lo esperaba.

—¿Me has echado de menos? —preguntó Jayden con tono satisfecho.

La risita maliciosa que siguió a sus palabras hizo que Sara se pusiera roja como un tomate. Tragó saliva y le sostuvo la mirada. Notó que la respiración de él se aceleraba en respuesta a la suya. Esbozó una sonrisa y le siguió el juego:

—Tanto como tú a mí. —Se esforzó para que su voz sonara despreocupada, quitándole peso a las palabras.

Él dejó de acariciar las cuerdas y clavó sus ojos en ella. Su cara cambió de expresión, mostrando una intensidad cautivadora. Bajó la cabeza y respiró hondo antes de volver a mirarla. Su voz sonó ronca:

—¿Tanto?

Solo una palabra y ella la sintió como fuego líquido recorriendo sus venas.

Sin apartar la vista de su cara, Jayden volvió a pasar los dedos por las cuerdas. Se echó hacia atrás para sacar una púa del bolsillo y la sujetó con el dedo índice y el pulgar. En sus ojos brillaba una expresión feroz, sin filtros, impregnada de deseo. Admiró sus piernas desnudas y el pelo despeinado que le caía por los hombros. Después su mirada se fijó en su boca. Se mordió el labio inferior con un gesto travieso.

—Te encanta parecer malo —replicó Sara con un pensamiento inesperado.

Él rió por lo bajo y empezó a tocar una melodía con cierto aire de country. Su voz, áspera y sensual, le puso letra:

If you want a bad boy, then baby you got it
Got a bad toy sittin' in the parkin' lot
Take you to the wrong side of the tracks

Baby you ain't gonna wanna come back
'Cause I'm a free bird and damn proud of it
You're a sweet girl, are you sure you wanna ride with me?
Gonna raise some hell, gonna make some noise
If you want a bad boy

Mientras cantaba, una lánguida media sonrisa, seductora e increíblemente sexy, dibujó un hoyuelo en su mejilla. Su voz adquirió un tono más grave y envolvente, más sensual aún, si eso era posible, mientras susurraba las últimas palabras:

Bad boy
Girl you know you want a bad boy

Una risa ronca, apenas un murmullo, ahogó la última nota. Se pasó la lengua por el labio inferior y sus ojos se clavaron en ella con un desafío.

—¿Quieres un chico malo, Sara? ¿Es eso lo que quieres? Porque si lo quieres, tienes uno aquí sentado, que puede llevarte al lado equivocado. Y, nena, no vas a querer volver —inquirió en voz baja, jugando con la letra de la canción para ponerle palabras a algo que llevaba tiempo queriendo decir.

Ella le sostuvo la mirada. Tragó saliva, intentando dilucidar si solo se trataba de una broma o lo estaba diciendo en serio. Sus ojos se habían adaptado a la oscuridad y podía ver cada uno de sus rasgos, iluminados por las estrellas. La tentación se impuso al sentido común, que debía de habérselo dejado en la habitación. Sin saber muy bien lo que iba a hacer, se inclinó hacia él.

—No soy la chica dulce de la canción —respondió, siguiéndole de nuevo el juego. Un juego demasiado íntimo y arriesgado.

Jayden dejó la guitarra a un lado y también se inclinó hacia ella. Peligrosamente cerca. Sus labios se curvaron con una sonrisa pícara. El corazón le latía desbocado en el pecho y se preguntó si ella podría oírlo.

—Sí que lo eres, por eso tengo que estar convencido de que es lo que quieres.

Fascinada por él, por el sonido de su voz, Sara bajó las piernas del sillón y acercó su cara a la de él con un gesto desafiante. Además del sentido común, también había perdido la cordura.

—¿Me estás haciendo proposiciones?

—Ni siquiera he empezado a hacerte proposiciones.

—Y yo aún no he decidido si quiero un chico malo, y, mucho menos, si tú de verdad lo eres.

—Puedo ser todo lo malo que tú quieras.

Sara sintió que su respiración alcanzaba un punto crítico y notó cómo la de él se aceleraba en respuesta a la suya. Supo exactamente en lo que estaba pensando y el corazón empezó a latirle con furia. Había conversaciones que no necesitaban palabras, y ellos estaban manteniendo una en ese momento. Ambos sabían qué estaba ocurriendo, qué era lo que se estaba cocinando a fuego lento, abriéndoles el apetito. La atracción se sentía espesa en el aire y la línea que los separaba comenzaba a desdibujarse. Ahora solo se trataba de ver cuál de los dos la cruzaba antes.

Tragó saliva. Jugar con fuego era peligroso. Estaba intentando que no ocurriera, de verdad que lo estaba intentando, pero en ese instante se moría por correr el riesgo. Quería correr el riesgo. Jayden agarró su sillón y de un tirón seco lo acercó a él sin apartar los ojos de su cara. Una sensación de expectación reverberó por todo su ser. La perturbaba hasta el punto de retorcerle las entrañas. Él se inclinó despacio sobre ella y notó con más fuerza su aroma familiar y el calor de su cuerpo. Cerró los ojos, convencida de que iba a besarla, pero lo que hizo fue apoyar la frente contra la suya. Se quedó quieto, inspirando hondo. Le tocó la mejilla con los labios calientes y se estremeció, conteniendo el aliento.

Jayden emitió un gemido apenas audible y deslizó la nariz por su mejilla. Con una mano le sujetó suavemente el brazo y con la otra...

El tono de un teléfono móvil empezó a sonar de un modo molesto y penetrante. Él se llevó la mano al bolsillo trasero mientras soltaba una maldición. Le echó un vistazo.

—¡Es mi madre! Siempre se le olvidan las cinco putas horas de diferencia —masculló con fastidio. Se disculpó de inmediato por la palabrota—: Lo siento.

El hechizo se había roto. Sara se puso de pie, respirando hondo para calmar su cuerpo. ¿En qué demonios había estado pensando? Bajar en su busca había sido una idea estúpida. El flirteo se estaba convirtiendo en algo mucho más serio y ella lo estaba permitiendo. Por muy agradable que fuera, nada de aquello estaba bien.

—Sara...

Jayden la sujetó por la muñeca, consciente de que si la dejaba ir, volverían irremediablemente a la casilla de salida. Ella se soltó y esbozó una sonrisa despreocupada. Así que iba a fingir que no había pasado y a darle esquinazo.

—Tranquilo. Contesta. Me voy a dormir. Es tarde. —Le dio la espalda y se dirigió a la casa.

—Sara... —insistió él.

Ella lo ignoró de forma deliberada y apretó el paso mientras cruzaba el jardín, la cocina y subía la escalera. Entró en su habitación y cerró la puerta de un empujón, sintiéndose como si fuera a tener náuseas en cualquier momento. Estaba hecha un manojo de nervios, sorprendida por todas las emociones que se estaban apoderando de ella. Llevaba media vida soñando con algo así. Tratando de imaginar cómo sería estar con un hombre que la mirara de ese modo, que la hiciera temblar con su voz, que la derritiera con una caricia. Jayden era todo lo que siempre había imaginado, deseado, y mucho más.

No tenía ni idea de cómo manejar todo aquello y lo único que quería hacer era salir corriendo. Una madre no hacía esas cosas, ni siquiera pensaba en esas cosas. No tenía esos deseos. No por un hombre que acababa de conocer.

Todo aquello estaba mal.

—¡Mierda, mierda, mierda...! —gimoteó mientras se cubría la cabeza con la almohada.

16

Durante los tres días siguientes, Sara evitó escuchar sus propios pensamientos. Le resultaba más fácil mientras trabajaba y se mantenía ocupada, pero al llegar la noche se quedaba desvelada hasta muy tarde, pensando en Jayden y en la forma en que la miraba o le sonreía.

Él se había mantenido a distancia desde lo ocurrido junto a la piscina, pero a menudo lo descubría observándola con una expresión abatida y a la vez ansiosa. Ella evitaba incluso su mirada, porque sabía que él tenía algo que decirle al respecto, que estaba buscando las palabras adecuadas y el momento para hacerlo; y no quería oírlo.

Ese día iba a resultar un poco más difícil evitarlo, ya que estarían completamente solos. Tristan y sus hombres por fin habían terminado con su parte del trabajo la tarde anterior. Aún quedaban cosas por hacer, como pintar, reparar muebles, terminar el jardín... Pero Jayden la había convencido de que esas cosas podía hacerlas él y que así se ahorraría un dinero que podría invertir en la decoración del interior. A ella le gustó esa idea y accedió convencida de que era lo mejor. Hasta ahora él había sido mucho más que eficiente, no había nada que no supiera hacer. Además, no soportaba a Tristan ni sus aires de sabelotodo prepotente.

Sin embargo, y a pesar de lo preocupada que se sentía por su situación con Jayden, esa mañana estaba más agobiada por otro detalle. Era jueves, y no un jueves cualquiera; era el último día de julio y, por lo tanto, su cumpleaños. Sentada en la cama, llevaba un buen rato con la mirada clavada en la pared y tenía ganas de llorar. Se dejó caer de espaldas y suspiró.

—Treinta —musitó. Tomó aire—. Treinta. ¡Dios, me estoy haciendo vieja! —gruñó exasperada.

En algún momento, el calendario había iniciado un *sprint* imparable y otro año se le había escurrido de entre los dedos como la arena de un reloj. Cumplir años no era un problema, lo era la sensación de vacío que se instalaba en su interior y que le recordaba que su vida seguía sin ella.

Se levantó y se dirigió al baño arrastrando los pies. Tras una ducha y diez minutos ensayando muecas y caras de felicidad frente al espejo, bajó a la cocina. Como cada mañana, su desayuno estaba preparado sobre la mesa. Destapó un plato y encontró una apetitosa torre de tortitas. Soltó un suspiro, que se asemejaba más al maullido lastimero de un gato moribundo. ¿Por qué era tan adorablemente encantador ese hombre?

Engulló las tortitas entre sorbos de café, sin apartar la mirada de su reloj. Había quedado con la mujer del taller de costura y llegaba tarde. Dejó una nota para Jayden, explicándole a donde iba y que ella se encargaría de comprar la comida.

Tres horas después, abandonaba el pueblo con una sonrisa de oreja a oreja. Había visto el resultado final de las cortinas y eran preciosas. También había tenido tiempo de ver al tapicero y comprobó asombrada que llevaba el trabajo bastante adelantado. Pensó que todo iba sobre ruedas y que acabaría consiguiéndolo. A veces, ni ella misma lograba creer que se hubiera embarcado en esa aventura y que, además, estuviera saliendo bien.

Iba tan distraída, que a punto estuvo de salirse del camino cuando se encontró de frente con un camión que abandonaba el *château*. Saludó con la mano al conductor, un chico agradable que trabajaba en el vivero. Aparcó bajo los plataneros, junto a un montón de sacos de tierra fertilizada.

—Hola.

Sara se volvió y se encontró con Jayden, que venía a su encuentro. Estaba todo sudado y el pelo se le pegaba a la frente y al cuello. Vestía unos pantalones cargo de color verde oscuro y una camiseta que debía de haber sido blanca cuando se la puso esa mañana. Ahora estaba sucia y húmeda.

—Ya ha llegado la tierra —añadió él, deteniéndose junto a ella con las manos en las caderas.

Resopló y se secó la cara con la parte inferior de la camiseta, y los ojos de ella se vieron atraídos por aquella porción de piel que quedó a la vista.

—Sí, ya lo veo —respondió mientras esbozaba una sonrisa despreocupada. Lo miró a los ojos y se le cortó el aliento. Bajo el sol eran de un verde muy vivo y estaban clavados en ella con una intensidad que le resultó incómoda—. He traído tallarines al pesto y pollo —continuó, agitando la bolsa que colgaba de su mano.

—Genial, me muero de hambre. Llevo los sacos al jardín, me lavo un poco y comemos.

—Vale, iré preparando una ensalada.

Y se encaminó a la casa.

Jayden se quedó inmóvil, observándola. Los últimos tres días habían sido una auténtica mierda. No había dejado de darle vueltas a la cabeza y empezaba a disgustarle sentirse así. Tenían que hablar o aquella situación sería cada vez más rara.

—Sara... —la llamó.

Ella se detuvo y lentamente empezó a darse la vuelta. Percibió miedo y cautela en sus ojos. Comenzó a sonar un teléfono móvil y ella se apresuró a abrir el bolso. Miró la pantalla y sonrió con una disculpa.

—Es Christina.

Corrió a la casa y descolgó nada más entrar:

—Hola.

—*¡Cumpleaños feliz, cumpleaños feliz...* —Sara se apartó el teléfono de la oreja y guiñó los ojos con un gesto de sufrimiento. Christina era perfecta en muchos aspectos, pero cantaba de pena— *cumpleaños feliz!*

—Te has acordado.

—Oh, cariño, ¿cuándo me he olvidado yo de tu cumpleaños? Jamás de los jamases. Y espera a ver el regalo que te he comprado. ¡Te va a encantar!

Ella dejó la bolsa sobre la encimera de la cocina y puso en marcha el lavavajillas.

—No tenías que comprarme nada.

—Todos los años me dices lo mismo y todos los años yo te respondo lo mismo. Así que, hablemos de otra cosa más interesante. ¿Cómo lo vas a celebrar?

Puso los ojos en blanco.

—Oh, con una fiesta por todo lo alto, ya me conoces.

Christina soltó una risita maliciosa.

—Sí, por desgracia te conozco demasiado bien. —Suspiró—. Bueno, cuéntame, ¿qué tal van las cosas por ahí?

—Bastante bien, la verdad. Acabo de ver las cortinas y han quedado preciosas. El lunes comenzaremos a pintar las habitaciones y espero colocarlas a mitad de semana. He encontrado un ebanista que puede restaurar el aparador del comedor, así que no es necesario comprar otro. —Hizo una pausa para acomodarse el teléfono contra el hombro y poder sacar unos platos del armario—. El jardín está quedando muy bonito y Jayden ha conseguido que el sistema de riego funcione, por lo que no necesitamos instalar uno nuevo. Ese fontanero nos pedía un riñón por cuatro aspersores. A este paso acabaremos a tiempo y mantendremos el presupuesto.

—Así que Jayden lo ha conseguido. ¡Qué bien!

—Sí. No sé que habría hecho sin él, la verdad. Ese hombre sabe hacerlo todo. ¡Es como *Many Manitas*, pero en grande!

—Ya, genial... Sara, ¿quién demonios es Jayden?

Ella se quedó inmóvil y los latidos de su corazón se aceleraron. No había hablado mucho con Christina en los últimos días, pero sí lo suficiente para haber mencionado a Jayden en algún momento. Y no lo había hecho. El porqué era un misterio incluso para ella. O quizá no. Él era su secreto, la tentación prohibida de la que se avergonzaba.

—¿No te he hablado de Jayden? —preguntó con tono inocente.

—No, y de haberlo hecho me acordaría, estoy segura. ¿Tú hablando de otro que no sea tu marido o tu hermano?

Sara hizo una mueca de disgusto al notar su tono mordaz.

—Conocí a Jayden el mismo día que llegué aquí. Fue muy amable conmigo. Él necesitaba un trabajo y un lugar donde quedarse un tiempo, y yo necesitaba a alguien que me ayudara con todo esto. Llegamos a un acuerdo y..., lleva aquí algo más de una semana. —Se pasó una mano por el pelo y se acercó a la ventana—. ¿Te parece mal? Porque sé que el dinero es un problema, pero te juro que me vi sobrepasada y él aceptó cobrar una miseria...

—Tranquila, cielo. No pasa nada, no tienes que darme explicaciones. Hiciste bien buscando ayuda. Bueno, y... ¿ese hombre es del pueblo? ¿Tienes referencias suyas? ¿Es de confianza?

Ella sonrió con afecto al notar la preocupación en la voz de su amiga.

—No es del pueblo, ni siquiera es francés. Es norteamericano. Es una buena persona, Chris, y confío en él.

—¿Estadounidense? ¿Y qué se le ha perdido en Tullia? —La desconfianza volvía a estar presente.

—Nada, se encontraba de paso y decidió quedarse un tiempo.

—¿Qué significa que se encontraba de paso?

—No lo sé. Me contó que necesitaba hacer una pausa en su vida y lo dejó todo sin más.

—Eso suena muy misterioso. —Guardó silencio un segundo—. Cielo, ¿estás segura de que no es ningún preso fugado o, peor aún, un psicópata?

Sara se echó a reír con ganas.

—¡No es un psicópata! Yo diría que es todo lo contrario. Es el que va tras los malos.

—¿Es policía? Me encantan los hombres con uniforme.

—No es policía. Es... —Sara se estaba ruborizando—. Es un soldado, un SEAL. Pertenece a una unidad llamada DEVGRU. Algo así como un equipo especial contra el terrorismo. No estoy muy segura.

El sonido de unos tacones caminando deprisa se filtraba a través del teléfono.

—Sé lo que es el DEVGRU —dijo Christina con seriedad—. El año pasado negociamos los derechos de autor de un periodista canadiense que había escrito un libro bastante polémico sobre ese grupo. Son algo así como el SAS o el SBS británico. ¿Lo dices en serio?

—Sí, y sé que no miente. He visto sus identificaciones y todos esos símbolos que lleva tatuados. Y cómo habla de su trabajo. Es quien dice ser.

Christina profirió un grito ahogado y el entusiasmo se apoderó de ella.

—¡Madre mía! ¿Es guapo? Porque cuando pienso en esos tíos me imagino a Mark Wahlberg o a Taylor Kitsch. Taylor Kitsch me pone a cien. He visto a esos soldados y suelen estar cachas. ¿Está cachas? ¡Oh, Dios mío, tienes un SEAL viviendo contigo! ¡Tú! ¿Has dicho tatuajes? Me ponen los tíos tatuados, son sexys.

Silencio.

—Sara, ¿sigues ahí?

Ella tardó un largo segundo en responder. Pegada a la ventana, contenía el aliento mientras observaba a Jayden cargando con uno de los sacos de tierra. Lo llevaba al hombro y todos y cada uno de sus músculos brillaban tensos y sudorosos bajo el sol. Se había quitado la camiseta y su cuerpo atraía su mirada como un imán. Christina tenía razón, un hombre tatuado podía ser muy sexy. Jayden lo era.

—Sí, sigo aquí.

—Necesito ver a ese tío. ¿Por qué no le haces una foto y me la envías?

—¡No, ni de coña!

—Por favor. Sabes que esta curiosidad no me dejará vivir. Por favor.

—No.

—Puedo ponerme muy pesada.

—No estaría bien, Chris.

—No seas mojigata, ni se enterará.

—Dios, estás loca, ¿lo sabes? Vale, dame un momento. No cuelgues.

Sara estaba convencida de que la única loca era ella por prestarse a hacer algo así. Se asomó a la ventana con cuidado y vio a Jayden caminando hacia la casa con las manos en las caderas y gesto cansado. Rezando para que no la pillara, alzó el teléfono y disparó un par de veces la cámara. Se alejó rápidamente de la ventana. Seleccionó los archivos y pulsó la tecla de enviar.

—Acabo de enviártela —dijo en un susurro mientras se dirigía a su habitación para no encontrarse con él. Estaba segura de que podría ver en su cara que había hecho algo malo, muy malo.

—Sí, ya la tengo. Espera, voy a abrirla. —Sara apartó de golpe el teléfono. El grito de Christina le había taladrado el tímpano—. ¡Madre de Dios! ¿Este es Jayden? Joder, está buenísimo.

Sara esperó a que se le pasara el arrebato. No le sorprendía su reacción. Cualquier mujer con ojos en la cara se daría cuenta de que Jayden era una creación perfecta de la naturaleza, hecha para querer perpetuar la especie humana.

—¿Cómo soportas esta tortura?

—¿Perdona? —inquirió Sara sin entender a qué se refería.

—Este hombre es guapísimo y tiene un cuerpo delicioso. Dan ganas de lamerlo entero. ¿Cómo te controlas?

—No pensando en lamerlo, desde luego. Además, no lo miro de ese modo. Estoy casada.

—Pues para estar casada parece que te lo estás pasando muy bien con él. Habéis estado en Aix, y muy juntitos por lo que veo. ¡Dios, de cerca es mucho más guapo! ¡Qué ojos!

Sara se puso roja como un tomate.

—¿Cómo sabes que estuvimos en Aix?

—Porque me has enviado una carpeta repleta de fotos de vosotros dos juntos, y con fecha del sábado. En este momento estoy alucinando y recuperando la fe en los milagros. Confiésalo, te has liado con él.

—Pero ¿qué dices? Yo no me he liado con nadie. Estoy...

—Si vuelves a repetir que estás casada, te juro que cojo un avión ahora mismo y me planto allí para sacudirte. Seguro que Colin piensa lo mismo cada vez que se pasea con Anika en vuestro cochazo.

Aquello le dolió.

—Yo no soy así. No voy a liarme con nadie y mucho menos por despecho —masculló con los dientes apretados.

—Pues deberías. Y tienes al hombre perfecto al alcance de la mano. Lo digo en serio. Sería un buen regalo de cumpleaños.

—¡No puedo creer que estés intentando convencerme de que me acueste con él!

—Después de ver estas fotos, yo me acostaría con él si pudiera. Pero tendré que contentarme con que me lo cuentes.

—Voy a colgar.

—No seas zorra.

—De eso se trata, Chris, de no serlo.

—No tergiverses mis palabras y hazme caso por una vez en tu vida. No le debes nada a nadie y menos al idiota de tu marido. Date el gustazo con ese tío.

—Voy a colgar.

—¡No se te ocurra...!

Sara colgó y dejó el teléfono sobre la mesita. Se sentó en la cama sintiéndose peor que nunca. No había sido capaz de ser sincera con su amiga y contarle la verdad sobre lo que sentía por Jayden. Ella jamás la habría juzgado por admitir que deseaba a un hombre que no fuera Colin. Pero no había sido capaz de hacerlo porque entonces tendría que aceptar, de una vez por todas, que sentía algo por él. La simple posibilidad la aterraba.

Enterró la cara entre las manos y sollozó por culpa de la frustración que sentía. Estaba hecha un lío. Sentía cosas que no debería sentir, y anhelaba otras que ni siquiera podía plantearse sin volverse loca de remate.

Cuando regresó a la cocina, Jayden ya estaba allí. Se había aseado y cambiado de ropa, y se movía de un lado a otro sirviendo la comida que ella había comprado. Cogió un bol con la ensalada y lo llevó hasta la mesa. Sus ojos se encontraron y sonrió.

—¿Todo bien con tu amiga?

—Sí, solo quería saber cómo iban las cosas por aquí. Le he dicho que lograremos acabar a tiempo y sin salirnos del presupuesto. Lo lograremos, ¿verdad?

—Por supuesto —respondió él, mientras apartaba la silla con un gesto galante, invitándola a sentarse.

Ella sonrió y lo miró de reojo.

—Nunca me habían retirado una silla —dijo con timidez.

Jayden no respondió. Se sentó a la mesa y sirvió vino en las copas.

Su mutismo la desconcertó. Estaba serio y su mirada reflejaba algo que no podía describir. Ella conocía el motivo por el que él se mostraba tan distante y no podía reprochárselo. Habían cruzado una línea prohibida. Lo que había sucedido esa noche junto a la piscina no había sido un flirteo inocente, ambos lo sabían, y eso había cambiado su relación. Jayden quería hablar de ello, lo había intentando en varias ocasiones, pero ella se resistía a tener esa conversación. Prefería ignorarla y fingir que nada había ocurrido. Solo que había ocurrido, y, fuese lo que fuese, debían olvidarlo.

Dejó el tenedor en el plato y se limpió con la servilleta.

—Jayden... —susurró.

Él alzó la vista de su plato y dejó de masticar. Sus ojos verdes tenían un brillo decidido y una expresión honesta. Sara soltó un suspiro de pesar, tan profundo que se le quedaron los pulmones vacíos. Dejó a un lado los gritos de su corazón y se obligó a hacer caso a su cabeza.

—La otra noche... —empezó a decir ella.

Su teléfono sonó de nuevo y le echó un vistazo a la pantalla.

—Disculpa, es mi marido —dijo al tiempo que se levantaba de la mesa.

Jayden la observó marcharse, siguiendo su ágil figura con los ojos, incapaz de mirar a otra parte. Empujó el plato. De pronto ya no tenía apetito.

Sara salió al exterior con el teléfono sonando en su mano y se dirigió al jardín buscando un poco de intimidad. La llamada de su marido la había pillado por sorpresa y una parte de ella comenzó a ilusionarse. Notó que su ansiedad se fundía bajo un leve ardor que le calentaba el pecho. Se sentía como el barco que por fin arriba a puerto después de una tormenta. Era una señal, y había llegado justo a tiempo. Su lugar estaba con él.

Descolgó.

—¡Hola!

—Hola, Sara. Oye, ¿dónde está la camisa blanca que compré en Ibiza?

Se detuvo en seco. Si la hubiera lanzado a un lago helado la habría dejado menos fría. Colin no llamaba porque hubiera recordado que era su cumpleaños, ni porque la echara de menos y quisiera hablar con ella un rato. Llamaba porque no encontraba una maldita camisa.

—¿Disculpa? —inquirió, como si se negara a aceptar que podía ser tan insensible.

—La camisa blanca que compré en Ibiza el año pasado, cuando me reuní con el gerente de Dreams. Llevo un rato buscándola y la necesito para esta noche. Mi jefe va a dar una fiesta y uno de los requisitos es vestir de blanco.

Una rabia que no sabía que podía sentir le inundó el cuerpo. Quizá fueran los nervios o el estado de tensión en el que se encontraba desde hacía días, pero estaba furiosa. Lo bastante furiosa como para que le trajera sin cuidado ponerse a gritar como una loca.

—¿Me estás llamando por una camisa? ¿Qué día es hoy, Colin?

—Jueves —respondió muy serio y seguro—. La camisa...

—Es mi cumpleaños, Colin —le espetó enfadada—. El cumpleaños de tu mujer, la madre de tu hijo... No el de la vecina, ni el de tu secretaria. ¡Es mi maldito cumpleaños! —gritó a pleno pulmón—. ¿Y me llamas para preguntarme por una camisa? Después de días ignorándome, sin responder a mis llamadas ni interesarte por cómo estoy, ¿tienes la poca vergüenza de telefonearme para pedirme una camisa con la que ir a una fiesta? ¿También estará Anika? Porque sé que os veis bastante.

—Sara, estás desvariando como haces siempre. No se acaba el mundo porque me haya olvidado...

—¿Desvariando? ¿Sabes una cosa, Colin? Vete a la mierda. Vete a la mierda tú, tu camisa, la fiesta y Anika.

Colgó sin apenas poder respirar. Se llevó las manos a las mejillas y las apretó con fuerza, sintiendo cómo el teléfono se le clavaba en la piel. Todo le daba vueltas y estaba segura de que acabaría en el suelo si no se sentaba.

Respiró hondo y regresó a la casa. Toda la mesa había sido recogida a excepción de su plato y sus cubiertos. Jayden no estaba. Intentó comer, pero el primer bocado le supo a bilis y acabó tirándolo todo a la basura.

Se volvió al oír unos pasos. Jayden apareció con su guitarra en la mano y una mochila al hombro. Se había vestido completamente de negro y se lo quedó mirando sin parpadear.

—Tengo que irme. Es jueves y esta noche toco en ese garito del que te hablé. Sé que es temprano, pero debemos ensayar un par de canciones y... —comenzó a explicar él.

—Claro, no pasa nada. Ya... ya continuaremos mañana.

—¿Necesitas el coche? Gaspard suele dejarme el suyo, pero hoy...

—¡No, llévatelo, no pasa nada!

—¿Seguro? —inquirió él.

La observó con la sensación de que algo no iba bien. Estaba demasiado pálida y los labios le temblaban como si estuviera reprimiendo las ganas de llorar. Sintió un vuelco en el estómago y su firme propósito de no acercarse a ella empezó a tambalearse.

—Sí, seguro. No tengo intención de salir. Creo que pasaré la tarde leyendo y viendo alguna película —dijo ella.

Ninguno de los dos apartó la mirada durante un largo instante. El ambiente se espesó como si fuera de gelatina. Sara fue la primera en bajar la vista y se dio la vuelta sin saber muy bien qué hacer. Empezó a trastear con el lavavajillas, pero ni siquiera veía lo que hacía porque un estúpido velo de lágrimas cubrió sus ojos.

Jayden cogió las llaves del coche y se dirigió a la puerta. Se detuvo antes de empujarla, con los dientes tan apretados que el músculo de su mandíbula se tensó con un ligero calambre.

—Sara, ¿te encuentras bien? —preguntó en voz baja. No quería que le importara, pero lo hacía, le preocupaba.

—¡Sí, de maravilla! Un poco cansada. De hecho, voy a aprovechar para echarme un rato. Sí, eso haré —respondió con la mirada vagando por la cocina. Y añadió antes de dirigirse al vestíbulo—. Suerte con el concierto.

17

El último acorde vibró bajo la púa de su guitarra y los gritos y los aplausos resonaron por todo el local. Jayden se llevó la mano a la frente y saludó al público que atestaba el bar a esas horas de la noche.

Cuando se unió al grupo, lo hizo solo como guitarrista. Cantar era algo que ni siquiera se había planteado; siempre lo había hecho en privado, para sí mismo. Es más, siempre había pensado que no lo hacía bien. Pero Kip lo había pillado tarareando un tema de Pearl Jam durante uno de los descansos, y luego lo había obligado a repetirlo en voz alta, nota a nota, palabra a palabra. Tras escucharlo con la boca abierta, le había asegurado que había nacido para ser vocalista.

La primera vez que se subió al escenario y se colocó frente al micrófono, pensó que acabaría vomitando. Sin embargo, la experiencia acabó gustándole y poco a poco reunió la confianza suficiente como para incluir unos cuantos temas en el repertorio. A la gente parecía gustarle su timbre blusero con aires de *country*, y él disfrutaba como un niño.

—Han quedado bien los nuevos temas —comentó Kip mientras dejaba su bajo en el soporte.

Jayden le dedicó una sonrisa de oreja a oreja. Incluir esos dos temas había sido idea suya y estaba contento con el resultado. Empezó a guardar la guitarra en la funda. Eran casi las dos de la madrugada y por esa noche habían terminado su actuación.

—¿Una cerveza? —les preguntó Gerrit, el otro guitarrista.

—Claro —dijo Jayden. No estaba de humor para quedarse a charlar, pero una cerveza fría, en un bar ruidoso donde no pudiera comerse la cabeza, le parecía el cielo en ese momento.

Había pasado toda la tarde pensando en Sara y ni el concierto había logrado que se olvidara de ella. Al contrario, algunas letras solo habían alimentado su recuerdo y unos sentimientos que se moría por desterrar de su interior. Quedarse a tomar algo, divertirse un rato, era lo que necesitaba. Solo debía intentarlo.

Se sentaron en una esquina de la barra y enseguida se vieron rodeados por un grupo de chicas con ganas de pasarlo bien. Jayden bajó la mirada y le dedicó una sonrisa a la rubia que se le había acoplado en las rodillas. Ella le devolvió la sonrisa, mucho más insinuante, mientras le deslizaba un dedo por la cinturilla de los vaqueros.

La miró con atención. Era guapa, con el pelo corto y unos enormes ojos que bajo las luces del bar parecían violetas. Sabía que no tendría que esforzarse mucho para acabar la noche en un lugar más íntimo y entre sus piernas, y se estaba planteando seriamente salir de allí con ella. Hacía tiempo que no se acostaba con una mujer y enfriarse un poco le vendría bien; al menos como antídoto para dejar de pensar en Sara.

La poca excitación que sentía desapareció de un plumazo cuando la chica se inclinó y le dio un mordisquito en el lóbulo de la oreja. Cuanto más lo provocaba, más pensaba él en la mujer morena que dormía todas las noches al otro lado de la pared. Las únicas piernas entre las que quería estar eran las de ella.

Maldijo en silencio. Tenía un problema, y de los gordos.

—Me encantaría pasar la noche contigo, pero no puedo quedarme —le dijo pocos minutos después.

Ella gimoteó con un mohín.

—Es una pena. ¿La próxima vez?

Jayden sonrió y se encogió de hombros sin estar seguro de qué contestar. Desde que se había divorciado, los rollos de una noche habían sido habituales para él. Disfrutar de un poco de sexo sin complicaciones no le parecía mal. En ocasiones era su única vía de escape al estado de tensión constante con el que vivía. Pero ahora su cuerpo necesitaba ese escape, lo tenía delante y no era capaz de tomarlo, porque tenía la sensación de estar traicionando a una persona que ni siquiera era suya. ¡Era una puta locura!

Se despidió de los miembros del grupo y abandonó el local. Cuarenta y cinco minutos después detenía el motor frente al *château*. Se quedó dentro del vehículo en silencio, mirando a través del parabrisas la enorme casa que se alzaba ante él. La oscuridad de la noche de repente era la compañía perfecta para su estado de ánimo.

Entró en la casa al cabo de un rato. Se dirigió a la escalera y al llegar al primer escalón se detuvo. Un ligero resplandor se extendía por el suelo del pasillo desde la cocina. Se dirigió allí y la encontró desierta, con las luces que iluminaban la encimera encendidas. Pensó que Sara había olvidado apagarlas. Llenó un vaso de agua en el grifo y lo bebió a pequeños sorbos con la vista perdida en la ventana.

Entornó los ojos y se fijó en el diván que estaba en medio del jardín, el mismo diván que solía estar en la terraza, pegado a la pared. Algo se balanceaba por uno de los extremos. Dejó el vaso en la pila y salió afuera. Sin hacer ruido se acercó al sillón y encontró a Sara recostada sobre los cojines con una copa en la mano y una botella de vino en la otra. Perplejo, vio cómo daba un buen trago directamente de la botella.

—¿Sara? —dijo con cautela.

Ella se enderezó con un respingo y volvió la cabeza por encima del respaldo.

—¡Hola! —saludó casi a gritos con un entusiasmo sospechoso. Y añadió arrastrando las palabras—: Pero si ya has vuelto. ¿Qué tal el concierto?

Estaba bebida. En realidad, borracha definía mejor su estado.

—Bien. ¿Qué haces aquí?

—Estoy celebrando mi cumpleaños. ¿Sabes? Ya soy toda una adulta responsable, o... joven madurita, como diría mi vecina, la señora Rossi. Resumiendo, que acabo de entrar en la treintena, pero me conservo bien, ¿verdad? Quiero decir que... —Hipó—. Que soy atractiva y esas cosas, ¿no?

Los ojos de Jayden se abrieron como platos.

—¿Tu cumpleaños? —Empezó a sonreír, pensando que por ese motivo había estado más rara que de costumbre. Rodeó el diván y se sentó a su lado. Apartó la vista al darse cuenta de que iba en ropa interior, ligeramente cubierta por una fina camiseta sin mangas que apenas le tapaba la cadera—. ¿Y por qué no me has dicho que era tu cumpleaños? Podría haberte preparado una tarta, con vela incluida. Hasta te habría cantado.

Sara soltó una risotada que acabó convertida en un sollozo.

—¿Una tarta? —inquirió, mirándolo mientras se sorbía la nariz. Había llorado tanto que la tenía irritada.

—Sí, de chocolate, como a ti te gusta. —Hizo una pausa y la miró de reojo. Sonrió—. Bueno, habría tenido que comprarla. La repostería no es lo mío. Pero te habría comprado la mejor tarta de cumpleaños que Margot pudiera hacer.

Sara dejó escapar otra risita afligida y notó cómo los ojos se le llenaban de lágrimas. Observó a Jayden en silencio. A pesar de la oscuridad, podía ver lo suficiente como para apreciar su aspecto: una camiseta bastante ajustada que dibujaba su cuerpo perfecto y unos pantalones que le sentaban igual de bien. Su pelo, alborotado y desgreñado, invitaba a enredar los dedos en él. Quizá fuera el vino, o quizá la tristeza que la embargaba, pero su lengua se soltó sin darse cuenta.

—Sí, lo habrías hecho, incluso por mí.

—¿Incluso por ti? —repitió él extrañado. No le había pasado inadvertido el tono despectivo de su voz. Volvió la cabeza y la miró con atención. Se percató de sus ojos brillantes y supo que había estado llorando—. No, lo habría hecho porque eres tú, y me molesta que no me hayas dicho que era tu cumpleaños.

Le quitó la botella de las manos y la dejó en el suelo, después la copa. Suspiró, preguntándose qué debía ocurrirle, porque era evidente que le ocurría algo y que no tenía nada que ver con el hecho de ser un año más «vieja».

—¿Qué te pasa?

—Colin no se ha acordado —respondió dolida.

—¿Tu marido? Pero si... Mientras comíamos, cuando sonó tu teléfono, dijiste que era él el que llamaba.

—Era él, pero solo quería saber dónde estaba su camisa... —El vino que circulaba por su organismo estaba haciendo estragos en su mente y sin darse cuenta explotó—: Solo quería saber dónde estaba su maldita camisa, para poder ir a no sé qué fiesta. Ni siquiera se ha acordado de qué día era hoy. Llevamos diez años casados y no es capaz de recordar mi cumpleaños. Y no es la primera vez.

Se sorbió la nariz y lo miró a los ojos.

—Lo siento —susurró él. Se moría por abrazarla.

—¿Qué tengo de malo? ¿Tan insignificante soy que es como si no existiera? ¿Tan difícil es quererme o desearme? Porque lo intento, Dios sabe que lo intento, pero...

Jayden la miró como si de golpe le hubiera salido una segunda cabeza.

Ella, al ser consciente de que estaba hablando demasiado, añadió:

—Madre mía, ni siquiera debería estar diciéndote todo esto. Pensarás que soy... —Se cubrió las mejillas con las manos—. Dios, soy tan patética. Solo es un cumpleaños, ¿no? No es tan importante y me comporto como si se estuviera acabando el mundo.

Jayden bufó y le rodeó la nuca desnuda con la mano.

—Eh, tú no eres patética. No vuelvas a decir eso.

La miraba con una expresión feroz, que se suavizó de inmediato al notar cómo ella se reclinaba buscando su contacto. Se quedó sin aliento al sentir su mejilla en el hombro.

—Sí que lo soy —gimoteó Sara—. Mírame.

Jayden le tomó el rostro entre las manos. Clavó sus ojos en los de ella y el deseo de besarla fue como un rayo atravesando su pecho.

—Te miro —le dijo en voz baja—. Y solo veo una mujer preciosa que está triste, porque alguien importante para ella ha olvidado un día especial. Es normal que te sientas así, Sara. Y no quiero que pienses esas cosas sobre ti. Habría que estar loco para no quererte o desearte. Tu marido es un tipo con mucha suerte, y espero que de verdad lo sepa, porque si no...

No fue capaz de acabar la frase y tuvo que tragar varias veces saliva para aflojar el nudo que tenía en la garganta.

Sara notó que se derretía con sus palabras. Si él supiera cómo era su vida en realidad, lo poco que ella le importaba a Colin. La soledad y el dolor que sentía se estaba transformando en otra cosa: deseo. Un deseo ardiente por ese hombre que tenía sentado a su lado. No quería sentir esa pasión, no en ese momento y con él mirándola de ese modo. Se recompuso como pudo y esbozó una sonrisa.

—Sí, solo estoy triste, tienes razón. Perdona la escena, el alcohol me hace decir más tonterías de las habituales.

Jayden le acarició las mejillas con los pulgares.

—Eh, ¿para qué están los amigos?

Sara le devolvió la sonrisa. Se apartó y se puso de pie mientras tiraba del bajo de su camiseta para cubrir sus caderas. Todo empezó a darle vueltas y se le doblaron las rodillas. El jardín comenzó a rodar como una peonza y se inclinó de un modo peligroso hacia un lado. Perdió el equilibrio, pero unos brazos la atraparon al vuelo y la alzaron en el aire.

—Puedo... puedo andar —logró decir cuando las náuseas remitieron.

—No puedes. No estás en condiciones de dar un solo paso —replicó Jayden con una suave risa que le agitó el pecho—. Voy a llevarte a la cama, ¿de acuerdo?

—Vale —accedió ella entre la bruma que adormecía su mente. Apoyó la cabeza bajo su cuello y suspiró. Olía tan bien. Acercó la nariz y le rozó la piel de la garganta.

Jayden se puso tenso al notar su caricia y la apretó con más fuerza contra sí mismo. Sentirla así era agradable y se estremeció con un revoloteo de inesperada ternura y pasión. La llevó de vuelta a la casa y subió las escaleras con cuidado. La respiración de Sara se había tranquilizado y parecía que se había quedado dormida. Empujó la puerta de su habitación con el hombro, la llevó hasta la cama y la depositó sobre las sábanas.

Sara abrió los ojos.

—Jayden... —murmuró.

—¿Qué?

Ella sonrió y lo miró a través de los párpados entornados.

—Nunca me habían llevado en brazos... Puedes apuntarte otra primera vez.

Jayden se echó a reír. Con un suspiro entrecortado, se sentó en la cama y le apartó el pelo de la cara con una suave caricia.

—Creo que en tu vida hay demasiados «nunca», nena.

La contempló sin parpadear y, aunque sabía que no estaba bien, se permitió admirarla durante un instante. Se maravilló con sus piernas largas y esbeltas, la forma de sus caderas, su vientre y el rincón secreto que ocultaban sus bragas. Su mirada subió por su estómago y la forma de sus pechos bajo la fina camiseta, y ascendiendo por su cuello hasta un rostro dulce y bonito por el que vendería el alma.

La arropó con la manta que colgaba de la silla. Se inclinó despacio y la besó en la frente, apretando sus labios durante un largo segundo contra su piel.

—Feliz cumpleaños.

A la mañana siguiente, Sara se despertó con la cabeza como un bombo y con la sensación de que podría vomitar de un momento a otro. La luz que entraba por la ventana le aguijoneaba las retinas. Gimió. Cerró los ojos cuando empezó a ver la lámpara doble, pero enseguida tuvo que volver a abrirlos porque la sensación de náuseas era mayor si no fijaba la mirada en algún lugar.

Permaneció con la vista clavada en el techo durante un buen rato, poniendo mucho cuidado en no moverse ni un milímetro para que la cabeza no le estallara. Los recuerdos de la noche anterior se abrieron camino a través de la niebla que aún rodeaba su mente. Volvió a gemir, muerta de vergüenza, cuando fue consciente de las cosas que había dicho. También del hecho de que Jayden había tenido que llevarla en brazos hasta su habitación y meterla en la cama.

Suspiró. Recurrir a la bebida para ahogar las penas había sido una estupidez.

Poco a poco empezó a moverse y sobre la mesita vio un vaso con zumo natural y una caja de analgésicos. A pesar de lo mal que se sentía, su corazón se convirtió en un trozo de mantequilla fundiéndose por el calor. Adoraba a Jayden con locura. Se arrastró hacia arriba, tratando de acomodarse sobre las almohadas, y tomó el vaso. Bebió un pequeño sorbo y esperó con cautela a ver cómo reaccionaba su estómago. Bebió un poco más y tragó el analgésico. Después cerró los ojos y no tardó en volver a quedarse dormida.

No sabía cuánto tiempo llevaba durmiendo cuando el timbre del teléfono le taladró la cabeza. A tientas lo localizó sobre la mesita y miró la pantalla con los ojos entornados. Tenía un mensaje de Sofía, la mujer del taller de costura, diciéndole que se pasaría por allí más tarde.

Se levantó con las rodillas flojas, aunque menos mareada, y entró en el baño. Todo su cuerpo parecía moverse a cámara lenta. Abrió el grifo de la ducha y, mientras el agua se calentaba, usó el inodoro. A continuación se quitó la camiseta, después las bragas, y metió ambas prendas en el cesto de la ropa sucia. De repente se dio cuenta de que solo había llevado eso la noche anterior. Dios mío, si no tapaban nada. El rubor se extendió por su cara y coloreó todo su cuerpo. Se estaba muriendo de vergüenza.

¡Él la había visto casi desnuda!

Se metió bajo el agua y se obligó a sí misma a olvidar todo lo ocurrido. Fingir que nada había pasado era lo mejor, y ya estaba acostumbrada a solucionar los problemas de ese modo.

Bajó a la cocina y un delicioso olor se coló por su nariz. Miró a través del cristal del horno y vio un asado de pescado. «¡Maldita sea, Jayden debería dejar de hacer estas cosas! ¿Por qué tiene que ser tan... perfecto?», pensó.

Era frustrante no encontrar nada en él que le molestara. Le gustaba hasta su forma grosera de expresarse, y así era imposible que lograra distanciarse de él. Adoraba que la mimara y a la vez lo odiaba, porque se estaba acostumbrando a que cuidara de ella y le gustaba esa sensación.

Salió a la terraza con la cabeza un poco más despejada. Al captar un gruñido y un par de maldiciones, su corazón se disparó. Jayden estaba junto a la fuente intentando encajar la manguera en un grifo. Sara lo observó, preguntándose qué problema tendría con las camisetas, porque pasaba más tiempo sin ellas que con ellas puestas. Aunque no pensaba quejarse.

Él agarró la manguera y la fue desenrollando mientras tiraba de ella hacia los rosales. Después regresó a la fuente y abrió el grifo por completo. Corrió de nuevo hasta los rosales y manipuló la boquilla para que el agua saliera. Nada, ni una gota. La agitó y giró la abertura en el sentido contrario, cada vez más mosqueado. Soltó dos palabrotas, entornó los parpados y la acercó a su cara para ver si estaba obstruida. Un chorro de agua a presión brotó de golpe y le dio de lleno en la cara.

—¡Joder! —replicó al tiempo que la goma se le escapa de la mano. Trató de atraparla, pero la manguera se sacudía como una serpiente cabreada, oscilando, dando latigazos en todas direcciones y salpicándolo todo.

Sara intentó no echarse a reír, pero ver a Jayden corriendo de un lado a otro era demasiado divertido. Se tapó la boca con la mano e hipó. Una risita se le escapó, repentina e incontrolable. Lo intentó, de verdad que lo intentó, pero no pudo contenerse y empezó a reír a carcajadas.

Chorreando de arriba abajo, él se volvió hacia la terraza y encontró a Sara sujetándose el estómago con las manos. Una risa escandalosa la hacía estremecerse de pies a cabeza.

—¿Te parece divertido? —inquirió muy serio.

Ella apretó los labios con fuerza y se puso colorada al sentirse descubierta. Movió la cabeza, diciendo que no, y se le saltaron las lágrimas con otro ataque de risa. Con la manguera en la mano, Jayden se aproximó paso a paso. Ella se puso alerta, preocupada por su mirada maliciosa y una sonrisa de pirata increíblemente sexy.

—Así que te resulto gracioso —dijo él—. A ver si te gusta esto.

Y sin darle tiempo a reaccionar, dirigió el chorro de agua hacia ella.

Sara empezó a gritar y a correr. No sirvió de nada. No importaba hacia dónde tratara de escapar, Jayden aparecía sin darle tregua alguna. En pocos segundos acabó tan mojada como él.

—Para, para... —aulló sin dejar de reír.

Jayden no le hizo caso y continuó torturándola. De repente, sus pies se enredaron y cayó al suelo. La manguera volvió a perder el control. Sara lo apuntó con el dedo y una sonrisa de oreja a oreja le iluminó la cara.

—¿Lo ves? El karma te castiga.

—¡Ya te daré yo karma! —exclamó él. Se puso de pie y se abalanzó sobre ella.

Sara tardó un segundo en reaccionar. Gritó y echó a correr en dirección al jardín, serpenteando entre los arbustos. Miró por encima del hombro y lo vio acercarse rápidamente. No tardaría en darle alcance y chilló más fuerte sin dejar de reír. El corazón le aporreaba el pecho y todo su cuerpo vibraba con un subidón de adrenalina. De golpe sus pies se separaron del suelo. Jayden la alzó en el aire y se la echó sobre el hombro como si fuera un saco.

—Pero ¿qué haces? Bájame.

Le golpeó la espalda con las manos.

—No.

—¡Jayden, bájame! —Por el rabillo del ojo vio que se acercaban a la piscina. El terror se apoderó de ella y se quedó sin aliento—. No, no, no, no... —Fue lo único que logró decir antes de caer al agua.

Perdió la noción de lo que ocurría. Solo podía pensar en sus pulmones quedándose sin aire. Pataleó y batió los brazos, y emergió con un grito.

—No sé nadar. No... —El agua volvió a cubrirla y se impulsó de nuevo—. No sé... nadar.

Jayden, con las manos en la caderas, se paró junto al borde.

—No me lo trago. No pienso picar —replicó.

—Jayden...

—No cuela.

—¡Jayden! —gritó histérica.

Sara volvió a hundirse. Él se quedó mirando el agua, esta vez con serias dudas. Tardó un segundo en darse cuenta de que no estaba bromeando. ¡Mierda! Se lanzó a la piscina de cabeza y se sumergió. Le rodeó la cintura con un brazo y tiró de ella hacia arriba, impulsándose con los pies. Emergieron entre borbotones.

—Te tengo —musitó él, sosteniéndola entre sus brazos.

Sara empezó a tomar aire a bocanadas y se aferró a su cuello como si fuera una boya en medio del océano. En realidad lo era.

—No me sueltes —gimoteó con los labios temblando sin control.

—Tranquila, no voy a soltarte. Pensaba que bromeabas.

—¿Que bromeaba? —gritó ella.

La adrenalina y el miedo aún le recorrían el cuerpo. Sintió un fuerte impulso e intentó darle una bofetada. El instinto hizo que él se apartara y al hacerlo la soltó. Sara se hundió. La atrapó de nuevo y la pegó a su cuerpo al tiempo que ella volvía a abrazarlo con fuerza.

—Joder, Sara, lo siento. Perdóname, soy un idiota.

Ella no dejaba de temblar. La estrechó con más fuerza, sintiendo su cuerpo frío y tenso sobre el suyo. Notaba sus pezones erectos contra el pecho a través de la blusa; y la parte de su cuerpo que solía funcionar con vida propia, reaccionó de un modo evidente presionando contra los pantalones. Tragó saliva, esperando que ella no se diera cuenta.

—No tenía ni idea. ¡Dios, debo de haberte dado un susto de muerte!

—Sí —sollozó Sara—. No me sueltes.

—No voy a soltarte, pero tú sí deberías aflojar un poco... Me estás estrangulando —masculló. Ella no se movió—. Sara, cariño, lo digo en serio. Afloja un poco o no podré moverme y sacarte de aquí.

—No.

Jayden sonrió. Era gracioso verla comportarse como una niña.

—Escucha. Soy capaz de nadar en plena tormenta en medio de un océano. Lo he hecho, muchas veces. Te prometo que estando conmigo no vas a ahogarte. —El aire no lograba atravesar su garganta—. Suelta un... poco.

Sara tardó un momento en hacerle caso. Muy despacio aflojó los brazos y se inclinó hacia atrás para ver su cara. Estaban tan cerca que compartían el aliento. Lo miró a los ojos y se perdió en ellos. ¿Él la había llamado cariño? Sí, lo había hecho, y había sonado tan dulce. Poco a poco se fue relajando, algo más segura entre sus brazos; y entonces empezó a ser consciente de lo cerca que estaban el uno del otro y de todas las partes en las que sus cuerpos se tocaban.

—Lo siento —susurró Jayden.

No estaba muy seguro de si se disculpaba por haberla tirado a la piscina, o porque estaba a punto de besar aquellos labios morados que continuaban temblando sin parar.

Sara fijó la vista en su boca y abrió la mano abarcando con ella su nuca. Sus dedos se crisparon con un estremecimiento y, sin ser muy consciente de lo que hacía, lo atrajo hacia ella mientras contenía el aire y sus pupilas se dilataban.

Alguien carraspeó y ambos se giraron de golpe hacia el sonido.

Sofía, la dueña del taller de costura, los miraba con una expresión bastante incómoda desde el borde de la piscina.

—He traído las cortinas —dijo con tono cortante—. Espero no molestar.

18

No podía seguir con aquello. Esa era la única cosa de la que Jayden estaba seguro cuando despertó el sábado por la mañana. Era un temerario y un suicida por haber dejado que Sara se acercara tanto a él.

Desde el primer momento había notado una conexión con ella, una extraña química que le encendía el cuerpo como si fuera un árbol de Navidad, aún sabiendo que esa mujer era la fruta prohibida de la que hablaban los libros. La manzana por la que todo se puede ir a la mierda si te empeñas en probarla, y él no hacía otra cosa que pensar en qué sabor tendría.

Lo único que había evitado el desastre hasta ahora era que, a pesar de la evidente atracción que sentía por él, ella no se había dejado llevar. Era una mujer íntegra, consecuente con su compromiso y fiel. Eso le gustaba de ella, lo respetaba, porque jamás se sentiría atraído por alguien en quien no pudiera confiar. Sin embargo, no estaba muy seguro de qué acabaría pasando si seguían juntos en la misma casa mucho más tiempo.

No podía hacerle eso, Sara no era de esas mujeres que tienen aventuras. Si acababa claudicando, lo haría porque, además de la atracción, habría otro tipo de sentimientos y esas emociones podrían complicarlo todo aún más. Él ni siquiera estaba seguro de hasta dónde podría llegar con ella si eso pasaba.

Debía largarse cuanto antes de allí, pero no quería hacerlo.

Entró en la despensa y movió la puerta varias veces para comprobar qué bisagra era la que chirriaba. Destapó el bote de lubricante y trató de colocar la cánula larga y estrecha que llevaba para acceder a sitios difíciles.

—No podemos hacer esto, meternos aquí como si su vida fuese asunto nuestro.

—Es nuestra amiga y las amigas se preocupan y hacen estas cosas para evitar problemas mayores.

Jayden pegó un respingo al oír las voces adentrándose en la cocina. La primera pertenecía a Violette y la segunda a Margot. Julieta las seguía y gritó para hacerse oír:

—¡Sara!

Nadie contestó.

—Puede que no esté.

—Quizás esté ocupada —dijo Fanny con tono sugerente—. Según Sofía, ayer estaba de lo más atareada.

Margot resopló y se sentó a la mesa de la cocina.

—Y por eso estamos aquí. Sofía es una arpía y Sara debe enterarse de lo que está diciendo por el pueblo sobre ella, para que pueda ponerle remedio. Si esos rumores se extienden, a saber hasta dónde pueden llegar.

Jayden se había quedado inmóvil tras la puerta de la despensa. Sabía que debía moverse y salir de allí, pero se quedó donde estaba, escuchando con un revoloteo en el estómago.

—Sara —gritó de nuevo Julieta.

—¡Venga ya! —exclamó Violette—. Sara no está haciendo nada malo, y mucho menos lo que dice Sofía. ¡¿Liada con Jayden?! Eso no hay quien se lo crea. Pero ojalá lo hiciera.

—¡Violette! —replicó Margot con tono acusatorio.

—Sé por qué lo digo. Si algo necesita esa chica, es un hombre con el que liarse. ¿Y sabéis qué? Jayden es un buen candidato a amante. Es muy follable.

—¿Es necesario que te expreses de ese modo? —intervino Julieta con las mejillas encendidas.

Violette la miró con un gesto burlón.

—Sí, porque eso es justo lo que quiero decir. Follable. —Puso los ojos en blanco—. Sara se merece una alegría y él es perfecto para eso. Un buen polvo hace maravillas.

—¿Qué estás intentando decir? —quiso saber Fanny—. ¿Qué sabes tú que nosotras no sepamos?

—Es algo que me dijo de un modo confidencial. No puedo contarlo.

—Seguro que esa confidencialidad no se aplica a nosotras —intervino Margot.

Se produjo un largo silencio en el que Jayden dejó de respirar. El bote de lubricante empezaba a ceder por la presión de sus dedos. «¿De qué coño va todo esto?», pensó.

—Vale, os lo cuento, pero porque creo que la estáis juzgando de un modo injusto. —Violette tomó aire, antes de añadir—: Su matrimonio es un asco y su marido un idiota infiel, que en lugar de una esposa cree que tiene una criada.

—¡¿Qué?! —exclamaron todas a la vez.

—¿Estáis sordas? Se casó con él cuando solo era una niña, pero el tío pronto se aburrió y empezó a acostarse con otra. Puede que lo siga haciendo, parece que siguen trabajando juntos. El caso es que, desde entonces, aunque Sara y su marido siguen juntos, su matrimonio no funciona. Se limitan a aguantarse y nada más. Y no solo eso. Su relación está tan acabada, que llevan cuatro años usando la cama solo para dormir.

—¿Cuatro años? —inquirió Julieta sin poder disimular su sorpresa.

—O quizá sean seis. No estoy segura.

—¿Y por qué sigue con él? —se interesó Margot, atónita.

Violette se encogió de hombros.

—Es complicado. Tiene miedo de perder a su hijo, su casa... Ella lo dejó todo por él, sus estudios, su trabajo, y ahora no sabría qué hacer si tuviera que empezar de nuevo. Solo pensarlo la aterra.

—¡Vaya! No... no lo hubiera imaginado nunca. Parece... No sé, aparenta estar bien y que todo en su vida es normal. Las veces que ha mencionado a su marido, nunca... —Margot no sabía qué decir, estaba alucinada con la revelación.

—¿Lo entendéis ahora? Si se estuviera acostando con otro hombre, dudo que eso pudiera considerarse una infidelidad —dijo Violette.

—Opino lo mismo —intervino Julieta.

Jayden dejó que su espalda resbalara por la pared y se quedó sentado en el suelo con las piernas abiertas. Pero ¿qué cojones era todo eso que había escuchado? Jamás lo habría imaginado; y ahora había tantas cosas sobre Sara que empezaban a tener sentido. Apretó los puños y se imaginó usando al tal Colin como diana. Enterró la cabeza entre las manos. Su conciencia le decía que no debía estar allí, escuchando a escondidas, pero era incapaz de salir y dejar que le vieran.

—Así que lleva casada diez años con un hombre para el que no existe. Pobre Sara, no quiero imaginar cómo se sentirá, y tan joven... —musitó Margot.

—No puedo creer que se lo hayas contado. ¡Pensaba que podía confiar en ti! —exclamó Sara desde el umbral de la cocina.

Violette se levantó de la silla de un brinco y se acercó a ella, sintiéndose fatal por la mirada asesina que le estaba dedicando.

—Sara, lo siento. No quería contar nada, pero he tenido que hacerlo. Ayer Sofía os vio a ti y a Jayden y ha hecho correr unos rumores que...

—¿Qué rumores?

—Nada de lo que debas preocuparte —intervino Margot—. Y no debes enfadarte con Violette porque nos haya hablado de tu... situación.

—Claro que sí. Es un asunto privado. Es mi vida.

Fanny se acercó a ella y le rodeó los hombros con el brazo. La empujó hacia la mesa.

—Siéntate aquí con nosotras y hablemos. Mira, tengo la sensación de que todo esto que nos ha contado Violette es algo que no le has dicho a nadie más, y creo que cargar con algo así tú sola te puede estar afectando seriamente. —Hizo una pausa y suspiró—. Y que te comportes y vivas fingiendo que tu vida es perfecta, es un claro síntoma de que necesitas ayuda urgentemente.

Sara la miró de hito en hito sin dar crédito a lo que estaba ocurriendo. Toda la vida guardando sus secretos y ahora aquellas... desconocidas... querían ponerse a hablar de ellos como si se tratara de un culebrón televisivo que analizar.

Fanny vio su reticencia y se apresuró a añadir:

—Escucha, cielo. Antes de acabar como médico de familia en este pueblo, yo era una reconocida terapeuta en París. Se ha demostrado que la terapia de pareja es efectiva y necesaria. Antiguamente estas cosas quedaban en la alcoba y los matrimonios duraban toda la vida, amargados e infelices. Por suerte las cosas ya no son así.

—A mí me está ayudando a superar lo de Marion —dijo Violette. Estiró la mano sobre la mesa y asió la de Sara—. Solo estamos nosotras, y somos tus amigas. Sácatelo de dentro.

Sara puso cara de resignación y dejó escapar todo el aire de sus pulmones. Tenía un nudo en la garganta que no la dejaba hablar. ¿Cómo podía contárselo? No la comprenderían, y ella se avergonzaba tanto de su situación. Ellas la miraban sin parpadear. ¡Acaso no lo sabían ya! Contuvo el aliento y lo soltó sin pensarlo más:

—Es cierto, mi matrimonio es una farsa. Las únicas personas que saben lo que ocurre de verdad son mi madre y mi amiga Christina. Mi hermano lo intuye, pero jamás le he contado nada de lo que pasó. Creo que intentaría partirle la cara a Colin y no me dejaría seguir con él.

En la despensa, Jayden movió la cabeza con un gesto afirmativo. Cada vez le caía mejor el hermano de Sara, porque él también se moría por romperle la cara a ese tipo.

—Vale —dijo Fanny—. Cuéntame vuestra historia desde que os conocisteis. Después te haré unas preguntas, si te parece bien.

—¿De verdad vas a psicoanalizarme?

Fanny sonrió.

—No es eso lo que voy a hacer.

—¿Y qué vas a hacer?

—Confía en mí, ¿de acuerdo?

—Esto es surrealista —protestó Sara.

—Solo vamos a hablar. ¿Qué tienes que perder?

—¿Mi dignidad?

—Tu dignidad está a salvo entre estas paredes. Y lo dejaremos si te sientes incómoda, ¿vale?

Sara vaciló unos segundos antes de rendirse.

—Vale.

—Bien, ¿cómo os conocisteis? —quiso saber Fanny.

Sara empezó a relatar todo lo que ya le había contado a Violette unas cuantas noches antes. Pensó que sería un suplicio revelar tantas cosas personales que la avergonzaban, pero, conforme hablaba, las palabras fluían con más facilidad y se volvieron ligeras, aliviando la presión que sentía en el pecho.

—...y no ha intentado hablar conmigo desde que le colgué el teléfono —terminó de contar.

Fanny, con los codos apoyados en la mesa, se frotó la frente con los dedos como si aquel gesto la ayudara a pensar.

—Creo que viste en Colin la figura del padre protector que no tenías en ese momento. Viste la seguridad que su posición te podía proporcionar y la que indirectamente daría a tu familia si te comprometías con él. Eso nunca funciona, Sara. En un hombre debemos ver al amigo, al compañero, al amante... No una solución a los problemas. Aunque es cierto que ese deseo de ser salvadas puede confundirse con amor, y creo de verdad que tú pensabas que estabas enamorada de él.

Hizo una pausa y sonrió. Arrugó la nariz y miró a Julieta.

—Abre una botella de vino, cariño. Nos hace falta a todas. —Julieta, pálida como una vela, se apresuró a hacer lo que le pedía. Fanny centró de nuevo su atención en Sara—. Cuando una mujer se enamora de un hombre, lo siente aquí y aquí. —Se tocó el pecho a la altura del corazón y después el vientre, deslizando la mano entre las piernas. Luego posó un dedo en su frente—. Aquí no. Porque el amor y el deseo son viscerales, no tienen lógica. Nos poseen y nos obnubilan hasta convertirnos en títeres de nuestras propias pasiones.

Sara negó con la cabeza.

—Yo lo sentía. Le deseaba.

—Lo sé —dijo Fanny en voz baja—. Se puede desear el sexo con otra persona sin necesidad de amarla. Pueden ser dos cosas distintas, no siempre van de la mano. Y también puede que tú confundieras el deseo con la necesidad de sentirte amada.

Sara miró a Fanny a los ojos y pudo ver en ellos su comprensión. De repente se sentía como si fuese de cristal, un cristal fino y trasparente incapaz de ocultar su interior.

—Y en el caso de mi marido, no sentía ninguna de las dos por mí: ni amor ni deseo —musitó con una sonrisita triste.

Fanny le puso delante la copa de vino que Julieta le acababa de dar.

—Su falta de interés también demuestra que te eligió por los motivos equivocados —indicó Fanny.

—O puede que yo lo estropeara, que yo tuviera la culpa.

—¿Por qué crees eso?

Sara se bebió casi toda la copa antes de contestar. Tragó saliva un par de veces y se recogió el pelo detrás de las orejas.

—Porque yo nunca tomé la iniciativa y... Y no sentía nada de nada. Puede que se diera cuenta —respondió, incapaz de levantar la vista de la mesa.

Jayden se tapó los oídos con las manos. No podía seguir oyendo nada más. Se subía por las paredes. Estaba recibiendo más información de la que jamás habría deseado y no sabía qué hacer con ella. Apenas podía analizar lo que sentía en ese momento después de haber escuchado la historia de Sara. Que la conversación empezara a tomar unos derroteros tan íntimos le hacía sentirse un miserable por seguir allí. No tenía ningún derecho a conocer sus secretos. Pero salir de su escondite ya no era una opción, y rezó para que no le descubrieran.

—Explícamelo —dijo Fanny.

Sara se ruborizó y empezó a dibujar con el dedo sobre la mesa.

—No sé por qué, pero nunca fui capaz de tomar la iniciativa. Siempre era él quien me buscaba...

—Pero dices que le deseabas, querías estar con él de ese modo.

Sara miró a Fanny a los ojos y asintió.

—Sí, pero era incapaz de... Simplemente esperaba a que él tuviera ganas de estar conmigo.

—¿Por qué? —intervino Margot como si no lograra entenderlo por más que se esforzara.

—Inseguridad y vergüenza, quizás una educación algo represora y demasiado conservadora. Puede haber muchas causas —respondió Fanny. Sonrió—. Sara, no eres la primera ni la última mujer a la que le han pasado estas cosas, y tienen solución. Has dicho que tampoco sentías.

—No —respondió, moviendo la cabeza con timidez.

—¿Nada de nada?

—Me... excitaba y me gustaba... Pero yo nunca alcancé con él... Nunca...

—Entiendo. Pero sí que has experimentado un orgasmo, ¿verdad? ¿Tú sola?

Jayden se puso de pie sin hacer ruido y se pegó a la esquina más alejada de la despensa. Apretó con fuerza los párpados. ¡Mierda! ¡Joder! Estaba alucinando y excitado al pensar en Sara haciendo eso...

—Sí, sola sí. Pero con él me ponía tan nerviosa que no podía. Quiero decir que... Bueno, yo notaba que él enseguida estaba a punto y me esforzaba por seguirle el ritmo, pero no podía.

—Y fingías que te...

—¡Sí, Fanny, lo hacía! —respondió exasperada. Hablar de su sexualidad era muy difícil e incómodo—. Porque era evidente que el problema lo tengo yo. No lograba excitarme lo bastante y mi cabeza solo podía pensar en que él ya estaba listo y yo ni siquiera había empezado... Y no era capaz de abrir la boca. Así que probablemente acabó dándose cuenta de que yo soy un desastre como amante y buscó a otra que sí pudiera hacer todo lo que yo no hacía. —Las últimas palabras las dijo a gritos al tiempo que se ponía de pie y les daba la espalda—. No quiero seguir hablando de esto.

Hubo un largo silencio durante el que las miradas se sucedieron en todos los sentidos. Conversaciones silenciosas cargadas de lástima y enojo.

Violette resopló y también se puso de pie.

—Siento decirte esto, querida —musitó Fanny tras meditar y analizar la reacción y las palabras de Sara—. Tu marido es un amante pésimo, además de un egoísta. Hacer el amor no se reduce a copular como conejos durante cinco minutos, y eso si se trata de unos conejos con suerte. No, *ma petite*. El sexo, hacer el amor, es un arte que se va perfeccionando con el tiempo y las herramientas adecuadas. Sexo es una mirada cargada de erotismo, sexo es hacer sentir atractiva a la otra persona, sexo es tomarse el tiempo suficiente para unos buenos preliminares... Sexo es querer recibir tanto como se da, sin sentirse mal por ello. Sara, a ti no te pasa nada malo. Eres insegura y tímida. Te avergüenza el sexo porque simplemente te han hecho un mal rodaje y sigues sin estar a punto. Diste con el mecánico equivocado.

Margot hizo un ruidito con la garganta y se tapó la boca con la mano. Empezó a agitarse como si estuviera sufriendo convulsiones y se echó a reír con ganas.

—Dios, perdonadme —dijo entre risas—, es que eso ha sonado. No sé...

Julieta se dio la vuelta y ocultó como pudo que también se estaba partiendo de risa.

—Entonces, solo hace falta un buen piloto para su coche, ¿no? —replicó Violette con una inocencia casi infantil.

Las carcajadas aumentaron, y hasta Fanny tuvo serios problemas para mantenerse seria.

—¿Os hacéis una idea de lo humillante que es esto? —preguntó Sara.

Su mirada vagaba de un rostro a otro con expresión compungida. Sin embargo, poco a poco, una sonrisa se fue dibujando en su cara al ver los esfuerzos que hacían todas para controlarse. No podía enfadarse con ellas cuando, sin pretenderlo, empezaba a sentirse inexplicablemente bien, como si se hubiera quitado un peso de encima. Si era sincera consigo misma, no le quedaba más remedio que aceptar que le había sentado de maravilla mantener esa conversación.

Fanny le había dicho lo que otras tantas veces Christina le había repetido hasta la saciedad y que ella se había negado a escuchar. Era una mujer insegura y con miedo al sexo, porque sus decisiones equivocadas la habían llevado a encontrar a los hombres equivocados. Pero necesitaba oírlo de otra persona para intentar aceptar que no era defectuosa y que no merecía ser infeliz por ello.

—Lo siento —se disculpó Violette—. No era asunto mío y te prometí que no lo contaría. Soy una amiga horrible.

Sara le quitó importancia con un gesto.

—No pasa nada. En el fondo necesitaba que este secreto dejara de ser tan secreto. Me ha sentado bien soltarlo. Y tenéis razón, en todo.

—¿De verdad lo crees? ¿Estás segura? —se preocupó Fanny.

—Sí, y si he de ser totalmente sincera, sabía cuáles eran mis problemas mucho antes de hablarlos con vosotras. Me he equivocado en muchas cosas y he tomado decisiones poco acertadas que me han llevado a donde estoy ahora. Pero esta es mi vida y es la vida que quiero vivir.

Julieta le dedicó una sonrisa comprensiva, pero en sus ojos brillaba un atisbo de compasión.

—¿Sin piloto y sin mecánico? Porque en esa vida estás muy sola, cielo —le hizo notar Margot.

—De verdad, no los necesito. No es indispensable —susurró Sara, aunque ni ella misma lograba creérselo. Llevaba demasiados años sintiendo ese agujero en el pecho que le recordaba que necesitaba cosas que jamás podría tener. Que anhelaba una compañía y unas emociones que su marido no le daba y que nunca le daría.

Sola.

Para siempre.

—No es indispensable —repitió, esforzándose por parecer más animada.

—El amor siempre lo es —replicó Julieta.

Jayden salió de la despensa en cuanto la cocina quedó desierta y estuvo seguro de que nadie podía pillarle. ¡Cabronazo! No podía dejar de pensar en el tío que estaba casado con Sara. ¿De qué planeta se había escapado? Porque debía de ser alienígena para tratarla como la estaba tratando. No la merecía. De acuerdo, puede que él tampoco, pero le llevaba ventaja a ese cretino porque jamás haría nada que pudiera herirla. Merecía un hombre que besara el suelo que ella pisaba. Y él estaba seguro de que besaría ese suelo y cada centímetro de su piel si lo dejaba.

Se sentía tan cabreado que no estaba de humor para quedarse allí. Necesitaba un trago, pero un trago de verdad. De esos que te tomas en la barra de un bar, a solas, pensando en lo bien que te sentirías si una bomba atómica acabara con todos los gilipollas sobre la faz de la tierra.

Se llevó el coche sin pedir permiso ni despedirse. En aquellos momentos se sentía incapaz de enfrentarse a ella. Condujo hasta el pueblo y fue directamente al bar de Gaspard. Saludó de pasada a los clientes que se encontraban en las mesas y se sentó a la barra en uno de los incómodos taburetes.

—¡Vaya, qué sorpresa! ¿Qué haces tú por aquí y a estas horas?

Jayden arrugó la nariz, mientras se inclinaba hacia un lado para poder ver las botellas que había en los estantes.

—Ponme un bourbon.

—¿Cuál quieres?

—Me da igual, pero americano.

Gaspard se encogió de hombros y tomó del expositor una botella de Jim Beam. La puso sobre la barra y sirvió un poco en un vaso ancho.

—No te la lleves —dijo él cuando Gaspard fue a guardarla, y se la quitó de la mano.

Hacía ya un tiempo que se conocían y Gaspard comprendió que le ocurría algo. Iba a preguntarle qué le pasaba cuando su amigo se le adelantó.

—¿Qué harías si la mujer que te gusta estuviera casada?

Los ojos de Gaspard se abrieron como platos. Después cruzó los brazos sobre la barra para acercarse a él.

—¡Joder, tío! Debí de imaginármelo cuando me contaste que te habías instalado allí. —Le apuntó con el dedo—. ¿Sabes lo que haría? La dejaría en paz. Una mujer casada es intocable, está prohibida...

Jayden alzó las manos, pidiéndole silencio.

—Y si... y si está casada con un capullo que no sabe ni que existe. Que lleva años sin tocarla. Y es literal, tío. Ni un jodido beso.

Gaspard inspiró hondo y se echó hacia atrás mientras consideraba sus palabras.

—¿Años? —inquirió como si le costara creerlo.

Jayden asintió.

—Años. Al menos cuatro.

—¡La hostia! ¿Cuatro? —Empezó a pensar que su amigo se estaba refiriendo a otra mujer, que no era la que él tenía en mente. Volvió a inclinarse y bajó la voz—. ¿Qué tío puede estar cuatro años sin follar? Yo no aguanto una semana.

—Uno que se lo monta con otra.

—Pues solo se me ocurre que su mujer sea tan fea que no se le ponga dura —replicó Gaspard, abriendo mucho los ojos para que sus palabras lograran un mayor efecto, y puso otro vaso sobre la barra.

Jayden gruñó y se bebió el bourbon de un trago. Después cogió la botella y llenó los dos vasos.

—No es fea. Al contrario, está muy buena. ¡Qué digo buena, es una diosa, tío!

—Vale, así que estamos hablando de ella. Por un momento he creído que te referías a otra.

—¿Qué otra? No hay otra.

—A ver, tú estás hablando de Sara, ¿no?

Jayden resopló.

—Ya sabes que sí. Creía que eso estaba claro.

—Vale, solo era para estar seguro. Entonces… Eso cambia las cosas, lo cambia todo. Si te gusta, no hacer nada sería como dejar un filete *Mignon* en la nevera de un vegetariano.

—¡Exacto, tío!

—Lo lógico sería coger ese filete y meterte de cabeza en la cocina. Vuelta y vuelta para que no se pase, y zampártelo con una buena copa de vino.

Jayden sonrió de oreja a oreja y chocó su vaso con el de Gaspard antes de apurarlo de un trago.

—Amén. —Su sonrisa se ensanchó, pero de inmediato se puso serio—. Aunque no es tan fácil.

Gaspard tamborileó sobre la barra y saludó con la cabeza a un par de clientes que acababan de entrar.

—No, no lo es, y no es que tengas muchas opciones: o pasas del tema o te arriesgas a quemarte.

Durante unos segundos, Jayden no dijo nada. Se quedó cavilando con la vista clavada en su bebida.

—Es que no quiero hacerle daño —dijo al fin—. Y por lo que sé, ya le han hecho mucho. Pero me gusta de verdad, y me gusta mucho.

Gaspard soltó una risita y le sirvió un poco más de bourbon.

—Necesitas la opinión de una mujer...

Él lo miró como si le hubieran salido orejas de elfo.

—No me mires así, lo digo en serio —continuó Gaspard—. Para esas cosas tienen un sexto sentido. No sé, captan mejor los detalles y saben leer entre líneas. Solo es un consejo, pero yo lo haría. Si de verdad te preocupa meter la pata con Sara, sopésalo todo.

—Ya...

—Tengo que atender las mesas. Estás en tu casa, sírvete tú mismo.

Jayden miró la botella de bourbon durante una eternidad, sin dejar de darle vueltas a todos los pensamientos que le embotaban la mente en ese momento. Solo había una persona en el mundo con la que podía hablar de algo así. Respiró hondo, tomó la botella y se dirigió a la fuente que ocupaba el centro de la plaza. Se sentó en el borde de la piedra y sacó su teléfono del bolsillo. Tomó aire, reuniendo un poco de coraje, y marcó el número.

—Jay, son las siete de la mañana y he tenido guardia los últimos tres días. Como no sea importante juro que te mato.

—Hola, hermanita. Perdona, no quería despertarte —dijo con tono decaído.

—Cariño, ¿estás bien?

Se pasó una mano por el pelo y después se frotó la cara.

—Nikki, he conocido a alguien. Una chica..., y estoy hecho un lío.

—¿Por qué?

—Porque está casada.

Silencio.

—Jayden Hunter Dixon, ¿qué clase de hombre hace una cosa así? Porque estoy segura de que no te hemos educado...

—Eh, Nikki, para y escucha, ¿vale? No es lo que imaginas.

—Si está casada...

—Solo escucha, y después échame la bronca y grítame todo lo que quieras. Pero primero escucha la historia.

Otro silencio, esta vez más largo que el anterior.

—Está bien —aceptó Niccole.

Jayden le contó todo lo que había pasado desde el día que conoció a Sara. Le habló de sus sentimientos, de cómo era ella y de lo que había descubierto ese mismo día respecto a su matrimonio. Su hermana le escuchó sin interrumpirlo salvo para que le aclarara pequeñas dudas que iban surgiendo en su relato. Poco a poco, logró que tuviera una visión bastante detallada de la situación.

—No sé qué hacer, Nikki.

—Y yo no sé qué decir. Está casada, tiene un hijo y no parece que quiera salir de ese matrimonio, aunque la haga infeliz. Mi consejo es que la dejes en paz. Es demasiado complicado y lo único que podéis tener es un rollo de verano secreto. ¿De verdad merece la pena? Porque hay muchas posibilidades de que los dos salgáis heridos. —Hizo una pausa, y continuó con un tono cargado de cautela—: ¿O piensas pedirle que deje a su marido para estar contigo y tener un futuro juntos? ¿Vas a proponerle que te acompañe cuando regreses aquí? ¿Vas a ocuparte de su hijo? Cuidar del hijo de otro hombre no debe ser fácil.

Jayden suspiró y cerró los ojos dejando que su cabeza colgara hacia atrás.

—No tengo esas respuestas. No sé si eso es lo que quiero, y ella jamás daría un paso así. Tienes razón.

—La tengo. Jayden, hazme caso, soy tu hermana mayor y sabes que me preocupo por ti. Sal de esa casa y, si aún no estás liso para regresar aquí, busca otro lugar en el que instalarte. Me han hablado maravillas de la Toscana. Pero no te quedes con esa chica más tiempo.

—Vale, lo pensaré.

—No lo pienses, hazlo. Oye, tengo que dejarte. Faith se ha despertado. Cuídate. Te quiero.

—Sí, yo también te quiero.

—Y Jay, lárgate de ahí antes de que todo se complique.

Jayden colgó el teléfono y se lo quedó mirando. ¡Joder! No quería admitirlo, pero su hermana tenía razón. Por mucho que le gustara Sara, aquello no conducía a ninguna parte y no quería hacerle más daño del que ya le habían hecho. Ni tampoco correr el riesgo de ser él quien saliera de allí con el corazón roto. Bastante mierda arrastraba ya.

19

Eran las cuatro de la tarde cuando Violette y las chicas se despidieron de
Sara y abandonaron el *château*. Tras la improvisada sesión de terapia en
la cocina, habían acabado en el jardín, junto a la piscina, bebiendo vino
y comiendo queso con nueces. Sara les había contado lo que en realidad
había pasado con Jayden el día anterior. Ninguna de ellas entendía por
qué Sofía había hecho correr esos rumores estúpidos cuando no había
visto absolutamente nada.

Mientras colocaba los platos en el lavavajillas, cayó en la cuenta de
que no había visto a Jayden desde la noche anterior. Después del inci-
dente en la piscina, apenas habían cruzado unas palabras, como si en un
acuerdo tácito hubieran decidido poner algo de distancia entre ellos.
Llevaban días con esas idas y venidas. Cuando parecía que habían logrado alcanzar una normalidad en su relación, siempre pasaba algo que
hacía que poco a poco se acercaran el uno al otro hasta rozar la línea
prohibida y, a continuación, salían despedidos como dos imanes que se
repelen.

Como si sus pensamientos lo hubieran invocado, el sonido familiar
del coche llegó hasta ella al detenerse en la entrada. Después sonó un
portazo, luego la puerta principal al abrirse con aquel quejido que no
había forma de quitar. Se asomó al vestíbulo y lo vio inmóvil junto a la
escalera. Estaba serio y se pellizcaba el caballete de la nariz. Iba a salu-
darlo cuando él se lanzó escaleras arriba como una bala.

Tuvo la sensación de que le ocurría algo. Durante un momento
dudó, luchando contra la razón que le decía que debía mantenerse
alejada. Pero solo quería ver si estaba bien, como amiga. Haría lo mismo por cualquier otra persona. Subió tras él y llamó a la puerta con
suavidad.

—Pasa —dijo Jayden tras un largo silencio.

Ella entró en la habitación y dejó la puerta abierta. Sonrió mientras se frotaba las manos en los pantalones.

—Te he visto llegar. No parecías estar bien. ¿Te ocurre algo?

Jayden estaba sentado en la cama, con los brazos apoyados en las piernas y el cuerpo inclinado hacia delante. Contemplaba fijamente el petate que tenía en el suelo, junto a la pared. La miró y trató de devolverle la sonrisa. Pensó en cómo decirle que se marchaba, aunque no sabía si sería capaz de hacerlo, porque al verla allí, de pie, con su bonita sonrisa, largarse era lo que menos le apetecía.

—Sí, estoy bien. Gracias por preocuparte —respondió, y cerró los ojos un segundo. El bourbon se le había subido a la cabeza y, con el estómago vacío, estaba haciendo estragos en él.

—¿Seguro que estás bien? Porque no lo parece —insistió Sara.

Él abrió la boca como si fuera a replicar y una oleada de tristeza cambió sus facciones. Negó con la cabeza.

—La verdad es que estoy pensando en largarme, Sara. Aquí ya no queda mucho que hacer, cosas de decoración y algo de pintura, y todo eso puedes hacerlo tú.

Ella se puso pálida y sintió que el calor se desvanecía de su rostro mientras lo miraba atónita. Algo se le estaba clavando en el pecho y le dolía muchísimo. Casi miró hacia abajo, esperando ver la hoja de un cuchillo.

—Eso no es cierto. Queda mucho por hacer: el jardín, las ventanas de la casita junto a la piscina, rescatar ese antiguo cenador... Aún quedan cosas.

Él apartó la mirada.

—Buscaré a alguien que lo haga. No te preocupes.

—Pero yo no quiero a otro, quiero que lo hagas tú. Tenemos un acuerdo. —Alzó las manos nerviosa y, de repente, enfadada—. No lo entiendo. ¿Qué ha cambiado desde ayer para que quieras irte así?

Se creó un silencio que casi se podía cortar. Sara aguardó sin moverse, estudiando su tensa expresión, intentando reprimir la clara atracción que sentía por él. No quería que se fuera. No quería. Tragó saliva para aliviar el nudo que tenía en la garganta y que parecía proyectar unas estúpidas lágrimas hacia sus ojos.

«No te vayas», pensó.

Jayden seguía sin decir nada y la miraba con una expresión consternada.

Sara no soportaba más ese silencio. Necesitaba sacar de su pecho lo que sentía, pero sabía que él había decidido marcharse y que no había nada que pudiera decir para que cambiara de opinión. Podía verlo en su cara.

Respiró hondo. De acuerdo, era lo mejor. Él solo era alguien de paso. Ella tenía una vida y no estaba allí, sino en Londres. Jayden había sido una mala idea desde el primer día, una tentación que no podía permitirse.

—Está bien. Prepararé el dinero y mañana mismo podrás irte. Si de verdad es lo que quieres, yo no soy quien para pedirte que te quedes más tiempo. Unos días más que menos tampoco importan tanto —musitó; y conforme lo decía, se sintió morir por dentro.

«Mentirosa», apuntó una voz en su cabeza.

Dio media vuelta y, con los puños cerrados, desapareció sin volver la vista atrás.

Jayden se quedó mirando la puerta por la que acababa de salir Sara y su expresión se endureció. A lo largo de su vida, sus deseos irracionales se habían impuesto a la razón en infinidad de ocasiones. Unas veces para meterlo en problemas y otras para activar el detonador que cambiaría su vida para siempre. Esa era una de las segundas.

Se puso de pie y la siguió con una actitud resuelta. Ni de coña iba a despacharlo así. Porque, para empezar, no quería largarse de allí. Lo que quería era algo bien distinto; así que al infierno con los buenos consejos. Cualquier hombre tiene su límite antes de actuar sin que le importe una mierda lo que pueda ocurrir después, y él había alcanzado el suyo.

Sara se volvió al oír los pasos que se acercaban rápidamente. Jayden apareció en la escalera y comenzó a bajarla sin apartar de ella una mirada en la que brillaba un deseo desmedido. Dio un paso atrás, sin aliento, y sintió un pánico creciente en cuanto lo tuvo delante. Él la enlazó por la cintura con un brazo, al tiempo que enroscaba la otra mano en su pelo y se aplastaba contra su cuerpo. Antes de que pudiera darse cuenta, la había atrapado en un beso intenso y profundo.

Quiso apartarlo, pero su anhelo era demasiado grande para renunciar a él con tanta facilidad. El cuerpo se le estremeció con una sucesión de escalofríos que acabaron concentrándose en su vientre, provocando un cosquilleo que se fue extendiendo hasta sus senos. Sentirlo contra ella era demasiado intenso. Sus labios se la bebían con vehemencia y su lengua la exploraba con unos movimientos que la hacían jadear. Se sentía desbordada, impaciente hasta la locura. Su cuerpo respondía con un deseo tan nuevo e inesperado que se estaba ahogando en sus propias sensaciones. Era imposible sentirse así. Ningún cuerpo podía ser capaz de experimentar todo ese placer y no romperse en mil pedazos.

«Así que esto es lo que se siente», pensó Sara, temblando de arriba abajo. Nada anterior podía compararse al goce de ese beso hambriento, y solo era un beso. Madre mía, si alguna vez llegaban a...

De repente, su cerebro racional se despertó. Se dio cuenta de lo que estaba haciendo, horrorizada, y lo apartó de un empujón.

—¿Qué haces? —le espetó.

—Lo que deseaba hacer desde que te conocí, y no me digas que tú no deseabas lo mismo —replicó él con la respiración agitada. Su pecho subía y bajaba tan rápido como el suyo—. Los dos estamos en esto desde el principio.

—No es verdad.

—Sí lo es.

—¡No!

La agarró por el brazo cuando ella intentó alejarse. Sara trató de soltarse, pero él era mucho más fuerte y de un tirón la pegó a su cuerpo.

—Oh, sí, me deseas tanto como yo a ti. El ambiente entre tú y yo parece una puta autopista con tantas luces y señales, y vamos en la misma dirección. —La miró a los ojos con intensidad—. La otra noche, en la piscina... Júrame que no ibas a besarme.

—No iba a besarte —soltó enfadada.

—Vamos, Sara, no te tenía por una mentirosa. Y tampoco por una cobarde. —La expresión de Jayden era colérica y desesperada—. Estuviste a punto de hacerlo, y ayer también. Si esa mujer no hubiera aparecido...

—¡Nada! —gritó ella, sintiéndose acorralada—. No habría ocurrido nada, porque entre tú y yo no puede pasar nada. ¿Acaso no lo entiendes? Esto no está bien, estoy casada.

Él hizo un ruidito de exasperación y acercó su cara a la de ella.

—No, no lo estás. Estar casado implica una serie de cosas que tú no tienes. Lo que tú tienes es un contrato sin valor, porque tu marido ha incumplido su parte. Así que eso te convierte en alguien libre que no le debe nada a nadie.

—Pero ¿de qué demonios estás hablando?

—De que sé cómo te sientes. Lo sé porque yo también he estado casado. Sé lo que te pasa por dentro cuando te das cuenta de que ya no queda nada que te mantenga a flote. Cuando todo lo importante se diluye y solo queda una firma en un papel y un montón de promesas rotas. Y aun así, no eres capaz de aceptarlo y sigues aferrado a la esperanza de que algo cambiará, cuando sabes que no será así, negándote a ti mismo lo que de verdad quieres.

Sara intentó apartarse, pero lo único que logró fue quedar arrinconada contra la pared, con las manos de Jayden a ambos lados de su cabeza.

—Tú no sabes nada sobre mí.

Él sonrió con malicia e inclinó la cabeza buscando sus ojos.

—Sé que sientes algo por mí.

—Y si así fuera, ¿qué importa? Tengo muy claro cuál es mi lugar y no pienso ser una de esas mujeres... —Lo empujó y logró apartarlo, negando con la cabeza—. ¿Qué parte de estoy casada es la que no entiendes?

Jayden soltó una risita forzada.

—Venga ya, corta ese rollo, Sara. Lo sé, ¿vale? Esta mañana te oí hablando con Margot y las otras chicas en la cocina...

Sara se estremeció como si la hubiera golpeado en el estómago.

—¿Qué? ¿Nos oíste...? ¿Has estado escuchando a escondidas?

Los ojos de Jayden brillaron con una disculpa.

—No quería hacerlo, no era mi intención. Pero estaba en la despensa cuando llegaron y no pude evitarlo.

Con piernas temblorosas, Sara se desplomó contra la consola que había al pie de la escalera. Lo miró aterrada y avergonzada. Las lágrimas se le atascaban en la garganta de un modo doloroso.

—Dios mío, ¿y qué has oído?

Cada centímetro del cuerpo de Jayden estaba en tensión mientras la miraba.

—Todo. Lo que te hizo, y lo que te sigue haciendo. No te merece, Sara. No se merece que sigas respetando un matrimonio que ya no vale nada.

—¿Ah, sí, y qué sugieres que haga? Tú no sabes nada sobre mí para hablarme de ese modo y decirme lo que debo hacer.

—¡Joder! No pretendo decirte lo que debes hacer —masculló dando un paso hacia ella con una furiosa incredulidad.

Volvían a estar cara a cara, respirando el mismo aire, acariciándose con el aliento.

—Entonces, ¿qué quieres? —inquirió ella más envalentonada.

Jayden la envolvió con sus brazos y ella tuvo que inclinar la cabeza para sostenerle la mirada.

—Quiero que dejes de negarte a ti misma lo que deseas, y que dejes de sentirte culpable por querer otras cosas. Tómalas y ya está. No le debes nada.

—Ya... Y das por hecho que lo que quiero es tener una aventura contigo. Para desquitarme con un marido que me ignora.

Se soltó de su abrazo y con un gesto de desdén se dirigió a la escalera. Él la retuvo por la muñeca, de manera casi dolorosa, obligándola a detenerse.

—No —susurró con voz ronca—. Ten una aventura conmigo porque me deseas. Ten una aventura conmigo porque quieres que vuelva a besarte. Y ten una aventura conmigo porque yo quiero que la tengas. —Le rozó los labios con la boca—. Me has vuelto loco, Sara. Eres lo único que tengo en la cabeza.

Ella contuvo el aliento y apretó muy fuerte los párpados. Tragó saliva y se obligó a abrir los ojos. No podía dar ese paso. Debía ser fuerte y hacerle caso a su cabeza, o el corazón terminaría por traicionarla y acabaría metiéndose en una peligrosa historia con él.

—Jamás me haría a mí misma algo así. No soy de ese modo, Jayden. Me bastaba con lo que teníamos, con que fueras mi amigo. Quiero que seas mi amigo, nada más.

Lentamente, él se apartó; su mirada era tan fría que a Sara le dolió. Pasó por su lado sin decir una palabra y subió la escalera para dirigirse a su habitación. Cerró la puerta con el pie y acabó dándole una patada a una almohada que había caído al suelo.

¡JODER!

Había dado el paso y se había estrellado. Aunque tampoco estaba sorprendido. Ver dentro de Sara le resultaba tan fácil que casi podía adivinar sin lugar a dudas qué estaba pensando. Su problema era el miedo y la inseguridad que la dominaban desde siempre, y no sus sentimientos; porque si de algo estaba seguro, era de que ella se sentía tan atraída por él como él por ella. Pero parecía que el miedo era más fuerte que la atracción, y ante eso no podía hacer nada.

Golpeó la pared con la palma de la mano y después apoyó la cabeza contra el frío yeso, resoplando.

Estaba enfadado, porque en el fondo había esperado que no lo rechazara; y bien sabía que no tenía ningún derecho a sentirse así, cuando ni siquiera sabía qué pasaría después si se dejaban llevar. Qué pasaría con ella si daba el paso de engañar a su marido.

El teléfono móvil sonó dentro de su bolsillo. Le echó un vistazo al mensaje. Era de Kip, recordándole que esa noche la actuación empezaba media hora antes. Miró el reloj, eran casi las siete y ya iba tarde. Entró en el baño y abrió el grifo de la ducha. Veinte minutos después cruzaba el vestíbulo, con el pelo todavía húmedo y vistiendo de negro. Su guitarra colgaba del hombro.

Se detuvo antes de abrir la puerta y volvió la cabeza hacia el pasillo que conducía a la cocina, desde la que salía una tenue luz. Fue hasta allí y la encontró sentada a la mesa con la cabeza entre las manos. Sintió una punzada de culpabilidad al verla así, pero no se arrepentía de nada. Su confesión era algo que necesitaba sacarse de dentro desde hacía días.

—Yo... —empezó a decir. Ella levantó sus ojos llorosos de la mesa y lo miró—. No he debido besarte, no ha estado bien. Pero ¡lo siento!, no me arrepiento, volvería a hacerlo. ¡Dios, en este momento daría la vida por volver a besarte! Y tampoco me arrepiento de nada de lo que te he dicho. Tengo muy claro lo que quiero, y eres tú.

Dicho todo eso, dio media vuelta y fue en busca del coche.

Arrebujada en el sofá, con la vista perdida en la pantalla del televisor, Sara dejó que su teléfono sonara de nuevo hasta que la persona que llamaba se aburriera de intentarlo. No se sentía con fuerzas para nada. El corazón le latía con furia y no dejaba de pensar en lo que había ocurrido un rato antes. Cada palabra de Jayden se había convertido en un eco sordo que no dejaba de repetirse en su cabeza. Tampoco podía borrar aquel beso ardiente y codicioso; ni sus manos sobre ella ciñéndola de ese modo posesivo; ni su cuerpo tembloroso aplastado contra el de él. Las sensaciones que le había provocado jamás podría olvidarlas. ¿Cómo iba a vivir ahora sabiendo lo que podía tener pero que nunca sería suyo?

Se moría por llamar a Christina y hablar con ella de todo lo que le estaba sucediendo, de cómo las cosas se habían descontrolado sin apenas darse cuenta. Necesitaba que le dijera que había hecho lo correcto, que había tomado la decisión adecuada, porque una mujer casada que se acuesta con otro hombre es una zorra, una putilla que no merece ningún respeto. Necesitaba que le dijera que su elección era correcta, porque debía pensar en el padre de su hijo mucho más que en sí misma, por el bien del niño. Que no podía arriesgarse a que algo así acabara sabiéndose y que por ello pudiera perderlo todo.

Sin embargo, sabía que su amiga no le diría ninguna de esas cosas.

«Déjate llevar y vive. Tírate a ese tío y disfruta de todo lo que pueda darte mientras dure», le diría. Y estaba tan desesperada por estar con Jayden que acabaría por hacerle caso y terminaría cometiendo el mayor error de toda su vida.

«He hecho lo que debía», no cesaba de repetirse. Entonces, ¿por qué se sentía tan mal? ¿Por qué le dolía el pecho de ese modo? Porque acababa de renunciar a la única persona que la había hecho sentirse especial en muchos años. La única persona que realmente la había visto. «Te veo», le había dicho él aquella noche en la piscina, y era verdad.

El teléfono volvió a sonar. Lo miró con inquina y acabó cogiéndolo.

—Diga.

—Sara —dijo una voz llorosa al otro lado.

—¡Violette! ¿Qué... qué te ocurre?

—Se casa, Sara. Marion va a casarse con ese tío.

Se enderezó en el sofá y cerró los ojos mientras se frotaba la frente.

—Lo siento mucho. ¿Cómo estás? —quiso saber, aunque lo imaginaba porque la oía sollozar y sorberse la nariz.

—Me siento fatal. Necesito salir y distraerme, no puedo quedarme aquí encerrada dándole vueltas a la cabeza.

—Claro, me parece muy buena idea. Hazlo —la animó.

—Sí, o acabaré volviéndome loca. Paso a buscarte en media hora.

Sara pestañeó.

—¿Qué?

—No irás a dejarme sola en un momento así, ¿verdad? No tengo a nadie más... —Se le rompió la voz con un largo lamento.

Sara se golpeó la cabeza contra el cojín. Suspiró.

—No, claro que no. Eres mi amiga y me necesitas; yo nunca te dejaría tirada.—«Aunque yo también me esté muriendo», pensó.

Subió a su habitación y entró en el baño como el preso que llevan a la horca y que no siente sus pasos mientras sube al cadalso. Se lavó la cara y trató de disimular los estragos de su llanto con un poco de maquillaje. Se dejó el pelo suelto y lo peinó con los dedos para que tomara algo de volumen. Luego se plantó frente al armario con las puertas abiertas, intentando decidir qué iba a ponerse.

No tenía mucho donde elegir. En realidad no tenía nada apropiado para salir un sábado por la noche. Vio el vestido rojo colgando de una percha. Casi se había olvidado de que estaba allí. Inspiró hondo, pensando que ponérselo sería un poco retorcido, pero era eso o un short desteñido y una camiseta de algodón sin planchar.

Lo sacó del armario y se lo enfundó sin darle más vueltas. Con sus sandalias planas quedaba bastante bien y, con un poco de suerte, su aspecto de fiesta acabaría contagiando a su humor de perros. Aunque lo dudaba mucho.

Si hubiera sabido que Violette quería ir hasta Aix, quizá se habría replanteado su decisión de salir esa noche. La ciudad guardaba demasiados recuerdos para ella. Bajó la ventanilla del destartalado Renault e inspiró el olor a verano que desprendían las calles. No podía seguir pensando en él o acabaría volviéndose loca y convertida en un mar de lágrimas. Y eso era lo último que Violette necesita en ese momento.

—Gracias por salir conmigo —repitió Violette por enésima vez, mientras aparcaba en una estrecha calleja cerca del centro.

—De nada. No imaginaba que vendríamos hasta aquí, pero... me parece bien.

Se bajó del coche y alisó con las manos la falda del vestido.

—Sé que está un poco lejos —se disculpó ella—. Pero es el único sitio con buenos bares, ambiente y mucha gente con la que distraerse. —Esbozó una sonrisa divertida—. Conozco un pub que te va a encantar, *The Kerry*. Siempre está lleno de gente, ponen buena música y las camareras son guapísimas.

Sara le devolvió la sonrisa e inspiró hondo. Solo deseaba regresar a casa y dormir, deshacerse del pellizco que le estrujaba el corazón y que cada vez dolía más. La antigua Sara lo habría hecho, habría salido corriendo a esconderse del mundo. Pero ella no quería volver a ser esa persona poco sociable para la que el hecho de salir a tomar un café acababa convirtiéndose en una montaña de ocho mil metros que escalar.

The Kerry resultó ser una de las cervecerías más típicas del centro de Aix. Tenía el techo de madera, las paredes de ladrillo rojo y un ambiente joven, alegre y un poco alternativo. Solían ofrecer noches temáticas y ese sábado había un pequeño grupo de R&B que sonaba bastante bien. Pidieron cerveza, bailaron y conversaron con unos chicos suizos que estaban de vacaciones en la ciudad. Y sin darse cuenta, Sara se encontró riendo y disfrutando de una noche estupenda.

—Vamos a otro sitio. Aquí empieza a haber demasiada gente —gritó Violette por encima de la música.

—Vale —aceptó ella, tras apurar de un trago su cerveza.

Entrelazaron los dedos y salieron del local. Violette la guió por el laberinto de callejuelas en dirección sur. No eran más de las doce y las calles estaban llenas: jóvenes que habían salido de copas, parejas que paseaban y familias con niños ocupando las terrazas de las heladerías.

—Gracias por acompañarme, Sara, lo estoy pasando muy bien. Lo necesitaba.

—No me las des. Creo que yo también necesitaba hacer esto —respondió ella mientras le rodeaba la cintura con un cariñoso abrazo.

—Ten cuidado o empezaré a pensar que me estás tirando los tejos —bromeó Violette.

—¡Eres un peligro! —exclamó siguiéndole el rollo.

—¿Violette?

Violette se detuvo en seco y su expresión cambió. Se había puesto pálida y le temblaban las manos. Muy despacio se dio la vuelta.

—Hola, Marion —susurró.

Una chica pelirroja, con el pelo recogido en dos largas trenzas, la miraba sin parpadear. Tenía las mejillas tan encendidas como su melena. Sus ojos volaron hasta Sara y la miraron de arriba abajo antes de regresar a Violette.

—No sabía que estabas saliendo con alguien.

—Pues sí —replicó ella, recuperando su actitud suficiente, y le rodeó la cintura con el brazo—. Te presento a Sara, acaba de mudarse a Tullia. Sara, esta es Marion, mi ex.

Sara se quedó tan alucinada que tardó un momento en responder.

—Hola, me alegro de conocerte. Violette me ha hablado mucho de ti.

—¿Ah, sí? Es curioso, porque a ti nunca te ha mencionado —le espetó con desdén.

—Bueno, quizá sea porque nunca coges el teléfono —intervino Violette.

Marion soltó un ruidito burlón.

—Puede que no lo coja porque es imposible hablar contigo sin que montes un drama.

Violette gruñó y dio un paso hacia ella.

—¿Que yo monto dramas? No sé, creo que es bastante evidente que he pasado página y que me importa una mierda que vayas a casarte con ese tío. En serio, no veo el drama por ninguna parte.

Sara se abrazó los codos y apartó la mirada de ellas. Aquel encuentro empezaba a ser algo más que incómodo. ¿De verdad iban a ponerse a discutir en medio de la calle? Ya lo estaban haciendo.

—Sí, ya veo que no te ha costado mucho meter a otra en tu cama. Y, para tu información, no voy a casarme con nadie.

Violette se quedó muda y su expresión cambió.

—¿No vas a... casarte? Si tu hermana... Tu hermana me ha dicho esta misma tarde que...

Marion resopló y sus labios temblaron con un puchero.

—Mi hermana aún no lo sabe. Acabo de romper con... él —dijo Marion mientras se recolocaba el bolso en el hombro con un gesto compulsivo.

Violette soltó a Sara y dio otro paso adelante.

—¿Y por qué habéis roto? —preguntó en voz baja.

Marion soltó una risita forzada cargada de tristeza y frustración. Miró hacia los árboles y parpadeó varias veces como si tratara de no echarse a llorar.

—¿Tú qué crees? Por ti, Violette. Tenías razón, soy como soy, y fingir lo contrario solo me hace más daño.

Violette abrió la boca para decir algo, pero la cerró y negó con un gesto.

Sara se dijo que allí sobraba. Carraspeó para llamar su atención y sonrió.

—Creo que necesitáis un momento a solas. Será mejor que os deje para que podáis hablar.

—¡No! —exclamó Violette.

—Sí —se apresuró a decir Marion. Sus ojos se clavaron en Sara con una súplica y después se posaron en Violette.

Ambas mujeres se miraron a los ojos y una conversación silenciosa fluyó entre ellas. Violette se volvió hacia Sara.

—Vale, pero toma las llaves del coche para que puedas volver a casa.

—No, tú las necesitas por si surge una urgencia con tu padre y debes volver deprisa. Cogeré un taxi.

Violette negó con la cabeza.

—De eso nada. Un taxi te saldrá por un ojo de la cara.

—El autobús de Marsella sale de aquí sobre la una y media. Tiene parada en Tullia —dejó caer Marion como si nada.

—¡Estupendo, todo arreglado! —exclamó Sara con desenfado, antes de que Violette pudiera objetar nada. Sabía que era un momento importante para su amiga y no iba a estropeárselo. No estaba en medio de un desierto ni en una selva amazónica, regresar a casa no sería tan complicado.

Violette se acercó a ella.

—¿Estás segura? Porque tengo la sensación de que esto no está nada bien —le preguntó en voz baja.

—Tranquila, no te preocupes por mí. —Sonrió con picardía—. Marion está ahí y parece que quiere algo más que hablar. Yo que tú sería un poquito egoísta y me iría con ella.

Violette la miró a los ojos y una enorme sonrisa se dibujó en su cara. Se lanzó a su cuello y la abrazó con fuerza.

—Gracias, muchísimas gracias.

20

Sara se despidió de Violette y se encaminó hacia la estación de autobuses siguiendo las indicaciones que le habían dado. Aún tenía una hora y veinte minutos por delante, y paseó sin prisa con la necesidad de estar sola durante un rato.

Encontró una calleja abarrotada de gente. Había varios bares, uno al lado del otro, y gran parte de sus clientes bebían en la calle. La noche era perfecta para estar bajo las estrellas, con una copa en la mano y buena compañía. Sonrió para sí misma al darse cuenta de que esa sensación de ansiedad que sentía siempre que salía sola había desaparecido. Se adentró en la calle, con un cosquilleo que le hacía sentirse distinta.

Uno de los pubes llamó su atención y, sin saber muy bien por qué, notó un revoloteo en el estómago. Se llamaba Nashville y a través de la puerta la gente no dejaba de entrar y salir. Del interior surgía una música que parecía en vivo. Los gritos y los silbidos llegaron a sus oídos cuando los últimos acordes de un tema dejaron de sonar.

Entró en el local y echó un vistazo alrededor de la sala para poder situarse. Observó al público, que en su mayoría estaba pendiente de la banda a la que ella aún no podía ver desde donde se encontraba. Las primeras notas de *La grange* de los ZZ Top comenzaron a sonar, acompañando a una voz grave y ronca. La ovación que siguió a continuación hizo que se tapara los oídos y sonriera, contagiándose del entusiasmo.

Se abrió paso hacia la barra a través de la sala abarrotada. Mientras zigzagueaba entre todas aquellas personas, alzó la vista y miró hacia el escenario. Los músicos, a los que aún no lograba ver con claridad, tocaban bajo unos focos de luz que cambiaban de color siguiendo el ritmo. Un hombre negro cantaba pegado al micrófono mientras tocaba una guitarra. Le acompañaban otro guitarrista, un bajista, un pianista y un batería.

Continuó sorteando con habilidad todos los codos y traseros y llegó hasta un hueco en la barra, donde un tipo le cedió rápidamente su taburete al tiempo que le guiñaba un ojo y le sonreía con interés.

—¿Puedo invitarte a algo?

—Puede que más tarde —dijo ella, intentando que la oyera por encima de la música.

—Vale. Son buenos, ¿eh? —replicó él. Hizo un gesto hacia el escenario y se inclinó sobre su oído—. El guitarra de la izquierda y el vocalista son yanquis. Tocan y cantan de puta madre, pero es que esos tipos llevan el rock, el bluegrass y el country en la sangre.

El aire abandonó de golpe sus pulmones, cuando un chico enorme se apartó de su camino y pudo ver el escenario sin ningún estorbo. Sus ojos volaron hacia el tipo que ocupaba el lado izquierdo. Era Jayden.

¡Un punto para el destino!

Se sonrojó mientras se lo comía con los ojos. Su atuendo no era nada del otro mundo: un tejano y una camiseta negra, y una gorra puesta del revés. Pero le sentaba tan bien que era imposible dejar de mirarlo. Sus ojos verdes no cesaban de escrutar a la multitud, mientras movía la cabeza al ritmo de la música y sus dedos se deslizaban por las cuerdas. De vez en cuando, una sonrisa muy sexy le curvaba la boca y remataba el gesto mordiéndose el labio inferior. Y al parecer no era la única que lo encontraba irresistible, viendo el grupo de mujeres que se agolpaban frente al escenario.

Terminaron el tema y los gritos y los silbidos resonaron por todas partes, ahogando las primeras notas de otra canción.

—Solo tocan versiones, pero el repertorio mola mucho —comentó el chico, tratando de llamar su atención.

Ella se limitó a asentir. Aquellos primeros acordes le sonaban mucho, aunque no recordaba de qué. El corazón se le subió a la garganta cuando Jayden cambió su puesto con el vocalista y ajustó el micrófono a su altura. Se hizo un silencio y el batería volvió a marcar la entrada con sus baquetas. Tres, dos, uno...

Entonces rasgó las cuerdas de la guitarra y se acercó al micrófono con la cabeza ladeada. Su voz sonó áspera y sexy, mientras empezaba a moverse con un ritmo suave y sugerente. Sus hombros y sus caderas se mecían de delante hacia atrás al tiempo que su expresión cambiaba con cada frase.

Era la canción que había tocado junto a la piscina, la misma canción que casi hizo que ella perdiera la cordura y mordisqueara sus labios como un ratoncito. Lo contempló sin parpadear, notando cómo su voz se colaba por cada poro de su piel, tocando zonas que no sabía que tenían vida. Al menos no ese tipo de vida. Llegó el estribillo y aumentó el volumen y la intensidad de su voz.

Ella era una romántica, siempre lo había sido, y por eso creía en las conexiones especiales, en esos hilos invisibles que unen a dos personas. Uno de esos hilos debió de tensarse en ese momento, porque la mirada de Jayden se clavó en la suya. Sus ojos se abrieron con sorpresa durante un instante y se entornaron con otro sentimiento que no supo interpretar. Sin apartar la vista de ella, continuó cantando:

If you want a bad boy, then baby you got it...
Baby you ain't gonna wanna come back...
You're a sweet girl, are you sure you wanna ride with me?...
If you want a bad boy

Las chicas se volvieron locas gritando, pero él solo tenía ojos para Sara. Su voz era para ella. Cada palabra era para ella. Se sintió hipnotizada y notó cómo su corazón se desnudaba capa a capa y quedaba expuesto, dándole permiso al chico malo para que pudiera destrozarlo. ¡Maldita fuera la lista y cada uno de los puntos que él cumplía! Que venían a ser todos.

Después interpretó otros dos temas. Ella estaba fascinada, escuchando con atención la letra de las canciones y el precioso sonido de su voz, sintiéndose morir cada vez que él le dedicaba una tímida sonrisa. Y otras no tan tímidas. Cantó las últimas estrofas con los ojos cerrados, como si necesitara sentir la música de una forma mucho más profunda. La intensidad de la melodía fue bajando hasta terminar con la voz de Jayden susurrando el estribillo, una y otra vez hasta fundirse con el silencio.

Más gritos y silbidos. Algunas manos se alzaron pidiendo temas concretos y los músicos se movieron intercambiando posiciones. Todos menos Jayden, que dejó su guitarra contra la pared y se acercó al bajista para hablarle al oído. Después saltó del escenario y comenzó a abrirse paso hasta la barra a través de la multitud.

Sara sintió un escalofrío recorriéndole la espalda y extendiéndose por el resto de su cuerpo. Lo contempló mientras avanzaba con los ojos clavados en ella. La expresión de su cara era adorable, como si le costara creer que estuviera allí de verdad. Imaginó las conclusiones a las que debía de estar llegando: había ido a buscarlo, con el vestido que le había regalado... Y no pensaba sacarle de su error. Quizás había acabado allí por accidente, o por una jugarreta del destino, pero ahora lo único que quería era estar con él.

—¿Te apetece esa copa? —quiso saber el chico que le había cedido el taburete, aún interesado en ella.

Negó con la cabeza, incapaz de apartar la vista del guapísimo hombre que se acercaba.

—Creo que no.

Jayden se paró frente a ella. Le echó un rápido vistazo al tipo y volvió a contemplarla. Le ofreció su mano sin decir una sola palabra.

Ella miró esa mano suspendida que esperaba, y después sus ojos, que brillaban con un millón de promesas. Si la aceptaba, justo después de ese momento, nunca volvería a ser la misma.

Muy despacio colocó sus dedos sobre los suyos. Jayden los envolvió con un dulce apretón y tiró de ella para que se pusiera de pie. La sonrisa que iluminó su cara le dibujó hoyuelos en las mejillas y ella deseó comérselos a besos.

El grupo empezó a tocar de nuevo. Una balada con aires de blues, dulces y sensuales. Jayden la condujo entre todas aquellas personas hasta un lugar más tranquilo, al borde de la pista. Se giró hacia ella y envolvió su cintura con un brazo, pegándola a su cuerpo. Con la mano libre tomó la suya y se la llevó al pecho. La estrechó con más fuerza y empezó a bailar. Sara se puso colorada y bajó la vista. Se mordió el labio inferior e intentó controlar el enjambre que tenía en el estómago.

—Nunca había bailado de este modo con un hombre.

Él inspiró hondo hasta llenar sus pulmones de aire y lo soltó con un profundo suspiro.

—Nunca... Voy a borrar esa palabra de tu cabeza.

Ella sonrió y alzó la mirada con timidez. Podría perderse en aquellos ojos que la observaban con una intensidad abrumadora. Ahora que podía contemplarlo abiertamente, estudió cada uno de sus rasgos. Las arruguitas que se le formaban alrededor de los ojos, la forma de su nariz perfecta y el contorno de unos labios que la tenían embelesada.

—No es una palabra tan mala. Hay algunos «nunca» que no suenan tan mal.

Él sonrió y le rodeó la cintura con ambas manos.

—Eso es cierto. —La observó sin parpadear, como si intentara ver a través de ella—. No vas a salir corriendo, ¿verdad? Cuando te des cuenta de que estamos haciendo esto.

Sara tragó saliva y miró a las parejas que bailaban a su alrededor. Movió la cabeza y su pecho tembló al inspirar.

—No lo sé.

Él inclinó la cabeza y apoyó la frente en su sien.

—¿A qué le tienes tanto miedo?

Su voz sonó con una súplica desesperada y ella sintió que se le doblaban las rodillas al notar la forma en que sus manos la apretaban con fuerza.

—A dejar de tenerlo —respondió casi sin aliento. Cerró los ojos cuando los labios de él descendieron hasta su mejilla y le acariciaron el oído.

—¿Por qué?

—Porque entonces volver a besarte ya no me asustaría. Ni lo que podría pasar después... si lo hiciera.

Jayden aspiró su olor y deslizó la mano por su espalda, de abajo arriba, hasta enredar los dedos en su pelo.

—¿Y si te dijera que yo también estoy asustado?

Ella echó la cabeza hacia atrás.

—¿Tú? —inquirió como si le costara creerlo.

—Sí. —Se miraron durante un largo segundo y luego él añadió con una sinceridad brutal—: Tengo miedo porque algo me dice que, pase lo que pase, vas a romperme el corazón.

Sara habría esperado cualquier respuesta menos esa, y su honestidad hizo añicos su resistencia. Atisbó en su expresión algo parecido a la inseguridad y la expectación que ella misma sentía.

—Entonces, ya somos dos —susurró.

Jayden sonrió. Sara se quedó mirando su boca y se le aceleró la respiración. Su cabeza se llenó de imágenes, evocando lo que había pasado entre ellos unas horas antes. Casi gimió al recordar el tacto de esos labios sobre los suyos y el dulce tormento que habían provocado en su cuerpo.

En ese momento nada existía para ella salvo él, y no quería seguir resistiéndose a lo que sentía.

—La gente dice que la mejor forma de superar los miedos es enfrentarse a ellos —empezó a decir Jayden—. Si tienes miedo a volar, súbete a un avión. Si tienes miedo al agua, lánzate de cabeza a una piscina. Si tienes miedo...

Las palabras murieron en su boca cuando Sara lo agarró de la camiseta y oprimió sus labios contra los suyos. Jayden gimió y llevó las manos hasta su cara mientras deslizaba la lengua dentro de su boca. Ella le rodeó el cuello con los brazos y se acercó más. Por un momento se olvidaron de donde estaban y de quiénes eran. Solo dos personas que se deseaban de una forma casi dolorosa.

Ella inspiró hondo y mantuvo los ojos cerrados, inmóvil, mientras los labios de él rozaban los suyos y sus ojos la escrutaban. Le acarició la mejilla y oprimió su boca contra la suya una vez más. Sus besos hacían que se sintiera débil y que su corazón latiera muy deprisa. Él emitió un leve suspiro que reverberó por todo su cuerpo, de por sí tembloroso.

Miraron a su alrededor. Eran los únicos que continuaban bailando abrazados. La canción que tocaba la banda era pegadiza y muy rítmica, y poco adecuada para moverse con esa lentitud tan sensual. Jayden esbozó una sonrisa traviesa. La cogió de la mano y la hizo girar unas cuantas veces, después le sujetó la cintura y la inclinó hacia atrás. Ella lo miró sorprendida y se echó a reír. También sabía bailar, y lo hacía muy bien. Con un suave tirón la incorporó de nuevo y la ciñó con ambas manos.

—Aún tengo otro pase, ¿me esperas? —preguntó él con un tono esperanzado.

Sara sonrió y asintió con la cabeza.

—¡Genial! —exclamó Jayden. Le plantó un beso largo y profundo. Después la miró de arriba abajo y entornó los ojos con una expresión felina—. ¡Joder, van a tener que atarme ahí arriba, porque no creo que pueda contenerme! Estás para comerte.

Ella se ruborizó y una sonrisa boba se instaló en su cara con intención de convertirse en algo permanente.

—Creo que es lo más romántico que me han dicho nunca.

Él se mordió el labio inferior y su expresión se tornó malévola al instante.

—Pues esto no es nada. Espera a que intente seducirte.

A Sara le costó sostenerle la mirada. Sus palabras habían tensado su cuerpo como las cuerdas de un violín y esa tensión se transformó en un ardiente cosquilleo. Se estaba derritiendo por dentro y se negaba a pensar en cualquier otra cosa. Iba a seguir adelante con todo aquello. Iba a tener una aventura con ese hombre que se la estaba comiendo con los ojos.

—Pensaba que ya lo estabas haciendo —replicó con un gesto coqueto.

Los ojos de Jayden se deleitaron en sus labios, en su pecho, en sus caderas... Su mirada ansiosa volvió a clavarse finalmente en la suya y dio un paso al frente mientras le rodeaba la cadera con la mano.

—¿Esto? No. Aún no he empezado.

Se dio la vuelta y se dirigió al escenario. Ella se lo quedó mirando, temblando y excitada como jamás lo había estado. Prendada como una adolescente, no apartó sus ojos de él en ningún momento. Le gustaba su manera de sonreír y cómo movía el cuerpo al ritmo de la música; y se derretía con esa forma de mirarla que la hacía sentir la única mujer del mundo.

El deseo había terminado imponiéndose a la razón y, de un modo inexplicable, se sentía aliviada de que hubiera sido así. No quería seguir pensando, no quería seguir cuestionándose a sí misma, y no quería seguir castigándose por todo lo que sentía. Ahora mismo lo único que quería era vivir el momento.

—¿Lista para irnos? —le preguntó Jayden al llegar a su lado, cargado con su mochila y la guitarra.

—Lista —respondió con una sonrisa tímida.

Él la cogió de la mano y abandonaron el local. Era tarde y la mayoría de los bares ya habían cerrado. Las calles estaban desiertas y era agradable pasear por ellas a esas horas de la madrugada. Caminaron en un cómodo silencio, disfrutando del simple hecho de estar juntos, sin tapujos, entregados sin reservas a lo que había nacido entre ellos. Sara sonrió en su fuero interno, al comprender que nunca había tenido la posibilidad de escapar a la tentación que Jayden suponía para ella.

—¿Te ha gustado el concierto? —le preguntó.

—¿Gustarme? Me ha encantado —respondió—. Vale, no te lo creas mucho, pero... parecías una estrella del rock ahí arriba. Verte y oírte ha sido alucinante. Una pasada.

—Así que alucinante y una pasada —ronroneó, acurrucándola bajo su brazo.

Ella puso los ojos en blanco.

—Se te está subiendo a la cabeza.

—Sí —admitió él con una risita socarrona. Se inclinó y le robó un beso húmedo.

Sara se lamió los labios con ganas de más; quería más, pero su maldita inseguridad asomó su feo rostro y no fue capaz de moverse. Se le encogió el estómago. No podía seguir con esa dinámica, lo sabía muy bien. Anhelando y reprimiéndose, sin ni siquiera saber por qué lo hacía. Solo debía moverse y ser ella la que le robara otro beso. Y continuó sin moverse.

—¿Te importa si conduzco yo? —inquirió él al llegar al lugar donde había aparcado el coche—. Estoy un poco tenso y conducir me relaja.

—Claro, conduce tú —contestó ella, y una vez dentro del coche añadió—: ¿Por qué estás tenso?

—Es por la adrenalina del concierto. Siempre me pasa lo mismo. Me gusta subir al escenario, pero me sigue imponiendo bastante.

—Pues no debería, es como si hubieras nacido para los escenarios. Ahora me pregunto por qué el fútbol y la Armada, cuando la música se te da tan bien.

Jayden se encogió de hombros mientras maniobraba y se incorporaba a la carretera. Respiró hondo y la miró, al tiempo que deslizaba una mano entre sus piernas y abarcaba su muslo, trazando círculos con el pulgar sobre su piel desnuda. Acomodó la espalda en el asiento, pensativo.

—Es que no sabía que la música se me daba bien hasta hace unos meses —respondió un poco cortado—. Ya te conté mi historia. En el instituto mi sueño era ser el quarterback de un equipo de la NFL, uno de los buenos. Pero cuando ese sueño se truncó, me di cuenta de que había sido para que pudiera descubrir mi verdadera vocación.

—Ser un SEAL.

—Sí. Sé que puede ser difícil de entender, pero me gustaba. Creía que hacía algo bueno, y no porque tuviera algún complejo de héroe ni nada de eso. Esas mierdas no van conmigo.

Sara se dio cuenta de que había hablado en pasado.

—¿Y por qué lo has dejado? —quiso saber.

Jayden guardó silencio y se removió incómodo. Apartó la mano de su pierna para cambiar de marcha y volvió a dejarla allí.

—Me hirieron en el hombro. Una bala lo atravesó de lado a lado y recibí otro impacto en la pierna. Estoy tardando en recuperarme, nada más.

—Entonces, ¿no lo has dejado? —preguntó ella con un nudo en el estómago. Su vida estaba en peligro constante con ese trabajo y ya no le parecía tan sexy imaginarlo con un uniforme—. La pausa en tu vida de la que me hablaste aquella noche, en la verbena, es por esto, por tu recuperación.

Él suspiró y apoyó la cabeza en el asiento.

—Algo así...

—No te gusta hablar de ello.

—No es eso. Es que esta noche prefiero hablar de otras cosas. —La miró de reojo y le dedicó una sonrisa pícara—. Podríamos seguir hablando de lo alucinante que soy.

Ella soltó una carcajada.

—O de lo sexy que estás cuando te ríes así. Hace que me den ganas de comerte —añadió él con voz ronca. Se mordió el labio y le recorrió el cuerpo entero con la mirada.

Veinte minutos después, llegaron al *château*. Jayden sacó la guitarra y su mochila del asiento trasero y se adelantó para abrir la puerta de la casa. La sostuvo con una sonrisa, mientras ella la cruzaba, y después la cerró con el pie. Se deshizo del equipaje junto a la escalera y tiró las llaves sobre la consola.

Ella se dirigió a la cocina, nerviosa, consciente de que estaban solos y de que el cristal invisible que los había mantenido separados ya no era un obstáculo entre ellos. Eran dos adultos que se sentían atraídos el uno por el otro, que habían estado jugando a provocarse, por lo que el siguiente paso era más que evidente. Sexo.

De golpe se convirtió en un mar de dudas y de miedos. Una inseguridad aplastante comenzó a reptar por su cuerpo. No estaba segura de poder hacerlo. Era un desastre en la cama y no iba a estar a la altura. Ni siquiera sabía qué hacer para que un hombre... Sintió a Jayden moverse a su espalda.

—¿Quieres tomar algo? Puedo preparar café —le preguntó sin detenerse.

Una mano le rodeó el brazo, tiró de ella y la puso de golpe de espaldas contra la pared. Todo el aire que había en sus pulmones escapó a través de su garganta con un gritito. Jayden se inclinó sobre ella hasta que sus ojos quedaron a la misma altura, con las manos a ambos lados de su cabeza.

—No quiero café —susurró, rozando sus labios con la boca.

Ella tragó saliva.

—¿No?

—No.

Inspiró hondo y oprimió su cuerpo contra cada centímetro del suyo. Se pasó la lengua por los labios y después lamió los suyos con un gesto cargado de erotismo. Bajó por su garganta y paseó la punta de la lengua por todas las zonas sensibles que encontró a su paso hasta encontrar el lóbulo de su oreja.

—Me apetece otra cosa —susurró con voz ronca.

A Sara se le doblaron las rodillas, y se habría desplomado si el cuerpo de él no lo hubiera impedido. La apretaba con tal firmeza que podía sentir su pecho, su abdomen esculpido y la forma de sus sensuales caderas moviéndose contra ella. Todas las zonas en las que sus cuerpos se tocaban ardían y se estremecían. El calor que sentía por todas partes se hizo más intenso y se atrevió a tocarlo. Alzó las manos y las pasó por su pecho hasta alcanzar el cuello. A continuación las enredó en su pelo. Quería perder el control que tanto había intentado mantener.

—Hace mucho que yo...

—Lo sé —susurró él.

—Y nunca...

—Eso también lo sé —musitó Jayden sobre sus labios. Los mordisqueó y besó hasta volverla loca. Sin aliento apoyó la frente en la suya—. Vamos a dejar una cosa clara. No hay un guión para el sexo, Sara. Puedes hacerlo muchas veces con la misma persona y siempre será diferente. Cuando haces el amor no hay tiempos que cumplir, ni objetivos marcados. Es pura improvisación, solo tienes que dejarte llevar y sentir. No pienses. No espero nada. No tienes que darme nada ni tienes que hacer nada, déjame a mí. Solo siente. Siénteme...

Ella asintió con un jadeo y notó la mente enturbiada cuando él bajó la mano hasta su trasero y le apretó la nalga por debajo del vestido. Su voz, sus palabras, habían desatado un deseo que no sabía que podía sentir. Fundió su boca con la suya y lo saboreó, arqueando la espalda contra la pared. Notó que el cuerpo de él reaccionaba contra el suyo, que se excitaba más aún bajo los pantalones.

—Esta noche tendremos muchas primeras veces —gimió Jayden, deslizando la lengua por su labio inferior.

Separándose casi a la fuerza de su cuerpo, la cogió de la mano y tiró con suavidad de ella hacia la escalera. Sara lo siguió. Una sensación de irrealidad la envolvió, un bonito sueño lleno de sensaciones del que no quería despertar. ¿Qué tenía que perder si terminaba de subir esa escalera con él? Nada. La única sombra oscura era su propio miedo reteniéndola, pero eso se había acabado. Sabía que caminaba hacia el desastre, pero no quería seguir adelante sin haber vivido una verdadera noche de pasión, y su instinto le decía que eso era lo que iba a encontrar junto a Jayden. Pasión.

Quería sumergirse en ese deseo capaz de trastornar a una persona hasta dejarla sin conciencia, y ella ya estaba a punto de desmayarse. ¿Cuántas ocasiones más podría tener en el futuro? Ninguna, porque, una vez esos días terminaran, cada uno volvería a su vida sin el otro; mientras tanto, iba a tomar todo lo que él pudiera darle.

Después podía fingir que nada de aquello había pasado.

Él se dirigió directamente a su habitación y cerró la puerta. Se quitó las botas y la camiseta, después el cinturón, pero se quedó con los tejanos puestos. Se acercó a ella y le recorrió la cara con la mirada, fijándose en todos y cada uno de sus rasgos, a la vez que deslizaba las yemas de los dedos por sus mejillas. Sara lo miró a los ojos y el corazón le golpeó con fuerza el pecho. Jayden era muy atractivo y más aún con esa avidez que le oscurecía la mirada. Un brillo salvaje y ardiente que amenazaba con consumirla. Él se inclinó y le dio un beso suave, tierno y dulce. Cerró los ojos y, durante un instante, sintió que ese beso era lo único que la mantenía anclada al suelo.

Él saboreó sus labios, una y otra vez. Muy despacio, comenzó a desnudarla, sin dejar de acariciar y besar su piel. Le quitó el vestido, luego el sujetador, deslizando los dedos por la suave curva de sus pechos. La estaba adorando como si fuera una diosa. Se colocó a su espalda y le bajó las bragas con los pulgares. Sonrió al ver los dos hoyuelos que tenía al final de la espalda. Los besó y deslizó los dedos por su columna en sentido ascendente. Después le apartó el pelo del cuello y apretó su boca caliente contra su piel.

Dio un paso atrás y, con la mano en la cintura, hizo que se diera la vuelta. La contempló fascinado durante varios segundos antes de hablar.

—¡Dios, eres preciosa! —dijo muy bajito. La miró con intensidad como si necesitara que creyera sus palabras.

Ella se sonrojó. Apartó la vista con timidez, pero volvió a buscar sus ojos. La admiración que reflejaba el rostro de Jayden la dejó sin aliento. Vio el deseo voraz en su cara. Empezó a temblar, con una mezcla de expectación, miedo y vulnerabilidad, dividida entre lo que quería hacer y lo que sabía que no podía. Pero ya era tarde. Aquella mirada oscura y ardiente la recorrió de arriba abajo, antes de detenerse en sus ojos. Tenía que suceder.

«Despacio, tío», pensó Jayden mientras deslizaba una mano por su cintura y la abrazaba. Esa noche era para ella, solo para ella, e iría a su ritmo. La alzó del suelo mientras la besaba y la depositó en el centro de la cama. Se quitó los pantalones y se inclinó sobre el colchón, mirándola fijamente al tiempo que una sonrisa pícara se extendía por su cara.

Se acercó gateando y Sara respiró de forma entrecortada cuando se puso sobre ella aguantando el peso del cuerpo con los brazos. Le sostuvo la mirada, asombrada de que un hombre así fuera suyo. Al cuerno con los libros, la realidad era mil veces mejor, sobre todo si encontrabas un protagonista de carne y hueso capaz de fundirte por dentro con solo mirarte. Alzó la mano y la enredó en su pelo, y lo atrajo para besarlo. A partir de ese momento no fue capaz de pensar en nada.

—Siénteme —le susurró él al oído, y eso fue lo que ella hizo.

Sara se concentró en las manos y en la boca de Jayden recorriéndole cada centímetro de piel, y en sus labios cuando la besaron entre las piernas. Su lengua terminó de deshacerla. Primero, de una forma dulce y tierna; después, fuerte, duro e impenitente, haciendo que la cabeza le diera vueltas hasta alcanzar un orgasmo épico que la convirtió en una muñeca de trapo. Abrió los ojos, sin ni siquiera ser consciente de que los había cerrado, resollando y temblando de arriba abajo con pequeñas réplicas de placer.

«Madre mía», pensó mientras notaba las mejillas arder. Había sido sensacional. No, eso era quedarse corto. Suspiró y sintió que él trepaba por su cuerpo hasta colocar los brazos a ambos lados de su cabeza. Su rostro apareció ante ella, sonriente y bastante pagado de sí mismo. Cautivado y complacido, se inclinó y le dio un besito.

—¿Yo he hecho todo esto? —inquirió, deslizando la mirada por su cuerpo tembloroso. Ella intentó apartar la cara, avergonzada—. No se te ocurra esconderte de mí. Eres lo más sexy que he visto nunca.

Sara levantó una mano y le acarició los labios, aún húmedos y brillantes. Él atrapó su dedo con los dientes y lo lamió, trazando unos círculos provocadores. Lo miró a los ojos y sonrió con timidez.

—Ha sido... Ha sido... —Suspiró sin palabras.

Jayden rió entre dientes. Se inclinó y le dio un beso profundo mientras le acariciaba un pecho, y ella sintió que empezaba a encenderse de nuevo. Lo notaba excitado sobre su vientre, tenso y duro. Sus caderas la mecían de arriba abajo creando una dulce fricción. De repente, él se apartó y se levantó de la cama, ofreciéndole una vista estupenda de su trasero.

—¿Adónde vas? —preguntó desconcertada.

Jayden se acercó a la bolsa que tenía en el suelo y rebuscó en su interior. La miró por encima del hombro y alzó una mano con un par de condones entre los dedos. La sonrisa que curvó sus labios habría derretido los polos. Sara se estremeció, blanda como la melaza, traspasada por la apasionada promesa de aquella mirada. Lo contempló mientras regresaba a ella y el cuerpo le palpitó cuando él rasgó el paquetito cuadrado con los dientes, paseando la mirada por cada centímetro de su piel.

Boqueó, incapaz de respirar.

—Tranquila —susurró él, acomodándose entre sus piernas. Le rozó suavemente la mandíbula con los labios—. Suelo tomarme mi tiempo, así que no tengas prisa.

Ella lo miró a los ojos. Sabía por qué había dicho aquello y lo que pretendía, y lejos de sentirse mal o avergonzada, se le calentó la sangre con una nueva oleada de deseo. Había amantes egoístas y amantes generosos. Jayden era de los segundos. Sus labios se apoderaron de los suyos en un beso posesivo, jadeando entre caricia y caricia para coger aire. Sara cerró los ojos al sentir la firmeza de su cuerpo sobre ella y la deliciosa presión con la que empujaba para hundirse en su interior. Lo notó detenerse un instante y estremecerse al tiempo que exhalaba todo el aire de sus pulmones.

La besó en los párpados cerrados, en la nariz y finalmente llegó a su boca. Le encantaba que la besara. Echó la cabeza hacia atrás, sin aliento, y arqueó el cuello. Él lo tomó como una invitación y le lamió el pulso, para después succionarle la piel.

Entonces le pidió más sin usar palabras, solo podía pronunciar su nombre. Se dejó llevar y, en algún momento, tomó las riendas y acabó a horcajadas sobre él. Nunca había hecho el amor con tanta intensidad, con ese deseo erótico, porque nunca había sentido nada parecido.

Nunca jamás.

Nunca.

21

A la mañana siguiente, Sara se despertó temprano. Lo supo sin mirar el reloj, porque la luz que entraba por la ventana tenía todavía ese tono violeta que acompaña al amanecer. Bostezó y se desperezó, y su cuerpo tropezó con otro cuerpo cálido en la cama. Giró la cabeza en la almohada y se encontró con el rostro de Jayden a pocos centímetros del suyo. Dormía con un aspecto muy apacible, incluso sus labios insinuaban una leve sonrisa.

Se puso de lado y se apoyó en el codo. Sintió una dicha extraña y placentera al haberse despertado junto a él. Se quedó mirándolo un buen rato. Le encantaban sus pestañas rubias y la forma en que rozaban sus mejillas al cerrar los ojos, el perfil de su nariz y el contorno de sus labios. Una leve sombra le oscurecía la mandíbula que, junto con el pelo revuelto, le daba un aspecto de chico malo que le encogía el estómago y despertaba un cosquilleo en su interior.

Se alzó un poco y lo contempló de arriba abajo. Su cuerpo hacía que aquella cama gigantesca pareciera pequeña; y era un cuerpo hermoso y sexy. Sintió el impulso de deslizar la mano por toda esa piel dorada y suave, pero se contuvo porque no quería despertarlo. Se fijó en las cicatrices que tenía a lo largo del torso; algunas debían de tener muchos años, otras, como la del hombro, aún lucían un aspecto rosado y se apreciaban las marcas de unos puntos.

Estudió el tatuaje que tenía bajo la clavícula: la calavera con un seis en números romanos. No tenía ni idea de qué podía significar, pero le quedaba bien. Ladeó la cabeza para poder ver la frase que llevaba en el costado.

«El único día fácil fue ayer», leyó.

Suspiró, y una sonrisa boba se extendió por su cara.

Procurando no despertarlo, se levantó y buscó la ropa. El vestido estaba en el suelo, demasiado arrugado, y no había ni rastro de sus bragas.

Cogió una de las camisetas de Jayden que había sobre la cómoda y se la puso mientras volvía a contemplarlo. Completamente desnudo, con la sábana apenas cubriéndole las caderas, era una visión adorable y excitante.

Salió al pasillo y bajó a la cocina. Moverse por aquellas habitaciones empezaba a ser cómodo y familiar. Tenía la sensación de encontrarse más en casa que en cualquier otra parte. Cogió un vaso y se acercó al grifo. Lo llenó de agua y empezó a beber pequeños sorbos con la mirada perdida en la ventana. Una risita floja escapó de entre sus labios. Se sentía como una adolescente tras su primer beso. Ese beso que hace que estires los dedos de los pies y que se te ponga la piel de gallina.

—He hecho el amor con Jayden —susurró atónita—. Y no solo una vez.

Una leve incomodidad entre sus piernas se lo recordaba cada vez que se movía.

Oyó un ruido y se giró sobre los talones. Jayden apareció en la puerta completamente desnudo, frotándose los ojos entornados con aire soñoliento. Se detuvo, la miró, y una sonrisa maravillosa se extendió por su cara a la vez que se rascaba la coronilla.

Ella lo miró perpleja y alzó las cejas. Le encantó su falta de recato y la naturalidad con la que se paseaba en cueros. Se puso colorada mientras él se acercaba con ese gesto de pirata creído que tanto le gustaba.

—¿Qué haces aquí? —preguntó él con un ligero tono de reproche.

—No tengo sueño.

Jayden empezó a mover la cabeza de un lado a otro, con un mohín de fastidio.

—Esto no va a funcionar si no sentamos unas bases —dijo con las manos en las caderas. La expresión de Sara cambió y el estómago le dio un vuelco—. Tengo una petición y es necesario que la cumplas. —Hizo una larga pausada cargada de efecto—. Tu cara y este cuerpo es lo primero que quiero ver al despertarme, ¿está claro?

La cogió de la camiseta y tiró para acercarla a él. El rubor de su cara se acentuó al captar lo que le estaba diciendo. Asintió y se mordió el labio sin apartar sus ojos de los suyos. Eso había sido bonito. Tenía un don para decir cosas bonitas sin que sonaran cursis y artificiales.

—Vale, entonces tendremos que volver a dormirnos —replicó él.

Y sin darle tiempo a protestar, la cogió por la cintura y se la echó sobre el hombro como una muñequita, arrancándole un grito de sorpresa. Dio media vuelta y se dirigió hacia la segunda planta.

—Pero no tengo sueño. No estoy cansada —protestó ella entre risas, colgando como un saco.

Jayden le dio un azote en el trasero y empezó a subir la escalera.

—Eso puedo solucionarlo. Voy a dejarte exhausta —ronroneó con un tono ronco que era puro sexo.

—No creo que pueda. ¡Si apenas consigo andar!

Jayden se echó a reír y no pudo evitar que su ego se hinchara un poco. Entró en la habitación y la dejó con cuidado en el suelo, después le quitó la camiseta y la tiró al suelo. La contempló de arriba abajo. Con la luz que entraba por la ventana, iluminándola desde la espalda como un halo, era mucho más bonita.

—Te prometo que voy a ser muy... —Un besito—. Muy... —Otro beso, un poco más profundo—. Muy cuidadoso.

Pasaron casi todo el domingo en la cama salvo para tomar un almuerzo ligero y darse una ducha que acabó siendo de lo más relajante.

A la mañana siguiente, ella cumplió con lo que había prometido y se quedó en la cama junto a él. Lo miró embobada mientras dormía boca abajo y deslizó las puntas de los dedos por su cintura. Recorrió el tatuaje que le ocupaba la parte superior de la espalda: un águila con las alas abiertas. Bajo el dibujo llevaba tatuada la palabra «Devil» con unas letras góticas. Las contempló fijándose en cada trazo y después depositó un beso en la cicatriz de su hombro.

Jayden soltó un gruñido suave e inspiró hondo mientras abría los ojos.

—Buenos días —susurró sin moverse.

—Buenos días —contestó ella, dándole un beso en la comisura de los labios. Volvió a prestar atención a su espalda—. ¿Por qué un águila?

Él volvió a inspirar y cerró los ojos.

—Es el emblema de los SEAL. Un águila sujetando un ancla y un tridente. Me lo tatué cuando entré en mi primer escuadrón.

—¿Devil?

—Bueno... —Se dio la vuelta y quedó de espaldas con una mano bajo la nuca, mientras con la otra le acariciaba la mejilla—. Mis compañeros empezaron a llamarme así después de que completara el entrenamiento que hay que superar para convertirte en un Navy SEAL.

—¿Y por qué te llamaban así?

—Porque son unos envidiosos —contestó con tono socarrón y una sonrisa iluminó su cara. Ella también sonrió—. El entrenamiento se compone de cinco etapas y es muy jodido, tanto que la mayoría abandona antes de completarlo. Pero yo me propuse ser el mejor y fulminé todos los récords que mi padre había conseguido. Hasta ese momento él ostentaba todas las marcas. —Entornó los ojos con una mirada diabólica—. ¡Lo machaqué! Mis compañeros empezaron a bromear diciendo que le había vendido mi alma al Diablo para conseguirlo, y todos acabaron llamándome así.

—¿Así que tu motivación era machacar las marcas de tu padre?

Su sonrisa se ensanchó. Con un rápido movimiento, Jayden la rodeó con sus brazos y giró, de modo que acabó sobre ella.

—Sí, y funcionó —susurró sobre sus labios mientras con las rodillas le separaba las piernas.

Ella puso los ojos en blanco. «Hombres», pensó mientras enredaba un dedo en la cadena de la que colgaban sus identificaciones.

—¿Y la calavera? —se interesó, rozando el dibujo con otro dedo—. Se parece sospechosamente al logo de El castigador...

—Uno de los grandes antihéroes del universo Marvel, y no de DC Comics —puntualizó él con vehemencia, recordando la pequeña rivalidad que ambos tenían por esa cuestión. Gruñó por lo bajo—. ¡Joder, me encanta que sepas esas cosas! ¿Te he dicho lo mucho que me pone oírte decir El castigador? Me pone a cien.

Ella soltó una carcajada y lo golpeó en el hombro.

—Contesta a la pregunta.

Jayden resopló y alzó la cabeza.

—Los tiradores la adoptaron como emblema hace muchos años. Me la tatué cuando logré graduarme en la escuela de francotiradores, las peores diez semanas de toda mi vida. El seis es por el *Team Six*, así es como se conocía a mi equipo de fuerzas especiales antes de que lo llamaran DEVGRU.

—Y...

—Y se acabaron las preguntas, preciosa Jane. Thor tiene su martillo a punto —ronroneó mientras le acariciaba los labios con la nariz y se acomodaba entre sus piernas.

Sara no pudo reprimir una risa baja que se le escapó entre los labios. Adoraba a ese hombre y cada una de sus ocurrencias.

Con desgana, ya que acampar en la cama se había convertido en su pasatiempo favorito, retomaron la puesta a punto del *château*. Limpiaron paredes, ventanas... Y acabaron sumidos en una rutina cómoda y natural con la que empezaban a sentirse demasiado a gusto. Llena de conversaciones trascendentales, bromas divertidas y juegos. Estaban bien y todo iba bien, porque, como si de un pacto tácito se tratara, ambos habían desterrado del aquel lugar todos sus fantasmas. El tiempo era algo que no existía para ellos en ese momento. No había un pasado ni tampoco un futuro, solo un ahora; con todos los riesgos que conlleva ser ciegos hasta ese punto.

Cada mañana despertaban juntos y cada noche se acurrucaban hasta dormirse el uno en los brazos del otro. Sara había pasado tanto tiempo encerrada en sí misma que, ahora que empezaba a abrirse a la vida, todo en su interior estaba despertando de golpe: los sentidos, el corazón, la mente y el alma.

Se sentía feliz por primera vez desde que era una niña, contenta con la mujer que estaba descubriendo ser. Se había dado cuenta de que era mucho más que una esposa y madre. Era una mujer con deseos, sueños y un millón de inquietudes. De repente quería tener planes, hacer cosas y ese miedo que la estrangulaba ya casi no lo sentía. La culpa la tenía el hombre que en ese momento estaba subido en una escalera tratando de colocar una lámpara de araña en el techo. Él había ido aflojando la coraza tras la que ella se había escondido durante los últimos años y la había hecho jirones.

Además, le había devuelto su espíritu romántico y le había demostrado que estaba viva y que podía sentir. Y el sexo... ¡Dios, el sexo! La había convertido en una adicta. Sonrió como una tonta. Después de hacer el amor, otra vez, habían dormido toda la noche abrazados. Le resultaba increíble como un gesto tan sencillo podía producir tanto placer.

Se quedó mirando la pared con la brocha colgando entre los dedos. Se alejó un poco y la estudió desde distintos ángulos.

—Este no es el tono que pedí —se quejó—. No me gusta como queda.

—Vamos, nena, queda bien.

Sara arrugó los labios con un mohín.

—Pues a mí no me gusta. Quizá deberíamos...

Jayden volvió la cabeza y la apuntó con el destornillador.

—Ni de coña, ni siquiera lo pienses cuando ya hay tres paredes pintadas.

Sara se dio la vuelta hacia él con una mano en la cadera.

—La otra tonalidad reflejaba mejor la luz.

Él puso los ojos en blanco y dibujó una sonrisa mordaz.

—Oh, claro, la luz. Entonces tendré que preparar un montón de hojas de reclamaciones para todos los clientes que van a quejarse por este problema vital. Porque no pienso volver a pintar esas paredes.

—Eres un gruñón aguafiestas.

Jayden bajó de la escalera y se acercó a la caja de herramientas, que estaba junto a los pies de Sara.

—¿Gruñón? —la cuestionó mientras buscaba un rollo de cinta aislante. La miró desde abajo—. Sara, el blanco es blanco. No blanco roto, ni blanco nube, ni blanco perla. Son todos jodidamente iguales.

Un ruidito mezcla de incredulidad y exasperación escapó de la garganta de Sara.

—Tú no tienes idea, no son iguales.

—Lo son.

—No lo son. Y no digas palabrotas —replicó al tiempo que le daba con la brocha en la nariz. Fue un gesto impulsivo, ni siquiera pensó en lo que hacía hasta que vio su cara manchada de pintura.

Jayden abrió la boca sin dar crédito y se puso de pie muy despacio.

—Joder, ¿acabas de llenarme la cara de pintura?

A Sara se le escapó una risotada nerviosa.

—Ha sido un accidente. No quería hacerlo, de verdad.

—Ya puedes correr....

Chilló y echó a correr cuando Jayden se abalanzó sobre ella. Ni siquiera pudo alcanzar la puerta antes de que él la sujetara por la cintura, la obligara a darse la vuelta y le tomara la cara entre las manos. Le espachurró las mejillas mientras frotaba su cara contra la suya, manchándola de pintura.

—Me has puesto perdida —gimoteó, mirándose el pecho. La brocha había quedado entre sus cuerpos y la camiseta de color verde lucía un enorme lamparón blanco.

—Tú te lo has buscado.

Jayden se agachó y recogió del suelo el pincel. Lo miró un segundo y después sus ojos volaron hasta Sara. Un sonrisita maliciosa iluminó su cara y un brillo travieso apareció en su mirada mientras se enderezaba.

—Quiero pintarte.

—¿Qué? —replicó ella.

Entonces se le acercó con aquella sensualidad innata. Se detuvo a escasos centímetros y se mordió el labio inferior. Sara miró el pincel con los ojos entrecerrados antes de clavar la vista en Jayden.

—Quiero pintarte. Desnuda.

Las palabras la quemaron y sus sentidos reaccionaron con vida propia.

—¿Pretendes que te deje pintarrajearme el cuerpo desnudo con pintura plástica de interior?

La sonrisa de Jayden se ensanchó, como si la idea hubiera sonado mucho mejor descrita por ella. Asintió, sumamente interesado, y enarcó una ceja con un gesto pícaro.

—Será divertido. Y luego tú puedes pintarme a mí.

Ella se puso colorada al considerar la sugerencia y sus ojos bajaron hasta sus labios. Él también le miraba la boca y su respiración se había acelerado.

—Venga, quítate la ropa. No me hagas suplicar —continuó él con tono meloso—. Yo nunca lo he hecho, y podríamos borrar otro nunca de nuestra lista.

Sara se dio cuenta de que había sucumbido por completo a los encantos de aquellos ojos verdes. Era incapaz de negarse, no importaba qué pudiera proponerle, siempre aceptaba. Y lo peor de todo era que acababa disfrutando aquellas locuras incluso más que él.

—Estás loco —dijo mientras agarraba el bajo de la camiseta y tiraba para quitársela.

Jayden la miró de arriba abajo y sonrió como un zorro. A Sara su expresión le pareció tan adorable y traviesa que sintió un agradable pellizco en el corazón.

—Todo —susurró Jayden, señalando con el pincel el sujetador y después los pantalones.

Ella se llevó las manos a la espalda y soltó el cierre del sujetador. Dejó que resbalara por sus brazos y que cayera al suelo. A continuación se quitó los pantalones y los lanzó a una esquina de una patada. Enfrentó su mirada e inspiró hondo. Jayden contuvo el aliento y tragó saliva.

—Eres preciosa.

El deseo flotó entre los dos. Él alzó el pincel y le acarició la clavícula. Sara se estremeció por la caricia, húmeda y fría, y sus terminaciones nerviosas chisporrotearon por todo su cuerpo. Con pulso suave y decidido, pintó una línea entre sus pechos hasta el ombligo. Se detuvo un instante, como si necesitara esa pausa para recuperar el aliento y, mirándola a los ojos, continuó bajando.

La sesión de pintura acabó convirtiéndose en el momento más erótico que Sara jamás había tenido y terminó en una bañera llena de agua caliente. A horcajadas sobre las caderas de Jayden y con el agua por la cintura, deslizó la esponja por su torso, arrastrando la última mancha. La sumergió en el agua y la alzó para escurrirla sobre su piel una vez más.

Jayden no podía apartar la mirada de su cara. Estaba loco por ella. Era guapa, divertida, sexy..., y la química entre ellos resultaba explosiva. También era dulce y cariñosa y, como no tuviera cuidado, acabaría enamorado de ella hasta las trancas. No quería pensar en ello, pero veía aproximarse el desastre. Los días pasaban demasiado rápido, aquello se estaba acabando y no tenía ni idea de cómo se sentía al respecto. Bien desde luego que no. Lo que notaba al pensar en el final se parecía bastante al dolor que provocaba una bala perforándote el estómago.

—¿En qué piensas? —preguntó ella, trayéndolo de vuelta.

Él sonrió y le acarició los senos, cubriéndolos de espuma.

—En lo perfecto que es este momento —respondió al tiempo que su mano bajaba por su estomago y se hundía en el agua. Ella contuvo el aire al notar sus dedos entre las piernas y suspiró de forma entrecortada. Esos ruiditos y ver su cara mientras se fundía con sus caricias lo ponía a cien.

Se inclinó hacia delante y la besó, despacio, disfrutando de cómo se tensaba para él. Cuando ya no pudo resistirlo más, la sujetó por las caderas y la sostuvo, guiándola hasta que, con una lentitud casi exasperante, se hundió en ella. Se movieron, en perfecta sintonía y con un ritmo ralentizado, escalando poco a poco, alcanzando juntos la cima. Y fue un momento glorioso, intenso y perfecto.

Minutos después, Sara se sumergió en el agua hasta la barbilla y disfrutó del espectáculo de ver a Jayden frente al espejo, con una toalla alrededor de las caderas, afeitándose la barba de varios días. Le encantaba con ese aspecto desaliñado, pero su piel iba a agradecer que la besara sin todo aquel vello rasposo. El cabello húmedo se le rizaba en las puntas y empezaba a cubrirle la nuca. Guapísimo. Él le sonrió a través de su reflejo y se limpió los restos de espuma de la cara con una toalla. Se dio la vuelta, apoyándose en el lavabo y la miró.

—Pareces un pececito.

—Un pececito que no sabe nadar. —Arrugó los labios con un mohín de disgusto—. Y me fastidia tenerle miedo al agua.

Él se acercó a la bañera, se agachó a su lado y descansó los brazos en el borde.

—Yo podría enseñarte —le sugirió.

Sara le sostuvo la mirada y le acarició la piel suave de la cara con sus dedos arrugados.

—No sé...

—Soy un buen profesor, ya deberías saberlo.

El tono de su voz, puramente sexual, la hizo ruborizarse y estremecerse. Eso era cierto, había pasado de ser una frígida insatisfecha a una adicta al sexo multiorgásmica con solo un par de clases, y lo había logrado él solito.

—Vale —accedió al fin, y mereció la pena solo por ver su expresión de entusiasmo.

—¡Genial, empezaremos mañana! —Le dio un besito, y añadió contra su boca—: Voy a preparar la cena.

Sara se tomó su tiempo. Aprovechó ese rato a solas para deshacerse de todo el pelo que le sobraba a su cuerpo y arregló su manicura lo mejor que pudo. Tenía las manos destrozadas de limpiar, pintar y lijar. Se embadurnó de crema corporal y regresó a su habitación para buscar algo de ropa. Era un milagro que aún tuviera cosas allí, porque poco a poco sus pertenencias estaban ocupando un espacio permanente junto a las de Jayden en su dormitorio. Prácticamente se había instalado con él.

Se vistió con un pantalón corto y una camiseta de tirantes; y comprobó para su fastidio que empezaban a humedecerse por el sudor que estaba apareciendo sobre su piel. Iba a ser una noche muy calurosa.

Al salir al pasillo inspiró hondo y su estómago protestó con un gruñido. Toda la casa olía a salsa boloñesa. Jayden estaba preparando pasta y esa en particular se le daba de maravilla. Sonrió y se precipitó escaleras abajo, dando saltitos. Le oyó hablar y al llegar al umbral se detuvo para observarlo como la acosadora que era cuando se trataba de él. Solo se había puesto un pantalón de deporte y, con el cabello revuelto, estaba adorable, todo lo adorable que un hombre con su aspecto de tipo duro podía estar. Tenía la cabeza inclinada en una postura muy incómoda, sosteniendo el teléfono fijo entre el hombro y su cara, mientras rallaba un poco de queso. Le sorprendió, porque no solían usar ese teléfono y tampoco era normal que recibieran llamadas.

—¡Vamos, tío, no sabes lo que dices! El fútbol americano es mil veces mejor que el rugby y que el fútbol europeo de lejos —decía con tono vehemente—. Ni liga, ni copa... La NFL y la Super Bowl...

Sara sonrió y se cruzó de brazos sin dejar de observarle. Cuando hablaba de fútbol se convertía en un niño. Se preguntó con quién estaría discutiendo de ese modo.

—De eso nada, cómo se nota que nunca has visto un partido... Por supuesto, en el 2012 yo estaba en Ucrania cuando España ganó la Eurocopa... ¿Y por qué iba a mentirte?... No estuvo mal... No vas a convencerme, chaval. Cuando veas a dos equipos de la NFL enfrentándose en un campo, entonces hablamos. —Sonreía de oreja a oreja moviéndose por la cocina. Se apoyó contra la encimera sin percatarse de su presencia—. Sí, sé jugar y, para tu información, te diré que no solo sé jugar, sino que estuve a punto de fichar por uno de los grandes... Sí, era quarterback... Claro que sí, me encantaría llevarte a uno. Pero primero tendrás que convencer a tu madre.

Sara se enderezó de golpe y entró en la cocina. No podía ser ¿Todo ese tiempo había estado hablando con Daniel? Jayden la miró y le guiñó un ojo.

—Y hablando de la capitana, acaba de llegar. Me alegro de haber charlado contigo, Dani... Sí, yo también... Adiós, tío.

Jayden le pasó el teléfono a Sara y se encogió de hombros al ver su cara de sorpresa.

—Te ha llamado al móvil, pero no lo cogías, así que ha probado con el fijo —le indicó en un susurro.

Sara estaba a punto de sufrir un ataque de nervios mientras intentaba respirar de nuevo para poder hablar con Daniel. No sabía por qué, pero que su amante y su hijo acabaran de tener un momento de colegas la afectó de un modo que no esperaba. De repente, toneladas de culpabilidad le cayeron encima.

—Hola, cariño —saludó con desenfado.

Lo que Daniel había sentido hacia Jayden podía considerarse un flechazo en toda regla. Sara jamás le había oído hablar con tal pasión sobre nadie en sus diez años de vida. Habían conectado con solo una llamada telefónica, y el niño estaba encantado con él.

—Mamá, si nos invita, tenemos que ir. Prométemelo.

—No puedo prometerte eso, Dani. Va a ser muy difícil que podamos ir a visitarle a Estados Unidos.

—Pero sí puede enseñarme a jugar, ¿verdad? Podríamos pasar las Navidades allí, en Tullia. El hotel es de la tía Chris, seguro que a ella no le importa.

Sara sonrió ante el entusiasmo del niño.

—Seguro que no, pero no creo que Jayden esté aquí para entonces. Habrá regresado a su casa. —Al decir esas palabras se le encogió el corazón. Tragó saliva e inspiró—. ¿No te ha dicho a qué se dedica de verdad?

—No, creía que era constructor o algo así, que hace casas.

—Es un soldado. Guarda el secreto —bajó la voz—, pero pertenece a un equipo especial. Es un SEAL.

Sabía que esa información le iba a gustar. No dejaba de ser un niño al que todas esas cosas le impresionaban.

—¡Venga ya, tengo un amigo que es como uno de los tíos de Call of Duty! ¡Es alucinante! Espera a que se lo cuente a mis amigos.

Sara dio un respingo.

—Dani, ¿tu tío te está dejando jugar a juegos para mayores?

Silencio.

—Eh... ¡No, qué va! Mami, tengo que colgar, la abuela acaba de servir la cena.

—Dani...

—Te quiero, mamá.

—Daniel, si me entero...

Volvió a suspirar mientras se tapaba la cara con la mano y sacudía la cabeza. Si a la vuelta encontraba a Daniel convertido en una réplica reducida de Luis, iba a darle un síncope.

Regresó a la cocina y encontró a Jayden sentado a la mesa mientras terminaba de cocerse la pasta.

—Espero que no te moleste que haya hablado con él. No sabía quién era hasta que se ha presentado —dijo Jayden como si sintiera la necesidad de disculparse.

Sara se acercó a él y se sentó en su regazo. Él la abrazó.

—No me molesta. No tiene nada de malo, aunque no deja de ser raro. No puedo evitar sentir que es a él a quien estoy traicionando.

Jayden negó con la cabeza y le sujetó la barbilla con un dedo para que lo mirara.

—Tú no estás traicionando a nadie, nena. Ni a tu hijo ni a nadie.

Sara le sostuvo la mirada y asintió muy despacio. Sabía que él tenía razón. Su matrimonio estaba acabado desde hacía mucho y simplemente no se había enfrentado a ese hecho.

—Lo sé, es solo que a veces...

—Piensas demasiado, Sara.

Ella sonrió.

—Eso también lo sé. —Se acomodó en sus piernas y le rodeó el cuello con los brazos—. No sé qué le habrás dicho a mi hijo, pero lo has dejado realmente impresionado. Creo que acabas de convertirte en una de sus personas favoritas y ni siquiera te conoce.

Jayden se echó a reír y la abrazó con más fuerza. A él también le había caído de maravilla el chico y, aunque nadie se lo había dicho, estaba seguro de que todo era mérito de ella. Tenía la sensación de que la familia Gibbs se reducía a ellos dos y que el tipo que debía ser un padre y un marido para ellos, solo era un gilipollas que iba a lo suyo.

—Es un chico estupendo, nena. Listo, despierto y con mucha energía. Lo estás haciendo bien con él.

Sara notó un nudo en la garganta.

—¿De verdad lo crees? —preguntó emocionada.

—Sí. Tu chico se va a convertir en un buen hombre, y lo será gracias a ti.

Sara empezó a sonreír como una idiota. No se había dado cuenta de lo mucho que necesitaba oír esas palabras hasta que él las había pronunciado. Daniel era lo más importante para ella. Era el amor de su vida, su responsabilidad.

—Haría cualquier cosa por él, cualquier cosa —susurró.

—Lo sé —replicó Jayden con un extraño tono de voz.

22

Sara estaba segura de que había más agua dentro de su cuerpo que fuera. Sentía los músculos agarrotados y unos calambres en el estómago que empezaban a ser bastante molestos. Jayden decía que era por los nervios y la tensión, pero que desaparecerían en cuanto lograra relajarse. Ella no sabía cuándo sería eso, porque llevaban tres horas con aquella tortura y se sentía con la misma agilidad y fluidez que cuando empezaron, la de una piedra. Agarrada al borde de la piscina, lo observó alejarse nadando hasta el otro extremo.

—Vamos, te toca. Respira hondo y ven hacia mí —la animó él.

Ella puso morritos.

—Me voy a hundir.

—No te vas a hundir —le dijo entre risas—. Escucha, ya hemos descubierto que no tienes ninguna fobia, solo el miedo natural de alguien que no sabe nadar. Además, también hemos comprobado que flotas, ¿no? La mayor parte del tiempo. —Se le escapó una risotada al ver el gesto de burla que ella le dedicó—. Vamos, cariño, estoy aquí. No dejaré que te pase nada.

Cada vez que la llamaba así, Sara se derretía como chocolate fundido. El tono de su voz, la intimidad con la que pronunciaba esa palabra, eran nefastos para su corazón.

—Vale —accedió.

Inspiró hondo y se impulsó hacia delante sin pensarlo más. Comenzó a mover los brazos y las piernas y, para su sorpresa, ¡estaba nadando! Sintió un millón de mariposas en el estómago y sonrió. Brazada a brazada, metro a metro, fue acortando la distancia que lo separaba de él.

—¡Mírala, si parece una sirena! —exclamó él orgulloso.

—¿Te estás... burlando de mí? —le espetó ella entre bocanadas de aire.

Jayden se mordió el labio para no echarse a reír.

—Vale, quizá te parezcas más al perrito de la sirena...

—¡Jayden!

—*Peeeero*... cuando acabe contigo hasta los delfines van a sentir envidia. —La abrazó en cuanto llegó a su lado, colorada y jadeando—. Te tengo, pececito. ¿Lo ves? Tú solita has llegado hasta aquí.

Sara se volvió para comprobar la distancia que había recorrido. Una enorme sonrisa se extendió por su cara. Le rodeó el cuello con los brazos y lo besó, presionando su boca contra la suya con fuerza.

—Mañana más.

—Mañana más —repitió él con el tono solemne de una promesa.

La ayudó a salir, pero él se quedó dentro para practicar unos largos. Llevaba un par de semanas descuidando su entrenamiento físico, demasiado tiempo para alguien como él y con sus años. Ya no era un niño de veinte, pero con su trabajo tenía que mantenerse como si lo fuera.

Desde la tumbona en la que se había recostado para secarse, Sara no podía apartar los ojos del regalo de la naturaleza que había dentro de la piscina. Verlo nadar era todo un espectáculo. La rapidez con la que se movía, la agilidad y la fuerza de su cuerpo. Ese cuerpo del que no podía apartar los ojos ni las manos. Se estaba volviendo adicta a Jayden Dixon, alias *Mi Hombre Perfecto*.

¡Maldita lista!

Sabía que era absurdo echarle la culpa a un papel escrito hacía catorce años, pero era la única excusa que tenía para no sentirse tan culpable por lo que sentía por él. Era como si Jayden se le estuviera metiendo en el corazón y ella no pudiera hacer nada para impedirlo. ¡Dios mío, enamorarse de él no entraba dentro del plan! No podía.

El teléfono móvil vibró en el suelo. Lo cogió y le echó un vistazo a la pantalla.

Christina:
No me llamas. No me escribes. Empiezo a sentirme ignorada y espero que tengas una buena excusa.

Sara:
Estoy muy liada con la reforma, pero todo está bien. Tranquila.

Christina:
Vale, te creo. ¿Qué haces?

Sara alzó la vista un momento, al mismo tiempo que Jayden salía de la piscina. El agua se deslizaba por las líneas y las curvas de su cuerpo, tensas por el ejercicio. Se mordió el labio inferior y lo contempló embobada, notando que el corazón se le desbocaba y la piel de gallina. No podía ser sano sentir todas esas emociones al mismo tiempo. Con disimulo alzó un poco el teléfono y le tomó una fotografía. Inmediatamente se la envió a Christina. No podía creer que lo hubiera hecho.

Sara:
Estoy admirando las vistas.

Christina:
¡Madre de Dios! *Ahora entiendo por qué no me llamas.*
¡Serás zorra! *Dime que has visto la luz y que lo has metido en tu cama.*

Se puso colorada como un tomate y miró qué estaba haciendo él. Seguía en el borde de la piscina, conectando el limpiafondos. Si la pillaba manteniendo aquella conversación se moriría.

Sara:
Yo duermo en la suya, y no pienso darte detalles por mucho que supliques.

Christina:
Lo harás. Sé que lo harás.

Sara dejó el teléfono a un lado e ignoró todas las alertas sonoras que anunciaban nuevos mensajes. Entraban sin parar e imaginó a su amiga con los dedos echando humo y muerta de curiosidad. Intentó disimular la sonrisa maliciosa que pugnaba por aparecer en sus labios y se concentró en Jayden, que se acercaba con las manos en las caderas mientras la repasaba descaradamente.

Sin previo aviso, se dejó caer sobre ella, aplastándola. Sara gritó al notar su cuerpo caliente y mojado empapando el suyo y trató de apartarlo. Pero él solo se movió para posar la boca en su hombro y darle un beso suave. Al sentir su lengua contra la piel, una oleada de calor le aceleró el pulso. Jayden movió la mano para introducirla entre sus muslos, arrancándole un gemido de sorpresa. Le mordió el labio inferior y ella le devolvió el mordisco. En Jayden la timidez brillaba por su ausencia. Era arrogante, descarado, inteligente y sexy; y su mera imagen le colmaba el pecho de tanta emoción que dolía.

—¿Vino? —preguntó Jayden.

Acababa de recoger los restos de la cena y de limpiar la cocina, y estaba tan cansado que solo le apetecía dejarse caer en cualquier parte y beber vino hasta ponerse pedo.

—Vale —respondió Sara desde la terraza.

Cogió dos copas y descorchó una botella de la última cosecha de los Chavanel: un tinto, reserva del 2008. Era una pena que un vino tan bueno como aquel no estuviera en los mejores restaurantes y vendiéndose al por mayor en otros países. Sentía lástima por la situación que atravesaban Violette y su padre. La enfermedad del hombre era la que les había conducido hasta ese extremo de ruina absoluta. Ojalá pudiera ayudarles, pero la única forma era encontrando un inversor dispuesto a devolver ese viñedo al lugar que se merecía, y entre sus contactos no había nadie a quien pudiera interesarle algo así.

Cogió las copas y fue en busca de Sara. La encontró sentada en el diván, con las piernas cruzadas, mirando muestras de papel pintado. Le entregó una de las copas y se sentó a su lado, repantigándose mientras soltaba un largo suspiro. Ella subió las piernas a su regazo y él comenzó a acariciarle los pies de forma distraída.

—¿Cuál te gusta más? —quiso saber ella.

—¿Para qué es?

—He pensado forrar el interior de los armarios. Así no se verán las grietas ni la pasta selladora. No dan muy buena imagen.

Jayden se encogió de hombros. Estaba bien pensado. Miró las muestras y meditó su respuesta. Señaló una con pequeñas florecitas azules y el fondo color crema. Era la que encajaba mejor con un mueble tan antiguo y provenzal.

—Esta.

Sara le regaló una preciosa sonrisa.

—Es la que me gusta a mí también.

—¿Y te sorprende? —la cuestionó él con un tonito engreído.

Ella sacudió la cabeza. Por supuesto que no le sorprendía. En los últimos días había descubierto que se parecían en muchas cosas, y cuanto más tiempo pasaban juntos, más similitudes iba encontrando. Lo observó mecer la copa y llevársela a la nariz para olerla.

—¿Sabes de vinos? —le preguntó.

—No, la verdad es que no. Pero siempre he querido hacer esto y parecer interesante. Un tipo con clase y toda esa mierda del *glamour*.

Ella se lo quedó mirando con los ojos como platos, vio el brillo de su mirada y supo que estaba tomándole el pelo. De repente, él se echó a reír con ganas y se inclinó para darle un beso en la mejilla. Era un hombre de risa fácil y una picardía descarada. Lo adoraba.

—Tú no estás bien de la cabeza.

—La culpa es tuya, me estás volviendo loco —dijo él como si nada, y dio un sorbo a su copa.

Sara admiró su rostro. Él se había quedado ensimismado, con la vista perdida en la oscuridad, y su expresión se había tornado seria, incluso preocupada. Al conocerlo, lo primero que le había llamado la atención de él había sido su carácter extrovertido y alegre, además de lo guapo que era. Siempre parecía estar contento, aunque en casa, a menudo lo sorprendía sumido en sus pensamientos. En esos momentos la tristeza se apoderaba de él y algo muy parecido a la culpa cruzaba su mirada. Estaba segura de que había algo que lo atormentaba desde hacía mucho tiempo, pero no se atrevía a preguntarle nada al respecto.

De repente, él se enderezó y dejó la copa sobre la mesa.

—Ven conmigo.

Sara lo miró como si hubiera perdido un tornillo, y se vio arrastrada por sus brazos al ponerla de pie.

—¿Adónde? —quiso saber mientras metía los pies en los zapatos.

—Ya lo verás. Ven.

La cogió de la mano y, con paso rápido, la guió a través del jardín, en dirección a los árboles que delimitaban la propiedad. La ayudó a saltar el pequeño muro y se adentraron en el viñedo de los Chavanel. Ella miraba a su alrededor sin entender nada. Estaba a punto de preguntarle de nuevo, cuando sus ojos se abrieron como platos.

—¿Son...?

—Luciérnagas —terminó de decir Jayden con una enorme sonrisa en la cara.

Miró hacia arriba y contempló el enorme enjambre que sobrevolaba sus cabezas.

—¿Cómo las has visto desde la terraza?

—No lo sé. Me ha parecido ver algo, pero no estaba seguro. Joder, no veía luciérnagas desde que era un crío y salía a cazarlas con mis amigos.

—¿A cazarlas? —inquirió Sara con tono acusatorio.

—Sí. Las metíamos en botes de cristal, tantas que los tarros parecían bombillas gigantes. —Y añadió con carita inocente—: Pero luego las soltábamos.

—Da igual, sigue siendo cruel que hicierais eso.

Él le dedicó una sonrisa enorme. Se tumbó en el suelo y alzó una mano.

—Ven aquí.

Sara lo miró un segundo, sin estar muy convencida. En esas piedras podía haber bichos, incluso alacranes. Al final sucumbió a la súplica que le lanzaban sus bonitos ojos. Se tumbó a su lado y contempló todos aquellos puntitos brillantes que volaban de un lado a otro. Era algo precioso. Se volvió para ver a Jayden y su expresión la dejó sin aliento. Estaba disfrutando con aquello. Inspiró hondo y gozó del momento y de su mano apretando muy fuerte la suya.

Jayden sentía que la vida era perfecta con Sara a su lado. Hasta entonces no había conectado de esa forma con ninguna mujer. Le atraía muchísimo, en todos los sentidos. Le gustaba pasar horas enteras hablando con ella. Le gustaba su sentido del humor y lo diferente que era a todas esas otras chicas que había conocido. Lo sentía por Lisa, pero con ella nunca tuvo la conexión que notaba con Sara.

Lo que tenían era único, pero estaba aceptando que nunca sería suya, que cada uno continuaría con su vida después de ese verano. Aun así, la idea de que el tiempo pasaba y de que pronto no volvería a verla, le hacía sentirse perdido. Dejó de lado las luciérnagas y se distrajo con ella.

—¿Por qué me miras así? —preguntó Sara.

—¿Cómo, como si quisiera arrancarte la ropa?

Ella sonrió y le sostuvo la mirada.

—Ahora no me estás mirando de ese modo.

—Es verdad. Intento ver dentro de ti, pero no lo consigo. —Hizo una pausa y suspiró. De golpe añadió—: ¿Por qué sigues con él? No tenéis una relación de verdad. No compartís nada y, por lo poco que sé, hace mucho que vive su vida sin contar contigo. No lo entiendo. —Habló despacio y con mucho cuidado, como si ella fuera una bomba que pudiera estallar en cualquier momento.

Sara volvió a mirar el cielo. Tardó un buen rato en contestar y, cuando lo hizo, su voz sonó apagada y sin vida.

—Porque no quiero perder a mi hijo.

—¿Por qué ibas a perderlo? ¿Acaso él te ha amenazado alguna vez con eso?

—Ni siquiera hemos hablado de la posibilidad de divorciarnos, como si esa opción no existiera para nosotros. Aunque alguna vez ha dicho cosas que...

Cerró los ojos sabiendo que su actitud traslucía nerviosismo, ansiedad, incluso temor.

Jayden le apretó la mano con más fuerza.

—Explícamelo para que pueda entenderlo —le pidió con dulzura.

—No es fácil de explicar.

Sara no sabía cómo justificar todas esas cosas que tenía en la cabeza. Cosas que, después de tantos años, ni siquiera ella lograba comprender a veces. Por más que intentaba hallar las palabras adecuadas, estas no parecían las correctas.

—Estoy con Colin desde que tenía dieciocho años. No he estudiado, ni trabajado nunca... No soy una persona autosuficiente, ni creo que pueda serlo en breve. Si... si me divorcio, tendré que asumir unos gastos que no puedo cubrir de ninguna manera. No podría quedarme en Londres y mi única salida sería regresar a España con mi madre y mi hermano. Ellos tampoco podrían ayudarme mucho, ¿sabes? Aunque quisieran hacerlo, no podrían. Y Colin nunca se ha cortado mucho a la hora de insinuar que, en una separación, lo único que yo sacaría de él sería el cincuenta por ciento de todas nuestras deudas.

Se limpió una lágrima solitaria que resbalaba por su mejilla y continuó con la vista clavada en las luciérnagas que iban y venían. No era capaz de mirarlo a él, no quería saber qué estaba pensando al escucharla. Tragó saliva y añadió:

—Y si a pesar de todo decidiera hacerlo, si dejo a mi marido, me estaría arriesgando a que él pudiera reclamar la custodia de Daniel. Estoy segura de que la conseguiría, porque yo no tengo nada que darle. Perder a mi hijo me mataría. —Se encogió de hombros y una triste risita surgió de su garganta—. Aunque dudo que él la pidiera. ¡O quizá sí, no lo sé! —Suspiró de forma entrecortada—. Y hablando de Daniel... Es solo un niño y tendría que dejar una vida muy cómoda, una casa preciosa y un montón de caprichos. ¿Qué niño de diez años renuncia a todo eso sin más? Yo no podría costearme ni los zapatos que lleva. Me odiaría.

Se pasó las manos por la cara para limpiarse las lágrimas que habían empezado a caer sin control. Y continuó:

—Sé cómo suena todo esto... y que tú pensarás que no son cosas tan importantes... y es probable que no lo sean. Pero hay algo con lo que no puedo: no puedo imaginar a mi hijo de una casa a otra, pasando una temporada aquí y otra allí, como un nómada sin hogar. Es posible que todo sea una película que yo me he montado, pero en este momento no soy capaz de ver más allá. No lo consigo. —Se volvió y lo miró a los ojos—. No espero que lo entiendas, pero, por favor, no me juzgues.

Se sintió abochornada bajo su intensa mirada y trató de apartarse, pero Jayden se lo impidió sujetándole la cara con la mano para que no dejara de mirarle.

—Soy la última persona en el mundo que podría juzgarte. Sara, es tu vida, son tus decisiones y nadie mejor que tú sabe lo que te conviene. Solo voy a decirte una cosa, ni siquiera es un consejo. No des por sentadas las cosas y no dejes que tus miedos te impidan ver un camino que puede que exista. Habla con un abogado de todo esto. Los hay que no cobran para dar este tipo de información.

Se inclinó y la besó en los labios, mientras la cabeza le hervía con un millón de pensamientos y contradicciones. Sara era una mujer llena de miedos e inseguridades, demasiado arraigados en su interior. No podía juzgarla por sentirse así, por ser una mujer con... problemas. Problemas que no sabía cómo afrontar y, por ese mismo motivo, fingía que no existían.

—Vale, puede que lo haga —susurró ella. Se sorbió la nariz y sonrió—. Gracias por no juzgarme.

—De nada. —Le dio otro beso y la acercó para abrazarla sobre su pecho—. Siento haber sacado el tema. No es asunto mío.

—No te preocupes.

—He hecho que te pongas triste, y no me gusta verte así. No quiero hacerte llorar otra vez. —Alzó un poco la cabeza y la besó en el pelo—. ¿Y si nos divertimos un rato cazando luciérnagas? Vamos, di que sí. Te prometo que después las soltaremos.

Sara se apoyó en su pecho para poder verle la cara. Le enredó los dedos en el pelo y se acercó a sus labios hasta sentir el calor que exhalaban.

—Vale —murmuró.

Sara despertó con Jayden abrazado a su cuerpo. Sentía en la espalda el calor de su pecho desnudo y su aliento en el cuello. Negándose a abrir los ojos, se deleitó durante unos minutos con su proximidad, con la forma en la que sus piernas estaban entrelazadas y sus manos unidas sobre su vientre. Se dio cuenta de que se había acostumbrado a dormir a su lado, a despertar junto a él, como si llevaran toda la vida juntos. Le asustaba la facilidad con la que todo resultaba tan natural entre ellos.

Se encogió entre sus brazos. Jayden murmuró algo en sueños y la estrechó con un gesto protector. Pensó en la noche anterior y en cómo se había roto ante él al confesarle sus miedos. Una parte de ella sabía que él tenía razón, que esos miedos le impedían ver un posible camino, una salida a la prisión en la que se había convertido su vida. Pero no conseguía abrir los ojos y mirar más allá.

Había levantado tantos muros para protegerse que ahora no sabía cómo derribarlos. Tras esos muros estaban sus sueños, cosas que deseaba tanto que dolían. Por eso había intentado ignorarlas y enterrarlas en su interior, para convencerse a sí misma de que no las necesitaba.

Contempló el tarro de cristal sobre la mesita. Sonrió y se acurrucó un poco más contra Jayden. El resto de la noche había sido perfecta, un recuerdo feliz. No se había reído tanto desde hacía mucho tiempo y daba la impresión de que él tampoco.

Un ronroneo la trajo de regreso de sus pensamientos.

—Buenos días —musitó Jayden.

Sara se dio la vuelta entre sus brazos y apoyó la mano en su cara, acunándole el rostro.

—Buenos días, dormilón.

Él se restregó los ojos con aire soñoliento, sin dejar de sonreír.

—¿Qué hora es?

—No lo sé, pero bastante tarde.

Jayden escondió el rostro en su cuello mientras la abrazaba con fuerza.

—Voy a preparar café, ¿de acuerdo? —sugirió Sara.

Los brazos de él eran el mejor lugar del mundo, pero no podían pasarse otro día en la cama. Lo apartó casi a la fuerza, porque se empeñaba en no soltarla, y se sentó sobre el colchón instando a sus piernas a que se levantaran. Él la detuvo deslizando una mano sobre su pecho desnudo y, envolviendo con ella uno de sus senos, le dio un pellizco que lanzó oleadas de calor directamente a su vientre. Soltó un grito de sorpresa y se volvió para mirarlo con la boca abierta.

Una risa masculina resonó en la habitación, arrogante, un tanto perversa y absolutamente divina. La agarró por la cintura y la puso encima de él.

—Es mi cumpleaños y quiero un regalo —dijo él, deslizando las manos por sus caderas con un gesto posesivo que empezaba a ser familiar para ella.

—No es tu cumpleaños, mentiroso.

Jayden enarcó una ceja.

—Vale, entonces lo diré sin rodeos. Quiero fo...

Sara le tapó la boca con la mano y se puso colorada como un tomate.

—Joder, Sara, tu inocencia es adorable. Pero tienes que sacarte de encima esa timidez.

Giró con ella entre sus brazos. La sujetó agarrándole las manos por encima de la cabeza y la cubrió con su cuerpo cálido.

—¿De verdad te cuesta tanto tomar la iniciativa y decirlo?

—Puedo decirlo... —Tomó aire—. Hagamos el amor.

Él admiró el contorno de su rostro mientras una risita sacudía su cuerpo.

—Una pareja puede hacer el amor y también fo... —La mano de Sara volvió a taparle la boca y apenas logró acabar la frase—. Depende del momento. Y yo ahora quiero... —moduló con los labios la palabra «follar»— duro y fuerte.

La cara de Sara era de color granate, tirando a azul. Había empezado a sudar y en ese momento un agujero negro en el espacio no habría sido lo suficientemente profundo como para que pudiera esconderse.

—Disfrutas haciéndomelo pasar mal —le espetó.

Jayden apretó la boca contra la suya y susurró sobre sus labios:

—Sexo sucio, nena, no tienes ni idea de lo que te pierdes.

Y antes de que Sara pudiera decir nada, se levantó de la cama y se dirigió al baño, evidentemente excitado. Aunque eso no parecía importarle. Ella tardó un segundo en recuperar el habla. Oyó la cisterna del inodoro y poco después lo vio salir del baño y dirigirse a la puerta. Lo miró sin dar crédito.

—¿De verdad te marchas, y así? —inquirió mientras le señalaba la entrepierna y notaba su propio deseo enroscándose en su vientre de forma dolorosa.

—Sí, tómalo como un incentivo para la próxima vez que quieras... —Se tapó la boca con un gesto inocente, fingiendo escandalizarse—. ¡Oh, casi se me escapa!

Sara agarró la almohada y se la lanzó como si fuera un proyectil, que él esquivó muerto de risa.

—¡Dios, cómo te odio! —refunfuñó.

—No es cierto.

—Sí, te odio.

Jayden movió el dedo ante su cara con un gesto negativo y cogió del suelo sus pantalones.

—No, estás loca por mí. Me quieres, lo sé, y yo a ti.

De repente el ambiente cambió entre ellos y la diversión acabó engullida por un momento de una extraña tensión. Los ojos verdes de Jayden estaban clavados en los suyos, que le devolvían la mirada. En su pecho se movió algo, algo grande y peligroso. Sara también lo sintió y no fue capaz de decir nada. No podían cruzar esa línea. No podían. Ambos lo sabían y fingir que no había pasado se convirtió en la única salida.

—Date una ducha fría mientras preparo café —dijo él recuperando su actitud maliciosa y traviesa.

Salió al pasillo con ganas de golpearse la cabeza contra la pared. ¿Qué demonios había pasado ahí dentro? Eso no había sido un fallo de su subconsciente, sino la mayor gilipollez que se le podría haber pasado por la cabeza. Se le aceleró la respiración hasta un punto crítico y bajó la escalera sintiéndose mareado. Sara le gustaba, y mucho, eso era evidente, pero de ahí a... Joder, no, no la quería de ese modo.

Se paró frente a la encimera con las manos apoyadas en el mármol y la cabeza gacha. Ni siquiera iba a pensar en ello. Ni de coña. Solo había sido un juego de palabras que se podía malinterpretar.

Preparó la cafetera y, mientras el café comenzaba a gotear aromatizando toda la casa, encendió el pequeño televisor que habían colocado en una repisa. Empezó a cambiar de canal y se detuvo en un avance informativo que mostraba las imágenes de unos bombardeos. Se sirvió una taza y se sentó a la mesa, desde la que subió el volumen con el mando a distancia. La voz del periodista resonó en la cocina:

Las Fuerzas Armadas de Estados Unidos realizaron ayer, ocho de agosto, su primer bombardeo contra posiciones de la milicia de Estado Islámico en el norte de Irak, después de que su presidente, Barack Obama, anunciara el pasado jueves su autorización a la ejecución de los bombardeos contra las posiciones del grupo extremista suní... «Hoy, Estados Unidos llega para ayudar», esto es lo que afirmaba Barack Obama ante los medios de comunicación.

Sara entró en la cocina y vio a Jayden muy concentrado en la televisión. Estaba serio y parecía preocupado. Bostezando se acercó a él y se sentó en su regazo.

—¿Qué pasa? —preguntó a la vez que se acurrucaba contra su pecho. Él la rodeó con sus brazos.

—Estados Unidos inició ayer una ofensiva contra Estado Islámico en Irak —contestó con pesar.

El periodista continuaba informando:

Obama explicó que, si bien Estados Unidos no puede resolver todos los problemas y las crisis del planeta, no puede mirar para otro lado cuando se está fraguando un genocidio y existen recursos para impedirlo.

—¿Y esos recursos siempre tienen que ser violentos? —masculló Sara. Jayden suspiró y apagó el televisor con expresión taciturna.

—En estos casos son los únicos que funcionan. Lo veía venir. ¡Joder! Vive y deja vivir, no es tan difícil. ¡Malditos fanatismos! —masculló. Se pasó la mano por el pelo y después por la nuca, dejando que su mirada vagara por el techo. Abrió la boca un par de veces, como para decir algo, pero volvió a cerrarla. Al final resopló—. Es que he estado allí, ¿sabes? He visto... cosas que no podrías imaginar. La gente muere, es asesinada como si sus vidas no tuvieran ningún valor... Niños, mujeres... y todo en nombre... ¿de qué? He perdido amigos que nunca volverán a sus casas. Dios, ¿qué les dices a esas familias? ¿Cómo le dices a alguien que la única persona que tenía en el mundo ya no...? Que tú no...

Se le rompió la voz y cerró los ojos al tiempo que se pellizcaba el puente de la nariz. Su pecho subía y bajaba muy deprisa mientras los últimos minutos de vida de Olivier pasaban por su mente de nuevo. Aún podía sentir los olores que flotaban en el aire, el sonido de su voz en la radio que llevaba en el oído, el disparo que acabó con su vida y la mirada del cabrón que sostenía el arma. Hatim.

Sara se dio cuenta de que él no se encontraba bien, parecía muy afectado, aunque no estaba segura de que fuera solo por las noticias. De repente, el corazón empezó a martillearle el pecho, muerto de miedo. Trató de que la mirara.

—Lo que acaban de decir en las noticias significa que... Quiero decir que... ¿Te llamarán, te pedirán que regreses para incorporarte a... donde sea que tengas que ir?

Jayden abrió los ojos y la miró. Vio preocupación en su bonito rostro y esa sensación le calentó el cuerpo. Que se preocupara por él era agradable. Tragó saliva y le puso la mano en la mejilla, con la otra le rodeó la nuca y la atrajo hacia su pecho. La besó en la sien, apretando los labios contra su piel con fuerza.

—No, de momento no estoy operativo. Además, por lo que han dicho, los ataques solo serán aéreos. No enviarán tropas sobre el terreno.

—Pero si las envían...

—Si las envían, serán otros los que vayan antes que yo.

No era eso lo que Sara quería oír. Quería que le dijera que no iban a llamarle jamás, y que si lo hacían, iría a algún otro lugar donde no correría peligro.

—Ya, pero...

—Pero nada. No voy a ir a ninguna parte. Aún tenemos unos días por delante y nada ni nadie me moverá de aquí, ¿de acuerdo?

Ella asintió. Aunque aquello no la tranquilizaba. Se estaba desmoronando sin darse cuenta. Solo unos días y todo se acabaría. Ambos se irían en direcciones opuestas y no volverían a saber el uno del otro. Y dolía. Sus ojos verdes le sostuvieron la mirada con un brillo de determinación y una expresión honesta.

Jayden volvió a besarla y la cogió por las caderas instándola a que se levantara de su regazo. Le sirvió una taza de café y se acercó a la nevera para coger la leche.

—Deberíamos ir al mercado, la nevera está vacía y también necesito algunas cosas de la ferretería —sugirió.

Una hora más tarde, paseaban por el centro del pueblo, donde todos los sábados se instalaba el mercado. Los puestos de comida, ropa y flores, rodeaban la plaza y ocupaban parte de la calle principal, cubiertos por toldos que aliviaban el calor del mediodía. En el cielo empezaban a brotar unas nubes, de esas que parecen pomposos algodones de aspecto esponjoso y suave. O una coliflor gigante, según se mire.

Sara se acercó a uno de los puestos de frutas y verduras y le echó un vistazo a los tomates.

—Voy a acercarme a la ferretería. No tardo, ¿vale? —dijo Jayden. Sin pensar en lo que hacía, se inclinó para darle un beso en los labios.

Ella se apartó con disimulo lanzando miradas a su alrededor. Él cerró los ojos con una disculpa y se enderezó mientras dejaba escapar un suspiro. Se miraron un instante, conscientes de lo que había estado a punto de pasar. Después se dio media vuelta y se alejó. Ella no le quitó la vista de encima hasta que desapareció entre la gente. A veces se les olvidaba que la relación que tenían era una relación prohibida que debían mantener en secreto. A nadie le importarían las razones por las que habían acabado juntos, solo verían a una mujer casada que se acostaba con un hombre que no respetaba un compromiso tan importante como el matrimonio.

Ojalá las cosas fuesen de otro modo. Entonces no se reprimiría y no dudaría en tocarlo y besarlo cuando le viniera en gana, sin importarle nada más.

Compró queso, huevos y unos frutos secos. Guardó las bolsas en el carrito de la compra y se acercó a un pequeño puesto de encurtidos. Había descubierto unas aceitunas maceradas en hinojo, a las que se había vuelto adicta. Y Jayden perdía la cabeza por esos pepinillos diminutos que picaban como demonios. Compró un poco de cada. Miró su reloj mientras paseaba buscando algo de sombra, preguntándose dónde se habría metido Jayden.

Curioseó entre las flores y, al alzar la vista, se quedó de piedra. Vio que se encontraba al otro lado de la plaza y conversaba con dos chicas con aspecto de turistas. Ambas rubias, de pechos grandes y bronceados perfectos. Una de ellas tenía un mapa en la mano y, al mostrárselo, se acercó tanto a él que parecía que se le iba a subir encima. Continuaron conversando y la más pechugona se echó a reír por algo que él había dicho, aprovechando el momento para deslizar una mano atrevida por su brazo y después por su pecho. A ella no le quedó ninguna duda de que aquellas mujeres intentaban algo más que conseguir una dirección.

Ser testigo del encuentro la estaba sacando de sus casillas.

Apartó la mirada y notó que el alma se le caía a los pies. El corazón empezó a latirle con fuerza y tuvo que inspirar repetidas veces para calmarse. Pero no pudo, porque se habían apoderado de ella unos celos irracionales; y era una sensación horrible.

Fingió no haberle visto.

Él no tardó en aparecer a su lado.

—No te lo vas a creer. Acabo de encontrarme con dos chicas americanas. Son de Idaho y están haciendo esa ruta de no sé qué castillos.

Ella forzó una sonrisa.

—La ruta del Loira.

—Sí, esa. ¡Qué cosas, eh!

—¡Sí, qué cosas! —fue lo único que ella logró decir.

Regresaron al *château* de inmediato y, mientras Jayden trataba de decidir qué iba a cocinar ese día, ella fue colocando la compra en los armarios. Estaba irritada desde que lo había visto hablando con esas chicas. Sabía que era irracional que se comportara así, pero su cabeza se había convertido en un caos absoluto.

Jayden no era suyo para sentirse celosa. Era libre de estar con quien quisiera, porque lo que había entre ellos no suponía ningún compromiso que pudiera atarlo a su lado para siempre. Dentro de unos días ella se marcharía y él encontraría a alguien más con quien pasar el rato. O regresaría a su hogar y acabaría conociendo a la mujer de su vida, con la que se casaría y tendría un matrimonio perfecto, lleno amor y sexo, y un montón de niños.

Notó que le picaban los ojos mientras colocaba las verduras en un cesto. Tenía que olvidarse del tema y superarlo.

—¿Estás bien? —le preguntó él desde los fogones.

Ella reprimió las lágrimas y le dedicó una sonrisa.

—Sí, de maravilla.

Pese a su sonrisa, Jayden no estaba muy seguro de que fuera cierto. Cogió un cuchillo y empezó a trocear tomates observándola de reojo de vez en cuando. Algo se estaba cociendo en aquella cabecita suya, y ya la conocía lo suficiente como para saber que no diría nada. Se guardaría para ella lo que la estuviera incomodando y seguiría fingiendo que todo iba de «maravilla». Pero ahora Sara no estaba en Londres, ni él era su marido, al que le importaba un cuerno si le preocupaba algo o no. Apoyó el cuchillo en la tabla y la miró muy serio.

—Sara.

—¿Sí?

Al ver que continuaba moviéndose de un lado a otro, intentando no mirarlo, elevó la voz:

—¡Sara!

Ella se detuvo y giró sobre sus talones. Lo miró con una expresión melancólica.

—¿Qué pasa, nena? —preguntó con cautela.

Sara le sostuvo la mirada con el corazón latiendo como loco. Notaba náuseas y esa sensación demasiado conocida que hacía tiempo que no sentía. Iba a perder los nervios. Estaba tan frustrada y enfadada que lo veía todo rojo. Notó un nudo en la garganta. De repente deseó estar en Londres y no haber salido de allí, de su minúscula e insulsa burbuja, donde se había resignado a permanecer sin más. Ahora había descubierto que quería cosas, que necesitaba cosas, y no sabía cómo iba a seguir viviendo sin tenerlas.

—No puedo seguir así. Ni puedo seguir con esto —dijo de golpe.

Jayden dio un paso hacia ella, pero se detuvo al ver que retrocedía para mantener las distancias. Una luz de alarma se encendió en su cerebro.

—¿Con qué?

—Esto. Tú y yo. No está bien, nunca ha estado bien. Es un error. Ni siquiera sé cómo he podido...

—¿Qué quieres decir? —inquirió él cada vez más preocupado. No le gustaba lo que estaba viendo en sus ojos: una desesperación angustiosa.

—Que nunca debimos dar este paso. Yo... yo no quería. Estoy casada y una mujer casada no hace estas cosas. Yo no soy una putilla ni una fulana, y tú me estás convirtiendo en eso.

Jayden no daba crédito a lo que estaba oyendo. Empezó a mover la cabeza, rechazando de plano todo aquello.

—No sigas por ahí. No sigas —suplicó, enfrentándose a su mirada.

—¿Que no siga? ¿Por qué continuaste tú? Sabías que no quería nada de esto, que lo estaba evitando. Pero no dejabas de flirtear conmigo y de intentar seducirme. No te importé en ningún momento. Si lo hubiera hecho, me habrías respetado... —Le temblaba la voz, mientras intentaba controlarla.

—No nos hagas esto, Sara. Por favor, déjalo —susurró él, bajito, cerrando los ojos como si le doliera. En su cara brillaba una expresión de pesar.

—¿Por qué? ¿Quieres que lo deje porque no quieres admitir la verdad?

—¿Qué verdad? —estalló él.

—Que lo que hemos estado haciendo no está bien. Que es un error con el que no sé si podré vivir. Tú... tú no estás sacrificando nada, pero yo he vendido hasta mi orgullo al liarme contigo. ¿Cómo has podido empujarme a algo así?

—No lo dices en serio —musitó él con la voz teñida de necesidad, frustración y desesperanza.

—Lo digo completamente en serio. —Las lágrimas la desbordaron desmintiendo sus palabras y avergonzándola de tal modo que se estremeció bruscamente.

Jayden se pasó ambas manos por el pelo, exasperado.

—Sé lo que intentas hacer, Sara. Puedo verlo y no lo hagas, por favor, no por los motivos equivocados —suplicó, y cruzó los brazos a la defensiva con una mueca de dolor.

—¿Motivos equivocados?

Él la miró con un destello de ira en los ojos.

—¡Joder, sí, por los motivos equivocados! Esa maldita inseguridad tras la que te escondes. ¿Sabes una cosa? Vale, si así te sientes mejor, adelante, échame la culpa. Enfádate conmigo por haberte seducido, por no haber podido mantenerme alejado de ti desde el primer día. Pero no vas a conseguir que diga lo que quieres oír.

Volvió a pasarse la mano por el pelo, demasiado alterado.

—Yo no quiero oír nada —gritó ella.

Él gimió y miró un segundo el techo antes de clavar sus ojos en los suyos.

—¡Sí quieres! Quieres que diga que tienes razón, que esto está mal y que nunca debimos estar juntos. Pero no pienso decirlo, nena, porque no lo está. —La apuntó con el dedo, mientras sus ojos se cubrían con un velo brillante—. Esto que hay entre tú y yo no puede ser malo. ¡No lo es!

Sara se encogió al ver que él también había perdido los nervios. Jayden era un tipo tranquilo, pero tras esa apariencia se escondía un carácter fuerte. Flaqueó durante un momento al ver el dolor que reflejaba su cara. Ella sabía en su interior que lo que sentían no podía ser malo, y aun así... Estaba tan desquiciada que no podía ni mirarlo.

—Vale, no lo es. ¿Y qué más da? Esto tampoco va a ninguna parte. Se va a acabar —replicó, y se encogió de hombros con un gesto evasivo.

Jayden también se estaba viniendo abajo y sus propios miedos asomaron la cara. Enfadado dio un paso hacia ella.

—No soy yo quien se va, Sara. No soy yo quien tiene un lugar al que regresar, ni un hijo, ni un marido. Así que deja de intentar convertirme en el malo de esta historia.

—Yo no intento...

—Sí, lo haces, y no lo soy. No soy el villano de la película, ¿vale? —Su mirada se suavizó un instante e inspiró de forma entrecortada—. Eres tú la que se va. Solo tú.

—Y si no me fuera, ¿qué? ¿Qué pasaría?

Él suspiró cansado.

—Ni siquiera me lo he planteado. No he querido pensar en ello porque ni por un segundo he creído que tengas el valor suficiente para quedarte.

—No es una cuestión de valor, es que no puedo. Hay cosas más importantes que yo... y que tú.

—Lo sé. ¿Acaso crees que no lo sé? —Entonces alzó la voz, cada vez más frustrado—. Y aun así te jode que me comporte como si separarnos fuera la única opción. Cuando es la única que tengo, Sara. No me has dado otra.

—No es eso lo que yo...

—Es simplemente eso, nena. Te duele que haya aceptado que no habrá nada más después de estos días. Pero no vas a hacer nada al respecto. —Sonrió con tristeza y desvió la mirada—. No sé qué quieres de mí, de verdad que no lo sé...

Dio media vuelta y se dirigió a la puerta.

—¡Jayden!

Él la miró por encima del hombro sin detenerse.

—No voy a dejar que me machaques con toda esta mierda.

Él subió la escalera como un rayo. Se encerró en su cuarto tras dar un portazo y se derrumbó contra la pared. Apretó los párpados con fuerza y se pasó las manos por las mejillas, frotando como si quisiera arrancarse la piel. Comenzó a dar golpecitos con la cabeza contra la pared, sin saber qué hacer con todo lo que sentía.

«¡Mierda... Joder!», maldijo en silencio.

Le dio una patada a su mochila y se sentó sobre la cama mientras tiraba del cuello de su camiseta para quitársela. Estaba hecho un lío y muy cabreado. No entendía cómo habían pasado de hacer el amor a discutir como locos, y solo en unas horas.

No podía creer que las cosas se hubieran complicado de ese modo, ni que lo hubiera acusado de aprovecharse de ella. Sara le gustaba, y mucho, aunque no habría intentado nada con ella de haber sabido que tenía una vida feliz. Jamás se habría entrometido en una familia de ese modo.

No era un canalla, o creía no serlo. Ya no estaba seguro.

Pero ella no tenía una relación feliz, ni siquiera algo que pudiera llamarse relación. A su modo de ver, era una mujer libre y él se lo había tomado al pie de la letra. Se sintió atraído por ella desde el primer momento que la vio, y empezó a desearla en cuanto comenzó a conocerla. Esos sentimientos habían ido a más y ya no estaba seguro de lo que sentía. Solo sabía que había empezado a desear cosas que hacía mucho que no deseaba. Y todas tenían que ver con Sara.

24

No sabía cuánto tiempo llevaba en la cocina. Seguía de pie, en el mismo lugar donde la había dejado Jayden. Un llanto amargo estremecía su cuerpo y se abrazó los codos sin saber qué hacer. Poco a poco todo el enfado y la rabia se fueron diluyendo y empezó a dolerle el corazón, arrepentida por lo que había hecho. Se dejó caer en la silla e hipó con fuerza.

Había sido tan injusta al tratar de culpar a Jayden de... todo. Nadie la había obligado a adentrarse en aquella peligrosa historia con él, a pesar de las consecuencias desastrosas que sabía que podía traer. El problema era que las consecuencias estaban ahí, y dolían. Aquella situación se le había ido de las manos.

Había perdido el control, porque se había dado cuenta de que nunca lo había tenido. Jayden se le había metido bajo la piel de un modo que nunca imaginó y ahora no sabía cómo sacarlo para que no la destrozara.

Una aventura, solo iba a ser una aventura para poder sentirse viva por una vez en la vida. Pero, en algún momento, se había transformado en mucho más. En algo intenso y hermoso que la llenaba por completo.

«Yo no soy el que se va, Sara... Te duele que haya aceptado que no habrá nada más..., pero no vas a hacer nada al respecto», recordó las palabras de Jayden y al instante se sintió demasiado culpable.

Se levantó de la silla sin poder contener las lágrimas, y mucho menos respirar. Subió las escaleras, sin estar muy segura de si él querría verla, y fue hasta su habitación. Respiró hondo, abrió la puerta y entró en silencio.

Jayden estaba sentado en el borde la cama, de espaldas a ella, con la cabeza inclinada hacia delante y los brazos sobre las piernas. Parecía tan abatido. Se acercó despacio y se subió a la cama. Posó la mano en su espalda y, como él no se movió, la fue subiendo hasta hundirla en su pelo.

Sintió ganas de abandonarse en sus brazos, pero sabía que no iba a ser tan sencillo. Estaba dolido y enojado, y ella notó la culpa clavando sus garras de manera más profunda. Posó los labios sobre su piel y los oprimió con suavidad.

—Lo siento —susurró sin despegar los labios de su espalda. Otro beso, cálido y doloroso—. Lo siento mucho.

Lo notó estremecerse y suspirar.

—No tenía ningún derecho a decirte esas cosas —continuó, tan bajito que no estaba segura de si podría oírla.

Se pegó a él sin dejar de acariciarle el pelo, mientras sentía que las lágrimas se le escapaban otra vez y le mojaban la piel. Deslizó la otra mano a lo largo de su costado y lo abrazó por la cintura, extendiendo los dedos sobre su abdomen. Entonces él tembló bajo ella y soltó otro suspiro, mucho más ahogado que el anterior. Continuaba rígido y su respiración se aceleró.

—No lo decía en serio. Siento haberte herido —musitó ella, y lo besó en el hombro.

Jayden notaba la mejilla de Sara apretada contra su espalda desnuda, mientras sus brazos lo rodeaban y las palmas de sus manos reposaban abiertas sobre su estómago y su torso. Estaba llorando, lo sabía por la forma en la que temblaba y por las lágrimas que se deslizaban a lo largo de su columna. El dolor que le habían causado sus palabras se evaporó.

—Lo siento. Perdóname —dijo ella con un leve lloriqueo.

Sara se había convertido en su debilidad, y temía que en mucho más que eso. Se volvió hacia ella y la miró a los ojos, sin esconder el sufrimiento que le provocaba ver su cara congestionada por el llanto. Secó una lágrima que resbalaba por su otra mejilla. Le tomó el rostro y sus labios rozaron los suyos, de una forma tierna y suave. La estrechó contra él, como si necesitara fundirla con su piel, y acabaron tumbados sobre las sábanas en silencio.

En algún momento se quedaron dormidos, con las piernas entrelazadas, envueltos en un abrazo íntimo y necesitado.

La lluvia comenzó a caer. Primero, unas enormes gotas que levantaron polvo del suelo. Después, el diluvio sobrevino de golpe. El cielo, completamente cubierto por las nubes, lucía un color gris parecido al del asfalto, iluminado cada pocos segundos por los relámpagos. La tormenta se acercaba deprisa desde las montañas, fustigada por un fuerte viento. Un trueno crujió sobre la casa, haciendo que todos los cristales se sacudieran.

Los dos se despertaron de golpe, sobresaltados. La vibración de otro trueno, más fuerte que el anterior, hizo estremecerse hasta la última piedra. Él se incorporó sobre los codos y le echó un vistazo a la ventana. La lluvia aporreaba el cristal y no se podía ver nada.

—Parece como si el cielo se fuese a derrumbar sobre nuestras cabezas —dijo Sara.

Él la miró divertido.

—¿Te dan miedo las tormentas?

—No me gustan, solo eso.

—Deberíamos bajar y asegurarnos de que todo está cerrado. —Se acercó a la pared para encender la luz. Nada, no había electricidad—. Necesitamos velas.

Dos horas más tarde seguía lloviendo con la misma intensidad. Habían encendido unas velas y lograron preparar la cena gracias a que la cocina era de gas. Un relámpago iluminó toda la estancia con una espectral luz azulada, seguido del estallido de un trueno. Sara ni siquiera tuvo tiempo de contar entre uno y otro. La tormenta seguía sobre ellos. Miró al techo.

Jayden la observó. Dejó el tenedor sobre el plato y se levantó.

—¿Has terminado?

Ella bajó la mirada, como si no se hubiera dado cuenta de que se había quedado ensimismada imaginando un millón de desastres como inundaciones... y más inundaciones.

—Sí.

—Entonces ven.

Cogió una vela, la tomó de la mano y la guió hasta la pequeña salita bajo la escalera. Esa habitación no se había preparado para que los clientes pudieran usarla, sino que continuaría siendo un tranquilo lugar de descanso para las personas que acabaran ocupándose del hotel. Estaba igual que el padre de Christina la había dejado, acogedora y sencilla. De hecho, ellos la usaban de vez en cuando para ver la tele.

—Siéntate aquí. No tardo nada —dijo él al tiempo que la empujaba con cuidado sobre el sofá.

Sara le hizo caso y se quedó allí, con la mirada clavada en las ventanas. Ni siquiera eran las diez y en un día soleado aún se vería la luz del ocaso apagándose poco a poco. Ahora la oscuridad era absoluta, como si hubieran sido engullidos por un abismo frío y profundo. Le ponía los pelos de punta. Jayden regresó enseguida llevando con él su guitarra. Ella enarcó una ceja y le lanzó en silencio una pregunta.

—Es sábado. Ahora debería estar en Aix dando un concierto, pero como no es posible, tú y yo lo daremos aquí.

—¿Tú y yo? —lo cuestionó ella con cara de susto—. ¡Yo no canto, maúllo! Como un gato abandonado muerto de hambre.

Él entornó los ojos, intentando no echarse a reír, y se tomó un segundo para considerar si decía la verdad.

—¿Cómo lo sabes? ¿Lo has intentado antes?

—Bueno... No. Cantar, lo que se dice cantar, pues no.

—Entonces, ¿cómo estás tan segura de que no lo haces bien?

—Lo sé —replicó ella de forma rotunda. No iba a cantar y punto. Estaba segura de que sonaría como un pobre asno, y no pensaba intentarlo.

Jayden se sentó a su lado mientras su cuerpo temblaba bajo una suave risa.

—Que conste que esto lo hago por ti. Porque creo que estás tan asustada que en cualquier momento vas a acabar escondida bajo la cama.

Ella lo fulminó con la mirada y le dio un puñetazo en el hombro.

—Yo no estoy asustada —masculló al tiempo que se cruzaba de brazos y subía las piernas al sofá. Otro trueno restalló en el silencio de la noche y no pudo evitar dar un respingo.

—¡Qué cosas se me ocurren! —susurró él en tono divertido—. ¿De dónde habré sacado que tienes miedo?

Sara le sacó la lengua con un gesto de burla y apretó los labios para no sonreír.

—Toca de una vez.

Jayden soltó una carcajada y deslizó los dedos por las cuerdas.

Ella lo miró embelesada durante un buen rato. Descalzo, con un tejano desteñido y una camisa a cuadros abierta sobre el pecho desnudo, era una visión adorable, excitante y todo lo que pudiera describir a un hombre como él. Tenía una voz preciosa. Estaba cantando en un tono muy bajo, casi un susurro, y era emocionante hasta el punto de casi no poder respirar por el nudo que tenía en la garganta. Alzó la mano y la enredó en su pelo, incapaz de no tocarlo. Él se volvió y la miró, esbozando una sonrisa tranquila.

—¿Solo conoces temas country y clásicos del rock? —quiso saber ella.

—¿Te estás quejando de mi repertorio?

—¡No! —exclamó ella y parpadeó con su carita inocente.

—Puedo tocar cualquier cosa y conozco más temas de los que tu oirás en toda tu vida. Podría sorprenderte.

—Sí, seguro —repuso Sara con tono burlón, pero no porque no lo creyera, sino porque era divertido ver cómo arrugaba el ceño fingiendo sentirse ofendido.

—¿Qué te apuestas a que puedo sorprenderte? Y si lo hago, tendrás que cantar conmigo.

—No sé yo...

—Vamos, cobarde —la retó.

En la boca de Sara se dibujó una sonrisa insegura, tímida. Pero se había prometido a sí misma que iba a convertirse en una persona muy distinta a la que era, empezando por ser un poco más atrevida y segura. Reírse de sí misma podía ser un buen comienzo. Al final accedió sin mucho entusiasmo.

—*Vaaaale.*

—¿Lo prometes?

—Si no hay más remedio.

—Vale —repitió Jayden con una expresión maliciosa.

Se inclinó sobre la guitarra y empezó a mover los dedos. Unas notas suaves sonaron al tiempo que su voz se elevaba con una cadencia lenta y palpitante. Las primeras palabras, junto a los acordes, eran inconfundibles a pesar de que estaba interpretando una versión completamente diferente del tema original.

El asombro pudo más que su intención de mantener una expresión impasible, y la cara de Sara se transformó con un gesto de sorpresa. Con los ojos abiertos como platos, una sonrisita socarrona elevó las comisuras de sus labios.

—¿*Shake it off* de Taylor Swift? —soltó casi a gritos y se llevó las manos a la boca.

Jayden la fulminó con la mirada y dejó de tocar.

—¿Qué pasa, que no puede gustarme Taylor Swift? —replicó con los ojos entornados.

—Sí, claro que sí. Es que no te imagino... —Se echó a reír con ganas.

—¿Te estás riendo de mí?

—¡No! Te lo juro. Es que... —Más risas—. ¡No te pega!

Jayden trató de mantenerse serio. Imposible cuando Sara no paraba de llorar mientras se abrazaba el estómago y las lágrimas corrían por su cara, incapaz de contener las carcajadas.

—¡Ay, perdona! Lo siento... Ya paro... —logró decir ella.

Jayden respiró hondo

—Has perdido, tienes que cantar.

—No voy a cantar. No me has sorprendido en absoluto.

—Te he dejado con la boca abierta, y lo sabes.

—No me obligues a hacer esto, me moriré de vergüenza.

—Solo estamos tú y yo.

—Y aún sobra uno —gimoteó ella.

Él arqueó una ceja.

—Lo has prometido. Pensaba que eras una mujer de palabra.

Sara puso los ojos en blanco. Eso era un golpe bajo.

—Vale, pero prométeme que no te reirás.

—¡Te lo juro! —Él alzó la mano con un gesto solemne. Aunque su cara risueña lo desmentía por completo—. ¿Lista?

—Sí, pero no pienso cantar esta. No me sé la letra.

Jayden suspiró.

—Vale. ¿Qué te parece... *Under Streetlights*? —Ella lo miró raro y negó con la cabeza. Él se quedó pensando y añadió—: *Please don't say you love me* no está mal.

Sara se ruborizó y entornó los ojos.

—*I will wait for you* —propuso él.

Se enderezó en el asiento y lo fulminó con un dedo acusador.

—Jayden, ¿has estado cotilleando mis listas de Spotify?

Esta vez fue él el que se ruborizó.

—Me diste permiso para usar tu portátil. Y estaban abiertas en la pantalla... Y tenía curiosidad por saber qué tipo de música te gusta. ¿Te molesta? —inquirió, inseguro.

Ella sonrió.

—No, no me molesta.

Se asintió aliviado y se pasó la lengua por el labio inferior.

—¿Y si cantamos *Come Back*? Es un dúo. ¿Conoces la letra?

—Sí, esa sí la conozco —confesó con timidez y empezó a ponerse nerviosa de nuevo—. ¿Por qué quieres hacer esto?

—Porque será divertido. —Inspiró hondo y contuvo el aire un largo segundo—. No sé, no tengo una razón. Solo quiero hacerlo..., quiero que cantes conmigo. Considéralo un recuerdo que quiero tener. Una fantasía.

Ella sonrió y levantó la vista al techo.

—Una fantasía —repitió para sí misma—. No puedo creer que me preste para esto. ¡Vale, hagámoslo!

—¿De verdad? —preguntó Jayden, ilusionado. Ella asintió y el rubor coloreó sus mejillas y descendió por su cuello—. De acuerdo, la primera estrofa es tuya.

Entonces pasó los dedos por las cuerdas y con un gesto de su cabeza le dio la entrada. Sara cerró los ojos y lo siguió. Su voz era apenas un murmullo, pero logró cantar la primera estrofa sin morirse de vergüenza. Continuó, repartiéndose con él las frases. La inmensa sonrisa que Jayden le dedicó al llegar al estribillo le disparó el pulso y logró que se envalentonara un poco más. Se animó y le puso más ganas a pesar de que su mirada sobre ella estaba cambiando con una intensidad y una luz que no le había visto nunca.

Cantaron el último estribillo al unísono y Jayden ralentizó el ritmo hasta detenerse. Se quedó observándola, sobrecogido por una cascada de sentimientos que no sabía cómo digerir. Notaba el pecho a punto de estallar, incapaz de contener dentro todo aquello que sentía. Apartó la vista y negó con la cabeza. No tenía ni idea de que pudieran existir emociones así. De repente, le rodeó la nuca con una mano y la atrajo para besarla. Sus labios presionaron los suyos con fuerza, de una forma casi dolorosa. Se separó de golpe y la miró a los ojos con un ardor que la dejó sin respiración, debilitándola por momentos.

—¿Dónde has estado toda mi vida?

—Esperándote —respondió ella, con aquella palabra surgiendo de sus entrañas.

Notó el rubor calentándole las mejillas. No tuvo tiempo de sentirse avergonzada, ni de pensar mucho más en lo que había dicho y cómo lo había dicho, porque él dejó caer la guitarra y se abalanzó sobre ella cubriéndola con su cuerpo.

La realidad cayó sobre Jayden como un mazazo. No tenía ninguna duda: se había enamorado de Sara y su miedo se estaba cumpliendo, porque sentía cómo su corazón se hacía pedazos por todo lo que sabía que podría ser y nunca sería. Una parte de él se rebeló contra esa idea, y en su interior empezó a maldecir a la mujer que tenía entre los brazos por ser tan cobarde.

El enfado hizo que el último resquicio de su cerebro que conservaba algún rastro de pensamiento racional desapareciera, y lo único que quedó fue la pasión. Sus manos volaron hacia su camiseta y se la quitó, después le bajó los pantalones, que acabaron en el suelo junto a las bragas. Se apartó de ella solo el tiempo necesario para deshacerse de su propia ropa. Sus labios atacaron los suyos mientras se apresuraba a separarle las piernas y las enlazaba a sus caderas.

La deseaba tanto que lo que sentía era dolor.

Se ajustó entre sus muslos y entró en su cuerpo de golpe, enterrándose profundamente en su interior al tiempo que sepultaba la cabeza en su cuello y se detenía para recobrar la respiración y algo de calma. La mordió en el hombro con la suavidad de una caricia.

Sara alzó las caderas hacia él, impaciente. Gimió y se aplastó contra su cuerpo. Quería que continuara moviéndose, y Jayden lo hizo complaciéndola con fuerza y rabia. Notó un calor febril por todo el cuerpo y comenzó a temblar. Nunca habían hecho el amor de esa forma tan apasionada, ruda y violenta, y tan placentera que creía estar fundiéndose. Su cuerpo se tensó, ansioso de satisfacer el deseo que se enroscaba en su vientre. Gimió, exigiéndole más... y más. A medida que intuía que su clímax se aproximaba, perdió la noción de todo lo que la rodeaba y su escaso control. Se abrazó a su espalda con fuerza y le tiró del pelo, atrayéndolo dentro de ella aun cuando conseguirlo era imposible sin que sus moléculas se entremezclaran.

—Jayden... —le susurró al oído con voz ahogada, apremiante.

Él notó cómo su cuerpo respondía al ruego. Le agarró los muslos con fuerza al tiempo que la penetraba una y otra vez, gimiendo sobre su boca hasta que juntos alcanzaron un placer absoluto. Podrían haber muerto juntos en ese instante y no sentirlo.

Poco a poco recuperaron la calma, envueltos en un abrazo. Sara suspiró y le acarició el pelo, después la espalda con las puntas de los dedos, trazando pequeños círculos. Lo acunó en silencio contra su pecho durante un rato, sin dejar de acariciarlo, disfrutando de la sensación de su cuerpo fuerte y cálido sobre el suyo.

El corazón se le aceleró debido al cúmulo de sensaciones que estaba experimentando y no pudo evitar que las lágrimas inundaran sus ojos.

Las notó rodar por las esquinas de sus ojos y perderse entre su pelo. Lo estrechó contra ella con más fuerza y Jayden giró la cabeza para darle un beso sobre el corazón. Después alargó el brazo y alcanzó la colcha que colgaba del respaldo, y con ella los cubrió a ambos.

Afuera continuaba lloviendo. La tormenta seguía desatada sobre sus cabezas y parecía un reflejo exacto de la que ellos estaban soportando en su interior. Solo podían esperar a que pasara y, con un poco de suerte, cuando escampara, los daños no serían irreparables. Nada que el tiempo no pudiera solucionar.

Pero era demasiado tarde. Sin el otro ya no podían respirar.

25

—Cierra los ojos —pidió Jayden.

Sara lo hizo y un segundo después notó el contacto suave de su pañuelo de seda cubriéndoselos. Por instinto, alzó la mano y le sujetó la muñeca.

—¿Qué haces?

—Es una sorpresa.

Ella lo miró por encima del hombro.

—¿Qué clase de sorpresa?

—Si te lo digo, ya no será una sorpresa. —Sonrió de forma burlona y bajó la voz—. ¿Confías en mí?

Sara hizo una mueca, como si estuviera considerando la respuesta. Jayden arqueó las cejas, sorprendido y ofendido.

—Sabes que sí, bobo.

—Pues date la vuelta y cierra los ojos —replicó él mientras le daba un palmetazo en el culo.

—¡Eh, que eso duele!

—Quejica —ronroneó él junto a su oído, y anudó las puntas del pañuelo con cuidado de no apretarlo demasiado—. Vale, ¿cuántos dedos estoy moviendo? —preguntó, pero en lugar de mostrarle la mano, empezó a contonear su trasero y la pelvis con movimientos sugerentes.

—No sé qué estarás haciendo, pero no es tu mano lo que estás agitando —dijo Sara con los brazos cruzados a la altura del pecho.

Jayden soltó una risita maliciosa y la cogió en brazos. Ella gritó, sorprendida porque no lo esperaba, y le rodeó el cuello.

—¿Qué haces?

—Pensaba guiarte, pero así iremos más rápido. ¿Lista?

Sara sonrió de oreja y asintió.

—Sí.

Estaban casi a mediados de agosto y hacía mucho calor, incluso a esas horas de la noche. Mientras cruzaba el jardín y se adentraba entre los árboles que separaban los terrenos del *château* del viñedo, la expresión de Jayden se volvió mucho más juguetona. Aceleró el paso, agradeciendo que en el cielo brillara una luna llena increíble que iluminaba el camino. El aire estaba repleto de sonidos: cigarras, grillos y aves nocturnas.

Se dirigió al claro que había escogido. Segundos después dejó que Sara se pusiera de pie y le sujetó los brazos para que no se quitara el pañuelo hasta que él se lo dijera. La observó, admirando lo bonita que era. El arco de su mandíbula, sus labios carnosos... Le levantó la barbilla y la besó, ciñéndole la cintura.

Sara suspiró contra sus labios, sin aliento, y apoyó la frente contra la suya, disfrutando de su olor.

—Me encanta la sorpresa —susurró.

Jayden se echó a reír, bajito, y espachurrándole las mejillas con las manos, le dio un sonoro beso.

—Ya puedes mirar.

Entonces se quitó el pañuelo y echó un vistazo a su alrededor, parpadeando para aclarar la vista. No veía nada por ninguna parte. Miró a Jayden con un gesto interrogante y él señaló con un dedo hacia abajo. Ella siguió la dirección de su mano y sus ojos se abrieron como platos al ver una manta extendida en el suelo y, sobre ella, una cesta con dos copas y una botella helada de Moët & Chandon Rosé. Lo sabía porque Christina solía comprarlo a menudo para sus citas. Sonrió al ver una cajita dorada llena de chocolates.

Alzó la mirada, ruborizada. Otro «nunca» que borrar de su lista, porque siempre había soñado con que un chico hiciera algo así para ella. Jayden sabía cómo hacer que una mujer se sintiera especial con muy poco.

—¿Y todo esto?

Él se encogió de hombros y sonrió con timidez. Verlo cohibido de ese modo era muy tierno.

—Oí en las noticias que esta noche habría lluvia de estrellas, las perseidas. Pensé que sería bonito, que te gustaría.

Sara se lanzó a sus brazos y le cubrió de besos las mejillas y los labios. Era lo más romántico que había hecho nunca.

—Es... perfecto.

—Sí lo es —susurró Jayden, mirándola fijamente—. Tú eres perfecta. Le recogió un mechón de pelo detrás de la oreja y la tomó de la mano para que se sentara sobre la manta a su lado. Descorchó la botella y llenó las copas. Miró la que sostenía en la mano durante un largo segundo.

—¿Por qué quieres brindar?

Ella levantó la mirada al cielo y meditó la respuesta.

—Por los deseos cumplidos.

Jayden sonrió y chocó su copa contra la suya.

—Y por los corazones rotos —musitó él mientras se llevaba la copa a los labios.

Sara le sostuvo la mirada. Él no sonreía ni parecía bromear, lo había dicho en serio. Ambos apartaron la vista y miraron hacia arriba. De repente, un meteorito cruzó el cielo dejando tras de sí una enorme estela.

—¿Lo has visto? —preguntó ella muy emocionada. Jayden asintió—. Ahora pide un deseo.

—¿De verdad crees en esas cosas?

Ella se rió y exclamó:

—¡Tú pídelo y ya está!

—Vale. —Él cerró los ojos e inspiró hondo. Volvió a abrirlos—. Ya está.

La miró con una media sonrisa que hizo que el corazón se le acelerara. Sin dejar de observarlo, Sara se inclinó y lo besó en los labios, sucumbiendo al impulso que sentía. Lo besó de nuevo, en la esquina de la barbilla, con el pecho lleno de amor. Era maravilloso poder besarlo cuando se le antojara.

—¡Vaya! —replicó él. Dejó la copa a un lado y se tumbó de espaldas con un brazo bajo la nuca—. Esto de los deseos funciona.

—¿Has pedido que te bese?

La miró de reojo, sonriendo, y se mordió el labio.

—Es un buen deseo. Creo que para el próximo voy a ser un poco más ambicioso.

Sara puso los ojos en blanco y sacudió la cabeza, pero por dentro sintió el aleteo de un millón de mariposas. Tragó saliva para aliviar la emoción que le atenazaba la garganta y se acurrucó a su lado con la cabeza descansando sobre su pecho. Se quedaron inmóviles, contemplando el manto estrellado durante un buen rato, hablando de cualquier cosa menos de lo que de verdad querían conversar. Profundizar en lo que sentían, poner palabras a sus emociones y a sus miedos era algo que ninguno de los dos lograba. Una semana, eso era todo cuanto les quedaba y se resistían a afrontarlo, fingiendo que no iba a pasar, que no tendrían que despedirse.

Otra estrella cruzó el cielo y la siguieron dos más. Sara deseó que ese momento fuera un sueño del que no tuviera que despertarse jamás. Alzó un poco la cabeza y miró a Jayden. Se percató de que él había caído en otro de esos estados ausentes en los que solía descubrirlo demasiado a menudo. Se perdía en sus pensamientos hasta retraerse de tal modo que era como si desconectara de la realidad y se sumergiera en algún otro mundo. Un mundo en el que no parecía ser feliz y en el que la tristeza era palpable a través de su rostro.

—Cuéntamelo —le pidió de golpe.

Él tardó un segundo en darse cuenta de que ella le estaba hablando.

—Perdona, ¿qué decías?

—Sé que algo te atormenta. Quizá, si me lo cuentas...

Jayden alzó la cabeza para mirarla y contuvo el aliento. La confusión nubló sus facciones. Luego su mirada se volvió intensa y sus ojos escrutaron su rostro, preguntándose hasta qué punto Sara había empezado a conocerle.

—¿A qué te refieres? No hay nada atormentándome.

—Te he visto, amor.

Jayden se estremeció y el corazón le latió con fuerza al oírla llamarlo de ese modo tan cariñoso e íntimo. Ella continuó:

—Te quedas ensimismado, perdido en tus pensamientos, y ninguno parece bueno. Puedo verlo en tu cara. Hay algo dentro de ti que no está bien y necesitas sacarlo. Recuerdo lo que me dijiste cuando te conocí. Todo eso sobre la pausa en tu vida, lanzarte a la aventura y la necesidad de volar. Tú no estás aquí por eso. Tú corres de un lado a otro porque estás huyendo.

Un rayo atravesándolo de arriba abajo lo habría afectado menos. ¿Tan fácil era de leer? ¿O lo era solo para ella? No estaba preparado para algo así, para abrirse y confesarse, ni siquiera con Sara. Pero hacía demasiado tiempo que cargaba con toda aquella mierda y notaba que empezaba a quebrarse. Quería contárselo todo y aun así se resistía.

—Aunque no lo creas, no estoy huyendo. Estoy aquí porque es donde debo estar. Contigo.

Ella se colocó de lado, aguantando el peso de su cuerpo con el brazo. Lo miró a los ojos y deslizó el dedo por el hombro donde lo habían herido, después por la piel tatuada que escondía su camiseta a la altura del pecho.

—He buscado DEVGRU en internet. Tenía curiosidad por saber qué es exactamente ese grupo al que perteneces. La verdad es que me ha sorprendido y no para bien. Las cosas que hacen son muy peligrosas. Demasiado arriesgadas. —Tragó saliva, un poco incómoda por la forma tan intensa en la que él la observaba—. Sé que no puedes hablarme sobre estas cosas, pero... ¿Tú... tú estuviste en Abbottabad en 2011?

—No.

A Sara se le encogió el estómago.

—Pero sí has estado en otras misiones parecidas, ¿verdad?

—Sí, es mi trabajo.

—¿Por qué elegiste dedicarte a algo así?

Jayden soltó el aire con fuerza por la nariz.

—Ya te lo dije, alguien tiene que hacerlo.

—Por supuesto, pero me cuesta creer que vivir así no te esté afectando. Tu trabajo es como entrar en el infierno y tratar de salir sin quemarte cuando todo está en llamas.

Esbozó una leve sonrisa, él no lo habría explicado mejor.

—Nos entrenan para que no nos afecte. Acabas acostumbrándote a... todo, incluso a la idea de no volver.

—Entonces, ¿por qué no has regresado aún? Es evidente que ya estás recuperado de tus heridas... A no ser que no sean las físicas las que aún te duelen.

Jayden se tensó y sus hombros se pusieron rígidos. Apretó con fuerza la mandíbula y clavó la mirada en el cielo. Ella lo observó esperando que comentara algo. Como no dijo nada, insistió, convencida de que él guardaba algo en su interior que lo estaba reconcomiendo, envenenándolo. Su voz se volvió suplicante:

—Cuéntame qué te pasó.

Él cerró los ojos y susurró muy bajito, como si estuviera sufriendo un dolor insoportable:

—Sara, no puedo hacer esto.

—Mírame —le pidió ella.

Jayden tardó un largo segundo en hacerle caso. Cuando la miró, sus ojos se cubrieron con un velo brillante. Apenas podía respirar y unas manos invisibles lo estaban abriendo en canal.

—Murió por mi culpa —dijo al fin.

Sara tragó saliva y le pasó la mano por el pelo, acariciándolo como si fuera un niño pequeño.

—¿Quién murió?

—Olivier. —Se le rompió la voz.

Inspiró varias veces, intentando recomponerse. Despacio sacó de debajo de su ropa las placas identificativas. Tomó dos de las cuatro y las frotó con los dedos. Ella las cogió y se fijó en la inscripción. Llevaban unos números grabados y un nombre: Olivier, y algo más que apenas se podía distinguir.

—Solo era un crío. No debí llevarle, pero lo hice y lo ejecutaron delante de mí —añadió.

—Cuéntamelo todo —le pidió.

—Hace un par de años, unos tipos de la CIA vinieron a verme. Querían que entrara en un nuevo programa para agentes de actividades especiales. Seguían mis pasos desde hacía tiempo y me querían en su equipo. Me gustó la idea, formar parte de ellos era lo máximo. No hay nadie más por encima, ¿entiendes? Y no existen, ni siquiera para el propio gobierno que los recluta. Me trasladé a Camp Peary para iniciar el entrenamiento y allí conocí a Olivier. Era un agente recién graduado, con doble nacionalidad, que iba a encargarse de mi formación en conducta de espionaje.

Hizo una pausa para tomar aire y continuó:

—Era un buen tío y conectamos enseguida. Nos hicimos muy buenos amigos y a los pocos meses ya era como un hermano para mí. Entonces me di cuenta de que la CIA no era lo que yo quería. Me sentía más cómodo entre los SEAL y abandoné el entrenamiento. Olivier y yo continuamos en contacto. Hace poco más de un año, el Mando de Operaciones nos asignó una misión. Debíamos encontrar y liquidar a un tipo bastante peligroso que estaba creando y adiestrando células yihadistas. Era una operación muy arriesgada y compleja, porque debíamos interceptar un convoy a su paso por una aldea... Mientras ensayábamos la estrategia, Olivier me llamó. —Emitió un sollozo ahogado—. Conocía la misión y quería que le ayudara a formar parte del equipo, porque hasta ese momento solo había participado en operaciones políticas encubiertas y él quería la acción de los militares. Hablé con mis superiores y logré que nos acompañara como intérprete.

Jayden no había apartado la vista del cielo, como si se hubiera concentrado en algún punto que no podía dejar de mirar. Por las esquinas de sus ojos resbalaba de vez en cuando una lágrima, que ella iba secando con la mano. De repente, giró la cabeza y la miró. Le temblaron los labios y su cara se contrajo por la pena y la desesperación. Se volvió hacia ella y la abrazó por la cintura mientras hundía la cabeza en su regazo.

—¡No debí hacerlo, joder! ¡No debí hacerlo! —gimió.

Sara empezó a pasarle los dedos por el pelo, mientras con el otro brazo le rodeaba los hombros. Él continuó al cabo de unos segundos:

—Una vez allí, no sé qué ocurrió ni qué pudo pasarle por la cabeza. Quizá se asustó o se puso nervioso, o le pudo la presión. Pero comprometió su situación y también la del resto del equipo. Tuve que abortar la misión y replegar a todos mis hombres. Le di a Olivier las órdenes, le di las jodidas órdenes. Altas y claras. Y aun así hizo todo lo contrario y perdí su localización. Fui a buscarle, pero lo encontré demasiado tarde. —Sentía un profundo sentimiento de culpa y se abrazó a ella con más fuerza—. El tipo al que queríamos liquidar le tenía de rodillas en medio de una plaza, apuntándole con un arma a la cabeza. Aún puedo ver la cara de mi amigo... —Notaba las lágrimas resbalando por su cara. Hacía años que no lloraba—. Su miedo, la súplica en sus ojos. No quería morir. Me pidió que le ayudara, me lo imploró. Pero yo estaba solo y desde donde me encontraba no podía disparar mi fusil.

Se le quebró la voz y empezó a temblar de forma incontrolable. Sara no podía hacer otra cosa que sostenerlo y trasmitirle con sus caricias que no le iba a dejar caer. Era desgarrador el modo en que la apretaba contra sí, con tanta intensidad y desesperación. Pero no estaba solo, la tenía a ella y le comprendía. Jayden se obligó a continuar, a soltarlo todo.

—No pude hacer nada mientras ese hijo de puta le obligaba a traducir un mensaje para mí. Después le voló la cabeza. Mis hombres consiguieron llegar hasta la plaza y todo el mundo comenzó a disparar. Nuestro objetivo logró huir y yo acabé con dos balas en el cuerpo. Pude... pude recuperar su cadáver y traerlo de vuelta.

—Y como te sentías culpable por su muerte, lo dejaste todo y te lanzaste a la aventura. Huiste sin rumbo.

Jayden se apartó un poco para mirarla y movió la cabeza.

—Tenía un rumbo, Sara. Vine hasta aquí con un propósito. Olivier era el nieto de Jeanne, su única familia importante. Por eso estoy aquí, porque necesito contarle lo que pasó. Necesito que me perdone por haberle quitado lo único que tenía.

—¿Jeanne? ¿La mujer con la que vivías antes de que yo...?

—Sí. Olivier se trasladó a Estados Unidos con una beca para terminar sus estudios. Fue reclutado por nuestro gobierno en cuanto acabó la universidad. Le concedieron la doble nacionalidad y se convirtió en agente encubierto de la CIA. Jeanne nunca lo supo, claro está. Para ella su nieto trabajaba en una organización humanitaria con la que viajaba mucho.

Ella apoyó una mano en su mejilla húmeda y le acarició la piel con el pulgar.

—Aún no le has dicho quién eres y qué haces aquí en realidad, ¿verdad?

Él negó, con los ojos empañados.

—No he podido, y cada vez que lo intento me vengo abajo. He tratado de compensarla cuidando de ella. Ayudándola con la casa, con su trabajo...

—Tienes que decírselo, cariño. Tienes que sacarte esto de dentro para poder seguir adelante.

—Lo sé.

—Puedo ir contigo si crees que eso te ayudará.

Jayden la miró a los ojos y tragó saliva. Su pecho subía y bajaba muy deprisa. Apartó la cara de forma esquiva y se sentó al tiempo que se abrazaba las rodillas.

—Dame un par de días para prepararme —le pidió sin mucha convicción.

—Claro.

Lo abrazó desde atrás y apoyó la mejilla en su espalda. Él posó la mano sobre las suyas, a la altura de su estómago, y alzó la mirada a la vez que una estrella cruzaba el firmamento. De repente, empezaron a salir por todas partes. Caían una detrás de otra. Sin que pudiera evitarlo, su mente comenzó a formular deseos, aun sabiendo lo ridículo que era todo aquello. Pero en cierto modo hacía que se sintiera un poco mejor.

—Gracias. Jamás había hablado así de ello.

Sara lo besó en el cuello y lo estrechó con más fuerza.

—Eres importante para mí. Ojalá pudiera aliviar todo ese dolor que sientes... Y, Jayden, no fue culpa tuya lo que pasó.

Él no estaba tan seguro de eso. Pero parte del peso que sentía desde hacía meses había desparecido y se notaba un poco más ligero. Solo un poco. Se volvió y la atrajo hacia él hasta que la tuvo sentada en su regazo. Apoyó la cabeza en su hombro y dejó escapar un suspiro tembloroso.

—Tú también eres importante para mí —musitó. La miró con desesperación—. Estas semanas han sido lo mejor que me ha pasado en toda mi vida. No quiero que se acabe.

Sara cerró los ojos y apoyó la frente contra la suya.

—Dentro de un mes yo estaré en Londres, sumergida de lleno en mi vieja rutina y peleándome con un niño de diez años. Y tú habrás regresado a Maryland y estarás con tus amigos, tomando cerveza y viendo los partidos de los Ravens —susurró, tratando de que no le temblara la voz por culpa de las lágrimas que amenazaba con verter—. Y esto será un bonito recuerdo que nos acompañará siempre.

Dejó escapar un soplo de aire y deseó creer en sus propias palabras. Sin embargo, cada vez que pensaba en perderle, se sentía morir, y sabía que sería el recuerdo más doloroso de toda su vida.

Jayden cerró los ojos con fuerza. Dicho así parecía tan fácil, solo que él sabía que no lo sería en absoluto. Sara se le había metido tan adentro que no existía forma humana o divina de sacarla. Empezó a dolerle el pecho y tuvo que morderse la lengua para no implorarle que se quedara con él, que no se fuera.

Respiró hondo y apretó los labios contra los suyos, como si la estuviera respirando. Después se separó y le dio un beso más profundo. Con una mano en su cadera y otra en su nuca, saboreó y acarició muy despacio su boca.

—Entonces quiero construir más recuerdos —suspiró mientras deslizaba los labios por su cuello y su clavícula.

Una ola de calor recorrió el cuerpo de Sara. Sus palabras le habían encogido el corazón hasta caber en un puño. Jamás había sentido nada parecido por nadie. Lo que Jayden le inspiraba, lo que le provocaba, era tan intenso que a veces dudaba de que pudiera contenerlo dentro de su cuerpo. Lo agarró por el pelo y lo acercó a ella para besarlo con anhelo, mientras tiraba de su camiseta hacia arriba para sentir su piel.

Se despojaron de la ropa y acabaron tumbados sobre la manta entre besos desesperados. Se miraron fijamente, y Jayden se adentró en su interior arrancándole un profundo gemido. Sara lo envolvió con sus brazos y se movió con él, ambos empujados por la necesidad de aliviar la angustia que los ahogaba. Se miraban, se tocaban y se deseaban como si sus meras existencias fueran precisas para que pudieran sobrevivir. Pasaron el resto de la noche borrando otro «Nunca», porque nunca habían hecho el amor bajo las estrellas. Se quedó dormida entre sus brazos y, en algún momento, tuvo la vaga sensación de que esos mismos brazos la alzaban del suelo y la llevaban hasta la casa y la depositaban en su cama.

26

Jayden sabía que su tiempo se agotaba. No se creía capaz de permanecer en Tullia después de que Sara se fuera, por lo que debía reunir el coraje suficiente para hablar con Jeanne cuanto antes.

Por ese motivo había llegado hasta allí ocho meses antes. Ocho meses en los que había intentado mantener esa conversación muchas veces y había sido incapaz de pronunciar una sola palabra al respecto.

Esa mañana se había levantado antes del amanecer sin haber pegado ojo en toda la noche. Había salido a correr para quemar algo de adrenalina y tratar de ordenar sus pensamientos. Hacer ejercicio y escuchar únicamente el sonido de su propia respiración le ayudaba a concentrarse y a relajarse. Pero esa mañana no le había servido de nada y a su regreso, cuando se metió en la ducha, lo único que había logrado era un enfado monumental consigo mismo.

Nunca había sido un tipo que se conformara con las cosas. Luchaba por lo que quería y no dejaba que el miedo o la inseguridad dominaran su vida. Entonces, ¿por qué cojones no era capaz de abrir la boca y pedir lo que quería? Solo debía pedirle a Sara que se quedara, que lo eligiera a él por encima de su familia. Pero no lo hacía porque ya conocía la respuesta.

En cuanto a Jeanne, no estaba preparado para su rechazo.

Salió del baño completamente desnudo y se vistió con los primeros pantalones que encontró. Se acercó a la cama y contempló a Sara mientras dormía. Estaba boca abajo, con parte del pelo cubriéndole la cara, y hacía unos ruiditos adorables al respirar. Pequeños ronquidos que se mezclaban con dulces suspiros. La cubrió con la sábana para dejar de ver su cuerpo desnudo, porque la idea de despertarla, con una parte de él muy dentro de ella, empezaba a parecerle estupenda.

Optó por darse la vuelta y bajar a prepararse un café. Durante los últimos días, tenía la sensación de haberse convertido en un obseso del sexo. La buscaba a todas horas, como si no pudiera saciarse de ella de ningún modo. Necesitaba todo cuanto ella pudiera darle, para cuando ya no la tuviera.

Apagó la cafetera y se sirvió una taza. Mientras iba a la despensa a buscar un paquete de azúcar, el teléfono fijo sonó. Fue a cogerlo, por si era Daniel, que había tomado la costumbre de llamar a ese número.

—Château Lussac —dijo al descolgar.

—Hola, soy Colin Gibbs, el marido de Sara. ¿Podría hablar con ella?

Jayden se quedó en silencio un segundo, algo aturdido al escuchar la voz del «capullo». Apretó los dientes y un instinto territorial, que no sabía que podía sentir, se apoderó de él. Y mintió como un bellaco:

—No, lo siento, no está en este momento.

—Ya... ¿y dónde está?

—En el pueblo. Tenía cosas que hacer. La verdad es que está bastante ocupada ultimando la apertura del hotel —replicó con desgana. Sabía que no tenía ningún derecho a comportase así, pero le importaba una mierda.

—Supongo que tú eres Jayden, el tipo al que contrató.

—Sí, soy el hombre que la ayuda con todo esto —remarcó «hombre» como un gallito y se sintió bien por ello—. Aunque ella se desenvuelve bastante bien sin la ayuda de nadie. Es una mujer fuerte y muy decidida, y se nota en el trabajo que está haciendo. Este lugar está quedando de maravilla gracias a ella —comentó con vehemencia.

Sabía que no tenía por qué decir todo aquello, pero necesitaba soltarle lo maravillosa que era. Y se quedó con las ganas de decirle cuatro cosas más, pero se contuvo.

Colin guardó silencio un largo instante. La tensión se podía palpar a través de la línea telefónica.

—Tu admiración por mi mujer sorprende un poco. —Esta vez fue él quien hizo hincapié a la hora de decir «mujer».

—No es admiración, solo constato un hecho. ¿Quieres dejarle algún recado? —preguntó para ponerle fin a aquella conversación.

—No, gracias. Solo dile que he llamado.

—Como quieras.

Jayden colgó el teléfono, de nuevo cabreado. Se dirigió a la despensa y encontró el azúcar después de tirar al suelo una caja de galletas y un paquete de harina. Los colocó en su sitio, sin dejar de refunfuñar, y regresó a la cocina. El café se había quedado frío y lo echó al fregadero, después se sirvió otra taza y abrió la nevera buscando la leche. Con una mano en la puerta y medio cuerpo dentro, empezó a mover alimentos buscando el brik. Estaba seguro de haber guardado uno.

De repente se dio cuenta de que no se encontraba solo. Miró por encima del hombro y vio a Sara apoyada en el marco de la puerta, con esa mirada rebosante de deseo clavada en su cuerpo. Todo dentro de él se agitó. Eso era nuevo en ella, al menos con esa intensidad, porque sus ojos lo examinaban con avidez. Jayden descansó la cadera contra la encimera y bebió leche directamente del envase, sosteniéndole la mirada.

—¿Te gusta lo que ves? —preguntó como si nada.

Sara lo miró de arriba abajo. El pelo rubio desgreñado, el torso desnudo con ese tatuaje tan sexy y lo bien que le sentaban aquellos tejanos rotos...

—Mucho —respondió. Entornó los ojos con un gesto coqueto y la sensación de que el corazón iba a estallarle.

Él se pasó la lengua por los labios y sonrió con malicia.

—¿Puedo ayudarte en algo?

Ella se puso colorada mientras la lujuria se iba apoderando de su cuerpo.

Al ver que no contestaba, Jayden forzó un poquito la situación.

—¿Por qué no lo dices y ya está?

—¿Que diga qué?

—Que me deseas. Que quieres sexo —soltó sin cortarse un pelo.

Ella se quedó sin aliento. Las mejillas le ardían y quiso apartar la vista, muerta de vergüenza, pero se obligó a mirarlo, decidida a no amedrentarse y a sacudirse de encima esa barrera que siempre la contenía.

Abrió la boca para decir algo, pero no logró que saliera nada.

Él decidió ayudarla un poquito más.

—¿Sabes lo que yo quiero hacer ahora mismo? —preguntó con una expresión maliciosa, cargada de excitación—. Quiero quitarte la ropa, subirte a esa mesa y follarte.

A Sara se le doblaron las rodillas y tuvo que luchar para no darse la vuelta de lo cohibida que se sentía ante aquella forma de hablar.

—¿No puedes decirlo de otro modo?

A Jayden se le escapó una risotada ronca y profunda.

—No, porque eso es exactamente lo que quiero hacer —contestó mientras sus ojos se deleitaban con sus labios, su pecho y sus caderas.

El cuerpo de Sara respondió como si la estuviera tocando con sus manos y no con la mirada.

—¿Y por qué no lo haces?

Una sonrisa de pirata marcó unos hoyuelos en su cara. Dejó el brik de leche a un lado y cruzó los brazos sobre el pecho, divertido con aquella situación. Se encogió de hombros y compuso su expresión más inocente.

—Porque yo también tengo mi corazoncito y una confianza que cuidar, y necesito saber que me deseas. Así que, si quieres algo conmigo, vas a tener que tomar la iniciativa y convencerme de lo mucho que te apetece —apuntó con tranquilidad, y lo decía completamente en serio. Le gustaba seducir, pero también que lo sedujeran.

Sara notaba todo su cuerpo ardiendo, tanto por el deseo como por la vergüenza. Él sonrió con picardía, no iba a ceder, y ella se moría porque la tocara. Se dijo que podía hacerlo, solo eran unas pocas palabras; pero ella no era así.

Aunque tampoco podía pasarse toda la vida reprimida de esa forma. Inspiró hondo.

—¿Quieres hacer el amor conmigo? —soltó muy deprisa.

—No.

—¡¿No?! —exclamó atónita.

—No. Ya te he dicho lo que quiero hacer.

—Ya, y vas a obligarme a decirlo, ¿verdad?

Jayden no contestó, simplemente se quedó mirándola. La retó, alzando una ceja con un gesto arrogante. Ella le sostuvo la mirada durante unos segundos eternos. No tenía motivos para sentirse tímida, ni tan cortada. Después de todo lo que habían hecho, y en cualquier parte, debería sentirse cómoda al pedirle que la tomara cada vez que le apeteciera. ¡Por Dios, era una mujer de treinta años! No una adolescente. Y tenía a esa maravilla de hombre al alcance de la mano.

Pero seguía sin poder. Se desinfló.

—No creo que sea capaz.

Jayden se encogió de hombros y se mordió el labio.

—En serio, te estás muriendo de ganas. Dilo y prueba lo que se siente al pedir lo que quieres y cuando lo quieres. —Entornó los ojos. Sara inspiró hondo, vacilante—. Nena, no sabes lo que te pierdes.

Sara se estaba derritiendo literalmente con ese tono de voz tan sexy. Apretó los puños, armándose de valor.

—De acuerdo.

Él la miró con curiosidad.

—¿De acuerdo? —repitió sin estar muy seguro de a qué se refería.

—Sí. Voy a seducirte y diré las guarradas que quieres oír.

Una sonrisa bailó en la cara de Jayden y apretó los labios para contenerla.

—¿Vas a decirme guarradas? —inquirió, tratando de disimular que se moría por suplicarle que lo hiciera.

—Sí, y puede que haga mucho más —susurró con tono meloso—. Pero a cambio tú harás algo por mí.

—Haré lo que quieras con tal de oír cómo suenan esos labios diciendo cosas sucias.

—Vale. Hablarás con Jeanne. Hoy mismo.

Jayden se tensó y la sonrisa desapareció de su cara. Empezó a mover la cabeza.

Sara no dudó ni perdió el tiempo. Antes de que uno de los dos pusiera fin a aquello, se quitó la camiseta, después el sujetador, y se bajó los pantalones sin dejar de mirarle. Con cierto regocijo vio cómo su mirada volvía a encenderse, mientras se acercaba a él muy despacio.

«Puedo hacerlo, quiero hacerlo. Un poco de iniciativa y un par de guarradas», pensó, reuniendo el valor para seguir.

Se paró frente a él y se humedeció los labios con la lengua. Metió el dedo en la trabilla de sus pantalones y tiró hacia ella.

—Irás a ver a Jeanne —susurró, pegando sus pechos desnudos a él. Frotó el estómago contra sus pantalones y notó lo dispuesto que se encontraba. Sonrió y presionó un poco más su entrepierna.

En ese momento Jayden no conseguía pensar con el cerebro adecuado. Sara era la mujer más sexy del planeta y ni siquiera había intentado meterse en el papel, aún.

—Vale, iré —susurró con voz ronca.

Sara sonrió de nuevo, esta vez con un aire más pícaro, y lo miró a los ojos. Ahora le tocaba a ella cumplir con su parte del acuerdo.

—¿Amor?

—¿Sí? —jadeó él.

—Quiero que acaricies cada centímetro de mi piel —musitó con los labios pegados a su boca mientras le cogía una mano y la llevaba hasta su pecho—. Después quiero que me toques y beses... —Condujo su otra mano muy despacio hasta el punto donde sus muslos se unían, y la apretó contra sí misma—. Justo aquí. Quiero que me tortures con esa lengua hasta que me corra.

A Jayden se le doblaron las rodillas, incapaz de respirar. La cabeza empezó a darle vueltas, mientras ella le soltaba el botón de los pantalones, le bajaba la cremallera y metía la mano dentro hasta asirlo por completo y con firmeza.

—Luego vas a... —Tragó saliva y la sonrisita diabólica que él le dedicó le dio el último empujón—. Luego vas a follarme sobre esa mesa hasta que me olvide de mi propio nombre. Duro, muy duro.

Jayden hizo un ruidito ahogado con la garganta, seguido de un gemido que le brotaba del alma. «¡Joder, joder, JOOOOODER!»

—Sí, señora —gruñó mientras la empujaba contra la pared y la izaba sin esfuerzo para después abalanzarse sobre su boca.

Ella se aferró a él y le devolvió el beso, ansiosa por sus caricias. La fuerza de su cuerpo casi la sostenía suspendida en el aire. A ciegas se dirigieron a la mesa, y él siguió y cumplió cada una de sus peticiones.

—Para, para un segundo, por favor —exigió Jayden casi sin voz.

Sara hizo lo que le pedía. Disminuyó la velocidad del coche y acabó deteniéndose a pocos metros de la casa de Jeanne.

—No creo que pueda hacerlo. Sé que te lo prometí, pero esto es demasiado duro —comentó él con un asomo de desesperación.

Resoplaba con la cabeza inclinada hacia delante y las manos crispadas sobre los muslos.

—Puedes hacerlo. Debes hacerlo o te acabará destrozando —lo animó ella.

—He pasado siete meses viviendo con esa mujer. Ya no es solo la abuela de Olivier, ahora también es mi amiga. Aprecio mucho a Jeanne y no soportaría que... que me odiara.

—Nadie sabe lo que va a pasar entre dos personas hasta que ocurre. Si no hablas con ella, jamás sabrás qué podría haber pasado si... Ya sabes. Sé que puedes hacerlo, Jayden. Y pase lo que pase, yo estaré aquí.

Él la miró. Asintió una vez.

—Vale.

—¿Seguro? Podemos tomarnos unos minutos.

—Si lo sigo retrasando no podré hacerlo. Vamos.

Sara le dedicó una sonrisa. Se inclinó y le dio un suave beso en los labios.

—Si quieres, podemos dejar el coche aquí y acercarnos andando. Quizá te ayude a tranquilizarte.

Él pensó que era una buena sugerencia y bajó del monovolumen. Ya eran más de las seis, pero el calor continuaba siendo insoportable. Cogidos de la mano, recorrieron la veintena de metros que los separaba de la casa. En cuanto pisaron el porche, cubierto por un cañizo y las hojas de las parras, la puerta se abrió y Jeanne asomó la nariz. Al ver que se trataba de Jayden, una sonrisa enorme iluminó su cara.

—¡Pero mira quién ha venido a verme!

Él la abrazó con fuerza.

—Hablas como si llevara medio año sin aparecer y solo han pasado unos días.

—Bueno, a mí se me ha antojado ese medio año —replicó Jeanne. Su mirada voló hasta Sara—. Y esta preciosidad debe de ser la famosa Sara de la que todo el pueblo habla.

Ella se puso roja como un tomate y se acercó para saludarla.

—Es un placer conocerla. Jayden me ha hablado mucho de usted.

Jeanne alzó una ceja y le echó una miradita socarrona al chico.

—¿Ah, sí? Espero que bien. Ya sabes, eso de que soy una bruja, que se pasa el día echando maldiciones, solo son habladurías. Dejé de comerme a los niños hace mucho.

Jayden empezó a reír con ganas y le rodeó los hombros con el brazo.

—Vamos, Jeanne, no seas mala.

—No. En realidad hablaba con tanta pasión de usted, que llegué a creer que era su novia —aclaró Sara, un tanto cohibida.

Esta vez fue Jeanne la que rompió a reír a carcajadas.

—Niña, eres adorable. Me alegro de que estés con mi Jayden.

—Esto, no estamos... —intervino él, nervioso—. Ella y yo no... Ya sabes, no...

—¡No, qué va! —replicó Sara casi sin voz—. Solo me ayuda en el *château*. ¿Él y yo? Es tan absurdo...

Jeanne los examinó con atención.

—Me refería a que le hayas permitido quedarse contigo después de que tuviera que marcharse de aquí.

Sara se puso colorada de nuevo y forzó una sonrisa.

—Por supuesto, perdone. He pensado que...

—Ya, ambos habéis pensado muy pronto —comentó Jeanne con desconfianza—. Bueno, ¿y qué milagro ha hecho que vengáis a visitarme?

Jayden bajó la vista, incómodo. Una parte de él quería echarse atrás, pero no podía. Apretó los puños, obligándose a sí mismo a no ser un cobarde. Jeanne no se merecía que la engañara, no a esas alturas. Inspiró hondo y alzó la barbilla.

—¿Tienes un minuto para que hablemos?

Jeanne le sostuvo la mirada, muy seria. Cuando ya parecía que no iba a decir nada, asintió vacilante.

—Claro. Pasad, prepararé café.

—No. Yo mejor doy un paseo. Esos campos de lavanda son preciosos —dijo Sara con tono despreocupado.

—Niña, vas a coger una insolación con este sol.

—Déjala, Jeanne, es mejor así —sugirió Jayden.

—De acuerdo —aceptó sin más. Se encogió de hombros y entró en la casa con él pisándole los talones.

Se dirigieron a la cocina y, mientras ella hervía agua, él disfrutó de la familiaridad de volver a encontrarse en aquella casa. Realmente se sentía como si hubiera pasado un año. También se notaba extraño y diferente. Algo había cambiado dentro de él, aunque no sabía precisar el qué. Solo sabía que tenía la sensación de que toda su existencia se había concentrado en el último mes y que hasta su pasado más inmediato parecía un espejismo que le costaba distinguir.

—¿Es solo una aventura o vais en serio? —preguntó de repente Jeanne.

La miró perplejo. Carraspeó y una sonrisa falsa curvó sus labios.

—Ya te he dicho que nosotros no...

—Vamos, no disimules conmigo. Prácticamente lleváis un cartel que lo anuncia. —Se cruzó de brazos—. ¿Y bien?

Él resopló. Imaginaba que a esas alturas no le haría ningún daño admitirlo. Aunque tampoco pensaba dar explicaciones al respecto.

—Es complicado —se limitó a responder.

—Siempre lo es, cariño. Pero te tenía por alguien mucho más listo.

Jayden sonrió.

—Bueno, siempre has tenido la mala costumbre de pensar bien de mí.

Jeanne soltó una risita.

—Ya echaba de menos nuestras pequeñas charlas.

Él alzó la mirada del suelo y suspiró.

—Yo también.

Jeanne se giró hacia la encimera. Puso un poco de café molido y agua caliente en una cafetera de émbolo y la llevó hasta la mesa, junto con dos tazas.

—¿Qué es eso tan importante de lo que quieres hablar? —preguntó mientras servía el café.

Jayden apoyó los codos en la mesa y se pasó las manos por el pelo. No sabía cómo empezar. Notó la mano de Jeanne en su brazo y se volvió para mirarla. Respiró hondo, reconfortado por su gesto cariñoso.

—No he sido del todo sincero contigo —empezó a decir—. Cuando llegué aquí la primera vez, yo no... —Gruñó una maldición—. ¡Dios, no sé cómo decirte esto! —Inspiró hondo—. No era verdad que hubiera perdido el autobús, ni que estuviera haciendo una estúpida ruta. Yo... —Se le escapó un sollozo y sus ojos brillaron por la emoción—. Yo vine aquí buscándote. Porque hay algo que... ¡Joder, no puedo! —suspiró.

Jeanne respiró hondo y apretó los dedos en torno a su brazo.

—Tranquilo.

—No puedo estar tranquilo. ¿Me has oído? Te he mentido todo este tiempo. No soy quien tú crees...

—Lo sé, cariño. Lo sé.

Sorprendido por aquella confesión, él la miró sin disimular su confusión.

—¿Qué?

Jeanne se levantó y salió de la cocina, para regresar poco después con una caja. La dejó sobre la mesa y la abrió, dejando a la vista un montón de fotografías. Rebuscó hasta dar con la que buscaba y la contempló un segundo antes de entregársela a Jayden.

Él la examinó, y se habría caído de culo de no haber estado sentado. Le dio la vuelta y vio una fecha y unas palabras escritas con bolígrafo:

FEBRERO 3, 2013. NUEVA ORLEANS, JAYDEN Y YO EN LA SUPER BOWL.

Volvió a mirar la fotografía y vio su rostro junto al de Olivier, en las gradas del estadio Mercedes-Benz Superdome. Ambos sonreían de oreja a oreja, gesticulando ante la cámara, luciendo las caras pintadas con los colores de los Ravens. Se pasó la mano por el pelo y dejó la fotografía sobre la mesa. Miró a Jeanne sin comprender nada. La cabeza le daba vueltas y empezaba a marearse.

Ella puso la mano sobre la de él y le sonrió con ternura. Muy serena, empezó a hablar:

—Olivier era cuanto yo tenía en el mundo. Siempre, desde pequeño, me lo contaba todo, tanto lo bueno como lo malo. Él confiaba en mí y entre nosotros no existían los secretos. Por eso siempre he sabido qué clase de trabajo tenía. Conocer la verdad, por mucho que asuste, siempre es la mejor opción; y yo necesitaba estar al corriente de qué hacía, y cuándo, para no preocuparme. —Sonrió, con los ojos brillantes por la emoción—. Mi nieto también solía hablarme de las chicas con las que salía, de sus amigos..., y de ti. Sobre todo de ti. Te admiraba y te quería mucho.

Jayden la miraba sin parpadear. Estaba tan alucinado que no le importaba que unas estúpidas lágrimas se estuvieran deslizando por su cara, echando por tierra toda esa mierda sobre la masculinidad y que los hombres no lloran.

Jeanne continuó:

—Cuando te vi en mi puerta, supe de inmediato que eras tú. Y cuando no mencionaste a Olivier, decidí dejarlo correr y esperar. —Le apretó la mano de nuevo—. Yo sabía lo de esa misión. Él me lo contó un par de semanas antes, y también me dijo que iría contigo. Me confesó que casi te había tenido que obligar para que le recomendaras. —Bajó la vista y tragó saliva—. Él quería hacerlo. Quería dejar los despachos y trabajar sobre el terreno, porque para eso se había esforzado durante tanto tiempo. No fue culpa tuya, Jayden. El riesgo existía. Y pasó porque debía pasar. Deja de castigarte y de querer compensarme por su muerte. Tú no eres responsable de lo que pasó.

Jayden enterró el rostro entre sus manos y ahogó un sollozo.

—¿Por qué... por qué no me dijiste que lo sabías?

Jeanne se limpió una lágrima solitaria que descendía por su mejilla y se encogió de hombros.

—Porque lo vi en tu cara desde el primer momento. Vi tu sufrimiento, la culpa. Necesitabas sentir que me estabas dando algo a cambio, que me estabas compensando porque creías haberme quitado a mi nieto. Tú no me has quitado nada, cariño. Al contrario, has estado a mi lado en los peores momentos de mi vida. Tú me ayudaste a superarlos —susurró emocionada.

Jayden apoyó la frente contra la mesa y cerró los ojos con fuerza. Durante todos esos meses, Jeanne había sabido quién era él y qué había ido a hacer allí. Y aun así, lo había acogido en su casa y había cuidado de él, dándole su cariño. Al igual que estaba haciendo ahora.

—Gracias —musitó con un nudo en la garganta.

—No, niño. Gracias a ti. Me has ayudado mucho.

—Yo no he hecho nada.

—Entonces hazlo ahora. Hay algo que quiero que hagas por mí.

Levantó la cabeza de golpe y la miró con atención, mientras se sorbía la nariz y se limpiaba las lágrimas de los ojos.

—Claro, ya sabes que haré todo lo que me pidas.

—Lo sé, por eso voy a pedirte que dejes de castigarte y que lo superes. Supéralo y sigue adelante. Ya va siendo hora y te lo mereces. Y puestos a pedir... Ve a buscar a esa chica, antes de que sufra una insolación y empiece a ver alucinaciones.

Él sonrió.

—Vale.

—Y cuando os vayáis, ¿podrías llevar esas cajas de mermelada hasta el bar de Gaspard? Una de mis clientas las recogerá allí.

Jayden se echó a reír y su cara se contrajo con un nuevo sollozo. De repente estaban como al principio, como si no hubiera pasado nada y los secretos continuaran ocultos. Se lo agradeció en silencio.

—Tranquila, yo me encargo.

—Vale, y friega esas tazas ya que estás.

—Sí, señora.

Sara los esperaba sentada en el porche, deshojado un ramillete de lavanda seca. Se puso de pie en cuanto los vio aparecer y sonrió. Tras una pequeña conversación poco trascendental, se despidieron de Jeanne y regresaron al coche. Ella aguardó en silencio, esperando a que fuese Jayden el que tomara la iniciativa de contarle, o no, lo que había pasado con Jeanne. Sabía que era algo que solo le incumbía a él y que tenía todo el derecho a guardárselo para sí mismo, aunque una parte de ella esperaba que se lo confiara.

—¿Te importa que conduzca yo? —quiso saber él tras dejar un par de cajas repletas de tarros de mermelada en el maletero.

Ella le entregó las llaves sin decir una palabra.

—Lo sabía. Sabía quién era yo y por qué estaba aquí —le dijo de repente, parado frente a la puerta del monovolumen.

Sara pensó en lo que acababa de decirle y de golpe lo comprendió. Miró hacia la casa, convencida de que Jeanne era una mujer muy especial. Sentía no tener más tiempo para conocerla mejor. Rodeó el vehículo y se situó a su lado.

—¿Estás mejor? —le preguntó.

Jayden la miró tras un largo silencio, en el que hizo inventario de sus sentimientos.

—Sí, creo que sí.

Ella se puso de puntillas y le dio un tímido beso en los labios. Después deslizó las manos por su pecho y le sonrió, orgullosa de él. Se dio la vuelta, pero antes de que pudiera dar otro paso, Jayden la detuvo por la muñeca y la hizo girar. La rodeó con sus brazos de un modo posesivo, oprimiendo su cuerpo contra el suyo, y la besó deslizando la lengua en el interior de su boca. Cerró los ojos, anhelándola con cada célula de su cuerpo.

—Gracias —susurró contra sus labios—. Nunca habría sido capaz de hacerlo sin ti.

Sara suspiró, con su frente apoyada en la de él.

—Habrías acabado viniendo.

—Lo dudo. Llevo siete meses aquí y no... —Tragó saliva y la estrechó con más fuerza contra su pecho.

Ella abrió los ojos y se echó hacia atrás para poder verle la cara.

—¿Crees en el destino?

Jayden se encogió de hombros.

—Pienso que sí, aunque a veces es un poco cabrón.

Se le iluminó la cara al ver cómo ella soltaba una carcajada. Sara sonrió como si por fin asumiera que él no tenía remedio. Ese gesto hizo que él también se echara a reír, un poco más relajado.

—¿Por qué me lo preguntas?

Ella se ruborizó. No podía evitarlo y de vez en cuando afloraba su espíritu romántico. Solo que con Jayden ya no le daba vergüenza mostrarlo. Tampoco ese otro, más travieso y salvaje que había descubierto esa misma mañana. Había comprobado que tomar la iniciativa era algo que le gustaba, divertido y excitante; y jamás había sido más consciente de su cuerpo y del efecto que podía provocar en un hombre.

—Quizás el destino quería que nos conociéramos, y por eso has pasado tanto tiempo aquí.

Jayden le acarició las mejillas con los pulgares y la miró de una forma muy intensa. Ahora sí que estaba convencido de que el destino era un cabronazo, que había puesto en su camino a la mujer perfecta, para después arrebatársela sin ningún remordimiento.

Suspiró, evitando decir lo que de verdad quería, y cambió de tema.

—¿Qué te parece si salimos a cenar y después vamos a bailar a alguna parte?

—Suena bien.

—Pues vamos a casa a ponernos guapos.

«A casa.»

Sara se lo quedó mirando con el corazón en un puño, y se sintió morir por dentro. ¿Cómo demonios vivían y seguían adelante dos personas después de compartir momentos tan íntimos? ¿Cómo se abandona a la persona que se ha convertido en tu hogar? ¿Cómo iba a sobrevivir ella cuando todo terminara?

27

Jayden aceleró cuando dejó atrás la carretera y tomó el camino que llevaba hasta el *château*. Si se daban prisa, podrían estar en Aix sobre las nueve.

—¿Restaurante francés o italiano? —preguntó, deslizando la mano entre las piernas de Sara con un gesto cariñoso. Le acarició la rodilla, trazando pequeños círculos.

—Italiano. Lo he intentado, pero la cocina francesa no es lo mío.

Él soltó una risita.

—Yo tampoco he logrado acostumbrarme.

Ella lo miró de reojo y también sonrió. Eran tan parecidos en tantas cosas. De repente le entraron ganas de decirle que lo quería, que lo quería muchísimo, y que aún no sabía cómo había sucedido. Apartó la mirada y se concentró en el camino. Entornó los ojos, creyendo haber visto algo, y se inclinó hacia delante forzando la vista a través del parabrisas.

—Hay un coche en la entrada —anunció.

—¿Esperas a alguien?

Sara negó con la cabeza.

—No. Solo la visita del ebanista, pero no podía venir hasta el lunes.

—Quizá la haya adelantado. La visita, quiero decir.

Ella se encogió de hombros. De pronto, el aire se le atascó en los pulmones, incapaz de procesar lo que estaba viendo. El corazón comenzó a golpearle las costillas, tan fuerte que sentía su pulso desbocado palpitando por todo el cuerpo.

—¡Dios mío, es Colin, y ha traído a Daniel!

Jayden se volvió y la miró con los ojos como platos.

—¿Tu marido? —Ella asintió, muy pálida, como si la vida hubiera abandonado su rostro. La expresión de él cambió de golpe y se puso serio. Golpeó el volante con un puño—. Mierda, olvidé decirte que había llamado esta mañana.

Ella lo miró con la boca abierta.

—¿Cuándo?

—No sé, serían las ocho. Joder, siento haberlo olvidado.

—¿Hablaste con él? —inquirió atónita.

—Quería hablar contigo y le dije que no estabas. Fue una reacción infantil, lo sé.

Sara estaba tan nerviosa que ni siquiera pudo enfadarse.

—No pasa nada. —Tragó saliva varias veces, notando la boca muy seca—. ¿Qué está haciendo aquí?

—No vamos a tardar en averiguarlo —replicó Jayden. Alargó la mano y cogió la suya—. ¿Estás bien? Pareces a punto de desmayarte.

—Sí, es solo que... no esperaba verle aquí.

Él paró el coche e inspiró hondo, mientras alargaba la mano para abrir la puerta. Se detuvo en el último momento.

—Hay algo que necesito decirte —susurró, con la vista clavada en el hombre que los esperaba apoyado contra un coche de alquiler—. Uno es la suma de sus decisiones. A veces nos pasamos la vida esperando a que los demás cambien para poder ser felices, cuando los que debemos cambiar somos nosotros. Nosotros somos quienes decidimos qué clase de vida queremos tener. Solo nosotros, Sara. Recuérdalo, por favor.

Sin esperar a que ella dijera algo, abrió la puerta y bajó del coche.

—¡Mamá! —gritó Daniel precipitándose entre los brazos de su madre.

—¡Hola, cariño! Madre mía, menuda sorpresa. Estás enorme. ¿Qué te ha dado la abuela para comer?

El niño la abrazó, pero sus ojos volaban hasta Jayden todo el tiempo. Ella se dio cuenta y sonrió.

—Dani, él es Jayden.

—¡Vaya, eres muy grande! —exclamó Daniel, mirándolo de arriba abajo.

—Tú tampoco estás nada mal. Menudos brazos.

Daniel se puso colorado, pero la sonrisa de oreja a oreja que le llenaba la cara demostraba que estaba encantado. Con un gesto solemne, le ofreció su pequeña mano. Jayden se la estrechó sorprendido.

—Este apretón es el de un hombre. ¿Estás seguro de que solo tienes diez años?

—Sí, estoy seguro —respondió con una risita—. ¿Sabes una cosa? He estado viendo fútbol americano en la tele por satélite. Y me he comprado un balón. ¿Quieres verlo? En la tienda me dijeron que es el que usan los profesionales.

—Claro —respondió, intentando dedicarle toda su atención. No pudo evitar mirar a Sara de reojo. Se la veía muy nerviosa mientras se acercaba a su marido. Él seguía junto al coche y no les quitaba los ojos de encima—. Y si quieres hacemos unos pases. Puedo enseñarte a lanzar.

Daniel dio un salto, entusiasmado.

—Eso sería genial. Oye, ¿de verdad eres un SEAL?

—Ajá. Francotirador.

—¡Mola! Oye... ¿y tienes identificaciones o algo?

Jayden se llevó las manos al cuello y sacó sus placas de debajo de la ropa.

—¡Qué chulas! Espero que no te importe, pero... ¿Podrías hacerte una foto conmigo y con tus placas? Es que mis amigos no se creen que te conozca de verdad. Dicen que soy un mentiroso.

—Sin problema, tío. Todas las que quieras.

—¡Genial! —Daniel hizo una pausa, nervioso, y se frotó las manos contra los pantalones. Después añadió en voz baja—: Gracias por haber cuidado de mi madre.

Bajó la vista hacia el niño y se fijó con más atención en él. Era el vivo retrato de Sara. Tenía los mismos ojos, el mismo rostro ovalado y esa nariz pequeña y respingona.

—De nada. —Se agachó para quedar a su altura—. Aunque creo que ella sabe cuidarse solita. Tu madre es guay. Sabe hacer un montón de cosas.

Daniel miró por encima del hombro a sus padres.

—Papá dice que solo sabe quejarse y que nunca está contenta con nada.

Jayden notó que se le encendía la sangre.

—Seguro que no lo piensa de verdad. Además, tú sabes que eso no es cierto. Tu madre es estupenda y divertida.

—Sí, es guay.

—Y le gustan los cómics y los superhéroes. ¿A qué madre le gustan?

El niño lo miró a los ojos y sonrió.

—Te cae bien, ¿eh?

Enseguida asintió, con la sensación de que no debería hablar de ese modo de Sara.

—¿Y ese balón? Quiero ver de qué está hecho tu brazo, campeón.

Sara se paró frente a Colin, temblando como un trozo de gelatina. El corazón le palpitaba muy rápido y apenas lograba llenar los pulmones de aire.

—¿Qué haces aquí? ¿Ha ocurrido algo malo? ¿En casa están todos bien? —le preguntó preocupada.

Él se enderezó, mientras sacaba las manos de los bolsillos del pantalón de su traje.

—Vaya, yo esperaba algo más parecido a un... Hola, Colin, me alegro de verte después de un mes.

Ella se ruborizó.

—Perdona, es que no esperaba verte aquí y me he asustado.

—Papá, papá... Este es Jayden. Te hablé de él, ¿te acuerdas?

—¿Cómo no hacerlo? —replicó Colin. Clavó los ojos en él—. Tienes impresionado a mi hijo. —Lo miró de arriba abajo—. Así que eres un SEAL, ¿eh? ¿Y qué hace un hombre como tú en un sitio como este?

—Solo estoy de paso.

—¿De paso? —inquirió Colin con desconfianza—. Para estar de paso, parece que aquí te has instalado de maravilla.

—¿Por qué no vamos adentro? —sugirió Sara, cada vez más incómoda con la situación. Juraría que su marido estaba celoso de Jayden, pero le parecía tan ridículo que pensó que solo se trataba de su imaginación. Colin nunca se había sentido celoso de nadie por su culpa.

—Mamá, ¿puedo quedarme afuera? Jayden me va a enseñar a lanzar pases.

—Dani, no sé si es buena idea...

—No pasa nada —intervino Jayden, dedicándole una leve sonrisa—. Me quedaré con él un rato.

Sara lo miró a los ojos. De repente se sentía como si un cristal muy grueso los separara. Podían verse, estaban allí, pero muy lejos el uno del otro.

—¿Estás seguro?

—Sí —declaró con un gesto despreocupado.

Jayden se llevó al niño a la parte de atrás, mientras Sara ayudaba a Colin a sacar el equipaje del coche y lo acompañaba a la casa.

—Vaya, este sitio es muy bonito —dijo él en medio del vestíbulo. Giró sobre sí mismo y contempló las paredes, la escalera y el alto techo.

—Sí, ha quedado precioso.

—¿Y ya está todo terminado?

—Sí. Solo faltan pequeños detalles. Nada importante —respondió ella, dirigiéndose a la escalera—. Los dormitorios están arriba —le informó—. Hay un total de cinco en la primera planta y tres en la buhardilla.

Subió la escalera notando la presencia de su marido justo detrás. Se sentía muy incómoda teniéndole allí y no sabía cómo actuar. Después de un mes sin verle se había acostumbrado a estar sin él, y ni siquiera se había dado cuenta. ¿Cuantos días hacía que no pensaba en él? El nudo que sentía en el estómago la oprimió con más fuerza.

—Aquí es donde duermo. —Empujó la puerta del dormitorio y entró. Dejó la maleta junto a la cama—. Daniel puede dormir aquí conmigo, y tú instalarte al otro extremo del pasillo. Ese cuarto tiene unas vistas estupendas.

Colin se acercó a la cama y se sentó. Apoyó las manos en el colchón y lo zarandeó, probando lo cómodo que era.

—Sería más lógico que yo durmiera contigo y el niño en su propio cuarto, ¿no?

Lo miró de hito en hito. ¿Le estaba sugiriendo dormir con ella?

—Estos cuartos tan grandes impresionan un poco, puede tener miedo.

Él la miró de arriba abajo e inspiró hondo.

—Estás guapa. Este sitio te ha sentado bien.

—Estoy como siempre —logró decir tras un par de intentos. Ni siquiera recordaba cuándo había sido la última vez que le había dicho algo parecido.

—No. Estás muy distinta. No sé lo que es, pero has cambiado —insistió él, y después añadió—: Y que conste que no me quejo.

—Bueno, pues gracias.

—No es un cumplido. Es como si estuviera viendo de nuevo a la jovencita que conocí en aquella tienda de ropa masculina.

Sara se acercó a la ventana y la abrió. Necesitaba hacer cualquier cosa que la distrajera de aquella conversación.

—Creo que nunca he dejado de ser ella.

Colin la miró de reojo, escrutando su rostro.

—Ese tipo... Jayden. Parece que os lleváis bien. ¿Adónde habíais ido?

Sara se apoyó en la cómoda y suspiró antes de lanzarle una mirada inquisitiva.

—Sí, es un buen hombre. Y habíamos ido a visitar a una vecina que necesitaba un poco de ayuda. Aquí la gente se ayuda de forma desinteresada, aunque no lo creas. —Cruzó los brazos, muy consciente de que estaba a la defensiva—. ¿Por qué has venido, Colin?

Él puso cara de ofendido.

—¿Me lo estás preguntando en serio?

—Sí, muy en serio. Te miro y aún creo que me he vuelto loca y que estoy alucinando.

Su marido resopló dolido.

—Desde tu cumpleaños no has vuelto a llamarme. Al principio pensaba que seguías enfadada conmigo por no haberme acordado, pero han pasado más de dos semanas y he empezado a preocuparme por ti.

Ella contuvo el aliento. Dios, habían pasado dos semanas. Contó mentalmente los días porque parecía de locos que hubiera perdido la noción del tiempo de ese modo.

—¿Por eso me has llamado esta mañana?

—Claro.

—¿Desde dónde has llamado?

—Desde la oficina. Le pedí a... a mi secretaria que buscara el teléfono de este sitio después de ver que no cogías el móvil.

Paseó la vista por la habitación y después volvió a mirarla a ella.

Sara le sostuvo la mirada con recelo. Se acercó a la mesita y cogió su teléfono. Lo había dejado allí la mañana anterior, después de hablar con Daniel, y se había olvidado de él. Tenía un montón de mensajes y llamadas. Los últimos eran de Luis, explicándole que Colin había aparecido pasado el mediodía en un taxi y que se había llevado a Daniel con él. Miró a su marido a los ojos.

—¿Y cuándo decidiste venir a verme? ¿Antes o después de llamar y que Jayden cogiera el teléfono? —Se sorprendió a sí misma por haber sido tan directa.

—¿Qué insinúas?

—Que parece que has venido a controlarme.

—¿A controlarte? —exclamó levantándose de la cama.

Ella se sonrojó, pero lejos de retractarse y disculparse por decir tonterías, se mantuvo en sus trece.

—Piensa en lo que parece. Esta mañana te ha dado no sé qué impulso y has tomado un avión, te has plantado en Granada, has cogido a nuestro hijo y luego te has presentado aquí sin avisar, como si estuvieras intentando pillarme.

—¿Pillarte haciendo qué, Sara? —inquirió él con desconfianza. Sus ojos se entornaron sin apartarse de ella.

Sara sonrió sin una pizca de humor. Había captado hasta el último matiz de su pregunta. Lo miró con los puños apretados.

—Yo no soy tú y Jayden no es Anika, así que... —Se calló al darse cuenta de que casi había cruzado la línea. No iba a discutir con él. No más reproches, no más acusaciones. Ahora estaban en paz—. Mira, tienes que entender que me sienta desconcertada. Jamás has hecho nada parecido. Nunca has dejado tu trabajo por mí y nunca te he visto preocuparte porque me haya pasado dos semanas sin hacerte caso. Normalmente es lo que me pides siempre, que te deje tranquilo. Todo esto no es propio de ti.

Colin bajó la mirada al suelo y forzó una sonrisa.

—Vaya, no sabía que me tuvieras por un marido tan penoso —le reprochó.

A ella se le escapó un ruidito de incredulidad.

—Los dos sabemos muy bien cómo son las cosas en nuestro matrimonio y todo lo que ha pasado. Ambos sabemos que no hay nada entre nosotros desde hace mucho y por qué.

—Quizás haya venido porque quiero cambiar eso.

Sara se estremeció como si la hubieran golpeado.

—¿Qué?

Colin se pasó una mano por la cara y suspiró. Se enderezó un poco y se aflojó la corbata, después se la sacó por la cabeza y soltó un par de botones de su camisa azul.

—Nunca había pasado tanto tiempo separado de ti y del niño y... me he dado cuenta de que os echo de menos. Sí, he empezado a sentirme solo y me he dado cuenta de que os necesito. La casa está muy vacía sin vosotros. —La miró con resolución y se puso de pie—. He venido a por ti. Ibas a estar aquí tres semanas y ya llevas un mes. Dices que está todo terminado, por lo que aquí ya no tienes nada que hacer. He cogido tres días libres. Puedes ultimar esos detalles y el lunes regresaremos a casa. Ya tengo los billetes.

Sara se cruzó de brazos y desvió la vista.

—Me hablas como si me lo estuvieras ordenando, como si pudieras decirme lo que tengo que hacer.

Él resopló hastiado.

—Yo no te estoy diciendo lo que debes hacer, Sara. Pero sé realista, mira a tu alrededor. ¿Qué vas a hacer, quedarte aquí para siempre? No seas ridícula.

Sara le dio la espalda.

—¡Yo no soy ridícula!

—Perdona, no era eso lo que quería decir. Mírame. Mírame, por favor —le pidió en un tono más dulce. Ella se volvió muy despacio y lo miró a los ojos—. Estoy aquí. He venido porque te echo de menos y quiero que vuelvas a casa. He estado pensando y... Si los dos ponemos de nuestra parte y lo intentamos, podemos conseguir que las cosas vuelvan a funcionar entre nosotros.

Se acercó a ella y le acarició la mejilla, después le pasó el pulgar por los labios y se inclinó para besarla. Sara apartó la cara por instinto, con el corazón en la garganta y los pulmones a punto de estallar. Colin añadió:

—Podemos ir despacio, sin prisa. Yo voy a esforzarme, quiero esforzarme. —Buscó su mirada y añadió—: Sara, tenemos un hijo que nos necesita a los dos. Por él merece la pena que lo intentemos, ¿no crees?

—Es posible —fue lo único que logró decir al respecto y, dirigiéndose a la puerta, añadió—: Es tarde, voy a preparar la cena.

Sara apenas pudo conciliar el sueño esa noche. Desde la llegada de Colin y el niño, toda la realidad se había desdibujado. Era como si de repente alguien hubiera cambiado el decorado y la función alegre y divertida se hubiera tornado un drama con tintes oscuros.

La cena había sido incómoda. Jayden se había excusado, diciendo que prefería dejarlos solos para que pudieran ponerse al día. Pero Daniel se había empeñado en que se quedara y al final habían cenado los cuatro en un ambiente un poco extraño. Después todos se habían ido a descansar temprano.

Fingió que dormía cuando Colin salió de la ducha. Notó cómo levantaba las sábanas y se metía debajo, y cómo su cuerpo se acercaba al suyo y trataba de abrazarla por la cadera. No pudo soportar el tacto de sus manos, así que se dio la vuelta y se alejó de él, haciéndose un ovillo. Su marido debió pillar la indirecta, porque también le dio la espalda y cinco minutos después roncaba plácidamente.

Se quedó mirando el techo, sin poder conciliar el sueño. Extrañaba la habitación, la cama, porque llevaba tanto tiempo durmiendo con Jayden que lo echaba de menos. Echaba de menos su cuerpo envolviéndola con un dulce abrazo, su respiración tranquila en el cuello y sus piernas entrelazadas con las suyas. Echaba de menos su olor, el calor de su piel, y lo deseada y querida que se sentía con él. Apenas llevaban unas horas separados y ya le dolía su ausencia. ¿Cómo iba a sobrevivir cuando lo perdiera para siempre?

Unas lágrimas se deslizaron por sus mejillas. Había memorizado todos y cada uno de sus encuentros con Jayden: cada matiz de su expresión, del tono de su voz, cada uno de sus gestos. Ahora eso era lo único que le quedaba de él. Recuerdos.

En algún momento, cerca del amanecer, el cansancio debió de derrotarla y se quedó dormida. Cuando abrió los ojos de nuevo, el sol entraba en la habitación bañándola por completo con su luz. Colin continuaba dormido.

Se levantó sin hacer ruido y se vistió en el baño. Salió al pasillo y el olor a tortitas que flotaba por toda la casa consiguió que se le hiciera la boca agua. Bajó hasta la cocina, con el estómago gruñendo, y encontró a Daniel sentado a la mesa con un plato colmado de tortitas y una taza humeante de chocolate instantáneo. Jayden lo observaba, atento a todo su parloteo, mientras daba sorbos a una taza de café.

Sara notó que el corazón iba a reventarle de un momento a otro. Ni siquiera lograba explicar lo que había sentido al ver a su hijo y a Jayden juntos de ese modo. Que ese hombre le hubiera preparado el desayuno y se ocupara de él como si fuera algo suyo. Colin nunca lo había hecho, y aun así... Jayden tampoco le había prometido nada, ni le había dado alternativas. Una aventura, nada más, y había llegado a su fin.

Él alzó la mirada y la encontró en la puerta, observándolos. Daniel también se percató de su presencia.

—Mami, ¿quieres probarlas? Están muy buenas.

—No, cariño, gracias.

Le dio un beso en la cabeza al pasar por su lado. Se acercó a la encimera y se sirvió un café en silencio, nerviosa y con el estómago crispado. Podía notar la mirada de Jayden sobre ella. Lo miró de reojo, sin saber cómo actuar.

—¿Estás bien? —le susurró él.

Sara miró por encima del hombro a Daniel, que se había levantado de la mesa y estaba curioseando todos los armarios.

—No sé como me siento.

Él suspiró y cerró la mano en un puño, reprimiendo el deseo de abrazarla contra su pecho. Por dentro estaba hecho trizas. Había pasado toda la noche sin pegar ojo, mientras unos celos enfermizos lo reconcomían con imágenes muy dolorosas. Sara durmiendo con su marido, en la misma cama, muy juntos. Dios, había estado a punto de volverse loco. No pudo controlarse mucho más y se acercó a ella. Con disimulo alargó la mano y tomó la suya, que colgaba lasa entre sus cuerpos. Se la apretó con fuerza, poniendo en ese gesto toda la desesperación que sentía. Ella inclinó la cabeza y lo miró. Se sostuvieron la mirada y las emociones se pintaron en sus caras.

—Papá —anunció Daniel en el vestíbulo.

Se separaron un segundo antes de que Colin entrara en la cocina.

—Buenos días —comentó Colin, mientras sus ojos iban de su esposa al hombre y del hombre a su esposa—. Hacía mucho tiempo que no dormía tan bien. Nada como un sitio tranquilo y a tu mujer y a tu hijo contigo. ¿Tú tienes familia, Jayden? Me refiero a tu propia mujer e hijos.

La sonrisa de su cara no le quitó intención a sus palabras.

Jayden dejó su taza en el fregadero y lo miró con una sonrisita falsa.

—No. Estoy divorciado y nunca llegamos a tener hijos.

—Bueno, aún estás a tiempo. Seguro que hay una mujer bonita en alguna parte para ti. Yo encontré a Sara cuando menos lo esperaba, y fue mi pequeño milagro. —Se acercó a ella, y le habría dado un beso en los labios si no hubiera vuelto el rostro para toser. Acabó dándole un beso en la sien.

Sara no podía dar crédito a lo que estaba oyendo, pero ¿de qué iba Colin? La rabia creció rápidamente en su pecho y se apoderó de su garganta de tal modo que la estaba asfixiando. Deseó poder gritarle que dejara todo aquel teatro. Decirle que en aquella cocina no había secretos y que Jayden sabía muy bien cómo era su vida juntos. Pero se limitó a frotarse la frente como si le doliera la cabeza.

Jayden la miró preocupado y ella negó con un gesto apenas perceptible. Maldijo en silencio, con ganas de atizarle a aquel estirado. Ese tío era mucho más cretino de lo que había imaginado. Se dijo que debía salir de allí o los sentimientos acabarían imponiéndose a la lógica.

—Tengo que irme. Pasad un buen día —dijo al tiempo que se dirigía a la puerta.

—¿Te vas? —inquirió Sara, intentando que no se notara su ansiedad.

—Sí, voy a Aix. Es sábado; esta noche tengo concierto.

—Pero aún es pronto para eso.

Jayden suspiró y clavó la vista en el suelo un momento.

—Bueno, sí, pero tengo que hacer un par de cosas y algunas compras.

—Pues que te diviertas —intervino Colin, apoyándose en la encimera al lado de su mujer.

Él asintió con un gesto y salió de la cocina, apretando los dientes con fuerza. En realidad se largaba porque era incapaz de estar cerca de Sara en esas circunstancias. Verla con su marido lo ponía enfermo, más que eso, despertaba instintos asesinos que no sabía que tuviera.

Regresó pasadas las dos de la mañana, cansado y con una copa de más. Dejó las llaves sobre la encimera de la cocina y se dejó caer en una de las sillas. Era incapaz de subir arriba y pasar por delante del dormitorio de ella.

Emocionalmente estaba destrozado.

Se había dado cuenta de lo intenso que era todo lo que sentía por Sara y esos sentimientos eran difíciles de manejar, pero no había nada que pudiera hacer para cambiar las cosas. Ella se iría y jamás dejaría a su marido, porque tenía demasiado miedo a arriesgarse; y él no podía pedirle que lo hiciera. No podía pedirle que se quedara cuando ni él mismo sabía qué iba a pasar con su propia vida. Ni siquiera había abandonado la Armada del todo; solo estaba pasando por una especie de tiempo muerto.

¿Qué podía ofrecerle, una fantasía? ¿Vivir allí un eterno verano? En una casa que no era suya, sin trabajo, con la mente hecha un lío... Todo se le antojaba un despropósito sin pies ni cabeza.

Estaba ensimismado en sus pensamientos cuando Sara entró en la cocina sin encender la luz. Fue hasta el armario, cogió un vaso y se sirvió un poco de agua. Él la observó con el corazón en un puño. Era tan bonita, tan encantadora. La adoraba. Continuó observándola, mientras ella daba pequeños sorbos de agua con la mirada perdida en la ventana. No se había dado cuenta de que estaba allí.

—¿No puedes dormir? —le susurró.

Ella dio un respingo y ahogó un grito con la mano. Se quedó sin aire al ver la silueta de Jayden levantándose de la silla y acercándose a ella. Todo su cuerpo vibró al captar su olor y se estremeció. Él la agarró por la cintura y la abrazó con fuerza.

—Te echo de menos —musitó junto a su oído, y la besó en el cuello.

—Yo también te echo de menos.

—Esto es demasiado difícil, y muy raro.

—Lo sé.

Sara le acarició la mejilla. Su rostro a la luz de la luna que entraba por la ventana era dolorosamente triste. Sus ojos le estaban destrozando el corazón. Deslizó los dedos por su mandíbula, cubierta de una ligera barba, y acarició sus labios con el pulgar.

—Echaba de menos que me tocaras —dijo él sin aliento.

—Y yo tocarte —confesó ella. El aire parecía vibrar a su alrededor y lo sintió erizándole la piel. Alzó la mano y la enredó en su pelo—. Cuánto echo de menos estar contigo. —Su voz se quebró y tragó saliva.

Jayden empezó a respirar de manera acelerada y la apretó contra su cuerpo excitado. Deslizó una mano bajo su camiseta y le acarició un pecho, mientras acercaba su boca a la suya y la besaba con una mezcla de tormento y frenesí. Sara gimió, y ese sonido lo desarmó por completo, apartando de su mente cualquier cautela. La empujó contra la pared y bajó la mano por su vientre, deslizándola dentro de su ropa interior al tiempo que contenía el aliento. La besó con más intensidad, y jadeó con fuerza cuando ella le devolvió el abrazo y se frotó contra él. Ese era el estado natural de las cosas: ellos dos juntos.

—Te deseo —susurró él con voz ronca, moviendo la mano entre sus piernas.

Sara sollozó, abrumada por todo lo que sentía, lo que deseaba. Las manos y la boca de Jayden sobre su cuerpo eran su peor adicción, y tenía mono. Quería volver a sentirlo, necesitaba sentirlo, y la tensión que palpitaba en su vientre la estaba volviendo loca. Era demasiado, iba a morir allí mismo, sin duda. Se aferró a él, necesitada de todo lo que pudiera darle.

De repente, entre la bruma sexual en la que se hallaba, un poco de luz iluminó sus pensamientos. Lo apartó sintiendo que se rompía.

—No podemos seguir con esto. Mi marido está aquí, y mi hijo.

Jayden la miró como si lo hubiera abofeteado.

—¿Te has acostado con él?

—¡No! Sabes que él y yo no...

—Pues te mira como si no pensara en otra cosa. Y parece un puto perro meando por todas partes para marcar su territorio —masculló con el rostro alterado.

Ella bajó la mirada, avergonzada. Aún notaba todo el cuerpo palpitando de deseo y el cambio de ambiente entre ellos hizo que tuviera ganas de llorar.

—Lo sé. Dice que me ha echado de menos.

Jayden gruñó.

—¿Ah, sí? Vaya, ha tardado un poco en darse cuenta, ¿no? —inquirió él con desdén, y añadió sin disimular el dolor que sentía—: Lo intentará, antes o después intentará llevarte a la cama y yo no sé si... Yo no... ¡Joder, Sara!

Ella meneó la cabeza, angustiada.

—Es mi marido, si lo intentara... Quizá... Quizá si recuperamos esa intimidad, podamos salvar nuestro matrimonio —musitó con lágrimas en los ojos. Ni ella misma podía creerse lo que estaba diciendo.

Jayden contuvo el aliento y la miró con los ojos muy abiertos. ¡Cielo santo! ¿Cómo podían doler tanto unas simples palabras?

—Oírte decir eso me está matando. —La sujetó con fuerza y trató de atraerla hacia él—. Prométeme que no vas a estar con él. Que si te busca tú no... —Se le quebró la voz.

—No puedo.

—¡Joder, Sara, prométemelo!

—Me voy el lunes a primera hora.

Él dio un paso atrás y la miró consternado.

—¿Cuándo pensabas decírmelo?

Ella no contestó porque no lo sabía. Probablemente habría aplazado ese momento todo lo que hubiera podido, porque también necesitaba huir de esa realidad.

De repente Jayden se dio la vuelta y salió al exterior a toda prisa. Cruzó el jardín y al llegar a la piscina se detuvo. No podía respirar y estaba seguro de que el corazón se le iba a salir del pecho. Se llevó las ma-

nos a la cara con una maldición y unas lágrimas saladas y calientes res-
balaron por sus mejillas. Sentía que todo era una mierda y que el único
culpable era él.

Al cabo de unos segundos, notó unos brazos que le rodeaban la cintura y la presión suave de una mejilla en su espalda. Miró al cielo sin
mover ni un solo músculo. Se sentía desbordado y no sabía cómo deshacerse de esa sensación.

—Ambos sabíamos que esto terminaría y que acabaríamos con el
corazón roto. Lo sabíamos —dijo Sara casi sin voz, ahogándose con sus
propias lágrimas.

Él se giró entre sus brazos, muy despacio, y la miró.

—Sí, lo sabíamos.

—Cada uno tenemos nuestro lugar y no es este.

—No lo es —susurró él sin fuerzas, rindiéndose.

Al ver su angustiado rostro, Sara apoyó una mano en su mejilla y le
secó una lágrima. Vio en sus ojos la lucha que él sostenía consigo mismo
para controlar su furia y su dolor. Su tristeza le partía el corazón, que ya
de por sí no era más que un guiñapo. ¿Cómo habían llegado a necesitar-
se tanto en tan poco tiempo?

—No quiero quedarme con esta sensación, Jayden. Necesito que sea
un buen recuerdo —le suplicó.

La mirada de él era triste, pero rebosaba ternura y deseo. La contempló sin disimular su sufrimiento y, poco a poco, llevó su boca a la de ella.
Respiró hondo y apretó sus labios cerrados contra los suyos. Ella se estremeció y notó las lágrimas bajo sus párpados. Nunca la habían besado
con ese sentimiento, con ese dolor. Era una sensación aterradora y maravillosa. Esta vez, cuando él fue más allá, no lo rechazó, sino que de la
mano lo condujo a la casita de la piscina. Necesitaba estar con él esa última vez.

28

Jayden no dio señales de vida durante todo el domingo. Fue como si la tierra se lo hubiera tragado. Sara lo entendía hasta cierto punto, pero no dejaba de ser doloroso y no evitaba que cada hora que pasaba se hundiera un poco más en la depresión. Pensar en él le provocaba un dolor tan profundo que sentía como si le hubieran clavado algo en el estómago.

Se acercó al pueblo para despedirse de Margot, Julieta y Fanny. Acabó llorando con ellas y les prometió que regresaría, pero ni siquiera ella estaba segura de que eso fuese a ocurrir algún día. Hacía mucho que había perdido la esperanza de que las cosas fueran a cambiar en su vida.

Entonces, ¿por qué regresaba a Londres? ¿Por qué volvía para continuar con su matrimonio roto? ¿Por qué quería creer las promesas de Colin? Quizá porque esa parte de ella, pequeña y oculta, esa voz que le hacía albergar una remota posibilidad de quedarse allí, o de huir en busca de otra vida, se había quedado muda. De repente había perdido gran parte del valor que había encontrado y se sentía empequeñecer bajo la dura realidad: tenía un hijo en el que pensar.

Pasó a ver a Violette y a Frank, y se despidió de ellos con el mismo drama que arrastraba desde la noche anterior. Cuando con la puesta de sol regresó al *château*, Jayden seguía sin aparecer. No logró cenar nada, y estuvo hasta la medianoche revisando cada tarea y asegurándose de que no olvidaba nada. Dejó una lista con los pequeños detalles que quedaban para la puesta a punto del hotel. Jayden le había prometido que se encargaría de todo hasta el final.

Se sentó durante un rato en la terraza, en el mismo diván que había ocupado la primera noche que llegó allí. Había pasado un mes, solo un mes, y parecía toda una vida. Habían cambiado tantas cosas, pero sobre todo había cambiado ella misma. Se sentía como un Fénix que intentaba resurgir de las cenizas y que no terminaba de conseguirlo. Se quedó allí mucho tiempo, esperando, anhelando que en cualquier momento Jayden regresara. Pero no lo hizo y ella acabó acurrucada en su cama, intentando sobrevivir.

El lunes amaneció nublado. Unas nubes negras cubrían el cielo, arrastradas por un fuerte viento. El día parecía haberse contagiado de su humor y su tristeza. Pequeñas gotas comenzaron a caer, convirtiendo el paisaje en una triste postal de despedida.

—Bueno, pues ya está todo —anunció Colin, cerrando el maletero con un golpe.

Ella se giró hacia la casa y la contempló con el corazón en un puño. Estaba haciendo un esfuerzo sobrehumano para no derrumbarse y echarse a llorar.

—Mami, ¿Jayden no viene a despedirnos? —se interesó Daniel, un poco triste por ello.

—No creo, cariño. Tenía que hacer un pequeño viaje —mintió sin dudar y esbozó una sonrisa despreocupada.

—Deberíamos irnos. Vamos con el tiempo justo. El aeropuerto de Marsella es un poco caótico y debemos devolver el coche —comentó Colin mientras subía al vehículo.

Daniel gruñó por lo bajo y subió al asiento trasero, abrazado a su balón.

Ella se quedó inmóvil, incapaz de apartar la vista de aquellos muros. Miró a su alrededor, esperando, rezando para ver a Jayden surgir de cualquier rincón. Sabía que no se había marchado, porque sus cosas seguían allí, pero estaba claro que había decidido desaparecer hasta que se hubiera ido. Quizás era lo más sensato. La única forma de mantener ese último y maravilloso recuerdo intacto: el uno en los brazos del otro.

—Sara, tenemos que irnos —insistió Colin.

—Voy —dijo ella.

Inspiró hondo y de forma dolorosa. Por enésima vez en ese fin de semana, sintió que se le partía el corazón. Creía que su cuerpo iba a derrumbarse de un momento a otro, que se vendría abajo. Las piernas le pesaban y las rodillas le cedían. Se obligó a moverse, dio media vuelta y subió al coche.

—¿Te has puesto el cinturón? —le preguntó a Daniel. El niño asintió con la vista clavada en la ventanilla.

Colin puso el coche en marcha. Empezó a llover y accionó el limpiaparabrisas para despejar el cristal. Pisó el acelerador y comenzaron a alejarse.

Sara experimentó una nueva punzada de dolor al pensar que regresaba a casa y que todo había acabado. Se sentía confundida, atormentada y enfadada, y trató de no venirse abajo en ese momento. No habría podido explicarlo. Se negó a volver la cabeza atrás para mirar por última vez el *château*, porque estaba segura de que se echaría a llorar sin remedio. Al final no pudo resistirse y echó un vistazo a través del retrovisor. Se quedó de piedra cuando vio a Jayden corriendo por el camino.

—¡Para, para el coche!

—¿Qué ocurre? —inquirió Colin.

—¡Para el coche!

Colin pisó el freno.

Sara se bajó a toda prisa y fue al encuentro de Jayden con el corazón desbocado. Al final había acudido para despedirse, y ella se lo agradecía de todo corazón. Necesitaba decirle adiós y verle una última vez. Se detuvieron el uno frente al otro, respirando agitados mientras una leve lluvia caía sobre sus cabezas. Se sorprendió al ver su aspecto abatido y los círculos oscuros que le rodeaban los ojos. Verle de ese modo era demasiado duro.

—No te vayas —soltó Jayden de golpe—. No quiero que te vayas. Quédate.

Ella sintió cómo el suelo se abría bajo sus pies y que su cuerpo se sacudía por la conmoción.

—No me hagas esto.

—Por favor. Por favor, nena, no te vayas —imploró.

—Sabes que no puedo.

—Claro que puedes.

—No me hagas esto ahora, por favor. Sabíamos que terminaría, que este día llegaría —le suplicó. Su voz denotaba pánico.

—Podemos hacer que dure.

Ella sollozó y se pasó las manos por la cara para apartar el agua y las lágrimas que se mezclaban en sus mejillas.

—¿Cómo?

Jayden tomó una bocanada de aire e inclinó la cabeza hacia ella.

—Intentándolo. ¿Cómo vamos a saber qué ocurrirá si no lo intentamos?

Sara negó con un gesto y le echó un rápido vistazo al coche. Podía ver la carita de Daniel pegada al cristal, saludando con una enorme sonrisa.

—Sabes que eso no es suficiente. Y si no sale bien, y si... Solo me ofreces un posible. No quiero arriesgarme a perderlo todo por un «y si...».

Jayden resopló, sin disimular su desesperación.

—Sara, ves las cosas de un modo equivocado. Toda la vida se reduce a posibles, no existe nada seguro, ni siquiera la propia vida.

Ella lo miró a los ojos y su rostro se contrajo con una mueca de sufrimiento.

—Lo sé, y sigue sin ser suficiente. —Un dolor lacerante recorrió todo su cuerpo y no pudo reprimir un sollozo—. Lo siento, tengo que irme.

—Dime qué quieres. Dime qué necesitas que te diga, por favor —le suplicó él.

Sara apartó la mirada. Ella no podía responder esa pregunta. La respuesta debería tenerla él, y era evidente que no la tenía.

—Lo siento. Cuídate mucho, por favor. —Dio media vuelta y se encaminó al coche.

—Maldita sea, Sara, no lo hagas. Deja de tener miedo. Sara...

Ella subió de nuevo al coche y se puso el cinturón de forma mecánica, como si estuviera en estado de shock. Y en realidad lo estaba. Se quedó inmóvil, con la vista clavada en el camino.

—Ya podemos irnos —susurró.

—¿Qué quería? —se interesó Colin.

—Olvidé devolverle mis llaves.

Colin se encogió de hombros y aceleró.

Sara tragó saliva a duras penas, parpadeando deprisa para alejar las lágrimas, mientras la imagen de Jayden se empequeñecía ante sus ojos a través del retrovisor. Al final solo quedó un puntito oscuro, que también desapareció.

29

Un mes después.

—Sara, ¿has visto mi camisa azul? —inquirió Colin desde el pasillo.

—Sí, está en el cesto de la ropa. Sin planchar —apuntó mientras guardaba en una fiambrera el desayuno de Daniel—. Termínate esos cereales o llegarás tarde al colegio —le recordó al niño, que masticaba sin ganas sobre un cómic.

—Pero necesito la azul —replicó su marido, entrando en la cocina.

—Pues tendrás que ponerte la blanca o plancharla tú mismo. Ahora no puedo hacerlo —le dijo ella con calma.

—Pero...

—Dios, sobreviviste todo un mes sin mí planchándote las camisas. ¿Qué problema tienes? —exclamó.

Esa mañana estaba más irascible de lo normal. Respiró hondo, porque se había prometido a sí misma que iba a hacer todo lo posible para que su «nueva» vida funcionara. Había elegido regresar. Había elegido a su familia y debía ser consecuente. Pero era tan difícil.

—Yo no planchaba. Le pedía a mi secretaria que las llevara a la tintorería. Necesito esa camisa, Sara.

—Pues tendrás que plancharla tú. Ya te he dicho que ahora no tengo tiempo.

—Es que desde que has vuelto nunca tienes tiempo para nada.

—¿Te refieres a tiempo para ser tu criada? —preguntó con amargura.

—No quería decir eso —respondió Colin—. No saques las cosas de quicio, ¿vale?

Se alejó enfurruñado por el pasillo.

Ambos llevaban unos días bastante tensos. Desde su regreso a casa, Colin había intentado que mantuvieran relaciones sexuales en más de una ocasión. Sara había pasado años soñando con que él volviera a sentir ese interés por ella, pero ahora era ella la que no soportaba la idea de tener esa intimidad con él. No podía. Se bloqueaba porque no reconocía esas manos ni ese cuerpo que intentaban despertar en ella algo que solo sentía por otra persona.

Se detuvo frente a la ventana y se quedó mirando la pared del edificio contiguo. Añoraba a Jayden, añoraba su risa, sus caricias; añoraba sus tranquilas conversaciones y sus momentos de pasión. A medida que pasaban los días, en vez de disminuir, el dolor que sentía en el pecho aumentaba, haciendo que seguir adelante fuera cada vez más difícil. Su mente no dejaba de divagar, recreándose en todos esos recuerdos que atesoraba muy dentro de ella, donde nadie pudiera llegar y destrozarlos.

Trataba de concentrarse en Daniel, en la casa, incluso en Colin, aunque respecto a él se sentía muy distinta. Ya no tenía esa necesidad compulsiva de complacerlo, de buscar su aprobación todo el tiempo. También se estaba esforzando para no perder la seguridad que había encontrado en sí misma. No quería ser de nuevo esa persona introvertida y reservada que tan poco le gustaba. Por nada del mundo iba a volver a encerrarse en su burbuja de autocompasión y conformismo.

Sonó el timbre de la puerta. Oyó los pasos de Colin y a continuación el cerrojo. La voz cantarina de Christina resonó por toda la casa. Segundos después, la rubia despampanante entraba en la cocina.

—Necesito un café bien cargado. No he pegado ojo —refunfuñó mientras le daba un besito a Daniel y se sentaba a su lado—. ¿Tú no deberías haber salido ya para el colegio?

—Hoy me lleva papá —respondió Daniel, como si eso lo explicara todo.

En ese mismo instante, Colin lo llamó desde el pasillo. El niño agarró sus cosas y salió corriendo. En cuanto se quedaron solas, los ojos de Christina se posaron en su amiga.

—¿Sigue en pie lo de esta tarde? —preguntó.

Sara asintió con un gesto, mientras servía dos tazas de café y las dejaba sobre la mesa. Se sentó y se colocó el pelo tras las orejas antes de dedicarle una sonrisa.

—Sí, me apetece ir al teatro.

—Genial. Podríamos aprovechar y después salir a cenar. ¿Qué te parece?

Ella se encogió de hombros y se llevó la taza a los labios.

—Sí, por qué no. Pero nada de restaurantes exóticos, ni de restaurantes minimalistas, ni experimentales...

Christina puso los ojos en blanco.

—Vale, lo capto. Te llevaré a un McDonald's —refunfuñó.

Sara se echó a reír y no le llevó la contraria.

—Por cierto —añadió Christina mientras sacaba unos documentos de su maletín—. Mi clienta me ha dado la inscripción para ese curso que querías. Tienes que hacerla antes del próximo jueves, sin falta. Las plazas son muy limitadas y tienen mucha demanda.

—Vale.

—Lo digo en serio, Sara. He tenido que pedir muchos favores para que te admitan en ese curso de pintura.

—No voy a echarme atrás, tranquila. Quiero hacerlo.

Christina sonrió encantada y la miró con cierto orgullo.

—Eres mi mejor amiga y sabes que te quiero tanto que no podría ser objetiva aunque quisiera. Pero en este momento me siento muy orgullosa de la mujer que estás intentando ser. De verdad.

Ella se puso colorada y bajó la mirada. El teléfono de Christina se iluminó con un mensaje y de refilón pudo ver el número de Jayden en la pantalla. Sintió que el suelo se abría bajo sus pies y que no podía respirar; y la herida que tenía en el pecho empezó a escocerle.

Sabía que Christina y él mantenían contacto telefónico, meramente por asuntos del *château*, pero no dejaba de sentir emociones contradictorias por ese motivo. No solía preguntarle a su amiga nada al respecto, y ella tampoco comentaba nada. Sara se lo agradecía, porque sabía que tener noticias de él sería tan doloroso que no podría soportarlo.

Pero en esta ocasión no pudo reprimir la curiosidad.

—¿Qué tal está? —musitó mientras su mirada vagaba por los armarios.

Christina la miró fijamente antes de contestar.

—¿De verdad quieres que hablemos de esto?

—Supongo que en algún momento deberemos hacerlo. Un punto más para cerrar la herida —respondió con la voz entrecortada.

—Parece que está bien. No sé, no es muy charlatán. Ya sabes que apenas hablamos y que todas nuestras conversaciones se reducen a asuntos del *château*.

Sara se masajeó la frente.

—¿Y qué te está diciendo?

Christina cogió el teléfono y abrió los mensajes.

—Bueno, quiere asegurarse de que iré este jueves. —Hizo una pausa y se pasó la mano por el cuello, un poco incómoda—. Quiere marcharse.

Sara levantó la vista de su taza y miró a su amiga con una expresión desolada. De nuevo se encogió de hombros.

—Es lógico que quiera irse. Probablemente haya decidido regresar a su casa, incluso volver a la Armada —comentó, tratando de parecer indiferente. Sonrió, pero los ojos se le llenaron de lágrimas.

Su amiga la miró con compasión.

—Sí, supongo que sí. El hotel ya está listo. Solo necesito contratar al personal, pero Margot me ha dicho que ya tiene candidatos de sobra para cada puesto. —Cogió una servilleta de papel y comenzó a doblar las esquinas—. Le he ofrecido quedarse, que trabaje allí, pero se ha negado todas las veces que se lo he propuesto. No quiere permanecer en Tullia más tiempo.

Los ojos de Sara reflejaron decepción. ¿Qué esperaba, que se quedaría allí para siempre?

—¿Y vas a ir? —se interesó.

Christina asintió y le sostuvo la mirada.

—Sí, ya he hablado con mi jefe y me ha dado una semana libre. Tengo los billetes y pasado mañana dormiré en Francia. —Hizo una pausa y carraspeó—. Sara, ¿quieres que le diga algo de tu parte a Jayden?

—¡No! —Se hundió en la silla. Las lágrimas amenazaban con aparecer otra vez—. ¿Qué sentido tiene? Es mejor dejar las cosas como están.

Christina sonrió con tristeza y le apartó un mechón de la cara.

—Cielo, no me gusta verte así, sufriendo tanto.

Sara torció el gesto.

—Le echo de menos, solo es eso. Nunca pensé que acabaría sintiendo lo que siento.

—¿Cómo has podido enamorarte de ese modo?

—No lo sé. Creo que ya me enamoré de él el día que hicimos esa estúpida lista con solo dieciséis años. Porque parece algo premonitorio, ¿no crees? Como si la hubiese escrito pensando en él. Y como el destino es un cabrón, me lo puso delante para después quitármelo...

Sara se limpió las lágrimas y la miró a los ojos con determinación, y añadió:

—¿Crees que hice bien regresando?

—No lo sé. Puede que sí y puede que no.

—No me estás ayudando.

—Es que no hay forma de ayudarte con esto, Sara. Era tu vida, tu futuro y tu decisión. Elegiste la vida que ya tenías, y entiendo que lo hicieras, ¿vale? Podrías haberte arriesgado y cruzar los dedos para que todo saliera bien, pero no lo hiciste. Es inútil que ahora le des vueltas.

—Lo hice por Daniel —replicó ella, aferrándose a esa idea con toda su alma—. Primero soy madre, después mujer. Es así desde que lo traje a este mundo.

Christina suspiró.

—Eres la mejor madre del mundo, cariño. Pero ¿sabes una cosa? No creo que sea justo para tu hijo que te estés escondiendo detrás de él toda la vida. Ni tampoco será justo que un día, dentro de un tiempo, descubra que sacrificaste al amor de tu vida por él. Porque si de algo estoy segura, es de que Jayden es ese amor.

Sara se puso a la defensiva.

—No puedes decirme esas cosas, cuando ni eres madre ni has tenido nada parecido a lo mío con Jayden. No tienes idea de nada.

—Es cierto. Pero he sido una niña que creció con unos padres que no se querían. Me pasaba el día preocupada por ellos, y solo empecé a ser realmente feliz cuando ellos también comenzaron a serlo. Se separaron, sí, y fue una mierda. Pero después mi madre conoció a Andrew, se casaron y se convirtió en la mujer más feliz del mundo. Y mi padre regresó a Tullia para dedicarse a sus esculturas y a sus libros, y también era feliz. ¿Cómo no iba serlo yo? La única realidad aquí es que tú no eres feliz, ni Colin, y Daniel lo sabe. No es un niño feliz, tú misma lo dices.

Se puso de pie y recogió su maletín del suelo. Suspiró con tristeza y añadió:

—Mira, sé que lo que te digo no te gusta, y que lo fácil es que te enfades conmigo y que sigas convenciéndote a ti misma de que no tenías más opciones. Pero... ¿sabes una cosa? Las tenías. Quizá no fueran opciones fáciles de asumir, y puede que fueran arriesgadas, sí; y podrían estar condenadas al fracaso, siempre existe esa posibilidad. Pero estaban ahí.

La miró a los ojos y resopló, soltando todo el aire de golpe.

—Sara, yo solo veo una cosa, y es que has demostrado que eres capaz de vivir sola, de trabajar y de ser autosuficiente. Podrías cuidar de Daniel sin ayuda de nadie. Y si el capullo de tu marido intenta quitarte a tu hijo, tengo todo un bufete de abogados dispuesto a dejarle sin una libra. —Sonrió con ironía—. Aunque dudo que él llegara a eso. Es idiota, no un mal hombre. —Inspiró hondo—. La pregunta que debes hacerte no es si escogiste bien. Debes preguntarte a qué le tienes tanto miedo para haber conocido al hombre de tu vida y dejar que se fuera. Piénsalo, creo que necesitas descubrirlo.

—No hay nada que descubrir. No dejé que...

Christina bufó exasperada y alzó la mano para que no continuara.

—Sí, lo hiciste. Dejaste que se fuera porque nunca te dijo que lo vuestro era real y para ti sí lo era. Nunca te dijo que te quería y tú lo amas con locura. Tienes miedo de todo lo que nunca te dijo, Sara. Pero ¿de verdad necesitaba decírtelo? Porque, por lo que me has contado sobre vosotros, te demostró cada día que le importabas mucho.

Ella sacudió la cabeza, con los ojos nublados por las lágrimas, y el dolor se reflejó en su rostro. Se puso de pie y empezó a recoger la cocina.

—Puede que tengas razón, pero ya no importa. Es demasiado tarde y mi lugar está aquí —susurró con tono desolado, y añadió, mirando a Christina por encima del hombro—: Solo fue una aventura. Solo eso.

30

Jayden dejó sus cosas junto a la puerta de la cocina. Se pasó una mano por la cara y después por el pelo. No había logrado dormir y estaba destrozado. No conseguía pegar ojo desde que Sara se había marchado. De eso hacía ya un mes. Quedarse en aquella casa, con todos los recuerdos que encerraba, se había convertido en una pesadilla. No había un solo rincón que no le susurrara algo, un beso, un abrazo, una sonrisa... Pero había prometido que se quedaría.

A lo largo de su vida, nunca se había sentido especialmente feliz. Eso no quería decir que no lo hubiera sido; lo había sido, pero no era el tipo de felicidad que había conocido al lado de Sara: intensa, segura, tranquila y plena hasta llenarle el pecho de tal modo que a veces creía que no podría contenerla y que acabaría por reventar. Esa felicidad se había transformado en un sentimiento amargo y doloroso que no sabía cómo manejar. Era capaz de entrar en tierra hostil, dar con un objetivo y abatirlo sin remordimientos, volver a salir y continuar con su vida como si no hubiera pasado nada. Pero una mujer lo dejaba plantado y todo su mundo se venía abajo.

A lo largo de los años que llevaba en Operaciones Especiales, lo habían herido de bala en tres ocasiones. En una de ellas, el proyectil le entró por el costado y lo atravesó de lado a lado hasta salirle por el vientre. El dolor que sintió casi fue agónico, como si un hierro candente lo estuviera perforando muy despacio. Pues bien, lo que sentía en ese momento, a la altura del corazón, era muchísimo peor. Se había convertido en un jodido reo sin esperanza.

Miró el reloj. En pocos minutos podría marcharse de allí. Necesitaba poner tierra de por medio, puede que hasta un océano. Cuanto más lejos mejor.

Quizá había llegado el momento de volver a casa, de una vez por todas.

Oyó que un coche se acercaba. Debía de ser Christina, la dueña del *château*, y la mejor amiga de Sara. Iba a ser un encuentro extraño. Estaba seguro de que ella conocía hasta el último detalle de lo que había pasado entre aquellos muros, y no dejaba de ser incómodo. No porque se avergonzara de esa relación prohibida (Sara era lo mejor que le había pasado en la vida), sino porque sabía que no soportaría cualquier intento de abordar el tema.

Salió al exterior por la puerta principal, al tiempo que una mujer rubia bajaba de un coche de alquiler. Ella se quedó mirando la fachada del edificio y una sonrisa se extendió por sus labios pintados de rojo. Ese gesto dulcificó la frialdad de sus rasgos. La sonrisa se ensanchó cuando se percató de la presencia de Jayden, apoyado en la jamba.

—¡Hola, tú debes de ser Jayden! —exclamó mientras se dirigía a él.

—Y tú debes de ser Christina.

—La misma. Me alegro de conocerte por fin.

—Sí, yo también. ¿Has traído equipaje o algo? Puedo ayudarte a sacarlo del coche.

Christina asintió.

—Sí, lo cierto es que el maletero está lleno. No sabía qué iba a necesitar y, bueno, pensé que un poco de todo, por si acaso, estaría bien. —Se encogió de hombros como si se disculpara.

Jayden sonrió. Sin mediar palabra fue hasta el coche y cargó con las maletas. Las llevó a la casa, consciente de los pasos inseguros de Christina tras él, subida en unos tacones infinitos. Dejó todo el equipaje junto a la escalera. A partir de allí, ella tendría que arreglárselas sola. Estaba deseando largarse y no pensaba mirar atrás.

—¡Madre mía! Apenas reconozco este sitio. Ha quedado fantástico —comentó ella, mientras giraba sobre sí misma, admirando el vestíbulo y la escalera.

—Ha quedado muy bien. Listo para abrir —anunció él.

Christina se obligó a cerrar la boca y se fijó en Jayden con más atención. Era mucho más guapo en persona, y no era de extrañar que Sara se hubiera sentido tan atraída por él.

—Gracias. Sé que gran parte del trabajo lo has hecho tú. Te has involucrado mucho y has logrado que estuviera acabado a tiempo. Y esto me recuerda... —Empezó a rebuscar en su bolso de diseño. Sacó una billetera, la abrió y tomó un cheque—. Sé que no es mucho, pero es tuyo. Te has ganado hasta el último céntimo. Gracias otra vez.

Jayden tomó el cheque y le echó un vistazo. No estaba nada mal, con eso podría tirar unos pocos meses. Lo guardó en el bolsillo de sus pantalones e inspiró hondo.

—No tienes que darme las gracias. Solo he hecho el trabajo para el que se me contrató.

—Pues me alegro de que Sara te contratara...

Dejó la frase a medias, claramente incómoda. Lo miró, como si tuviera intención de añadir algo más y estuviera meditando si era prudente. Jayden no le dio ocasión.

—Bueno, tengo que marcharme. Ha sido un placer conocerte y... Mucha suerte con el hotel.

Se dirigió a la cocina para coger sus cosas.

Christina lo siguió.

—Gracias por haberte quedado todo este tiempo. Mi trabajo es un asco y no he podido escaparme hasta hoy.

—No pasa nada. Ha sido un placer —dijo él mientras se ponía la mochila a la espalda y se colgaba el petate del hombro. Después cogió la guitarra—. Además, prometí que lo haría.

Christina asintió con la cabeza, sin dejar de observarlo.

—No es necesario que te vayas si no quieres, Jayden —titubeó ella—. Lo cierto es que necesito a alguien que se encargue del mantenimiento. Incluso de la gerencia si te ves capaz. Yo tengo mi vida en Londres...

Él le dedicó una sonrisa sincera.

—Te lo agradezco. Pero va siendo hora de cambiar de aires. Llevo mucho tiempo lejos de casa —se justificó.

—Lo entiendo, aunque... ¡Tenía que intentarlo! Dios, no tengo ni idea de a quién contratar para que dirija esto, y en una semana empezarán a anunciarlo en los medios y en las publicaciones sobre viajes. Sara es la persona ideal, pero no hay forma de convencerla... —Volvió a enmudecer y se puso colorada. Jayden tenía la vista clavada en el suelo y estaba rígido—. Lo siento, siempre hablo más de la cuenta.

Jayden se encogió de hombros, quitándole importancia. Era evidente que Christina no solo estaba al tanto de todo de lo ocurrido entre ellos, sino que era lo suficientemente avispada para saber que no era buena idea mencionarlo. Aun así parecía incapaz de controlarse. Y él se estremecía cada vez que ella nombraba a su amiga. Se encaminó a la puerta.

—¿Puedo pedirte un último favor? —le preguntó. Jayden se dio la vuelta, tratando de ser paciente, y volvió a encogerse de hombros—.

¿Podrías enseñarme a poner esa cafetera? Parece una nave espacial y me muero por un café —comentó y una súplica apareció en sus ojos—. Y si me acompañas, podrás probar los mejores *macaroons* que se pueden encontrar en Londres. Los tengo en el coche.

Suspiró. Quería decir que no y largarse sin más, pero no le habían educado así. Ella añadió:

—Solo hablaremos del tiempo. Soy capaz de hacerlo, aunque no lo parezca —se excusó, y una sonrisa sincera se dibujó en sus labios—. Cinco minutos, nada más.

Jayden dejó sus bolsas en el suelo. Un par de minutos después ponía sobre la mesa dos tazas de café, fuerte y aromático. Christina colocó los *macaroons* en un plato y se sentó junto a él a la mesa. El *fondant* que los recubría se había derretido un poco, pero continuaban teniendo una pinta increíble. Empezaron a hablar, adquiriendo sin más el ritmo agradable y cómodo de una conversación entre dos conocidos, cada cual dejando correr los temas cuando lo creían conveniente.

El sonido del motor de un coche los sobresaltó. Él se levantó deprisa y salió afuera. Un oso polar, haciendo malabares en el jardín, lo habría sorprendido menos. Se quedó mirando el sedán negro y al hombre que había bajado de él.

—Pero ¿qué coño...? —masculló para sí mismo.

—Hola, hijo.

Contempló a su padre sin siquiera parpadear. Vestía de civil, y aun así su presencia imponía un respeto reverencial.

—Señor, ¿qué hace aquí? —preguntó en voz baja.

Llevaba casi nueve meses sin ver a su padre y sin hablar con él. Encontrarle allí escapaba a su comprensión. De repente, un estremecimiento le recorrió la espina dorsal. Se dio cuenta de que el corazón le latía desbocado.

—¿Mi madre está bien? ¿Le ha pasado algo a mi hermana o a mi sobrina? —preguntó, cada vez más preocupado.

—Tranquilo, todas están bien.

Jayden embutió las manos en los bolsillos de sus tejanos y le dio una patadita a una piedra.

—Entonces, ¿qué hace aquí?

—Me ha costado un poco encontrarte. Bonito sitio —comentó su padre, contemplando el *château*.

La puerta se abrió y apareció Christina.

—Hola, ¿podemos ayudarle en algo? —preguntó ella.

—Christina, te presento a mi padre, Michael Dixon —se apresuró a aclarar él.

—Oh, vaya, es un placer conocerle, señor Dixon —dijo ella sorprendida. Se acercó mientras le tendía la mano—. Bienvenido a Lussac.

Él aceptó su mano y la sostuvo entre sus dedos sin apartar su mirada curiosa.

—El placer es mío, Christina... ¿Qué más?

—Akobian, Christina Akobian.

El comandante arqueó una ceja.

—¡Armenia! ¿De qué parte eres?

Ella tardó un segundo en comprender lo que le estaba diciendo.

—Ah, oh... No, soy inglesa de nacimiento, y mi padre es francés, aunque mis orígenes son armenios. ¿Cómo lo ha sabido? —preguntó asombrada.

—Bueno, soy muy curioso y me gusta aprender. También soy...

—Mi padre es especialista en muchas cosas —intervino Jayden, cada vez más tenso. Y sin más rodeos le soltó lo que le estaba comiendo la cabeza—: Debes de tener un buen motivo para abandonar tu despacho y venir a buscarme. Y no me digas que es una visita de cortesía. ¿Qué estás haciendo aquí?

Su padre se quedó mirándolo y se pasó una mano por el pelo, del mismo modo que él solía hacerlo. Lanzó una mirada esquiva a Christina y otra al interior del coche.

—Será mejor que vaya adentro y... y deshaga el equipaje —se apresuró a disculparse Christina.

En cuanto se quedaron solos, el comandante Dixon se acercó al coche y sacó de él un sobre marrón. Se volvió hacia Jayden y se lo lanzó. Este lo atrapó al vuelo, pero no lo abrió y continuó mirando a su padre fijamente. Así que se trataba de trabajo. Debía de ser algo muy gordo para que hubiera ido hasta allí en persona.

—Demos un paseo —sugirió su padre.

Comenzaron a caminar. El cielo era de un azul prístino y el sol brillaba iluminando los colores del jardín. Hacía calor y la brisa que se deslizaba bajo los árboles era una delicia.

—¿Miras las noticias?

Jayden asintió.

—Sí, pero los dos sabemos que no siempre explican toda la verdad. ¿Cómo es de grave?

Su padre unió las manos a la espalda y suspiró.

—La situación en Irak y Siria es peligrosa. El gobierno mantiene su decisión de bombardear, y solo bombardear, objetivos controlados. No habrá incursión de tropas de combate en la zona. Se están manteniendo conversaciones con otros países y en unos días el presidente anunciará la formación de una gran coalición mundial para combatir al ISIS. Aún es secreto, pero los ingleses van a sumarse a los bombardeos en cuanto Cameron consiga los votos necesarios...

—Supongo que en esa decisión tendrá algo que ver su cooperante retenido —comentó Jayden.

—Las ejecuciones siguen un patrón y nadie espera que sobreviva. El ISIS va en serio, teniente —replicó su padre, refiriéndose a su grado de forma premeditada—. Si no los detenemos a tiempo, pueden convertirse en un peligro mayor de lo que podemos imaginar. También necesitamos mantener la confianza de nuestro pueblo y la de nuestros aliados, y la única forma es con resultados y ningún fracaso. Es vital detener el avance, y no solo replegarlos; hay que cortarle la cabeza a la serpiente para que no pueda extender su veneno hasta nuestras fronteras. El riesgo de atentados es alto.

—Aún no entiendo qué tiene que ver todo esto conmigo.

—Abre el sobre —le ordenó su padre.

Jayden negó con un gesto de la cabeza.

—Te dije que lo dejaba, y lo dije en serio.

—Dijiste que necesitabas un tiempo para recuperarte y aclararte, y han pasado nueve meses. No necesitas más tiempo. Escucha, hijo, no es fácil para mí pedirte esto, pero... Abre el sobre, es una orden —le dijo en tono vehemente.

Jayden le sostuvo la mirada. La fuerza de la costumbre le hizo obedecer. Abrió el sobre y sacó los documentos que contenía, pero no los miró. Si lo hacía no habría vuelta atrás. Conocer la información que portaban significaría que volvía a estar en activo y que aceptaría cualquier operación que le ordenaran. No estaba preparado, aún no.

—Se llama Tara Labott, es una agente del SOG...

—¿La CIA? No me suena ninguna Labott en Operaciones Especiales —replicó Jayden.

—Salió de La Granja un par de meses antes de que tú entraras, y fue directamente al HUMINT. Es buena, Jayden. Enseguida le asignaron una misión importante y pasó a convertirse en un fantasma. Somos muy pocos los que sabemos que existe.

Apretó los documentos en su mano y tomó aire. Cerró los ojos un segundo y los miró, consciente de la decisión que estaba tomando. En la primera hoja encontró la fotografía de una jovencísima mujer morena, que miraba a la cámara muy seria.

—¿A qué edad la reclutaron? —se interesó.

—Aún estaba en la universidad cuando el NCS la descubrió.

Jayden le echó un vistazo a los datos y empezó a hacerse una idea de qué tipo de agente era y de su valor para la CIA.

—Sigo sin saber qué tiene que ver conmigo.

Su padre se detuvo y lo miró a los ojos.

—La agente Labott se infiltró en Irak hace cuatro meses. Se hace pasar por una periodista sudafricana, que trabaja como *freelance* para varias agencias de noticias...

—¡Periodista! —exclamó Jayden con tono mordaz—. Desde luego, es una profesión con futuro en esa zona.

Su padre ignoró el sarcasmo.

—Labott contaba con dos activos en la región que habían logrado acercarla a un hombre que se hace llamar Abu al-Abadi. Todas nuestras informaciones apuntan a que es alguien muy cercano a la cúpula dirigente del ISIS y uno de sus correos. Labott iba a reunirse con él cuando la secuestraron durante un control cerca de Deir ez-Zor junto a uno de los activos. El otro pudo escapar y logró informar. Han pasado seis días desde entonces. Hace quince horas, interceptamos una comunicación vía satélite. Parece que la agente Labott continúa con vida y que se encuentra en una aldea a unos setenta kilómetros al noroeste de Raqqa.

Jayden levantó la vista y miró fijamente a su padre. Raqqa, el punto más caliente de toda Siria.

—Y tú quieres que yo vaya hasta allí y que recupere el paquete —dijo con una sonrisa sin pizca de humor. Su padre asintió—. No es viable y lo sabes. Preparar un equipo nos llevará tiempo. Y para cuando estemos listos, no habrá garantías de que siga allí ni de que continúe con vida.

—Tienes razón, pero vamos a correr ese riesgo.

—No lo entiendo. Un agente de este tipo sabe perfectamente que, una vez que se inicia una operación encubierta, está solo. No hay apoyo y, si cae, las posibilidades de rescate son mínimas. Si la descubren, el gobierno negará su existencia. ¿Qué tiene esta chica para poner en peligro a una fuerza de asalto en una zona tan caliente? Nadie es tan importante.

—Ella lo es. Es un objetivo de alto valor.

—¿Tanto como para arriesgarnos a que nos descubran y a poner en entredicho a nuestro presidente, el mismo que ha asegurado que no enviará a ningún combatiente a la zona?

—No sería la primera vez; es nuestro trabajo. Pero si te ayuda, hace dos horas que el presidente ha dado luz verde para iniciar la misión. La operación Reina Roja está en marcha y la acción es inmediata.

Guardó silencio y se quedó mirando la fotografía.

—No puedo hacerlo, llevo mucho tiempo fuera de servicio. Apenas estoy en forma y no he tocado un puto fusil en un año. No estoy entrenado.

—Eres el mejor hombre que este equipo ha tenido en muchos años y yo te veo bastante en forma. Tus habilidades siempre han sido innatas, el adiestramiento solo las reforzó. Puedes hacerlo, Jayden, y te necesitamos.

Todo iba muy rápido, demasiado rápido para actuar con ciertas garantías de éxito. Más que una misión, parecía un intento desesperado.

—¿Qué sabe Labott? —preguntó al fin.

El comandante ni siquiera pestañeó.

—Es material clasificado. No podemos correr el riesgo de que la descubran y que esa información se filtre a nuestros enemigos. Nos pondría en un serio peligro, es lo único que te puedo decir.

—¿De cuánto tiempo disponemos?

—No tenemos tiempo, pero tampoco podemos lanzarnos a ciegas. Inteligencia trabaja en este momento en un plan de extracción. Dos técnicos están intentando llegar hasta allí y reunir algo de información que nos pueda servir. Tenemos un satélite controlando cada centímetro de terreno y uno de nuestros drones ha fotografiado hasta el último detalle de esa aldea y del edificio donde retienen a Labott. Se está construyendo una copia de ese edificio y de las calles contiguas. No es exacta, pero servirá. Solo dispondremos de cuarenta y ocho horas para practicar la maniobra. La noche del veinticuatro al veinticinco llevaremos a cabo la operación. No habrá luna.

Jayden se envaró y miró a su padre como si hubiera perdido el juicio.

—¿Cinco días? ¿Pretendes preparar una estrategia sin apenas información de la zona, reunir un equipo y llevarlo hasta Turquía en solo cinco días?

—Sí —fue la respuesta contundente que recibió.

—¡Joder! Es imposible.

—Para eso se creó la Unidad, para hacer posible lo imposible. El equipo puede hacerlo.

Jayden dio un paso amenazante hacia él.

—Sé que el equipo puede hacerlo. Pero el equipo depende de la información que consiga Inteligencia y de la estrategia que decidan; y si ellos la cagan, a nosotros nos joden. Tardaron meses en planear el asalto en Abbottabad.

—Eso no es relevante para esta misión.

—Sí que lo es. No soy ningún capullo, todo músculo y sin cerebro, que solo sabe disparar. Esta operación es muy similar, sigue las mismas pautas, y quieres ponerla en marcha en cuestión de horas. Un solo fallo y se perderán muchas vidas.

—Nos hemos enfrentado a cosas peores.

Jayden resopló por la nariz.

—Lo sé —musitó resignado.

Asimiló toda aquella información. Volver al DEVGRU no entraba dentro de sus planes, pero... se había quedado sin esos planes. De repente nada tenía sentido: seguir adelante, buscar un lugar en el que asentarse, dedicarse a... ¿a qué? Solo sabía ser un buen soldado. La respuesta fácil era sí. Pese a ello, era un suicidio participar en esa misión. Sería como soltar a un ciego en un campo de minas y dejar que otro ciego lo guiara.

Suspiró, mirando fijamente la fotografía de la agente Labott en su mano, aunque él solo veía el rostro de Sara. Sin ella, poco le importaba todo lo demás. Alzó la vista y miró a su padre a los ojos.

—Si lo hago, será con mi equipo. Miles, David, Holder..., los quiero a ellos.

—Ya están siendo movilizados.

Se atrevió a sonreír.

—Estabas muy seguro de que aceptaría.

—Nunca le darías la espalda a tu país.

Jayden alargó el brazo para devolverle la documentación.

—Hay algo más, hijo —añadió su padre. Apretó los dientes durante un instante—. Nuestros informadores aseguran que el hombre que la secuestró es Hatim al-Kadim. Todo apunta a que se ha unido al ISIS y que ha logrado una posición de confianza en su cúpula. Es posible que el secuestro no sea fortuito y que tuviera alguna sospecha.

Se le revolvió el estómago. Ese nombre sacaba lo peor de él.

—Por lo tanto, la habrán torturado. Hay muchas posibilidades de que la información que Labott posee esté comprometida y que ella haya sido ejecutada —le recordó.

—Entonces dame pruebas de que está muerta, y asegúrate de liquidar a cualquiera que haya podido interrogarla. Y si sigue con vida, tráela de vuelta a casa —repuso su padre.

31

Diecisiete horas después. Base militar al este de Nevada, EEUU.

Jayden saltó del helicóptero con una mano en la cabeza para evitar que su gorra volara. Entornó los ojos y se apresuró a alejarse. Su padre le seguía unos pasos por detrás, vistiendo su uniforme de campaña.

Una mujer les esperaba junto a la zona de aterrizaje. Pasándolo por alto a él, se dirigió al encuentro de su padre, abrazando contra su pecho un portafolios.

—Comandante Dixon, todos están reunidos. Le esperan.

—Gracias —se limitó a gruñir.

Jayden lo miró de reojo, tras sus gafas de sol. Nunca lo había visto tan nervioso y esa reacción no era una buena señal. Siguieron a la mujer hasta uno de los hangares. Cuando se abrieron las puertas, sintió un revoleteo en el estómago. En el interior había una veintena de hombres, puede que más. Sus ojos hicieron un rápido barrido. Reconoció entre ellos a William Lee, de la División de Actividades Especiales, uno de los peces gordos de la CIA.

Los chicos de su unidad no pudieron disimular su sorpresa al verlo aparecer. Él se unió a ellos. Miles, un suboficial de metro ochenta y ojos vivaces, y barba espesa y descuidada, lo abrazó durante un segundo.

—Me alegro de verte, Devil. Todos nos alegramos —dijo en voz baja.

Sus compañeros asintieron con un gesto.

—¿Sabes de qué va todo esto? —le susurró David, su mejor amigo junto con Miles.

Jayden asintió de forma casi imperceptible y cruzó su mirada con la de él. No necesitó darle más explicaciones. David miró de reojo a sus compañeros y una extraña comunión se estableció entre todos ellos. Llevaban muchos años juntos, habían participado en infinidad de misiones y las palabras se habían convertido en algo innecesario. Una sola mirada, un gesto, les bastaba para comunicarse. Miles soltó el aire que había estado conteniendo y se rascó la barba desaliñada.

William Lee dio un paso hacia ellos con las manos en los bolsillos. Observó sus rostros un largo segundo y tomó aire.

—Caballeros, están aquí porque son los mejores. La misión que deberán llevar a cabo es de vital importancia para nuestro país y no podemos permitirnos ningún fallo, y mucho menos un fracaso —comentó en tono vehemente.

Michael Dixon tomó la palabra:

—Han de saber que nos encontramos bajo el mando de la División de Operaciones Especiales de la CIA. Ellos controlan la operación. Nombre en clave de la misión: Reina Roja. Objetivo de la misión: liberación y extracción de la agente del SOG Tara Labott. Hace una semana, la agente Labott fue secuestrada durante un control de carretera cerca de Deir ez-Zor, Siria. Nuestro informador asegura que el secuestrador es Hatim al-Kadim...

«Olivier», pensó Jayden con un estremecimiento.

Los SEAL se miraron entre sí. Ya conocían ese nombre, un comandante talibán responsable de la muerte de varios marines en Afganistán, incluidos dos de sus compañeros de equipo, apenas un año antes, al sur de Pakistán. El comandante Dixon continuó:

—...y que ahora se encuentra en una aldea fuertemente vigilada al noroeste de Raqqa. Hatim es el segundo objetivo de esta misión: capturar y matar.

—¿Están seguros de que se trata de Hatim? —preguntó Miles.

—Dos técnicos se encuentran en la zona. Han logrado acercarse lo suficiente como para darnos una identificación positiva del ochenta por ciento. Si finalmente no se trata de él, no importa, se mantendrá el objetivo. El uso de fuerza letal está autorizado, así que no dejéis a nadie en pie. Síganme, por favor —les pidió, dirigiéndose a la puerta del hangar.

Todo el grupo salió afuera y lo siguieron hasta un edificio contiguo, donde se había instalado una sala de telecomunicaciones que hacía las veces de sala de conferencias y operaciones. De una de las paredes colgaban unos cuantos mapas de Siria, incluyendo algunos de Raqqa y de la aldea. En el centro había una mesa con una maqueta a escala. En las pantallas se alternaban imágenes captadas por satélite a tiempo real y fotografías de campo.

—La zona está infestada de rebeldes —comenzó a explicar uno de los oficiales de William Lee—. Raqqa, junto con Tikrit, se está convirtiendo en uno de los principales bastiones de insurgentes. Cuesta avanzar a causa de la resistencia y la cantidad de artefactos explosivos y minas antipersona. —Señaló en un mapa sobre la mesa un punto coloreado de verde—. Esta es la aldea donde se encuentra retenida la agente Labott. Se halla a unos setenta kilómetros hacia el noroeste, en dirección a Alepo. —Cogió una fotografía, la imagen de un edificio visto desde arriba por un avión de reconocimiento, y la colocó sobre el mapa—. Este es el edificio donde están. Se halla fuertemente custodiado. Cuenta con dos puntos de entrada muy visibles al descubierto. El equipo de inteligencia está seguro de que también tienen armamento. No conocemos el número exacto de personas que hay dentro de la casa. Oscila todo el tiempo, pero calculamos que hay de diez a quince hombres en edad militar, además de cuatro mujeres y siete niños.

Soltó con fuerza el aire de sus pulmones y se quedó mirando la maqueta.

—Dentro de tres días volarán hasta la base aérea de Incirlik, en Turquía. El veinticuatro, a las veintitrés horas, dos grupos partirán en dos Black Hawk hacia la aldea. Dos Chinooks despegarán cuarenta minutos después con un equipo de apoyo, otro médico y combustible. Ese será el único respaldo. Necesitamos que esta misión sea lo más secreta posible, y por eso no se ha informado a ningún otro gobierno. Una vez en tierra, asaltarán el edificio, encontrarán el paquete y procederán a la extracción. Ese es el objetivo principal de la misión. Solo se procederá con el segundo objetivo si es viable. ¿Queda claro? No correrán riesgos innecesarios.

Todos asintieron, dando su conformidad con las órdenes. El comandante Dixon apoyó las manos sobre la mesa y con la vista recorrió sus rostros. Después se concentró en el organigrama. Había un total de veinte hombres en la misión, incluido un especialista artificiero y un intérprete.

—Habrá dos equipos —comenzó a explicar—. Jayden, tú serás el jefe de equipo del primer grupo: Aquiles Uno. Miles, segundo grupo: Aquiles

Dos. Volaréis hasta el «punto X». —Señaló unas colinas en el mapa—. Una vez allí, avanzaréis directamente hasta la aldea. Miles, tu equipo despejará y asegurará el perímetro. Dos francotiradores se instalarán en las azoteas contiguas y cubrirán el edificio. Mientras, Aquiles Uno se ocupará de la puerta este...

Terminó de informar sobre los puntos de la misión y a continuación se escogieron las palabras clave para la operación.

—Labott es «Helena». Hatim es «Ares» —añadió el comandante—. Disponen de cuarenta y ocho horas para practicar el asalto. Ahora el suboficial Pearson les informará del resto de detalles.

Las cuarenta y ocho horas para practicar el asalto pasaron demasiado rápido. A pesar de que la incursión iba a llevarse a cabo durante una noche sin luna, los ensayos se habían repetido sin apenas descanso, día y noche.

La mañana del veintitrés de septiembre, toda la tropa se reunió en la sala del equipo, en la que un grupo de la Agencia de Seguridad Nacional les esperaba con las últimas órdenes del gobierno. Volarían de inmediato hacia Incirlik.

Jayden apuró su almuerzo, devorando todo lo que su estómago pudo almacenar. No tenía ni idea de cuándo volvería a hacer una comida decente. Cogió sus cosas y siguió al grupo de agentes de intervención hasta los vehículos que los trasladarían al aeropuerto. A los pocos minutos pisaban la pista de despegue, donde un enorme avión de transporte militar les esperaba con los rotores encendidos. Un grupo de analistas de la CIA aguardaban con los teléfonos pegados a las orejas.

—Bonitos trajes —comentó David.

Jayden los miró de reojo.

—Es que van de incognito.

La risa de David resonó entre el cemento.

Miles le dio un empujón que le hizo trastabillar hacia delante.

—Eres un envidioso. Tu problema es que a ti no te quedaría tan bien como a ellos —dijo en tono mordaz.

David le dedicó una mirada traviesa.

—Sí, claro, a ellos tampoco si tuvieran que meter una polla como la mía en esos pantalones tan apretados.

Jayden se mordió el labio para no romper a reír con ganas. Había echado de menos todas aquellas conversaciones «trascendentales».

—Creía que ya no tenías ese problema, desde que aquella mexicana te pilló en la cama con su hermana y amenazó con cortártela —replicó mientras subía por la rampa del avión.

David tiró su mochila sobre la cubierta y se dejó caer en uno de los asientos pegados a la pared. Jayden lo imitó y se inclinó sobre su bolsa para sacar un colchón inflable de acampada. Estaba muerto y necesitaba descansar, porque esa era otra cosa que no sabía cuándo la volvería a hacer.

—Estuvo a punto, tío, a punto. Menudo carácter tenía —repuso David con una enorme sonrisa.

—Te follabas a su hermana después de estar con ella, ¿qué esperabas? ¿Un trío? —le espetó Miles, sentándose a su lado.

David puso los ojos en blanco y le hizo un gesto obsceno con la mano.

Se abrocharon los cinturones y, pocos minutos después, el Boeing se elevaba y ascendía con rapidez. En cuanto pudo levantarse, Jayden buscó un lugar en la bodega donde colocar el colchón, entre los contenedores de pertrechos.

Se tumbó de espaldas, con la mirada clavada en el fuselaje, y entrelazó las manos bajo la nuca para no caer en la tentación de volver a mirar las fotografías que guardaba de ella. ¡Joder, dolía tanto! No se arrepentía de haberse dejado engañar y cegar por lo que sentía por Sara. Pero pensar en ella y saber que no volvería a tenerla lo destrozaba lentamente. Cerró los ojos y suspiró. Se quedó dormido enseguida.

Nueve horas después, ya de madrugada, aterrizaron en la base aérea de Ramstein, Alemania.

Jayden notó un golpecito en el hombro. Abrió los ojos y se encontró con Miles agachado a su lado, agitando un termo de café en la mano. Sonrió y se frotó la cara para despejarse.

—Gracias, tío. Me hace falta.

—Tenemos un rato. Vamos a estirar las piernas —dijo Miles en voz baja. Muchos de sus compañeros aún dormían.

Bajaron por la rampa y se dirigieron al final de la pista, alejados de los edificios y los hangares. Debían hacer todo lo posible para que su pelotón pasara desapercibido. Por suerte, a esa hora, casi todo el personal, tanto civil como militar, ya dormía. Encontraron a David tumbado en el suelo, contemplando un cielo repleto de estrellas. Se sentaron a su lado y, durante unos minutos, guardaron silencio y bebieron café.

—Nueve meses. Nueve putos meses —dijo Miles al cabo de un rato.

Jayden lo miró de reojo y se rascó el pelo mientras suspiraba. No quería hablar, pero ahora que Miles había sacado el tema, sabía que no lo iba a dejar.

—¿Qué has hecho durante todo este tiempo? —le preguntó.

—Eso, tío, ¿dónde coño has estado? —replicó David.

—Por ahí —respondió.

David se incorporó sobre los codos y cruzó una mirada con Miles.

—¿Le sacudes tú o le sacudo yo? —gruñó. Suspiró y terminó de sentarse, rodeando sus rodillas con los brazos—. No fue culpa tuya, Devil. Todos nos equivocamos ese día.

Jayden dejó caer la cabeza hacia delante. No le sorprendía que supieran cuál había sido el motivo de su desaparición. Se conocían demasiado bien.

—Olivier no debía estar allí, no estaba preparado para una misión de ese tipo. Pero yo dejé que viniera —masculló.

—Siempre hay una primera vez para todos, y la suya salió mal. No fue culpa tuya —dijo Miles, y añadió—: Pero entiendo que necesitaras desconectar un tiempo. Este trabajo acaba convirtiéndose en nuestro único mundo y viene bien recordar que ahí fuera tenemos familia y otra vida.

Él negó con un gesto y se cubrió la cabeza con el pañuelo que llevaba al cuello.

—No me fui para desconectar. Necesitaba ver a alguien. Cuando me dieron el alta en el hospital, hice el equipaje y me largué a Tullia.

David se rascó la barba, pensando.

—¿Tullia? ¿De ahí no era...?

Asintió y dejó escapar un suspiro entrecortado.

—Olivier no tenía más familia que su abuela. Me hablaba de ella a diario, y creo que empezó a caerme bien incluso antes de conocerla. —Miró a sus amigos—. Necesitaba verla, hablar con ella y contarle lo que había pasado. Cuando llegué allí y la tuve delante, no fui capaz de decirle nada.

—¿Por qué? —se interesó Miles.

—¡Joder, me entró miedo de lo que pudiera decirme! Su nieto estaba muerto por mi culpa. Así que pensé que podría compensárselo echándole una mano con la casa y haciéndole compañía un tiempo. He estado allí todos estos meses.

—¿Y se lo acabaste contando? —quiso saber David.

Jayden asintió con la cabeza. Agarró el termo y bebió un largo trago de café.

—Lo hice. Sara me dio el empujón que necesitaba —respondió más para sí mismo que para ellos.

Miles y David se miraron por encima de su cabeza. Unas sonrisitas maliciosas se extendieron por sus caras.

—¿Ha dicho Sara? —inquirió Miles.

David carraspeó.

—Sí, lo ha dicho. Alto y claro. Sa-ra. Cuatro letras.

—Ya, es lo que me ha parecido. ¿Se lo preguntas tú o se lo pregunto yo?

Él apretó los párpados con fuerza, arrepentido de haber abierto la boca. Se dejó caer hacia atrás y se tumbó de espaldas.

—Sois un par de gilipollas —masculló.

—Habló el padre de todos —le espetó Miles—. Sara, Sara, Saraaaaaaa... Sara...

—¡Vale! —exclamó Jayden, consciente de que Miles podía hacer que aquello durara mucho más—. La conocí en Tullia, ¿vale?

—¿Y? —insistió David al ver que se detenía.

—Lista, divertida y preciosa. Perfecta... y demasiado buena para mí. Me robó el corazón y después me lo devolvió roto y sin posibilidad de arreglarlo. Así que estoy bien jodido. Eso es todo.

Miles guardó silencio y lo observó durante un largo minuto.

—Lo siento, tío. Ella se lo pierde.

Jayden resopló exasperado.

—No pasó de mí, no es eso. Sé que le importo. ¡Qué coño, sé que me quiere! Pero está casada, tiene un hijo y un lío tremendo en la cabeza.

—¿Te has liado con una tía casada? —soltó Miles sin disimular su rechazo.

Él estaba casado desde hacía cinco años y se tomaba muy en serio los compromisos, de todo tipo. Siempre lo había hecho. Lo apuntó con el dedo y añadió:

—Para empezar, te tenía por un hombre mucho más íntegro. Un matrimonio es sagrado, Devil. Y para terminar, una mujer que rompe sus promesas no es de fiar.

Jayden se incorporó como si lo hubieran espoleado con un látigo.

—No tienes ni puta idea de lo que dices —gruñó disgustado—. Ella no ha roto ninguna promesa. Lleva diez años con un capullo que no sabe ni que existe, que le ha sido infiel, que la menosprecia y que lleva años sin tocarla. Durante todo ese tiempo ha sido una buena esposa y ha respetado su matrimonio. Y si pasó algo entre nosotros, fue porque yo me aproveché de lo sola que estaba para seducirla. Estuvo mal, pero la quería para mí. ¿Está claro?

—Como el agua, hermano —susurró Miles—. Lo siento, me he pasado.

—¿Y por qué sigue con su marido? —preguntó David con cautela.

—Es una mujer increíble, pero también es muy insegura y tiene miedo de perder a su hijo.

—¿Y no vas a hacer nada? Porque es evidente que te tiene bien pillado.

Jayden se puso de pie y se llevó las manos a la cabeza, entrelazando los dedos. Miró al cielo.

—¿Y qué quieres que haga? ¿Que la convenza para que deje a un hombre que no sabe que existe, por otro que puede dejarla viuda en cualquier momento? ¡Menudo cambio!

—Puedes dejar todo esto atrás.

Jayden bajó la mirada hacia David. Su amigo se encogió de hombros y le dedicó una sonrisa. Después añadió:

—Una mujer estupenda, una casa, un perro y una caña de pescar en lugar de un fusil. A mí me parece un buen plan. ¡Vamos, piénsalo! Has rechazado tres ascensos y pasaste de ingresar en la CIA. Estás aquí porque lo llevas en la sangre, pero no piensas quedarte para siempre. Ni siquiera deberías haber vuelto, Devil, ni por Olivier.

Miles también se puso de pie y soltó con fuerza el aire de sus pulmones por la nariz.

—No puedo creer que vaya a decir esto, pero este idiota tiene razón.

—¿A quién llamas idiota? —inquirió David al tiempo que se levantaba del suelo.

—¿Que te haya apuntado con el dedo no te da ninguna pista?

—Eres un capullo —le espetó David con una enorme sonrisa. Empezó a mover las caderas con un baile ridículo—. Un capullo resentido porque perdió su pasta. Eso es lo que pasa si juegas contra mí. Venga, llora como un bebé.

Jayden se los quedó mirando mientras continuaban con su tira y afloja, aunque no prestaba atención a nada de lo que decían. Sus pensamientos iban y venían sin control. A este paso iba a acabar en un manicomio. La pregunta más crucial de toda su vida se la estaba planteando en ese mismo momento. ¿De verdad era lo que quería? Y si lo era, ¿estaba dispuesto a intentarlo? Joder, sí, y necesitaba decírselo por si no volvía a tener otra oportunidad. Ella tenía que saberlo.

—Dame el teléfono.

—¿Qué? —preguntó Miles, que tenía a David cogido por el cuello tratando de doblegarlo.

—Tengo que llamarla, dame el teléfono.

—Ni de coña. No podemos establecer ninguna comunicación. ¿«Operación secreta» te dice algo?

Jayden arqueó una ceja, molesto por la negativa.

—No voy a contarle lo que estoy haciendo, solo necesito decirle una cosa.

—Pues se la dices cuando volvamos.

—Tengo que hacerlo ahora. Mañana pueden pegarme un tiro y no habré podido despedirme de ella. Dame el puto teléfono, Miles —le exigió.

Su amigo llevaba encima uno de los nuevos teléfonos por satélite con los que contaba su grupo en ese momento. Un modelo de prueba, que podía establecer comunicación fuera de la red militar sin riesgo de localización.

—No me toques los cojones, Devil. No puedo dártelo —replicó Miles con los dientes apretados—. Las comunicaciones están prohibidas. No podemos establecer contacto con nadie salvo el autorizado.

—¿Te has despedido de Carol?

Miles bajó la cabeza. Que nombrara a su mujer era un golpe bajo.

—Sí —dijo con la boca pequeña.

Jayden simplemente extendió la mano.

—Se nos va a caer el pelo. Por menos pueden formarte un consejo de guerra y acabar en la trena —gruñó Miles mientras le entregaba el aparato.

Sara abrió los ojos, sobresaltada. En algún lugar de la casa su teléfono móvil estaba sonando. Miró el reloj, eran casi las tres de la madrugada.

Una persona normal no llamaba a esas horas a una casa, si no era por algo importante. Inmediatamente pensó en su madre y en su hermano.

Se levantó a toda prisa y corrió siguiendo el sonido del timbre hasta la cocina. Lo encontró vibrando sobre la encimera. Miró la pantalla, pero no había ningún número, solo el mensaje de «Llamada entrante».

—¿Sí? —contestó con el corazón aporreándole el pecho.

—Sara...

Aquella voz ronca hizo que se le doblaran las rodillas y que tuviera que agarrarse a la encimera para sostenerse de pie. Llevaba sin oírla más de un mes. Un mes en el que apenas había podido dormir, comer o siquiera respirar. Notó cómo se ahogaba con las lágrimas que se acumulaban en sus ojos y el dolor en su pecho.

—Sara —repitió él.

—Sí —susurró sin apenas voz.

—Hola, nena —musitó Jayden emocionado. Se pasó una mano por la cara—. Siento llamarte a estas horas. En realidad siento llamarte, pero tengo que decirte una cosa...

Sara se apoyó contra la nevera y empezó a negar con la cabeza, a sabiendas de que él no podía verla.

—Jayden, no...

—Mira, no tengo tiempo. Así que, por favor, escucha lo que tengo que decirte.

—No creo que... —«Por favor, no me hagas esto. No me hagas esto», pensó Sara—. No...

Él apretó el teléfono contra la oreja. La respiración le silbaba en la garganta y le quemaba los pulmones como si fuera ácido.

—Por favor, solo escucha, y después no volverás a saber de mí si es lo que quieres. Te lo juro.

Aún conmocionada, Sara tardó un segundo en contestar.

—Vale.

Jayden cerró los ojos y dio las gracias sin saber muy bien a quién. Se pasó la lengua por los labios, de repente secos. Miles estaba cerca y podía oírle con total claridad. No le importó.

—Hay unas palabras que nunca te dije. Y debí decírtelas aquel día, bajo la lluvia, porque podrían haber cambiado algo. Quizá... quizá no te habrías marchado. —Alzó la cabeza al cielo y tragó saliva—. Debí decirte que te quiero. Te quiero, Sara, como jamás he querido a nadie. Te amo con todo mi corazón y nunca dejaré de hacerlo, porque eres tú. Tú eres la chica por la que merece la pena comprometerse y dejarlo todo. Tú eres la mujer por la que respiro y a la que quiero ver a mi lado cada día de mi vida. Es a ti a quien quiero en mi cama cada noche, entre mis brazos. Es a ti a quien quiero hacerle promesas. A ti, solo a ti.

Tomó aire y una lágrima resbaló por su mejilla. Oía a Sara llorar al otro lado y tuvo que obligarse a continuar:

—Necesito que sepas, que si mi vida acabara mañana, lo haría plena y completa porque he tenido la suerte de conocerte y el privilegio de amarte. Cada parte de mí es tuya, Sara, te lo entregué todo la primera vez que te tuve. No lo olvides.

—Jayden —dijo Miles.

Los rotores del avión se habían puesto en marcha y en la rampa de acceso David parecía discutir con uno de los tipos de inteligencia. Seguro que por su culpa. Les dio la espalda y se concentró en la persona que había al otro lado del teléfono.

—Solo quiero que sepas lo importante que eres para mí. Fui un imbécil por no habértelo dicho entonces, y aún más imbécil por haber dejado que te marcharas. Nena, lo nuestro ha sido real. Es real, cariño. Los dos lo sabemos.

A Sara se le cortó el aliento. Las lágrimas corrían por sus mejillas sin control y, poco a poco, se dejó caer hasta el suelo, donde acabó sentada sujetándose la frente con la mano libre. Toda su vida había soñado con escuchar esas palabras, con que alguien la quisiera de ese modo; y ese alguien había resultado ser Jayden. El hombre perfecto para ella. El hombre que le había devuelto la vida. El hombre del que estaba tan profundamente enamorada que sabía que acabaría volviéndose loca por echarlo tanto de menos.

—Devil, tío —insistió Miles.

Jayden asintió una vez.

—Cuídate mucho, Sara. —Tuvo que alzar la voz porque los motores del Boeing hacían demasiado ruido.

Sara había oído la voz exigente de un hombre, y ahora identificaba el sonido de un avión en marcha. Tuvo un presentimiento y todo su cuerpo se puso rígido. El miedo la golpeó como una bofetada y algo dentro de ella reaccionó. Despertó de golpe a la realidad. ¿Cómo había podido estar tan ciega?

—Espera —casi gritó—. ¿Jayden?

—Sigo aquí —respondió él sin aliento.

—¿Has vuelto a tu trabajo? —Él no contestó y ella supo que había acertado. Que la llamara a esas horas, y con aquella confesión desesperada, cobró sentido. Se estaba despidiendo, por si acaso—. ¿Es peligroso? ¿Lo que vas a hacer es peligroso? —Más silencio—. Por favor, dime algo. Tengo miedo por ti.

Jayden se sintió morir por dentro.

—No olvides lo que te he dicho y no te preocupes por nada. No te preocupes por mí. Escucha, siempre le he tenido miedo a la muerte, pero después de ti, ese miedo ha desaparecido. No importa lo que pueda pasar, estoy listo.

Sara sollozó y se encogió como si le estuvieran arrancando el corazón del pecho. ¿Cómo había sido capaz de abandonarlo, y a cambio de qué? Ella también tenía tantas palabras que decirle, tantas cosas que admitir y solucionar.

—No digas eso. Por favor, no lo digas. —Tragó aire como pudo y se recompuso—. Está bien. Ahora escucha tú. Sea lo que sea lo que vas a hacer, ten cuidado. Ten mucho cuidado, porque si te ocurre algo, si algo malo te pasa, te estarás llevando contigo mi alma. ¿Lo entiendes? Yo también te lo di todo aquella primera vez. Así que... vuelve. Vuelve, porque esta conversación no ha terminado, y ya sabes que si no digo la última palabra...

Rompió a llorar, incapaz de acabar aquella frase.

—Lo sé —señaló Jayden. Una sonrisa temblorosa iluminó su cara.

—Entonces, ven a buscarme.

Él contuvo el aliento. La esperanza se abrió paso entre sus sombras.

—¿Lo dices en serio?

—Sí, lo digo en serio.

—¿Ya no tienes miedo?

Sara soltó una risita histérica.

—Tengo muchísimo miedo. Pero me aterra más no volver a verte.

Jayden quería ponerse a dar saltos.

—Vale, lo haré. En tres o cuatro días. ¡Joder, en cuanto regrese! Te lo prometo. Te lo juro —dijo frenético.

—Vale.

—Tengo que dejarte.

—Ten cuidado.

—Te quiero muchísimo, nena.

La comunicación se cortó.

—Te quiero —repitió Sara, a pesar de que ya no podía oírla.

Se llevó la mano a la boca para contener unos sollozos desgarradores. Su cuerpo se convulsionaba como si estuviera sufriendo un ataque. Unos ruidos extraños escapaban de sus labios y no sabía qué hacer, si levantarse o permanecer sentada... Había tocado fondo y no podía más. No podía seguir engañándose, ni rechazando lo que de verdad necesitaba. Necesitaba a Jayden, porque nunca había sido tan feliz como las semanas que había pasado junto a él.

La luz del pasillo se encendió.

—¿Sara? ¿Qué son esos ruidos? ¿Qué pasa? —preguntó Colin.

Ella se puso de pie y empezó a secarse las mejillas. Su marido apareció en la puerta y encendió la luz. Entonces se dio la vuelta rápidamente y agarró un vaso, que llenó con agua del grifo. Respiró hondo, tratando de serenar su voz antes de responder.

—No es nada, solo ha sido el teléfono. Alguien que se había equivocado. —Bebió un trago de agua mientras las lágrimas seguían cayendo por su rostro—. Tranquilo, vuelve a la cama.

—¿Seguro que estás bien?

—Sí, solo me he asustado un poco. He creído que había pasado algo malo en casa.

—Ya, tú siempre tan dramática. Tienes que relajarte.

—Ya me conoces —logró articular y soltó algo que pretendía ser una risita.

—Bueno, pues me vuelvo a la cama.

Colin apagó la luz al salir y Sara se quedó inmóvil frente a la ventana.

—Se acabó —se dijo a sí misma.

32

Jayden le devolvió el teléfono a Miles. Su amigo negó con un gesto de su mano.

—Quédatelo. Yo tengo otro. Pareces idiota con esa sonrisa —le espetó con tono disgustado, pero al darle la espalda comenzó a sonreír—. Deberías darle las gracias a David. No sé qué coño le ha dicho al tipo de inteligencia, pero tu llamadita quedará entre nosotros.

Él sacudió la cabeza y le dio un golpe amistoso en la espalda al pasar por su lado. David les esperaba sentado. Cruzaron una mirada y ninguno dijo nada. La rampa se cerró y todo el mundo se preparó para despegar.

—Una caja —indicó David cuando volvieron a estar en el aire.

—De la mejor —respondió Jayden.

—¿Y yo qué? Yo también he puesto mi granito de arena —inquirió Miles enfurruñado.

Jayden cerró los ojos y sus pensamientos se concentraron en la misión. Nada podía salir mal, ya que ahora tenía más motivos que nunca para regresar a casa.

Diez horas después, aterrizaron en la base aérea de Incirlik, en Turquía. Conforme se acercaba la noche, el nerviosismo se hacía más palpable. Siria, y sobre todo la zona de Raqqa, era territorio enemigo. Si apresaban a uno de los suyos, no habría interrogatorio ni negociación entre gobiernos. Los liquidarían de inmediato o los exhibirían mientras los torturaban o los quemaban vivos.

Asi que revisó de nuevo su uniforme: todo el contenido de los bolsillos estaba calculado con un propósito específico. Inspeccionó su chaleco, la radio y comenzó con el equipo: fusil de precisión, cargadores, granadas de mano, barras de luz química, cargas explosivas, equipo médico... Con todo su material verificado, se preparó para esperar.

Sobre uno de los catres, vio un cuaderno y un bolígrafo. Debía de haberlo dejado olvidado alguno de sus compañeros. Lo miró durante un buen rato, con una extraña sensación en el pecho. Alargó el brazo y lo cogió y, tras vacilar unos segundos, empezó a escribir.

—Veinte minutos —anunció el oficial al mando.

Jayden sintió la descarga de adrenalina por todo su cuerpo. Se reunió con sus hombres y esperó a que su padre se presentara.

Miles apareció a su lado y le dio un golpecito en el hombro.

—Otra vez juntos, hermano —dijo con su voz grave.

Le dedicó una sonrisa e inmediatamente se puso serio. Miró a Drew, el intérprete, pero lo único que podía ver era la cara de Olivier.

«Voy a encontrar a ese tío y le pegaré un tiro entre ceja y ceja», le prometió en silencio.

El comandante Dixon se presentó pocos minutos después y les dio la orden de marchar. Todos se pusieron en movimiento. Él notó una mano en su hombro y se sorprendió al encontrarse cara a cara con su padre.

—Sé lo que supone esta misión para ti —le dijo el hombre—, pero ten cuidado. Usa la cabeza y todo lo que has aprendido hasta ahora, y no el corazón. Y esta vez se lo estoy pidiendo a mi hijo y no al jefe de equipo, ¿entendido? Quiero que vuelvas a casa con tu madre... con nosotros.

Jayden sostuvo la mirada de su padre durante un largo segundo. Tragó saliva, atónito, porque nunca le había dicho nada parecido ni con esa preocupación. Asintió con la mandíbula apretada y le estrechó la mano que le ofrecía.

—Necesito que hagas algo por mí. Iba a dársela a uno de los chicos, pero... —comentó Jayden, sin soltarle la mano. Sacó de su bolsillo la carta que había escrito para Sara—. Si me pasa algo...

—Hijo, no va a pasarte nada.

—Si me pasa algo —repitió con vehemencia, mientras se quitaba las placas del cuello—, quiero que envíes esto. Se llama Sara. Tendrás que buscar su dirección, pero no creo que te resulte muy difícil conseguirla con los datos que he apuntado al final.

Su padre miró el papel doblado y lo tomó junto con las placas.

—Lo haré. Te lo prometo.

Él inspiró hondo y resopló nervioso.

—Gracias. Es importante para mí.

—Devil —gritó Miles desde uno de los vehículos que los debía llevar hasta los Black Hawk.

Jayden y su padre se quedaron mirándose un largo segundo. Ninguno dijo nada más.

Poco después, él y su equipo estaban en el helicóptero, abandonando la pista, rumbo a Siria.

Se relajó con el hombro contra el fuselaje, sintiendo el cuerpo de David a su espalda. La radio estuvo en silencio hasta unos quince minutos antes de alcanzar el objetivo. A partir de ese momento, la información se sucedió entre los distintos puntos de control.

—Cinco minutos —avisó el piloto.

Él alzó la mano con los cinco dedos muy abiertos para que supiera que le había entendido, y repitió el gesto hacia sus compañeros. Se prepararon.

—Un minuto.

La puerta corredera se abrió y Jayden le dio un tirón bien fuerte al cabo por el que iban a descender. El helicóptero se detuvo en el punto de salto a la hora prevista. Lanzó el cabo y se asomó para ver la posición del otro helo.

—Cuerdas fuera —informó.

Asió la cuerda con las dos manos e inició el descenso. En cuanto sus pies tocaron el suelo, empuñó su fusil y bajó las gafas de visión nocturna.

Segundos después, ambos grupos estaban en tierra.

—Buena suerte, chicos —oyó que decían los pilotos por la radio.

Los Black Hawk continuaron el vuelo hasta el punto donde esperarían para llevar a cabo la extracción. David abría la marcha. Jayden la cerraba con Drew, el intérprete. Subieron la colina y la pequeña aldea quedó a sus pies. Tardaron treinta minutos en alcanzarla a paso ligero. Estaba desierta y en silencio. Apenas había luz en las calles y los únicos ruidos provenían de los rebaños de ovejas y de algún perro.

Miles tomó posición en la esquina de una casa semiderruida, muy cerca del objetivo. Alzó una mano e hizo la señal de avanzar. Los grupos se dividieron y se dirigieron a su siguiente posición.

—Francotiradores listos —comunicó Miles por la radio al recibir su información.

—Avanzamos —informó Jayden.

—Aquiles Uno, aquí Aquiles Dos en posición —dijo Miles a través de la radio—. Puerta este despejada.

—Recibido —respondió Jayden

Aceleró el paso y sus hombres le siguieron. Enseguida alcanzaron el edificio. Empujaron la puerta con sigilo, pero estaba cerrada. Se habían acabado las sutilezas. No tenían ni idea de cómo era la distribución dentro de aquella casa, ni si habría zonas excavadas, ocultas bajo el suelo. Esas eran peligrosas. Pero no tenían más opción que entrar.

El artificiero preparó una carga y la colocó en la puerta, mientras algunos de sus hombres lo rodeaban con sus armas listas.

—Voladura, puerta este —anunció mientras colocaba el detonador. Lo encendió y todos se apartaron, agachando la cabeza para protegerse los ojos—. Tres, dos, uno... fuego.

La carga estalló y la puerta voló por los aires, arrancada de los goznes.

Penetraron en el edificio y se distribuyeron en busca de objetivos. En la primera puerta encontraron una sala con el suelo cubierto de alfombras y cojines. A través de esta, otra puerta conducía a un patio interior desde el que se accedía a una cocina y una escalera que llevaba a la segunda planta. No encontraron a nadie, aunque no les cabía la menor duda de que debían de estar en alguna parte, listos para atacar y defenderse.

—Vamos, vamos, vamos... —los urgió Jayden.

Se dividieron. Dos SEAL tomaron la escalera y los demás regresaron al pasillo. Un fusil de asalto apareció por el hueco de una de las puertas situadas al fondo. Lanzó una descarga.

Jayden se tiró al suelo y rodó hacia un lado. Notó que varios trozos de yeso caían sobre su cabeza. Le devolvió el fuego y lo abatió de un disparo certero a la altura del cuello. Se volvió para ver si había algún herido. Aliviado, comprobó que todos estaban bien.

Con la mano los instó a avanzar. Al llegar a la escalera, escucharon pasos que descendían, seguidos del inconfundible sonido de las balas.

A partir de ese momento, nadie tuvo tiempo de pensar. El edificio de dos plantas era una red de pasillos, escaleras y cuartos. Todo el mundo corría arriba y abajo. Al entrar en una de las habitaciones, Jayden encontró a una adolescente con un bebé en brazos. Le hizo un gesto para que se sentara y se aseguró de que no había nadie más y de que no tenía ningún arma a su alcance. Salió al pasillo y alguien abrió fuego sobre él. Se agachó al tiempo que se giraba y disparó al pecho de un insurrecto.

Nunca era fácil abatir a un hombre, pero el enemigo tenía menos miramientos.

Tras unos segundos eternos, los disparos cesaron y un silencio opresivo se apoderó de la casa.

—Primer piso asegurado —dijo uno de sus chicos desde la primera planta.

—Segundo piso asegurado —indicó David desde la segunda—. Ni rastro del paquete. ¡Joder, aquí no está, tío!

Jayden miró el reloj. Se estaban quedando sin tiempo, ya habían pasado diez minutos de los treinta con los que contaban.

—Vamos a poner todo esto patas arriba —replicó con voz ronca.

—Los analistas se han equivocado o ya la han movido —masculló David.

—O puede que ya esté muerta —dijo Miles a través de la radio.

—¡Tenemos a dos! —gritó Holder desde una de las habitaciones.

Jayden corrió hasta él, sin perder detalle de todas las conversaciones que se mantenían a través de la radio. Miles avisaba a su grupo de que estuvieran atentos, porque en la aldea empezaba a haber movimiento y varias personas estaban saliendo a la calle.

Holder tenía a dos sirios heridos, de rodillas, en un rincón. Otras dos mujeres, con tres niños pequeños, lloraban acurrucadas encima de una cama contra la pared. Gritaban y daban alaridos sin dejar de señalar a los hombres que había en el suelo.

—Haced que se callen —masculló él.

David se acercó y por señas les pidió que guardaran silencio. Una de ellas comenzó a gritar más fuerte, lo que hizo que los niños lloraran aún más.

—¡Joder, haz que cierren la puta boca! —gruñó Jayden.

Llamó a Drew por la radio y este llegó enseguida.

—Pregúntales por la agente.

Drew se arrodilló en el suelo, frente a los dos sirios, y empezó a hablarles. Los hombres comenzaron a gesticular, nerviosos; hablaban muy rápido y negaban con la cabeza.

—Dicen que ellos no saben nada de esa mujer.

—Pregúntales por Hatim.

Drew volvió a hablarles y los hombres continuaron negando.

Uno de sus soldados apareció en la habitación con una camiseta de mujer ensangrentada y un zapato que correspondía con la descripción que tenían sobre el atuendo de la agente.

—He encontrado esto entre la basura que hay en el patio.

Jayden le quitó la prenda de las manos y se agachó al lado de Drew. El tiempo corría en su contra.

—Diles que voy a volarles la jodida cabeza si no me dicen dónde está. Pero que primero les cortaré los dedos de los pies, uno a uno, y después los de las manos.

—Sabes que nuestras normas no nos permiten esas cosas, y puede que ellos también lo sepan —dijo Drew.

Jayden sonrió con desprecio.

—Aquí esas normas importan una mierda. Solo importa el objetivo. Traduce.

Drew le sostuvo la mirada. Era su teniente, y además tenía razón. Transmitió el mensaje y los dos retenidos se miraron entre sí. Después lo observaron a él, que había sacado el cuchillo que llevaba guardado en el chaleco. Cerraron los ojos y se pusieron a rezar.

Drew se levantó.

—No van a decir nada. Ni siquiera los niños hablarán. Crecen odiándonos; preferirán morir a decirnos algo.

Él también se puso en pie y se giró hacia su hombre.

—Enséñame dónde has encontrado esto.

Con el edificio despejado y asegurado, Jayden y cuatro SEAL se dirigieron al patio, donde inspeccionaron cada rincón. Allí no había nada. Entraron de nuevo en la cocina, por si se les había pasado algo por alto. Nada.

Si Labott había estado en aquella casa, ya no se encontraba allí.

—Debemos prepararnos para la extracción antes de que la zona se llene de insurgentes —dijo David, a la vez que empujaba una mesa. Cubierta de polvo, como si llevara mucho tiempo sin usarse, tenía huellas de dedos en las esquinas.

Jayden miró de reojo al oír el sonido y se fijó en ella. Se detuvo, ladeó la cabeza y prestó más atención. Algo no cuadraba.

—Aquiles Uno, aquí Aquiles Dos. Empieza a ponerse feo. Divisados enemigos armados a mil quinientos metros dirigiéndose a nuestra posición —informó Miles a través de la radio.

Jayden alzó la vista y observó la habitación contigua. Había cojines por el suelo y bandejas con restos de comida. Aquella gente comía en el suelo. Miró las esteras que había bajo la mesa, cubriendo una gran porción del piso.

—Recibido. Dame un minuto.

—No tenemos un minuto. Moved el puto culo, joder —gruñó Miles.

—Creo que tenemos premio —insistió Jayden, asegurando algo que solo intuía. Sintió la mirada inquisitiva de David sobre él y señaló las alfombras.

Silencio al otro lado de la radio.

—Date prisa —gruñó al fin Miles.

Jayden agarró la mesa con ambas manos y la volcó. David le ayudó a apartar las alfombras, mientras los otros SEAL apuntaban con su fusil al suelo.

Todos se quedaron mirando la trampilla.

Entonces se agachó y tiró de la anilla hacia arriba, dejando al descubierto un agujero oscuro. Sacó una luz química, la agitó y la echó dentro. Con las gafas de visión nocturna pudo ver que había unos cuantos peldaños y calculó la altura que habría para saltar. Pegó el fusil a su pecho y se dejó caer por la abertura. Nada más tocar el suelo, apuntó el arma en todas direcciones. Solo encontró un corredor que iba en una única dirección.

—Despejado —informó.

Uno a uno, el resto de sus compañeros bajaron con él. Las paredes eran de piedra y arena, y estaban apuntaladas con maderos. Unos cables eléctricos colgaban del techo a lo largo de todo el corredor.

Jayden dio la orden de avanzar. Con todos los sentidos alerta, se movieron en fila, atentos a cualquier ruido o movimiento. Una puerta metálica les cerró el paso. Cogió la carga explosiva que David llevaba a su espalda. Era un poco temerario detonar un explosivo en un pasillo bajo tierra, pero no tenían otra opción. Colocó la carga sobre la cerradura y, para su sorpresa, la puerta cedió. ¡Joder, con tanta adrenalina, ni siquiera habían comprobado si estaba abierta!

«Concéntrate», se dijo a sí mismo.

David empujó la puerta y él entró con el ojo puesto en su mira. Allí abajo habían construido una segunda vivienda, con el único objetivo de esconder personas y armamento... Estaba oscuro y se movían evitando hacer ruido, pensando cada paso antes de darlo. Avanzaron por el pasillo y se amontonaron ante la primera puerta. Repitieron los mismos movimientos: David la abrió y él entró primero con sus compañeros pisándole los talones. La habitación estaba vacía.

Regresaron al corredor. David se encogió de hombros e hizo un gesto con la mano, indicándole que no parecía que allí hubiera nadie. De repente, un hombre asomó tras una esquina. Él le apuntó e hizo un solo disparo silenciado.

«Bop.»

El hombre cayó al suelo y Jayden dio la orden de avanzar. Ahora debían moverse deprisa. Una puerta se abrió y otro hombre asomó la cabeza. David abrió fuego. Le dio en el hombro y el hombre gritó. A la mierda el factor sorpresa. Jayden corrió a la puerta entreabierta y la empujó. Uno de sus hombres pasó por delante y disparó dos veces sobre el hombre tendido en el suelo. Abatieron a un tercero que se encontraba sobre un camastro. La mitad de esos tíos no sabían lo que hacían. Les ponían un fusil en las manos y los enviaban a matar sin más.

Solo quedaba una habitación, la que se encontraba al fondo, y en esa se veía luz bajo la puerta. De repente se oyó a un hombre gritar en sirio, aunque tampoco estaban seguros, porque en aquella zona había infinidad de dialectos.

—¿Qué coño está diciendo? —preguntó David.

Drew, el intérprete, que era uno de los que habían bajado, se acercó a Jayden, que encabezaba el grupo. Escuchó con atención mientras el insurgente no dejaba de gritar.

—Dice que la matará si no nos vamos.

—¿Que la matará? Dios, la tienen ahí —masculló uno de los soldados.

—Hay que entrar y sacarla. Los pájaros ya están en el aire —dijo David.

—No sabemos cuántos puede haber ahí dentro —replicó Drew.

Jayden no apartaba los ojos de la puerta, pensando. Su instinto siempre le había funcionado, y ahora le decía que en esa habitación solo había un hombre y que se estaba meando en los pantalones.

—¡Devil, nos quedamos sin tiempo! —gruñó Miles por radio.

—Vamos a por el paquete —susurró Jayden.

Avanzó. Agarró el pomo de la puerta y lo giró muy despacio. Empujó y se apartó esperando unos disparos que no llegaron. David entró primero, con él y Drew pisándole los talones, apuntando sus fusiles en todas direcciones. El resto tomó la habitación en dos segundos.

La imagen los dejó sin palabras. Si aquel cuartucho olía a orina y basura hasta colmarles los sentidos, su aspecto era peor aún. Había sangre seca en el suelo, también vómitos y una letrina sin desagüe. Al fondo, pegada a la pared, vieron una jaula con un cuerpo sucio desplomado en el suelo.

El insurrecto estaba junto a la jaula, apuntando a la cabeza de la persona retenida con una nueve milímetros. No dejaba de gritar amenazas, con los ojos desorbitados y la mano que sujetaba el arma temblando como gelatina. El hombre no sabía a cuál de ellos mirar. Cinco fusiles le apuntaban a la cabeza. El dedo de Jayden presionó lentamente el gatillo. La bala lo atravesó y se incrustó en la pared.

—Insurgentes a cuatrocientos metros —sonó la radio.

Se colgó el fusil y corrió a la jaula. Abrió la puerta y tiró del cuerpo que había dentro. No pesaba nada. Lo depositó sobre la mesa y lo inspeccionó rápidamente. Se trataba de una mujer de unos veintitantos años, pelo negro, rizado, y no podía asegurar de qué color era su piel, porque estaba cubierta de polvo y sangre seca. Tenía la cara desfigurada por los golpes y los dedos de su mano derecha parecían rotos. Empezó a gemir al notarse fuera de la jaula y trató de levantarse entre sollozos ahogados por el miedo.

—Tranquila, tranquila... —le dijo—. Míreme. Soy el teniente Dixon, DEVGRU. Hemos venido para llevarla a casa. Está usted a salvo. ¿Ha entendido lo que acabo de decirle?

La mujer trató de enfocar su ojo izquierdo, el que no estaba hinchado. Brilló con un atisbo de reconocimiento.

—¿Ha entendido lo que acabo de decirle? —repitió.

Ella asintió esta vez.

—Muy bien, pero primero necesito hacerle unas preguntas. ¿Es usted Tara Labott?

—Sí —gimió.

Se escucharon disparos en el exterior y gritos.

—Aquiles Uno, aquí Aquiles Dos. Fuego enemigo. Unidad de apoyo a tres kilómetros.

—Recibido —respondió. Se inclinó sobre la agente—. ¿Cuántos hermanos ha tenido, Tara? —La pregunta había sido elegida con mucho cuidado para asegurar su identidad. Algo que muy pocas personas pudieran conocer. La agente Labott solo tenía dos hermanos vivos, pero su madre había perdido un bebé que nació prematuro, cuando solo tenía dieciséis años—. Voy a repetirle la pregunta. ¿Cuántos hermanos ha tenido?

—Tres. El mayor murió al nacer —respondió.

Jayden sonrió y la tomó en brazos.

—Muy bien. Voy a sacarla de aquí. Tenemos el paquete —empezó a decir a través de la radio—. Helena vuelve a casa. Repito. Helena vuelve a casa.

—A todos los puestos. Objetivo conseguido, tenemos a Helena. Repito. Tenemos a Helena —gritaba David a los hombres de su equipo que estaban fuera.

—Recibido —respondió Miles, e inmediatamente se puso en contacto con el comandante Dixon, a través de la radio por satélite.

La radio del pelotón no dejaba de emitir información. Se agotaba el tiempo.

—Unidad de apoyo aproximándose a punto de encuentro.

Jayden marchaba con la agente en brazos y apretó el paso. Afuera volvían a oírse disparos. Había fuego cruzado entre un grupo de insurgentes y los francotiradores que protegían a los dos equipos que comenzaban a organizarse para la extracción.

El corazón le iba a mil por hora y la respiración le silbaba en la garganta por todo el esfuerzo que estaba realizando. Cargaba con veinte kilos de equipo, más el peso de la joven agente. Apretó los dientes. Una parte de él sentía que había fracasado, pese a haber cumplido con el primer objetivo de la misión. No habían dado con Hatim.

El bramido de la radio en su oreja lo sacó de sus cavilaciones.

—Fuerza de apoyo llegando a punto de encuentro.

El sonido de los rotores ahogó el de los disparos. Un CH-47 y el Black Hawk estaban sobrevolando una zona sin casas, a la espera de la señal para posarse. Los francotiradores abatieron a los últimos enemigos visibles y abandonaron las azoteas.

—El «correo» está dentro —dijo Tara junto al cuello de Jayden.

—¿Qué? —gritó él mientras cruzaba la puerta este y salía a la calle, protegido por sus hombres.

—El «correo» está... dentro.

Jayden se detuvo y la miró. El «correo» solía ser el hombre de confianza de algún dirigente importante, y se encargaba de trasmitir órdenes e información de forma personal y directa entre él y sus seguidores.

—¿Está segura de eso?

Ella asintió y él acercó el oído a su boca.

—Él me interrogaba. Se... se llama... Hatim —dijo Tara, haciendo un gran esfuerzo para que su voz sonara fuerte. Y mientras otros brazos la cargaban, añadió—: La pared, la pared...

Jayden sintió que se le paraba el corazón mientras sus compañeros empezaban a correr hacia los helicópteros. Llevaba meses soñando con ese hombre, con su sonrisa mientras ejecutaba a Olivier ante sus ojos.

Si estaba allí, iría a por él. Hatim era el segundo objetivo de la misión y el suyo personal. Dio media vuelta, de regreso a la casa.

—Devil, ¿qué coño haces? —le gritó Miles.

—Hatim está dentro, ella dice que está dentro.

—Los helos están en tierra, tenemos que irnos —insistió Miles.

David y Holder se habían unido a ellos.

—Debemos irnos o despegarán sin nosotros. Se acercan más hijos de puta y es posible que estos traigan artillería pesada. Vamos, joder, vamos... —los apremió David.

Jayden retrocedió dos pasos.

—Está ahí. Puede que no tengamos otra oportunidad —insistió.

Miles le sostuvo la mirada un largo segundo. En sus ojos se podía ver la batalla personal que estaba luchando consigo mismo.

—¡Mierda! —masculló, y se puso en contacto con los pilotos para pedirles un poco más de tiempo.

Regresaron al cuarto subterráneo donde habían encontrado a la agente.

—Ella ha mencionado la pared —dijo Jayden.

Empezaron a estudiar cada rincón. Él permanecía de pie, en medio del cuartucho, recorriendo con la mirada el entorno.

El armario.

Un mueble enorme de caoba, con adornos dorados, ocupaba la pared del flanco derecho. Entornó los ojos, era demasiado evidente. Silbó a Miles y señaló el armario con la barbilla. Su amigo se acercó por un lado, agarró el tirador de una de las puertas y la abrió despacio. No tenía fondo, solo una tela que ondeaba por la corriente que se había formado al abrir la puerta.

Jayden levantó una mano, organizó posiciones y dio la señal de avanzar. Entró primero y se encontró en un corredor idéntico al de entrada. Avanzó deprisa, poniendo cada vez más distancia con sus compañeros.

Sabía que no estaba operando según las normas de asalto. Pero con el tiempo avanzando en su contra y dos helicópteros cargados de hombres, moverse con calma era imposible, aunque supusiera arriesgarse.

El corredor desembocaba en el corral de una casa.

Jayden no esperó a sus compañeros. Salió del corral y se dirigió a la casa. No tenía puerta, solo una cortina. Se asomó con cuidado y comprobó que era un oratorio.

De pronto apareció una figura y alcanzó a ver la forma de un arma sin láser. No dudó, se giró y disparó, dándole de lleno al hombre en el centro del pecho. A través de la mira del fusil, escudriñó toda la habitación. No había nadie más.

Entonces se fijó en el cuerpo que yacía en el suelo. Con el cañón le apartó el turbante que le había tapado la cara. ¡Era Hatim! Apretó los párpados con fuerza y miró de nuevo su rostro. No tenía dudas, era él.

«Es él. Tío, lo encontré, es él», le dijo a Olivier.

La adrenalina en su sangre le hacía temblar de arriba abajo. Le costaba creer que lo hubiera hecho, que lo hubiera cazado por fin. Palpó el bolsillo donde llevaba la pequeña cámara fotográfica. Una imagen corroboraría que el objetivo había sido abatido.

En ese instante, Miles y David aparecieron tras la cortina, al tiempo que una puerta al otro lado del oratorio se abría y un chico, que no tendría más de quince años, entraba con una granada en la mano y la dejaba caer.

Jayden apenas tuvo tiempo de procesar lo que estaba a punto de ocurrir.

—Corred —gritó mientras se abalanzaba sobre sus amigos y los empujaba fuera. Oyó el estallido y a continuación sintió la onda expansiva sacudiéndole el cuerpo. Se vio volando por los aires, chocó contra la pared y cayó al suelo. Ni siquiera tuvo tiempo de alzar los brazos cuando todo el edificio se vino abajo.

Y ya no hubo nada más.

Había pasado una semana desde la llamada de Jayden y Sara empezaba a estar preocupada por su falta de noticias. Cerró los ojos y respiró hondo, tratando de convencerse a sí misma de que no tenía motivos para inquietarse. Al abrirlos, el plato que estaba secando se le escurrió de entre los dedos. Logró atraparlo al vuelo y lo dejó sobre la encimera. Se miró las manos, que no dejaban de temblarle, y resopló. Estaba demasiado nerviosa y era incapaz de relajarse.

Todavía estaba intentado asimilar la decisión que había tomado y sabía que le iba a costar ser consecuente con ella, pero ya no había vuelta atrás. Por fin había aceptado que su matrimonio estaba acabado desde hacía mucho tiempo. Fuera de allí podía tener otra vida, una vida feliz, y merecía la pena correr el riesgo e intentarlo.

Le echó un vistazo al reloj que colgaba de la pared y se volvió para ver cómo iba Daniel con los deberes.

—Date prisa. Voy a empezar a preparar la cena.

El niño resopló.

—¿Para qué necesito hacer deberes? De mayor voy a ser jugador profesional de fútbol americano. Y si no, seré un SEAL, como Jayden.

Sara se quedó con la boca abierta. Intentó que no se le notara que la había dejado atónita y esbozó una sonrisa despreocupada.

—Pensaba que querías ser programador de videojuegos.

—Eso era antes.

—Te cae bien Jayden, ¿verdad? —Se sintió un poco arpía al preguntarle algo así, cuando su padre estaba en la habitación de al lado.

Daniel asintió sin levantar la vista de su cuaderno, mientras usaba los dedos para restar en un problema de cálculo.

—Es guay, y le gusta jugar conmigo.

Ella sonrió e inspiró hondo, tratando de aflojar el nudo que tenía en la garganta todo el día.

—Pues estoy segura de que Jayden te diría que para ser jugador profesional, o un SEAL, también tienes que estudiar y hacer deberes.

Daniel levantó la vista y la miró. Ella asintió convencida y añadió:

—Fue a la universidad, con una beca importante. Él me lo dijo.

El niño se quedó callado, considerando su respuesta. Se encogió de hombros y continuó con su tarea. Al cabo de diez minutos había terminado y recogido, y se fue al salón para jugar un rato.

Sara comenzó a organizar la cena. Sacó unas verduras de la nevera y las puso en un cuenco para lavarlas. Encendió una pequeña televisión, que tenía junto a la ventana, y en la imagen apareció un canal internacional de noticias. Lo dejó puesto para oírlo de fondo.

Mientras picaba un poco de ajo, echó una ojeada a la pantalla. Siempre que oía noticias sobre Oriente Medio, su atención se veía atraída como una polilla a la luz, y desde hacía unos días las seguía con un interés aún mayor.

Al escuchar a la reportera, dejó el cuchillo y, poco a poco, sintió cómo se le encogía el alma.

...el canal Turco aseguró que la información no era un rumor, y que tenía pruebas de que un grupo de soldados estadounidenses habría entrado en territorio sirio para llevar a cabo el rescate de un rehén, secuestrado por uno de los grupos yihadistas liderados por Hatim al-Kadim, antiguo miembro de al-Qaeda.

Las informaciones también aseveran que, durante la incursión de los militares, hubo un fuerte enfrentamiento en el que perdió la vida Hatim, junto a otros insurgentes cuyo número no se ha podido determinar aún. También se habla de bajas entre los soldados estadounidenses, aunque estas aún no se han podido cifrar. El secretario de defensa de Estados Unidos ha negado en un comunicado que dichas informaciones sean ciertas, y que se trata de un burdo intento de interferir en las negociaciones que se están llevando acabo...

Sara dejó de escuchar, lo único que oía eran los latidos de su corazón golpeándola por dentro. Tardó un largo segundo en volver a pensar con un poco de coherencia. Esa información podía ser solo un rumor y, de ser cierta, no tenía por qué estar relacionada con Jayden. Seguro que no tenía nada que ver y que se estaba preocupando por nada.

Entonces, ¿por qué no había llamado aún?

Intentó no pensar en todos los disparates que se le estaban pasando por la cabeza. Todo iba bien. Seguro que iba bien. El teléfono sonó y a ella se le escurrió la fuente, que acabó estrellándose contra el suelo. Alargó la mano, cogió el móvil y descolgó sin fijarse en quien llamaba.

—¿Sí?

—¿Adivina quién está de vuelta? —canturreó Christina.

—¡Hola! Ya has vuelto.

—Sí, aunque parece que a ti te da igual. ¿Estás bien?

—¿Qué ha pasado? —inquirió Colin al entrar en la cocina. Miró el estropicio que había en el suelo y arqueó las cejas.

—Se me ha resbalado —dijo Sara a modo de explicación.

—Ya. Pues como sigas así, nos vamos a quedar sin vajilla. Céntrate un poco, ¿vale? Llevas unos días que...

Sara lo fulminó con la mirada, mientras Colin salía de la cocina.

—¿Qué pasa? —quiso saber Christina.

—Nada, me he sobresaltado y se me ha caído una fuente al suelo.

—Y por lo que veo, Colin vuelve a ser el mismo tipo alegre y comprensivo que era antes —replicó con sarcasmo.

Sara pasó por alto el comentario y empezó a recoger con la mano los trozos de cristal más grandes.

—¿Has tenido noticias de quien tú ya sabes? —se interesó Christina.

—No, aún no. —Sara inspiró hondo, empezaba a ahogarse por momentos—. Dijo que me buscaría en cuanto regresara, y sé que lo hará.

—Claro que lo hará —replicó Christina con una risita—. Oye, ¿seguro que estás bien?

Ella negó, aun a sabiendas de que su amiga no podía verla. El nudo que tenía en la garganta cada vez era más apretado, y ese nerviosismo que llevaba sintiendo desde hacía días estaba a punto de provocarle un ataque de ansiedad.

Un mal presentimiento se instaló en su pecho.

—Lo cierto es que no... Espera, no cuelgues.

Entornó la puerta, buscando un poco de intimidad. Le contó a Christina lo que había oído en las noticias, y volver a pensar en ello le hizo tener más miedo.

—Entiendo que estés preocupada —empezó a decir Christina—, pero párate a pensar. ¿Sabes cuántos soldados estadounidenses hay desplegados en esa parte del mundo? Miles, Sara. Hay miles. Las posibilidades son tan remotas que no deberías preocuparte.

—¿Lo crees de verdad?

—Sí. Es una posibilidad entre mil. Esos soldados llevarán a cabo cientos de misiones. Si la noticia es cierta, y no tiene por qué serlo, podría haber sido cualquiera. —Hizo una pausa y dulcificó su voz—. Seguro que Jayden está bien. En cualquier momento te llamará y te darás cuenta de que estabas exagerando.

Sara respiró hondo y se apartó el pelo de la cara, estirándolo hacia atrás con la mano. Lo hizo varias veces de forma compulsiva. Si seguía así, iba a perder el juicio.

—Tienes razón.

—Por supuesto, así que relájate.

—Vale... —convino ella, aunque sabía que iba a resultarle imposible. Ese mal presentimiento se había convertido en un latido violento dentro de su pecho.

—A veces odio conocerte como te conozco —rezongó Christina de golpe—. Está bien, a ver qué podemos averiguar. Piensa, ¿se te ocurre alguna forma de localizarle?

Sara gimió de alivio.

—Solo tengo su teléfono móvil, pero lo tiene apagado.

—¿Alguna dirección...?

Negó con la cabeza. De pronto tuvo una idea.

—Espera. Me habló de su hermana en alguna ocasión. Se llama Niccole y es médico, trabaja en el servicio de urgencias pediátricas de un hospital en Baltimore. Creo que se llama Sinai. Sí, Hospital Sinai.

—Está bien. Voy a pedir un par de favores y a ver qué consigo. Pero tú estate tranquila, ¿de acuerdo?

—Sí.

—Prométemelo.

—Te lo prometo. No sabes lo mucho que te agradezco que hagas esto por mí.

—Cielo, siempre cuidaré de ti.

Sara se esforzó en permanecer tranquila. Preparó la cena y comió un poco con Daniel, mientras veían la televisión en el salón. Colin había decidido no acompañarlos y estaba encerrado en su estudio, comiéndose un sándwich y viendo una de esas series sobre detectives que tanto le gustaban. No había tardado mucho en regresar a las viejas costumbres, y ella y Daniel volvían a ser un equipo de dos. Pero juntos se sentían bien y la mayor parte del tiempo no necesitaban a nadie más.

—Tus dientes no van a lavarse solos —le dijo a Daniel.

Refunfuñando, el niño se levantó del sofá y fue al baño. Ella se quedó en el pasillo, escuchando cómo se cepillaba los dientes y contando mentalmente el tiempo que estaba empleando. Dos minutos después, sonrió al oírle hacer gárgaras. Le ayudó a acostarse y le dio un beso de buenas noches en cuanto estuvo metido en la cama.

—Mamá.

—¿Sí, cariño?

—Kevin me ha dicho que mañana va a ir con su hermano a una exposición de cómics. Todos son primeros números y primera edición. ¿Crees que podrías llevarme?

—Sí, claro. Podemos ir después del cole. Y a la vuelta podríamos parar a cenar en esa pizzería que tanto te gusta. ¿Qué te parece?

La cara de Daniel se iluminó.

—¡Guay!

—Pues eso haremos. Ahora a dormir.

Sara apagó la luz y entornó la puerta. Se quedó inmóvil en el pasillo sin saber muy bien qué hacer. Fue a la cocina y puso a hervir agua. Una infusión relajante la ayudaría a dormir. Miró el reloj por tercera vez en el último minuto. Ese gesto se estaba convirtiendo en algo compulsivo. ¿Qué importaba la hora? Aun así, volvía a mirarla una vez, y otra, y otra. Puso dos bolsitas de tila en una taza y fue en busca del hervidor, cuya alarma pitaba insistentemente. Se sobresaltó al oír el teléfono.

Corrió al salón y rebuscó entre los cojines donde lo había dejado. Estaba segura de que era un mensaje y no una de esas estúpidas notificaciones del servicio meteorológico. No lograba desinstalar la aplicación.

Un mensaje de Christina.

Lo abrió de inmediato y, con ojos ávidos, lo leyó. Había conseguido el teléfono del trabajo de la hermana de Jayden y también el de su casa. Pensó que no había mejor detective que un abogado con contactos y muchas ganas de ayudar a una amiga.

Se quedó mirando los números durante un buen rato. Quería llamar a esa mujer y preguntarle si sabía algo sobre su hermano, pero le daba miedo provocar una situación difícil de explicar. Empezó a pasearse de un lado a otro con el teléfono en la mano, y acabó sentada a la mesa de la cocina, con la taza de tila fría entre las manos y los ojos clavados en el móvil.

—Tengo que hacerlo —susurró decidida. No podía continuar con aquella agonía.

Primero marcó el número de su casa, sin estar muy segura de si la encontraría allí. En Baltimore debían de ser las cinco de la tarde, más o menos. Al segundo tono contestó una mujer.

—¿Sí?

—Eh... Eh... ¡Hola! ¿Hablo con Niccole? ¿Niccole Dixon?

—Sí, aunque ahora soy Niccole Porter. Dixon es mi apellido de soltera.

—Sí, discúlpame...

—¿Con quién hablo?

Sara se tocó la frente y trató de respirar hondo para calmarse y no parecer una neurótica.

—Sí, disculpa por no haberme presentado. Mi... mi nombre es Sara. Sara Gibbs. No me conoces, pero...

—¿Sara?

—Sí, Sara. Verás te llamaba porque...

—¿La Sara de Jayden?

Paralizada, se quedó mirando su propio reflejo en el cristal de la ventana. Se vio a sí misma palidecer.

—¿Sabes quién soy? —inquirió con cautela.

—Sí. Mi hermano me habló de ti.

Notó que se ruborizaba, halagada al saber que Jayden le había hablado de ella. Le pareció oír un gemido.

—A mí... a mí también me habló de ti. Siento molestarte, pero... Verás... Me llamó hace unos días y me dijo que tenía que ir a un sitio, por su «trabajo»... —Puso un énfasis especial en la palabra para que Niccole supiera de qué le estaba hablando—. Me prometió que volvería a llamarme en cuanto regresara. En cuatro o cinco días. No lo ha hecho y... estoy un poco preocupada. —Sin darse cuenta estaba hablando cada vez más deprisa, más nerviosa, y ese pálpito que la atormentaba regresó—. Bueno, seguro que es una tontería, pero hoy estaba viendo un canal de noticias y...

—Sara...

—Hablaban de un rumor sobre soldados estadounidenses... —Se dio cuenta de que Niccole había empezado a llorar y sintió sus propias lágrimas aflorando—, y un enfrentamiento...

—Sara...

—Y aseguraban que había habido bajas...

—Sara, escucha...

—Y aunque sé que es imposible que sea él, yo...

Se echó a llorar y su llanto ahogado se unió al de Niccole, que intentaba decirle lo que ella no quería oír.

—Sara... Es él...

—No...

—Lo siento mucho. Nos lo confirmaron hace unos días...

—No...

—Parece que murió salvando a dos de sus compañeros... Hubo una explosión...

—Dios mío, no puede ser verdad —gimoteó. Sin darse cuenta, había acabado de rodillas en el suelo, apretándose el estómago como si le doliera.

—No pudieron recuperar su cuerpo. Pero la detonación le dio de lleno y la casa en la que se encontraban le cayó encima. Están seguros de que es imposible que sobreviviera. Lo siento, lo siento mucho.

Sara notó que el suelo se hundía bajo sus pies mientras Niccole seguía hablando.

—Sé lo importante que eras para él. Te quería mucho. La forma en la que hablaba de ti... Nunca le había visto tan emocionado, nunca.

Sara no podía articular palabra, mientras su rostro se contraía por un llanto desgarrador.

—Yo también le quería mucho... Le quiero —sollozó.

—Me habría gustado conocerte —dijo Niccole.

—Sí, a mí también. Dios mío... —gimió sin poder controlarse.

—Llámame cuando quieras, ¿de acuerdo?

—Sí. Gracias, gracias por decírmelo.

—Gracias a ti por todo lo que le diste. Cuídate.

Con el teléfono apretado contra el pecho, Sara sintió que se estaba muriendo. Esa era la única explicación al dolor que estaba notando en ese momento. Con las lágrimas surcándole las mejillas, pensó que nada de todo eso podía estar pasando. Cogió aire unas cuantas veces, entre sollozos incontrolables. Se puso de pie como pudo y corrió hasta el baño, donde vomitó todo lo que tenía en el estómago.

Oyó a Colin en el pasillo. Si la veía así empezaría a hacerle preguntas y ella no podría darle las respuestas. No podía decirle que había perdido al hombre que la hacía sentirse viva.

Se levantó como pudo del suelo y abrió el grifo de la ducha, metiéndose a continuación dentro sin esperar a que el agua estuviera caliente y sin despojarse de la ropa. El agua la empapó y arrastró las lágrimas que rodaban por su cara. Se sentía perdida, vacía, como si no estuviera dentro de su propio cuerpo. Estaba bloqueada física y emocionalmente. Rota. Se había ido, él se había ido y ya no tendría ocasión de decirle cuánto le quería.

Perdió la noción del tiempo y, cuando logró salir de la ducha, su cuerpo era una masa arrugada que no cesaba de estremecerse. Como pudo, consiguió quitarse toda la ropa y envolverse en el albornoz. Se obligó a moverse hasta el salón y se dejó caer en su sillón favorito, junto a la ventana. Se hizo un ovillo y siguió llorando durante toda la noche.

Jayden se había ido para siempre. Se negaba a aceptarlo y por eso miraba el teléfono fijamente, esperando que en cualquier momento sonara; y estaba segura de que sería su voz la que oiría con una de sus bromas. Echaba de menos sus bromas. ¡Dios, lo echaba muchísimo de menos! No estaba preparada para perderlo, no lo estaba.

—¿Mamá? ¿Mamá, estás bien? Mami, háblame... ¡Papá!

Oía las voces, preguntando, exigiendo. Le hablaban, pero era incapaz de moverse; ni siquiera estaba allí, porque su mente se encontraba muy lejos en ese momento. Era como si estuviera flotando en el aire, observando su propio cuerpo encogido sobre el sillón, con la cara enrojecida e hinchada y los ojos vidriosos, después de horas y horas sin parar de llorar.

—Sara, por Dios, ¿qué te ocurre? ¿Estás enferma?

Unas manos la zarandearon varias veces.

—Sara, ¿qué demonios te pasa?

Ella solo parpadeó, y le supuso un gran esfuerzo. Su cuerpo estaba colapsado por el dolor. Quería pedirles que la dejaran en paz, pero era incapaz de formar palabras. El tiempo volvió a detenerse y se desvaneció llevándose su conciencia consigo.

Notó unas manos en las mejillas.

—Sara, cariño, mírame. Mírame, cielo.

Poco a poco volvió la cabeza y se encontró con Christina arrodillada a su lado.

—Colin me ha llamado diciendo que no estabas bien. Y para que él me llame...

Sara volvió a apartar la mirada y la clavó en la ventana.

—No, no, no... Sara, mírame y dime qué te pasa.

Ella notó que le tomaban el rostro y que la obligaban a girar la cabeza.

—Cariño, estamos solas, puedes hablar conmigo. Cuéntamelo. ¿Se trata de Jayden? ¿Hablaste con su hermana?

Oír su nombre accionó un resorte en su interior. Sus ojos cobraron vida y las lágrimas reaparecieron como un torrente. Christina le apretó la mano y ella sintió que volvía a ahogarse. Sin decir una sola palabra, se lanzó a sus brazos con un grito histérico.

—No va a volver, Chris. Se ha ido y no va a volver. Ya no está.

Enterró el rostro en su cuello y comenzó a llorar con una angustia sobrecogedora, jadeando en busca de aire.

—Tranquila, cariño. Todo va a ir bien.

—No es verdad. Me estoy muriendo, ¿no lo ves?

—No, cariño, no te estás muriendo. Pero te va a doler mucho —susurró Christina, llorando con ella—. Lo siento, mi niña. Lo siento mucho.

Sara se aferró a ella, como si al soltarse fuera a hundirse en un océano revuelto y oscuro. En lo único que podía pensar era que quería que Jayden volviera. Daría lo que fuera por volver a verle. Su cuerpo temblaba pegado al de su amiga, empapándole la camisa y el pelo con sus lágrimas.

—¿Por qué él?

Christina la estrechó con más fuerza, como si quisiera absorber parte de su dolor.

—Ojalá lo supiera —respondió en voz baja mientras le acariciaba el pelo—. Pero no lo sé.

34

Sara no sabía cómo había logrado superar los dos primeros días tras saber que Jayden había muerto. No había salido de la cama en todo ese tiempo. No tenía fuerzas para nada. Se había quedado vacía, incompleta, porque él se había llevado consigo un gran pedazo de ella.

Christina no se había movido de su lado en ningún momento, y había logrado mantener alejados a Colin y al niño. Se lo agradecía, aunque no fuese capaz de abrir la boca para expresárselo con palabras. También se había quedado sin voz.

Al tercer día, su mundo seguía siendo un pozo de tristeza. El dolor que sentía era tan intenso como al principio, y la pérdida era ácido corroyéndola por dentro.

A la mañana del cuarto día se puso en pie y se arrastró hasta la ducha. Su cabeza le decía que debía seguir adelante, que tenía un hijo que cuidar, y trató de hacerle caso. Así que, poco a poco, retomó su vida, sabiendo que había quedado destrozada para siempre y que no se recuperaría. Haciendo de tripas corazón, volvió a lucir una leve sonrisa y trató de mostrarse emocionada con las aventuras que Daniel traía del colegio. Era todo lo amable y atenta que podía con Colin, aunque él había empezado a evitarla mucho más, y le estaba agradecida por ello.

Se dijo que podía hacerlo, que podría salir adelante…, pero una pequeña parte de ella sabía que no sería así. Sin Jayden no había nada excepto silencio. Cuando salía a la calle, era como si todos sus sentidos se hubieran atrofiado salvo el de la vista. No oía los sonidos, no paladeaba las palabras, no sentía los sabores ni notaba el tacto de las cosas. Inconscientemente se estaba protegiendo a sí misma para no crear nuevos recuerdos que pudieran hacerle olvidar los que de verdad necesitaba conservar. A Jayden. El sonido de su voz y de su risa;

el sabor de sus labios y de su piel; el tacto de sus manos y las caricias de sus besos.

Habían pasado diez días. Diez días de vacío, de soledad, de echarle de menos constantemente. Y en contra de lo que había creído, su corazón continuaba latiendo y sus pulmones respirando. Seguía viva.

Eran las diez de la mañana cuando llamaron a la puerta. Se limpió las manos con un paño y bajó el fuego de la cocina antes de dirigirse al recibidor. No esperaba a nadie y Christina ahora tenía llave, cosa que a Colin no le había hecho ninguna gracia. A través de la mirilla vio a un hombre ataviado con el uniforme de una empresa de mensajería.

—Hola —lo saludó al abrir.

—Buenos días. ¿Sara Gibbs?

—Eh... Sí, soy yo.

—Traigo un sobre para usted.

—¿Un sobre?

—Sí. ¿Puede firmar aquí, por favor?

Estampó su firma y cogió el sobre. Lo estudió mientras volvía a cerrar la puerta y se lo llevó a la cocina. Era de plástico, con los colores y el logotipo de la empresa de mensajería. No tenía remitente, solo su nombre y la dirección escrita a mano en una pegatina blanca. Se sentó a la mesa y lo abrió. Dentro había otro sobre, esta vez de papel, completamente blanco y con algo pesado y duro en su interior.

Lo abrió, rasgándolo por un lateral, y volcó el contenido sobre su mano. El gemido que escapó de su garganta ni siquiera sonó humano. Pensaba que su corazón estaba tan quebrado que no podría volver a romperse. Se equivocaba. Lo notó hacerse añicos y se le desencajó el gesto. Eran las placas identificativas de Jayden y las de Olivier. Su cuerpo comenzó a temblar, movido por las lágrimas. Las apretó en un puño y las oprimió contra su pecho durante un rato.

Le tomó un tiempo recuperar un poco la compostura. Se sonó la nariz y respiró hondo, antes de sacar el resto del contenido. Encontró un papel cuidadosamente doblado. Uno de los márgenes era irregular, como si lo hubieran arrancado de un cuaderno.

Se quedó mirando el papel, intentando reunir el valor suficiente para leerlo, imaginando lo que podría ser. Tenía miedo de averiguarlo, tanto como necesidad de descubrir lo que era. Ni siquiera supo cuánto tiempo permaneció inmóvil hasta que, con decisión, lo desdobló y posó la vista en él. Era una carta y comenzó a leer.

Hola, pececito:

Supongo que si estás leyendo esto, es porque al final no he podido cumplir mi promesa e ir a buscarte. Lo siento mucho, lo siento de veras, y ojalá todo fuese distinto. Te conozco desde hace poco, pero es como si te conociera de toda la vida.

Me enamoré de tus piernas la primera vez que te vi, cuando aquel estúpido viento arrastró mi gorra por toda la plaza. Ahora sé que me estaba llevando hasta ti. Me enamoré de tu rostro aquella noche en la verbena, mientras hablabas de cómics y superhéroes. ¡Dios, fue tan excitante que necesité una ducha fría después! Y me enamoré de tu interior en aquella carretera, cuando me ofreciste tu casa y el peor trato que nadie me ha ofrecido jamás. ¿Sabes? Podrían haberte detenido por contratación ilegal y explotación...

Sara soltó una risita y se limpió las lágrimas que le nublaban la vista.

Pero acepté. Acepté porque lo que de verdad quería era conocerte y pasar tiempo contigo; y eso mismo es lo único que quiero hacer en este momento. Quiero volver contigo al mejor verano de mi vida, al más feliz. Quiero abrazarte y perderme en esa cama contigo. Quiero amarte como te mereces y hacerte feliz. Y siento no poder hacerlo. Me mata no poder hacerlo y me da miedo que, después de esto, te olvides de la maravillosa mujer que yo he tenido la suerte de conocer. No lo hagas, no vuelvas a ocultarla. Prométeme que no lo harás.

¿Recuerdas lo que te dije aquel día después de que hablara con Jeanne? Te dije que uno es la suma de sus decisiones. A veces nos pasamos la vida esperando a que los demás cambien para poder ser felices, cuando los que debemos cambiar somos nosotros. Nosotros somos quienes decidimos qué clase de vida queremos tener. Solo nosotros, Sara. Así que decide qué vida es la que quieres tener y constrúyela.

Cariño, sé que te resulta difícil, pero tienes que vivir una vida de verdad. Sé que el mundo puede dar miedo, pero tú eres fuerte. No te conformes. Te mereces mucho más. Puedes hacerlo.

Vive, por favor, vive por los dos. Prométeme que vas a hacerlo. Y a cambio yo te prometo que, esté donde esté, cuidaré siempre de ti. Porque tú eres mi chica. La única. Y lo significas todo para mí.

No pierdas nunca la fe en mí.

Te quiero y te querré siempre,

Jayden H. Dixon

Volvió a doblar la carta y la abrazó contra su pecho. Las lágrimas cayeron sobre la mesa, mojando el sobre. Tardó unos minutos en volver a ver con claridad.

—Sara, huele a quemado —gritó Christina desde el pasillo. Se oyó el tintineo de las llaves y el sonido de sus tacones en el pasillo. Entró en la cocina.

—¡Sara! —exclamó mientras se acercaba a los fogones y apagaba el fuego—. ¿Qué... qué te ocurre?

Sara alargó el brazo con la carta colgando de entre sus dedos y su amiga la tomó. La cerró tras echarle un vistazo y la miró a los ojos, preocupada.

—¿De verdad quieres que la lea? Es demasiado personal.

Ella asintió con una leve sonrisa y apretó los labios con fuerza para no echarse a llorar de nuevo.

Christina leyó en silencio y sus propios ojos se llenaron de lágrimas. Mientras repasaba las palabras, su mirada volaba hasta su amiga y después regresaba a aquel trozo de papel manuscrito.

—Lo echo tanto de menos —susurró—. Quiero que vuelva. Necesito que vuelva. No se merecía lo que le ha pasado.

—Lo sé. Alguien capaz de escribir esto no debería morir nunca. Tiene razón en todo. Eres fuerte y te mereces mucho más —musitó Christina con vehemencia. Sara alzó los ojos y ella le dedicó una sonrisa, mientras cogía las placas que apretaba en su mano y se inclinaba para ponérselas alrededor del cuello—. No estás sola, Sara, me tienes a mí. Déjame ayudarte. No podemos hacerlo todo solos. Confía en mí y déjame ayudarte.

—¿Cómo?

—El cómo es cosa mía, no te preocupes por eso. Pero no podré ayudarte hasta que tú des el primer paso.

—Me he pasado toda la vida actuando como si no ocurriera nada y ahora soy incapaz de hacer otra cosa.

—Tampoco te creías capaz de pasar unas semanas en ese viejo *château*. Ni te creías capaz de arriesgarte y hacer caso a tu corazón, pero lo hiciste... Puedes con esto.

Sara tomó la carta y la dobló cuidadosamente, después la guardó en el sobre.

—Quiero que se sienta orgulloso de mí.

Christina sonrió.

—Créeme, ya lo está.

Sara interiorizó esas palabras con los ojos cerrados. Vio la cara de Jayden. Su preciosa sonrisa y sus bonitos ojos verdes, de los que se había enamorado la primera vez que los vio. Llevaba toda la vida equivocándose, corriendo en dirección contraria, y ya era hora de arreglarlo.

—¿Podrías recoger a Daniel del colegio y pasar la tarde con él? Yo tengo que hacer algo.

—Claro —respondió Christina, sin apartar la vista de ella—. ¿Estás bien?

—Sí —contestó mientras se ponía de pie y se secaba las lágrimas con las palmas de las manos. Y añadió convencida—: Quiero que me ayudes. Quiero que me ayudes a construir una vida nueva. Sé... sé lo que quiero, pero no cómo hacerlo.

Christina solo pudo asentir, porque el nudo que tenía en la garganta no la dejaba hablar

—Voy a salir. Tengo que ir a un sitio —susurró Sara.

Hizo todo el camino a pie. Sentía la necesidad de respirar y de hacerlo al aire libre, bajo la luz del sol. Se habían acabado las paredes.

Cuando llegó al edificio donde se encontraba la agencia en la que trabajaba Colin, entró sin vacilar. No estaba preocupada por si llegaba en un mal momento o por si su presencia lo incomodaba. Llevaba toda la vida pasando de puntillas por la de él y ahora necesitaba sentir el suelo bajo sus pies. Un lugar seguro en el que apoyarse. Tomó el ascensor y subió los cuatro pisos con la mano en el pecho, notando a través de la ropa las placas de metal. Su tacto era reconfortante.

Cruzó las puertas de cristal, decoradas con el logotipo de la agencia. El diseño del lugar era sencillo, de líneas puras, y predominaba el cristal y el color blanco. Enfiló el pasillo, intentando recordar dónde se encontraba la oficina de Colin. Giró a la derecha y el pasillo se ensanchó formando una especie de antesala en la que solo había un enorme cuadro en la pared con el fondo blanco y una mancha negra en el centro, un arbolito de plástico y una mesa, tras la cual se encontraba Elizabeth, la secretaria de su marido.

—Buenos días, Eli.

La chica levantó la vista de los papeles que estaba revisando y sus ojos se abrieron como platos.

—¡Sara, qué sorpresa! Colin no me ha dicho que vendrías.

—No sabe que estoy aquí.

Elizabeth parecía nerviosa y se ruborizó.

—Bueno, pues no sé si vas a poder verle. Tiene la agenda hasta arriba de reuniones, ahora mismo está en...

—¿Está en su despacho? —preguntó ella mientras rodeaba la mesa y se acercaba a la puerta.

—Sí, pero no...

—Gracias —replicó y empujó la puerta de cristal sin esperar a que nadie anunciara su llegada.

En otro momento, en otro tiempo, lo que encontró le habría hecho daño. Colin estaba repantigado en la silla y con las piernas sobre la mesa. Anika también estaba allí, sentada en la misma mesa de espaldas a la puerta, con las piernas cruzadas mientras sostenía sobre su regazo un portafolios. La escena en sí no era nada del otro mundo. Solo mostraba a dos personas que compartían una gran confianza, en una actitud cercana y distendida. Pero era lo que había habido entre ellos lo que la convertía en algo más trascendental.

Sara no se alteró por encontrarlos juntos. Una serenidad dulce y tranquila se había apoderado de ella.

—¡Sara! —exclamó Colin al tiempo que se ponía de pie. Anika lo imitó, forzando una sonrisa que no disimulaba su incomodidad—. ¿Qué haces aquí?

—Necesito hablar contigo.

—¿Ahora? ¿No puedes esperar a que llegue a casa?

—No, la verdad es que no.

—Ya sabes que en el trabajo...

Sara notó un nudo en el estómago que se transformó en rabia, pero también en una sensación de seguridad en sí misma que no había experimentado hasta ahora.

—Anika, ¿te importaría dejarnos a solas? Necesito hablar con él.

La mujer la miró, y después se volvió hacia Colin con un gesto inquieto.

—Ahora. Gracias —le espetó Sara. Esta vez con un tono de voz más duro.

Anika recogió sus cosas y abandonó el despacho.

Colin empezó a hablar:

—Espero que de verdad estés aquí, interrumpiendo mi trabajo, por algo importante. Y no por una tontería como que se ha roto la lavadora o que el niño...

—Quiero el divorcio.

Él se quedó inmóvil y la miró como si acabara de percatarse de su presencia.

—¿Qué?

—No quiero que sigamos juntos. Se acabó.

—Pero ¿qué estás diciendo? ¿Te ha dado otro ataque como el del otro día o es que estás perdiendo la cabeza?

—No he perdido la cabeza. Creo que en este momento estoy más cuerda que nunca. —Sonrió para sí misma e inspiró hondo.

Colin rodeó la mesa y se acercó a ella.

—Si es por Anika, ya te dije que...

Sara alzó la mano y lo hizo callar, tapándole la boca con los dedos. Su expresión era serena y lo miró a los ojos con la misma calma.

—No puedo seguir con esto. Tú y yo no podemos seguir juntos. No tiene sentido y nunca lo ha tenido. Tú no me quieres, Colin. Tú no me amas, nunca lo has hecho. Y yo tampoco te he amado como se debe amar a un hombre para pasar la vida con él. Por eso creo que lo mejor es que nos separemos y que ambos nos demos la oportunidad de intentar ser felices. Yo quiero intentarlo. Quiero tener otra vida. Sola.

Colin la miraba sin parpadear, consciente de que estaba hablando en serio. Que todo era verdad.

—Tú no sabes estar sola, Sara. No sabes vivir sola.

—Llevo once años haciéndolo. Lo único que debo aprender ahora es a ser autosuficiente, y sé que puedo serlo. Ahora lo sé.

—No durarás una semana. Volverás igual que pasó la otra vez.

Ella inspiró hondo. Sonrió con tristeza.

—¿Por qué tienes tanto miedo a estar solo? ¿De verdad prefieres vivir toda una vida infeliz conmigo, a estar por primera vez solo? ¿Acaso no te das cuenta de que es lo que tú también has estado haciendo estos once años? Has estado solo todo este tiempo. Hemos compartido el espacio, pero nunca la vida.

Colin bajó la vista. Se había ruborizado y parecía avergonzado.

—¿Y qué pasa con nuestro hijo? ¿Has pensado en Daniel para proponer esta locura?

—Sí. Y creo que es lo mejor para él. Necesita que nosotros seamos felices para que él también pueda serlo. —Sara hizo una pausa y no pudo evitar sentir un atisbo de temor—. Espero que te des cuenta de que lo mejor para él es que viva conmigo. Tú pasas mucho tiempo viajando y tu trabajo es muy absorbente...

Colin resopló y alzó las manos con un gesto exasperado.

—Dios, no puedo creer que estés diciéndolo en serio. Mira, podemos hablarlo con calma cuando llegue a casa. Piénsalo bien mientras tanto. Incluso puedes hacer una lista con las cosas que quieres que cambie. Puedo hacerlo. Puedo cambiar.

—No quiero que cambies.

—Entonces..., ¿qué quieres? —Alzó la voz.

Sara tragó saliva y le sostuvo la mirada. Esta vez iba a contestar a esa pregunta.

—Quiero seguir adelante. He tenido que esperar toda una vida para sentirme amada y deseada de verdad...

Los ojos de Colin se abrieron como platos y después se entornaron al percibir lo que se ocultaba en aquellas palabras. Ella continuó:

—Toda una vida para aprender a pedir lo que quiero, lo que necesito. Para darme cuenta de que tengo tanto derecho como tú, o cualquier otra persona, a exigir que mis deseos se cumplan. Que mis necesidades sean las que de vez en cuando importen. He tenido muchos años para darme cuenta de que, por una vez, debo ser egoísta y pensar en mí y en lo que me hace feliz. Y por respeto a la persona que me ha enseñado todas esas cosas, y mucho más, no puedo seguir contigo ni con esta vida que llevo. Se lo debo. —Notó las lágrimas arremolinándose bajo sus pestañas y parpadeó para alejarlas—. Necesito saber que, allí donde esté, se siente orgulloso de mí. Necesito que se sienta orgulloso de mí.

Colin tragó saliva varias veces. Se había puesto pálido.

—Lo supe cuando os vi. No quería creerlo, pero lo supe. ¿Te vas con él? —musitó.

Sara apretó los labios y su cara se contrajo con una expresión de dolor.

—No —respondió—. Aunque quisiera, él ya no puede venir conmigo.

Su marido la miró fijamente y poco a poco lo fue comprendiendo. Bajó la vista y se pasó la mano por el cuello.

—Lo siento, Sara. —Y era sincero—. Lo siento mucho.

Ella no pudo soportar más la angustia y empezó a llorar en silencio. Sonrió con amargura y se dirigió a la puerta. De pronto, se detuvo y lo miró por encima del hombro.

—¿Quieres un consejo? —preguntó.

Colin se encogió de hombros. Ella continuó:

—No sé qué es lo que te asusta, pero intenta superarlo. Los cambios a veces son buenos. Arriesgarse es bueno. Si es ella, si todo este tiempo ha sido ella, díselo. Apuesta por el futuro. No la dejes ir. No esperes a perderla.

Colin simplemente asintió y alzó una mano a modo de despedida.

35

Dolor, eso era lo único que sentía. Intentó abrir los ojos, o quizá ya los tenía abiertos, pero no podía ver nada salvo oscuridad. Gimió al sentir un golpe en las costillas y se le revolvió el estómago.

Su mente luchaba contra la marea de la inconsciencia, que lo engullía casi todo el tiempo. Cuando volvía en sí y todos sus sentidos comenzaban a funcionar, podía darse cuenta de que lo estaban arrastrando. Notaba bajo la espalda una superficie, dura e irregular, que no dejaba de moverse provocando en su cuerpo un tormento agonizante.

Apenas podía respirar. La presión que sentía en el pecho lo ahogaba. Trató de mover la mano. Le resultó imposible ya que la tenía pegada al costado. Todo su brazo yacía paralelo a su cuerpo, envuelto en algún tipo de tela que olía a cabra.

Volvió a gemir, y una voz siseó pidiéndole que guardara silencio. Otra respondió en un susurro y hubo un intercambio rápido de frases. No estaba seguro, pero parecía que hablaban en sirio. ¡Mierda, continuaba vivo y lo habían capturado! Empezó a sacudirse. Intentó hablar, pero tenía la boca seca y la lengua espesa. Unas manos presionaron sobre su pecho para que no se moviera, y alguien le habló en voz baja. No entendía nada, pero captó la fonética de dos palabras.

Americani amigo.

Y no dejó de repetirlo.

Americani amigo. Americani amigo.

Perdió el conocimiento de nuevo. Su mente recuperaba la consciencia de forma intermitente. Durante unos minutos no se daba cuenta de nada, pero un segundo después, todas sus neuronas empezaban a funcionar de nuevo. Aprovechaba esos momentos para hacer una rápida exploración de su cuerpo e intentar averiguar dónde se encontraba. Pero lo único que pudo constatar fue que estaba hecho una mierda y que no tenía ni puta idea de dónde estaba.

Notó algo fresco en los labios, que se colaba dentro de su boca y que resbalaba por su garganta. El sabor era asqueroso, pero tenía la lengua tan seca que no le importó. Abrió la boca y sacó la lengua, pidiendo más. Notó un paño áspero empapado en ese líquido y lo chupó con avidez. Gimió al notar que se lo quitaban, aunque poco después volvió a sentir cómo se deslizaba dentro de su boca, esta vez desde un cuenco. Alguien le sostenía la cabeza para que pudiera beber.

Poco a poco comenzó a recordar y un terror frío inundó sus venas. Su cuerpo dolorido protestó cuando trató de moverse y la cabeza le dio vueltas. Estuvo a punto de vomitar lo poco que había ingerido, pero necesitaba moverse. Tenía que escapar. Unas manos lo sujetaron, impidiendo que se sentara, y de nuevo esas palabras. *Americani amigo.* Oyó que llamaban a alguien en voz alta y que una voz más joven respondía a poca distancia de allí.

Se obligó a abrir los ojos y vio un cielo cubierto de estrellas sobre su cabeza. Miró a los lados y se encontró con el rostro de un hombre, un anciano con la piel arrugada y el pelo oculto bajo un turbante. Tenía los ojos pequeños y oscuros clavados en él, y sonreía con una boca desdentada.

—*Americani amigo.*

Jayden lo examinó con atención. No parecía una amenaza, más bien todo lo contrario.

—¿Quién es usted?

—Es mi abuelo.

Un hombre mucho más joven se arrodilló a su lado. Él se encogió y trató de alejarse, al ver que se inclinaba para tocarlo.

—¿Hablas mi idioma? —le preguntó con voz ronca.

—Sí. Hablo tu idioma —respondió arrastrando un fuerte acento.

Jayden le apartó la mano cuando intentó retirarle la ropa. Entonces se percató de que no llevaba su uniforme, sino una especie de chilaba con unos pantalones debajo.

—Tengo que mirar tus heridas para asegurarme de que no se infectan. Ya no me quedan antibióticos, así que es importante que las vigile —dijo el hombre joven.

—¿Antibióticos?

—Sí. Amoxicilina. Era lo único que me quedaba, y quería intentar cambiarla por algo de comida y un lugar donde escondernos, pero tú la necesitabas más.

Jayden tardó un rato en asumir su explicación. Esos dos tipos habían estado cuidando de él y le habían administrado medicinas para curarlo.

Nada de aquello tenía sentido.

—¿Quién eres?

—Me llamo Abdullah. Él es mi abuelo, Yalal. ¿Puedo? —le pidió, señalando su cuerpo.

Asintió y se quedó muy quieto, mientras el hombre apartaba la ropa que le cubría el pecho y oprimía algunos puntos sobre su esternón. Después hizo lo mismo en su abdomen y en el costado derecho, y la presión de sus manos le arrancó un gemido de dolor.

—¿Sabes lo que estás haciendo? —preguntó con recelo.

Abdullah sonrió, mostrando unos dientes blanquísimos.

—Mi título en Medicina asegura que sí. ¿Eso te reconforta? —Rió por lo bajo al ver la expresión de su cara.

—Depende de si te creo o no.

—Pues es la verdad. No hace mucho yo vivía en una casa bastante grande, con televisión e internet, viajaba en coche, tenía servicio doméstico... Y sí, también fui a la universidad, incluso salía con chicas europeas. Mi padre poseía un concesionario de coches y mi madre era maestra. Nos iba bastante bien.

Jayden lo miró atónito. Su aspecto no era el de un hombre al que le fuesen bien las cosas.

—¿Me tomas el pelo?

—No, no suelo bromear cuando hablo de mi familia. No te miento. Hice mi residencia en un hospital de Zúrich y...

—¿Y qué demonios haces aquí? —lo cortó sin entender nada de nada.

—Regresé con mi familia cuando empezaron los problemas con los extremistas. Pero llegó un momento en el que dejó de estar bien visto ser kurdo y católico. Mi familia murió ejecutada hace unos meses. Solo logramos escapar mi abuelo y yo. —Sacó de una bolsa una especie de ungüento y comenzó a aplicarlo sobre las heridas—. Tienen buen aspecto. Estabas muy mal cuando te encontramos. No creía que fueses a sobrevivir.

Jayden no pudo evitar sonreír. Era una situación extraña.

—¿Y por qué me ayudaste si creías que iba a palmarla? —quiso saber.

—Porque sabía lo que te harían ellos si te encontraban. Ningún hombre merece morir como un perro. ¿Crees en Dios?

Él asintió. Abdullah continuó:

—Yo también. Y Dios enseña que hay que cuidar de los demás y que los muertos merecen una sepultura digna.

—Te lo agradezco.

—No tienes por qué.

—¿Cómo me encontrasteis?

—Nos escondíamos en la casa de una prima. Hace como un mes, llegaron unos hombres a la aldea, talibanes afganos que se habían unido a los yihadistas sirios, y la tomaron para reclutar soldados. Nosotros pasamos todo ese tiempo ocultos en un agujero. Si nos hubieran descubierto, nos habrían quemado vivos. También a mi prima y a sus hijos. La noche que aparecisteis, no nos quedó más remedio que huir. Aprovechamos la confusión y la oscuridad. Los helicópteros se fueron y los talibanes también huyeron, aunque sabíamos que no tardarían en regresar. Vimos parte tu cuerpo sobresaliendo bajo los escombros de una casa. Respirabas.

—Y me llevasteis con vosotros.

—Sí. ¿Por qué lo dices así? Tú habrías hecho lo mismo.

Jayden tuvo que reprimir un quejido de dolor.

—No, no lo habría hecho —aseguró muy serio.

Abdullah dejó de sonreír, pero su expresión de bondad no desapareció.

—Puede que la próxima vez lo hagas.

—Puede —fue lo único que dijo antes de cerrar los ojos.

Le dolía todo el cuerpo y no lograba mantenerse despierto.

—Duerme —le sugirió Abdullah—. Necesitas descansar y recuperarte.

Jayden no sabía cuánto tiempo había pasado desde que había abierto los ojos por última vez, pero debía de ser bastante porque estaba anocheciendo de nuevo. Notó que le alzaban la cabeza y que acercaban a su boca un cuenco. Percibió otra vez ese sabor asqueroso y apartó la cara sintiendo náuseas.

—¿Qué es eso? —masculló.

—Leche de cabra con grasa de camello —contestó Abdullah.

—¡Joder!

—No maldigas. Es lo que te está dando fuerzas.

—Eso no hace que sepa mejor.

Abdullah se echó a reír.

—Sí, tienes razón. Un buen filete de buey, con patatas y aros de cebolla crujientes, estaría mucho mejor.

Esta vez fue Jayden quien rompió a reír.

—Eso ha sido cruel. Demasiado cruel incluso para ti.

—Sí. Un poco. —Abdullah lo miró atentamente—. ¿Te encuentras mejor?

—Me sigue doliendo todo y la pierna casi no puedo moverla, pero me siento un poco más fuerte.

—Bien, eso es bueno. —Hizo una pausa y le ofreció un trozo de pan reblandecido con agua—. Hablas en sueños. Sueles llamar a una mujer. Sara. ¿Es tu esposa?

Jayden sintió que se le cortaba la respiración. Cada vez que estaba consciente, no hacía otra cosa que pensar en ella; y cuando su consciencia era engullida por la oscuridad, soñaba con ella. Era su obsesión.

—No, no es mi esposa —respondió, mientras se llevaba un poco de pan a la boca.

—Pero es importante para ti.

—Lo más importante.

—Volverás a verla —susurró Abdullah, convencido—. Trata de descansar, aprovecharemos la noche para avanzar un poco.

Lo tapó con una manta y empezó a chistar y a dar órdenes en su dialecto. La improvisada camilla, fabricada con palos, empezó a moverse y a traquetear cuando el pequeño burro tiró de ella.

Jayden cerró los ojos y trató de no pensar en el lío en el que se encontraba. No tenía ni idea de dónde se hallaba y apenas podía moverse por sí mismo. Dependía por completo de los dos hombres que le cuidaban, como si fuese parte de su familia. Jamás habría podido imaginarlo. Era curiosa la forma en la que la vida podía sorprenderte.

Pensó en su propia familia. Estaba seguro de que lo habrían dado ya por muerto. Estarían llorando su pérdida, sin tan siquiera contar con un cuerpo y una lápida que les diera algún consuelo.

Y Sara. Pobre Sara. Sintió un dolor agudo en el pecho al preguntarse si ella también lo daría por muerto, si tendría su carta, o si habría acabado creyendo que él había cambiado de opinión y que la había abandonado. No podía soportar esa idea.

«Lo siento. Lo siento», musitó para sí mismo, pensando en ella con desesperación.

No sabía cómo iba a lograrlo, pero debía buscar el modo de regresar. Su única posibilidad se encontraba en Abdullah y en su abuelo. Pero ellos eran hombres de ciudad, que habían logrado sobrevivir gracias a algún extraño e inexplicable milagro.

Hizo recuento de todo lo que había ocurrido desde el asalto. No quería olvidarse de nada y mucho menos del paso del tiempo. Según Abdullah, llevaba cinco días inconsciente la primera vez que despertó. Habían pasado otros tres días cuando recuperó la consciencia la segunda vez. Desde entonces, se había mantenido a ratos despierto, demasiado débil y dolorido, y en ese estado habían trascurrido otros seis días.

Habían pasado catorce días en total desde el asalto.

Catorce días y ya casi no les quedaba agua ni comida, si se le podía llamar comida a la carne de cabra seca y al pan que lograban masticar después de reblandecerlo con agua. Empezó a sudar y a sentir escalofríos, y la pierna le dolía cada vez más.

De repente, el lejano sonido de un motor llegó hasta ellos arrastrado por la brisa. Abrió los ojos y trató de enderezarse. En el horizonte se veía una nube de polvo.

—¿Qué es eso?

—Se mueve. Parece un coche. Debemos estar cerca de alguna carretera —susurró Abdullah—. ¿Serán amigos?

—¿Aquí? Probablemente no —replicó Jayden con cierto desdén—. Ayúdame a ponerme de pie —le pidió, aunque en ese momento dudaba mucho de que pudiera llegar a sentarse sin ayuda.

—No debes moverte.

Lo que fuese se acercaba, y en pocos minutos lo tendrían encima.

Jayden clavó los codos en los palos y elevó el torso, tratando de ver algo. Casi había anochecido, pero quedaba suficiente luz como para ser un blanco fácil. Logró apoyarse en una mano y colocarse de lado. Entonces vio algo que lo dejó sin habla. Del pobre y tullido burro, bajo una manta, colgaba su mochila.

«No me jodas», pensó.

Le entró una risa floja y se dejó caer de nuevo sobre la camilla, con las manos cubriéndose la cara.

—¿Recogisteis mis cosas? —inquirió entre risas, que acabaron transformándose en carcajadas.

—La llevabas a la espalda cuando te sacamos de entre los escombros —explicó Abdullah, sin apartar la vista del horizonte—. Creo que fue lo que te salvo la vida. Funcionó como un escudo.

Jayden no podía parar de reír y Yalal lo miraba como si hubiera perdido el juicio.

—Tiene que haber un botiquín y un par de barritas energéticas.

Abdullah apartó la vista.

—Las barritas nos las comimos y no había ningún botiquín. Debió de caerse.

—Por casualidad, ¿encontrasteis mi fusil?

Abdullah dijo que sí con la cabeza y señaló el fardo.

—Lo llevabas enganchado a tu ropa. Quise dejarlo, pero mi abuelo pensó que podría servirnos como protección.

Jayden sufrió otro ataque de risa, con el que le dio vueltas la cabeza. Por fin logró serenarse y se limpió los ojos con las manos sucias. Reírse de ese modo le había machacado las costillas, pero se sentía más vivo que nunca.

—¡Puta suerte! —exclamó—. Dame mis cosas. En alguna parte llevo una radio —y añadió para sí mismo—: Que funcione, por Dios, que funcione.

Abdullah descolgó su mochila del fardo que cargaba el animal y se la acercó. Él localizó la radio, la sacó del bolsillo y comprobó que estaba aplastada, inutilizada. ¡Joder! Un poco de ayuda no le vendría mal. Trató de pensar. De golpe recordó que en su chaleco llevaba el teléfono que Miles le había dado.

—Mi ropa, ¿dónde está?

Abdullah negó con la cabeza.

—Lo tiramos todo. Estaba llena de sangre y no era seguro que continuaras vistiendo un uniforme.

—¿El chaleco también? Llevaba un chaleco, con un montón de trastos.

—Sí, ¿lo quieres?

—¡Joder, sí! —exclamó con los dientes apretados. Se pasó la mano por la frente, estaba sudando a mares y se le nublaba la vista.

Abdullah despojó al pobre burro de toda su carga y rebuscó hasta dar con una bolsa de tela, la abrió y sacó el chaleco.

—Mira en la parte delantera, en la zona inferior, debe de haber un bolsillo grande y dentro un teléfono —le explicó.

—Sí, aquí está —respondió, mientras se ponía de pie y se lo entregaba.

Lo encendió y un suspiro de alivio escapó de sus pulmones cuando la pantalla se iluminó con unos dígitos. Casi se echa a llorar. Desplegó la antena y trató de recordar los códigos.

—¿Qué alcance tiene? —preguntó Abdullah, esperanzado.

—Con una buena posición, estos trastos pueden llamar a cualquier parte del planeta. El problema es que voy a usar una línea satélite insegura y eso quiere decir que nos puede oír cualquiera. Pero algo es algo —contestó. Parpadeó, con la visión borrosa, y marcó el primer número que le vino a la cabeza.

Un tono. Dos. Tres.

—Centro táctico. Al habla el sargento Hutcherson.

—Sargento, aquí el teniente Jayden Dixon, ¿me oye?

—¿Disculpe?

—Sargento, aquí el teniente Jayden Dixon, llamo por una línea insegura. Necesito hablar con el oficial al mando, ¿me oye?

—¡Señor! ¿De verdad es usted? Todos creen...

Jayden apretó los párpados con fuerza.

—Sargento, necesito hablar con el comandante Delany. Es el oficial al mando de la base.

—Dios mío, es usted de verdad. No... no cuelgue. Voy a buscarle.

Jayden permaneció al teléfono durante lo que le pareció una eternidad.

—Aquí Delany. ¿Jayden?

—¿Señor? —respondió casi sin voz.

—Hijo, ¿estás bien?

—He estado mejor, señor.

—Jayden, ¿dónde estás? Danos tus coordenadas.

—No lo sé, señor. Sigo aquí, en algún punto al norte de Siria.

—De acuerdo. No cuelgues, hijo. Vamos a localizar tu señal y enviaremos un equipo de rescate.

—Gracias, señor.

—No te preocupes. Vamos a sacarte de ahí, vamos a llevarte a casa.

—Sí, señor —logró responder.

Cerró los ojos y un par de lágrimas surcaron sus mejillas. Resopló e inspiró hondo. «A casa», pensó, abrumado por toda la tensión que había estado sintiendo los últimos días. «A casa.» Dios, sonaba tan bien.

Yalal comenzó a hablar y a señalar con una mano el horizonte.

—Viene hacia aquí —dijo Abdullah con el pánico reflejado en su tono de voz.

Jayden se giró y forzó la vista. El vehículo estaba a unos pocos kilómetros y venía directo hacia ellos. Apretó los dientes y se obligó a moverse. No había sobrevivido para que ahora todo se fuese a la mierda.

—Ayúdame a levantarme —masculló.

—No puedes...

—Ayúdame a levantarme de una puta vez.

Abdullah hizo lo que le pedía. Lo agarró por la cintura y tiró de él hasta que logró sostenerse sobre las dos piernas. La cabeza empezó a darle vueltas y pensó que acabaría cayendo desmayado. Inspiró hondo y sacó fuerzas de donde no las tenía, obligándose a permanecer erguido.

—Dale el teléfono a tu abuelo y dile que por nada del mundo permita que se corte la llamada. —Esperó mientras el hombre hablaba con el anciano—. Ahora dame el fusil.

—Pero...

—Dame el jodido fusil —gruñó.

Abdullah lo miró como si se hubiera vuelto loco. Dudó un segundo, pero al final obedeció.

Jayden agarró su fusil de precisión y buscó un lugar donde situarse.

—Ayúdame a llegar hasta esa roca.

El dolor que sentía en la pierna le estaba provocando náuseas y los escalofríos lo hacían temblar de arriba abajo.

—Estás ardiendo —susurró Abdullah.

Jayden no respondió, ni siquiera podía hablar. Se acomodó sobre la roca y apoyó el fusil en la superficie. Comprobó la munición: solo dos proyectiles. ¿Quién dijo que iba a ser fácil? Ajustó la mira. El vehículo era un camión y lucía la bandera negra, ondeando como un mal augurio. Dos hombres iban en la cabina, cuatro más fuera, en la parte de atrás, armados con fusiles. Estaban a dos mil quinientos metros de distancia.

Se secó el sudor de la frente y parpadeó varias veces para aclarar su vista. Colocó de nuevo el ojo en la mira, la ajustó y soltó el aire muy despacio, mientras el camión se acercaba. Movió el dedo y lo puso sobre el gatillo. Se quedó quieto, sin respirar, apuntando al pecho del conductor. Por el rabillo vio a Abdullah santiguándose y orando en voz baja.

«Voy a volver», pensó. Y la cara de Sara fue su último recuerdo antes de apretar el gatillo. El retroceso del arma le arrancó un grito de dolor.

—¡Le has dado, les has dado! ¿Jayden? Jayden, ¿qué te ocurre?

Se desplomó sobre la roca, tiritando como si estuviera desnudo en medio de un lago helado. No podía ver nada.

—En mi chaleco... Luz de posición... Enciéndela cuando... Helicópteros... Cuando...

Abdullah y su abuelo lograron arrastrarlo hasta la improvisada camilla. Se había desmayado y ardía por culpa de la fiebre. Con los ojos muy abiertos, permanecieron atentos y alerta en medio de la oscuridad. Habían visto cómo el camión perdía el control y daba varias vueltas de campana hasta detenerse entre una nube de polvo. Rezaban para que no hubiera sobrevivido nadie.

El tiempo pasó con una lentitud agónica. Abdullah apretaba en su mano la luz de posición. A lo lejos creyó oír un ligero rumor, una vibración que se extendía por el aire. El sonido cobró fuerza y, cuando estuvo seguro de que eran helicópteros, accionó aquella especie de bengala y la lanzó a unos cuantos metros. Una luz roja iluminó sus caras.

Minutos después, unos soldados estaban en tierra, apuntándoles con sus armas, haciéndoles preguntas mientras se llevaban a Jayden a bordo de uno de los helicópteros.

—Tenemos el premio, tenemos a Dixon. Lo tenemos —gritaba uno de ellos por la radio.

La mente de Jayden iba y venía entre la oscuridad. Sus ojos se abrieron durante un segundo y creyó ver el interior de un Black Hawk. No estaba seguro. Otro parpadeo y un rostro apareció en su campo de visión. No lo identificaba, pero le hablaba sin parar. Notó que le quitaban la ropa y alguien le cubría la boca con una mascarilla.

—Reconocimiento en vuelo: múltiples traumatismos, constantes inestables y cayendo. Preparen un avión y un equipo médico. En cuanto lo estabilice hay que llevarlo a un hospital —informaba el médico a través de la radio a la base. Miró al soldado que tenía a su derecha—. Está muy mal y me preocupa su pierna. —Pasó su mano por la frente de Jayden—. Vamos, chico, no has llegado hasta aquí para rendirte, ¿verdad?

—No, señor —logró balbucear.

De repente, empezó a convulsionar.

—¿Qué le ocurre? —preguntó el soldado.

El médico se apresuró a comprobar de nuevo sus constantes.

—Le ha subido la fiebre. Cuarenta y dos grados. Hipertensión y taquicardia. Si sigue así va a entrar en parada cardiorrespiratoria.... ¡Joder! Se nos va.

36

Jayden perdía y recuperaba el conocimiento a intervalos, pero en los momentos que estaba despierto apenas era consciente de lo que ocurría a su alrededor. En algún momento reconoció unas paredes blancas a través de su vista borrosa. Su cuerpo estaba firmemente sujeto a una camilla y tenía cables por todas partes. Un rostro se inclinó sobre él y apuntó con una molesta luz a sus retinas. Después, de nuevo la oscuridad.

Un pitido, molesto e insistente, penetró a través de su conciencia. Se despertó en un estado de confusión, atrapado en un cuerpo que no respondía. No podía mover los brazos, ni las piernas, y los párpados los sentía tan pesados que parecían de piedra. Empezó a mover los ojos, luego inspiró hondo y se encogió de dolor al soltar el aire. Cuando por fin logró abrirlos, su mirada se clavó en el techo, parpadeando lentamente.

Todo era confuso e inconexo. De golpe, su cerebro se activó y una marea de recuerdos lo agitó. El desierto, aquellos hombres que se acercaban y él sosteniendo su fusil, incapaz de controlar el temblor de sus manos. Sus labios comenzaron a moverse como si estuviera sollozando. Un ataque de pánico se apoderó de él. ¿Dónde estaba? Todo su cuerpo empezó a agitarse. Con el corazón a mil por hora y aquel pitido sonando tan rápido como sus latidos, enfocó la vista en la mujer vestida de blanco que corría hacia él.

¿Niccole? No podía ser.

—Eh, tranquilo. Todo está bien, tranquilo. —Con las manos sobre su pecho, lo obligó a permanecer quieto sobre la cama—. Eso es, muy bien. No pasa nada.

Jayden no daba crédito a lo que veía.

—¿Nikki? —Su voz sonó ronca y apagada.

—Hola, cariño. ¿Cómo te encuentras?

—¿Dónde... dónde...?

—En casa. Estás en casa, Jayden. En el hospital donde trabajo.

Cerró los ojos, incrédulo. Parpadeó y vio la cara preocupada de su hermana ante él. No había sido una alucinación, era ella y estaba en casa.

—¿Cómo...? —Empezó a toser, con la garganta seca. Niccole le ofreció un vaso de agua, del que sobresalía una pajita, y lo ayudó a beber—. ¿Qué pasó? —logró preguntar.

—Ya habrá tiempo de hablar de lo que pasó. Descansa —le pidió mientras le echaba un vistazo a los monitores que controlaban sus constantes.

Jayden negó con la cabeza. Tenía miedo de cerrar los ojos y de que, al abrirlos, se diera cuenta de que aún continuaba en aquel desierto. La habitación comenzó a darle vueltas y sintió náuseas. Crispó la boca y todo su cuerpo se tensó. Miró a su hermana, fijamente, como si necesitara asegurarse de que no era una alucinación. No tenía buen aspecto, parecía cansada. Unas profundas ojeras rodeaban sus ojos, brillantes y un poco hinchados. Llevaba el pelo recogido en una coleta mal peinada y su bata blanca estaba arrugada. Ella le devolvió la mirada y le sonrió. Trató de alzar el brazo hacia ella.

—¿Te duele algo? ¿Notas dolor en alguna parte? —le preguntó Niccole, cogiendo su mano. Él negó con la cabeza—. Eso está bien. Ahora, aprieta mi mano.

Jayden tardó un segundo en lograr moverse, pero al final pudo hacer fuerza con sus dedos y le dio un apretón.

—¡Estupendo! —exclamó ella—. Voy a hacerte unas preguntas, ¿vale? —Él asintió con la cabeza—. ¿Cuál es tu nombre completo?

—Jayden Hunter Dixon.

—¿Cuántos años tienes?

—Treinta... —Tuvo que detenerse a pensarlo—. Treinta y cuatro.

—Muy bien. ¿Recuerdas cómo te llamaba mamá de pequeño?

Esbozó un atisbo de sonrisa. Movió la cabeza con otro sí.

—Atila —musitó—. Lo destrozaba todo.

Niccole se echó a reír y lo miró con un profundo sentimiento de esperanza en su rostro.

—Eras un demonio. —Suspiró—. ¿Cómo se llama tu sobrina?

—Faith. Tiene... tiene tres... ¡No! Cuatro... tiene cuatro años.

—Sí. Eso es. ¿Recuerdas quién es Lisa?

Cerró los ojos un momento e inspiró varias veces. Empezaba a estar muy cansado. ¿Lisa? Sí, claro que sí.

—Es... es mi mujer —respondió.

Intentó recordar su cara, enmarcada por un bonito pelo rubio. Una imagen distinta acudió a su mente y el corazón le dio un vuelco. Se le aceleró el pulso y aquella infernal máquina pitó a la misma velocidad. A través de la neblina que embotaba su cerebro, una idea se fue abriendo paso como un rayo.

—¡Sara! —susurró—. ¡Sara! —repitió con angustia y trató de levantarse—. Tengo que ver a Sara. Le prometí que iría a buscarla. Dios, tengo que verla.

Niccole le colocó las manos en el pecho, mientras él no dejaba de luchar contra su cuerpo inmóvil. La intravenosa de su brazo se tensó y se salió de la vena.

—Jay, por favor. Quédate quieto, quédate quieto.

Él tragó saliva e hizo lo que le pedía, porque sus esfuerzos no estaban sirviendo para nada. Era incapaz de moverse y clavó una mirada suplicante en su hermana.

—Tengo que ver a Sara. Se lo prometí. Creerá que...

—Cree que estás muerto —susurró Niccole y lo cogió de la mano—. Me llamó unos días después de que tú desaparecieras. Había conseguido mi número y estaba preocupada porque no la habías llamado. Yo le dije que te habían dado por muerto... —La culpabilidad transformó su rostro—. ¡Dios mío, debería haberla llamado y haberle dicho que estás bien! Ni siquiera lo había pensado. No sé, no sé cómo localizarla... Me llamó a casa y no sé... Dios, ¿cómo se me ha podido pasar por alto intentar hablar con ella? He estado tan ocupada, tan preocupada. Lo siento, Jayden, lo siento mucho.

—Lo entiendo, no te preocupes —sollozó él con una mueca de sufrimiento mientras Niccole volvía a colocar la intravenosa en su brazo.

Empezaba a dolerle la cabeza, y también la pierna. En realidad empezaba a dolerle todo y no se sentía lo bastante fuerte para soportarlo. Su cuerpo se quedó laso sobre la cama. Así no podía ir a ninguna parte. Respirando de forma entrecortada, trató de pensar con calma.

—¿Cuánto tiempo llevo aquí?

—Diez días.

—¿Diez días? —repitió incrédulo—. ¿Diez?

—Tuvimos que sedarte. Estabas muy confuso, tenías alucinaciones y delirios.

—¿Qué día es hoy?

—Veinticuatro de octubre.

Jayden exhaló lentamente, dejando salir el aire por la nariz. Por Dios, tenía ganas de llorar. Por estar vivo, por haber vuelto a casa, y por la frustración de imaginar por todo lo que estaría pasando Sara y no poder hacer nada para remediarlo. Se preguntó qué estaría haciendo, dónde, con quién... El monitor se aceleró al ritmo de su presión arterial.

—¿Cómo pasó? ¿Qué pasó?

Niccole se encogió de hombros.

—No sé mucho, solo lo que papá me contó. Que habías contactado con la base de Jalalabad. Localizaron tus coordenadas y se pusieron en contacto con la base aérea más cercana. Enviaron un equipo de rescate y te sacaron de allí. Te llevaron a un hospital, donde estuviste cuatro días más muerto que vivo. En cuanto los médicos te estabilizaron, papá te metió en un avión y te trajo hasta aquí.

—¿A un hospital civil?

—Sí. A mí también me sorprendió. Pero ya sabes cómo es. Tendría sus razones y yo me alegro de que haya sido así... —De repente, Niccole se echó a llorar—. Todos... todos creímos que habías muerto... —Hipó—. Mamá estuvo una semana sin salir de la cama y yo... Yo pensaba que... que no iba a ser capaz de soportar lo mucho que te echaría de menos... Fue horrible. Jamás... jamás...

—Eh, tranquila —susurró él—. Ven, acércate.

Niccole se sentó en la cama y poco a poco se inclinó hasta que su mejilla descansó en el pecho de su hermano. Él alzó la mano y la rodeó con su brazo.

—Lo siento. Siento haberos hecho pasar por todo eso —se disculpó casi sin voz. Aún notaba la mente embotada y le costaba pensar con claridad—. Me encuentro fatal. Como si estuviera borracho. No logro pensar.

—Es por la sedación. Te la retiramos ayer y tu cuerpo la está eliminando poco a poco, aún tardarás en recuperarte del todo.

Jayden intentó acomodarse sobre la almohada, pero las piernas no le respondieron. Las contempló muerto de miedo y trató de moverlas, pero nada. Miró a su hermana. Ella debió de ver el pánico en sus ojos, porque empezó a negar con la cabeza.

—No, no, tranquilo. No les pasa nada a tus piernas. Es por la sedación y los relajantes. Escucha, no debes moverte, aún no estás en condiciones.

—¿Cómo... cómo estoy? Y dime la verdad.

Niccole le sonrió y le acarició la mejilla.

—Has estado muy mal. En el helicóptero sufriste una parada cardiorrespiratoria, y casi no logran reanimarte. Tu pierna derecha tenía una herida abierta hasta el hueso y la infección se había extendido por la sangre; infección que aún tratamos de controlar. Es un milagro que hayas sobrevivido a todas las heridas y contusiones que tenías.

Él tragó varias veces, intentando controlar las náuseas que comenzaba a sentir por culpa del dolor de cabeza que le taladraba las sienes.

—Vale, me ha quedado claro que he estado a punto de palmarla. Pero ¿cómo estoy?

—Tu cuerpo se está recuperando bastante bien de las heridas. Pero tendremos que hacerte pruebas neurológicas, ahora que estás despierto, para valorar si ha habido algún daño.

Cerró los ojos.

—¿Qué daños?

—Coordinación, movilidad, pérdida de memoria...

Entonces los abrió de golpe.

—A mi memoria no le pasa nada. Estoy bien. Y has dicho que a mis piernas tampoco.

—Eso parece. Pero debemos asegurarnos.

—No quiero que me mientas, Nikki. No soy ningún niño.

—Jamás te mentiría.

Él se quedó mirando el techo. Un ligero temor se coló entre sus costillas y le oprimió el pecho. ¿Y si todo el infierno por el que había pasado le había dejado secuelas serias? Ya lo había visto antes, en otros soldados. Una parada cardiorrespiratoria era jodida, muy jodida dependiendo del tiempo que hubiera estado en el otro barrio. Un cerebro podía quedar muy tocado después de algo así y, de momento, él no podía mover ni un puto dedo del pie. Suspiró y apretó los dientes.

Niccole le rozó la frente con la mano.

—Sigues frío. Llevas veinticuatro horas sin fiebre. Es una buena señal. —Lo miró con atención—. ¿Sabes cómo puedo localizar a Sara? Podría organizarlo todo y...

Jayden comenzó a negar con la cabeza y tragó saliva con un nudo en la garganta.

—No...

—¿Y quién podría...?

—No, no quiero que la busques.

Niccole se quedó de piedra.

—¿Por qué?

Se pasó una mano por la cara. Ni siquiera él estaba seguro de por qué.

—Primero quiero saber cómo estoy, si voy a ponerme bien. No... no quiero que me vea así. —Hizo una pausa y cogió aire—. Le prometí que iría a buscarla y eso es lo que quiero hacer. Todo... todo el tiempo que estuve en Siria, solo podía pensar en ese momento. Intentaba imaginar su cara cuando me viera aparecer, y cómo vendría corriendo hacia mí con su preciosa sonrisa...

—¿Te das cuenta de lo cruel que es eso? Merece saber la verdad.

Él la miró a los ojos.

—Lo sé. Ni siquiera puedo imaginar lo que yo sentiría si creyera que la había perdido, pero... ¡Joder, he estado a punto de palmarla! Déjame ser un poco egoísta. Quiero cumplir mi promesa, y cuando vuelva a verme, quiero que vea que soy el hombre que ella recuerda. No un trozo de carne sobre una cama.

Niccole sonrió.

—No sabía que eras así, tan idealista, romántico... y presumido.

Jayden también sonrió.

—Ni yo. Pero es ella, ¿sabes?

—¿Estás seguro?

Asintió convencido.

—No sabía que se podía querer tanto a otra persona, no de ese modo. Nunca he vivido como lo hice esas semanas con Sara. La quise desde el primer instante en que la vi, aunque en ese momento no fuera consciente. Pero todo, absolutamente todo, me ha conducido a ella. Sé que no está bien que haga esto, que debería tratar de localizarla y decirle que estoy vivo, pero déjame hacerlo a mi modo.

—Está bien. Pero quiero que sepas que puedes estar aquí varias semanas, y que no pienso darte el alta hasta que estés recuperado del todo.

—Tengo toda la vida para estar con ella —musitó él.

Niccole se pasó la lengua por los labios, con el mismo gesto que él solía hacer.

—En el fondo lo entiendo, ¿sabes? Entiendo que quieras hacerlo de ese modo. Y me parece muy bonito. —Suspiró—. Sé que estás cansado, pero mamá lleva días ahí afuera, con la tía Susan y la tía Mildred. Necesitan verte despierto y, con un poco de suerte, lograré que se vayan a casa a descansar.

Jayden sonrió y una pequeña llama se encendió en su pecho. Estaba agotado, pero podría soportar un rato de mimos.

—Deja que pasen.

Dos días después, Niccole recibió los resultados de todas las pruebas neurológicas que le habían hecho a Jayden, y no podían ser mejores. Había llegado el momento de intentar levantarlo de la cama y ver cómo reaccionaba su cuerpo. El primer intento fue un fracaso. No lograba mantenerse de pie.

Él miró las muletas con inquina.

—¿Cuánto tiempo?

—No lo sé. Hasta que recuperes las fuerzas.

Maldijo por lo bajo, enfadado.

—Vale, pues dámelas. —Las tomó cuando su hermana se las ofreció y trató de no sentirse como un bebé al que se lo tienen que hacer todo—. ¿Cuándo vas a darme el alta?

—Dos semanas, ni un día antes, Jay, y me sigue pareciendo muy poco tiempo.

—Una.

—Dos.

—Si sigo aquí, me volveré loco. La echo de menos. Quiero verla.

—Eso puede solucionarse. Llámala.

Jayden miró la carpeta marrón que había sobre la cama. Había pedido un par de favores y había averiguado todo lo que debía saber sobre Sara. Seguía viviendo en su casa de Londres, pero ahora lo hacía sola, con Daniel. Su marido ya no vivía con ellos y habían puesto a la venta el apartamento.

Se sentía orgulloso de ella. Lo había hecho; a pesar de que ya no contaba con él, de que estaba convencida de que había muerto, había decidido buscar una nueva vida. Era una mujer fuerte, siempre lo había sabido; solo necesitaba ese pequeño empujón que le demostrara que podía hacer cualquier cosa que se propusiera.

Se moría por verla, por abrazarla y sentirla. Soñaba con su cara y con las cosas que le diría cuando volvieran a encontrarse. Y lo haría, pero cuando llegara el momento. Al menos quería sostenerse erguido cuando ella lo viera de nuevo.

—No. Voy a cumplir mi promesa e iré a buscarla. Iré yo por mis propios medios.

—Dios, eres el hombre más cabezota del mundo. ¿Sabes una cosa? Es tu vida, haz lo que te dé la gana.

Jayden y Niccole se adoraban, pero siempre estaban discutiendo. Lo hacían por todo, y había sido así desde niños.

—¿Me darás el alta la semana que viene? —insistió él.

—No —gruñó Niccole, mientras salía de la habitación.

—No soy un crío, Nikki. ¿Qué vas a hacer, encerrarme?

—No, llamaré a papá y le pediré que ponga un par de marines en esta puerta.

Jayden se quedó boquiabierto y la fulminó con la mirada.

—No lo dices en serio.

—Ponme a prueba. No saldrás de este hospital hasta que estés completamente recuperado. Dos semanas, Jay —le espetó ella mientras se alejaba por el pasillo.

—Eso ya lo veremos —masculló él.

Se puso de pie, apoyándose en las muletas. Cargando su peso en los brazos, empezó a dar pequeños pasos. Poco a poco los pasos se convirtieron en metros y, al día siguiente, podía recorrer el pasillo de un extremo al otro.

—Joder, alguien debería decirte que con esa bata se te ve el culo. Y es el culo más feo que he visto en toda mi vida.

Jayden se volvió y una sonrisa le iluminó la cara al ver a Miles y a David caminando hacia él.

—Admítelo, siempre te ha gustado mi culo —replicó.

Una enfermera, que salía de una de las habitaciones, lo fulminó con la mirada.

—Estamos en un hospital y no en un bar —le recriminó con su voz chillona.

—Dios, ¿cómo consigues que todas se enamoren de ti? —bromeó David. Jayden le guiñó un ojo y se dejó abrazar por él—. Menudo trago nos has hecho pasar, tío. Me alegro de verte. No sabes cuánto me alegro de verte.

—Yo también —susurró, intentando controlar su voz. Miró a Miles, que parecía emocionado—. ¿Qué pasa, tío?

Miles sonrió y lo abrazó con fuerza. Suspiró y le dio una palmada en la espalda, tragando saliva de un modo compulsivo.

—Gracias por salvarme la vida, Devil. ¡Gracias, hermano!

—Hice lo que debía. Tú habrías hecho lo mismo.

—Lo sé, pero... Todos nos quedamos destrozados. Fue una puta mierda.

Entraron en la habitación. Él se sentó en la cama y dejó las muletas a un lado. Se miraron en silencio, sin saber muy bien qué decir. Miles y David lo contemplaban como si aún no pudieran dar crédito a que estuviera allí, de una pieza, pero sobre todo vivo.

—¿Qué? —inquirió, cuando empezó a sentirse molesto por el escrutinio.

—Es que te enterramos, ¿sabes? Hay una cruz con tu nombre. Y ahora..., es de locos... —Miles resopló emocionado—. Estábamos en Virginia cuando nos dieron la noticia de que te habían encontrado y que un par de Hawks te estaban trasladando a Turquía.

Jayden miró a su amigo fijamente, leyendo en su cara lo que le estaba pasando por la cabeza.

—No lo sabías, Miles. Era imposible que lo supieras —dijo con calma.

—Debí quedarme, revisar los escombros... —musitó él—. Te habría encontrado y...

—Y nada, tío, nada. No le des vueltas. Yo habría hecho lo mismo. Era una posibilidad entre un millón y allí había treinta hombres a los que debías poner a salvo. Hiciste lo que debías. —Se masajeó la pierna—. ¿Sabéis qué ha sido de los hombres que me encontraron?

—Todo lo que sabemos es extraoficial, pero parece que se están moviendo algunos hilos para concederles asilo en el país y que puedan quedarse.

Él sonrió y dejó escapar el aire que no se había dado cuenta de que estaba conteniendo.

—Eso es genial. Estoy vivo gracias a ellos. Jamás podré... agradecerles todo lo que hicieron por mí.

Miles asintió mientras se pasaba las manos por la cara.

—Quieren concederte la medalla al valor —comentó David.

Jayden abrió unos ojos como platos y negó con la cabeza.

—Paso de esas mierdas. Ya lo sabéis. Además, me largo en unos días. Cuatro, cinco como mucho.

—¿Adónde?

—Con Sara. Voy a ir a buscarla y, si aún tiene ganas de aguantarme, quiero quedarme con ella. Quiero la casa, el perro y la puta caña de pescar. Eso es lo que quiero. Una vida tranquila, hijos... Se acabó todo esto para mí.

Miles sonrió.

—Me alegro por ti. —Lo miró de arriba abajo—. Estás hecho una mierda.

—Sí, yo estaba pensando lo mismo —dijo David—. ¿Cuándo te sueltan?

—Mi hermana dice que me dejará libre en un par de semanas.

—Pero... si acabas de decir que te vas en cuatro o cinco días —comentó Miles.

—Exacto. En cuanto consiga caminar sin esas muletas me largaré de aquí, y vosotros vais a ayudarme.

—¿Nosotros? —replicaron Miles y David a la vez.

—Si sigo aquí más tiempo, me volveré loco. Estoy bien, de verdad. Así que vais a conseguirme un teléfono, mi pasaporte, dinero y una bolsa con algo de ropa. Y también un billete a Londres.

—Ni de coña, tu hermana nos cortará las pelotas.

—Y yo os pegaré un tiro —masculló él—. ¿De parte de quién estáis?

—Vale, lo que tú digas. Pero si Nikki nos pilla, pienso cantar como un tenor —refunfuñó Miles—. ¿De dónde sacamos todo eso? Tu cartera, tu teléfono... Todas tus cosas se las entregamos a tu madre antes del funeral.

Jayden se estremeció al oír esa palabra. Se pasó los dedos por el pelo y después por la espesa barba que le cubría la cara. Sonrió y se tumbó sobre la cama para descansar.

—Tíos, sois SEAL. Seguro que se os ocurre algo.

37

Una semana después. Londres.

Nada más bajar del avión, Jayden encendió su teléfono móvil. La avalancha de mensajes fue inmediata. Su madre, su padre, Niccole... Iban a matarlo, estaba seguro. Podía imaginar a su hermana, hecha un basilisco, ideando toda clase de torturas a las que podría someterlo. Su madre probablemente no le dirigiría la palabra durante semanas, le encantaba ser melodramática. Y su padre, no sabía por qué, pero tenía la sensación de que él era el único que no había puesto el grito en el cielo y que realmente entendía lo que estaba haciendo y por qué. Cuando a un Dixon se le metía algo en la cabeza...

Se guardó el teléfono en el bolsillo y se dirigió a la salida, con su petate colgado de un hombro y la guitarra en el otro. La pierna aún le molestaba y la cojera era evidente. Avanzó entre el torrente de pasajeros y llegó al exterior.

Estaba nervioso y la sensación se acrecentaba a cada paso que daba. No tenía ni idea de cómo iba a reaccionar Sara cuando lo viera. Para ella él estaba muerto. Había pasado un mes y ya se habría hecho a la idea de que había desaparecido para siempre. Quizá, después de todo, aquello no fuera una buena idea. Iba a darle un susto de muerte.

—¿Adónde?

Jayden parpadeó y se fijó en el taxista, que lo miraba a través del espejo retrovisor.

—Sí, disculpe, me he distraído. —Le enseñó la dirección que llevaba apuntada en un trocito de papel—. Es aquí.

—¿Es su primera vez en Londres?

—No, la verdad es que no. Ya había estado aquí antes.

—¿Por trabajo? ¿Es músico? Lo digo por la guitarra. Aquí hay muchos músicos. Siempre hay festivales, incluso en invierno.

—No, he venido para ver a alguien.

—Pues espero que disfrute de su estancia en la ciudad.

—Sí, yo también —susurró mientras miraba por la ventanilla.

Era una mañana fría de noviembre y el sol se escondía tras las nubes. Contempló de forma distraída las calles y a la gente que se movía por ellas, intentando mantenerse tranquilo, pero conforme se acercaba a su destino, más le costaba controlarse. Estaba muerto de miedo. Sabía perfectamente lo que quería, cómo lo quería, y, aun así, no lograba quitarse esa sensación de encima. Necesitaba a Sara para estar completo, y si por algún motivo, después de todo el infierno por el que había pasado, no podía tenerla... ¡Joder! Ni siquiera era capaz de pensar en ello. Moriría, estaba seguro, porque sin aire que respirar, ese era el único final posible. Y Sara era su aire.

—Es aquí —dijo el taxista, deteniendo el coche junto a la acera.

Pagó la carrera, cogió su equipaje y se dirigió al portal del edificio. Una mujer salía justo cuando él se disponía a llamar.

—¿Busca a alguien?

—Sí. A Sara Gibbs.

La mujer sonrió.

—¿Es un amigo de Sara? —preguntó, mirándolo de arriba abajo.

—Sí. Un buen amigo.

—Me alegro. Espero que consiga animarla un poco. Últimamente no es la misma chica alegre de siempre. —Se encogió de hombros—. Claro, con su divorcio... Por cierto, soy su vecina, la señora Rossi.

—Es un placer.

—El placer es mío, querido. ¡Pero pasa, no te quedes fuera! Así le darás una sorpresa.

—Gracias —respondió él.

Se despidió con la mano de la mujer y tomó el ascensor hasta el tercer piso, donde vivía Sara. A medida que iba subiendo, los latidos de su corazón se tornaron tan intensos que empezó a sentirlos en todo el cuerpo.

«¿Qué coño voy a decirle? ¡Sorpresa, estoy vivo, cásate conmigo!», pensó mientras se detenía frente al apartamento.

Dio media vuelta y se dirigió al ascensor. No podía hacerlo, no de ese modo. Se detuvo, maldijo por lo bajo y se quedó mirando el suelo. Un montón de inseguridades susurraban y maldecían en sus oídos. Tragó saliva a duras penas y sus piernas le llevaron de nuevo hasta la puerta.

Inspiró hondo y llamó al timbre.

Segundos después, el sonido de un cerrojo rompió el silencio y la puerta se abrió. Se oyó un grito y Jayden apenas tuvo tiempo de ver una melena rubia antes de que se la cerraran en las narices.

Christina se quedó inmóvil, con el corazón a mil por hora.

—¡Dios, mi abuela tenía razón! —susurró.

Todas las historias que le había contado su abuela, sobre difuntos que no cruzaban al otro lado, acudieron a su mente de golpe. Pegó otro grito cuando el timbre sonó de nuevo.

—Christina, soy Jayden.

Ella se llevó una mano a la boca y contuvo un gemido.

«Dios mío, puede hablar», pensó.

—Vamos, soy yo de verdad. Hubo un error, me dieron por muerto, pero estoy bien. Abre, por favor.

—¿Y cómo sé que dices la verdad y que no eres un fantasma?

La carcajada que soltó resonó por todo el pasillo.

—¿Hablas en serio? —inquirió él entre risas.

—Muy en serio. Pregúntale a mi abuela, ella veía cosas.

Jayden se pasó la mano por la nuca. Todo aquello parecía una broma pesada.

—Vale, como quieras. He venido a ver a Sara. Así que voy a sentarme aquí fuera a esperarla. ¿De acuerdo?

Christina no respondió. De puntillas se acercó a la puerta y echó un vistazo a través de la mirilla. Vio cómo el «fantasma» dejaba los bultos que cargaba en el suelo y se sentaba con la espalda apoyada contra la pared. Lo observó durante unos segundos y, poco a poco, su lado racional empezó a reaccionar. Abrió la puerta y lo miró de arriba abajo sin decir una sola palabra. Sus ojos se humedecieron y los labios comenzaron a temblarle, abrumada por la impresión.

Él se puso de pie, muy despacio, y le sostuvo la mirada.

—¿Eres tú de verdad? —susurró ella casi con miedo.

Le sonrió y asintió, alzando los brazos con un gesto despreocupado.

—Soy yo, sin trampa...

De repente, Christina se lanzó sobre él y le rodeó el cuello con un abrazo que casi se lo rompe.

—¡Dios mío, estás vivo! ¡Estás vivo!

Jayden le devolvió el abrazo y sonrió, notando un estúpido nudo de emoción en la garganta. Le agradecía el gesto y la sinceridad de su alegría, pero los nervios que tenía en el estómago estaban a punto de provocarle un infarto. Sus ojos se clavaron en la puerta entreabierta.

—¿Sara está en casa?

Christina lo soltó y dio un paso atrás para poder verle el rostro.

—¿Por qué no pasas y hablamos?

—¿Ella está bien?

—Sí, todo lo bien que cabe... Está en Tullia. Anda, pasa, tengo algunas cosas que contarte.

Jayden dejó su equipaje en la sala y siguió a Christina hasta la cocina. Se sentía un poco raro en aquella casa. Había fotografías de Daniel por todas partes, pero ninguna de Sara ni de Colin, y mucho menos de los dos juntos. Inspiró hondo, como si así pudiera captar algún olor que le recordara a ella. Se moría por hacerle un millón de preguntas a Christina, pero se dio cuenta de que ambos necesitaban habituarse un poco a aquella situación.

—¿Estás bien? —le preguntó ella, señalando su pierna con un gesto.

Él encogió un hombro e hizo una mueca. Le dolía bastante y la notaba muy cargada. Sin esperar a que le invitara a sentarse, se acomodó en una de las sillas.

—Sí. Irá mejorando con el tiempo.

Ella sonrió de oreja a oreja, como si le costara creer que él estuviera allí y que no fuese una alucinación.

—Iba a prepararme un sándwich. ¿Te apetece uno?

—Sí, gracias —respondió. La observó moverse por la cocina, con la seguridad de conocer hasta el último rincón. Tragó saliva y miró a su alrededor, buscando la forma de preguntarle por Sara. Iba a abrir la boca, cuando ella se le adelantó.

—¿Qué fue lo que te pasó? Porque... porque todos te daban por muerto. Incluso llegó una carta...

—¿Le llegó mi carta? —preguntó él al tiempo que se enderezaba en la silla.

—Sí. Fue un momento muy duro para Sara —confesó ella, mientras ponía sobre la mesa un plato con dos bocadillos y una taza de café—. ¿Qué te pasó?

Jayden le contó todo lo que había sucedido desde la noche de la misión. Le explicó cómo habían logrado sobrevivir, gracias a Abdullah y su abuelo, y la suerte que tuvieron al encontrar el teléfono. Aunque poco pudo decirle sobre su estancia en el hospital, porque no se acordaba de nada.

—¿Te has fugado? —preguntó Christina atónita.

—Yo no diría que me he fugado, solo he acortado mi estancia. —Emitió un suspiro y cerró los ojos—. No podía permanecer más tiempo allí. —Se pasó la lengua por los labios y se masajeó las mejillas, nervioso—. ¿Cómo está?

—Bien. Bueno... Tu muerte... Tu no muerte... —se corrigió exasperada—. Perderte la destrozó, Jayden. Llegué a creer que no se recuperaría jamás. Lo único que hacía era llorar y llorar, y echarte de menos. Pero entonces llegó tu carta y algo dentro de ella despertó. Dejó a Colin ese mismo día. —Clavó sus ojos en él—. No pareces sorprendido.

Él se ruborizó y bajó la mirada.

—Tiré de algunos hilos... Me mataba estar encerrado en ese hospital, sin poder moverme y sin saber qué había sido de ella. Cuando supe que le había dejado... Que iba a divorciarse... —Negó con un gesto—. No podía seguir allí más tiempo, tenía que verla.

—Y te has escapado de un hospital, convaleciente, para plantarte en la puerta de su casa y decirle «Hola». Así, sin más.

Jayden resopló.

—Es mucho más complicado que eso. Le prometí que vendría a buscarla. No quiero ser otra persona más en su vida que incumple sus promesas. Así que, por favor, no la llames ni le digas nada, quiero ser yo quien se lo explique.

Christina sonrió.

—Es de locos..., y a la vez tiene tanto sentido.

—¿Vas a contarme qué está haciendo en Tullia? —inquirió él preocupado, y un rayo de esperanza se abrió en su pecho—. ¿Ha aceptado dirigir el hotel?

—Voy a vender Lussac.

Jayden la miró boquiabierto.

—¿Qué? Después de todo lo que... ¿Por qué?

—Porque soy una simple abogada que no puede permitirse tener un hotel en la Provenza. Es imposible, lo he intentado, pero solo genera gastos y más gastos que no puedo asumir: cocinero, camareros, limpieza... Lo mejor es que lo venda. Yo odio el campo.

—¿Y la promesa que le hiciste a tu padre?

—Lo que de verdad quería mi padre era que esa casa no se quedara abandonada. Que hubiera personas en ella que le dieran vida. Encontraré a alguien que la quiera. —Hizo una pausa y se recogió el pelo tras las orejas—. Sara ha ido para ponerlo todo a la venta. Yo no podía y ella se ha ofrecido. Quería ver Lussac una última vez. Volverá mañana por la noche.

Él se puso de pie y una mueca de dolor cambió su expresión.

—¿Necesitas descansar? Puedes quedarte aquí hasta que ella regrese —le sugirió Christina, a la que no le había pasado por alto que no se encontraba tan bien como quería aparentar.

—No. Tengo que irme —respondió él al tiempo que iba en busca de su equipaje.

Christina lo siguió.

—¿Te vas? Pero si estás hecho una pena. —De repente lo comprendió—. ¡Oh, Dios, vas a Tullia!

—Ya te lo he dicho. Le hice una promesa —respondió Jayden.

Se dirigió a la puerta y la abrió. Se detuvo un instante y miró a Christina por encima del hombro.

—Gracias. Gracias por todo. Tú... tú pusiste a Sara en mi camino.

Christina apretó los labios con un puchero y a punto estuvo de echarse a llorar.

—¿Sabes? Esta es la cosa más loca, estúpida y romántica que he visto hacer a nadie.

Él soltó una risita. Y Christina añadió:

—Creo que hay un vuelo directo a Marsella en un par de horas, puedes estar en Tullia a media tarde. —Tragó saliva, emocionada—. ¿A qué esperas? ¡Corre! ¡No, mejor no corras! ¿Quieres que te lleve al aeropuerto?

Seis horas después, Jayden miraba el paisaje a través de la ventanilla de un taxi. Por primera vez en muchos días se sentía inexplicablemente tranquilo, en paz. Observó las colinas, los campos de vides y de lavanda bañados por esa luz especial que solo poseía la Provenza. Pensó que no recordaba cuándo había sido la última vez que se había sentido tan en casa como se sentía en ese momento.

Allí había vivido momentos inolvidables, especiales, que habían cambiado su vida para siempre. Y ahora se dirigía al más decisivo de todos.

Sara no pensó que sería tan duro regresar a aquel lugar. Solo habían pasado unas pocas semanas desde su nueva realidad y las heridas dolían tanto como el primer día. No, dolían mucho más, porque estar allí era en sí un recuerdo viviente de todo lo que había pasado.

Sentada en la cama que había compartido tantas noches con Jayden, se limpió las lágrimas que resbalaban por sus mejillas. Estaba cansada de llorar y, aun así, era incapaz de no hacerlo. Día tras día se repetía que seguiría adelante, tal como le había prometido a él, y lo intentaba con todas sus fuerzas. Pero eso no mitigaba el dolor y el pesar que sentía. El mes que había pasado entre aquellas paredes había cambiado su vida. Conocer a Jayden la había cambiado por completo hasta convertirla en una persona distinta.

Pasó el día vagando por la casa, incapaz de permanecer en un mismo lugar. Moverse parecía el único modo de mantener a raya la marea de emociones que la desbordaba. Cada habitación tenía sus propios recuerdos. En aquella casa se había sentido realmente viva por primera vez. Había reído, soñado y amado como jamás pensó que sería capaz. Su mente no dejaba de evocar infinidad de momentos: conversaciones hasta la madrugada, confidencias..., besos, caricias y sus cuerpos unidos.

Salió al jardín cuando el atardecer teñía el cielo de colores rojos y anaranjados y pálidas sombras bailaban sobre la tierra. Paseó en dirección a la piscina, contemplando los árboles y el viñedo que tantos recuerdos guardaban. Estaba segura de que recordaba cada instante con Jayden, desde el primer día hasta el último, y también que nadie podría arrebatárselos.

Una muda angustia inundó sus ojos. Resopló, intentando contener el llanto, tratando en vano de detener las lágrimas. Su única esperanza era que esa sensación se iría suavizando. Algún día despertaría y se daría cuenta de que le dolía un poco menos, y así hasta lograr que fuese soportable.

Con suerte dejaría de buscarlo entre la gente, pese a que sabía que ya no se encontraba en ese mundo.

Con suerte dejaría de verlo en todas partes, subiendo a un autobús, paseando por la calle o sentado en un parque, tan real que, en alguna ocasión, a punto había estado de salir corriendo y lanzarse a sus brazos. Pero al final no era más que el anhelo que sentía adoptando su forma.

Podría parecer que se estaba volviendo loca, pero en cierta manera disfrutaba de esas visiones y no se sentía tan sola.

Se arrebujó bajo la rebeca de lana y dio media vuelta.

Se estremeció de arriba abajo y el corazón se le paró un segundo. Quizá se estaba volviendo loca de verdad, porque allí estaba de nuevo, junto a la casa, y la miraba. Con barbita y ojeras. Esta vez no tenía ese aspecto impresionante con el que siempre lo imaginaba, ni su sonrisa deslumbrante, ni esa expresión pícara que le provocaba mariposas en el estómago. En esta ocasión parecía un fantasma, asustado, incluso desvalido, y sus ojos la examinaban con avidez.

—Hola, Sara.

Sintió un vuelco en el corazón y algo cercano al horror se dibujó en su expresión cuando vio que esa figura se acercaba, cojeando, hacia ella.

—Sara, nena, soy yo —susurró Jayden, pálido como un cirio.

Estaba conteniéndose para no acercarse corriendo y abrazarla contra su pecho. Necesitaba sentirla contra él para estar seguro de que todo era real. Ella lo contemplaba sin parpadear; parecía una estatua, con los ojos abiertos como platos, rojos y llorosos, y la boca entreabierta.

—Cariño, soy yo, de verdad. —Dio otro par de pasos y se detuvo. Los separaban unos pocos metros. Ella lo observaba con una expresión de incredulidad, terror y alivio, todo a la vez, y empezó a preocuparse de verdad. Quizá no había tenido la mejor idea del mundo, planeando así su reencuentro—. Sara, todos creyeron que estaba muerto, aunque no era así. Sobreviví. Estuve perdido durante días, pero lograron encontrarme y me sacaron de allí.

Sara negó con la cabeza repetidas veces, mientras las lágrimas volvían a caer por sus mejillas. Sentía en el pecho un vacío tan enorme que se preguntó si no le habían arrancado el corazón. Era imposible. Y todo su ser deseaba que no lo fuera. Ya había pasado por eso mismo otras veces, y en el último momento se desvanecía como el humo arrastrado por el viento.

Jayden comenzó a desesperarse. Dio otro paso y tragó saliva.

—Pececito —musitó con la voz ronca.

Sara notó cómo se rompía. Asimiló cada uno de sus rasgos. Tenía una nueva y pequeña cicatriz sobre la ceja y otra en la mandíbula, cerca de la oreja. Parecía más delgado y le había visto cojear de la pierna derecha. Lo contempló en su totalidad y la visión, que seguía igual de sólida, la afectó de forma inesperada. Empezó a respirar muy rápido y su corazón volvió a cobrar vida. Sus ojos reflejaron estupor y la conmoción la sacudió. Se sentía aturdida, como si se hubiera despertado en un mundo distinto.

—¿Eres tú... de verdad?

Jayden asintió, incapaz de pronunciar palabra. Ella se lanzó a sus brazos y lo sujetó tan fuerte que él apenas podía respirar. Estrechó su cuerpo tembloroso contra su pecho y la sostuvo mientras su garganta trataba de volver a funcionar.

—Lo siento. Siento mucho todo lo que te he hecho pasar —murmuró él con un sollozo—. Dios, lo siento.

Sara movió la cabeza con un gesto negativo y se aferró a su cuello como si tuviera miedo de soltarlo. Sorbió con una inhalación profunda que colmó su olfato con ese olor maravilloso que solo él poseía. Tragó saliva, intentando calmar el dolor que sentía en el pecho y los sollozos que no la dejaban hablar. Era real, estaba allí, con ella.

—Te he echado mucho de menos —empezó a decir Jayden de forma atropellada—. Te he echado tanto de menos. No sabía si iba a sobrevivir y en lo único que podía pensar era en ti. Me torturaba que pudieras creer que te había abandonado, y mucho más que creyeras que te había dejado para siempre. —La besó en la cabeza, que reposaba en su hombro—. Salí de allí gracias a ti. Tú me rescataste, porque lo único que me mantuvo vivo todo ese tiempo fuiste tú. Tenía que verte una vez más, solo una vez más. Te lo prometí y yo siempre cumplo mis promesas.

Sara echó la cabeza hacia atrás para ofrecerle una sonrisa llorosa. Le acunó el rostro con las manos, sintiendo su piel caliente y la aspereza del vello en su mandíbula. Deslizó los dedos por su cuello y volvió a ascender. Era tan real como ella. Estaba tan vivo como ella. Abrió la boca para decir algo, pero solo emitió un sollozo ahogado.

Jayden le limpió las lágrimas.

—¿Estás bien? —susurró sin apenas voz. Ella asintió—. Tenía tanto miedo de tu reacción. Estaba asustado. Estaba aterrado... Pero debía ser así, te lo prometí y debía ser así. —Suspiró—. No puedo creer que por fin te tenga conmigo.

Rompió a sollozar de nuevo y él la abrazó contra su pecho.

—No sabía cómo seguir adelante —musitó ella, tan bajito que costaba oírla.

Jayden deslizó las manos por su garganta y las enredó en su pelo. Se moría por besarla, pero no se sentía capaz de parar si lo hacía, y primero había muchas cosas que quería decirle.

—¿Como que no? Lo estabas haciendo muy bien —replicó con ternura. La miró a los ojos—. Eres fuerte, nena, la persona más fuerte que conozco. —Esbozó una sonrisa. Alzó la vista al cielo—. Joder, quería decirte un millón de cosas y ahora...

—No hace falta que digas nada. —Su voz se quebró.

—Necesito decirlas. —Jayden contuvo el aliento y la contempló. Cuánto había echado de menos esos ojos. Entrelazó los dedos de su mano con los suyos y se los llevó a los labios, después los sostuvo contra su pecho—. No quiero perder otra oportunidad. Debí decírtelas mucho antes, pero fui un idiota que se conformó y que no tuvo el valor de...

Ella ahogó sus palabras con un beso tan suave que apenas fue un roce. Jayden suspiró de forma entrecortada y cerró los ojos. El sabor de sus lágrimas penetró en su boca y tragó con dificultad. Le acarició un lado de la cara con sus dedos ásperos y la acercó más a su cuerpo, sin moverse ni un milímetro, sintiendo la ligera presión de su boca contra la suya.

—Nunca entró en mis planes enamorarme de ti. Pero lo hice. Lo sentí aquella noche, cuando cantaste conmigo. Jamás me había sentido tan perdido y desesperado como me sentí esa noche. Porque me di cuenta de que te necesitaba como jamás había necesitado a nadie, y sabía que no podía tenerte. —Su voz se hizo más profunda y apoyó la frente en la de ella—. La noche que te llamé, cuando me dijiste que volviera a buscarte... Me hiciste el hombre más feliz del mundo. Me sentí el tío con más suerte de todo el jodido universo...

Sara soltó una risita. Había echado de menos sus palabrotas y sollozó, solo que esta vez no era por el dolor. Él añadió:

—Siento mucho habértelo hecho pasar tan mal.

—Estás aquí. Has venido y lo demás ya no importa.

Jaylen le cogió la cara con las manos y la miró a los ojos.

—Te sigo necesitando, Sara. Te quiero tanto que no concibo seguir adelante si no es contigo. Tú eres el amor de mi vida, solo tú, siempre tú. Eres la persona en quien confío, la única con la que quiero hablar, reír, con la que quiero tener un futuro. Y te deseo tanto. Te deseo todo el tiempo, Sara. No me importa el lugar, ni el cómo, pero quiero que formes parte de mi vida, para siempre. Si estoy aquí es por ti.

A ella se le llenaron los ojos de lágrimas y asintió. Reía tanto como lloraba, sin terminar de decidirse por nada. Jayden le enjugó las lágrimas.

—¿Eso es un sí? —susurró él.

—Sí —logró decir ella—. Para siempre.

Jayden la besó. Con fuerza. Y después dulcemente, aferrándose a ese beso como si le fuera la vida.

—Te quiero tanto... —musitó él.

Sara le acarició las mejillas y enredó las manos en su pelo. Inspiró hondo y le rodeó el cuello con los brazos. Se sorprendió al descubrir que el dolor y el sufrimiento habían desaparecido. Una sensación cálida, poderosa y tierna se había instalado en su pecho. Aún le parecía mentira que no fuese un sueño, pero no lo era.

—Yo también te quiero. Te quiero mucho.

Él suspiró y sus brazos la envolvieron. Sus labios se curvaron con una sonrisa. Esa preciosa sonrisa que ella había echado tanto de menos, arrogante, traviesa y tan tentadora. La miró con adoración y el ambiente se transformó entre ellos. De repente fue como si nada hubiera cambiado, como si el tiempo no hubiese pasado. La besó y el deseo vibró entre ellos.

La alzó del suelo, ignorando las quejas que su cuerpo dolorido lanzó en todas direcciones. El dolor merecía la pena. Necesitaba sentirla lo más cerca posible. En realidad, lo que necesitaba era fundirse con ella, de una forma tan profunda que nada ni nadie pudiera separarlos jamás. Ella le rodeó con las piernas las caderas y sonrió. Él notó que se derretía al mirarla. Definitivamente, ese era el estado natural de las cosas: ellos dos juntos.

Entre besos y susurros la llevó hasta la casa. Empujó la puerta con el hombro y entró. Llegó al vestíbulo. Giró con ella entre los brazos y la recostó contra la pared. La besó, como si sus labios fueran el oxígeno que necesitaba para respirar. Gimió cuando su lengua acarició la suya y un escalofrío le recorrió el cuerpo. Se obligó a moverse y se dirigió a la escalera. Sus labios se separaron un instante y se miraron a los ojos, ardientes y apasionados.

—Déjame en el suelo. Tu pierna... —susurró ella preocupada.

Jayden negó con la cabeza.

—No pienso soltarte.

Subió la escalera, cruzó el pasillo y alcanzó el dormitorio. La puerta estaba abierta y se dirigió a la cama. La depositó suavemente en el suelo y se quedó mirándola.

—Estoy enamorado de ti.

El corazón de Sara se estremeció y sus ojos brillaron.

Muy despacio, casi a cámara lenta, se inclinó y la besó, al tiempo que con sus manos le quitaba la rebeca. Parecía que había pasado toda una vida desde que habían estado por última vez en esa habitación.

Las manos de Sara volaron hacia su chaqueta, quitándosela deprisa, después hizo lo mismo con su camisa. Casi se la arrancó del cuerpo con un acto de desesperada posesión, porque ese hombre era suyo y lo necesitaba para sentirse completa. Se detuvo un instante y contempló su torso. Deslizó los dedos por las nuevas cicatrices y acabó apoyando la mano sobre su corazón, casi como si temiera que al retirarla él se desvanecería. Lo sintió latir, deprisa, cobrando fuerza por momentos al ritmo de su respiración. Lo miró a los ojos y se le cortó la respiración al ver la pasión y el deseo que reflejaban. Su cuerpo respondió de inmediato y con un trémulo suspiro oprimió su boca contra la suya.

Desbordados, impacientes, la ropa fue desapareciendo de sus cuerpos. Sara se subió a la cama y se colocó en el centro, viendo cómo él terminaba de quitarse los pantalones. Sin aliento lo observó subiendo a gatas desde los pies de la cama y soltó todo el aire de golpe cuando se tumbó sobre ella, piel con piel. La familiaridad de su cuerpo, su peso, su olor... a punto estuvieron de arrancarle un sollozo. Deslizó los dedos por su espalda, arañándolo ligeramente, y él emitió un gruñido gutural.

—Si vuelves a hacer eso no creo que dure mucho —susurró, apoyando la cabeza entre su cuello y su hombro un instante para tranquilizarse.

Suspiró y, paseando la mirada por su cuerpo, deslizó la palma de la mano por su pecho hasta la cintura y se detuvo en su cadera. Suspiró de nuevo y movió la mano en sentido ascendente, deteniéndose sobre su seno. Se inclinó y lo acarició con la boca. Sara jadeó y arqueó la espalda, y él sonrió al escuchar de nuevos esos ruiditos maravillosos que escapaban de su garganta. Pensó que iba a morirse cuando ella comenzó a mover las caderas, impaciente, más que dispuesta a recibirlo. Se estrujó contra su cuerpo. La miró a los ojos y sintió su anhelo. La deseaba tanto que le producía dolor y no iba a ser capaz de contenerse mucho más.

Ella le sostuvo la mirada. Se moría por sentirlo de nuevo. Alzó la cabeza, buscando sus labios, y los mordió ligeramente. El efecto que tuvo su gesto fue inmediato. Él se deslizó en su interior y cerró los ojos ante la maravillosa sensación que le recorrió el cuerpo. Era una sensación familiar, y a la vez tan nueva.

—Dios, cómo te he echado de menos —susurró Jayden, enterrándose profundamente en ella.

Sara lo besó, respirando su aliento, moviéndose a su ritmo. Desbordada por la ternura de cada gesto, de cada sonido, de cada mirada.

—Te quiero —murmuró con vehemencia, incapaz de apartar los ojos de él.

Se perdió en su rostro, en la emoción, en el placer, en la paz que dejaba entrever.

—Yo también te quiero —susurró él—. Adoro quererte.

Sara sonrió, deleitándose con la anticipación, que estaba alcanzando un grado insoportable. Le tomó la cara con las manos y gimió cuando él empujó más fuerte. Jamás pensó que podría querer tanto a otra persona, y sabía que sería así para siempre. Lo querría y lo desearía hasta su último latido. Nunca tendría suficiente.

Jayden esbozó una maravillosa sonrisa y la besó; sus movimientos se volvieron más desesperados, a medida que la tensión crecía en su interior. Su expresión se endureció un poco, y una sombra cruzó por sus ojos.

—No me dejes nunca. No quiero pasar otro día de mi vida sin ti.

Ella acunó su rostro.

—No voy a dejarte nunca.

—Nunca —suspiró Jayden.

—Nunca.

Jamás había estado más segura de nada en toda su vida. Clavó la mirada en sus ojos verdes, incapaz de contener todo lo que sentía.

La sonrisa de Jayden se ensanchó, con una mezcla de amor, deseo y felicidad. La querría siempre a su lado, porque siempre necesitaría más y más de ella. Siempre sería la primera para él, la única.

—¿Dónde has estado toda mi vida?

—Esperándote —susurró ella contra su boca—. Esperándote.

Epílogo

Diez meses después.

Sara cubrió la cesta repleta de bocadillos con un paño y salió al jardín trasero. Sus ojos volaron hasta el campo de olivos al otro lado del muro de la propiedad. Tras este se abría un paisaje único, campos enteros de lavanda que teñían de lila y violeta la tierra. A lo lejos podía divisar Tullia, su nuevo hogar. Adoraba sus casas y sus calles de piedra; su pequeña iglesia y su torre del reloj; su plaza con terrazas y, sobre todo, sus vecinos. Se sentía parte de una enorme familia.

Cogió de la mesa su sombrero y se encaminó al viñedo de los Chavanel. Mientras caminaba, no dejaba de pensar en lo diferente que era todo ahora, empezando por ella misma. Por fin era la persona que siempre había querido ser. Estaba contenta consigo misma y con el rumbo que su vida estaba tomando. Había descubierto que el amor podía ser un sentimiento poderoso, capaz de lograr que uno supere cualquier cosa. También había comprendido que nunca se debe dar nada ni a nadie por sentado, porque un segundo puede cambiarlo todo y aquellos que creemos que siempre estarán ahí, desaparecen sin más. Por todos esos motivos había decidido vivir sin miedo, porque la vida es demasiado corta y necesitaba exprimirla día a día.

—¡Hola!

Sara alzó la mano y le devolvió el saludo a Violette, que podaba las vides junto a un par de jornaleros que habían contratado en el pueblo.

Ahora Violette y ella eran socias. Sara había invertido en el viñedo su parte del dinero que había sacado con la venta del piso de Londres y esperaban obtener su primera cosecha ese mismo año.

—¿Y los chicos?

Violette señaló un punto tras los árboles y Sara se dirigió hacia allí con una sonrisa en los labios. Los encontró bajo el enorme roble que se alzaba junto al pozo. Jayden se había recostado contra el tronco y observaba a Daniel corretear de un lado a otro tras las mariposas de alas amarillas que atraían las flores de lavanda. Durante un largo rato se los quedó mirando. El amor y la ternura la abrumaban cada vez que los veía juntos. Daniel adoraba y admiraba a Jayden con el fervor que solo un niño puede sentir por un hombre que se ha convertido en el espejo en el que quiere mirarse cada día. Y Jayden se desvivía por él. Lo cuidaba y se preocupaba como un padre por su hijo y, en cierto modo, había asumido ese papel. Se le llenaron los ojos de lágrimas cuando Daniel corrió hasta él para enseñarle la cigarra que había atrapado y Jayden lo alabó como si hubiera escalado el Everest.

—¡Mamá!

Ella los saludó con la mano y se acercó.

—¿Tenéis hambre?

Daniel dijo que sí con la cabeza y se abalanzó sobre la cesta.

—¡Eh, hay que esperar a los demás! —le dijo ella con tono condescendiente.

Minutos después, los tres, junto a Violette, Frank y los jornaleros, comían tras una larga mañana de trabajo agotador.

Sara se acurrucó entre los brazos de Jayden y contempló cómo las hojas se mecían con la brisa. Saciada tras la comida, el calor la adormecía.

—¿En qué piensas? —le susurró Jayden al tiempo que la estrechaba contra su pecho.

—Estaba pensando en lo mucho que me gusta estar aquí —musitó ella.

—A mí también me gusta estar aquí.

—¿De verdad? ¿No echas de menos tu antigua vida?

Él llenó sus pulmones de aire.

—No. Me gusta esta nueva vida. Trabajar la tierra, salir a pescar con Gaspard... Me gusta esta nueva vida porque en ella estás tú, y Daniel. No la cambiaría por nada del mundo.

Ella se giró entre sus brazos y lo miró a los ojos.

—¿Sabes que te amo con locura?

Jayden sonrió e inclinó la cabeza buscando sus labios. La besó con dulzura. Pequeños besos que poco a poco fueron cobrando intensidad hasta que él rodó por el suelo llevándola consigo. El apasionado momento se vio interrumpido cuando Daniel apareció y empezó a hacer ruiditos de asco.

Al anochecer regresaron al *château*. Mientras Jayden preparaba la cena, Sara ayudó a Daniel en el baño. Más tarde, fue él quien se encargó de meter al niño en la cama mientras ella disfrutaba de un largo baño.

Sumergida en el agua hasta la barbilla, no quería pensar en cómo habría sido su vida si meses antes no hubiera tenido el valor de ir hasta Tullia para echarle una mano a su mejor amiga. No quería pensar qué habría sido de ella si no hubiera conocido a Jayden. Nunca había estado enamorada antes de conocerle, ahora lo sabía. Del mismo modo que sabía que su futuro era él.

Salió de la bañera y, tras secarse, se puso el pantalón corto y la camiseta que solía usar para dormir. Al entrar en el dormitorio, lo encontró vacío. Suspiró, resignada pero feliz, porque sabía perfectamente dónde debía estar. Cruzó el pasillo hasta la habitación de Daniel y se asomó con cuidado a través de la puerta entreabierta.

Daniel estaba en su cama y Jayden sentado a su lado.

—¿Y qué pasó después? —preguntó su hijo en voz baja.

Jayden miró al niño y le apartó el pelo de la frente con ternura.

—Bueno. El teléfono funcionaba y pude establecer contacto. No tenía ni idea de dónde estaba, pero pudieron localizar nuestra señal y consiguieron las coordenadas del lugar. Resultó que al final habíamos ido en la dirección correcta y que nos encontrábamos a un par de kilómetros de la frontera turca. Inmediatamente organizaron un equipo de rescate y enviaron un par de helicópteros a por nosotros.

—¿Y qué pasó?

Jayden se tumbó a su lado en la cama y cruzó las piernas a la altura de los tobillos, mientras colocaba un brazo bajo la cabeza.

—Que las cosas se pusieron muy feas. El camión que se acercaba era de los malos. Iban armados hasta los dientes y llevaban una ametralladora en la parte de atrás. Éramos un blanco fácil.

—¿Y qué hiciste?

—Lo que todo soldado con ganas de volver a casa haría. Me levanté de esa cama de palos. Agarré mi fusil y... bang... bang... Acerté al conductor a mil ochocientos metros de distancia.

—¡Venga ya, eso no te lo crees ni tú!

—Acaso... ¿Acaso me estás llamando mentiroso? Chaval, te la estás jugando.

El niño se echó a reír y se puso colorado. Volvió la cabeza y miró al techo.

—¿Y qué pasó después?

—Apenas recuerdo esa parte. El sudor y los escalofríos resultaron ser los síntomas de un principio de septicemia. La herida que tenía en la pierna se había infectado y perdí el conocimiento por culpa de la fiebre. Cuando recuperé la consciencia, estaba en un hospital en Baltimore, y tardé bastantes días en ponerme bien. Aunque esos días tampoco los recuerdo mucho. Tuvieron que sedarme para que no me escapara.

El pequeño se echó a reír.

—¿También te dan miedo las agujas?

Jayden se encogió de hombros.

—Un poco. Pero en realidad quería escaparme porque tenía que ir a un sitio muy importante —susurró mientras le guiñaba un ojo.

—¿Y qué pasó después? —insistió el niño.

—Pasó que se hizo tan tarde, tan tarde, que se tuvo que ir a dormir —intervino Sara.

—Vamos, mamá, aún es temprano —se quejó Daniel mientras clavaba una mirada suplicante en la puerta.

—Tu madre tiene razón. Se nos ha hecho un poco tarde —susurró Jayden.

Daniel lo miró de reojo.

—A ti no te dan miedo las agujas, te da miedo mamá.

Él soltó una carcajada y le revolvió el pelo antes de levantarse de su cama. Daniel alargó la mano y lo detuvo por los pantalones.

—Jay.

—¿Qué?

—Hay algo que quiero decirte desde hace días.

Volvió a sentarse en la cama, preocupado al ver su expresión insegura.

—¿Qué pasa, campeón? Ya sabes que puedes hablar conmigo. Los colegas son lo primero.

Daniel sonrió sin levantar la vista de las sábanas.

—Mañana es el día de las profesiones en la biblioteca. Van a ir los padres para hablar de sus trabajos y yo... Yo me preguntaba si... Si tú...

Jayden cruzó una mirada con Sara. Ella sonrió, conmovida.

—¿Quieres que vaya contigo?

A Daniel se le iluminó la cara y asintió de forma compulsiva. Jayden alzó su puño para chocarlo con el suyo.

—Me encantaría, tío.

—¡Mola!

—Ahora a dormir.

Lo arropó, le dio un beso, y apagó la luz de la mesita. Después se acercó a Sara y la enlazó por la cintura sin apartar la vista de la cama. Estaba a punto de salir del cuarto cuando Daniel levantó la cabeza de la almohada.

—¿Qué pasó cuando saliste del hospital?

Él sonrió y le dio un beso en el cuello a Sara.

—Que fui a ese sitio tan importante y me quedé con la chica —respondió, inclinándose sobre ella para besarla en los labios.

Daniel resopló.

—Es el final más cursi que he oído en mi vida.

—Y tu final va a ser terrible como no te duermas ahora mismo —replicó Sara. Le lanzó una mirada de reproche a Jayden—. Se supone que tienes que acostarle, no hacer que trasnoche.

Él sonrió con su expresión más inocente. La cogió de la mano y tiró de ella para salir en silencio de la habitación, cerrando con cuidado la puerta a sus espaldas. Con su propio cuerpo, la empujó poco a poco para que avanzara por el pasillo. Ella suspiró. Tomó aire y soltó otro suspiro más profundo que el anterior. Jayden se detuvo y la hizo girar entre sus brazos. Alzó una ceja.

—¿Qué te pasa?

—Vamos a necesitar un milagro para sacar adelante el viñedo.

—Creo en los milagros —le susurró él.

—Y sigo pensando que es una locura que compremos el *château* —dijo con tono de derrota.

—Puede —murmuró él mientras le mordisqueaba la oreja y la suave piel del cuello—. Pero Christina está deseando quitárselo de encima y el precio es bueno. Más que bueno.

—Sigo pensando que es excesivo.

Él suspiró y la apretujó contra su pecho, instándola a caminar hacia la escalera. La tomó en brazos, arrancándole un gritito de sorpresa, y la llevó hasta la cocina. Una vez allí la sentó en la mesa y la miró a los ojos.

—Sara, el precio me da igual. Esta casa es especial, aquí está nuestra historia. No quiero a personas extrañas en ella. No te preocupes, ¿vale? Sé que nos va a ir bien.

—¿Cómo lo sabes?

—Porque estamos juntos. Porque te tengo a mi lado y sé que todo va a salir bien. Lo siento aquí —susurró mientras se llevaba la mano de ella al pecho.

Sara sintió que se le encogía el corazón. Él tenía razón, aquella casa era de ellos y de nadie más. Jayden no dejaba de sorprenderla con sus sentimientos y su forma sencilla y directa de apreciar las cosas. A veces aún le parecía mentira que estuvieran juntos, que el destino hubiera jugado con sus vidas de ese modo para acabar conduciéndoles a ese mismo instante. Pero cada segundo había merecido la pena, porque cada día a su lado compensaba todo un pasado de sombras.

—Me sigue pareciendo una casa demasiado grande —refunfuñó, más por no ceder y decir la última palabra que por otra cosa.

Él soltó una risita y se colocó entre sus piernas al tiempo que se inclinaba sobre ella. Entornó los ojos con un gesto travieso y le rozó la nariz con los labios.

—Podríamos llenarla de niños —sugirió como si nada.

A ella se le paró el corazón.

—¿Niños? —preguntó, incrédula.

—Sí, niños. Un hermanito para Daniel, o puede que dos. ¿No te gusta la idea?

Sara abrió la boca, titubeó y la cerró de nuevo, tratando de procesar sus palabras. Lo miró de hito en hito, con los ojos muy abiertos mientras un millón de mariposas revoloteaban en su estómago. Estaban juntos, de eso no tenía ninguna duda, y él le había dicho que la quería en su vida para siempre, pero hasta ahora nunca había mencionado algo tan real y concreto respecto a su futuro juntos.

—¿Lo dices en serio?

—Sí —respondió Jayden con una sonrisa.

—¿Quieres tener hijos? ¿Conmigo?

—La gracia está en tenerlos contigo —dijo él, y su sonrisa se ensanchó.

Sara también sonrió y su cara se iluminó al tiempo que su corazón saltaba al vacío. Le tomó el rostro entre las manos y lo atrajo para besarlo. Se demoró sobre su boca, presionando con fuerza como si lo respirara. Se separaron y unieron sus frentes con un suspiro.

—Tienes unos labios preciosos —susurró él contra su boca.

—Los tuyos tampoco están mal. —Lo miró a los ojos y le acarició las mejillas, después el pelo—. Aún me cuesta creer que estés aquí de verdad, que todo esto sea real.

—Lo es, tan real como lo mucho que te quiero. —Se la quedó mirando y deslizó las manos por sus caderas, atrayéndola hacia su cuerpo—. Ahora tú debes decir que también me quieres.

—Te gusta oírmelo decir.

—Me encanta oírtelo decir.

—Te quiero —murmuró ella muy bajito junto a sus labios, mientras el calor de sus manos calentaba cada parte de su ser. Le dedicó una sonrisa condescendiente—. Así que tuvieron que sedarte para que no salieras corriendo del hospital.

Jayden soltó una carcajada, le rodeó la cintura con las manos y la alzó de la mesa. Giró con ella en brazos y se sentó sobre la madera de modo que ella quedó a horcajadas sobre su regazo

—Sí, tuvieron que noquearme unas cuantas veces.

Ella lo observó y se pasó la lengua por los labios, expectante. Era guapísimo y demasiado sexy para no quedarse embobada. Y ese atractivo sexual que irradiaba su cuerpo la aflojaba hasta dejarla sin sentido.

—¿Y qué pasó después?

Jayden sonrió y coló las manos por debajo de su camiseta. Deslizó las yemas de los dedos por su piel suave, ascendiendo hasta la curva de sus pechos.

—Un pajarito me dijo que habías dejado a ese capullo, dispuesta a empezar de cero. En ese momento me sentí muy orgulloso de ti. Ni siquiera podía imaginar lo mucho que te había costado tomar esa decisión.

—¿Y qué paso después?

—Conoces la historia —replicó él, mientras se inclinaba para besarla bajo la oreja.

Sara enredó los dedos en su pelo y se pegó a su torso, necesitada de su contacto.

—Me gusta oírla —murmuró con tono meloso.

Jayden bajó las manos hasta su trasero, mientras se mordía el labio inferior.

—Bueno, pasó que me escapé. No podía seguir en ese hospital. Me moría por verte.

Ella lo atrajo hacia su boca y lo besó.

—Y viniste a buscarme —musitó entre sus labios, retirándose ligeramente.

—Y vine a buscarte, porque este era el único sitio en el que quería estar, contigo.

—Y me encontraste.

Él se movió y estrechó su cuerpo contra el suyo.

—Te encontré. En el mismo lugar donde me enamoré de ti.

—Y yo de ti.

—Donde vimos caer estrellas...

—Y pedimos deseos...

—Deseos que se han cumplido. —Jayden dejó escapar un leve suspiro—. ¿Quién está contando la historia, tú o yo?

Sara sonrió y se llevó un dedo a los labios, asegurando con el gesto que iba a permanecer calladita. Él añadió:

—¿Por dónde iba? ¡Ah, sí! —La miró a los ojos y sus pupilas se dilataron—. Te encontré... Cuando te vi, allí de pie, de espaldas a mí... Lo único en lo que podía pensar era en lo hermosa y perfecta que eras, y en lo mucho que te había echado de menos. Vacilé al acercarme, porque, de pronto, tuve miedo de cómo ibas a reaccionar al verme... —Hizo una pausa y tragó saliva para aflojar el nudo que tenía en la garganta—. En ese momento yo era un fantasma y tú... ¡Dios, se te veía tan triste!

Sara le acarició la mejilla con los labios, regando con besos su piel. No quería que esos recuerdos le afectaran.

—Te echaba muchísimo de menos —susurró.

Jayden sonrió y deslizó la nariz por su cuello hasta llegar a su oreja y la mordisqueó.

—Yo también te echaba de menos.

—Y te quedaste conmigo.

Él puso los ojos en blanco y sacó la lengua.

—Ya te dije que el destino es un cabronazo que juega sucio.

Ella se echó a reír. Deslizó los dedos por su mandíbula, luego por sus labios.

—Cuando te vi, pensé que me había vuelto loca. Era imposible. Lo era. Que tú estuvieras allí...

—Y te acercaste a mí, despacito, mirándome con estos preciosos ojos muy abiertos.

—Entonces abriste los brazos y me dijiste...

—Hola, Sara...

Los dos sonrieron al tiempo que unían sus frentes, respirándose de nuevo. Jayden gimió y su rostro se deshizo con una sonrisa. La adoraba, porque a su lado podía ser cualquier cosa.

—¿Y qué pasó después? —preguntó ella

—Que te dije lo mucho que te amaba, lo mucho que te necesitaba y que nunca, nunca, nunca iba a separarme de ti otra vez.

Le rozó los labios con su boca, después con la lengua.

—Nunca —gimió Sara.

Él alzó la cabeza y clavó su mirada ardiente en ella.

—Nunca.

—Al final no es una palabra tan mala —susurró Sara con una sonrisa breve y traviesa.

Él también sonrió. No, después de todo no era una mala palabra.

Nunca renunciaría a ella.

Nunca dejaría de amarla.

Nunca podría vivir sin su sonrisa.

Nunca.

—¿Y qué pasó después?

Se la quedó mirando.

—Esa no es la pregunta correcta.

Sara arqueó una ceja, sin entender. Su confusión aumentó cuando él miró el reloj y se puso de pie con ella en brazos.

—¿Confías en mí? —le preguntó mientras la bajaba al suelo.

—Sabes que sí.

Él sacó del bolsillo de sus pantalones un pañuelo.

—Date la vuelta.

Sara iba a protestar, pero algo le dijo que debía obedecer sin rechistar. Hizo lo que le pedía y dejó que le vendara los ojos. Después la tomó de la mano y la condujo afuera. La guió por el jardín y más adelante la ayudó a saltar el muro. Poco después se detuvieron en lo que ella supuso que sería el campo de olivos.

—¿Sabes dónde estamos? —susurró él.

—Creo que sí —respondió, cada vez más nerviosa.

Jayden miró al cielo, donde una media luna era visible y las estrellas se expandían como racimos. Un destello iluminó el cielo con la primera estrella fugaz de la noche. Bajó la mirada y la contempló. Alzó una mano y le acarició los labios con los dedos, que se entreabrieron al sentir su contacto.

—Aquella noche fue la primera vez que pedí un deseo —empezó a decir él—. Esa noche pedí que no te marcharas de mi lado. Pedí tenerte siempre conmigo. Pedí que pasaras el resto de tu vida conmigo. Pero lo hice con miedo, sin estar completamente seguro porque ni yo mismo sabía qué podía ofrecerte si se cumplía.

Inspiró hondo y le quitó el pañuelo de los ojos. Sara parpadeó varias veces y clavó su mirada en él. Jayden la sujetó por los hombros y sonrió.

—Esta noche sí estoy seguro de lo que quiero y de lo que puedo ofrecerte. Así que... Esta es la pregunta correcta.

Suspiró e hizo que ella se diera la vuelta.

Los ojos de Sara se abrieron como platos al ver el suelo lleno de tarros de cristal que brillaban en la oscuridad. Con asombro comprobó que estaban llenos de luciérnagas. Y de repente lo vio. La imagen caló en sus retinas como un rayo cegador y su pulso se aceleró. Los tarros estaban colocados de un modo que formaban palabras. Su corazón se saltó un latido y después comenzó latir como loco. Miró a Jayden sin dar crédito a lo que veía.

—¿Cómo...? ¿Cómo...?

Él sonrió y se encogió de hombros.

—He tenido ayuda. Mucha ayuda.

Ella contempló de nuevo los tarros y sus ojos se llenaron de lágrimas.

—Cásate conmigo —leyó en un susurro.

Se llevó las manos a la boca y sus ojos volaron hasta él. En ese instante, Jayden sacó de su bolsillo una cajita negra y la abrió ante ella. Un anillo destelló en su interior bajo la luz de la luna.

—¡Oh Dios mío!

Le tomó la mano.

—Sara, ¿quieres pasar conmigo el resto de tu vida? Prometo amarte durante todo ese tiempo con toda mi alma, porque mi próxima misión va a ser la de hacerte la mujer más feliz de este mundo.

Ella asintió con todo el cuerpo temblando como gelatina.

—Sí, claro que sí. ¡Sí!

Jayden sonrió, deslizó el anillo en su dedo y le tomó la cara entre las manos. La besó, hambriento y apasionado. Enamorándose de ella como hacía cada día y haría el resto de su vida. Porque la amaba con locura. Y ella lo amaba a él. Así de fácil. Así de sencillo. Porque ese era el estado natural de las cosas. Ellos dos juntos.

Alzaron la vista al cielo y una estrella fugaz cruzó por encima de sus cabezas dejando una estela a su paso. Se miraron, sonrientes.

—¿Qué has pedido? —susurró Sara, intrigada por su expresión traviesa.

Él se inclinó sobre ella, perdiéndose en sus ojos.

—A ti. Para siempre —susurró sobre sus labios. Deslizó la lengua dentro de su boca, saboreándola mientras la abrazaba con deseo contra su cuerpo. Se detuvo sin aliento y la miró. Una maravillosa sonrisa de pirata marcó unos hoyuelos en su cara—. Y puede que un par de gemelos.

Agradecimientos

Ha sido mucho tiempo viviendo con Jayden y Sara, y sé que los echaré de menos. El momento de la despedida ha sido duro, pero se suman a esta familia que poco a poco he ido creando y podré reencontrarme con ellos siempre que los necesite. Gracias por cada segundo con vosotros.

Gracias a todo el equipo de Titania y, especialmente, a Esther Sanz, por creer en mis historias y cuidarlas con tanto mimo. Me encanta que piense que tengo talento y el empeño que pone para que yo lo crea. Gracias por ser una editora maravillosa y también una amiga.

A Inés, por hacer que mis palabras suenen mucho mejor y saber qué quiero decir en cada momento.

Gracias a toda esa gente que me rodea y que me quiere. Vivo de vuestra fe cuando pierdo la mía.

A Cristina, por creer en Jayden desde el principio y darle vida a la mejor amiga que Sara podía desear.

A Nazareth, Yuliss, Tamara y Victoria, por los consejos, la paciencia infinita para escuchar mis agonías y salvarme de mí misma cuando todo se vuelve negro. Ellas me demuestran cada día que existen las amigas de verdad, incluso cuando meto la pata hasta el fondo.

A Silvia, por cambiar mi percepción del tiempo: la magia de las dos horas. Siempre que me necesites, siempre. Eres una amiga.

A Daniel y Eva, porque no importa cuánto tiempo pase sin veros, siempre será como si acabáramos de despedirnos.

A May, Josu, Patricia y Esme. Existen personas de las que te enamoras sin más.

A mis padres, mis mejores amigos.

A mi marido, por entenderme cuando ni yo misma lo hago y soportar que me enamore de mis personajes.

A mis hijas, el mejor regalo.

A mis lectores. Me habéis cambiado la vida, y por eso os estaré eternamente agradecida. Valoro cada mensaje y palabra de ánimo. Todo el cariño y el apoyo que me dais a diario. Todo el ruido y la publicidad que hacéis con el boca a boca, recomendando mis libros. A todos y cada uno de vosotros GRACIAS por hacer que los personajes cobren vida con vuestra lectura.

A Chris Pratt, sí, a él. Gracias por ser un actor maravilloso y enamorarme con tu talento desde que te vi por primera vez dando vida a Bright Abbott; también por ser el hombre más guapo del universo y prestarle tu aspecto al mejor protagonista que he creado hasta ahora. Si algún día ves esto, sé que me moriré de vergüenza.

Y a ti, que lees esto, gracias por acompañarme. Espero que nos reencontremos en la siguiente historia.